ギリシャ棺の謎

エラリー・クイーン

JN266914

盲目のギリシャ人美術商ハルキスの葬儀は，家族や関係者が見守る中，厳粛におこなわれた。その直後，彼の遺言書がおさめられた鋼《はがね》の箱が屋敷の金庫から消えていることが判明する。弁護士の通報で駆けつけたクイーン警視たちの探索が暗礁に乗りあげた時，警視の息子エラリーが，盲点となっていた意外な隠し場所を推理する。だが，捜査陣がそこで見つけたのは，遺言書ではなく身元不明の腐乱死体だった──クイーン最長の〈国名シリーズ〉第四作は，大学を出たばかりの若きエラリーが挑む“最初の難事件”にして，ミステリ史に残る一大傑作である。

登場人物

ゲオルグ・ハルキス……ギリシャ人美術商、故人
ギルバート・スローン……〈ハルキス画廊〉の支配人
デルフィーナ・スローン……ゲオルグの妹、ギルバートの妻
アラン・チェイニー……デルフィーナの息子
デミトリオス（デミー）・ハルキス……ゲオルグのいとこ
ヤン・ヴリーランド……〈ハルキス画廊〉の外交員
ルーシー・ヴリーランド……ヤンの妻
ネーシオ・スイザ……〈ハルキス画廊〉の管理人《ディレクター》
ジョーン・ブレット……ゲオルグの秘書
マイルズ・ウッドラフ……ゲオルグの顧問弁護士
ダンカン・フロスト医師……ゲオルグの主治医
アルバート・グリムショー……にせ金づくり
ウォーディス医師……眼科医
ジェイムズ・J・ノックス……美術愛好家の大富豪

スーザン・モース夫人……ハルキス家の隣人
ジェレマイア・オデル……配管工
リリー・オデル……ジェレマイアの妻
ジョン・ヘンリ・エルダー……牧師
ハニウェル……教会の墓守《はかもり》
ウィークス……ハルキス家の執事
シムズ夫人……ハルキス家の家政婦
トマス・ヴェリー……部長刑事
ヘッス、ピゴット、フリント、リッター、ヘイグストローム、ジョンソン……刑事
エドマンド・クルー……建築の専門家
ユーナ・ランバート……筆跡鑑定の専門家
〝ジミー〟……指紋鑑定の専門家
トリーカーラ……ギリシャ語通訳
サミュエル・プラウティ博士……首席検死官補
ヘンリ・サンプスン……地方検事
ペッパー……地方検事補
コーヘイラン……地方検事局所属の刑事

リチャード・クイーン……………………………………………警視
エラリー・クイーン……………………………………………警視の息子
ジューナ……………………………………………………………クイーン家の召使

ギリシャ棺の謎

エラリー・クイーン
中 村 有 希 訳

創元推理文庫

THE GREEK COFFIN MYSTERY

by

Ellery Queen

1932

目次

M・B・Wに
感謝の念をこめて

ギリシャ棺の謎

――ひとつの推理問題

登場人物

ゲオルグ・ハルキス　美術商
ギルバート・スローン　〈ハルキス画廊〉支配人
デルフィーナ・スローン　ハルキスの妹
アラン・チェイニー　デルフィーナ・スローンの息子
デミー（デミトリオス）　ハルキスのいとこ
ジョーン・ブレット　ハルキスの秘書
ヤン・ヴリーランド　〈ハルキス画廊〉の外交員
ルーシー・ヴリーランド　ヴリーランドの妻
ネーシオ・スイザ　〈ハルキス画廊〉の管理人
アルバート・グリムショー　前科者
ウォーディス医師　英国人の眼科医
マイルズ・ウッドラフ　ハルキスの顧問弁護士
ジェイムズ・J・ノックス　美術愛好家の大富豪
ダンカン・フロスト医師　ハルキスの主治医

スーザン・モース夫人　隣人
ジェレマイア・オデル　配管工
リリー・オデル　オデルの妻
ジョン・ヘンリ・エルダー　牧師
ハニウェル　教会の墓守《はかもり》
ウィークス　ハルキスの執事
シムズ夫人　ハルキスの家政婦
ペッパー　地方検事補
サンプスン　地方検事
コーヘイラン　地方検事局所属の刑事
サミュエル・プラウティ博士　検死官補
エドマンド・クルー　建築の専門家
ユーナ・ランバート　筆跡鑑定の専門家
〝ジミー〟　指紋鑑定の専門家
トリーカーラ　ギリシャ語通訳
フリント、ヘッス、ジョンソン、ピゴット、ヘイグストローム、リッター　刑事たち
トマス・ヴェリー　部長刑事
ジューナ

リチャード・クイーン警視
エラリー・クイーン

序文

こうして『ギリシャ棺の謎』の序文を書き始めると、あらためて格別の思いがしみじみとこみあげてくる。というのも、晴れて出版にこぎつけるまでは、これを世に出そうという話にエラリー・クイーン君がいい顔をせず、しぶるばかりで、なかなか首を縦に振らなかったのだ。クイーン君の愛読者諸氏なら、過去作品の〝序文〟によってすでにご存じだろうが、このリチャード・クイーン警視の子息が実話を綴《つづ》った回想録を、架空《フィクション》の小説という形に作りなおしておおやけに発表することが実現したのは、まったくの僥倖《ぎょうこう》である——それはクイーン父子が功《こう》成《な》り名《な》遂《と》げてから、（彼らの言葉を借りるなら）*安寧《あんねい》を求めてイタリアに隠遁《いんとん》したあとのことだ。けれども私が友人を説き伏せ、最初の一冊を一般公開する許しを得て、クイーンの事件簿その一をうまい具合に表紙と裏表紙の間におさめてしまったあとは万事とんとん拍子で、ときに気難しいこの青年の、父親がニューヨーク市警察の刑事局において警視をつとめていた期間

＊『ローマ帽子の謎』フレデリック・A・ストークス社（一九二九年）

の数ある冒険譚《たん》を、さらに続けて小説化するようにそそのかし、丸めこんで、うんと言わせるのは、たやすいことであった。

では、なぜ、ハルキス事件の記録を出版することに、クイーン君はそんなにも乗り気でなかったのか、と諸兄らは疑問に思われるだろう。ここには二重の興味深い理由があるのだ。第一に、ハルキス事件はエラリーが、父である警視の権威に守られた非公式捜査官として、活動を始めてからまだ日の浅いひよっこ時代に起きたのだが、当時のエラリーはまだ、かの有名な〝分析的かつ演繹《えんえき》的推理方式〟を完全に自分のものにできていなかった。第二に――私は、ふたつの理由のうち、こちらの方がより大きな理由に違いないと睨んでいるのだが――エラリー・クイーンはハルキス事件において、最後のどたんばまで敗北の屈辱にあえがされ続けた。どんなに謙虚な人間であっても――そしてエラリー・クイーンという男は、たぶん本人が真っ先に同意するだろうが、謙虚と呼ぶにはほど遠い人間である――みずからの失敗を、これ見よがしにひけらかしたいものではない。おおっぴらに赤恥をかかされた傷はいまだに痕となって残っていた。「いやだ」エラリーは断固として言った。「自分で自分の馬鹿さ加減を責めるなんて苦行を、また一から繰り返すなんて冗談じゃない。たとえ活字の上でもね」

我々が――というのはつまり、出版元と私だが――ハルキス事件が（ここに『ギリシャ棺の謎』の題で発表させていただくものだ）最悪の失敗なんてとんでもない、これこそ最大の成功にほかならない、と指摘すると、ついにクイーン君の心はぐらつき始めた――このいかにも人間くさい反応を、エラリー・クイーンは人間味に欠けると揶揄《やゆ》する皮肉屋たちに、ぜひとも見せてやりたいものである……。とうとう、彼は両手をあげて降参《こうさん》した。

ハルキス事件で、彼はあまたの驚くべき障害に悩まされた。が、その障害こそが、のちにエラリーの足をいくつもの輝かしい勝利に至る道に踏み入れさせたのだと、私は信じている。事件が解決するまで、エラリーは試練の劫火《ごうか》に身を焼かれ、さらには……

いや、だらだらと繰り言を述べ、読者諸氏の愉しみをそぐのは無粋《ぶすい》というものだ。ともかく、事件の詳細をすみずみまで知りつくしている者である、この私の言葉を信用していただいて間違いない――きっとエラリーも、友情が私に言わせる感激に満ちた賛辞を許してくれるだろう――この事件において、エラリーは燦然《さんぜん》と輝く頭脳の冴えを惜しみなく披露《ひろう》した。かくして『ギリシャ棺の謎』はどの角度から見ても、エラリー・クイーンのもっとも卓越した冒険譚となったのだ。

どうか犯人探しを愉しまれんことを！

J・J・マック

一九三二年二月

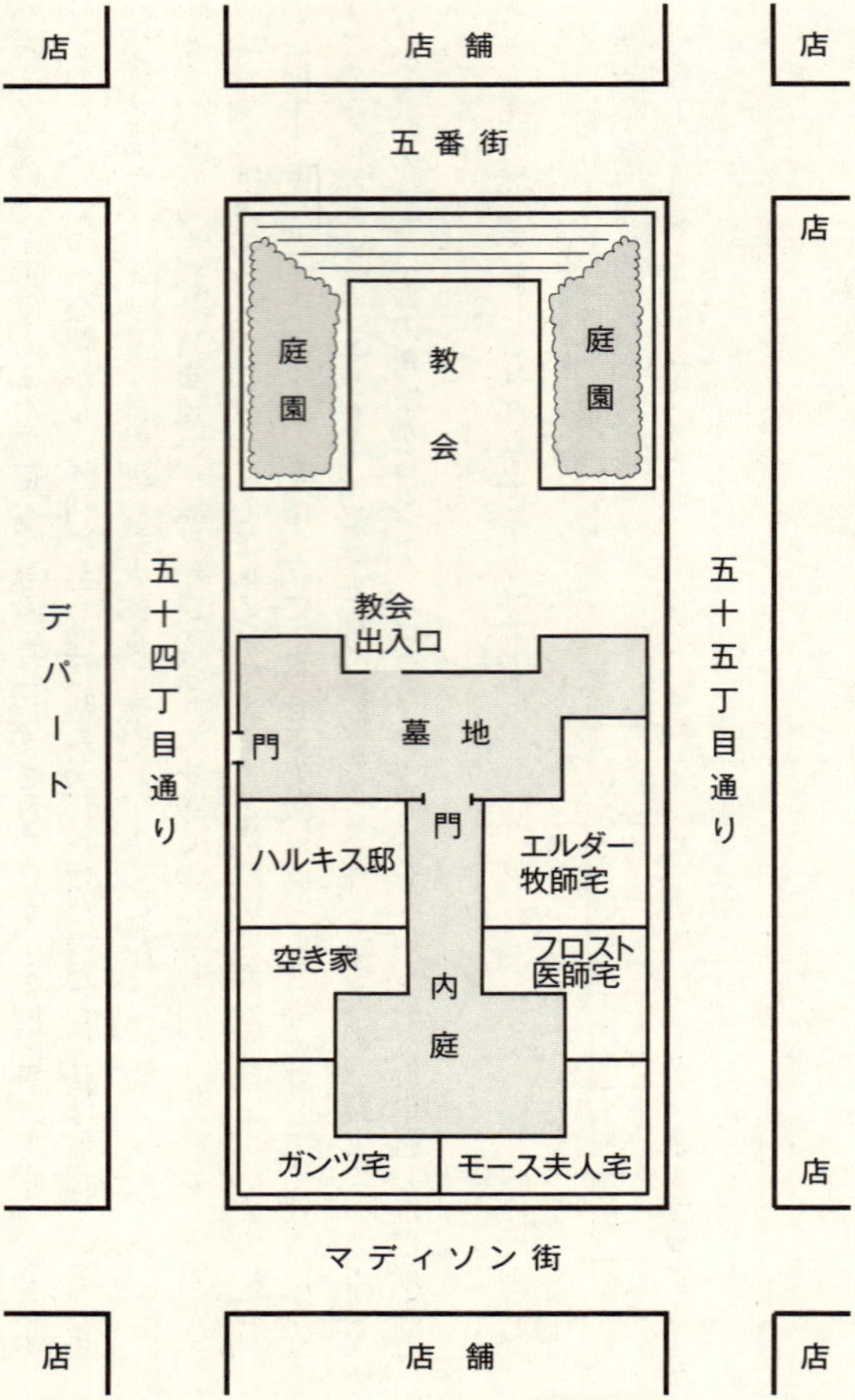
店
店舗
店
五番街
店
庭園
教会
庭園
デパート
五十四丁目通り
教会出入口
五十五丁目通り
門
墓地
門
ハルキス邸
エルダー牧師宅
空き家
フロスト医師宅
内庭
ガンツ宅
モース夫人宅
店
マディソン街
店
店舗
店

ハルキス邸見取り図

A　ハルキスの書斎

B　ハルキスの寝室

C　デミーの寝室

D　台所

E　二階への階段

F　食堂

G　客間

H　広間

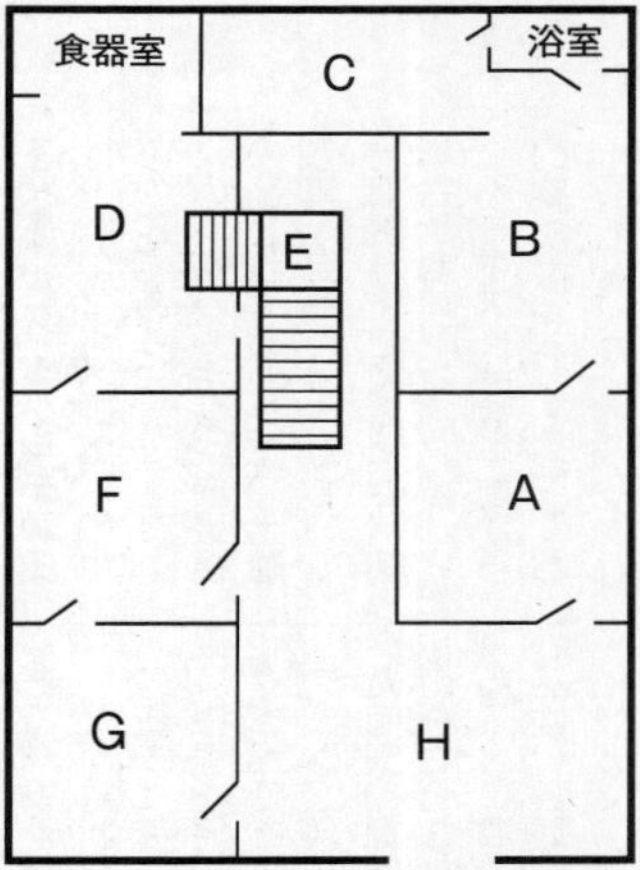

一階

二階

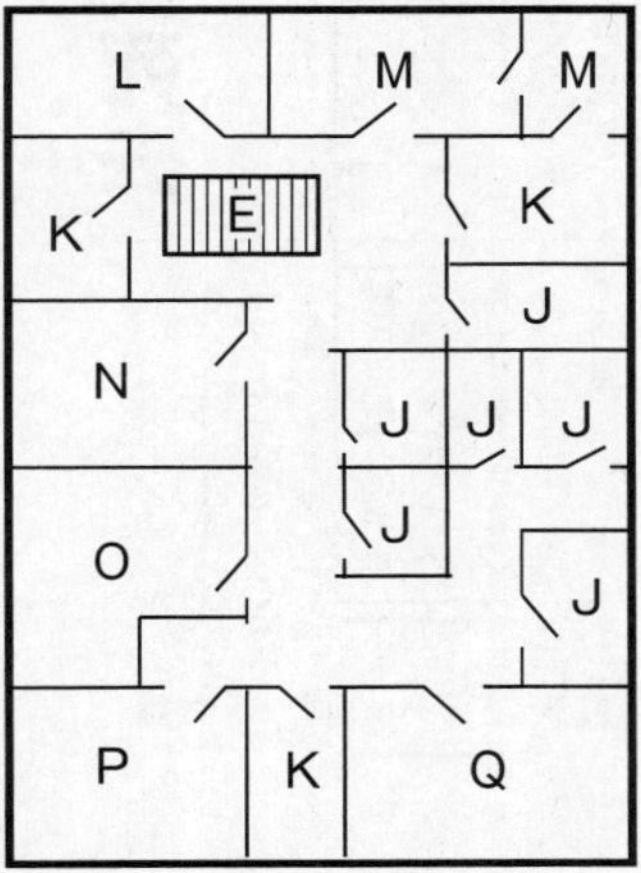

J　使用人部屋

K　浴室

L　ヴリーランドの部屋

M　スローンの部屋

N　ジョーン・ブレットの部屋

O　ウォーディス医師の部屋

P　チェイニーの部屋

Q　第二客用寝室

屋根裏部屋は区画なし

ゲオルグ・ハルキス氏死去
心臓発作で 享年67
世界的に有名な美術商の蒐集家、三年前に失明

ニューヨーク市が誇る名高い美術商にして、鑑定家、さらには蒐集家でもあるゲオルグ・ハルキス氏は、〈ハルキス画廊〉の生みの親であり、ニューヨークの旧家ハルキス一族最後のひとりであったが、土曜の朝、自宅の書斎において心臓発作で亡くなった。享年六十七。

ハルキス氏は数年前から内臓疾患をわずらっており、主治医のダンカン・フロスト博士によれば、この病が失明の原因とのことである。長く自宅療養をしていたが病状が急変し、突然の逝去となった。

生涯を通じてニューヨーク市民であり続けたハルキス氏は、現在我が国の至宝たる美術品をいくつも国内にもたらした功労者でもある――これらの貴重な美術品は、各地の美術館や、個人のコレクションや、五番街にあるハルキス氏のギャラリーに収蔵されている。

遺族は、〈ハルキス画廊〉支配人のギルバート・スローン夫人であり故人の唯一の妹のデルフィーナさんと、スローン夫人と前夫の令息アラン・チェイニー氏と、いとこのデミトリオス・ハルキス氏。全員がニューヨーク市東五十四丁目一一番地にある故人の邸宅に同居している。

葬儀と埋葬は十月五日にとりおこなわれるが、故人の遺志を尊重し、ごく内輪での密葬となる予定。

第一部

科学、歴史、心理学といった探求分野において、現象の見かけについて考察の必要があるものすべてに言えることだが、物事はたいていの場合、見せかけとは違っている。アメリカの著名な思想家ローウェル曰く、「賢明なる懐疑主義は、すぐれた批評家の第一の資質である」。私はまったく同じ定理が、犯罪学を研究する者にも当てはまると考えている……

人間の心とは、恐ろしくも、ひねくれたものだ。どの一部分に歪みが生じても――たとえそれが現代の精神医学のあらゆる手段を講じても見つけることができないほどの、どんなにわずかな歪みであっても――その結果ははかりしれない甚大なものとなる。誰が動機を説明できるだろう。情熱か？　はたまた、心理的な成り行きか？

では私から――もはや思い出せないほど長い年月にわたり、予測できない頭脳の霧の中に手をひたし続けてきた者からの、歯に衣着せない進言を贈ろう。眼を使いたまえ。神が与えし小さな灰色の脳細胞を使いたまえ。ただし、決して用心を怠ってはならない。犯罪にはたしかに型はあるが、論理はない。混乱に首尾一貫した道筋をつけ、混沌の中から秩序をもたらすことこそ、諸君の使命である。

ミュンヘン大学における〈応用犯罪学〉講座の閉会の辞

フロレンツ・バッハマン教授（一九二〇年）

1……墓場

そもそもの幕開けからハルキス事件は不吉な音色を響かせていたのである。事件は、このあとに起きる出来事と奇妙なハーモニーをなす、ひとりの老人の死で始まった。老人の死はまるで対位法のメロディのように、あとに続く死の行進曲の複雑にからみあう音の糸を編みながら、旋律を奏《かな》でていったのだが、無垢《むく》の者たちが死を悼《いた》んで嘆く歌声はまったくなかった。罪深い交響曲は終わりが近づくにつれて、クレッシェンドで大きくふくらみ、高まり、ついに埋葬の挽歌《ばんか》となって、禍々《まがまが》しい最後の音がかき消えたあとも末永く、ニューヨーク市民の耳という耳の中で余韻《よいん》を鳴らし続けた。

ゲオルグ・ハルキスが心臓発作で死んだ時に、それが殺人交響曲の出だしの主題《テーマ》であると疑った者は、エラリー・クイーンはもちろんのこと、誰ひとりいなかった。だいたいエラリーなどは、この盲目の老人の肉体がこのうえなく適正な手続きを踏んで、永遠《とこしえ》に眠る地と世間の誰もが信じる場所に引き渡された三日後にむりやり注意を向けさせられるまで、ゲオルグ・ハルキスが死んだ事実そのものを知っていたかどうかさえ怪しいものだ。

新聞が、ハルキスの死の第一報において、大きく触れそこなった点は――新聞というものを、とんと読むことのないエラリーに至っては、死亡記事に気づくこともなかったのだが――墓の興味深い所在地である。それは古きよきニューヨークの、いっぷう変わった側面を見せるものだった。色あせたブラウンストーン造りのハルキスの屋敷は東五十四丁目一一番地にあり、五番街に面した伝統ある教会のすぐ隣に建っていた。五番街とマディソン街の間の、北は五十五丁目通り、南は五十四丁目通りに区切られたブロックのほぼ半分をのみこむこの教会とハルキス邸の間には、市内でもっとも古い私有墓地のひとつである、教会墓地が横たわっている。かの死者の遺骸《いがい》が埋葬されたのは、この墓地だった。ハルキス一族は、過去二百年近くにわたってこの教会の教区員なので、市の中心部への埋葬を禁じる衛生法の条項に触れることはない。五番街の摩天楼が落とす影に包まれて眠りにつく権利は、教会墓地の地下霊廟のひとつを先祖代々にわたって所有していることにより、保証されていたのだ――霊廟は通行人の眼に触れなかった。というのも、棺をおさめる廟の入口は地下一メートルに埋まっており、墓をおおう芝生の上に無粋《ぶすい》な墓石が置かれることもなかったからである。

葬儀はごく内輪のもので、静かで、涙はなかった。死体は防腐処理をほどこされ、夜会服で着飾らせられ、大きな黒光りする棺桶に横たえられて、ハルキス邸の一階の客間に用意された棺架の上に安らいでいた。葬儀は隣の教会の牧師、ジョン・ヘンリ・エルダー師によってとりおこなわれた――余談だが、このエルダー師の説教や、社会に対する痛烈な警鐘の言葉は、ニューヨークの各新聞にてしばしば、かなり大きく紙面をさいて紹介されている。葬儀は特に興奮するようなこともなく、死者の家政婦であるシムズ夫人が気絶して、景気よくぶっ倒れたくらいで、ほかはヒステリーを起こす者もなかった。

にもかかわらず、のちにジョーン・ブレットが述懐《じゅつかい》したとおり、何かが変だった。それはいわゆる〝女の勘〟によるものかもしれず、医学者なら、まったくのナンセンスだと鼻の先で笑うようなことかもしれない。それでもジョーンは頑固《がんこ》一徹《いってつ》に、英国風にしゃれた言い回しで〝空気の中の緊張〟があったのだと主張した。緊張の原因は誰なのか――もしも実際に緊張があったとすれば――元凶は、ひとりなのか、複数なのか、そこまではジョーンにもわからなかった。でなければ、言うつもりがないらしかった。とはいえ、緊張とはうらはらに、葬儀のすべては順調に進んでいるうえ、心からの飾り気のない悲しみが、理想的にちりばめられているようにさえ思えた。たとえば、簡単な弔詞がしめくくられると、家族の者や、まばらに散らばった列席の友人知人や使用人は、順ぐりに棺のそばに行き、遺体に最後の別れを告げ、お行儀よくそれぞれの家や持ち場に帰っていった。うちしおれたデルフィーナは泣いていたが、こんな時さえも貴族風に、つつしみ深く泣いていた――涙をひとしずく、ハンカチーフでひとぬぐい、ため息をひとつ。心の成長が子供のままで止まった、誰もがデミー以外の名で呼ぶことを思いつかないデミトリオスは、おさなごのようなまなざしで、棺の中で冷たくなっているいとこの穏やかな顔を、ぽかんと見つめている。ギルバート・スローンは妻のぽっちゃりした手をそっとなでている。アラン・チェイニーは顔を少し紅潮させ、両手を上着のポケットにつっこみ、虚空をきっと睨みつけている。〈ハルキス画廊〉の管理人《ディレクター》、ネーシオ・スイザは、一分のすきもない喪服姿で、片すみにうなだれて立っている。故人の顧問弁護士であるウッドラフは、派手な音をたてて鼻をかんだ。何もかもがまったく自然で不審なことは何もない。やがて、心配性の銀行家を思わせる顔つきの、スタージェスという葬儀屋が、助手たちをあやつり人形よろしく思いのままに動かすと、あっという間に棺のふたはがっちり閉じられた。あとはもう葬列を作るという、最後の気の滅入る仕事が残るだけだ。アランとデミーとスローンとスイザが棺架のまわりでそれぞれの持ち場につこうとして、こういう時にありがちなちょっとしたごたごたがおさまると、四人がかりで棺を肩にかつぎ、葬儀屋のスタージェスの厳しい眼で点検され、エルダー師が祈りの言葉を小さく唱えてから、ついに葬列はしずしずと屋敷を出ていった。

さて、ジョーン・ブレットは、のちにエラリー・クイーンが感心するほどの、並はずれて鋭い娘である。その彼女が〝空気の中の緊張〟を感じ取ったのなら、空気の中に緊張はたしかにあったのだ。しかし、どこに――どの方向から？　はっきりと指摘するのは難しかった――この緊張は、いったい誰から？　葬列のいちばんうしろから、ヴリーランド夫人と共についてくる、顎《あご》ひげ麗しいウォーディス医師からだったかもしれない。棺をかつぐ者たちからか、それとも、棺のすぐうしろからついていく、ジョーンのまわりの人たちからかもしれない。実は全然そうではなく、もしかすると、シムズ夫人がベッドの中で嘆き悲しんでいるとか、あるいは執事のウィークスが故人の書斎で呆けたように顎をさすり続けているとか、そんなごく単純な理由のせいで、屋敷そのものからかもし出されていたのかもしれない。

もちろん、そんなことがこの遠征を邪魔する障害をもたらすはずもなかった。葬列はしずしずと、五十四丁目に通じる正面玄関からではなく裏口から、細長い内庭に出ていった。この内庭はそのまま、それを囲む五十四丁目と五十五丁目の住宅六軒の私道にもなっている。一行は左に曲がり、庭園の西の端にある門を抜けて、墓地にはいった。五十四丁目側で蠅《はえ》のようにむらがり、待ち受けていた通行人や野次馬は肩すかしを食って、さぞがっかりしたことだろう。まさにそういった連中を避けるために、内庭が墓地へ向かう進路として選ばれた。野次馬たちは、矢じりのように先端の尖ったフェンスをつかみ、鉄格子の隙間《すきま》から小さな墓地を覗きこんだ。その中には記者もいればカメラマンもいたが、誰もが固唾《かたず》をのんで静かにしている。悲劇に出演している役者たちは、観客には目もくれなかった。一同が何もない芝生の上をぞろぞろと進んでいく先には、芝生の中にぽっかりと開いた長方形の穴と掘り返された土の山を取り囲む、小さな集団が待ち受けていた。そこには、ふたりの墓掘人《はかほりにん》（スタージェスの助手たちだ）と、教会の墓守《はかもり》であるハニウェルと、ひとりぽつんと離れた場所で、滑稽《こっけい》なほど時代遅れな黒いボンネットをかぶって、色の薄い眼からとめどなく流れる涙をぬぐう小柄な老婦人がいるだけだった。

ジョーン・ブレットの勘を信用するなら、空気の中の緊張はなおもそこにあった。

しかし、あとに続いたのは、ここまでと変わらず平凡な手順だった。まずはしきたりどおりの儀式の準備。墓掘人がぐっと前に身を乗り出し、地べたに水平に埋めこまれた錆びついた古い鉄扉のとってをつかむ。死んだ空気がわずかに、ふうっと吹きあがる。棺がゆっくりと、古いれんが造りの地下霊廟におろされていく。作業する者たちが右往左往し、声をひそめた早口のやりとりの中、棺はゆっくりと地下の壁際に寄せられて上からは見えなくなり、霊廟の壁にいくつもうがたれた壁龕《へきがん》の中に安置される。鉄の扉が地下の入り口にふたをすると、土くれと芝生がその上を再びおおっていく……

そして、なぜだろうか、ジョーン・ブレットがのちにこの瞬間の印象を語った時に断言したとおりなら、この瞬間、空気から緊張が消えた。

2……探索

消えた、というのは、葬列が再び庭園を逆戻りし、屋敷に帰ってほんの数分後までのことだ。やがて、それは再び現れたばかりか、身の毛もよだつ出来事が、あとを追うように立て続けに起きるのだが、根源の正体が明らかにされるのは、ずっとのちのことである。

来たるべき出来事の警告を最初に発したのは、故人の顧問弁護士であるマイルズ・ウッドラフであった。その瞬間、状況はまるでエッチングの版画のように、くっきり見えた。エルダー師は慰めの言葉をかけるためにハルキス邸に引き返しており、師のうしろからは、聖職者ぶった顔をした、まわりがいらいらするほど落ち着きのない、墓守《はかもり》のハニウェルがついてきていた。先ほど墓地で葬列を出迎えた、濡れた淡い瞳の小柄な老婦人も、当然のように、家路をたどる葬列にはいりこんでいたのだが、いまは客間で、からになった棺台をあら探しするようにじろじろ見ている。その視線を浴びながら、葬儀屋のスタージェスと助手たちは、陰気な儀式の道具を忙しく片づけていた。小柄な老婦人は、誰が招き入れたわけでもない。存在に気づいている者もいない。ただひとり、純真無垢《むく》なデミーだけは、かすかだがはっきりと嫌悪の色を浮かべて老婦人を見ている。ほかの者は椅子に坐るか、落ち着きなく歩きまわるかしていた。会話はほとんどない。葬儀屋と助手のほかは、どうしていいやら、わからずにいるようだ。

マイルズ・ウッドラフもまた皆と同様に落ち着きがなく、埋葬のあとの気まずい手持ちぶさたな空白の時間を潰《つぶ》そうと、のちに語ったように、特にこれという目的もなく故人の書斎にふらりとはいりこんだ。書斎にいた執事のウィークスが、まごついたように慌てて立ち上がった。どうやら居眠りをしていたらしい。ウッドラフは挨拶がわりに片手を振って、あいかわらず目的もなく、すっかり気が滅入ったまま、とぼとぼと部屋を横切っていくと、二台の書棚の間の壁に埋めこまれたハルキスの金庫に近づいていった。金庫のダイヤルを回し、数字錠を合わせ、重たい小さな円《まる》い扉を開け放った自分の行動は、まったく無意識のものだったと、ウッドラフはのちのち頑固に主張し続けた。もちろん、それを探す意図があったわけでもなければ、なくなっているなどと考えもしなかった。そもそも、あるのをじかに見ていたどころか、葬列が屋敷を離れるほんの五分前まで、実物を間違いなく、手に持っていたのだ！　けれどもウッドラフが故意にしろ偶然にしろ、それがなくなっているという事実を、しかも、鋼《はがね》の箱もろともに消失しているのを発見したという事実は厳然と残り――発見が警鐘のように鳴り響いて、例の空気中の緊張とやらを再び出現させると、その緊張は童謡の『ジャックの建てた家（〝風が吹けば桶屋が儲かる〟のような連鎖が歌われる）』よろしく、玉突き式に次から次へと陰惨な出来事をもたらしたのである。

それが消えていることに対するウッドラフ弁護士の反応は、常軌《じょうき》を逸《いっ》していた。いきなり、すさまじい勢いでウィークスを振り返った。執事はウッドラフの気が狂ったと思ったに違いない。弁護士は怒鳴った。「金庫に触ったか」恐ろしい声だった。ウィークスはしどろもどろに否定した。ウッドラフはぜいぜいと肩で息をしながら、さっそく追及を始めようとしたが、いかんせん、何をどう追及すればいいのかさっぱり見当もつかないのである。

「いつからここに坐っていた」

「葬列が墓地に向かって、当家を出発された時からずっとでございます」

「坐っている間に、この部屋にはいってきた人間は?」

「猫の仔一匹、おりません」ウィークスはいまや怯えきっていた。桃色の頭皮のてっぺんに輪のように残った耳にかぶさる綿毛のような白い髪が、必死の思いを反映して震えている。実直そのものの古風な老ウィークスの眼には、ウッドラフの主人《あるじ》然とした高飛車な態度が、ひどく恐ろしく映ったのだ。ウッドラフは、その巨体と、真っ赤になった顔と、割れ鐘《がね》のような声で情け容赦《ようしゃ》なく脅しつけ、老人が半泣きになるまで追いこんでいた。「寝ていただろう!」弁護士は雷鳴のように怒鳴りつけた。「私がはいってきた時、居眠りしていたな!」

ウィークスは涙まじりに、か細い声で弁解した。「ほんの少しうとうとしただけでございます、本当です、うつらうつらしただけで。一瞬たりとも、眠ってなどおりません。あなた様がはいっておいでになってすぐに、私は気がつきましたでしょう?」

「それは……」ウッドラフは口調をやわらげた。「うん、まあ、そうだったな。スローンさんとチェイニー君を、いますぐここに呼んでくれ」

ウッドラフが金庫の前で仁王立ちしていると、ふたりの男がけげんそうな顔で部屋にはいってきた。弁護士は無言のまま、とっておきの威圧する態度を作り、相手がぼろを出すのを待ち構えていた。ウッドラフはすぐに、スローンの様子が、どことはっきり言えないがおかしいことに気づいた。アランの方はいつもどおりふてくされた顔で、弁護士は青年が近づいてくるにつれ、息がウィスキーのつんとする臭いでぷんぷんしていることに気づいた。ウッドラフは言葉を惜しまず、火を噴くような熱弁をふるいだした。ふたりに暴言の嵐を浴びせ、開け放たれた金庫を指差し、深い疑いに満ちた眼で両人をかわるがわる睨みつけた。スローンはライオンのような頭を振った。彼は壮年の男ざかりであり、いわゆる有力者でもあり、流行の最先端の装いをりゅうと着こなしている洒落者《しゃれもの》でもあった。アランは無言だった――めんどくさそうに、貧相な肩をひょいとあげてみせた。

「よろしい」ウッドラフは言った。「それならそれで、いっこうにかまわん。だが、きみたち、私はこれを徹底的に調べつくすぞ。いますぐにだ」

ウッドラフはすっかり王様気取りだった。独裁者よろしく、家じゅうの者を否応なしに書斎に集めた。驚くべきことに、なんと葬列がハルキス邸に戻ってから四分とたたないうちに、ウッドラフは全員を――全員とは、葬儀屋のスタージェスと助手たちも含めてである！――呼びつけて、男女の別なくひとり残らず問いつめ、金庫の中の物を取り出すどころか、この日はまったく金庫のそばに近寄りもしていない、と誰もが主張するのを、うさんくさい思いでひととおり聞き取った。

まさにこのドラマチックで、いくらか滑稽《こっけい》じみた瞬間、ジョーン・ブレットとアラン・チェイニーの頭に、まったく同じ考えが雷のように落ちてきた。ふたりはいっせいに戸口へ走りだし、ぶつかりあいつつ、我先に飛び出すと、玄関前の広間に向かって、羽が生えたようにすっ飛んでいった。ウッドラフは咽喉《のど》の奥からわめき声をあげつつ、いったい何が起きているのかわからないながらも、ふたりのあとを追いかけた。アランとジョーンは協力して、広間と玄関ホールを仕切る扉の錠前をはずし、ばたばたと玄関ホールを突っ切って、鍵のかかっていない玄関のドアを大きく開け放ち、少しびっくりした顔の野次馬たちに向き合った。ウッドラフもすぐに追いついてくる。ジョーンは澄んだコントラルトの声で呼ばわった。「ここ三十分の間に、この屋敷にはいったかたはいらっしゃいますか?」アランが怒鳴った。「はいった奴はいるか?」気づけば、ウッドラフも同じ言葉を繰り返していた。歩道の向こうで、かんぬきのおりた門の上から身を乗り出す記者の一団から、ひとりの大胆な青年がはっきりと響く声で答えた。「いないよっ!」別の記者がまのびした声で続ける。「なんだ、なんだ、なんかあったの。あのさあ、いいかげん、中に入れてくれない——なんにも、触らないからさ」通りの野次馬たちから、ぱらぱらとまばらな拍手があがる。無理もないことだがジョーンはさっと顔を赤らめ、無意識に片手を頭に持っていき、赤っぽい栗色の髪をなんとなくなでつけた。アランがわめいた。「出てきた奴はいるのか?」すると声をそろえていっせいに「いないよ!」と答えが返ってきた。ところで、ウッドラフは群衆を前にしてすっかり自信がぐらついてしまい、えへん、えへんと空咳《からぜき》をすると、ぴりぴりした様子で、若い男女を屋敷の中に追い返してから、念入りに鍵をかけた――今回は玄関扉と玄関ホールのドアの二枚共に。

しかし、ウッドラフはいつまでも自信をなくしているタイプではなかった。再び書斎に戻り、椅子に坐っている者やそこここに立っている者たちから、かすかにすがりつくようなまなざしで見上げられると、とたんに自信を取り戻した。弁護士はひとりひとりつかまえて、次から次へと質問を叩きつけ、金庫の数字錠の組み合わせを家じゅうのほぼ全員が知っていることを突き止めると、失望のあまり、わめきだしそうになっていた。

「もういい」弁護士は言った。「よくわかった。この中の誰かがうまいことやって、ごまかそうとしているわけだな。誰かが嘘をついている。だがな、すぐに見つけてやるぞ、すぐ。絶対にだ」一同の前を、弁護士は行ったり来たりしていた。「私だって、あんたがたと同じくらい、脳味噌はあるんだ。これは私の義務――私の義務なんだ、わかったか」一同は人形の集団のように、おとなしくうなずいた。「この家にいる全員の身体検査をする。いまだ。すぐに」全員がうなずくのを、ぴたりとやめた。「ああ、ここにいる誰かさんが、こうした考えを好まないのは知っているさ。私が好んでやろうとしていると思うか。だが、私は絶対にやる。眼と鼻の先で盗まれたんだ。この私の鼻先でな」ここで、ひどく深刻な状況にもかかわらず、ジョーン・ブレットがくすくす笑いをもらした。ウッドラフの鼻は、顔のかなり広い範囲をカバーしているのだ。

上から下まで非の打ちどころのない正装のネーシオ・スイザが薄笑いを浮かべた。「いいかげんにしたまえ、ウッドラフ。少々、芝居がかりすぎじゃないかね。なに、どうせ単純しごくな説明がつくに決まっている。それをきみは、わざわざ大げさにしたてているんだ」

「ほほう、そう思うか、スイザ、きみはそう思うんだな？」ウッドラフはジョーンを睨みつけていた視線をスイザに移した。「きみは身体検査をするという考えを気に入っていないようだな。なぜだ」

スイザは咽喉の奥で笑った。「私は裁かれているのかな、ウッドラフ？ まあ、落ち着きたまえ。きみはまるで、首を切り落とされたニワトリのように、むやみにじたばたしているぞ。ひょっとすると」ぴしりと言った。「葬列が出ていく五分前に、金庫の中にあった箱を見たというのは、きみの勘違いかもしれないだろう」

「勘違い？ 本気で言ってるのか。ここにいる誰かが泥棒だとわかったら、私が勘違いなんぞしていないと、きみにもわかる！」

「どうでもいいんだが」スイザは真っ白な歯を見せて言った。「私はこの横暴なやりかたに、黙っているつもりはない。やってみるんだな――やれるなら、やってみたまえ――私の身体検査を、さあ」

ことここにおよんでついに、避けられない事態が起こった。ウッドラフはかーっとなって、すっかり我を忘れてしまった。怒り狂い、わめき散らし、スイザのつんとすましたような尖った鼻の先に、いかつい大きなこぶしを突きつけ、つっかえながら大声で怒鳴った。「ほえ面《づら》かくなよ、この野郎！ 横暴とはどんなものか、貴様に見せてやる！」そう言うと、そもそも最初にしておくべきだった行動でしめくくった――すなわち、故人の机にのっている二台の電話機のひとつから受話器をひったくり、熱に浮かされたように、ダイヤルのとある番号を回し、見えない審問者に向かってたどたどしくがなりたて、がちゃんと受話器を叩きつけるように戻すと、悪意のこもった通告を、きっぱりと言い渡したのである。「貴様が身体検査を受けるか受けないか、すぐにわかるぞ。サンプスン地方検事の命令だ、検事の部下がここに来るまで、この屋敷の中にいる者はひとり残らず、一歩も外に出ることはまかりならん！」

3 ……なぞ

ペッパー地方検事補は、愛嬌のある好青年だった。ウッドラフが通報して三十分後に、ペッパーがハルキス邸に足を踏み入れた瞬間から、場の空気はなごみ、とんとん拍子にことは運んだ。おまけにこの青年は人に口を開かせる才に恵まれていた。おだてて人の心をくすぐることの価値を存分に心得ていたのである――ぱっとしない法廷弁護士のウッドラフがついに身につけることのできなかった才能だ。ウッドラフが驚いたことに、彼までもが、ペッパーとほんのちょっと言葉を交わしただけで、気分がよくなった。誰ひとりとして、ペッパーに同行して来た、満月のようにみごとな丸顔の、葉巻をくゆらす人物の存在を気にかける者はいなかった――地方検事局付きのコーヘイラン刑事である。コーヘイランはペッパーの指示に従い、書斎の戸口にたたずんで、完全に自分の存在を消すようにだんまりを決めこみ、黒い葉巻を煙にしていた。

ウッドラフは、ペッパーのがっしりした身体を部屋のすみに慌ただしく連れていくと、待ってましたとばかりに、葬儀の一件をまくしたて始めた。「つまり、こういう次第なんだ、ペッパー君。この屋敷から葬列が出ていく五分前に、私はハルキスの寝室にはいって――」そう言って、書斎の外に出るもうひとつのドアがある方向を曖昧《あいまい》に指した。「ハルキスの鋼《はがね》の箱の鍵を取って、ここに引き返して、金庫を開いて、中にはいっている鋼の箱を開けたら、そこにあったんだ、私の目の前に間違いなく。それがいまは――」

「なにが、あったんです？」

「ん、言わなかったか？　私としたことが、またずいぶん気が動転している」そんなことは言われなくても見ればわかる、とはペッパーは言わなかった。ウッドラフは汗まみれの顔をごしごしとぬぐった。「ハルキスの新しい遺言書だ！　いいかね、新しい方なんだ！　新しい遺言書が鋼の箱にはいっていたことは間違いない。実際に手に取って、私自身の封印がしてあるのもこの眼ではっきり確かめた。それを箱の中に戻して、箱の鍵をかけて、金庫の鍵を閉めて、部屋を出て……」

「ちょっと待ってください、ウッドラフさん」ペッパーは情報を引き出したい相手は必ず〝さん〟づけで呼ぶことにしていた。「ほかに箱の鍵を持っている人はいますか？」

「とんでもない、ペッパー君、絶対にいない！　ついこの間、ハルキスの口から聞いたんだ、あの鍵が箱の唯一の鍵だと。私はそいつが寝室のハルキスの服のポケットにあるのを見つけて、箱と金庫を閉めたあとは、その鍵を私のポケットにおさめた。正確に言えば、鍵束に加えた。まだ持っている」ウッドラフはごそごそと尻ポケットを探り、鍵束のケースを取り出すと、震える指で小さな鍵を選び出し、キーリングからはずして、ペッパーに手渡した。「誓ってもいい、こいつはずっとポケットにあった。私から盗むことのできた人間は誰もいない！」ペッパーはおごそかにうなずいた。「だいたい、そんな暇もなかった。私がこの書斎を出てすぐに葬列が組まれて、それから埋葬に向かった。墓地から帰って、私は虫の知らせか何かで、書斎に戻って金庫を開けた――するとどうだ、遺言書のはいった箱が消えているじゃないか！」

　ペッパーはさも同情するように舌打ちした。「持ち出した人間の心当たりは？」

「心当たり？」ウッドラフは眼を怒らせて部屋を睨《ね》めまわした。「心当たりなら山ほどあるさ、しかし証拠がない！　いいか、よく頭に刻みこむんだぞ、ペッパー君。状況はこうだ。ひとつ。私が箱の中に遺言書を確認した時点で屋敷内にいた人間は全員、まだここにいる。この家を出ていったきりの人間はひとりもいない。ふたつ。埋葬に立ち会った人間は全員、ひとかたまりに屋敷を出て、ひとかたまりで内庭を抜けて墓地にはいり、全員が埋葬の間そこにいて、墓地で出会ったひとにぎりの人間以外とは、外部の誰とも接触しなかった。三つ。もともと屋敷から出ていった一団が引き返してきた時、墓地で接触したひとにぎりの人間も一緒に連れ帰ったばかりじゃない、その連中もまだ屋敷内にとどまっているんだ」

　ペッパーの両眼がきらめいた。「実に興味深い状況です。つまり、もともと屋敷にいた誰かが遺言書を盗んで外部の人間にあずけようが、無駄な努力というわけだ。遺言書を墓地の中か、屋敷までの帰り道のどこかに隠しでもしていなければ、身体検査をされたら一発でばれる。実に興味深いですよ、ウッドラフさん。それでその、あなたの言う外部の人間とはどなたです」

ウッドラフは、古めかしい黒いボンネットをかぶった小柄な老婦人を指差した。「まず、あれがそのひとりだ。スーザン・モース夫人、そこの内庭を囲む六軒の家のひとつに住む、いかれたばあさんだよ。ご近所さんというわけだな」ペッパーがうなずくと、ウッドラフはエルダー牧師のうしろでぶるぶる震えている墓守《はかもり》を指差した。「あそこでちぢこまっている小男がハニウェル——隣の教会の墓守だ。その隣にいる労働者風の男ふたりは墓掘りで、雇い主はそっちの男——葬儀屋のスタージェスだ。そして、四つ。我々が墓地にいた間、この屋敷にはいった者も出た者もいない——玄関先でがんばっている記者たちに私が訊いて確かめた。そのあと、私が家じゅうの鍵を閉めたから、誰ひとり、この家に出入りした者は絶対にいないんだ」

「話を聞けば聞くほどどやっかいになるばかりですね、ウッドラフさん」ペッパーが言ったとたん、ふたりの背後で怒声が爆発した。ペッパーが振り向くと、若いアラン・チェイニー君が顔をいっそう真っ赤にして、ウッドラフに向かって人差し指を振りまわしながら突きつけていた。

「どなたですか」ペッパーは訊いた。

アランはわめいていた。「おいっ、そこの役人、そいつの言うことを信じるなよ。記者に訊いたのはそいつじゃない！　ジョーン・ブレットだ——そこの、そこにいる、ブレットさんだ。そうだろ、ジョーニー？」

ジョーンは、氷のような表情、という言葉の定義そのものの顔をしていた——すらりと細い英国人らしい身体つきの、つんとすました顎《あご》と、澄みきった青い瞳の持ち主で、ともすれば馬鹿にしたように鼻がひくひくと蠢《うごめ》いている。ジョーンは視線を、チェイニー青年を通り越してペッパーがいる方に向けると、冷ややかな淡々とした声で、ぴしりと言った。「また酔ってらっしゃるのね、チェイニーさん。それから、どうかわたしを〝ジョーニー〟と呼ばないでくださる？　不愉快よ」

　アランはかすみのかかった眼で、魅力的な肩を見つめている。ウッドラフがペッパーに言った。「また飲んでるんだ、見ればわかるだろう――あれがアラン・チェイニーだ、ハルキスの甥っ子だよ、そして――」

　ペッパーが口をはさんだ。「失礼」そしてジョーンに向かって歩きだした。彼女は身構えるようにペッパーに正面から向きなおった。「記者たちに質問しようと思いついたのはあなたですか、ブレットさん？」

「ええ、そのとおりです！」頬に小さく桃色の点が浮かびあがった。「もちろん、チェイニーさんも思いつきましたけど。わたしとあの人が一緒に出ていって、ウッドラフさんはあとから追いかけてきたんですの。あの飲んだくれのおばかさんの坊やが、レディに花を持たせる男らしさを見せてくれるなんて、まあ、びっくりだわ……」

「なるほど、そうですね」ペッパーはにっこりした――この検事補は女性の心をつかむ笑顔の持ち主なのである。「そして、ブレットさん、あなたはどういう――？」

「ハルキスさんの秘書でした」

「ありがとうございます」ペッパーは、しょんぼりしているウッドラフのもとに引き返してきた。「では、ウッドラフさん、さっきのあなたの話の続きですが——」

「要するにだ、きみのためにすべての状況をおさらいしとこうとね、ペッパー、それだけだ」ウッドラフは空咳《からぜき》をした。「さっき言おうとしていたのは、埋葬式の最中に屋敷の中にいたのは、たったふたりきりということだよ。家政婦のシムズ夫人は、ハルキスが亡くなったことで気絶してから、自分の部屋に引きこもっている。あとは執事のウィークスだ。このウィークスは——ここがこの話のとても信じられない部分なんだが——私たちが留守にしていた間じゅう、書斎の中にいた。そして、書斎にはいってきた者はひとりもいないと誓っている。いわば、ずっと金庫の見張り番をしていたわけだ」

「結構。ようやく目鼻がついてきた」ペッパーはきびきびと言った。「ウィークスを信用できるのなら、盗難があったと想定される時間を絞りこめる。つまり、あなたが遺言書を確認してから、葬列が屋敷を出ていくまでの五分間にやられたというわけだ。まったく簡単な話のようですね」

「簡単?」ウッドラフは、どうだろうかという顔をしている。

「そうですよ。コーヘイラン、来い」刑事はのっそりとうつむきながら部屋を突っ切ってきた。そのまるめた背中を追う、室内のほぼすべての眼という眼から表情が消えている。「話を整理しましょう。我々は盗まれた遺言書を探している。それは次の四つの場所のどこかにあるに違いない。屋敷の中に隠されているか、現在、屋敷にいる人物が身につけているか、内庭の私道のどこかに落とされたか、墓地そのものにあるか、このどれかひとつです。なら、可能性をひとつひとつ潰《つぶ》していけばいい。ちょっと失礼、上の者に連絡をとってきます」

ペッパーは検事局の電話番号を回し、サンプスン地方検事と短いやりとりを交わすと、すぐに両手をこすりあわせながら引き返してきた。「地方検事《DA》が警察の応援をよこしてくれます。我々が捜査しているのは重罪ですからね。ウッドラフさん、コーヘイランと私が内庭と墓地を捜索する間、この部屋にいる全員をここに引き留める役を、あなたに委任しましょう。皆さん、ちょっといいですか！」一同はぽかんとした顔でペッパーを見た。それぞれの顔には、どうしていいかわからないというためらいと、謎と、困惑が広がっている。「この場はウッドラフさんにおまかせしますので、皆さん、ウッドラフさんに協力をお願いします。絶対にこの部屋を出ないでください、どなたもです」ペッパーとコーヘイランは颯爽《さっそう》と出ていった。

十五分後、ふたりが手ぶらで戻ってくると、書斎には新たに四人が増えていた。黒々とした眉の巨人はクイーン警視の片腕ことトマス・ヴェリー部長刑事。そしてヴェリーの部下であるフリントとジョンソン、さらに、まるまるとかっぷくのいい婦人警官。ペッパーとヴェリーは部屋の一角で額を突き合わせて話しこんでいた。話の間、ヴェリーはいつもどおり感情を表さず無表情で、ほかの者はおとなしく坐って待っていた。

「内庭と墓地は洗ったんですな?」ヴェリーが唸るように言った。

「そうだ、しかし、きみと部下とでもう一度洗いなおした方がいいかもしれない」ペッパーは言った。「念のためだが」

ヴェリーが部下ふたりにぼそりと何やら指示すると、フリントとジョンソンが出ていった。ヴェリーとペッパーとコーヘイランは屋敷の中を、範囲を区切ってひとつひとつ順ぐりに手際よく捜索し始めた。まずは、いま自分たちがいるハルキスの書斎から始め、続いて、故人の寝室、浴室、その向こうにあるデミーの寝室を調べた。やがて三人そろって引き返すと、ヴェリーはなんの説明もせず、おもむろにもう一度、書斎を調べなおした。金庫の中、電話がのっている死者の机の引き出し、壁に並ぶ書棚と書物の内側……何ひとつ、ヴェリーの眼を逃れた物はなかった。壁のくぼみにしつらえた小さな飾り棚さえも。そこには、コーヒー用のパーコレーターと、さまざまなお茶道具が用意されている。ヴェリーは恐ろしくまじめな顔で、パーコレーターのきつく閉まったふたを開けて、中を覗きこんだ。そして唸りながら書斎から廊下に出ると、三人は散り散りに、客間や、食堂や、台所や、クロゼットや、裏手の食糧貯蔵室まで手を広げて捜索を続けた。部長刑事は、葬儀屋のスタージェスによっていまは取り壊されている、葬儀用の飾りものを特に念入りに調べていった。が、何も見つからなかった。三人は階段をのぼると、かつてヨーロッパを荒らしまわった西ゴート族よろしく、シムズ夫人の聖域を除く寝室という寝室を侵略した。そして、三人は屋根裏部屋にのぼっていき、古い書き物机やトランクの中をかきまわして、もうもうと埃の雲を巻きあげた。

「コーヘイラン」ヴェリーが言った。「地下室を」コーヘイランは火の消えた葉巻を情けなさそうに吸って、重たい足を引きずって階下におりていった。

「さて、部長刑事」ふたりになると、ペッパーはがらんとした屋根裏の壁に寄りかかって、ふうっと息をついた。「どうやら、いよいよ汚れ仕事をやらなきゃならないようだよ。くそっ、あの人たちの身体検査なんか、やりたくなかったのに」

「この本物の汚い仕事のあとじゃ」ヴェリーは埃で真っ黒になった指を見下ろした。「そいつはむしろ嬉しい仕事に思えるでしょうな」

ふたりは階下におりた。フリントとジョンソンが合流した。「そっちはどうだった」ヴェリーは不機嫌な声で言った。

みっともないごま塩頭の、どうにも冴えない風采をした小男のジョンソンは、鼻をこすった。

「さっぱりです。しかも、内庭に面した別の屋敷の使用人――メイドか何かの娘っ子をつかまえて話を聞いてみると、ますます悪いことになってますね。娘は裏窓から葬列を見物してたんですが、その時からずっと窓を覗いてたんですよ。それが部長、娘が言うには、ふたりの男のほかには――ペッパー検事補とコーヘイランのことだと思いますが――葬列が墓地から引き返していったあと、この屋敷の外に出てきた人間はひとりもいないそうなんです。それどころか、内庭に面したどの家の裏口からも、誰も出てきちゃいないと」

「墓地そのものはどうだ」

「そっちもからっきしです」フリントが答えた。「ブン屋連中が山ほど、墓地の五十四丁目通り側のフェンスに張りついていたんですが、葬式が終わってからこっち、墓地には猫の仔いっぴきはいってこなかったと証言している始末で」

「コーヘイラン、きみはどうだった」

コーヘイランはようやく葉巻に火をつけなおすことができて、ここにいる誰よりも幸せそうな顔をしていた。そして、そのまんまるい顔を勢いよく横に振った。ヴェリーはつぶやいた。「何がそんなに嬉しいのかわからんな、こののろ牛は」そして、つかつかと部屋の中央に歩いていった。部長刑事《サージェント》は頭を高くあげると、閲兵式の軍曹《サージェント》よろしく、大声を張りあげた。「気をつけ！」

一同はぼんやりした顔に、はっと生気を取り戻し、しゃんと坐りなおした。アラン・チェイニーは部屋の角にうずくまり、両手で頭をかかえて、ゆらゆらと揺れている。スローン夫人は、とうのむかしにお義理の涙の最後のひとしずくをぬぐっていた。エルダー牧師さえも、期待に満ちた表情をしている。ジョーン・ブレットは不安げな眼でヴェリーを見つめていた。

「まず言っておきましょう」ヴェリーは厳しい口調で言った。「私は何も好きこのんで、他人のいやがることをしたいわけじゃない。しかし、やらないわけにいかないのでね。始めさせていただこう。いまから、この屋敷にいる人間をひとり残らず身体検査する――必要なら、裸にもなってもらいます。盗まれた遺言書が存在しうる場所はもう一カ所しかない――ここにいる誰かが身につけている、そうとしか考えられないのでね。まあ、これもひとつの余興《よきょう》と思ってすなおに受けるのが、皆さんのためですな。よし、コーヘイラン、フリント、ジョンソン――きみたちは男を。それから、きみは」ずんぐりした婦人警官を振り返った。「ご婦人たちを客間にお連れして、ドアを閉めて仕事にかかれ。それと、忘れるな！　もし見つからなければ、二階にいる家政婦とその寝室もあらためろ」

書斎には、あれやこれやの批判や、なかばやけくそな抗議といった、話し声がぽつぽつと噴き出した。ウッドラフは机の前で親指と親指を合わせてこねくりまわしていたが、ネーシオ・スイザの方を、ばつが悪そうに見やった。スイザの方はにやりとして、第一のいけにえとして自分の身をコーヘイランに差し出した。女たちはぞろぞろと部屋を出ていく。ヴェリーは並んでいる電話のひとつから受話器をひったくるように取った。「警察本部を……ジョニーを出せ……うん、ジョニーか？　いますぐ東五十四丁目一一番地にエドマンド・クルーをよこせ。大至急だ。いますぐ」そして机に寄りかかり、ペッパーとウッドラフを両脇に従え、冷ややかな眼で身体検査の様子をじっと見守った。三人の刑事は男たちをひとりずつつかまえては、無遠慮に相手の尊厳もなんのそので徹底的に調べていく。突然、ヴェリーが動いた。エルダー牧師がまったく文句も言わずに、次のいけにえとして我が身を捧げようとしていたのである。「あっ、いや、牧師さん……フリント、下がれ！　あなたの身体検査は遠慮します、牧師」

「いけませんよ、部長刑事さん」牧師は答えた。「あなたの考えによるならば、私もまたほかの皆さんと同じくらいに可能性があるのですから」ヴェリーの難しい顔に迷いの表情を見た牧師は、にっこりと微笑んだ。「よろしい。では、私が自分で自分の身体検査をしましょう、部長刑事さん、あなたの目の前で」ヴェリーは聖職者の衣に無遠慮に触れる不敬に対する良心の呵責《かしやく》があったとはいえ、牧師が自分のポケットを全部ひっくり返し、衣服をゆるめ、フリントの両手をむりやり取って自分の身体じゅうを探らせる様子を、鋭い眼でじっと見つめることはやぶさかではなかった。

婦人警官が重たい足取りで戻ってくると、不機嫌な声でひとこと、何もなかったむねを報告した。女性陣――スローン夫人、モース夫人、ヴリーランド夫人、ジョーン――は全員、頰を染めていた。そして男性陣の視線を避けていた。「あの二階の肥《ふと》った女――家政婦ですか？――そっちも問題ありません」婦人警官は言った。

沈黙がおりた。ヴェリーとペッパーは憂鬱そうに顔を見合わせた。とうていありえない現実に直面したことに、ヴェリーは癇癪《かんしゃく》を起こしかけ、ペッパーはペッパーで、穿鑿《せんさく》好きな聡明な瞳の奥でひたすら考えこんでいる。「どこかで、何かおかしなことが起きている」ヴェリーは険悪な声で言った。「おい、そっちは絶対に間違いないんだろうな」

婦人警官は、ふんと鼻を鳴らしただけだった。

ペッパーはヴェリーの上着の襟《えり》に手をかけた。「落ち着け、部長」検事補は穏やかに言った。「きみの言うとおり、何か決定的におかしなことが起きているが、いつまでもふたりそろって、石の壁に頭突きを食らわせている場合じゃない。たとえば、我々の知らない隠し扉とかなんとかが、この屋敷にはあるかもしれないじゃないか。きみのところのクルー氏は建築の専門家だ、そういうものがあればきっと突き止めるだろう。まあ、我々は自分たちにできる最善を尽くしたんだ。それに、あの人たちをいつまでもここに引き留めてもおけないしな、特に、この屋敷に住んでいるわけでない人たちは……」

ヴェリーは荒々しく絨毯を踏みにじった。「畜生め、警視に殺される」

それからは早かった。ヴェリーが一歩下がると、ペッパーは丁重な口調で、外から来た人は好きに帰っていいが、この屋敷に住んでいる人は、正式な許可を取らずに外出することはできない、さらに出入りするごとにいちいち全員、入念な身体検査をさせてもらう、と言い渡した。ヴェリーは人差し指をくいっと曲げて婦人警官と、筋骨逞《たくま》しい青年のフリント刑事を呼ぶと、先頭に立って廊下から続く玄関前の広間に行き、いかめしい顔で、扉の前に巌《いわお》のごとく立ちはだかった。モース夫人はちょこちょこと歩いて部長刑事に近づくと、恐ろしさのあまり小さな悲鳴をもらした。「そのご婦人をもう一度調べろ」ヴェリーは婦人警官に命じた。……エルダー牧師には、ちらりと微笑を見せたものの、墓守のハニウェルは部長刑事みずからが調べた。その間に、フリントは葬儀屋のスタージェスとふたりの助手、うんざり顔のネーシオ・スイザの身体を調べていた。

最初の結果と同様に、まったくの空振りだった。

外部の人間が去ったあと、ヴェリーは足音荒く書斎に戻っていった。フリントは家の外で、玄関の扉と、石の踏み段の下にある地下室のおもて扉の、両方が見える位置で監視についた。ジョンソンは裏口の、内庭に続く木の踏み段のてっぺんに待機した。コーヘイランは内庭と同じ高さにある、地下室の裏扉の前に追いやられた。

ペッパーはジョーン・ブレットと熱心に話しこんでいた。チェイニーはだいぶん酔いがさめてきたのか、髪をくしゃくしゃにかきむしり、ペッパーの背中をものすごい眼で睨んでいた。ヴェリーはごつごつした太い指をウッドラフに向かって振り、合図した。

4……噂話

　エドマンド・クルーというのは、誰もが思い浮かべる〝ぼんやり教授〟を絵に描いたような男で、ジョーン・ブレットは、その哀れっぽい馬づらや、ぎゅっとつまれたような鼻や、どんより曇った眼の真ん前で、笑いだしそうな衝動を抑えこむのに必死だった。けれども、クルー氏が喋りだすと、そんな衝動はあっという間に消え失せた。

「この家の持ち主は？」まるでラジオからばちばちと響く、火花のような鋭い声だ。

「死んだ男だ」ヴェリーは答えた。

「もしかすると」ジョーンがもじもじしながら申し出た。「わたし、お力になれるかもしれません」

「この家は建ててからどのくらい？」

「それは——あのう、存じません」

「なら、ひっこんでいて。誰か、知ってる人？」

　スローン夫人は、小さなレースのハンカチーフで上品にちんと鼻をかんだ。「ここは——そうですわねえ、すくなくとも八十年はたっていますわね」

「改築してるよ」アランが勢いこんで口をはさんできた。「そうそう。改築した。何べんも、何べんも。伯父貴がそう言ってた」

「そんなんじゃ、さっぱりわからん」クルーはいらだって言った。「設計図はまだあるの？」

全員が、さあ、どうだろうというように顔を見合わせている。

「やれやれ」クルーが鋭い声を出した。「何か知ってる人間は、ひとりもいないの？」

何か知っている人間は、ひとりもいなかった。しかしそれは、ジョーンがすばらしいくちびるをすぼめて、小さくつぶやくまでのことだった。「あらっ、ちょっと待って。あなたが欲しいのは、青写真とか、そんな感じのものかしら」

「おっ、いいぞ、お嬢さん。どこ？」

「ええと、たぶん……」言いさして、ジョーンは考えていた。やがて、愛らしい小鳥のように、こくんとひとつうなずくと、故人の机に歩み寄った。そしていちばん下の引き出しをかきまわし、ついに、黄ばんだ紙がはちきれんばかりに詰まった、ぼろぼろに古ぼけたボール紙の書類入れを掘り出すと、ペッパーはよくやったとばかりに笑い声をたてた。「古い領収書入れなんですけど」ジョーンは説明した。「たしか……」まさに思ったとおりだったらしい。あっという間に、たたんだ青写真を何枚も留めてある一枚の白い台紙を見つけ出した。「お望みのものはこれですか？」

クルーはその手から紙の束をひったくり、机に近寄って、例のぎゅっとつままれたような鼻を青写真にすりつけんばかりに、紙の束に顔を埋めた。ふむふむ、と何度となくうなずいていたが、急にがばっと身を起こし、青写真を持ったまま、なんの説明もなしにさっさと部屋を出ていった。

すっかりしらけた空気が、霧のとばりがおりるように、また部屋をおおった。

「あなたも事情を知っておいた方がいい、ペッパーさん」ヴェリーはペッパーを傍《かたわ》らに引き寄せると、自分では優しいつもりの力加減でウッドラフの腕をつかんだ。ウッドラフの顔から血の気が引いた。「いいかな、ウッドラフさん。遺言書は何者かに盗まれた。ということは、盗まれる理由があるはずだ。あなたはそいつのことを、新しい遺言書と言っていましたな。新しい遺言書によって、損をする人間は誰です」

「それは――」

「待てよ、ということは」ペッパーは考え考え言った。「盗みという犯罪行為があったことはひとまずおいといてだ、状況はそれほど深刻じゃなさそうだな。ウッドラフさん、あなたの事務所で新しい遺言書の写しを見れば、遺言者の意思はいつでも確かめられるじゃないですか」

「確かめられんよ」ウッドラフは鼻を鳴らした。「逆立ちしたって確かめられやせん。いいかね」弁護士はふたりをいっそう引き寄せると、用心深くあたりを見回した。「あのご老体の意思を確かめることはできんのだ！　ここなんだ、この話の普通じゃないところというのは。つまりだな。ハルキスの古い遺言書は先週の金曜の朝まで有効だった。この古い遺言書の条項は単純だ。まず、ギルバート・スローンが〈ハルキス画廊〉を相続する。〈画廊〉というのは私設画廊だけじゃない、美術骨董品の商売いっさいがっさいも含めた事業すべてのことだ。あとは、信託財産をふたつもうけることになっていた――ひとつはハルキスの甥のチェイニーの分で、もうひとつは、そら、あそこに田舎くさい男がいるだろう、あののろくさい、いとこのデミーの分だ。屋敷とその他身のまわりの形見の品は、妹のスローン夫人に遺贈される。そのほかは、ありふれた条項ばかりだ――シムズ夫人やウィークスをはじめ使用人たちには現金を遺贈するとか、美術品をいくつかの美術館に寄贈する詳細な指示とか、そんなようなことだな」

「執行人に任命されていたのは？」ペッパーが訊いた。

「ジェイムズ・J・ノックスだ」

ペッパーは短い口笛を鳴らし、ヴェリーはげんなりした顔になった。「あの億万長者のノックスか。美術狂いの」

「そう、あの御仁《ごじん》だよ。ノックスはハルキスのいちばんの上得意だったんだが、一応、友人でもあったらしいな。ハルキスがわざわざ遺言執行人に指名したところを見れば」

「はっ、たいした友達ですな」ヴェリーは言った。「何があったか知らんが、今日の葬式に顔も出さないとは」

「おや、部長刑事」ウッドラフは大きく眼を見開いた。「きみは新聞を読まないのか？　ノックス氏は大物だぞ。ハルキスの死去を知ってすぐ、葬式に駆けつけようとしたんだが、いよいよ家を出るという時に急遽《きゅうきょ》、ワシントンから呼ばれたんだ。今朝の話だがね。新聞には大統領の個人的な要請と出ていたな――国の財政問題でどうとかこうとか」

「じゃあ、いつ戻ってくるってんです」ヴェリーがつっかかった。

「そんなこと、わかるはずないだろうが」

「まあまあ、そこはたいして重要な問題じゃない」ペッパーがとりなした。「ところで、新しい遺言書の話というのは？」

「新しい遺言書。そう、そうだったな」ウッドラフは急に、やたらともったいぶった顔になった。「ここだ、今回の謎の点は。先週の木曜、深夜零時になるかならないころに、ハルキスから私に電話がかかってきた。金曜の朝に——つまり、翌朝だな——新しい遺言書の草案を完璧にしあげて持ってこい、と言うんだ。まあ、どういうことかと言うとだな、新しい遺言書は、もともとの遺言書とたったひとつの点を変えるだけで、あとはそっくりそのまま同じだった。〈ハルキス画廊〉の相続人であるギルバート・スローンの名を削《けず》って、新しい名を書き入れられるように、その削った部分を空白にしておけと指示されたんだ」

「スローンを？」ペッパーとヴェリーはこっそりと、くだんの男を観察した。当人は、スローン夫人の椅子のうしろで、胸がぐんと突き出た鳩のように立ったまま、うつろな眼で宙を見つめており、片方の手が震えている。「ウッドラフさん、それで？」

「それから、私は金曜の朝いちばんに新しい遺言書の草案を書きあげて、午前中の早いうちに、それを持ってここに駆けつけた。ハルキスはひとりきりだった。まあ、とにかくかわいげのない、石のような偏屈じいさんでな——冷静というか、厳格というか、人間味が薄いというか——あの朝はなんだかしらんが、ずいぶん慌てていたよ。ともかく、ハルキスがいの一番に言ったのは、誰にも、誠実な顧問弁護士であるこの私にさえもだ、〈画廊〉を相続する新しい受益者の名前は教えない、ということだった。私は遺言書をハルキスの前に置いて、空白に書き入れやすくしてやった——するとひどいじゃないか、ハルキスは私を部屋の反対側の端に追いやって、そこに立っていろと、こう言うんだ！——そして、余白に誰かの名を書き入れたんだろう。そのあと自分で吸い取り紙を当て、素早く折りたたみ、ブレットさんとウィークスとシムズ夫人を呼んで、証人として署名させ、私に手伝わせながら、自分で封印し、金庫にいつも入れてある小さい鋼《はがね》の箱にしまうと、箱に鍵をかけ、自分の手で金庫に入れた。というわけさ——天にも地にもハルキスただひとりしか、その新しい受益者を知る者はいない！」

一同は頭の中でとっくりとその話を嚙みくだいた。ややあって、ペッパーが訊ねた。「古い遺言書の中身を知っていたのは誰です」

「誰も彼もさ。家じゅうの者が普通に噂話のネタにしていたよ。ハルキスも隠そうとはしていなかった。新しい遺言書についてだが、ハルキスは遺言書を作りなおすことについて特に口止めしろとは言っていなかったし、私も別に隠す理由はなかった。三人の証人は当然知っていたからな、もうとっくに家じゅうにふれまわっただろう」

「スローンも知っているんですかね」ヴェリーが太い声で訊いた。

ウッドラフはうなずいた。「知っているとも！　実を言えば、その日の午後に、スローンは私の事務所に電話をかけてきたんだ——明らかに、ハルキスが新しい遺言書に署名をしたという噂話を聞いたんだな——そして、この変更で自分が何か影響を受けるかどうか訊いてきた。それで私は、誰かがきみにとってかわったが、それが誰なのかは、ハルキス以外に知る者はいないと教えてやって——」

ペッパーの眼がぎらりと光った。「とんでもないことをしてくれましたね、ウッドラフさん、そんなことをする権利はあなたにない！」

ウッドラフはしょげてしまった。「いや、まあ、ペッパー君、それはそうかもしれんが……だが、つまり、私はてっきり奥さんが新しい受益者に指名されたと思っていたものだから、それなら奥さんを通じて〈画廊〉の権利はスローンに渡るわけで、だとすれば別にスローンが失うものは何もないだろうと」

「冗談じゃない」ペッパーの声には鋭い鞭のような響きがあった。「職業倫理にもとる話だ。軽率すぎる。まあ、いまさらあれこれ言ってもしかたがない。葬列が出発する五分前にあなたが箱の中の新しい遺言書を見た時、新しい受益者が誰なのか読みましたか」

「いや。埋葬がすむまで遺言書を開けるつもりはなかった」

「それは間違いなく本物でしたか」

「間違いない」

「新しい遺言書に破棄《はき》条項は」

「あった」

「そいつはなんです？」ヴェリーがとまどったように唸った。「どういう意味です」

「頭痛の種を山ほど残してくれたって意味だよ」ペッパーは言った。「新しい遺言書に破棄条項が含まれている、ということはつまり、それ以前に作られたすべての遺言書を破棄するという、遺言者の意思を表す。要するに、新しい遺言書が見つかろうが見つかるまいが、古い遺言書は先週の金曜午前中に効力を失ったということだ。そして」ペッパーは苦々しげに言った。「もし、我々が新しい遺言書を見つけられず、〈画廊〉の新しい相続人を特定できなければ、ハルキスは遺言をしないで死んだとみなされる。そうなれば泥沼だ！」

「要するに」ウッドラフはすっかり滅入った声で付け加えた。「ハルキスの遺産は、厳密に相続法のみによって分配されることになるわけだ」

「なるほど、のみこめましたよ」ヴェリーはがらがら声を出した。「その新しい遺言書が見つかりさえしなければ、スローンは何があろうと、分け前にあずかれるってわけだ。ハルキスのいちばん近い親族がたしか妹で、スローンの女房だ……なんともうまい話ですな！」

エドマンド・クルーはさっきから亡霊のように書斎を出たりはいったりしていたが、青写真を机に投げ出すと、三人の男たちに近づいてきた。「どうだった、エディ」ヴェリーが声をかける。

「何もない。動かせる羽目板も、秘密の隠し戸棚も。ふたつの部屋をつなぐ隠し通路も。天井も床もがっちり――どっちもこの屋敷が作られた時のまま手を加えられてない」

「くそっ！」ペッパーは悪態をついた。

「というわけだからね、おえらいさんがた」建築の専門家は続けた。「遺言書は、この家の誰も身につけてないなら、もう家の中にはないと、おれが保証するよ」

「いや、絶対にあるんだ！」ペッパーは声を荒らげた。

「ないったらないよ、お若いの」クルーはすたすたと部屋を出ていき、それからほどなくして、玄関の扉がばんと閉まる音が聞こえてきた。

三人の男は何も言わなかったが、沈黙がむしろ雄弁に語っていた。ヴェリーは無言でどすどすと書斎を出ていったが、数分で、いっそう顎《あご》をこわばらせて引き返してきた。その巨体からは、どうにもお手上げだという空気が四方八方に放出されている。「ペッパーさん」部長刑事はどんよりした声で言った。「降参《こうさん》です。いま、内庭と墓地を自分でもう一度、見なおしてきましたがね。まったくの無駄足でした。もう、とっくのむかしに処分されちまったんでしょう。あなたはどう考えます？」

「ひとつ考えがあるにはあるが」ペッパーは答えた。「それだけだ。まず、上司殿に話してみないと」

ヴェリーは両のこぶしをポケットにぐいとつっこむと、戦場をぐるりと見回した。「さすがですな」部長刑事は唸った。「あたしはもうお手上げだ。皆さん、聞いてください」言われずとも、皆さんはずっと聞いていた。しかし、待ちくたびれて、すっかり生気を失った一同は、犬のような眼で従順にヴェリーをじっと見つめた。「屋敷を出る前に、この書斎と向こうふた部屋を封鎖していきます。いいですね。この部屋には誰もはいってはいけない。ハルキス氏の部屋とデミトリオスさんの部屋も同じ、何ひとつ触ってもいけない――現状のまま保存しておくこと。それと、もうひとつ。この家は自由に出入りしてかまわないが、そのたびに身体検査をさせてもらう。だから、おかしなまねをしようと考えないように。以上です」

「ちょっと、よろしいですか」洞窟の中で響くような声がした。ヴェリーはゆっくりと振り返った。ウォーディス医師が進み出てくるところだった――中背で、古代の預言者のような顎ひげを生やしているわりに、身体つきは類人猿のようだ。ずいぶんと寄り目な、とても明るい茶色の眼が、何やらおもしろがっているような光をたたえてヴェリー部長を見つめている。

「なんです」ヴェリーは絨毯の上で大きくまたを開いて踏ん張り、仁王立ちになった。

医師はにっこりした。「あなたの指示は、この家に住んでいる人たちにとって、それほど深刻に不都合なものじゃないでしょうが、部長刑事、私にはたいへんに都合が悪いものですから。実は、私はここに招かれた客にすぎないんです。この悲しみの時に、いつまでも屋敷の皆さんのご厚意に甘えて、えんえんといそうろうを決めこむのはどうかと思うんですが」

「それで、あなたはどういう人です」ヴェリーはずしんと一歩前に踏み出した。

「ウォーディスと申します。英国民であり、国王陛下の忠実なしもべであります」顎ひげの男は茶目っ気たっぷりに眼を輝かせて言った。「私は医者で――眼科医です。ここ数週間、ハルキスさんの診察をしていました」

ヴェリーは唸った。ペッパーが歩み寄って、何か囁いた。ヴェリーがうなずくと、ペッパーは口を開いた。「もちろん、ウォーディス先生、あなたにもあなたの招待主にも不必要に迷惑をかけるつもりは、こちらにもありません。どうぞ、ご自由にお帰りください。もちろん」ペッパーは笑顔のままで続けた。「最後の形式的な手続きを踏ませていただくことに異論はないでしょう――ここを出るにあたって、念入りな身体検査と手荷物検査を受けられることに」

「異論？　もちろん、ありませんよ」ウォーディス医師はよれよれの茶色い顎ひげをもてあそんでいた。「それどころか――」

「あらまあ、いてくださいまし、先生！」スローン夫人が悲鳴のような声をあげた。「こんな恐ろしい、心細い時に、わたくしたちをお見捨てにならないで。いままでずっとご親切にしてくださったのに……」

「そうよ、いなさいな、先生」この新しい声は、きりっとした顔立ちの大柄な女性の、深い胸の奥から発せられたものだった――黒髪の肉感的な美女だ。医師は頭を下げてもごもごと口の中で何やらつぶやき、ヴェリーはぴしゃりと言った。「で、あなたは誰です、奥さん」

「ヴリーランドの家内ですわ」夫人の眼は威嚇《いかく》するように光った。声に獰猛《どうもう》な響きが加わる。すっかり落ちこんでハルキスの机の端にしょんぼりと腰かけていたジョーンは、必死に笑いをのみこんだ。ジョーンの青い瞳は向きを変え、今度はウォーディスの逞《たくま》しい肩甲骨をしげしげと眺めている。「ヴリーランドの妻です。ここに住んでいますの。主人はハルキスさんの外交員です――でした」

「意味がわからんな。なんです、その――外交員ってのは。だいたい、ご亭主はいま、どこにいるんです」

女はどす黒くなるほど頬を染めた。「なあに、その言いぐさ！　あなた、あたくしにそんな失礼な口をきく権利があると思ってるの？」

「あります。質問に答えてもらいましょう」ヴェリーの眼が冷ややかになった。ヴェリーの眼は、いったん冷えると、どこまでも冷えるのだ。

小さな怒りの火花は、あっという間にはじけ飛んでしまった。「主人は――カナダのどこかよ。偵察旅行とかで」

「居どころは、こっちも突き止めようとしたんだ」突然、ギルバート・スローンが喋りだした。ポマードをべったり塗った黒髪、小さなきちんと整えた口ひげ、眼の下がふくらんだうるみがちな瞳のおかげで、まるで道楽者のような、この場にそぐわない外見をしている。「突き止めようとしたんだが――最後の便りじゃあ、ケベックに本拠を置いて、情報を手に入れていたアンティークのフックトラグ（麻や綿の布に毛糸を刺して表にループを作った絨毯）の行方を追っているという話だった。それからずっと連絡がないんだ。一応、最後の宿にこっちから伝言を残しておいたんだが。まあ、どうせゲオルグが死んだことは、新聞で読むさ」

「読まないかもしれませんな」ヴェリーは冷たく言った。「まあいい、ウォーディス先生、屋敷に残りますか」

「そのように頼まれては――ええ。喜んでそうさせていただきますよ」ウォーディス医師は再びうしろに下がり、偶然を装ってうまい具合に、ヴリーランド夫人のりっぱな身体の近くにぬけぬけと立った。

ヴェリーは剣呑《けんのん》な眼でじろりと医師を見やると、ペッパーに合図し、連れだって廊下に出ていった。ウッドラフは大慌てですぐあとに続いたものだから、あやうくふたりのかかとを踏みそうになった。誰も彼もがそそくさと書斎を抜け出してしまうと、ペッパーは慎重に扉を閉めた。ヴェリーはウッドラフに声をかけた。「さて、何か考えはありますか、ウッドラフさん」

ペッパーとヴェリーは広間の扉の近くで振り返り、ウッドラフと向き合っていた。弁護士は尖った声で言い返した。「いいかね。ペッパー君はほんのちょっと前に、私がひどい勘違いをしたと糾弾した。こうなったら、とことんまでやってやろうじゃないか。部長刑事、私も身体検査してもらいたい。あなたじきじきにお願いする。さっき、私はされなかったからな」

「いや、ウッドラフさん、何もそこまで」ペッパーはなだめるように言った。「私は別に、そんなつもりじゃ――」

「実にいい考えですな」ヴェリーはそっけなく言った。そして前置きなしに、弁護士の身体を小突きまわし、なでまわし、つねりまわし始めたのだが、どうやらウッドラフの表情を見るに、まさかそこまでされるとは予想していなかったようだ。ヴェリーは、弁護士がポケットに入れていた書類すべてを慎重に、一枚残らず調べていった。ついに、部長刑事はいけにえを解放した。「あなたはシロです、ウッドラフさん。じゃ、行きましょう、ペッパーさん」

屋敷を出ると、筋骨逞しい若い平服刑事のフリントが、通りに出る門にいまだにへばりついているひとにぎりのブン屋たちを相手に、軽口を叩きあっているところだった。そのフリントにヴェリーは、彼にも、裏を守るジョンソンにも、中に残してきた婦人警官にも、交替をよこしてやると約束してから、まっすぐにずんずんと門を通り抜けた。あっという間に記者たちが、ぶよの群れのように、ヴェリーとペッパーを取り囲んだ。

「で、どういう事件なんです、部長」

「何があったのよ?」

「ねえ、教えてください、もったいぶらないで！」

「おおい、ヴェリー、あんた、死ぬまで頭の固いポリ公でいるつもりかい」

「黙ってると、いくらごほうびがもらえるのさ」

ヴェリーは大きな肩にむらがるうるさい手を全部振り払うと、歩道の端で待っていた警察の車に、ペッパーともども逃げこんだ。

「こんなもの、警視にどう報告すればいいんだ」車が急発進すると同時に、ヴェリーはぼやいた。「きっとどやされる」

「警視というと？」

「リチャード・クイーンの大将ですよ」部長刑事は運転手の紅潮したうなじを、ぶすっとした顔で睨んだ。「まあ、我々にできることはみんなやった。屋敷は一応封鎖してきたし。あとで署からひとり送って、金庫の指紋を採取させるつもりです」

「ああ、それがいいね」ペッパーの陽気さは消えてしまっていた。坐ったまま、しきりに爪をかじっている。「私も地方検事殿にひどい目にあわされるんだろうな。こっちもハルキスの家からなるべく目を離さないようにするよ。明日の朝は立ち寄って、様子を見にいこう。もし、あの屋敷の阿呆どもが、我々にああいう方法で行動を制限されたことに対して、騒ぎたてようとしたら――」

「はっ、最悪ですな」ヴェリーは言った。

5 ……遺《い》骸《がい》

とてつもなく陰気な、十月七日の木曜の朝、サンプスン地方検事は作戦会議を招集した。これこそエラリー・クイーンが、のちに〈ハルキス事件〉として世に知られる恐ろしくややこしい謎に、公式に紹介された日だった。まだ若く、生意気な時代のエラリーである。*当時のエラリーは、ニューヨーク市警察との関係がそれほど確固たるものではなく、リチャード・クイーン警視の息子という特異な立場にもかかわらず、でしゃばりの邪魔者と思われていた。そもそも、エラリーが自信満々に、自分なら純粋理性と実地の犯罪学を結びつけられると言い張る能力を、善良なる老《グレイ》警視その人が、結構な疑《グレイ》いの眼で見ていたようなのである。それでもこれまでにエラリーが、発展途上にある推理力を役だてた二、三の事件における活躍が前例となったおかげで、サンプスン地方検事が招集の鐘《かね》を鳴らした時には、エラリーも正規のメンバーとしてちゃっかり作戦会議に参加してくるのは当然、という暗黙の了解がなんとなくできあがっていた。

実を言うと、エラリーはゲオルグ・ハルキスの死については何も聞かされていなかったのだから、盗まれた遺言書のことなど、なおさら知るはずもない。それで、エラリー以外の全員がとっくに答えを知っている質問を、地方検事に浴びせ続けてうるさがられることとなった。当時の地方検事はまだ、エラリーの寛容な同僚となってはいなかったので、あからさまにいらだっていた。警視までもがいらいらし、はっきりした言葉でそう言うと、エラリーはひっこんで、サンプスンの上等な革張り椅子のひとつに背中をあずけて、いくぶん恥ずかしそうにしていた。皆、恐ろしく深刻な顔だった。そこにいるのは、まずはサンプスン。検事の職務についたばかりで、見かけはひょろりと痩せているが、実はしごく頑丈な、働き盛りの男である――聡明な眼をした熱意あふれる検事は、この最初はまったく馬鹿馬鹿しく思えた話が、じっくり調べてみると、実はとてつもなくやっかいな難問であったことに狼狽していた。次にペッパー。サンプスンの下で働く検事補のひとりとして推薦登用された切れ者だが、そのがっしりした逞《たくま》しい身体は、絶望そのものを描いていた。そして、年長のクローニン。サンプスンの部下の中でも右腕たる首席地方検事補であり、同僚ふたりよりもずっと犯罪の知恵に精通している彼は、検事局の古強者《ふるつわもの》だ――赤毛で、ぴりぴりといつも神経をとがらせ、跳ねまわる仔馬のように元気よく、赤毛の老馬のように賢い。さらに、リチャード・クイーン警視。すでに髪はなかば白く、その小さな、線の鋭い、皺だらけの顔と、ふさふさの半白の髪と口ひげのおかげで、ますます小鳥のように見える――古風なおもむきのネクタイを好む痩せて小柄な老人は、猟犬の反射神経と正統派の犯罪学の広大な知識を身につけていた。その警視はいらいらしながら、愛用

＊『ギリシャ棺の謎』は、いままでに発表されたクイーンのどの事件よりも、時をさかのぼったものであることを、あらためて思い出していただきたい。これはエラリー・クイーンが大学を卒業してまもないころの物語である。――J・J・マック

の古い褐色の嗅ぎたばこ入れをもてあそんでいる。

それからもちろん、エラリーその人がいた——いまは一時的に神妙にしているが。何か意見を言う時は、きらきら光る鼻眼鏡《パンスネ》を得意げに振りまわす。微笑むと、顔全体がほころんだ——とてもよい顔だ、と誰もが言う。ほっそりと繊細な輪郭《りんかく》の中に、思想家の大きな澄んだ眼を持っている。そのほかについては、まだ母校の思い出にかびの生えていない、ごく普通の青年とほとんど変わらなかった。すらりと背が高く痩せがただが、両肩はがっしりと角ばって、運動家に見えなくもない。そしていま、エラリーはじっとサンプスン地方検事を見つめているので、地方検事殿は、実に居心地悪そうにしていた。

「さて、紳士諸君、我々はまたしてもおなじみの犯罪にぶつかったわけだよ」サンプスンはぶつぶつと言った。「手がかりは山ほどあるが、ゴールはまったく見えないときた。で、ペッパー、我々をますます混乱させてくれるものを、また何か見つけてきたのか」

「重要なものは、ひとつも」ペッパーは肩を落として答えた。「当然、いの一番にスローンを徹底的に取り調べましたよ——ひとりで。ハルキスの新しい遺言書で損をするのは奴だけだ。スローンの奴、牡蠣《かき》のようにしっかり口を閉じていましたよ——昨日はまったく喋ろうとしないんです。だけど、手の打ちようがない。こっちは証拠も何もないんですから」

「手の打ちようならあるぞ」警視が剣呑《けんのん》な口調で言った。

「だめだ、Q」サンプスンがぴしゃりと言う。「スローンに不利な証拠はこれっぽっちもないんだ。たとえ論理的には動機があってもだ、それだけの嫌疑で、スローンのような人物を脅しつけることはできない。で、ほかには、ペッパー？」

「それが、ヴェリーも私ももう手の打ちようがないと悟りまして。このまま屋敷を世間から隔離したままにする権利は、こちらにはまったくないので、ヴェリーは昨日、ふたりの部下を引き揚げさせなければなりませんでした。私は、簡単にあきらめるのはしゃくだったので、昨夜はちょっと虫の知らせに従って、ひと晩、張りこんでみたんですが――私がいたことは、たぶんほとんど誰にも気づかれなかったと思います」

「何かつかんだのかい？」クローニンが興味津々で訊いてきた。

「それがその」ペッパーはためらった。「見たといえば見ましたが……いや」慌てて言い添えた。「意味があるとは思いませんよ。だって、あんないい娘《こ》が――まさか、そんな――」

「いいから、誰のことを言ってるんだ、ペッパー」サンプスンが問い詰めた。

「ブレット嬢です。ジョーン・ブレットですよ」ペッパーはしぶしぶ答えた。「午前一時ころに、ハルキスの書斎をあの娘が何か嗅ぎまわるようにうろついているのを見つけました。もちろん、あそこにいちゃいけないはずで――ヴェリーが特に念には念を入れて、誰も近づいてはいけないと釘を刺した……」

「いまは亡き謎の男《ミステリオーゾ》の美人秘書嬢ですか？」エラリーがのんびりと訊ねた。

「あ、はあ。それで、その」ペッパーはどうやら、いつもはきはきとよく動く舌が、思うように回らないようだった。「ええと、あのお嬢さんは、ほんのちょっといじっていたんです、そのう、金庫を――」

「ほう！」警視が声をたてた。

「……でも、何も見つからなかったようです、書斎の真ん中でしばらく、これがまた化粧着姿で本当にかわいらしかったんですよ、じっと立ちつくしていたと思うと、いきなり、どんと足を踏み鳴らして、さっさと出ていきました」

「女を取り調べたのか？」サンプスンは不機嫌まるだしで訊ねた。

「いえ。ですから、別に、やましいことがあるとは思わなかったので」ペッパーが両手を広げて言い訳を始めると、サンプスンはそっけなく言った。「きみは美人に弱いという弱点を克服してくれないと困るな、ペッパー。いいか、間違いなく、きっちり取り調べて、どうにかして喋らせろ。まったく困ったものだ！」

「きみもそのうち勉強することになるよ、ペッパー」クローニンはくくっと笑った。「ああ、思い出すねえ、あるご婦人が美しい、まるで赤ん坊のようにやわらかい両腕を、このぼくの首にからませてきた時は――」

サンプスンの眉間に、ぴりっと皺が寄った。ペッパーは何か言おうとしたが、耳のうしろまで真っ赤になると、やはり何も言わないことに決めたようだった。

「ほかは？」

「あとはお決まりの仕事です。コーヘイランはハルキスの屋敷に詰めたままで、ヴェリーがよこした婦人警官もいました。誰かが家を出ていこうとするたびに、あのふたりが身体検査をしています。それと、コーヘイランは記録をつけていました」ペッパーは言いながら、胸ポケットをまさぐると、とてつもなく読みにくい字でなぐり書きされた、手で鉛筆がこすれて真っ黒に汚れたぼろぼろの紙切れを一枚、取り出した。「火曜に私たちが出ていったあとに、外から屋敷を訪ねてきた全員の名簿です。昨夜までの記録が全部あります」

サンプスンはその紙切れを奪い取ると、読みあげた。「エルダー牧師。モース夫人——これが、そのめんどくさいばあさんだな。ジェイムズ・J・ノックス——ふむ、戻ってきたのか。クリントック、エイラーズ、ジャクソン、みんな新聞記者だね。それで、このふたりは誰だ、ペッパー——ロバート・ペトリとデューク夫人というのは」

「故人のお得意さんです、金持ちの。弔問に来たそうで」

サンプスンは無意識に紙切れをくしゃくしゃにしていた。「ペッパー、引導を渡されたくなければ気をつけたまえ。遺言書が消えたという電話がウッドラフからかかってきた時に、きみがぜひ、この事件を担当したいと申し出たから、きみにまかせたんだ。くどくどといやみを言いたくはないが、今後、ブレット嬢の色香に惑わされて、自分の義務をおろそかにすることがあれば、問答無用できみをおろす……まあいい、説教は終わりだ。それじゃ、きみはどう思う。何か考えはあるか?」

ペッパーはごくりと唾を飲んだ。「もう失敗しません……その、ひとつ考えがあります、検事。ありていに言って、事実を見るかぎり、これはどう考えても不可能な犯罪です。遺言書は屋敷の中になければならないのに、なくなっている。こんな馬鹿な話はありません!」ばしんとサンプスンの机を叩いた。「ただし、いいですか、ほかの事実を不可能に見せているのは、実はたったひとつの要素なんです。それは――ウッドラフが葬列が出ていく五分前に金庫の中に遺言書があるのを見たという事実ですよ。でも、検事――この事実を裏づけるのは、ウッドラフの言葉しかないんです。私の言いたい意味はわかるでしょう」

「つまり、きみが言いたいのは」警視は考え考え言った。「そのタイミングで遺言書を見た、というウッドラフの言葉は嘘だったということか。言いかえれば、遺言書はその五分間よりもずっと前にすでに盗まれとって、そいつをくすねた人間は、アリバイを証明する必要のない時間にゆうゆうと屋敷から持ち出して、処分したと」

「そのとおりですよ、警視。いいですか――我々は論理的にいかなきゃいけない。ともかく、遺言書が煙のように空中に消えるはずはないんです、そうでしょう？」

「いや、しかし」サンプスンが異を唱えた。「どうしてわかるんだ、遺言書がウッドラフの言ったとおりにその五分間で盗まれて、燃やされるなり破かれるなりしたわけでないと」

「でもね、サンプスンさん」エラリーは穏やかに言った。「鋼《はがね》の箱を燃やしたり破いたりするのは、ちょっとばかり難しいと思いませんか？」

「まあ、それもそうだな」地方検事はぶつぶつと言った。「箱はいったいどこに行ったんだ」

「だから、言ってるんです」ペッパーは勝ち誇ったように言った。「ウッドラフは嘘をついている。遺言書も鋼の箱も、ウッドラフが見たと言った時間帯には金庫の中になかったんですよ！」

「だがな」警視が大きな声をあげた。「なぜだ？　なぜ嘘をつく必要がある？」

ペッパーは肩をすくめた。エラリーは愉快そうに言った。「紳士諸君、あなたがたの誰ひとりとして、この問題にまともなやりかたで取り組んでいない。これはひとつひとつ分析し、あらゆる可能性を考えに入れて進めなければならないタイプの問題ですよ」

「きみは分析したんだろうね？」サンプスンは皮肉っぽく言った。

「ああ――はい、しました。分析しましたよ。そして、ぼくの分析はひとつのおもしろい――あえて、とてもおもしろいと申しあげましょう――可能性を導き出しましたよ」エラリーはいまや、しゃんと背を伸ばし、微笑んでいた。警視は嗅ぎたばこをひとつまみ取って、無言でいた。ペッパーは全身を耳にして、ぐっと身を乗り出し、まるでいま初めてエラリーの存在に気づいた、と言わんばかりの様子で、エラリーをじっと見つめている。「まずは時系列にそって、すべての事実を初めから振り返ってみますが」エラリーはきびきびと続けた。「皆さんも、実はこの問題から新たに派生した可能性がふたつ、生まれていることに、ご同意いただけると思います。可能性その一、新しい遺言書はいま現在、この世に存在しない。その二、新しい遺言書はいま現在、この世に存在している。

まず、第一の可能性について考えてみましょう。もし遺言書が現在、この世に存在しないとすると、ウッドラフが葬列が出ていく五分前に遺言書を見たと言ったのは、実は嘘で、その時点ではもう遺言書は金庫になく、ひとり、ないしは、複数の謎の人物によって、処分されていたことを意味します。もちろん、ウッドラフは本当のことを言っていて、遺言書は彼が見たあとに、問題の五分間のどこかで盗まれて、処分されたとも考えられるでしょう。しかし、後者だとすると、たとえ泥棒が遺言書を燃やしたり破いたりしたあと、浴室で下水に流して破棄《はき》することは可能でも、さっきぼくが指摘したように、鋼の箱が発見されていない事実から、破棄説は的を射ていないとわかる。鋼の箱は、かけらひとつ見つからなかった。では、どこにあるのか。おそらく、持ち去られたのです。箱が外に持ち出されたのであれば、遺言書も破棄されずに、箱ごと持ち出されたと考えるのが順当だ。しかし、ウッドラフが本当のことを言っているのなら、この条件において、箱が持ち出されることは不可能です。というわけで、第一の可能性においては、我々は行き止まり《アンパス》にぶち当たりました。まあ、なんにしろ、遺言書が本当に破棄されてしまっているなら、我々にはもうどうしようもないわけですが」

「それでこれが」サンプスンは警視を振り返った。「ありがたい助言というわけかい。いいか、きみ」検事は腹だたしげに、勢いよくエラリーに向きなおった。「そんなことはもうみんな知っているんだよ。要するに何が言いたいんだ」

「警視殿」エラリーは情けない声で父に言った。「あなたの息子が侮辱されるのを、黙って見ているんですか。ねえ、サンプスンさん。そうやってろくすっぽ足元を固めずに先回りするのは、論理的に考えていくうえで致命的な行為ですよ。ともかく、第一の仮説はかすみも同然とわかったわけですから、ひとまず脇に置いといて、もうひとつの仮説を攻めることにしましょう——すなわち、現時点で遺言書はまだこの世に存在するという説です。我々の目の前にあるのは、どんな状況でしょうか——実に驚くべき事態ですよ。いいですか、よく聞いていてください、皆さん！　埋葬に立ち会うために屋敷を出た人間は、ひとり残らず屋敷に戻ってきました。もともと屋敷に残っていたふたりの人物は、中にいたままだ――そのうちのひとり、ウィークスに至っては、金庫のある書斎にずっと居坐っています。埋葬の間、屋敷にはいった者はひとりもいない。屋敷に残ったふたりと埋葬の参列者と、外部の者との間に接触はなかった。つまり、墓地の中で遺言書を手渡された可能性のある人間さえも、ひとり残らず屋敷に戻ってきている。

「それでもなお」エラリーはてきぱきと続けた。「遺言書は屋敷の中になく、屋敷にいる人間は誰も身につけておらず、通り道の内庭にもなく、墓地で発見もされなかった！　というわけで、ぼくは皆さんに、懇願《こんがん》し、切に訴え、強く求め、伏してこいねがい奉《たてまつ》りますが」ここでエラリーは茶目っ気たっぷりの眼で、しめくくった。「ぜひとも、この闇を晴らす質問をさせていただきたい。さて、埋葬式の最中に、この屋敷を出ていって、二度と屋敷に戻らず、遺言書が発見されてから一度も調べられていない、唯一のものとは、いったいなんでしょうか？」

サンプスンが言った。「何を馬鹿な。全部探したぞ、きみも聞いただろう、何もかもひとつ残らず、徹底的に調べた。そのくらいわかっているはずじゃないか」

「そうだぞ、エラリー」警視は優しく言った。「見落としは何ひとつない――これまで事実が説明されるのを聞いて、おまえはそれを理解できなかったのか」

「ああ、もう、いやになるなあ！」エラリーは呻いた。「〝見ようとしない人間ほど、眼の見えない者はいない……〟」そして静かに言った。「敬愛する我がご先祖様、唯一のものとはほかでもない、ハルキスの遺骸のはいった棺そのものですよ！」

警視は眼をぱちくりさせ、ペッパーは咽喉《のど》の奥で自己嫌悪の呻きをもらし、クローニンはけたたましく笑いだし、サンプスンはおでこをぴしゃりと叩いた。エラリーは遠慮なしに、にやにやと笑っている。

*

最初に正気を取り戻したのはペッパーで、エラリーに向かってにやりと笑い返した。「いや、頭がいいな、クイーン君」彼は言った。「実に頭がいい」

サンプスンはハンカチで口元をおおい、空咳《からぜき》をした。「ぼくは——その、Q、さっきの言葉は全面的に撤回《てつかい》する。続けてくれ、きみ」

警視は黙ったままだった。

「おお、紳士諸君」エラリーはのんびりと言った。「こんなにも好意的な聴衆の前で喋ることができるとは、まことにありがたき幸せでございます。実に耳よりな推論ですよ、これは。埋葬式の準備の最後のどさくさにまぎれて、金庫を開けて、遺言書のはいった鋼の箱を取り出し、客間に戻ってからすきを見て、棺の内張りのひだの間とか、ハルキス氏の死装束《しにしようぞく》だかなんだか知りませんが、そんなようなところにつっこんで隠すのは犯人にとって朝飯前だったはずです」

「安全確実だな」クイーン警視がつぶやいた。「遺言書を死体ごと埋めれば結果として破棄するのと同じことだ」

「そのとおりです、お父さん。いますぐ埋めることになっている棺に隠せば目的にかなうとわかっているなら、遺言書をわざわざ破棄することはないでしょう？　それに、ハルキスは自然死ですからね、〝審判の日〟が来るまで棺があばかれる心配をする理由はない。ゆえに《エルゴ》——遺言書は、燃やした灰を我らが誇る下水道に流すのとまったく同じくらい完全に、この世から葬り去られたというわけですよ。

　さらに、この仮説には心理的な裏づけがある。鋼の箱の唯一の鍵は、ウッドラフが肌身離さず持っていました。それなら、泥棒は葬列が屋敷を離れるまでの五分間という短い時間内に箱を開けることは、おそらくできなかったはずだ。泥棒は遺言書のはいった箱を持ち歩くことはできなかった——いや、そんなつもりもなかったでしょう。かさばるし、危険すぎる。ですか《アロー》ら紳士諸君《ル・メッシュー》、箱も遺言書もハルキスの棺の中、という可能性は十分にあるというわけですよ。もし、これを有力な情報と思《おぼ》し召すなら、ま、せいぜいうまく利用してください」

　クイーン警視は小さな足ですっくと立ち上がった。「すぐに掘り起こすのがものの順序だな」

「どうやら、そのようだね」サンプスンはもう一度、空咳をするとまっすぐに警視を見た。「エラリー君が——えへん！——エラリー君も指摘してくれたとおり、遺言書がたしかにそこにあると保証されたわけではない。ウッドラフは嘘をついていたかもしれない。それでも、我々は棺をあばいて、中をあらためなければならないだろうね。どう思う、ペッパー？」

「私は」ペッパーはにっこりした。「クイーン君のすばらしい分析は、的のど真ん中を射抜いていると思いますよ」

「よろしい。明朝、墓を掘り返すよう、手配してくれないか。どうしても、今日、やらなければならない理由はないだろうし」

ペッパーはいくらか心配そうな顔をしていた。「どこからか横やりがはいるかもしれませんよ、検事。今回の件は、殺人の容疑があって、墓を掘り返すわけじゃありません。判事をどう納得させれば——」

「ブラッドリーに会うといい。こういうことには頭のやわらかい奴だよ、ぼくからも電話をかけて、ひとこと言っておこう。面倒なことにはならない、ペッパー。心配するな」サンプスンは電話機に手を伸ばすと、ハルキス邸の番号を告げた。「コーヘイランを……コーヘイランか、サンプスンだ。屋敷にいる全員に、明日の朝の会合に出席するように伝えてくれ……ああ、我我がハルキスの遺体を掘り返すつもりだと言ってかまわない……墓を掘り返すと言ってるんだ、わからん奴だな！……誰だって？　ああ、いい、電話に出してくれ」検事は受話器を胸に押しつけて、警視に言った。「あっちにノックスがいる——あのノックスだよ。——もしもし！　ノックスさんですね？　サンプスン地方検事と申しま……ええ、お気の毒です。お悔やみ申しあげます……実はですね、ある事実が浮上しまして、棺をもう一度、掘り返す必要が出てきたのです……いや、どうしてもそうしなければならない……なんです？……ええ、それは非常に残念ですよ、ノックスさん……いや、あなたが気をもむ必要はありません。こちらですべて手配しておきましょう」

検事はそっと受話器を置いてから、口を開いた。「ややこしいことになったよ。ノックスは、例の行方不明の遺言書の執行人として指名されているんだ。もし、遺言書がこのまま見つからないで、〈ハルキス画廊〉の新しい相続人を特定できなければ、執行人そのものが存在しないことになる。ハルキスは遺言をのこさずに死んだとみなされるわけだからね……で、ノックスはそのことをずいぶん気に病んでいるみたいなんだ。明日、棺の中に遺言書が見つからなければ、我々の方で、彼を遺産管理人に指定するように手配しておかないとな。ノックスはいま、ハルキス邸でウッドラフと打ち合わせの真っ最中だ。遺産の下調べをしているそうだよ。今日は一日じゅう、屋敷にいると言っている。そこまで責任感を持って協力してくれるとは、いやあ、実にいい人だね」

「ノックスさんも墓を掘り返す場に立ち会うんですか?」エラリーが訊いた。「ぼくは一度でいいから、億万長者というものに会ってみたかったんです」

「いや、立ち会わないと言っていたよ。明日は朝早く、ニューヨークを発たなければならないそうだ」

「またひとつ、子供のころからの夢が破れましたよ」エラリーは悲しげに言った。

6 ……発掘

というわけで、エラリー・クイーン君が、ハルキス悲劇に出演する役者たちと、演じられる舞台と、数日前にジョーン・ブレット嬢が感じたよりどうやらさらにおもしろくなっていそうな〝緊張した空気〟とに、初お目見えしたのは、十月八日の金曜日のことだった。

金曜の朝は全員がすでに、ハルキス邸の客間に集合していた——実に従順で、ものわかりのよい人々である。皆がペッパー地方検事補とクイーン警視の到着を待つ間、エラリーはといえば、背の高い、桃色と白の肌をした、魅力的な姿態の若い英国娘と話しこんでいた。

「あなたが、あのブレットさんですね？」

「まあ」娘は厳しい口調で言った。「わたしのことをあれこれお聞きになってらっしゃるのね」愛らしい青い瞳の、いつ霜がおりるともわからない冷たさの奥に、小さな微笑が見え隠れしている。

エラリーはにこりとした。「それは、文字どおりの真実とは言えませんね、お嬢さん。もし、ぼくが本当にあなたのことをあれこれ聞いていたら、とっくにぼくの心臓と血管がどうにかなっていると思いませんか？」

「ふうん。しかも、女になれなれしい人なのね」娘は白い両手を膝の上できちんと組んで、ちらりと横目で扉の方を見た。ウッドラフとヴェリー部長刑事が何やら立ち話をしている。「あなたはおまわりさん《ボビー》？」

「そのひとりの、さらに影ぼうしにすぎませんよ。名高きクイーン名警視の不肖《ふしょう》の跡継ぎ、エラリー・クイーンと申します」

「見た目は全然そんなふうに見えませんのね、クイーンさん」

エラリーは娘の、すらりと背の高い姿と、はっきりしたもの言いと、好もしさとを、実に男性的な視線で眺めた。「なんにしろ」エラリーは言った。「見た目について、あなたが非難を受けることは絶対にないでしょうね」

「クイーンさんったら！」娘はしゃんと背を伸ばして坐りなおすと、くすくす笑った。「それはわたしの容姿に対する、とってもお上手な悪口なのかしら？」

「あなたは降臨した愛の女神《アスタルテ》の霊だな！」エラリーはつぶやいた。そして品定めでもするように、娘の身体を上から下までとっくりと見ると、彼女は顔を赤らめた。「実を言うと、いままでそんなことにも気づきませんでしたよ」

「霊なんて、わたしはそんなのじゃないわ、クイーンさん。でも、霊媒なみに霊感が強いのよ、ほんとに」

そしてこれこそ、エラリーがまったく思いがけなく、葬儀の日に空気の中に存在していた緊張について知ることになるてんまつであった。しかし、ややあってエラリーが非礼を詫びて父とペッパーを出迎えにいこうという時には、新たな緊張が生まれていた。というのも、若きアラン・チェイニー君が殺意むき出しのものすごい眼でエラリーを睨みつけていたからである。

ペッパーと警視のすぐうしろからフリント刑事が、だらだらと汗をかいているふとっちょの小柄な老いた男をひっぱってきた。

「誰だ？」ヴェリーは客間の入り口に立ちふさがって、唸るように言った。

「この家の関係者だと言っています」フリントはふとっちょの男の、まるぽちゃの腕をがっちりつかんでいた。「どうしましょうか」

警視はコートと帽子を椅子に放り出し、ずかずかと進み出た。「どなたですか、あなたは？」

新参者はわけもわからず、おろおろしていた。オランダ系のその男は短軀《たんく》肥満で、白髪は波打ち、頬は不自然なほど薔薇《ばら》色だ。頬をぷっとふくらませた男の表情は、これまでよりもいっそう困り果てて見える。部屋の反対側の端からギルバート・スローンが言った。「問題ありませんよ、警視。ヤン・ヴリーランド君だ、うちの外交員です」その声は抑揚《よくよう》がなく、奇妙なほどそっけなかった。

「ははあ！」クイーン警視はじろりと彼を見た。「ヴリーランドさんですね？」

「そうです、そうです」ヴリーランドは息を切らしながら答えた。「私はヴリーランドという者で。何があったんだ、スローン。この人たちは誰なんだね。聞いた話じゃ、ハルキスが……家内はどこだい」

「ここよ、あなた」甘ったるい声が漂ってきたかと思うと、ヴリーランド夫人がいつのまにか、戸口でしなを作っていた。小男は小走りに夫人に駆け寄ると、慌ただしく額にキスをして――夫人はかがみこまなければならず、勝気《かちき》そうな眼に一瞬、ちらりと怒りをひらめかせた――帽子とコートを執事のウィークスに渡してから、じっと立ったまま、きょときょとと不安そうに見回していた。

警視は言った。「いまごろ帰ってきたのは、どういうわけです、ヴリーランドさん」

「昨夜、ケベックのホテルに戻って」ヴリーランドはまるで咳《せき》のようなぜいぜいという声で答えた。「電報が来ているのを見たんですよ。ハルキスが死にそうだったなんて、全然知らなかった。いやあ、ショックだ。それより、この集まりはなんなんですか」

「今朝、ハルキスさんのご遺体を発掘するんですよ、ヴリーランドさん」

「は?」小柄な男は茫然としていた。「私なんか、葬式にも出られなかったのに。ちっ! それはともかく、なんで墓をほっくり返すんだ? そんな――」

「すみません」ペッパーがいらいらした声で割りこんだ。「そろそろ始めませんか、警視」

*

一同が墓地に行ってみると、墓守《はかもり》のハニウェルが気をもみながら、ハルキスの埋葬で芝生が掘り起こされてむき出しになったままの、長方形の土の前でうろうろしていた。ハニウェルが掘る場所を指示すると、ふたりの墓掘りはぺっと両手に唾をかけ、すきを取りあげて、景気よく掘りだした。

誰も、何も言わなかった。女たちは屋敷に残されていた。関係者の男たちの中では、スローンとヴリーランドとウッドラフだけが出席していた。スイザは、そんなものは見たくないと嫌悪をあらわにし、ウォーディス医師は肩をすくめ、アラン・チェイニーはジョーン・ブレットの、裾にレースのついたスカートのそばにへばりついて離れようとしなかった。クイーン父子とヴェリー部長刑事と新たに現れた、ひょろりと背が高く、顎《あご》が真っ黒で、くたくたの安葉巻を噛みしめ、黒鞄を足元に置いた男は、近くに立ったまま、墓掘りたちがいせいよく土をはね上げるさまをじっと見ている。五十四丁目側の鉄柵には記者が鈴なりで、ずらりとカメラをかまえている。警察は野次馬たちが通りにふくれあがるのを防いでいる。執事のウィークスはおそるおそる、内庭側の柵の向こうから墓地を覗きこんでいる。刑事たちは柵にもたれかかっている。内庭に面したいくつもの窓から頭が突き出され、鶴のように首を伸ばしている。

一メートルほど掘り進んだところで、男たちのすきがかつんと鉄に当たった。ふたりはせっせとかぶさった土を取りのけ、まるで財宝を掘り出す海賊の子分のように、地下霊廟に続く地べたの入り口をふたしている鉄の扉を、勢いよくきれいにし始めた。仕事がすっかりすんで、ふたりは浅い穴から飛び出すと、それぞれのすきにもたれかかった。

鉄の扉がはね上げられた。そのとたん、葉巻を噛んでいるひょろりと背の高い男が、大きな鼻の穴をひくひく蠢《うごめ》かせたかと思うと、口の中でぶつぶつと、聞き取れない言葉をつぶやいた。いきなり前に出ると、まわりが不審そうな眼で見守る中、両膝をつき、顔を地べたにくっつけるようにうんと身を乗り出して、ふんふんと匂いを嗅ぎだした。そして片手をあげ、よっこらしょと立ち上がり、鋭く警視に言った。「何か臭うぞ!」

「どうした?」

このひょろりと背の高い葉巻を噛んでいる男が、めったなことで騒ぎたてたり、余計なことを言いだしたりしないのを、長年の経験からクイーン警視はよく知っていた。彼はサミュエル・プラウティ博士という名の、ニューヨーク郡首席検死官の補佐で、非常に慎重な思慮深い紳士である。エラリーは脈が速くなるのを覚え、ハニウェルはすくみあがっているようだった。

プラウティ博士は返事をしなかった。ただ、墓掘りたちにこう命じた。「中にはいって、その新しい棺桶を入り口の下にひっぱり出せ、そしたらみんなで地面に持ち上げてやる」

墓掘りたちが暗い穴に慎重におりていってから、しばらくは、ふたりのしゃがれた話し声と引きずるような足音が入り交じって、聞こえてくるばかりだった。やがて、何か大きくて黒光りする物体が少しずつ見えてきた。すぐさま器具が取りつけられ、指示が与えられ……ついに、棺は地面の上に引きあげられ、口を開けた墓穴の傍《かたわ》らに横たえられた。

「あの人を見ているとフランケンシュタイン博士を連想しますね」プラウティ博士を見ながらエラリーはペッパーに囁きかけた。が、どちらも、くすりともしなかった。

プラウティ博士は猟犬のように、くんくんと匂いを嗅いでいた。が、いまでは全員が、何かが腐っているような、吐き気をもよおす臭気を感じていた。スローンの顔色が灰色になり、おぼつかない手でどうにかハンカチを探し出して、勢いよく鼻をかんだ。

「この死体は防腐処理《エンバーミング》をしたのか？」プラウティ博士は棺の上にかがみこみながら詰問した。誰も答えなかった。ふたりの墓掘りが、棺のふたのねじをはずし始める。まさにこの劇的な瞬間、五番街で自動車の警笛がいっせいに鳴りだし、耳障りな不協和音を響かせた――おぞましく不愉快きわまりないこの光景には、ぞっとするほどふさわしい、この世のものとは思えない伴奏。そして、棺のふたがはずれ……

ひとつのことだけがすぐさま、恐ろしくも、信じられないほどに明らかになった。これこそが、墓場のすさまじい悪臭の根源だったのだ。

死んで防腐処理のなされたゲオルグ・ハルキスの、硬直した身体の上にむりやり詰めこまれているものは――ずり落ちそうにだらしなく傾き、腐りかけの肉の空気にさらされている部分が青黒く変色し、斑点の浮いているそれは……腐った男の死体だったのである。第二の死体が！

＊

突然の恐ろしい死に押しのけられて、人生が醜いものに変わり果て、時が止まるのは、まさにこのような瞬間である。

心臓がひとつ鼓動を打つ間、一同は活人画の生き人形と化していた――身動きひとつ、身じろぎひとつできず、声を失い、見開いた眼の奥から純粋な恐怖の光を放っている。やがて、スローンがえずいた声を出し、がくがくと膝を震わせ、ウッドラフの肉づきのよい肩に子供のようにすがりついて身体を支えた。ウッドラフもヤン・ヴリーランドも息ひとつもらさなかった――ただ、ハルキスの棺の中にはいりこんだ不愉快な侵入者を凝視している。

プラウティ博士とクイーン警視は麻痺したように、顔を見合わせていた。やがて、老警視は咽喉《のど》から叫び声を絞り出すと、悪臭に耐えかねて鼻孔をハンカチでふさぎながら前に飛び出し、がばっと棺の中を覗きこんだ。

プラウティ博士は獲物を見つけた猛禽《もうきん》の鉤爪のようにぐっと指を曲げ、忙しく動き始めた。エラリー・クイーンは大きく肩をうしろにそらし、天を仰いだ。

＊

「他殺。絞殺《こうさつ》だ」

プラウティ博士の簡単な見立てで、それだけはわかった。博士はヴェリー部長刑事の手を借りて、どうにか死体をひっくり返したのだった。発見した時、犠牲者はうつぶせで、ハルキスの命なき肩にがっくりと顔を埋めていた。いま、皆はその顔を見ることができた――眼は深く落ちくぼみ、口を開けた眼窩《がんか》の奥には、かさかさに乾ききって茶色くなった眼球があった。しかし、顔そのものは、人間らしさを失うほど腐れ爛《ただ》れてはいなかった。ところどころ青黒くまだらになった肌は黒ずんでいる。鼻は少しぐんにゃりしていたが、生前はおそらくつんと尖っていただろう。顔の輪郭《りんかく》も皺も、腐ってやわらかくなり、ふくらんでいるが、腐敗する前は、線が鋭かったに違いない。

クイーン警視はくぐもった声で言った。「おいおい、この男には見覚えがあるな！」

ペッパーはその肩越しに覗きこんで、真剣に見つめた。そして、つぶやいた。「私もなんとなく見覚えがありますね。ひょっとして――」

「遺言書と鋼《はがね》の箱はありますか？」エラリーが乾いた、咽喉にひっかかるような声で訊ねた。

ヴェリーとプラウティ博士は、押したり、ひっぱったり、まさぐったりした……。「いえ」

ヴェリーは嫌悪をあらわに言った。見ると、両手をこっそりふとももでぬぐっている。

「そんなもの、いまさらどうだっていい！」警視はぴしゃりと言った。そして小柄な身体を震わせながら立ち上がった。「ああ、まったくたいした推理だったな、エラリー！」警視は怒鳴った。「たいしたもんだ！　棺桶をあばけば、遺言書が見つかるだと……ふんっ！」警視は鼻に皺を寄せた。「トマス！」

ヴェリーがぬっと警視のそばに寄った。警視は早口で叩きつけるように何かを言った。ヴェリーはうなずくと、のしのしと墓地の門に向かって歩きだした。警視が鋭い声で言った。「スローンさん、ヴリーランドさん、ウッドラフさん。家に戻りなさい。いますぐ。このことは誰にも言っちゃいけない。リッター！」柵にもたれかかっていた、逞《たくま》しい刑事がひとり、大急ぎで敷地を突っ切ってきた。「ブン屋どもを追っぱらえ。連中に嗅ぎまわられちゃかなわん。急げ！」リッターは墓地の五十四丁目側の門に向かって、すっ飛んでいった。「きみ——名前は忘れたが、墓守君。それと、墓掘りのきみたち。ふたをしなおして、このいまいましい——代物を家に運んでくれんか。それじゃ来てくれ、先生。仕事だ」

7 ……証拠

ニューヨーク市警察のどのお偉方よりも、おそらくクイーン警視の方がずっとよくやりかたを知っている仕事というものがある。

五分とたたないうちに、屋敷は再び監視下に置かれ、客間は間に合わせの実験室にされて、ぞっとする荷物をふたつ詰めこまれた棺が床にすえられた。ハルキスの書斎は召しあげられて集会所にされ、すべての出入り口に見張りがついた。客間にはいる扉は閉めきられ、ヴェリーの広い背中がその羽目板に寄りかかっていた。プラウティ博士はコートを脱ぎ、床の上で、二体目の遺体を忙しく調べ始めていた。書斎ではペッパー地方検事補が電話のダイヤルを回して、とある番号にかけていた。男たちは謎の使命を帯びて、屋敷を出たりはいったりしている。

エラリー・クイーンは父親と顔を見合わせると、ふたりそろって、弱々しい微苦笑を交わした。「まあ、ひとつだけは確実だ」警視はくちびるを湿した。「おまえの思いつきがなければ、まず絶対に疑われなかっただろう殺人事件がひとつ、白日のもとにさらされたってことだな」

「ぼくはあの恐ろしい顔を夢に見そうだ」エラリーはつぶやいた。その眼はわずかに血走り、指は鼻眼鏡《パンスネ》を無意識にひねりまわしている。

警視はありがたそうに嗅ぎたばこの香りを吸いこんだ。「その男を少し見ばえよくしてくれんか、先生」だいぶ落ち着いた声でプラウティ博士に声をかけた。「ここの連中に面通しさせたい」

「じき、終わるよ。で、どこに置く?」

「棺から出して、床に寝かせた方がいいな。トマス、毛布を一枚もらってきて、死体の顔だけ出して、全身をくるんでくれ」

「このひどい臭いをごまかすのに、薔薇《ばら》の香水か何かが必要だな」プラウティ博士はおどけた声で言い添えた。

＊

ざっと予備的な検死がすんで、第二の死体の外見がそこそこ見られる程度に大急ぎで整えられると、怯えきって顔面蒼白の人々が、ぞろぞろと客間にはいってきて、再び出ていったが、誰ひとりとして死人の顔に心当たりのある者はいなかった。たしかですか？　はい。こんな人は、いままでに一度も見たことはありません。あなたはどうです、スローンさん？　いえいえ、めっそうもない！――スローンはどこからどう見てもりっぱな病人だった。目の前の光景に胃袋がひっくり返ったらしく、手には気つけ薬のはいった小さな瓶を握り、ひっきりなしに鼻の穴に近づけている。ジョーン・ブレットは、意志の力を振り絞って、やっとのことでじっと見つめたうえで、何やら考えこんでいた。シムズ夫人は臥せっていた床から起き出して、執事のウィークスとひとりの刑事に支えられてはいってきた。いったいなんのために呼び出されたのか、まったく知らなかった家政婦は、見知らぬ死んだ男の顔を一度見て、あまりの恐ろしさに視線をそらせずに凝視したあと、いきなり金切り声をあげて気絶してしまい、二階の寝室に連れ戻すのに、ウィークスと三人の刑事が力を合わせなければならなかった。

一同は皆、ハルキスの書斎に追い返された。警視とエラリーは急いでそのあとを追い、プラウティ博士はひとり、ふたつの死体を話し相手に客間に残された。ペッパーはといえば、ひどく興奮して戸口で辛抱強くふたりを待ち構えている。

その眼は光り輝いていた。「難問の殻《から》をかち割りましたよ、警視！」わくわくしている声を落として言った。「あの顔は絶対にどこかで見たとわかってたんです。警視がどこで見たのか言いましょう――警察の犯罪者写真台帳ですよ！」

「なるほど、ありえるな。で、何者だ」

「そのことでついさっき、ジョーダンに電話をかけたんです。むかし、共同で法律事務所をやっていた相棒で――検事局にはいってサンプスン検事の下で働くようになる前の時代の。それはともかく、私はあの死体に見覚えがある気がしたんですが、ジョーダンのおかげで、はっきり思い出しましたよ。アルバート・グリムショーという男です」

「グリムショーだと？」警視はぴたりと言葉を切った。「あのにせ金つくりか」

ペッパーは微笑んだ。「すばらしい記憶力ですね、警視。でも、それは奴の特技のひとつでしかないんです。私が〈ジョーダン＆ペッパー〉法律事務所で弁護士をやってた時に、グリムショーを弁護したことがあります。結局、敗けましたが。奴は五年の実刑を受けたとジョーダンが教えてくれました。ということは、ムショから出てきたばかりに違いありません！」

「ほほう。シンシン（ニューヨーク州の刑務所）か？」

「そうです！」

三人は部屋の中に移動した。全員が三人を見た。警視が刑事のひとりに言った。「ヘッス、本部にひとっぱしり戻って、アルバート・グリムショーに関する資料を調べろ。にせ金つくりの罪でシンシンに五年くらいこんだ奴だ」刑事は姿を消した。「トマス」ヴェリーがのっそりと近づいてくる。「釈放されてからのグリムショーの動きを逐一《ちくいち》、調べさせろ。シャバに出てきたのはいつなのかを知りたい――意外と善行を積むだけの時間がたっぷりあったかもしれん」

ペッパーは言った。「検事にも電話をかけて、進展について知らせておきましたよ。こちらで、私が検事の代行をつとめるように言われています――検事は例の銀行の調査で忙しいもので。死体からは何か身元を特定できそうなものは見つかりましたか」

「ひとつもない。がらくたばかりだな、硬貨が二枚と、古ぼけたからっぽの財布だけだ。服も、しるしひとつついとらん」

エラリーはジョーン・ブレットの眼をとらえた。「お嬢さん」穏やかに言った。「ついさっき、客間であなたが死体をごらんになっている様子を見て、気づかずにいられなかったのですが……あの男を知ってるんじゃありませんか? なぜ、一度も見たことがないと言ったんです」

ジョーンは真っ赤になり、とんと足を踏み鳴らした。「クイーンさん、ひどい侮辱だわ! わたしは黙っちゃ――」

警視が冷ややかに言った。「あなたはあの男を知っとるのか、知らんのか?」

ジョーンはくちびるを噛んだ。「それはとても長い話になりますし、お役にたてる話かわからなかったものですから、だって、わたしはあの人の名前を知りませんし……」

「役にたつかたたないかを判断するのは、もっぱら警察の得意とするところですよ」ペッパーがまじめくさって厳しく言った。「何かご存じなら、ブレットさん、このままでは情報を隠匿していた罪に問われますよ」

「あら、そうかしら?」ジョーンはつんと顎《あご》を上げた。「でも、わたしは何も隠していませんよ、ペッパーさん。最初にひと目見た時は、確信が持てなかっただけですもの。だって、あのかたの顔は――あんなふうで……」ぶるっと身震いした。「いま、よく考えてみると、やっぱり見たことがあるのを思い出しました。一度――いえ、二度。でも、さっきも言ったとおり、名前は知りません」

「どこで見たんです」警視の口調は鋭く、相手が若く美しい淑女であることなど、これっぽっちもなんとも思っていないらしかった。

「この家でですわ、警視さん」

「ほう！　いつ？」

「ですから、それをいま、話そうとしているんです」ジョーンは思わせぶりに間をおくと、いくらか自信を取り戻したようだった。そして、エラリーに親しみのこもった微笑を見せると、エラリーははげますようにうなずいた。「一度目に見たのは一週間前の木曜の夜です」

「九月三十日だね？」

「ええ。あの男性は夜の九時ごろに、この家を訪ねて玄関に現れました。もう二回も言いましたけど、名前をわたしは知りませんの――」

「男の名はグリムショー、アルバート・グリムショーです。続けて、ブレットさん」

「ちょうど、わたしが玄関前の広間を通りかかった時に、メイドがその人を迎え入れているところで……」

「メイド？」警視が鋭くさえぎった。「わ、わしはこの家で、ひとりもメイドを見とらんのだが」

「あら！」ジョーンはびっくりしたようだった。「だって、それは——まあ、わたしったら、馬鹿ね！——ええ、もちろん、ご存じのはずありませんわね。実は、ここにはふたりのメイドがいたんですけれど、ふたりとも無知で迷信深くて、ハルキスさんが亡くなったその日に、どうしてもひまが欲しいと言ってきかなかったんです。〝死の家〟なんて呼ばれている家に、無理に引き留めることはできませんもの」

「そうなのか、ウィークス？」

執事は無言でうなずいた。

「続けてください、ブレットさん。何が起きたんです。ほかに見たものは？」

ジョーンはため息をついた。「あまりたくさんは見ていませんわ、警視さん。メイドがハルキスさんの書斎にはいっていって、そのグリムショーという男性を中に案内して、また出てきたのは見ました。その晩に見たのはそれで全部です」

「男が出ていくところは見ましたか」ペッパーが口をはさんだ。

「いいえ、ペッパー……さん」ジョーンが彼の名の最後の音を長く伸ばすと、ペッパーは、検察官にふさわしくない感情がわきあがったのを隠すように、ふいと顔をそむけた。

「それで二度目は、いつ、どこで見たのかね、ブレットさん」警視は訊ねた。その眼は気づかれないようにほかの者たちをちらりと見た。誰もが身を乗り出して、夢中で聴き入っている。

「次に見たのは、その翌日の夜——つまり、一週間前の金曜の夜です」

「それはそうと、ブレットさん」エラリーが奇妙な抑揚《よくよう》をつけて割りこんだ。「たしか、あなたはハルキスさんの秘書でしたよね？」

「そうですよ、クイーンさん」

「ハルキス氏は盲目で、自分ひとりでは何もできなかったのでしょう？」

ジョーンは非難するように顔をしかめた。「眼は不自由でいらっしゃいましたけれど、自分ひとりで何もできないなんてことは、全然ありませんでした。なぜ、そんなことを？」

「いえ、ハルキスさんは木曜日にその男についてあなたに何も言わなかったのですか――夜に客が来ることを。あなたに面会の約束をさせる指示も何も出さなかったわけですか」

「ああ、そういうこと！……いいえ、何も。木曜の夜にお客様がいらっしゃるなんて、ひとこともおっしゃいませんでした。わたしには本当に寝耳に水で。それどころか、ハルキスさんにとっても寝耳に水だったみたいなんです！　でも、とにかく話の先を続けさせてくださいな」ジョーンはくっきりとみごとな形の黒い眉を魅力的にしかめてみせ、娘らしいいらだちを表した。「あなたがたったら、さっきから邪魔してばっかり……金曜日は違っていました。金曜のお夕食のあと――十月一日です、クイーン警視さん――ハルキスさんはわたしを書斎に呼んで、とても慎重な指示を出されたんです。いくつかは本当に慎重な指示でしたわ、警視さん、それが――」

「ちょっと、待ちなさい、ブレットさん」警視は我慢しきれずに口をはさんだ。「あまり大げさに飾り立てんで話しなさい」

「証言台でそういう話しかたをすると」ペッパー検事補はいくらか苦々しい口調で言った。

「非常に望ましくない証人である、と注意されますよ、ブレットさん」

「あら、そう?」ジョーンはつぶやいた。そして、ハルキスの机にひょいと腰をおろして脚を組み、スカートの裾をちょっとたくしあげた。「ええ、よろしくてよ。わたし、模範的な証人になりますわ。これが正式な姿勢かしら、ペッパーさん?……ハルキスさんはわたしに、その夜はお客様がふたりいらっしゃる予定だと言われました。かなり遅い時間にいらっしゃると。そのうちのひとりは、言ってみればお忍びで来ると――ハルキスさんの話では、そのかたはご自分の身元を絶対に秘密にしておきたいと、ひどく心配なさっているので、誰もそのかたの姿をひと目たりとも見ることがないように、わたしに気をつけてほしいとおっしゃったんです」

「そりゃまた変な話だな」エラリーはつぶやいた。

「でしょ?」ジョーンは言った。「それじゃ、先を続けますわね。そのふたりのお客様はわたしがお迎えして、使用人たちには会わせないようにと指示されました。そのあと、わたしは休んでいいと――本当にそうおっしゃったんです! ハルキスさんが、ふたりの紳士とのご用は特別に個人的なものだと付け加えられると、もちろんわたしはひとつも質問をしないで、これまでどおり完璧な秘書としてすべてのご指示に従いましたわ。わたしってかわいい女でしょ、そう思いませんこと、御前様《ロード》?」

警視が眉をしかめると、ジョーンはしゅんと目を伏せた。「お客様がたは十一時にいらっしゃいました」そう続けた。「ひとりは、すぐにわかりました、前の晩にひとりでいらしたかたです――警視さんがグリムショーという名だと教えてくださったかた。もうひとりの謎の紳士は、眼のすぐ下までおおい隠していて、お顔が見えませんでした。中年か、それよりお歳を召していたか、そんなふうに思えましたけれど、そのかたについてわたしに言えるのはそれだけです、警視さん」

クイーン警視は嗅ぎたばこを鼻に寄せた。「その、あなたの言う謎の紳士とやらが、我々の見地からすると、非常に重要な人物である可能性がありますな、ブレットさん。もう少し、詳しく教えてもらえませんか。服装は?」

ジョーンは片脚をぶらぶらさせながら考えこんだ。「コートを着て、山高帽をずっとかぶったままでしたけれど、コートの色も形も全然思い出せません。本当に、これしかお話しできないんです、あの――」そこでぶるっと震えた。「あの、恐ろしいグリムショーさんについては」

警視は頭を振った。明らかに満足していないようだった。「いや、いまはグリムショーの話をしとるんじゃない、ブレットさん! いいですか。そのふたり目の男というのが、何かあるに違いない。その夜には、何か特別に意味のあることは起きませんでしたか――なんでもいい、その男につながるための手がかりは?」

「もう、ほんとに」ジョーンは声をたてて笑いだし、ほっそりした脚をぽんと蹴り出した。「あなたがた、法と秩序の番人さんってほんとにもう、しつこいのね。いいわ、それじゃ――もし、シムズさんの猫に何か大事な意味があるとお考えなら……」

エラリーが興味を引かれた表情になった。「シムズさんの猫ですって、ブレットさん? それはおもしろそうな話だ! うん、実際、特別な意味があるかもしれないな。では、その血も凍る恐ろしい話を詳しくお願いしますよ、ブレットさん」

「そうですわね、シムズさんはとってもおてんばな猫ちゃんを飼っているんです。トッツィっていう。トッツィったら、いつもちっちゃい冷たい鼻を、いい子ならつっこまない場所につっこむんですよ。ふふ――意味はおわかりかしら、クイーンさん？」警視の眼に不吉な光が浮かぶのに気づいて、ジョーンはしおらしく言った。「ごめんなさい、警視さん、わたしは――わたし、いつもはこんなに不作法じゃないんです。ただ、――もう、何もかもが、あんまりめちゃめちゃで、どうしていいかわからなくて」そして黙りこんだジョーンの魅力的な青い瞳の中に、一同は見た――恐怖を、不安を、恐ろしい予感のおののきを。「きっと、ぴりぴりしているからなのね」ジョーンは力なく言った。「神経がぴりぴりしている時のわたしは、あまのじゃくになってしまうんです、場をわきまえないで、馬鹿みたいに笑ったりして……その時のことですけれど、実際にはこんな具合でした」急に、ジョーンは口調をあらためた。「その謎の男、目元まで隠した男ですが、わたしが玄関のドアを開けると、いちばんに中にはいってきました。グリムショーさんは、そのすぐうしろからはいってきて、最初の男の傍《かたわ》らに立っていました。シムズさんの猫が、いつもは二階のシムズさんのお部屋にいるのに、わたしが知らないうちに、一階の玄関前の広間にふらふらお散歩に出てきて、ドアの前の通り道に寝そべっていたんです。わたしがドアを開けると、謎の男は中にはいろうとしたとたん、片足を空中に浮かせた姿勢で止まって、猫を踏まないようにしようとして転びそうになっていたんですけど、あの猫ったら、音ひとつたてないでずうずうしく敷物の上に寝そべって、ゆうゆうと顔を洗ってるんですよ。わたしは、あの人が猫を踏まないようにアクロバットをやっているのを見て、初めてトッツィが――シムズさんが猫につけそうな名前でしょ――あの子が足元にいることに気がついたんです。もちろん、わたしはすぐにあの子をどかして、グリムショーさんがはいってきて〝ハルキスさんと約束がある〟とおっしゃったので、書斎にご案内しました。これがシムズさんの猫の事件ですわ」

「たいして役にたちそうな話じゃないですね」エラリーはすなおな感想をもらした。「で、その顔を隠した男ですが――何か喋りましたか」

「ああ、それですけど、あんな失礼な人、見たことないわ」ジョーンは少し顔をしかめた。「ひとことも言わなかったばかりか――わたしが下働きじゃないことくらいわかっているくせに――書斎の入り口まで案内してノックしようとしたわたしをドアの前から、大げさじゃなくて本当に押しのけて、自分で勝手にドアを開けたんですよ！　ノックもしないで、さっさとグリムショーさんと中にはいって、わたしの目の前でぴしゃっとドアを閉めて。もう、腹がたって腹がたって、紅茶のカップを嚙みくだきそうだったわ」

「それはそれは」エラリーはつぶやいた。「それで、その、謎の男がひとことも喋らなかったというのはたしかなんですね？」

「ええ、絶対に、クイーンさん。さっき言ったように、あんまり腹がたったものですから、自分の部屋に帰ろうと思って、二階に行きかけたんですけれど」ジョーン・ブレット嬢が実は激しい性格であるという証拠がこぼれ落ちたのはこの時だった。言おうとしかけた何かが、ジョーンの中の怨嗟《えんさ》のスイッチを入れたらしい。そのきらめく瞳がくすぶったかと思うと、恐ろしく苦々しい一瞥《いちべつ》を、アラン・チェイニー青年の方に投げつけたのである。青年は、ほんの三メートルほどしか離れていない壁に寄りかかり、ポケットに両手をつっこんでいた。「いつも鍵がかかっている、広間と玄関ホールを仕切るドアに、鍵がぶつかってかちゃかちゃいう音がしたんです。階段の途中で振り返ってみたら、まあ、びっくりしちゃったわ！　ドアを開けてふらふらよろけながら広間にはいってきたのは、アラン・チェイニーさんじゃありませんか、ぐでんぐでんで」

「ジョーン！」アランがとがめるように、口の中で小さく言った。

「ぐでんぐでん？」警視は呆れたように繰り返した。

ジョーンは力をこめてうなずいた。「そうなの、警視さん、ぐでんぐでん。そうね――べろんべろん。すっかりできあがって。泣き上戸で。ぐにゃぐにゃで。あの晩にわたしの見たチェイニーさんを形容する言葉なら、英語には三百もありましてよ。要するに、どうしようもなく酔っぱらっていたんです！」

「本当かね、チェイニー君」警視が訊いた。

アランは弱々しく苦笑した。「まあ、そうだったとしても驚きゃしませんがね。酔うと、たいてい前後不覚になるもので。ぼくはそんなことを覚えてないんですが、ジョーンがそう言うんなら――そうだったんでしょう」

「あら、本当のことですのよ、警視さん」ジョーンはぴしゃりと言って、つんと頭をあげた。

「もう汚らしくって、どうしようもなく酔っぱらって――身体じゅう、よだれまみれで」ジョーンはじろりと青年を睨んだ。「あのみっともない様子じゃ、いまに騒ぎを起こすかもしれないと心配で。ハルキスさんは、うるさく音をたてるな、騒ぎを起こすな、とくれぐれもおっしゃっていましたから、それでわたし――だって、もうほかにどうしようもないんですもの。チェイニーさんたら、いつもどおりへらへら笑ってぼんやりしてるだけで、だからわたし、階段を駆け下りて、腕をがっちりつかんで、あの人が騒いで家じゅうの人を起こす前に二階にひっぱっていったんです」

デルフィーナ・スローンは椅子の縁に、ひどくお高くとまった顔でちょこんと腰かけていたが、その視線を息子からジョーンに向けた。「まあ、ブレットさん」冷ややかに言った。「本当に失礼をしてしまって、お詫びの言葉もありませんこと……」

「しっ！」警視が鋭い眼でスローン夫人をぴしっと睨むと、夫人は即座に口をつぐんだ。「続けて、ブレットさん」アランは壁にもたれかかっていたが、いますぐ床がぱっくりと口を開けて、有無を言わせずに自分をのみこんで、この場から消し去ってくれますようにと願っているようだった。

ジョーンはスカートの生地をつまんでひねりまわしていた。「もしかしたら」いくらか、激情のおさまってきた声で言った。「言わない方がよかったのかもしれませんけれど……ともかく」ぐいと頭をあげて、精いっぱいに警視を見返した。「わたしはチェイニーさんを二階の寝室まで連れていって――ベッドにはいるところまで見届けました」

「ジョーン・ブレット!」スローン夫人はあまりのことに激昂し、泣き声のような哀れな悲鳴をあげた。「アラン・チェイニー! まさかあなたたちふたりは、そんな――」

「服を脱がせてはいませんわ、奥さん」ジョーンは冷ややかに言った。「もし、そんなふうに考えて、あてこすってらっしゃるのでしたらね。わたしはただ、叱りつけてやっただけです――」その口調は、こんなことは一介の秘書よりはむしろ、母親がしっかりやっておくべき領分であると、あてこすっているようだった。「――そしたら、すぐにおとなしくなりました。やれやれ、やっとおとなしくなったと思ったら――ベッドに押しこんですぐに、あの人、吐くんですもの、ほんとにもう汚いったらない……」

「要点からずれていますよ」警視は鋭く止めた。「そのふたりの客以外に何かを見ましたか」

ジョーンの声はしゅんと低くなった。そしてなんだか書斎の敷物の、自分の足元あたりの柄を見るのに没頭しているようだった。「いいえ。そのあと、わたしは一階に取りにいったんです、いくつか――生たまごを。チェイニーさんの気分が少しはよくなるかと思って。台所に行くのに、この書斎の前を通ったんですけど、ドアの下の隙間《すきま》から光がもれていないのに気がつきました。それで、きっとお客様がたは、わたしが二階にいる間にお帰りになって、ハルキスさんはもうお部屋に戻って休んでしまったのだと思いました」

「書斎のドアの前を通りかかったと、言われましたが――ふたりの男を迎え入れてから、どのくらい時間がたっていましたか」

「どうだったかしら。三十分かそこらだと思いますけれど」

「そのふたりの男は、それから二度と見ていないわけですか」

「ええ」

「それが先週の金曜の夜だった——ハルキスさんが亡くなる前の晩だったのは、たしかなんですね」

「たしかですわ、クイーン警視さん」

いよいよ困惑の深まる完全なる沈黙がおりた。ジョーンは赤いくちびるを噛んで坐ったまま、誰からも眼をそらしている。アラン・チェイニーの表情を見れば、まるで断末魔のひどい苦痛にさいなまれているようだ。スローン夫人のほっそりした身体は〝赤の女王〟のようにこちこちに硬くなり、容色のあせた魅力のない表情はこわばっている。ネーシオ・スイザは部屋の向こう側の椅子の上でだらしなく手足を伸ばしてぐったり坐り、なげやりなため息をついている。その黒々としたヴァンダイクひげは、床に向かって責めるように突き出されていた。ギルバート・スローンは気つけ薬を嗅ぎ続けている。ヴリーランド夫人は、夫の血色のいい老いた頬をメデューサのような眼で睨みつけている。部屋の空気に陽気さはかけらほどもなかった。ウォーディス医師は、陰気な空気が伝染したのか、その茶色《ブラウン》い顎ひげと同じくらい陰気《ブラウン》に、むっつりと沈思黙考している。ウッドラフまでもが沈みこんでいるようだ。

エラリーの冷静な声に、皆が眼をあげた。「ブレットさん、先週の金曜の夜、この家の中には、正確に誰がいたのですか」

「正確にとおっしゃると、はっきりとは言えないんです、クイーンさん。メイドはもちろん、ふたりとも寝室に追いやられていて、シムズさんは休んでいて、ウィークスは外に出ていて――お休みの日だったんでしょう。だから、あの――チェイニーさんのほかの人たちについては、この眼で見ていませんから、はっきりとはわからないんです」

「ふん、それは我々の方ですぐに明らかにしましょう」警視は不機嫌な声を出した。「スローンさん！」警視が声を張りあげると、スローンはぎょっとして、色つきガラスの小瓶を取り落とした。「先週の金曜の夜はどこにいましたか」

「ああ、〈画廊〉におりました」スローンは大慌てで答えた。「遅くまで仕事をしていましたので。あそこにいると、よく真夜中過ぎまで仕事をしているんです」

「誰かと一緒でしたか」

「いえいえ！　ひとりきりで」

「ふうむ」老人は嗅ぎたばこを探った。「あなたが家にはいったのは何時ですか」

「夜中の零時をだいぶまわっていましたよ」

「ハルキスさんのところに客がふたり来たことについて、あなたは何か知りませんか」

「私が？　まさか」

「そりゃ、変だな」警視は嗅ぎたばこ入れをしまいながら言った。「ゲオルグ・ハルキス氏というのはどうやらご本人も、謎の人物だったようだ。では、奥さん――先週の金曜の夜、あなたはどこにいたんですか」

スローン夫人は色あせたくちびるをなめ、ぱちぱちとせわしなくまばたきした。「わたくし？　わたくしは上階で休んでおりました。兄のお客様なんて存じません――ええ、なんにも」

「何時に寝ましたか」

「十時ごろに休みました。わたくし――頭痛がしたものですから」

「頭痛ね。ふうむ」警視はくるっとヴリーランド夫人を振り返った。「それで、あなたは、奥さん？　金曜の晩はどこでどんなふうに過ごしましたか」

ヴリーランド夫人は、豊満な身体のみごとな曲線美を見せつけるようにそびやかし、にっと蠱惑的《こわくてき》に微笑んでみせた。「オペラを観に参りましたのよ、警視さん――オ・ペ・ラ、ですわ」

エラリーは「なんのオペラです？」と、ぴしゃりと言ってやりたい衝動に駆られたものの、ぐっとこらえた。このご婦人のまわりには香水の匂いが漂っていた――高価な香水には違いないだろうが、控えめという言葉を知らない手が景気よく振りまいたのだ。

「ひとりで？」

「お友達と、ですわ」夫人はにっこりした。「そのあと、一緒に〈バルビゾン〉でお夜食をいただいて、あたくしは夜の一時に家に帰りました」

「家にはいった時、ハルキス氏の書斎から明かりがもれているのに気づきましたか」

「さあ、気がつきませんでした」

「一階で誰かに会いませんでしたか」

「お墓のように真っ暗でしたもの。でも、幽霊にも会いませんでしたわよ、警視さん」そして、咽喉《のど》の奥からおっほっほと笑ったが、その笑い声に追随する者はひとりもいなかった。スローン夫人はいっそう身をこわばらせて、坐りなおしていた。その悪ふざけを、まったく分別のない、常識はずれと考えているのは明らかだった。

警視は口ひげをひっぱりながら考えこんでいた。やがて、ふと眼をあげた警視は、ウォーディス医師の鳶色《とびいろ》の瞳がじっと自分を見ていることに気づいた。「ああ、そうでしたな、ウォーディス先生」警視は愛想よく声をかけた。「先生はどうしていました?」

ウォーディス医師は自分の顎ひげをもてあそんでいた。「私はあの晩、劇場に行っていました」

「劇場と。なるほど。それで、この家に戻ってきたのは、真夜中の前ですか」

「いえ、警視。芝居がはねたあと、一、二軒、ちょっとまわって遊んできましてね。それこそ午前さまでしたよ」

「夜の間、ずっとひとりで過ごしたわけですか」

「そのとおりです」

嗅ぎたばこをもうひとつまみ、つまんだ指の上で、老人の聡《さと》い小さな眼がきらめいた。ヴリーランド夫人は凍りついた笑顔で坐ったまま、いかにも興味がありそうにくるっと大きく眼を開いているが、不自然に大きすぎた。ほかの面々は、いくぶん退屈な顔をしている。ところで、クイーン警視はこれまでの警察官としての経歴において、何千という人間に質問をしてきたおかげで特殊な、警察官としての勘が発達していた――すなわち、嘘を見破る嗅覚である。ウォーディス医師のあまりによどみない返答の何かが、ヴリーランド夫人の妙に緊張した姿勢の何かが……

「わしには、あなたが本当のことを言っているとは信じられませんな、先生」警視は気安い口調で声をかけた。「もちろん、あなたの心配についてはよく理解しとりますよ……先週の金曜の夜は、ヴリーランド夫人と一緒に過ごされたんでしょう？」

女は息をのみ、ウォーディス医師はもさもさの眉をはね上げた。ヤン・ヴリーランドは驚きうろたえ、医師から妻にそっと視線を向けたが、ぽっちゃりした小さな顔は、傷つき、不安に歪んでいた。

突然、ウォーディス医師がくっくっと笑いだした。「いやあ、すばらしい、ご慧眼《けいがん》恐れ入ります、警視。そのとおりですよ」医師はヴリーランド夫人に軽く頭を下げた。「お許し願えますか、奥さん」夫人は神経質な雌馬のように頭を振り立てた。「つまりですね、警視、私はご婦人の行動に、恥をかかせるような、おかしな注意を向けたくなかったわけです。実際には、奥さんをメトロポリタン・オペラハウスにエスコートして、その後、〈バルビゾン〉へ――」

「ちょっと待ってくれ！　まさか、それはどういう――」ヴリーランドが慌てた口調で抗議をはさんだ。

「いやいや、親愛なるヴリーランドさん。あれは、想像できるかぎりで、もっともやましいことのない夜だったんですよ。そして、とても楽しい晩だった、それはもう間違いなく」ウォーディス博士は老いたオランダ人の、納得のいかない不安げな顔をじいっと見た。「奥さんは、あなたが長い間、留守にされるので、ひとりきりで寂しい思いをされているんですよ、ヴリーランドさん。そして、私はニューヨークに友達がいない――ですから、なんとなく一緒に行動するのは、ごく自然の成り行きだったわけです、おわかりでしょう」

「だけど、私は不愉快だ」ヴリーランドは駄々っ子のように言った。「私は不愉快だぞ、ルーシー」よたよたと妻に駆け寄ると、太く短い人差し指を妻の顔の前で振りながら、むっと口を尖らせた。夫人は気絶しそうな顔で、坐っている椅子の両腕をつかんでいる。警視がすぐ、ヴリーランドに黙るよう命じると、夫人はぐったりと背もたれに寄りかかり、あまりの屈辱に眼を閉じていた。ウォーディス医師は広い肩を、ぐいと揺すった。部屋の向こうの壁際ではギルバート・スローンが鋭く息をのみ、スローン夫人の木のような顔には、ちらりと生気が浮かんだ。警視はそのひとりひとりの顔に、鋭い視線を矢のように走らせていった。その眼が、デミトリオス・ハルキスのよたよた歩きまわっている姿の上でぴたりと止まった……

このデミーは、きょとんとした無邪気な表情のほかは、醜いところも、もやしのようにひょろりと痩せこけたところも、いとこのゲオルグ・ハルキスにそっくりだった。大きな、表情のない眼はずっと、ぽかんと見開かれていた。厚ぼったくふくれた下くちびるは重たげに垂れさがり、後頭部はまさに絶壁と言っていいほどたいらで、そもそも頭蓋骨がやたらと巨大でへんてこな形をしていた。さっきからずっと、音をたてずに部屋じゅうをふらふら歩きまわって、誰に話しかけることもなく、ただ、室内にいる人々の顔を、近眼のようにじっと覗きこんでは、巨大な手を不気味なほど規則正しく、握ったり開いたりしている。

「もしもし――あなたです、ハルキスさん！」警視が呼びかけた。デミーはのそのそと書斎の中を歩きまわるのをやめようとしなかった。「耳が聞こえないのかね？」老人は、誰にともなく、いらだたしげに訊ねた。

ジョーン・ブレットが答えた。「いいえ、警視さん。英語がわからないだけですわ。ギリシャの人ですから」

「しかし、亡くなったハルキスさんのいとこでしょう？」

「そうですよ」意外にも、声をあげたのはアラン・チェイニーだった。「ただ、ちょっとここがね」そして、形のよい自分の頭をつついてみせた。「精神的には重度の知的障害者（idiot）に分類される」

「それは聞き捨てなりませんね」エラリー・クイーンが穏やかに言った。「〝idiot〟という言葉はギリシャ語から派生したもので、語源となる単語――ギリシャ語の〝idiotes〟には、〝ギリシャの組織的社会に属することができない〟、つまり、官職につくことができない、社会に不適応な個人という意味しかないんです。知的にどうこうという意味はまったくありません」

「それはそうかもしれませんがね、彼は現代英語の意味におけるidiotなんですよ」アランはめんどくさそうに言った。「伯父貴が十年くらい前にアテネから連れてきたんです――ギリシャに残っていた最後の身内ですよ。ハルキス家の者はほとんどが、もう六代にわたって、こっちでアメリカ人としてやっています。デミーはどうしても英語を覚えられないんです――おふくろの話じゃ、ギリシャ語もろくに読み書きできないそうですがね」

「だとしても、話をしないわけにはいかん」警視はがっくりした様子だった。「奥さん、あなたにとってもいとこにあたるわけですな?」

「はい、警視さん。かわいそうなゲオルグが……」スローン夫人のくちびるは震え、いまにも泣きだしそうだった。

「なるほど、なるほど」警視は慌てて言った。「あなたはその言葉がわかりますか? つまり、ギリシャ語だかなんだか知らんが、あなたも話せるわけですか」

「あの人と話す程度でしたら」

「先週の金曜の晩、何をしていたのかを訊いてください」

スローン夫人はため息をついて立ち上がり、ドレスをなでて皺を取ると、ふらふら歩きまわっているひょろりと骸骨のように痩せたデミーの腕をつかまえ、乱暴に揺さぶった。デミーはけげんそうに、ゆっくりと振り向いた。そして不安そうに、いとこの顔を探るようにじっと見ていた。やがて、ぱあっと笑顔になると、デミーはいとこの手を取った。夫人はぴしりと言った。「デミトリオス!」デミーはまた笑顔になり、夫人はときどき咽喉にひっかかるような外国語を喋りだした。それを聞いたデミーは声をあげて笑い、いっそう力いっぱい夫人の手を握った。その反応は子供のようにわかりやすかった——母国語を聞いて、嬉しくて大喜びしているのだ。そして、同じ聞き慣れない音の言葉で答え始めた。いくらか舌足らずだが、その声は太く、ざらついている。

スローン夫人は警視を振り返った。「あの晩はゲオルグに、十時に寝るように言われて、寝室に追いやられたそうです」

「その寝室ってのは、ハルキスさんの寝室のすぐ隣にある部屋ですか」

「そうです」

「ベッドにはいったあとに、書斎から何か音が聞こえなかったか、訊いてみてください」

またもや、不思議な音の言葉が交わされた。「いいえ、何も聞こえなかったと言っています。ベッドにはいってすぐに眠って、ひと晩じゅう、一度も目を覚まさなかったと。この人は子供のようにぐっすり寝てしまうんですの、警視さん」

「それで、書斎に誰かがいたのは見とらんのですか」

「あら、だって、それは無理ですわ、警視さん、デミーは眠っていたんですもの」

デミーはいとこと警視を嬉しそうな、それでいて困惑したような顔で見比べている。老人はうなずいた。「ありがとうございました、奥さん。とりあえず、結構です」

警視は机に歩み寄ると、ダイヤル式の電話機をつかんで持ち上げ、とある番号を回した。

「もしもし！　クイーンだ……ああ、フレッドか、刑事裁判所に出入りしとるギリシャ語の通訳の名前はなんといったかな……なんだって？　トリーカーラ？　綴《つづ》りはT・r・i・k・k・a・l・aでいいのか？……よしよし。すぐにつかまえて、東五十四丁目の一一番地によこせ。着いたら、わしの名前を出せと伝えてくれ」

警視は電話機を乱暴に机に置いた。「しばらく待っていてください、全員です」そう言って、エラリーとペッパーを手招きし、無言でヴェリー部長刑事にうなずいてみせると、つかつかとドアに向かって歩いていった。デミーの大きく見開いた眼が、三人の男のうしろ姿を、子供のようにびっくりしたまなざしで、じっと見送っていた。

＊

三人は絨毯を敷いた階段をのぼっていき、ペッパーの合図で右に曲がった。ペッパーが、階段をのぼりきったところからそれほど遠くないドアを指し示すと、警視がノックした。女の、涙をたっぷり含んでふやけた声が、ごろごろと咽喉を鳴らすように答えた。「どなた？」怯えたような声だった。

「シムズさんかね？　クイーン警視だ。ちょっとはいってもいいかな？」

「誰ですって？　どなた？　あっ、はい！　ちょっとお待ちくださいまし、ただいま！」慌てたようにベッドがきしむ音と衣擦《きぬず》れの音が、女のぜいぜいという息にまじって聞こえたのち、弱々しいあえぐような声がした。「どうぞ、おはいりくださいまし。どうぞ」

警視がため息をついてドアを開け、部屋にはいろうとした男三人が、面と向き合うことになったのは、恐るべき亡霊であった。シムズ夫人のずんぐり盛りあがった両肩には、古ぼけたショールが、カーテンのように下がっている。白髪はぼさぼさで――頭のまわりに、ぴんと立った髪の房がいくつも突き出しているさまは、自由の女神像の冠をかぶった頭になんとなく似ている。顔は真っ赤に腫《は》れあがり、涙でぐしゃぐしゃに汚れ、その豊満な胸は、家政婦が古風な揺り椅子を揺するたびに、力強く揺れている。絨毯地のスリッパに、大きくむくんだ足がおおわれている。そして、その年季のはいった足のそばに、歳をとったペルシャ猫がゆうゆうとくつろいでいた——これが冒険好きないたずらっ子のトッツィだろう。

三人の男はおごそかに中にはいっていった。シムズ夫人が、ひどく怯えた、どんよりした眼で、男たちを見つめていることに、エラリーは思わずごくりと唾を飲んだ。

「気分はどうかね、シムズさん」警視は愛想よく訊ねた。

「それはもう、ひどい気分でございます、警視様、もう恐ろしいことで」シムズ夫人はいっそうゆさゆさと揺り椅子をゆすり始めた。「客間にいた、あの恐ろしい化け物のような死人は誰なんでございますか？　あの死人——もうもう、本当にぞっとして！」

「ということは、あの男をいままで見たことはないのかね？」

「わたしが！」家政婦は金切り声をあげた。「ああ、イエス様、冗談じゃありません！　わたしが？　マリア様、いいえ、いいえ！」

「わかった、わかった」警視は慌てて言った。「それじゃ、シムズさん、先週の金曜の晩のことを覚えとるかな？」

じっとり濡れたハンカチが、家政婦の鼻の前で止まり、その眼には理性の光がわずかに戻ってきた。「先週の金曜の晩でございますか？　それは、あの——だんな様が亡くなる前の晩でございますか？　はい、覚えていますよ、警視様」

「たいへん結構だ、シムズさん、実に結構だ。たしかあなたは、早めに寝たそうだが——あっとるかね？」

「はい、はい、そうでございます。だんな様がそうおっしゃいましたので」

「ほかに何か言われなかったかね」

「いいえ、大事なことは特に何もおっしゃいませんでした、何か、というのがそういう意味でございましたら」シムズ夫人は鼻をかんだ。「わたしを書斎にお呼びになって――」

「呼んだって？」

「それは、あの、呼び鈴を鳴らされたんでございます。だんな様の机には、一階の台所に通じるブザーがございますので」

「何時だった？」

「時間でございますか？　ええと」家政婦は色あせたくちびるをすぼめて考えていた。「十一時になる十五分くらい前だったと思います」

「それは夜だね、もちろん」

「ええ、それはもう！　もちろんでございます。そして、書斎に参りますと、だんな様はわたしに、水を入れたパーコレーターと、紅茶のお茶碗を三客と、ティーバッグをいくつかと、クリームと、レモンと、お砂糖をすぐに持ってくるように、お言いつけになりました。いますぐ、大急ぎでと」

「あなたが書斎にはいった時、ハルキスさんはひとりだったかね」

「はい、そうでございます、警視様。ひとりっきりで、おかわいそうなだんな様は机の向こうに、しゃんと背を伸ばしてきちんと坐っておいででした……あのお姿を思い出すと――もう、思い出すだけで――」

「いや、思い出さんでいい、シムズさん」警視は言った。「それから、何があった？」

家政婦は目元をぬぐった。「わたしはすぐにお茶のお道具を運んで、机のそばの小さい台にのせました。だんな様はわたしに、頼んだ物を全部間違いなく持ってきたかとお訊ねになって――」

「変なことを訊くんだな」エラリーがつぶやいた。

「あら、いいえ、ちっとも変ではございませんよ。だんな様は、お眼が不自由でいらっしゃいましたでしょう。それから、もっときつい声で――わたしには少しそわそわして不安そうに見えました、警視様、さしでがましいようですけれど――だんな様は、〝シムズ、いますぐ寝室に戻って休め。わかったか？〟とおっしゃいました。ですからわたしは〝かしこまりました、だんな様〟とお答えして、すぐに部屋に戻ってベッドにはいりました。あの晩のことは、それでおしまいでございます、警視様」

「その晩、客が来ることは、あなたに何も言わなかったのかね？」

「わたしにですか？　いいえ、いいえ、警視様」シムズ夫人はもう一度、鼻をかみ、ハンカチでぐいとぬぐった。「もちろん、どなたかがいらっしゃると、わたしは勝手にそう思いましたけれど、お茶碗を三客、ご用意したりなんだりで。でも、わたしは、そんなことをお訊ねする立場ではございませんし」

「ああ、そうだろうとも。ということは、あなたはその晩にまったく客を見とらんのだね」

「はい、警視様。さっきも申しましたが、すぐに二階のわたしの部屋に戻って、休みました。

あの日は本当に疲れておりましたので、もう一日じゅう、リューマチがひどくて。わたしのリューマチときたら――」

トッツィが立ち上がってあくびをし、顔を洗い始めた。

「うん、うん。よくわかるよ。いまのところはそれだけだ、シムズさん、いや、助かった、どうもありがとう」警視はそう言うと、大急ぎで部屋から退散した。エラリーは階段をおりる間、考えこんでいた。ペッパーはそんなエラリーを不思議そうに見ると、声をかけた。「また考えているね……」

「ペッパーさん」エラリーは言った。「これはぼくの気性にかけられた呪いのようなものなんです。ぼくはいつだって考えていますよ。ぼくはバイロンが『ハロルド卿の巡遊』（長編物語詩）の中で――あのすばらしい第一篇を覚えているでしょう？――〝命にたかる害虫――悪魔の思考〟と呼んだものにとりつかれているんですよ」

「ふうん」ペッパーは釈然としない顔で言った。「まあ、含蓄《がんちく》のある言葉だよねえ」

8　……殺人？

一階の書斎に、三人がまたはいろうとした時に、廊下をはさんだ客間から話し声が聞こえてきた。何ごとか、と警視は小走りにそちらに向かい、ドアを開けて覗きこんだ。とたんに、眼が鋭くなったかと思うと挨拶抜きにずかずかと中にはいっていき、ペッパーとエラリーもおとなしくついていった。中ではプラウティ博士が葉巻を嚙みながら、窓から墓地を眺めており、もうひとりの男が——これまで誰も見たことのない人物である——ふんぷんと悪臭を放つグリムショーの死体を小突きまわしているところだった。男は素早く立ち上がると、いぶかしげにプラウティ博士を見た。検死官補はクイーン父子とペッパー検事補を簡潔に紹介し、「こちらはフロスト先生だ、ハルキスの主治医だよ。いま来たところだ」そう言うと、また窓の外を眺めだした。

ダンカン・フロスト博士は、五十がらみの身ぎれいな美男だった——まさに、五番街の北側《アッパー》や、マディソン街や、ウェストサイドに住む上流の人々が、自分たちの健康管理のために相談するような、やり手の実にしっかりした社交界御用達の医師の典型である。丁重に口の中で小さく何かを言うと、うしろに下がり、ふくれあがった死体を興味深そうに見下ろしていた。

「我々の掘り出し物を調べとったようですな」警視が口を開いた。

「ええ。たいへんおもしろい。たいへんおもしろいですね」フロスト博士は答えた。「しかし、まったくわからないな。どうしてまた、この死体はハルキスさんの棺にはいりこんだんだろう」

「それがわかっとれば苦労はしないんですよ、先生」

「つまり、ハルキスさんが埋葬された時に、これが棺の中になかったのは確実ということですね」ペッパーが淡々と言った。

「もちろんですよ！　だから、こうしてびっくりしているわけで」

「プラウティ先生の話では、あなたはハルキスさんの主治医だそうですが」警視が急に話題を変えた。

「そのとおりです」

「こっちの男をいままでに見たことはありますか？　治療したことは？」

フロスト博士はかぶりを振った。「まったく知らない顔ですよ、警視。ハルキスさんとはもう長年のつきあいになりますが。実は、私はちょうど、その内庭の向かい側に住んでいるんです──五十五丁目に」

「どのくらいたっていますか」エラリーが訊いた。「その男が死んでから」

検死官補がくるりと窓に背を向け、にやりと陰気に笑うと、ふたりの医者は目くばせを交わした。「実のところ」プラウティ博士はぶっきらぼうな声で言った。「あんたがたがはいってくる直前、ちょうどその話をフロスト先生としていたんだ。ここでざっと見ただけじゃ、はっきりしたことはわからんね。確実なことを言う前に、死体を裸にむいて、身体の内部も調べたい」

「ただ、かなり結果は左右されますが」フロスト博士は言った。「ハルキスさんの棺に入れられる前に、この死体がどんな場所に保管されていたかによって」

「ということは」エラリーが急いで言った。「死んでから三日以上たっているということですか？　火曜日、ハルキスさんの葬儀があった日よりも前に死んだと」

「それが私の見解です」フロスト博士が答え、プラウティ博士も無造作にうなずいた。「遺体の表面的な変化は、最低でも三日以上経過していることを示しています」

「死後硬直はとっくのむかしに終わっている。硬直の次の段階にはいった、組織の軟化が見られる。死斑も定着している」プラウティ博士は無愛想な声で続けた。「服を脱がさんで、こうして見たかぎりはな。前面が特にそうだ――死体は棺の中でうつぶせになっていた。衣服の圧力がかかった部分や、尖ったところや固いところに接触していた箇所は、ところどころ死斑が薄くなっている。しかし、まあ、そんなことは些末なことだな」

「その全部が意味するのは、つまり――」エラリーが合いの手を入れた。

「いや、これまでぼくが並べたことはたいして役にたたんよ」検死官補は答えた。「正確な死亡時刻を特定するのにはな。もちろん、この死斑の具合は、すくなくとも三日、へたをすれば、その倍も日数がたったことを示す。実際に解剖するまで、はっきりとは言えんがね。さっきあれこれ言ったのは単に、最低限こうだという話だ。死後硬直が解けている事実自体は、すでに死後一日から一日半、あるいは二日経過したことを示す。二度目の弛緩《しかん》が、死後の第三段階だ――通常であれば、死の直後、肉体は一度目の弛緩をする――あらゆる組織から力が抜けて、ゆるむ。その後、硬直が始まる。この硬直が解けると、二度目の弛緩に移行する――こわばった筋肉がまたゆるみ始めるわけだな」

「うん、しかし、それだけでは――」警視が口をはさみかけた。

「もちろん」フロスト博士が発言した。「ほかにもさまざまな判断基準がありますよ。たとえば、腹部には緑色の〝斑点〟が現れてきます――腐敗の第一段階の現象のひとつですね――そして、ガスで独特の膨張が見られます」

「死亡時刻を推定するのに役だつよ」プラウティ博士が言った。「と言っても、考慮に入れなきゃならん条件は、ほかにも山ほどあるがね。仮に、棺桶に入れられる前に、死体が比較的換気のよくない、乾燥した場所に置かれていれば、普通よりも腐敗は進まない。ま、とりあえず、この死体の状態は最低でも三日たっているがね、さっきも言ったとおり」

「そうか、そうか」警視はいらだって言った。「じゃあ、先生、その死体の腹を掘り返して、いつごろ死んだのか、なるたけ正確に教えてくれ」

「そういえば」ペッパーが突然、言いだした。「ハルキスの死体はどうだろう。あっちは大丈夫なんですか。つまり、ハルキスの死因に不審な点はなかったんでしょうか」

警視は愕然としてペッパーを見つめた。そして、小作りなももをぴしゃりと叩いて、大声をあげた。「でかした、ペッパー！　そいつは思いつきだ……フロスト先生、ハルキスさんの死に立ち会った医師はあなたですな？」

「そうです」

「なら、死亡証明書もあなたが作った」

「そのとおりですよ、警視」

「死因に不審な点は？」

フロスト博士は身をこわばらせた。「これはご挨拶ですね」冷ややかに言った。「この私が、ハルキスさんの死は心臓病が原因でないのに、正式な死亡証明書にそのように書くとでも？」

「合併症は?」プラウティ博士が唸るように言った。

「亡くなった時には、特に何も。しかし、ハルキスさんはもう何年も病気を患っていたんですよ。すくなくとも十二年は、深刻な代替性肥大症をかかえていて――僧帽弁に欠陥があるせいで、心臓が肥大してしまったんです。さらに悪いことに、三年ほど前に、ハルキスさんはひどい胃潰瘍《かいよう》にかかりましてね。心臓の状態が状態だったので点滴治療をしました。しかし、大量出血が起きて、それで失明してしまったんです」

「それは一般にあることなんですか?」エラリーが好奇心を刺激されたように訊ねた。

プラウティ博士が言った。「我々ご自慢の医学さえ、それについてはあまり詳しく知らないんだ、クイーン君。一般的というわけじゃないが、胃がんや胃潰瘍で大出血が起きたあとに、そうなることがあるにはある。まあ、はっきりしたことは、誰も知らないんだが」

「ともかく」フロスト博士がうなずきながら続けた。「私が呼んだ専門医も、私も、失明が一時的なものであればと願っていました。こういうケースの失明はなぜか、発生した時と同じように、自然と治ることがあるんです。しかし、ハルキスさんの場合は、症状がそのままで、とうとう視力は回復しませんでした」

「なるほど、実に興味深いお話ですな」警視は言った。「しかし、わしらがむしろ知りたいのは、ハルキスさんが心臓病でなく別の原因で亡くなった可能性があるかどうか――」

「もし、公式に出した死因の信憑性《しんぴょうせい》をそれほどお疑いなら」フロスト博士はぴしりと言った。「私がハルキスさんの死亡を宣告した時に、ウォーディス先生もその場にいましたからね、確認されるといい。暴力の痕跡も何も、三文芝居じみたことはひとつもありませんでした。胃潰瘍の治療のための点滴治療に加えて、当然、従わなければならなかった厳格な食餌療法のせいで、心臓にますます負担がかかった。しかも、私は口を酸っぱくしてだめだと言い続けたのに、どうしても〈画廊〉の管理を続けると言ってきかなかったんですよ、実際の経営はスローンさんとスイザさんを使っていたとしても。そんな無理がたたって心臓がついにやられただけです」

「しかし――毒ということは？」警視は追及した。

「中毒の証拠は一切なかったと保証しましょう」

警視はプラウティ博士を手招きした。「ハルキスの死体も解剖した方がいい」警視は言った。「確かめておきたいね。殺人がひとつあったんだ――フロスト博士には敬意を払うが、ふたつなかったとは言いきれんだろう」

「ハルキスの解剖はできるんですか？」ペッパーは心配そうだった。「防腐処理をされてしまっているでしょう」

「別に何も変わらんよ」検死官補は言った。「防腐処理をしたって、大事なはらわたを抜いちまうわけじゃない。おかしなことがあれば、必ず見つけるさ。むしろ、防腐処理をしてもらっていて助かる。死体がそのままの状態で保存されているからな――まったく腐敗していない」

「わしが思うに」警視は言った。「ハルキスの死の状況について、もうちっと調べてみにゃならんだろうな。そこのグリムショーという男について、何か手がかりが出てくるかもわからん。先生、その死体をふたつともよろしく頼めるかね」

「もちろんだ」

フロスト博士は帽子とコートを身につけると、いくぶん冷ややかな態度で去っていった。警視がハルキスの書斎にはいっていくと、本部の鑑識から来た指紋の専門家が部屋じゅうを忙しく調べていた。警視を見つけると眼を輝かせ、急いでやってきた。

「何か見つけたか、ジミー？」警視は低い声で訊ねた。

「山ほど見つけたが、意味のあるものは何もないね。この部屋は指紋だらけだ。もう、わんさかある。この一週間だけで、山ほど人が出入りしたんだな」

「そうかね」警視はため息をついた。「まあ、やれるだけやってくれ。それと、廊下をはさんだ向かいの客間に行ってな、かわいい死体の指紋を取ってくれんか。わしらはグリムショーだと思っとるんだが。本部から指紋台帳を持ってきたか？」

「ああ」ジミーは急ぎ足で部屋を出ていった。

フリントがはいってきて、警視に声をかけた。「死体安置所《モルグ》の車が来ました」

「入れてやれ。ただし、ジミーがあっちの部屋の仕事を終わらせるまで待つように言え」

五分後、指紋の専門家は、意気揚々《ようよう》と書斎にはいってきた。「ありゃあ、グリムショーだよ、間違いない」そう言った。「指紋が台帳の記録と合致した」そして、下を向いた。「棺もひととおり調べといたよ」やれやれという口調で続けた。「しかし、指紋だらけだったな。あんなんじゃ、何もわからん。きっと街じゅうの人間が触ったんだろうよ」

撮影係は部屋じゅうで、無言でフラッシュをたいている。書斎はちょっとした戦場と化していた。プラウティ博士がはいってきて、別れの挨拶をしていった。ふたつの死体と棺は屋敷の外に運び出された。ジミーと撮影係たちは撤収した。警視はくちびるをなめると、エラリーとペッパーを書斎に呼び入れ、扉を閉めた。

9　……物語

派手なノックの音が響くと、ヴェリー部長刑事はドアをほんの少し開けた。すぐに、うなずいてひとりの男を迎え入れ、またドアを閉めた。

新しくやってきたのは、ずんぐりむっくりの脂ぎった男だった。それがギリシャ人の通訳、トリーカーラだと知ると、クイーン警視はすぐに、先週の金曜の夜に何をしていたか、デミーに質問をさせ始めた。

アラン・チェイニーは、ちゃっかりジョーン・ブレットのそばの椅子にすべりこんでいた。そして大きく息を吸ってから、おずおずと囁いた。「おふくろのギリシャ語通訳の能力は、警視に信用してもらえなかったんだな」——明らかに、ジョーンに話しかけるための口実だが、ジョーンは首から上だけを回して、氷のように冷えきった視線を向けただけだったので、アランは弱々しく微笑した。

デミーの眼に知性の光がちらりと浮かんだ。どうやら注目の的になるという経験になじみがないようで、心の奥底に泥のように沈んでいた虚栄心がかきたてられたのか、その鈍そうな顔がみるみるうちに笑いで歪み、舌足らずながらも、前より早口のギリシャ語が飛び出してきた。

「こちらさんが言うには」トリーカーラの声は、本人同様に脂ぎっていた。「その夜は、いとこにベッドに追いやられて、何も見ていなければ、聞いてもいないということです」

警視は、通訳のそばに突っ立っている、ひょろりとした不格好な男を興味深く見やった。

「それじゃ、次の朝、起きてから何があったか訊いてくれ――土曜だ、先週の土曜、いとこが死んだ日だ」

トリーカーラはいかつい響きの言葉を少しばかりデミーに放った。デミーは眼をぱちくりさせると、つっかえながら同じ言語で返事をした。通訳が警視に向きなおった。「翌朝はいとこのゲオルグの声で目を覚ましたそうです。隣の寝室から呼ばれたと。それで起き上がって、身支度をととのえて、いとこの寝室にはいって、いとこが起きて着替えるのを手伝ったと言っています」

「何時だったか訊いてくれ」老人は指示した。

短いやりとりがあった。「朝の八時半だったそうです」

「しかし、なぜ」エラリーが鋭く訊いた。「このデミーがゲオルグ・ハルキス氏の着替えを手伝う必要があったんです？　ブレットさん、さっきあなたは、ハルキスさんは眼が見えなくても、たいていのことは困らないとおっしゃったのでは？」

ジョーンはきれいな曲線を描く両肩をすくめた。「それはね、クイーンさん、ハルキスさんは眼が見えなくなったことを、とても辛く受け止めてらしたんです。それでも、いつだって精力的なかたでしたから、眼が見えないことで日常生活が変わってしまうことを、ご自分でも決して認めませんでしたの。だからこそ、〈画廊〉の手綱を引いて監督を続けると言って聞かなかったんです。そして、この書斎とご自分の寝室の物は、誰も、何ひとつ触ってはいけない、と厳しくお言いつけになったのも、そういう理由からですわ。眼が見えなくなってからは、普段の場所から椅子一脚さえ、ずらされませんでした。おかげで、どこに何があるのかがはっきりわかって、ハルキスさんはご自分が生活されるどのお部屋でも、見える時とまったく変わらないように、なんの不自由もなく動きまわれたんです」

「いや、それじゃ、ぼくの質問の答えになっていませんよ、ブレットさん」エラリーは優しく言った。「あなたの言葉を聞くかぎり、ベッドから起きたり、着替えたりするような単純な作業に誰かの手を借りることなんて、むしろ断りそうな人じゃないですか。当然、着替えることくらい、ひとりでできたんでしょう?」

「あなたって、とっても頭の鋭いかたなのね、クイーンさん」ジョーンがにっこりすると、不意にアラン・チェイニーが席を立ち、さっきまでいた壁際に戻っていった。「たしかにそう思われるでしょうね。デミーは別に、ハルキスさんがベッドから出ることを手助けしたり、実際に服を着ることを手伝ったりした、ということを言いたかったわけじゃないと思います。おわかりにならないかしら、ひとつだけハルキスさんにはできなくて、どうしても助けてもらわなければならないことがあったんです」

「なんです？」エラリーは鼻眼鏡《パンスネ》をもてあそびながら、眼を鋭くした。

「着る服を選ぶことですわ！」ジョーンが勝ち誇ったように言った。「あのかたはとっても着るものにうるさいかただったんです。ハルキスさんが身につけるものはどれもこれも、いちばん上等の品でなければなりませんでした。それでも、眼が見えないものですから、その日のコーディネートをそろえて選ぶことができなくって。だから、デミーがいつも、ハルキスさんのかわりにそろえていたんです」

デミーは、自分への質問のさなかにわけのわからない邪魔がはいって、ぽかんとしていたが、無視されたと思ったようで、急にギリシャ語でわめきだした。トリーカーラが通訳した。「話を続けたいと言っています。予定表に従っていとこの服を着替えさせたと。それで――」

クイーン父子は同時に口をはさんだ。「予定表に従って？」

ジョーンが声をたてて笑った。「わたしが、ギリシャ語を話せなくて残念だわ……あのね、警視さん、デミーはどうしてもハルキスさんが望むようなコーディネートのやりかたをのみこめなかったんです。さっきも言ったとおり、ハルキスさんはお召し物にはとても気難しいかたでしたから――スーツをたくさんお持ちで、毎日、必ず違う服を着てらっしゃいました。そのたびに、上から下までまったく違う組み合わせで。デミーが普通の使用人なら、簡単なことですわ。でも、デミーにはそういうことが難しいですから、ハルキスさんは毎日毎日、新しい組み合わせを指示する手間をはぶく工夫を思いついて、ギリシャ語で予定表を書いて、一週間分の毎日違うコーディネートを、デミーがひとりで選べるようにしたんです。こうしておけば、デミーの頭に負担をかけずにすむでしょ。予定は変更されることもありましたけれど。ハルキスさんが、予定表に決めておいたのとは違う組み合わせの服にしたいと思われた時には、デミーにギリシャ語で直接、言いつけておいででした」

「その予定表は繰り返し使われていたのかな？」警視が訊いた。「つまり、ハルキスさんは毎週、新しい予定表を作っていたのかね」

「まあ、いいえ！　七日間の予定表を毎週繰り返し使っていたんです。服がいたんできたと——ハルキスさんが手触りで、なんとなく服がくたびれてきたと思われると、とにかく、あのかたは身につける物のことでは本当に頑固で、誰の言葉も聞き入れようとしませんでしたから——そうなると、あのかたは仕立て屋を呼んで、まったく同じ服を作らせるんです。小物も、靴も同じようになさっていました。そんなふうでしたから、予定表はハルキスさんの眼がご不自由になってからずっと同じままでしたわ」

「おもしろいな」エラリーはつぶやいた。「それじゃ、夕食の着替えについても、毎晩の予定が書かれていたわけですね？」

「いいえ。ハルキスさんは毎晩、同じ組み合わせの正式なイブニングをお召しになりました。それはデミーの記憶力に負担をかけるものじゃありませんから、特に書いてありません」

「なるほど」警視は唸った。「トリーカーラ、次に何が起きたのか、そちらさんに訊いてくれ」

トリーカーラは両手を二、三度、円を描くように勢いよく振りながら、例の外国語を口からほとばしらせた。デミーの顔が急に活気づいた。そして、ひどく愛想よく、えんえんと喋りまくったので、ついにトリーカーラが押しとどめ、ぐったりした顔で額を拭いた。「予定表に従って、いとこのゲオルグを着替えさせたと言っています。こちらといとこさんが寝室を出たのは九時ごろで、それから書斎に行ったそうです」

ジョーンがそこで口をはさんだ。「毎朝九時に書斎でスローンさんとお話をなさるのが、ハルキスさんの習慣でした」「その日の予定についてスローンさんと話しあわれたあとに、わたしはハルキスさんの口述筆記をしていました」

トリーカーラが続けた。「それについては、こちらは何も言っていません。いとこがそこの机の前に坐ったあと、自分は屋敷を出ていったそうです。このあと何が言いたいのか、どうもよくわからないんですよ、クイーン警視。なんか医者がどうとかこうとか言ってるみたいなんですが、さっぱり要領を得なくて。こちらさん、いつもこんな具合なんですかね?」

「そうなんだ」警視は不機嫌まるだしで答えた。「やれやれ。ブレットさん、通訳に何を言おうとしているのか、あなたにはわかりますか」

「たぶん、精神科医のベロウズ先生のところに行ったと言いたいんだと思います。ハルキスさんはずっと、デミーの状態を少しでもよくしようと手を尽くされていたんです、変わる見込みはないと、もう何度も言い渡されてきたんですけど。でもベロウズ先生がデミーに興味を持たれて、ギリシャ語がわかる人まで見つけてきて、ここから二ブロックほど離れた診療所でデミーの診察をなさっているんです。デミーは月に二度、土曜日にベロウズ先生のところに通っています。ですから、きっとこの時もベロウズ先生を訪ねたに違いありませんわ。ともかく、デミーは五時ごろに帰ってきました。ハルキスさんは、その前に亡くなったんですけれど、あの時はもう、ばたばたして、誰もデミーに知らせることを思いつかなくて。ですから、デミーはいとこが亡くなったことを知らないまま、帰ってきたんです」

「本当に痛ましいことでしたわ」スローン夫人がため息をついた。「かわいそうなデミー！　わたくしが話すと、ひどいショックを受けていました。子供のように泣いて。デミーはこんなふうですけれど、ゲオルグをとても慕《した》っていたんですの」

「よし、トリーカーラ。この部屋にこのままいるように言ったあと、おまえさんは待機していてくれ。また話を聞く必要が出てくるかもしれん」警視はギルバート・スローンに向きなおった。「どうやら、先週の土曜の朝、デミーの次にハルキス氏と会ったのはあなたのようですな、スローンさん。あなたはこの書斎で、いつもどおり、九時にハルキスさんと会ったのかな？」

スローンは不安そうに空咳《からぜき》をした。「いえ、そういうわけでは」へらへらと半笑いのような声で答えた。「つまりですね、ええ、毎朝九時にこの書斎でゲオルグと顔を合わせていたんですが、先週の土曜にかぎって、私は寝過ごしてしまいまして――前の晩は特別遅くまで仕事をしていたもので。ええ、それで階下におりてきたのが九時十五分でした。ゲオルグはどうも――ええ、その、私に待たされたものですから、腹をたてているようでした。ぶっきらぼうで、不機嫌で。まあ、ここ数カ月は、目立って怒りっぽくなってきたんですがね、ええ、だんだん身体が思うように動かなくなってきたからだと思いますが」

クイーン警視は、嗅ぎたばこを細い鼻孔にあてがってから、ひとつくしゃみをすると、やけにゆっくりと言った。「その日の朝にあなたがはいってきた時、書斎の中に何か不自然な物はありませんでしたか」

「それはどういう……いいえ、もちろんありませんでしたよ。いつもと何も変わらない。普通でしたが」

「ハルキスさんはひとりきりでしたか」

「ええ、はい。デミーはもう出ていったと言っていましたね」

「あなたがハルキスさんと一緒にいる間に、どんなことがあったのかを全部、正確に教えてください」

「いや、たいして重要なことは何もありませんでしたよ、警視さん、ええ、保証しま――」

警視は鋭く言った。「全部、と言いました。何が重要かそうでないかを決めるのは、わしだ、スローンさん！」

「実際のところ」ペッパーが茶化すように言った。「ここの人たちは誰ひとりとして、何も重要だと考えていないようですね」

エラリーが唄うような調子で口ずさんだ。「"Wie machen wir's, daß alles frisch und neu《ヴィー・マッヒエン・ヴィルス・ダス・アレス・フリッシュ・ウント・ノイ》
―Und mit Bedeutung auch gefällig sei?《ウント・ミット・ベドイトウング・アウフ・ゲフエリッヒ・ザイ》＊"」

ペッパーが眼をぱちくりさせた。「は？」

＊　ゲーテ〈ファウスト〉「劇場にての前戯」十五行目。「なにもかも新しく見えて、そして意義があって、人の気に入るようにするには、どうしたらいいでしょう（森鷗外訳）」

「ゲーテがご機嫌で書いた一節です」エラリーが重々しく言った。

「ああ、せがれは相手にせんでもいい……ふん、連中のそういう態度はあらためさせるぞ、ペッパー！」警視はぎろりとスローンを睨《ね》めつけた。「さあ、スローンさん。話しなさい、洗いざらい。全部だ。ハルキスさんが咳《せき》をしたとか、そんなことでかまわん」

スローンは困惑しているようだった。「しかし……警視さん、ただ、その日の仕事の予定を急いで打ち合わせただけですし。ええ、まあ、ゲオルグは売買や蒐《しゅう》集《しゅう》以外の何かに気をとられているように見えましたが」

「ほう！」

「ゲオルグは無愛想でしたよ、それはもう、失礼なくらいに。ですから私も頭に来ましてねえ、ええ、警視。口調が気に入らなかったものですから、そう言ってやりました。ええ、ばしっとね。するとゲオルグは、怒っている時のぶすっとした声で、一応、詫《わ》び言《ごと》めいたことを言っていました。たぶん、自分でも大人げなかったと思ったんでしょう、急に話題を変えましたよ。つけていた赤いネクタイをいじりながら、前より落ち着いた口調で、こんなことを言いだしました。〝どうもこのネクタイはよれてきたな、ギルバート〟。もちろん、ハルキスが会話をつなごうとしているだけなのはわかっていましたよ。〝いやいや、ゲオルグ、きちんとしているよ、大丈夫〟と言ったんですが。ハルキスはきかないんです。〝いや、よれよれだ――触ればわかるんだ、ギルバート。きみ、ここを出る前に、私が〈バレット〉に電話をして、いまつけているのと同じネクタイを何本か注文するのを忘れんように、注意してくれ〟。〈バレット〉というのは、ひいきの小物屋です——でした、と言った方がいいのかな……ええ、ともかく、これがゲオルグ流でしてね。ネクタイは別になんともなかったんですよ、でも、本当に外見にうるさくて。しかし、こんなことが重要なんですかね——」スローンは疑わしげに言った。

警視が口を開く前に、エラリーが鋭く言った。「続けてください、スローンさん。それで、書斎を出る前にハルキスさんに注意したんですか?」

スローンは眼をぱちくりさせた。「もちろんです。ブレットさんが証言してくれるはずですよ。覚えているだろう、ブレットさん?」心配そうにそう言いながら、秘書の若い娘を振り返った。「ゲオルグと私がちょうどその日の打ち合わせを終わった時に、書斎にはいってきたね——そして、口述筆記を始めるのを待っていた」ジョーンが力強くうなずいた。「ほら、そうだったでしょう?」スローンは勝ち誇った声を出した。「いま、ちょうど言おうとしていたんです。ええ、書斎を出る前に、私はゲオルグに言いましたよ。〝注意してくれと言っていただろう、ゲオルグ、ネクタイのことを〟。ゲオルグがうなずいたので、私は屋敷を出ました」

「その朝にあなたとハルキスさんの間に起きたことというのは、それで全部ですか?」警視は問い詰めた。

「これで全部ですよ、警視さん。ええ、全部、言ったとおりです——喋ったことも一言一句間違いなく。〈画廊〉には直行しませんでした——ダウンタウンで商談の約束がありましたので——それで、二時間後に〈画廊〉に行って、うちの従業員のボーム君から、私が屋敷を出てまもなくゲオルグが亡くなったことを、初めて聞かされたんです。そこにいるスイザ君はもう屋敷に行っていました。ええ、私もすぐに屋敷に引き返しましたよ——〈画廊〉は、ご存じですよね、ここから二ブロックしか離れてない、マディソン街にありますから」

ペッパーが警視に何やら囁き、エラリーがその輪に首をつっこむと、男三人は早口に会議を始めた。警視はうなずくと、きらりと眼を光らせ、スローンに向きなおった。「さっきわしはあなたに、お訊ねしましたな、スローンさん、先週の土曜の朝、この書斎に不自然な物はなかったかと。そしてあなたは、なかったと答えた。ほんの少し前に、あなたはブレットさんがこう証言するのを聞いたはずだ。我々が発見した死体、あの殺されたアルバート・グリムショーは、ハルキスさんが亡くなる前の晩に、恐ろしく念入りに身元を隠そうとしていた謎の人物と一緒に、ハルキスさんを訪ねてきたと。つまり、わしの言いたいことはだ。その謎の男が重要な手がかりかもしれない、ということです。よく考えてください。その時、この書斎にあってはおかしい物がありませんでしたか、机の上にでも。例の謎の男が残していった物が何か——正体を知る手がかりになりそうな物は？」

スローンはかぶりを振った。「そんな物、ありませんでしたね。私は机のすぐそばに坐っていましたから、ゲオルグの物でない何かがあれば絶対に気づいたはずですよ、ええ」

「ハルキスさんは、前の晩に来客があったことをあなたに話しましたか」

「いいえ、ひとことも、警視さん」

「結構です、スローンさん。待機していてください」スローンは妻の隣の椅子にどっかりと坐りこむと、ほっとため息をついた。警視は老いた顔に優しい微笑を小さく浮かべ、親しげにジヨーン・ブレットを手招きした。「さて、お嬢さん」いかにも父親らしい口調で声をかけた。「ここまでのところ、あなたのおかげでとても助かっています——理想の証人だ。わしはあなた自身に非常に興味がある。少し、あなたのことを話してくださらんか」

ジョーンの青い瞳がきらめいた。「警視さんったら、本心が見え見えですこと！　うしろ暗い過去なら、ないと保証しますわ。しがない、貧しい、いやしい、英国で言う〝レディヘルプ（低賃金だが家族同様の扱いを受ける家事手伝い）〟にすぎませんの」

「いやいや、お嬢さん、あなたのようなりっぱな娘さんが」老人はもごもごと言った。「それはともかくとして——」

「それはともかくとして、あなたはわたしについてすっかり知りたいのね」ジョーンはにっこりした。「いいわ、クイーン警視さん」そして、丸っこい膝をスカートで品よくおおい隠した。「名前はジョーン・ブレット。ハルキスさんのところで働き始めて一年を少し過ぎたところです。たぶんわたしがイギリス英語を——と言っても、こちらのひどいニューヨークなまりが移って、少し変になっているかもしれませんけれど——話すのをお聞きになって、もうとっくにご存じでしょうけれど、英国出身です。こう見えてもレディですの、れっきとしたレディですのよ、警視さん！　と言っても、たいして上の階級ではありませんけれど。ハルキスさんのもとには、ロンドンでわたしが仕事でお世話になっていた画商のアーサー・ユーイング卿の紹介で参りました。アーサー卿はハルキスさんの名声を聞き知っていたので、ぜひ雇ってもらえるようにと、わたしのためにとてもいい紹介状《ナイス・キャラクター》を書いてくださいました。わたしは本当にいい時に来たんです。ちょうどハルキスさんがどうしても手助けを必要としている時でした。そして個人秘書として雇ってくださいましたわ、言っておきますけれど、とても気前《ジョリー》のいいお給金でね。わたしがこの仕事に専門知識を持っているので、気に入っていただけたんだと思います」

「ふうむ。しかし、それはわしの知りたいこととはちょっと違う――」

「まっ！　もっと個人的なことですの？」ジョーンはくちびるをすぼめた。「ちょっと待ってくださいな、そうねえ。歳は二十二です――ええ、結婚適齢期は過ぎていますわ、警視さん――右のヒップに赤いあざがひとつあります。アーネスト・ヘミングウェイの熱烈な大ファンで、あなたのお国の政治は古くさいと思いますし、こちらの地下鉄《アンダーグラウンド》はすばらしいと思っていますわ。これで、よろしくて《スラ・スュフィ》？」

「いやいや、お嬢さん」警視は弱々しい声で言った。「年寄りをからかうものじゃない。わしは、先週の土曜の朝に何が起きたのかを知りたいんです。あなたはその朝、この書斎の中で、前の晩に来た謎の訪問者の身元がわかるような物を見ていませんか？」

ジョーンはまじめな顔になると、かぶりを振った。「いいえ、見ていません。何もかも、いつもと変わらないように思えました」

「とにかく、朝の出来事をすっかり話してください」

「ええと、そうですね」ジョーンは人差し指をピンクの下くちびるに当てた。「スローンさんが警視さんにおっしゃったとおり、スローンさんとハルキスさんが打ち合わせを終わる前に、わたしは書斎にはいりました。スローンさんがハルキスさんにネクタイのことを注意されるのが聞こえました。スローンさんが出ていかれたあと、わたしは十五分ほど、ハルキスさんの口述筆記をしました。終わってから、ハルキスさん、〈バレット〉にはわたしから電話をかけて、新しいネクタイを注文しておきましょうか〝と言いましたら、〝いや、自分でする〟とおっしゃいました。そのあと、もう封をして切手も貼ってある封筒を一通手渡されて、すぐに投函してくるように言われました。これには少しびっくりしました——あのかたのお手紙はいつもわたしが書いていましたから……」

「手紙?」警視は考えこんだ。「誰宛《あて》でしたか」

ジョーンは顔を曇らせた。「ごめんなさい、警視さん。本当にわかりません。そこまできちんと見なかったんです。それでも、宛て名はタイプ打ちでなくて、ペンで書かれていたと思います——でも、当然ですわね、ここにはタイプライターがありませんもの——だけど……」ジョーンは肩をすくめた。「ともかく、わたしがお手紙を持って書斎を出ようとした時、ハルキスさんがご自分の電話の受話器を取るのが見えました——ハルキスさんは、むかしながらの、交換手に番号を伝えてつないでもらうタイプの電話をいつもお使いになっていたんです。そっちのダイヤル直通のは、わたしが使うための電話ですわ——そしてハルキスさんが、ひいきにしている紳士用品のお店〈バレット〉の電話番号を伝えているのが聞こえました。そのあと、わたしはお手紙を投函しにいきました」

「何時でした?」

「九時四十五分ごろだったと思いますけれど」

「その後、生きているハルキスさんに会いましたか」

「いいえ、警視さん。それから三十分くらいして、二階の自分の部屋にいた時に、階下から誰かが悲鳴をあげているのが聞こえたんです。すぐに駆け下りてみると、書斎でシムズさんが失神してらして、ハルキスさんは机の前でお亡くなりでした」

「ということは、九時四十五分から十時十五分までの間に亡くなったわけですな」

「そう思います。ヴリーランドさんの奥様と、スローンさんの奥様も、わたしに続いて階段を駆け下りていらっしゃいましたけれど、ご遺体を見るなり、大声で叫びだしました。どうにかおふたりを落ち着かせたくて、ようやく、かわいそうなシムズさんを介抱するように説得してから、すぐにフロスト先生と〈画廊〉に電話をかけました。そのころに、屋敷の裏手からウィークスがはいってきて、それから、フロスト先生がびっくりするほどすぐにいらっしゃいました——ウォーディス先生が同じくらいに現れましたけれど、きっと寝坊したんでしょう——そしてフロスト先生がハルキスさんの死亡を宣告されました。そのあとはもう、シムズさんを二階に助けあげて、介抱するくらいしか、できることはありませんでした」

「なるほど。ちょっと待ってください、ブレットさん」警視はペッパーとエラリーを脇の方にひっぱっていった。

「どう思うね？」警視は用心深く訊いた。

「ある程度の目星はついてきたと思いますね」エラリーがつぶやいた。

「どうやってつけた？」

エラリーは古びた天井を見上げた。ペッパーは頭をかいた。「いままでに得られた手がかりから、何かわかれば、それはたいしたものですが」検事補は言った。「例のだいぶ前の土曜に起きた事実はすべて、あの遺言書の件をほっくり返していた時に知ったはずなのに、私はまだまったく何も……」

「やれやれ、ペッパーさん」エラリーはくすくす笑った。「たぶんあなたはアメリカ人であることで、バートンが『憂鬱の解剖』の中で披露《ひろう》した中国のことわざが分類した、最後のカテゴリーにはいるんですね。〝中国人は言う、我々ヨーロッパ人は眼をひとつ持ち、彼ら中国人はふたつ持ち、そのほかの者は眼を持たないと〟」

「おまえはまた、そうやってふざけるのをやめんか」警視は不機嫌に言った。「まあ聞け、ふたりとも」警視は何やら、思いきった決意を告げたらしい。ペッパーは少し顔色を失い、そわそわと落ち着きをなくしたが、ぐっと肩を張り、その表情から察するに、覚悟を決めたようだった。ジョーンは机の端にちょこんと坐ったまま辛抱強く待っている。仮に何が起きるかを悟っていたとしたら、みごとに眉ひとつ動かさなかった。むしろアラン・チェイニーが緊張をふくらませている。

「よし、いいな」警視が声に出して結論を下した。そして、一同に向きなおり、感情のない声でジョーンに言った。「ブレットさん、ちょっとおかしな質問をします。水曜の夜、あなたは何をしていましたか――二日前の夜です」

墓場の静寂が書斎におりた。敷物の上に長い脚をだらしなく投げ出していたスイザさえ、耳をそばだてた。陪審員のような眼からいっせいに、裁きの視線を浴びて、ジョーンはひるんだ。クイーン警視に質問された瞬間、振り子のように揺れていた細い脚がぴたりと止まり、ジョーンは身動きひとつしなくなった。やがて、脚がまた揺れ始め、ジョーンはさりげない口調で答えた。「あら、警視さん、おかしな質問なんかじゃ全然ありませんけど。二日前のことでしたら――ハルキスさんがお亡くなりになって、屋敷の中の大混乱や、お葬式の準備や、お葬式そのもので――わたし、すっかり参ってしまったんです。水曜の午後には、空気を吸うためにセントラルパークをお散歩してから、早めにお夕食をいただいて、そのあとすぐに寝室に引き取りました。ベッドの中で一時間ほど本を読んで、十時ごろに休みました。それで全部ですわ」

「あなたは寝つきがいい方ですか、ブレットさん」

ジョーンはころころと笑った。「ええ、とっても」

「その夜はひと晩じゅう、ぐっすり眠ったわけですか」

「もちろん」

警視はペッパーのこわばった腕に片手をかけて、口を開いた。「では、次の事実をどう説明しますか、ブレットさん。その夜、午前一時に――水曜から木曜になる深夜零時を過ぎて一時間たったころに――このペッパー君は、あなたがこの書斎の中を歩きまわって、ハルキスさんの金庫に手をつけているのを見たと言っているんですが」

さっきまでの静寂が天を引き裂くいかずちであったとすれば、今度の静寂は大地を揺るがす地震だった。長い長い時間、誰ひとりとしてまともな息をできずにいた。アランは狂ったような眼をジョーンから警視に向け、ぱちぱちとまばたきすると、今度はひどく物騒な目つきでペッパーの蒼白な顔を睨み据えた。ウォーディス医師がもてあそんでいたペーパーナイフは指の間からすり抜け、指はつかんだ形のまま硬直していた。

張本人のジョーンは、誰よりも平然としているようだった。にっこりすると、大胆にもずばりとペッパーに言った。「わたしが書斎の中を歩いていたのをごらんになったんですって、ペッパーさん――わたしが金庫を開けていじっていたのを見たんですって？　たしかですか？」

「いいかな、お嬢さん」クイーン警視は、優しくジョーンの肩を叩いた。「時間稼ぎをしても、何もいいことはない。それにペッパー君を、あなたを嘘つき呼ばわりさせる立場に追いこんで、困らせんでやってくれ。あなたはその時間、ここで何をしとったのかね。何を探していた？」

ジョーンはなんのことかわからない、というような困惑した笑みを浮かべて、かぶりを振った。「でも、警視さん、おふたりが何をおっしゃっているのか、わたしにはわからないんですもの、本当に！」

警視はちらりとペッパーを見た。「わしが聞いたかぎりじゃ、ブレットさん……ふむ、ペッパー、きみが見たのは幽霊か、ここにいる娘さんか？」

ペッパーは敷物を蹴りつけた。「ブレットさんでしたよ、間違いなく」口の中で言った。

「聞いたかね、お嬢さん」警視は穏やかに続けた。「ペッパー君は自信があるようだ。ペッパー、ブレットさんの服装を覚えとるか」

「もちろんです。パジャマと化粧着ですよ」

「化粧着は何色だった」

「黒です。私は、向こう側にある、あの大きい椅子に坐ってうとうとしていました。たぶん、私の姿は見えなかったんでしょう。ブレットさんがこっそり、とても用心深くはいってきて、ドアを閉めると、机の上にある小さいランプのスイッチを入れました。おかげで、着ている物も、何をしているのかも十分に見えましたよ。金庫の中をあさっていました。はいっている書類を一枚残らず調べていましたよ」最後の台詞はひと息にほとばしり出て、まるでペッパーが、これで話を終わらせることができる、と喜んでいるかのようだった。

娘はペッパーの語るひとことごとに、目に見えて青ざめていった。何かをこらえるように、必死にくちびるを嚙みしめている。両眼にはみるみるうちに涙が盛りあがってきた。

「本当ですか、ブレットさん」警視は淡々と訊いた。

「わたし――わたしは――いいえ、違います！」そう叫ぶと、片手で顔を隠し、しゃくりあげ始めた。アラン青年が、罵りの雄叫びを絞り出しつつ、飛び出してきて、がっしりした両手でペッパーのきれいな襟《えり》をつかんだ。「貴様、この腐った嘘つき野郎！」青年はわめいた。「無実の女性をはめようってのか――！」ペッパーは顔を真っ赤にして、どうにかアランの手を振りほどいた。ヴェリー部長刑事が、その巨体に似合わぬ電光石火の速さでアランの傍《かたわ》らに現れたかと思うと、青年の片腕を力いっぱい握ったので、青年はすくみあがった。

「おやおや、きみ」警視は優しい声で言った。「落ち着きなさい。わしらは何も――」

「罠だ！」アランが絶叫し、ヴェリーの手の中でじたばたと暴れた。

「坐れ、この馬鹿者が！」警視が雷を落とした。「トマス、そのはなたれ小僧を部屋のすみに押しこんで、見張っとれ」ヴェリーは、見たこともないような嬉しそうな表情で、部屋のずっと離れた片すみの椅子に、やすやすとアランを追いたてていった。アランはぶつくさ言いながらも、おとなしくしていた。

「アラン、やめて」低い、しゃくりあげるようなジョーンの言葉が、皆を驚かせた。「ペッパーさんは本当のことをおっしゃっているの」声に涙がまじった。「わたし――わたしは、水曜の夜、書斎にいました」

「ああ、その方が賢いですよ、お嬢さん」警視は陽気に言った。「いつでも本当のことを言うのがいい。それで、あなたは何を探していたんですか」

ジョーンは声を抑えたまま、早口に話しだした。「わたし――わたし、もし認めたら、説明が難しくなると思って……本当に難しくて。わたしは――あのう、夜の一時ごろに目を覚まして、急に思い出したんです、あの、執行人っていうか、とにかく、ノックスさんはきっと、目録が必要なはずだって――ハルキスさんがお持ちだった証券類の目録を。それでわたし――わたし、目録を作るために一階におりていって、そして――」

「夜中の一時にですか、ブレットさん」老人は淡々と訊ねた。

「ええ、はい。でも、いざ金庫の中の証券を見たとたんに気がついたんです、こんな非常識な時間にそんなことをするなんて、馬鹿みたいって。それで、また金庫に戻して、二階に行って、またベッドにはいりました。それだけですわ、警視さん」小さな薔薇《ばら》色が頬に浮かんだ。ジョーンは敷物を穴が開くほど睨んでいる。アランは恐怖に満ちた眼でジョーンを見つめていた。ペッパーがため息をついた。

警視は、いつのまにかエラリーがそばに来て、自分の袖《そで》をひっぱっているのに気づいた。「どうした？」警視は声をひそめて訊ねた。

けれどもエラリーは、くちびるにかすかな笑みを浮かべて、大きな声を出した。「筋は通っていますね」陽気な口調でそう言った。

一瞬、父親はぴたりと動きを止め、静かに立ちつくした。「そうだな」警視は言った。「筋は通っとる。ええと――ブレットさん、あなたは少し取り乱しとられるようだ、気分転換が必要ではないかな。ちょっと二階に行ってシムズさんにすぐおりてくるように伝えてくださらんか」

「わたし――喜んで」ジョーンは想像できないほど小さな声で答えた。机の端からすべりおりると、濡れた眼でちらりと感謝のまなざしをエラリーに向け、大急ぎで書斎を出ていった。

ウォーディス医師はエラリーの顔を、じっと探るように見つめていた。

＊

シムズ夫人は、恐ろしく派手なショールにくるまり、すり減ったかかとのうしろにトッツィを従え、のしのしと現れた。ジョーンはドア近くの――そして、アラン青年の近くの椅子に、そっとすべりこんだが、アランはジョーンを見ようとせず、シムズ夫人の灰色の頭を、鬼気迫る集中力でじっと見つめていた。

「ああ、シムズさん。はいって。まあ、坐りなさい」警視が声をかけた。家政婦は重々しくうなずくと、椅子によろよろと坐りこんだ。「さて、シムズさん、先週の土曜の朝の出来事を覚えとるかな、ハルキスさんが亡くなった日の朝だ」

「覚えております」家政婦がぶるっと震えると、その大きな身体全体にぶよぶよとさざなみが立った。「覚えておりますよ、警視様、もう死ぬまで覚えていますでしょう」

「そうだろうね。それじゃ、シムズさん、その朝に起きたことを教えてくれんか」

シムズ夫人はぐっと背を伸ばし、肉づきのいい肩を何度か上下させた。まるで、年寄りの雄鶏がときを作るために、エネルギーをかき集めているかのようだ。「わたしはこのお部屋に十時十五分に参りました、警視様。お掃除や、前の晩にご用意したお茶道具の片づけや、何やかやをするために――いつものわたしの仕事なんでございます。それでドアを開けて中に――」

「あの――シムズさん」エラリーの声には優しい敬意がこもっていた。すぐにシムズ夫人のぼってりしたくちびるに、小さな笑みが浮かんだ。この人はとても感じのいい青年だこと！

「あなたがそんな雑用をなさっていたんですか？」その口調には、シムズ夫人ほどの重要な地位の人物が、下働きのする仕事をさせられるとは信じられない、という響きがこもっていた。

「ハルキス様の私室だけでございます」家政婦は慌てて説明した。「ハルキス様は若いメイドたちには心底ぞっとされていたんです――生意気なだけの役たたずの子供、とお呼びになっていました。ですから、ハルキス様はご自分がお使いになられるお部屋は、わたしが片づけるようにと、いつもおっしゃっておいででした」

「ああ、では、いつもハルキスさんの寝室を整えていたのも、あなたということですか」

「さようでございます、それと、デミー様のお部屋もです。ですから、先週の土曜の朝も、いつもと同じ仕事をするはずでございました。でも、中にはいってみると――」偉大な胸が海のように波打った。「――おかわいそうなハルキス様が机の上に倒れているのが、いえ、あの、頭が机にべたっとくっついているのが見えたんです。最初は眠っておいでなのかと思いました。それで――神様、お慈悲を！――おかわいそうなハルキス様の手に触ってみましたら冷たくって、もう、本当に冷たくって。わたしはお身体を揺さぶりながら、思わず叫びだして、それで、それで、それで覚えているのは全部でございます、聖書に誓って」家政婦は、たったいま言ったことを信じてもらえないかもしれない、というような不安げな顔でエラリーを、必死に見つめた。「次に覚えているのは、ウィークスがそばにいて、メイドのひとりがわたしの顔を平手で叩いたり、げんこつでぶったり、気つけ薬やら何やらをわたしにあてがったりしていたことで。気がついてみれば、わたしはいつのまにか二階の自分のベッドの中にいたんでございます」

「言いかえれば、シムズさん」エラリーはあいかわらずやさしい口調で続けた。「あなたはこの書斎も、ふたりの寝室も、全然、部屋の中の物に触らなかったわけですね？」

「はい、触っておりません」

エラリーが警視の耳に何か囁くと、老人はうなずいた。そして言った。「この家の人で、ブレットさん、スローンさん、デミトリオス・ハルキスさん以外に、先週の亡くなった土曜の朝に、まだ生きているハルキスさんの姿を見た人はいますか」

すべての頭が勢いよく横に振られた。誰の動きにも、一切の迷いがない。

「ウィークス」警視が言った。「先週の土曜の朝、九時から九時十五分の間に、問題の三つの部屋にはいらなかったのは、たしかかね？」

ウィークスの耳の上で、白い綿玉のようなふわふわの髪が震えた。「私が、ですか？　いいえ、警視様！」

「一応、可能性の問題として」エラリーがぼそぼそと言った。「シムズさん、ハルキスさんが亡くなってこの七日の間に、その三つの部屋のどこかに手を触れたということはありませんか」

「指一本触っちゃいません」家政婦は声をわななかせた。「わたしはずっと臥せっておりました」

「ひまをとったメイドたちは？」

ジョーンが抑えた声で言った。「さっきわたしが話したと思いますけれど、クイーンさん、あの子たちはハルキスさんが亡くなったその日に出ていったんです。その三つの部屋に足を踏み入れることさえいやがって」

「きみは、ウィークス？」

「いいえ。あの葬儀当日の火曜日まで、誰も触る者はおりませんでしたし、そのあとは、何ひとつ触ることを禁じられております」

「ほう、そりゃ理想的だ！　ブレットさん、あなたはどうですか」

「わたしはほかにいろいろと、することがありましたので」小声で答えた。

エラリーはなでるように、ぐるりと一同を見渡した。「先週の土曜から、その三つの部屋のどこかに手を触れた人は、ひとりもいませんか?」返事はない。「ますます理想的だ。つまり、これが現状というわけですね。シムズさんはベッドから出られなくて何も触っていない。屋敷はてんやわんやで、家事をする手が足りなくなった。メイドたちが急にひまをとったことで、家事をする手が足りなくなった。メイドたちが急にひまをとったことで、誰ひとり、掃除をするどころではなかった。火曜の葬儀のあと、遺言書が盗まれているのが発覚して以来、書斎とふたつの寝室はペッパーさんの命令で何ひとつ、誰にも触られていない。と、こういうことですよね」

「葬儀屋さんたちがハルキスさんの寝室にはいりましたけれど」ジョーンがおずおずと申し出た。「あそこでご遺体を――あの、埋葬するために、整えるので」

「それと、遺言書を探す間だが、クイーン君」ペッパーが口をはさんだ。「我々は部屋の中をかきまわしたけれども、持ち出した物はないし、壊れてしまった物もないよ」

「葬儀屋は数に入れなくていいでしょうね」エラリーは言った。「トリーカーラさん、そちらのハルキス氏に確かめていただけますか」

「了解です」トリーカーラとデミーはまた、激烈な会話を始め、トリーカーラの質問は鋭く、爆発するように響いた。デミーのどんよりした、たるんだ顔が、みるみるうちに蒼白になったかと思うと、つっかえつっかえ、ギリシャ語でわめき始めた。「なんだかよくわかりませんな、クイーンさん」トリーカーラが眉をひそめて報告した。「一応、いとこが死んでからは、どっちの寝室にもはいっていないと言っているんですが、それ以外にも何かを……」

「ひとことよろしゅうございますか」ウィークスが口をはさんだ。「デミー様がおっしゃろうとしていることは、たぶんこうだと存じます。ご承知のとおりデミー様は、ハルキス様がお亡くなりになって、ひどく取り乱されて、なんと申しますか、それこそ子供が死を恐れるように怯えてしまったものですから、ハルキス様の寝室の続き部屋で、これまでどおりに寝ることがどうしてもいやだとおっしゃいまして、それで、奥様のご命令で、私どもは二階のあいたメイドの部屋をひとつ、デミー様のために片づけなおしたのです」

「デミーはそちらに居ついてしまいましたの」スローン夫人はため息をついた。「それからというもの、デミーは陸《おか》に上がった魚のようですわ。かわいそうなデミーはときどき、本当に困りものですの」

「すみません、確認してください」エラリーがまったく違う口調で言った。「トリーカーラさん、土曜からこっち、ふたつの寝室のどちらかにはいったことがあるか、訊いてみてください」

デミーの恐怖に満ちた否定の言葉を、トリーカーラが通訳する必要はなかった。哀れな男はすっかり縮みあがり、部屋のすみに逃げこんで、突っ立ったまま、爪をやたらとかじりながら、追いつめられたけもののように不安げな眼できょろきょろ見回しだした。エラリーはそんなデミーを観察しながら、考えこんでいた。

警視は茶色い顎《あご》ひげをたくわえた英国人の医師に向きなおった。「ウォーディス先生、少し前に、わしはダンカン・フロスト先生と話しとったんですが、ハルキスさんの死後すぐに、あなたが遺体を調べたそうですな。間違いありませんか」

「間違いありませんよ」

「死因に関して、先生の医師としての見解はどうです」

ウォーディス医師は、もじゃもじゃの茶色い眉をぐいと上げた。「フロスト先生が死亡証明書に書かれたとおりですね」

「そうですか。では、ふたつ三つ、個人的な質問をさせていただきましょう、先生」警視は嗅ぎたばこを味わうと、慈父のような微笑みを浮かべた。「どういったいきさつで、あなたがこの屋敷に来ることになったのかを、教えていただけますかな」

「たしか」ウォーディス医師はまるで他人事のように淡々と答えた。「つい最近、お話ししたと思いますが、私はロンドンの眼科医です。ニューヨークには、とにかくどうしても休暇が必要で、逃げてきていたんですよ。すると、ブレットさんがホテルに私を訪ねてきて——」

「またブレットさんか」クイーン警視はちらりと鋭い眼を娘に向けた。「いったいどういう——おふたりは、もともとお知り合いだったわけですか」

「そうです、ブレットさんのもとの雇い主であるアーサー・ユーイング卿を通じて。アーサー卿の軽いトラコーマを治療した時に、あのお嬢さんと知り合ったわけです」医師は言った。「ブレットさんは、私がニューヨークに来たことを新聞で読んだそうで、旧交を温めに、ホテルに訪ねてこられて、ハルキスさんの眼を診てもらえないかと切り出されたんです」

「あの、それは」ジョーンが少し慌てて、急《せ》きこんで口をはさんだ。「ウォーディス先生がニューヨークに着かれたのを、新聞記事の船客名簿で見つけたものですから、わたしからハルキスさんに申しあげたんです、先生にハルキスさんの眼を診察していただくようにお願いしたらどうでしょうって」

「もちろん」ウォーディス医師は続けた。「そのころの私は神経が参っていて――いまもまだ、本調子とは言えないんですが――最初は私の休暇を仕事の延長に変える気はありませんでした。ですが、ブレットさんがぜひにと、がんばられるものですから、とうとう、引き受けることになってしまいました。ハルキスさんはとてもよくしてくれましたよ――合衆国にいる間はぜひこの屋敷に滞在しなさい、と言ってくれて。ですが、診察を始めてまだ二週間ちょっとで、ハルキスさんは亡くなってしまわれたんです」

「ハルキスさんが失明された症状についてですが、フロスト先生や専門医の診立てと同じ意見ですかな？」

「ええ、はい、たしかこちらの部長刑事とペッパー検事補にも、二日前に話したと思いますが。実は医学的に、まだあまりよくわかっていない症状なのですよ、胃がんや胃潰瘍《かいよう》の大出血が引き起こす黒内症の――つまり、完全な失明ですが――メカニズムについては。しかし、医者の視点では、これは実に興味深い問題でしてね、もしかすると刺激を与えれば、視力が自然に回復するかもしれないと、二、三、私なりのやりかたで、実験的な治療をためしてみました。ですが、結局、成功しませんでした――最後に本格的に診察したのは先週の木曜ですが、症状はまったく変わっていませんでした」

「先生、あのグリムショーという男を見たことがないのはたしかなんですか――棺にはいっていたふたり目の男ですが」

「ええ、警視、見たことがありません」ウォーディス医師はいらだったように答えた。「それどころか、私はハルキスさんの個人的な日常や、訪問客や、そのほかの、警視が捜査に直接関係あるとお考えのことがらは、まったく何も知らないんですよ。いまの私の頭にあるのは、英国に戻りたいということだけです」

「ほう」警視は淡々と言った。「先日はそう考えていなかったようだが……しかし、簡単には帰国できないでしょうな、先生。いまでは、殺人事件の捜査になっとるのでね」

医師の顎ひげの下のくちびるが異議を唱え始めるのを、無慈悲に断ち切って、警視は横を向き、アラン・チェイニーを見た。アランの返答は短くぶっきらぼうだった。いいえ、いまのところ、証言に付け加えることは何もありません。いいえ、グリムショーを見たことは一度もありませんし——と、言ったところで意地悪く言い添えた——グリムショーを殺した奴が見つからなくたって、ぼくにとっちゃ、屁でもないね。警視はおもしろがっているように片方の眉を軽く上げると、今度はスローン夫人に質問した。結果は失望でしかなかった——息子と同様、夫人もまた何も知らず、まったくの無関心だった。夫人の唯一の関心事といえば、せめてうわべだけでも、この屋敷が平和と安寧《あんねい》を取り戻すことだった。スローン夫人と同じく、ヴリーランド夫人も、その夫も、ネーシオ・スイザとウッドラフも、役にたつ情報を持ち合わせていなかった。誰ひとりとして、グリムショーを知っているどころか、見たこともないようだった。警視は執事のウィークスを、その点で特に厳しく追及した。しかしウィークスは、ハルキス邸に奉公してきた八年間、グリムショーが来たことは、先週にこの屋敷を訪ねてくる前には一度もない、と自信を持って断言したのみならず、そもそも、その時でさえ、ウィークスはグリムショーと会っていない、と言いきった。

部屋の中央に立ちつくす小柄な警視の姿は、まるでエルバ島で絶望するナポレオンのようだった。その眼は、ほとんど狂気にも似た光でぎらついていた。灰色の口ひげの下から質問が矢継ぎ早に繰り出された。葬儀のあとに、この屋敷で何か怪しい動きを見た者はいないか？　いない。葬儀のあと、墓地を訪れた者はいないか？　いない。葬儀のあとで、誰かが墓地にはいっていくのを見た者はいないか？　今度も、雷鳴のごとき否定の言葉が最高潮に達して轟いた――いない！

クイーン警視の指が、いらだったように小さくくいっと曲げられると、ヴェリー部長刑事がのっそり歩み寄った。警視は頭から猛烈に湯気をたてていた。ヴェリーは、いまから墓地の静寂に乗りこんで、墓守《はかもり》のハニウェルと、エルダー牧師と、その他教会関係者たちを、ひとりひとりしめあげるように命じられた。できれば、葬儀以降に墓地で興味深いものを目撃した証人を見つけろ。内庭をはさんだ近隣住人、牧師館の使用人、内庭に裏口が面している四軒の家の住人たちの話も聞け。墓地に不審な人物が、特に夜間にだ、はいっていくところを目撃した証人がいたら、絶対に見落とすことなく探し出せ、絶対にだ。

ヴェリーは上司の癇癪《かんしゃく》には慣れっこなので、にやりと氷の微笑を浮かべると、書斎からどすどすと出ていった。

警視は口ひげをかじった。「エラリー！」いらだった父親が息子を叱る声で怒鳴った。「今度は何をしとる？」

息子は、すぐに返事をしなかった。息子は、どうやら、すばらしく興味深い何かを発見したようだった。息子は、結論を言うならば、たいしてまともな理由もないのに——しかも、ひどく不謹慎なことに——ベートーヴェンの『運命』の主題《テーマ》を口笛で吹きながら、部屋の反対側の片すみにある壁のくぼみの小さな台に、ちょこんとのっているごくありふれたパーコレーターをじっと見つめていたのだ。

10……予兆

さて、このエラリー・クイーン君は、好奇心たっぷりの若々しい魂の持ち主なのである。もう何時間も、ごくごく小さな心のうずき——本当にかすかな、いまにも何かが起きそうな予感——形はないがつかみどころのない漠然とした感覚に悩まされていた。ひとことで言えば、すばらしい大発見をする瀬戸際にいるという直感があったのだ。書斎をうろつき、人々の邪魔をし、家具をいじくり、本をつつきまわし、要するに、単なる鼻つまみ者になっていた。湯わかしのパーコレーターがのっている小さな台には、気のない視線をちらりと向けただけで、前を二度、通り過ぎた。三度目に通った時、その鼻孔がかすかに蠢《うごめ》いた——実際に臭いがしたというわけではなく、何やら不自然さの存在を嗅ぎつけたのである。エラリーは鼻に皺を寄せたまま、しばらくパーコレーターを睨んでいたが、やがて、そのふたを持ち上げて、中を覗きこんでみた。何があると期待していたにしろ、パーコレーターの中に、特におかしなものははいっていなかった。エラリーの眼に映ったのは、水だけだった。

ところが、顔をあげたエラリーは眼を輝かせており、おまけに、頭にあふれてきた思いにふさわしい伴奏を口笛で吹き始めてしまい、父親をいらだたせたというわけなのである。警視の質問は結局、返事をもらえなかった。そのかわり、エラリーはシムズ夫人に、普段どおりの鋭い口調で声をかけた。「この、お茶道具がのっている台は、先週の土曜の朝にハルキスさんが亡くなっているのをあなたが見つけた時には、どこにありましたか」

「どこですって? 机の横でございますよ、いまの場所じゃなくて。机の横の、前の晩にハルキス様から言いつけられて置いた場所に、そのままございました」

「だとすると」エラリーはぐるりと一同を見回した。「土曜の朝以降に、この台をここの壁のくぼみに移動させたのは、どなたです」

いま一度、答えたのはジョーン・ブレットで、そしていま一度、今度は疑惑の色に染まった視線がいっせいに、そのすらりと細い身体に突き刺さった。「わたしが動かしました、クイーンさん」

警視は眉を寄せていたが、エラリーは父親に笑顔を向け、そして言った。「あなたでしたか、ブレットさん。いつ、なぜ、動かしたのかを、どうか教えていただけますか」

ジョーンは困ったように笑っていた。「なんだか、わたしが何もかもひとりでしでかしているみたいね……それはともかく、葬儀のあった午後は、ここがとてもごたごたしていたんです、全員が、遺言書を探してこの書斎の中を走りまわって、かきまわしていたでしょう。お茶道具の台がそこの机の脇にあって、通り道の邪魔になっていたので、わたしはそれを邪魔にならないように壁のくぼみに移動させただけです。何か不審な点がありまして？」

「もちろん、ないですよ」エラリーは寛大に答えると、もう一度、家政婦に向きなおった。「シムズさん、先週の金曜の夜にお茶道具を用意した時、ティーバッグはいくつ持ってきましたか」

「ひとつかみ、お持ちしました。たしか六つだったと存じます」

警視が素早く前に飛び出し、ペッパーもそれに続いて、男ふたりは、わけがわからないながらも、興味深く台の上を見た。台そのものは小さく、古びていて――ふたりの眼には、特にこれといったおかしなものは何も見えなかった。台の上にはまず、大きな銀の盆がのっていた。その銀盆の上には、電気湯わかしのパーコレーターと、ティーカップと受け皿が三組、そのそれぞれにスプーン、銀の砂糖壺、搾られないままからからに乾いた古いレモンが三切れのった皿が一枚、まだ使われていないティーバッグが三つのった皿が一枚、生クリームが黄ばんで固まっている銀のピッチャーがのっていた。それぞれのカップには、茶のおりが固まってこびりつき、内側の縁の下には茶しぶの輪がついていた。三本の銀のスプーンは光が鈍り、茶の染みがついていた。三枚の受け皿には、それぞれ黄ばんでくたっとしたティーバッグと、搾られてひからびたレモンがひと切れずつのっていた。警視とペッパーの眼には、それ以上これといってどうというふうには映らなかった。

いかに息子の気まぐれな奇行に慣れっこの警視でも、いいかげん我慢の限界だった。「わしにはさっぱり――」

「オウィディウス（ローマの詩人）を信じなさい」エラリーはくすくす笑った。「〝耐えよ、忍べよ、いまの不幸がいずれ幸いをもたらそう〟」そう言いながら、パーコレーター*のふたを再び持ち上げて、中をじっと見つめ、肌身離さず持ち歩いている携帯用の探偵道具箱から、小さなガラス瓶を取り出し、パーコレーターに残っていた古い水を数滴、注ぎ口から瓶の中に落とすと、ふたを閉め、ガラス瓶にも栓をし、ふくらんだポケットの中にしまいこみ、そして、ますます困惑している人々の視線を一身に浴びながら、上にのっている茶道具ごと、盆を台から持ち上げ、運んでいって、机におろすと、満足げにため息をついた。そこで、ふと何か思いついたらしく、鋭くジョーン・ブレットに言った。「今週の火曜にこの台を動かした時、盆の上の物に触ったり、動かしたりしましたか」

「いいえ、クイーンさん」ジョーンはすなおに答えた。

「すばらしい。実際、文句のつけようもないと言いたいですね」エラリーはごしごしと両手をこすりあわせた。「ところで、紳士淑女の皆さん、今朝はかなり疲れましたね。ここらで何か

＊『フランス白粉の謎』エラリー・クイーン著　フレデリック・A・ストークス社（一九三〇年）を参照のこと。

飲み物でも……？」

「エラリー！」警視が冷たい声で言った。「何ごとにも限度というものがあるぞ。いまはそんな場合じゃないだろうが、そんな――そんな――」

エラリーは悲しげな眼で父親をじっと見た。「お父さん！　コリー・シバーが綺羅星のごとく言葉を費やして誉めたたえた物を足蹴《あしげ》にしようと言うんですか？　〝お茶よ！　優しく、つつましき、賢き、尊き飲み物よ。舌はなめらかに、笑みはなごませ、心開かせ、またたきは人を酔わせる、乙女のごとき、命の飲み物よ！〟」ジョーンがくすくす笑い、エラリーは小さくお辞儀をした。部屋の片すみに立っている、クイーン警視の部下のひとりは、骨ばった手で口元を隠してこっそり囁いた。「まったく、たいした殺人事件の捜査だな」クイーン父子の視線がパーコレーターの上でぶつかったとたん、警視の不機嫌が煙のように消えた。そして、実におとなしくひっこんでいった。まるで、「エラリーや、舞台はおまえのものだ。好きにしろ」とでも言うように。

エラリーの考えは、はっきり固まっているようだった。シムズ夫人に向かって、ほとんどぶっきらぼうな口調で言った。「新しいティーバッグを三つと、きれいなカップと受け皿とスプーンのセットを六組と、新しいレモンとクリームを持ってきてください。急いで、家政婦さ《ヴィトマン・マダム・ラ・グヴェル》ん《ナン》！　さあ、行って！」

家政婦はひっと息をのみ、くすんと鼻を鳴らして、慌てて部屋を出ていった。エラリーはパーコレーターの電気コードをつかむと、机のまわりをうろうろと何かを探して歩き、目的の物を見つけると、机の横にあったコンセントにプラグを差しこんだ。シムズ夫人が台所から戻ってきた時には、パーコレーターのガラスの器の中では、沸いた湯がぼこぼこと泡だっていた。死のような静寂の中、エラリーは浮かれて忘れたのだろうか、シムズ夫人が運んできた六客のカップの中にティーバッグを入れずに、パーコレーターのふたを開けて、沸騰した湯をどんどん注ぎ始めた。五つ目のカップがいっぱいになった時にパーコレーターはすっかりからになって、そしてペッパーが不思議そうに言った。「でも、クイーン君、そこにはいっていた水は古いだろう。もう一週間もそこにあったんだ。まさかそれを飲むつもりじゃ……」

エラリーは照れ笑いを浮かべた。「ぼくは馬鹿だな。もちろん、そうだ。シムズさん」小声で言った。「申し訳ありませんが、パーコレーターを持っていって新しい水と入れ替えて、それともう一度、きれいなカップを六つ持ってきてくれませんか」

シムズ夫人はいまや、この青年に対する気持ちを、きっぱり変えてしまっていた。青年が軽く下げる頭に向けた視線は、町ひとつ焼きつくせる劫火《ごうか》のごときすさまじさだった。エラリーはパーコレーターを取りあげ、家政婦にぐいと押しつけた。シムズ夫人が書斎の外に行ってしまっている間、エラリーはどこまでもおごそかな顔で、一度使われて黄ばんだティーバッグを三つとも、三つのカップの湯気をたてている古い湯にひたしていった。スローン夫人が小さく、ぞっとしたような声をたてた。まさか、この恐ろしいならず者は、あのお茶をわたくしたちに飲ませるつもり――！　エラリーは謎の儀式を続けていた。使用済みの三つのティーバッグを、古い湯でたっぷりと湯あみさせたあと、染みのついたスプーンを一本取りあげ、ひとつずつ、それでティーバッグを絞るように押していた。シムズ夫人が書斎に突撃よろしくはいってきた。きれいなカップと受け皿をきっかり一ダースと、パーコレーターをのせた盆を持っている。「どうかこれで」家政婦は皮肉たっぷりに言った。「足りるとようございますけれどね、クイーン様。もうカップはこれで全部ですから！」

「言うことなしですよ、シムズさん。最上級の宝石さん。いい言葉でしょう？」エラリーは、机のコンセントにプラグを差しこむ間だけ、ティーバッグを絞る作業を中断した。それがすむとまた、ぎゅうぎゅうと押す儀式を再開した。その努力もむなしく、使用済みのティーバッグは古い湯の中に、ほんのわずかな色の名残を亡霊のように漂わせるばかりだった。エラリーはにっこりし、これで何かが証明されたというようにうなずくと、パーコレーターの新しい水が沸くのを辛抱強く待ち、シムズ夫人が運んできたきれいなカップに湯を注ぎ始めた。六つ目のカップを満たしたところでパーコレーターがからになると、エラリーはため息をつき、小声で言った。「シムズさん、どうやらもう一度、パーコレーターに水を入れてきてもらわなければならないようです――人が大勢いますのでね」けれども、エラリーのまるで悪ふざけのようなお茶を相伴しようという者はおらず――お茶好きであるはずの英国人のジョーン・ブレットとウォーディス博士すらも手を出そうとせず――エラリーはひとり寂しく、ティーカップが散乱している机の上を眺めながら、お茶を飲むはめになった。

　冷たい現実を言うならば、エラリーのやけに落ち着き払った顔に向けられる視線は、いまここにいる者のほとんどが、エラリーの知的レベルが突然、幼児なみになったと考えていることを、むしろ言葉よりも雄弁に語っていた。

11……先見

ハンカチで上品に口元を押さえてから、エラリーはからになったカップをおろし、まだ微笑みを浮かべたまま、ハルキスの寝室に消えた。警視とペッパーは、すっかりあきらめた顔で、そのあとに続いた。

ハルキスの寝室は広々と大きく、暗く、窓がなかった——なるほど、盲目の男の私室である。エラリーは照明のスイッチを入れると、この新たなる探検の地を見渡した。部屋はすさまじい散らかりようだった。ベッドの上はぐしゃぐしゃで整えられていない。ベッドのそばの椅子には男ものの衣服が積みあげられている。室内の空気にはかすかに、むっとするいやな臭いがこもっている。

「たぶん」エラリーは部屋を突っ切って、古い高脚付きの戸棚に歩み寄りながら言った。「防腐液の臭いか何かでしょうね。ここはたしかにエドマンド・クルーが言ったとおり、古くてがっちりした建築の屋敷ですが、それにしても、換気の設備というものが全然なってないな」値踏みするように、高脚付きの戸棚を、手は触れずにじっくりと見下ろした。やがてため息をつくと、引き出しを探り始めた。いちばん上の引き出しで、何か興味深いものを発見したらしい。

中から現れた手は二枚の紙を持っており、エラリーはその一枚を、おもしろそうに読み始めた。警視が不機嫌そうに声をかけた。「今度は何を見つけたんだ」そして、ペッパーと一緒にエラリーの肩越しに覗きこんだ。

「我らが無邪気なおさなごのごとき友人がいとこを飾り立てるために使っていた、着替えの予定表ですよ」エラリーはつぶやいた。三人は、紙の一枚は外国語で、そしてもう一枚は——まったく対になっていて——英語で書かれている。「ぼくにはこの、呪文のようなちんぷんかんぷんの文字が」エラリーは続けた。「すっかり堕落した現代ギリシャ語であるとわかる程度の、言語学の知識はあります。教育とはありがたいものですね！」ペッパーも警視も、にこりともしなかった。エラリーはため息をつくと、英語で書かれている方の予定表を、声に出して読みあげ始めた。すなわち、

月曜日：グレーのツイードのスーツ、黒のブロガン（くるぶしまでの深い頑丈な革靴）、グレーの靴下、ライトグレーのカラー付きシャツ、グレーのチェックのネクタイ。

火曜日：ダークブラウンのダブルのスーツ、茶のコードバン（馬のなめし革）の靴。茶の靴下、白いシャツ、赤いモワレのネクタイ、ウィングカラー、黄褐色のゲイター（両側に伸縮性のまちのはいった深靴）。

水曜日：ライトグレーの黒いピンストライプ入りのシングルのスーツ、黒の先の尖った靴、黒いシルクの靴下、白いシャツ、黒の蝶ネクタイ、グレーのゲイター。

木曜日：青い粗い毛織物のシングルのスーツ、黒のブロガン、青いシルクの靴下、青いピ

ンストライプ入りの白いシャツ、青い水玉のネクタイ、それに合うソフトカラー。
金曜日：黄褐色のツイードのひとつボタンのスーツ、茶色いスコッチグレイン（石目模様の牛革）の靴、黄褐色の靴下、黄褐色のカラー付きシャツ、黄褐色のストライプのネクタイ。
土曜日：ダークグレーの三つボタンのスーツ、黒の先の尖った靴、黒のシルクの靴下、白いシャツ、緑のモワレのネクタイ、ウィングカラー、グレーのゲイター。
日曜日：青いサージのダブルのスーツ、黒の爪先の四角い靴、ダークブルーのネクタイ、ウィングカラー、胸が固めの白いシャツ、グレーのゲイター。

「ふん、それがなんだ？」警視が訊いた。

「うん、これがなんだ？」エラリーは繰り返した。「なんなんでしょうかねえ、まったく」エラリーはドアまで歩いていくと、書斎を覗きこんだ。「トリーカーラさん！　ちょっとこっちに来てもらえますか」ギリシャ人の通訳は従順に、急ぎ足で寝室にはいってきた。「トリーカーラさん」エラリーはギリシャ語が書かれた紙を通訳に渡した。「なんと書いてありますか？読みあげてください」

　トリーカーラは言われたとおりにした。それはたったいまエラリーが警視とペッパーのために読みあげた英語の予定表を逐一《ちくいち》ギリシャ語に訳したものだった。

　エラリーは通訳を書斎に返すと、高脚付き戸棚のほかの引き出しを、忙しく探りだした。特に興味を引く物は何もないようだったが、三つ目の引き出しでやっと、封をしたまま開けていない、長く平たい小包が見つかった。宛て名はニューヨーク市、東五十四丁目一一番地、ゲオルグ・ハルキス氏、となっていた。左上のすみには〝男性装身具店バレット〟と印字され、さらに左下のすみには〝配達便〟とスタンプが押されていた。エラリーは小包を破って開けてみた。中からは赤いモワレの同じネクタイが六本出てきた。エラリーは小包を戸棚の上にぽんとのせ、引き出しの中を続けて探したが、結局、興味深い物は何も見つからなかったのか、続き部屋のデミーの寝室にはいっていった。ここは小さい仕切り部屋で、裏手の内庭を見下ろせる窓がひとつあった。まるで隠者の住まい――絨毯もない、がらんとした室内には、病院の簡易寝台のような粗末なベッドがひとつと、ドレッサーがひとつ、衣装簞笥がひとつと、椅子が一脚あるだけだ。この部屋には住人の個性というものが、爪の先ほどもない。

　エラリーはぶるりと身震いしたが、この不毛な雰囲気にいささかもおじけず、デミーのドレッサーの引き出しを徹底的に調べていく指はまったく鈍らなかった。唯一、エラリーの興味を引いた物は、ハルキスの高脚付き戸棚で見つけたギリシャ語の予定表にそっくりの紙だ――さっそく比べてみると、カーボン紙でコピーしたものだと判明した。

　エラリーはハルキスの寝室に引き返した。警視とペッパーはとっくに書斎に戻ってしまっていた。エラリーは手順を心得たように、素早く衣服が山積みになっている椅子に向かった。一枚、一枚、見ていく――ダークグレーのスーツ、白いシャツ、赤いネクタイ、ウィングカラー。椅子の下の床には、グレーのゲイター靴が一足と、黒い靴下が詰めこまれた、先の尖った黒い靴が一足ある。エラリーは思案顔で、くちびるを鼻眼鏡《パンスネ》でしばらくとんとん叩いていたが、やがて、部屋の奥にある大きな衣装戸棚に歩いていった。それを開けて中をかきまわした。普通のスーツが十二着と、その横にはタキシードが三着、燕尾服が一着、ラックにかけてある。扉の裏のネクタイかけには何ダースものネクタイが、色も種類もごたまぜにかかっている。戸棚の底には、きちんと靴型をはめた靴が何足も置かれている。その中に、カーペット地の室内用スリッパが二足、まざっていた。スーツの上の方にある棚を見上げたが、意外にも帽子はほとんどない――実際、三つしかなかった。フェルト帽と、山高帽と、シルクハットがひとつずつ。

衣装戸棚の扉を閉め、高脚付き戸棚のてっぺんにのせておいたネクタイの小包をぐいと引き寄せるように取ってから、書斎に戻ってみると、ヴェリーと警視が額を突き合わせて密談しているところだった。警視が問いかけるような顔で眼をあげた。エラリーは、大丈夫、と安心させるように微笑みかけ、机の電話の片方にまっすぐ歩み寄った。番号案内サービスにかけて短い会話を交わすと、ひとつの番号を復唱し、たったいま暗記した番号を素早くダイヤルした。電話線の向こうの相手に、矢継ぎ早に質問を浴びせかけていたが、やがて受話器を置いたエラリーは満面に笑みを浮かべていた。葬儀屋のスタージェスから、ハルキスの寝室の椅子に積みあがっていた衣服はエラリーがひとつひとつあらためたとおり、スタージェスの助手が遺体から脱がせてそこに置いた時のままだったことを確認したのだ。つまり、その衣服はハルキスが亡くなった時に着ていたものであり、遺体に防腐処理をほどこす際に脱がされ、葬儀のために、ハルキスが持っていた二着の燕尾服のうちの一着に着替えさせたというわけだ。

エラリーは小包を手に持って大きく振りながら、陽気に言った。「どなたか、これに見覚えふたりが応じた――ウィークスと、そして毎度のことながら、ジョーン・ブレットだった。

エラリーは気の毒そうに娘に微笑みかけると、まずは執事に向きなおった。「それで、これについて何を知っているのかな、ウィークス？」

「それは〈バレット〉から届いた小包でございますか？」

「そうだ」

「先週の土曜の午後遅くに配達されたものでございます、ハルキス様が亡くなられて何時間もたったころに」

「きみが受け取ったのか？」

「さようでございます」

「これをどうした？」

「どうと申しましても――」ウィークスは驚いた顔になった。「たしか、私は、それを玄関前の広間のテーブルに置きましたが」

エラリーの微笑が消えた。「広間のテーブルだって、ウィークス？　たしかなのか？　そこから別の場所に移動させていないか？」

「いいえ、絶対にそんなことはしておりません」ウィークスは怯えていた。「実際、お亡くなりになってからいろいろとありましたもので、いま、あなた様がお持ちになっているのを見るまで、その包みのことはすっかり忘れておりました」

「変だな……あなたはどうです、ブレットさん。この神出鬼没《しんしゅつきぼつ》の小包とあなたはどういう関わりが?」

「先週の土曜の午後遅くに、広間のテーブルの上で見ましたわ、クイーンさん。わたしが知っているのは、本当にそれだけです」

「触りましたか?」

「いいえ」

エラリーが急に真顔になった。「これはこれは」静かな声で、居並ぶ一同に呼びかけた。「誰かが、この小包を広間のテーブルから、ハルキスさんの寝室にある戸棚の三番目の引き出しにしまったはずです。ぼくはこれをそこで見つけた。移したのは誰です?」

答える者はなかった。

「ブレットさんのほかに、これが広間のテーブルにのっているのを見た人はいますか」

返事はなかった。

「結構」エラリーはぴしりと言うと、部屋を突っ切り、警視に小包を手渡した。「お父さん、このネクタイの包みを〈バレット〉に持っていって、これに関していろいろ確かめてもらうのが大事かもしれません——誰が注文したとか、誰が配達したとか、そんなことを」

警視は気のない様子でうなずき、くいっと指を曲げて、刑事のひとりを呼んだ。「クイーン君の言ったことが聞こえたな、ピゴット。行ってこい」

「このネクタイを確認ですか、警視?」ピゴットはじゃりじゃりと音をたてて顎《あご》をさすった。

ヴェリーがぎろりと睨み、小包をピゴットの痩せた胸に押しつけると、刑事は詫びるように空咳《からぜき》をして、大急ぎで部屋を出ていった。

警視が小声で言った。「まだ何か、おもしろそうなものはあるか？」エラリーはかぶりを振った。口の両脇に悩んでいるような皺ができている。老人が、ぱんと両手を打つと、全員が居ずまいを正して、ぴんと背を伸ばした。「今日は、これでおしまいです。ひとつだけ、皆さんに理解しておいていただきたい。今週、皆さんは盗まれた遺言書の捜索でわずらわされた――あらゆる点から見て、それほど重大な事件ではなかったので、皆さんの自由はたいして制限されなかった。しかし、いまとなっては、皆さんは殺人事件の捜査という沼に首までどっぷりつかっとるわけだ。正直に言いましょう、我々はまだ、この事件にまったく目鼻をつけることができていない。我々にわかっているのは、殺された男に前科があることと、男がこの屋敷にわけのわからない謎の訪問を二度していることと、二度目の訪問では素性を必死に隠そうとした同行者をともなって現れたことと――実際に、その素性隠しが成功していることだけです」

警視はじろりと一同を見た。「事件はこの殺された男が、自然死して埋葬された男の棺の中から発見されたという事実により、ますますややこしくなりました。加えて言うならば、この屋敷のすぐ隣に埋められていた。

こういう状況ですから、皆さん全員が容疑者ということになる。何をどうやったのかは神のみぞ知るというところだが。しかし、これだけははっきり言わせていただこう――ここにいる者はひとり残らず、この事件の夜明けを見るまでは、わしの監視下に置く。スローンさんやヴリーランドさんのように仕事を持っているかたは、いつもどおりに仕事に出てよろしい。ただし、ふたりとも、すぐに連絡がついて呼び出しに応じられるようにしておいてください。スイザさん、あなたも帰って結構です――だが、呼び出しは受けられるように。ウッドラフさんはもちろん、帰って結構。ほかの皆さんは、わしがいいと言うまで、この屋敷を出る時には必ず許可を得て、行き先も必ずはっきりさせてからにしてください」

警視は、どこからどう見ても不機嫌そうにオーバーを着こんだ。誰ひとりとして、口を開かなかった。老人は部下たちに鋭く指示を飛ばし、フリントとジョンソンに指揮をまかせて大勢の警官を屋敷内に配置した。ペッパーはコーヘイラン刑事にこの場にとどまるよう命じた――検察側の利益を守る地方検事局の代理人というわけである。ペッパーとヴェリーとエラリーも自分たちのコートを着た。そして四人はドアに向かった。

最後の瞬間、警視は振り返り、一同を見回した。「いまのうちに、ここではっきり言っておこう」警視は最高に意地の悪い口調で言い放った。「皆さんが愉快だろうが、不愉快だろうが――こっちは痛くもかゆくもない！　それじゃ、おいとまする！」警視は足音高く出ていき、かたやしんがりのエラリーは、皆のあとをついていきながら、ひとり悦に入って、くすくす笑っていた。

12……事実

その夜のクイーン家の晩餐は、まさに陰気そのものであった。西八十七丁目のブラウンストーン造りの屋敷を改築したアパートメントハウスの最上階にある父子の城は、この事件当時、いまよりいくらか新しく、控えの間はちょっぴり澄まし顔で、居間の木の板もさほど古びておらず、そのうえクイーン家のなんでも屋であるジューナ少年もまだまだ幼く、おとなの落ち着きというものを後年ほど持ち合わせておらず元気いっぱいなのだから、さぞかしその住まいは、たいそう家庭的で居心地よく、明るい空気に満たされていると誰もが思うことだろう。大はずれである。すっかり厭世的《えんせいてき》になってしまった警視の気鬱《きうつ》の雲が、まるで棺にかける布のごとく、どんよりと垂れこめていた。老人は、愛用の嗅ぎたばこ入れにいつもより頻繁《ひんぱん》かつ獰猛《どうもう》に手をつっこみ続け、エラリーが話しかけても、つっけんどんに単語で返事をし、かわいそうなくらいおろおろしているジューナには、怒っているような口調であれこれ言いつけ、本人は居間と寝室を行ったり来たり、せわしなくうろうろしている。客が来ても老人の機嫌はいっこうによくならなかった。エラリーが夕食に招待していたのだが、ペッパーのぶすっと考えこんだ顔も、サンプスン地方検事のどんよりしたもの問いたげな眼も、部屋に充満する憂鬱を通り越したどん底の空気を化学変化させる触媒にはならなかった。

そんなわけで、食欲をそそるせっかくのおいしそうな料理をジューナは黙りこくって給仕し、料理は沈黙の中で受け取られ、無言のまま平らげられた。四人の中でエラリーだけが上機嫌だった。いつもどおり食欲旺盛にもりもり食べながら、あぶり肉《ロースト》のできばえについてジューナを誉め、プディングにはディケンズを引用し、コーヒーにはヴォルテールを引き合いに出して……

サンプスンはナプキンで口元をぬぐうと、すぐに口を開いた。「なあ、Qよ、いつものあれだな。びっくり、がっくり、しょんぼりだよ。ろくでもない謎の事件ってやつさ。それで、いまはどんな具合だ?」

警視は凶暴とも言える眼をあげた。「そこの、うちのせがれに訊いてみろ」そして老いた鼻をコーヒーカップの中に埋めた。「ことの成り行きに満足しとるようだぞ」

「お父さんは深刻に考えすぎてるんですよ」エラリーはゆうゆうとたばこをくゆらしていた。「たしかに今度の事件はいろいろと難問含みではありますが、ぼくは――」そこで肺いっぱいに煙を吸いこんで、吐き出した。「――解決不可能だとは思いませんね」

「はあ?」三人はそろってエラリーをまじまじと見つめた。警視の眼は驚きに見開かれている。

「まあ、おのおのがた、そう急《せ》かしたもうな」エラリーはぼそぼそと言った。「こういう時ですよ、ぼくがやたらと古めかしい言葉づかいになってしまうのは。まあ、サンプスンさんなんかが、ぼくのこういう癖を忌み嫌っているのは知っていますけどね。それに、ぼくも満腹であれこれ推理するのはまっぴらですし。ジューナ、いい子だからコーヒーをもっとくれないか」

サンプスンがぴしりと言った。「しかし、何か知ってるなら、エラリー君、ぶちまけたまえ！　何を知っている？」

エラリーはジューナからマグを受け取った。「まだ機は熟していないんですよ、サンプスンさん。いまは話したくない」

サンプスンは飛び上がると、絨毯の上を興奮したように歩きまわりだした。「いつもそうだ！　毎度毎度だ！　〝まだ機は熟していませんからね〟！」牡馬のように鼻息を噴き出した。「ペッパー、事件について教えてくれ。その後、どうなった？」

「ええとですね、検事」ペッパーは言った。「ヴェリーがかなりいろいろ見つけてきましたが、どれもこれも、私の見たところ、たいして役にたつものはありませんでした。たとえば、ハニウェルは――教会の墓守《はかもり》です――墓地に鍵をかけたことはないが、自分も助手たちも、葬儀以来、墓地で怪しいことは何ひとつ見ていないと主張しています」

「ゴミほどの価値もない証言だ」警視が不機嫌に言った。「墓地も内庭もパトロールしとらん。誰だって人に見られずに何十回でも出入りできる。特に夜はな！　はっ！」

「近隣の住民は？」

「ますます何もないですね」ペッパーは答えた。「ヴェリーの報告書は完璧です。ええと、五十五丁目通りの南側と五十四丁目通りの北側の家は、裏口が例の内庭に面しています。五十五丁目に並ぶ家は、東から西に見ていきますと、まずは、マディソン街との交差点にある一四番地にスーザン・モース夫人という、葬儀にも参列していたちょっといかれたばあさんが住んでいます。隣が一二番地でフロスト博士の家です――ハルキスの主治医ですね。一〇番地が教会の隣の牧師館でエルダー牧師が住んでいます。五十四丁目通りは東から西に、マディソン街との交差点の家が一五番地でルドルフ・ガンツ夫妻が……」

「あの隠居した肉屋か」

「そうです。そのガンツ家と一一番地のハルキス邸の間に、一三番地の家があります――板でふさがれて、空き家になっています」

「持ち主は」

「聞いて驚くな。今回の事件の関係者だ」警視が唸るように口をはさんだ。「あそこは我らがご高名なる億万長者のジェイムズ・J・ノックス氏の持ち物だ。ハルキスが盗まれた遺言書の執行人として指名しとった金持ちさ。誰も住んでいない――古い建物だよ。むかしノックスが住んどったんだが、アップタウンに引っ越したあとは空き家のままだ」

「あの家の権利について調べてみましたが」ペッパーが説明した。「当然ながら、借金の担保にもなっていませんし、売りに出されてもいません。たぶん、感傷的な理由で持ち続けているんでしょう。代々住んでいた家ですからね――ハルキスの屋敷も前時代の遺物ですが、あれと同じくらい古い――同年代に建てられたものです。

ともあれ、いまあげた家の者は誰も――持ち主も、使用人も、ちょうど居合わせた客さえも――ヴェリーに何ひとつ、情報を提供できませんでした。ええと、あの内庭に通じているのは、この二本の通りに面している家々の裏口です。マディソン街からは、角にある二軒、つまりモース家かガンツ家の地下室を通らなければ内庭にははいれません。五十四丁目通り、マディソン街、五十五丁目通りから内庭に直接はいれる小路は、一本もないんですよ」

「言いかえれば」サンプスンは、いらいらした声で言った。「あの内庭には、家か、教会か、墓地の中を通り抜けないとはいれない――そういうことだな?」

「そうです。そして墓地にはいる通り道は三つしかありません――教会の裏口か、内庭の西の端にある門か、墓地と五十四丁目通りをへだてるフェンスの門か――実際、ものすごく背の高い門ですが――その三つだけです」

「それも別になんの意味もないな」警視は腹だたしそうに言った。「そんなことは重要じゃない。重要なのは、ヴェリーが事情聴取した人間がひとり残らず、ハルキスの葬式以来、昼だろうが夜だろうが、一度も墓地にはいっていないと答えとることだ」

「いや」エラリーがやんわりと口をはさんだ。「モース夫人がいます、お父さん。忘れていますよ。あのご婦人が毎日、午後の散歩で死者の頭の上を踏んで歩きまわる微笑ましい習慣があると告白したってヴェリーが報告してきたでしょう」

「そうそう」ペッパーは言った。「しかし、夜に墓地にはいったことはないと言い張っています。なんにしろ、検事、あの近隣の住人は全員、あそこの教会の教区民ですよ、もちろん、ノックス以外ですが。実際、あそこの住人というわけではありませんし」

「ノックスはカトリックだ」警視が不機嫌に言った。「ウェストサイドのお高くとまった大聖堂の信者だ」

「そういえばノックスはまだ戻ってないのか？」地方検事が訊ねた。

「ああ、今朝、ニューヨークを出ていったそうだがな、いつ戻るかは知らん」老人は答えた。「トマスに捜査令状を取らせている――ノックスのお帰りを待っとるひまはない、ハルキスの屋敷の隣の空き家を、わしは何がなんでも調べてやるぞ」

「つまりですね、検事」ペッパーが補足した。「警視はノックスが所有する空き家にグリムショーの死体が隠されていて、葬儀が終わったあとにハルキスの棺の中に隠され、埋められたんじゃないかと、思いつかれたんです」

「なるほど、鋭いな、Q」

「なんにしろ」ペッパーが続けた。「ノックスの秘書は御大《おんたい》の行き先を明かすことを拒否しているので、まずは捜査令状が必要ですよ」

「まあ、結局、なんでもないかもしれんがな」警視は言った。「しかし、穴はひとつも見落とすつもりはないぞ」

「すばらしい行動原理《プリンキピオ・オペランディ》です」エラリーはくすくす笑った。

父親は恐ろしく冷ややかに、不愉快そうなしかめ面を息子に向けた。「おまえは――さぞかし自分が賢いと思っとるんだろう」弱々しい声で言った。「ともかくだ……いいかね、みんな。あの空き家については、ひとつ問題がある。我々はまだ、グリムショーがいったいどの時点で始末されたのか――死んでからどのくらいたつのか、正確につかんどらん。まあ、いい、解剖の結果が出れば、はっきりわかることだからな。それまではとりあえず、推理を進めるための論拠がひとつだけある。なぜならばだ、もしもハルキスがグリムショーの殺される前に死んだとすれば――死体の発見場所から考えて――グリムショーをハルキスの棺の中に入れて埋めたのは、前もって計画されていたということになる。わかるか？　その場合、空き家は殺人者にとって、ハルキスの葬儀が終わって埋められた棺を自由にできるようになるまで、グリムショーの死体を隠しておく理想的な保管場所となる」

「うん、しかし別の考えかたもあるぞ、Qよ」サンプスンが異を唱えた。「解剖の結果がわかっていないいまの時点では、グリムショーが殺されたあとにハルキスが死んだという仮説も成り立つ。その場合、殺人犯は、まさかハルキスが死んで、自分の殺した死体をハルキスの棺ごと埋めてしまう機会が来ると、前もって予想できたはずがない。ということは、死体はどこだか知らないが、とにかく殺人の現場に隠されていたはずだろう――そして、隣の空き家が殺人現場であると考える理由はこれっぽっちもない。なんにしろ、グリムショーがいつ死んだのかがはっきりわかるまでは、そっちから攻めても意味がないと思うんだが」

「つまり」ペッパーが考え考え言った。「もしもグリムショーが、ハルキスが死ぬ前に絞殺《こうさつ》されていたとすれば、グリムショーの死体は殺害現場に放置されていただろう、ということですか？　そのあとハルキスが死んだので、犯人の頭に、死体をハルキスの棺に入れて埋めてやろうという思いつきがひらめいて、それで死体を墓地の中に、おそらくは五十四丁目側のフェンスの門を通って、えっちらおっちら運んでいったというわけですか？」

「そのとおりだ」サンプスンはそっけなく言った。「ハルキス邸の隣の空き家は十中八九、事件に関係ないだろうな。ぼくにはてんで的はずれに思えるね」

「的はずれじゃないかもしれませんよ」エラリーは優しく言った。「それより、ぼくの貧弱な脳味噌には、まるで皆さんが材料を買いそろえる前にシチューを作ろうとしているように思えるんですが。ねえ、まずは辛抱して解剖の結果報告を待ったらどうです」

「待つ――待つだと」警視が唸り声を出した。「待っとる間に、わしはすっかり歳をとったぞ」

エラリーがくすくす笑った。「チョーサーを信じるなら、歳をとるということは、人にとってすばらしい利益ですよ、お父さん《パードレ》。『鳥の議会』を覚えていますか？〝人は言えり、古き畑こそ、新たなる穀物が、年ふるごとに実ると〟」

「ほかに何かあるか、ペッパー」サンプスンが不機嫌な声で言った。完全にエラリーを黙殺していた。

「あとはお決まりの手続きばかりで。ヴェリーがですね、通りをはさんでハルキス邸や墓地の向かいにあるデパートのドアマンに事情聴取をしています――この男は五十四丁目通りに面したデパートの出入り口に一日じゅう立っているそうです。それからパトロールの警官にも質問をしていますね。ふたりとも、葬儀の日から一度も昼間に怪しい動きを見ていないと。夜勤の警官もまた何も見ていないそうですが、それでも、自分の知らないうちに死体が墓地に運びこまれた可能性はゼロではないと認めています。デパートの方ですが、墓地が見える位置に夜間ずっと居続ける従業員はいません。夜警はずっとデパートの中です。まあ、そういうことです」

「こうやっていつまでも、何もせんでぼやっと坐りこんでいるだけだと、頭が変になるな」ぶつくさ言いながら警視は、ぴんと背の伸びた小柄な身体を、暖炉の火の前にどすんとおろした。

「〝La patience est amère, mais son fruit est doux《ラ・パシアンス・エ・タメール・メ・ソン・フリュイ・エ・ドゥ》〟」エラリーはつぶやいた。「なんだかぼくは引用癖にとりつかれているみたいですね」

「せがれを大学にまで行かせてやった報いがこれだ」警視は呻き声をあげた。「親を馬鹿にして偉そうな口をきく。で、いまのはどういう意味だ」

「〝忍耐は苦いが、その実は甘い（ジャン・ジャック・ルソーの名言）〟と言ったんですよ」エラリーはにやりとした。「言ったのはカエル野郎です」

「な――なに？　カエル野郎？」

「ああ、エラリー君はうまい冗談を言ってるつもりなんだよ」サンプスンはめんどくさそうに言った。「フランス人（カエルを食べるから）のことだろう。いまの言葉はたしか、ルソーの名言じゃなかったかな」

「いやあ、サンプスンさん」エラリーは感銘を受けたように言った。「あなたはときどき、びっくりするほど、すばらしい知性を披露《ひろう》してくれますね」

13　……調査

翌朝、土曜日――十月の太陽がまばゆく輝くその日――クイーン警視のどっぷり落ちこんだ気分はかなり持ちなおしていた。元気が戻った直接の原因は、サミュエル・プラウティ博士がじきじきに足を運んで、ハルキスと殺されていた男の検死結果を持ってきてくれたことだった。サンプスン地方検事は、どうしても自身の手でおこなわなければならない仕事という名の鎖で検事局にがっちり縛りつけられていたので、自分の右腕であるペッパー検事補を、警察本部の警視の部屋に送ってよこした。プラウティ博士がその日一本目の葉巻をくちゃくちゃ嚙みながら、のっそりはいってくると、警視とペッパーとヴェリー部長刑事となんだか妙にわくわくしているエラリーが、博士を待ち構えていた。

「で、先生。どうだったんだ、ええ?」警視は叫んだ。「新しいことはわかったのか?」

プラウティ博士はわざとじりじりさせるかのように、意地悪くゆっくりと、ひょろ長い身体をジャックナイフのようにたたんで、室内でいちばん坐り心地のいい椅子に坐った。「ハルキスの死体について、はっきりしたことを知りたいんだろう。そういう意味じゃ、まったく問題なしだ。フロスト先生の死亡証明書は、間違いなく本当のことが書かれているよ。おかしな細工のあとはまったくない。ハルキスは救いようのない心臓病患者だった、とうとうポンプがいかれちまっただけだ」

「毒物のしるしはなかったのかね」

「これっぽっちもないね。万事OK。で、二番目の死体だが」プラウティ博士は盛大に歯を鳴らした。「あらゆる証拠が、ハルキスよりも先に死んだことを示している。話は長くなるが」博士はにやりとした。「とにかくいろいろな条件があって、決定的な結果を断定するのは、結構危険なんだがね。今回の場合だと、体温の低下具合を目安にできん。しかし、筋肉の腐敗具合や、完全に肌の色が鉛色に変色していたことは手がかりになる。それと肌の、特に腹部中央付近に浮いた緑色の斑点は、バクテリアによる化学反応がかなり進んでいるしるしだ。体内、および体外の、腐敗して変色した部分の数や位置は、死亡してから昨夜まで、およそ七日間が経過したことを示している。腐敗ガスのたまり具合、口や鼻腔からもれた粘液、気管内部の腐敗具合、胃や腸や脾臓《ひぞう》に見られる徴候——そのすべてがさっき言った、死亡してからの期間を裏づけている。肌の張り具合は、かなり膨張している部分はたるみ始めている——腹部だが、臭気ガスがたまって、比重が下がっているから——そうだな、アルバート・グリムショー氏は昨日の朝、掘り起こされる六日半前に殺されたってことだな」

「言いかえれば」警視が言った。「グリムショーは未明の時間帯に絞殺《こうさつ》された、とぼくは見た」

「——金曜の深夜か、土曜の早朝に」

「そのとおりだ。あらゆる条件を考慮に入れた結果だが、腐敗の度合いが、自然な進行よりもいくらかゆっくりだと思うね。あの死体はハルキスの棺桶につっこまれる前に、乾燥した風通しのよくない場所に保管されていたとわかっても、驚くにはあたらないよ」

エラリーは渋い顔をしていた。「あまり気持ちのいい話じゃないですね。我々の不滅の魂は、ひどく頼りない肉体に宿っているというわけですか」

「なぜだね、意外と早く腐ってしまうからか？」プラウティ博士は愉快そうだった。「なら、ひとつ慰めの言葉をきみに贈ろう。女の子宮は死後七カ月間、もつことがあるよ」

「それ、慰めてくれてるつもりですか――」警視が急いで言った。「グリムショーが絞殺されたってことに疑問の余地はないのか、先生」

「ないね。何者かが素手で絞め殺した。指のあとがくっきりついている」

「先生」エラリーは椅子の背に寄りかかると、だらしなくたばこをふかしていた。「ぼくがあずけたあの古い水のサンプルには、何かありましたか」

「ああ、あれか！」検死官補はつまらなそうな顔になった。「そうだな、ある種の塩類があった――主にカルシウム塩だ――すべての硬水にはいっている成分だな。我々の飲料水は硬水だ、知っているね？　それでだ、水を沸かすと塩類は沈殿する。化学分析をすれば、沈殿物で水が沸かされたかどうか判定できる。きみがくれたパーコレーターにはいっていたという古い水のサンプルだが、明らかに沸かした形跡がある。さらに言えば、最初にはいっていた水が沸かされたあとに、新しく水が注ぎ足されてもいないと断言しよう」

「あなたの科学的頭脳に敬意を払いますよ、先生」エラリーはぼそぼそと言った。「どういたしまして。ほかには？」

「いや、ないな。本当に助かったよ、ありがとう、先生」警視が言った。

プラウティ博士は、コブラがとぐろを解きほぐすように、折りたたんでいた身体をするすると伸ばすと、葉巻の煙を漂わせながら、警視の部屋を出ていった。

「それじゃ、ひとつ、整理してみるとしよう」老人はごしごしと威勢よく両手をこすりあわせた。そして、メモを見なおした。

「まずはヴリーランドという男だな。ケベックへの出張に関しては、鉄道職員、列車の切符の半券、ホテルの記録、出発時刻、その他もろもろによって裏づけされとる。ふうむ……次はデミトリオス・ハルキスか。ベロウズ博士の診療所で一日過ごしたと——これが先週の土曜だな……。ハルキス邸の指紋の報告書——何もなし。グリムショーの指紋は書斎の机についとったが、ほかの指紋も山ほど見つかったと。おおかた屋敷の連中がひとり残らず、机にべたべた両手をおっつけたんだろう、特にあれだ、遺言書を最初に探した時の騒動でだな。棺の指紋——こっちも何もなし。潰《つぶ》れたり、鮮明だったり、いろいろな指紋がどっさりついとったが、棺が客間に安置されとる間に屋敷じゅうの者がまわりにおったわけだからな、指紋がついとったことは、有罪の決め手にならんわけだ……トマス、ピゴットは〈バレット〉で何かつかんできたのか」

「不審な点は何もありませんな」ヴェリーは答えた。「ピゴットが、電話の注文を直接受けた店員をつかまえて話を聞きました。店員の話じゃ、ハルキス本人が——間違いなく本人だった、と断言しています。いままで何度も電話で話したことがあるから絶対間違いないと——先週の土曜の朝に電話をかけてきて、赤いモワレのネクタイを半ダース注文したそうです。時刻も、注文の内容も、一致しています。〈バレット〉の配達人が、ウィークスが受け取ったというサインのはいった受領書を見せてくれました。すべて問題はありません」

「ふん、おまえはさぞかし満足しとるんだろうな」警視はいやみたっぷりにエラリーに声をかけた。「これがなんの役にたつのか、わしにはさっぱりわからん」

「例の空き家についてはどうだ、部長？」ペッパーが訊いた。「捜査令状は取れたのか」

「成果なしだ」警視は仏頂面《ぶっちょうづら》で言った。

「令状の方は問題なく取れたんですが、うちのリッターの報告では、あの廃屋を探したものの何も見つからなかったそうです」ヴェリーは野太い声で答えた。「家はがらんどうで――家具も何もありません、地下室に壊れたトランクがひとつあるほかは。リッターは何も見つけられなかったと言っています」

「リッターが？」エラリーは紫煙の奥で眼を鋭く細めた。

「さて、次は」警視は別の紙を取りあげた。「グリムショー本人か」

「そうです、検事からは特に、警視がグリムショーについて掘り出したことについて、よく聞いてくるように言いつかりましたよ」

「山ほど掘り返しはしたがな」老人は苦々しい口調で答えた。「奴が殺される前の火曜日に――つまり、九月二十八日にだ――シンシン刑務所から釈放されとる。模範囚として刑期を短縮されてはいないな――むろん、にせ金づくりで五年くらいこんだことは知っとるな。犯行後三年たってようやくぶちこまれたわけだが――それまで見つからなかったのさ。さらに前科をさかのぼると、十五年ほど前に、館員として勤めていたシカゴ美術館で、何かの絵を盗もうとして失敗した件で、二年間、おつとめしとるな」

「それですよ、私が言っていたのは」ペッパーが指摘した。「言ったでしょう、偽造は奴の特技のひとつでしかないって」

エラリーが耳をそばだてた。「美術館の窃盗ですか？　それはまた偶然にしちゃ、やけにぴったり符合すると思いませんか。ここにひとり、偉大なる美術商がいる、そしてここにひとり、美術館泥棒がいるときた……」

「たしかにな」警視はつぶやいた。「ともかく、九月二十八日以降の奴の動きに関しては、シンシンを出てから、ニューヨーク市内の西四十九丁目にあるホテルに――〈ホテル・ベネディクト〉という三流のぼろ宿だ――グリムショーという本名で泊まっているのが、はっきりわかっとる」

「もともと、偽名は使ったことがないようですね」ペッパーが言った。「まったく面の皮の厚い悪党だ」

「ホテルの人間に尋問はしたのかな」エラリーが訊ねた。

ヴェリーが答えた。「昼番のフロント係からも支配人からも、何も引き出せませんでしたな。ですが、夜勤のフロント係を呼び出しておきました――もうじき来るはずです。何か知っているかもしれません」

「グリムショーのほかの動きで何かありましたか、警視」ペッパーが訊いた。

「おお、あったとも。西四十五丁目のもぐりの酒場で――古いなじみの店のひとつだ――女と一緒にいるところを見られている。一週間前の水曜の夜だから、釈放の次の日だな。シックは来とるのか、トマス？」

「外にいます」ヴェリーが立ち上がって、部屋を出ていった。

「シックって誰です」エラリーが訊ねた。

「酒場のおやじだ。古だぬきだな」

ヴェリーが大柄でがっしりした赤ら顔の男を連れて戻ってきた——〝やあやあいらっしゃい顔〟一面に、元バーテンダーという文字がでかでかと書かれているタイプだ。ひどくびくびくしていた。「お、おはようさんです、警視。結構なお日和で」

「まあそうだな」老人はぶっきらぼうに言った。「坐れ、バーニー。いくつか訊きたいことがある」

シックは汗のしたたる顔をごしごしこすった。「今日のこの話しあいってのには、あたしの個人的なことは関係ないんでしょう、ね、警視？」

「ああん？　酒の密売のことか（この当時は禁酒法時代）？　おお、関係ないとも」警視は、とんと机を叩いた。「聞け、バーニー。一週間前の水曜の夜に、ムショを出たばかりのアルバート・グリムショーって前科者がおまえさんの店に寄ったのを、こっちは知っている。認めるな？」

「はあ、警視」シックはそわそわと落ち着かない様子だった。「殺された奴でしょう、ねえ？」

「のみこみが早くて助かるぞ。それでだ、奴はその夜、女と一緒にいるところを目撃されとる。何か知っとるか」

「それなら、警視、ぶっちゃけますが」シックはざらついた声を、内密の話をするかのようにひそめた。「ほんとのほんとの話なんで。あたしはその女を知らないんです——いっぺんも見たことがないんで」

「女の外見は？」

「どっしりした女で。でかい金髪女でね。とにかくずんぐりむっくりで。眼尻にカラスの足跡がくっきりの」

「続けろ。何があった」

「はあ、ふたりは九時ごろにはいってきたんで——かなり早い時間で、まだ店はたいして混んでない——」シックはごまかすように空咳《からぜき》をした。「——ええと、ふたりは席に着いて、グリムショーが一杯注文しました。女の方は何も注文しませんでしたがね。すぐにふたりはぎゃんぎゃんやりあいだしましたよ——本物の喧嘩でさ。何を言いあってるのかはわかりませんでしたがね、女の名前だけは聞き取れましたよ——グリムショーはリリーって呼んでました。女をくどき落として何かさせようとしてたらしいんですが、女の方が、がんとして首を縦に振らないんで。そうこうしてるうちに、いきなり女が立ち上がって、あのまぬけを置いて、さっさと出ていっちまいましてね。グリムショーはそりゃもう怒ったのなんの——ひとりで文句を言ってましたよ。五分か十分、そうしていたと思ったら、いなくなっちまいました。あたしが知ってるのはそれだけです、警視」

「リリーか、金髪の大女だな？」警視は小さな顎《あご》をつかんで、ううむと考えこんだ。「よし、バーニー。その水曜の夜以降、グリムショーは店に来たか？」

「いえ、誓って。来ちゃいませんよ、警視」シックはすぐさま答えた。

「わかった。もう帰っていいぞ」

シックは大慌てで立ち上がると、ほとんど小走りに部屋を出ていった。

「その金髪の大女の線を洗えってことですか」ヴェリーが野太い声を出した。

「すぐかかれ、トマス。おおかた、ムショにはいる前にねんごろだった女だろう。喧嘩しとったってことは、シャバに出て一日かそこらでひっかけた女じゃないのは確実だ。奴の過去を洗え」

ヴェリーは部屋を出ていった。戻ってきた時には、恐怖で眼がおどおどと泳いでいる、顔面蒼白の青年を引っ立てていた。「ベルです、〈ホテル・ベネディクト〉の夜番のフロント係ですよ、警視。ほら、さっさとはいれ、ぐずぐずするな。誰も嚙みつきゃしない」

警視は手振りでヴェリーを遠ざけた。「怖がらんでいいぞ、ベル君」警視は優しく声をかけた。「ここにいるのはみんなきみの友達だ。わしらはただ、ちょっとした情報が欲しいだけだよ。きみは〈ホテル・ベネディクト〉でどのくらい長く夜番を勤めとるのかな?」

「四年半になります、警視さん」青年の手の中でフェルト帽がもみくちゃになっていた。

「九月二十八日からずっと、夜番はきみが勤めとったのかね」

「はい。ひと晩も欠勤していな――」

「アルバート・グリムショーという名の客を知っとるか?」

「知っています、警視さん。あの、五十四丁目通りに面した教会墓地で、し、死んで、見つかった人です」

「いいぞ、ベル君。なかなかよく予習しとるな。チェックインはきみが受けつけたのかね?」

「いいえ、警視さん。昼間のフロント係です」

「なら、どうしてきみはあの男を知っとったんだ」

「それが、変な話なんですが」ベルから、びくびくした不安そうな様子がいくらか消えていた。「あの人が泊まっている週のある晩に——なんだかおかしなことが起きて、それで、ぼくはあの人を覚えてたんです」

「いつの夜だ」警視は身を乗り出した。「おかしなことというのは？」

「チェックインの二日後の夜です。一週間前の木曜の夜で……」

「ほほう！」

「それが、警視さん、このグリムショーさんを訪ねて、客が五人も来たんです！　三十分かそこらの間に」

警視はさすが老獪《ろうかい》であった。ゆったりと椅子に寄りかかると、あたかもベルの供述など重要ではないと言わんばかりに、嗅ぎたばこをひとつまみ味わった。「続けて、ベル君」

「その木曜の夜ですが、十時ごろに例のグリムショーさんがひとりの男と、外からロビーにはいってきました。間違いなくふたり連れで——早口で話していて、なんだか急いでいるみたいでした。喋っている内容は聞き取れなかったんですけど」

「グリムショーの連れの外見は？」ペッパーが訊ねた。

「わかりません。顔をすっかりくるんでいたもので——」

「ほほう！」警視はまたもや言った。

「――そうなんです、くるんでいたんですよ。顔を見せたくないようで。もう一度、見たらわかるかもしれませんが、ちょっと自信ないです。ともかく、ふたりはエレベーターに乗りこんでいって、それが、ふたりを見た最後でした」

「ちょっと待て、ベル君」警視は部長刑事を振り返った。「トマス、夜勤のエレベーターボーイを呼べ」

「とっくに呼び出していますよ、警視」ヴェリーが答えた。「もうじきヘッスが連れてくるはずです」

「よしよし。続けてくれんか、ベル君」

「ええと、さっきも言いましたけど、これがだいたい十時ごろのことです。それから、本当にすぐ――実際、グリムショーさんと連れの人が、エレベーターが来るのを待って、まだ、すぐそこに立っている間に――ひとりの男がフロントに近づいてきて、グリムショーさんのことを訊いたんです。部屋番号を知りたいって。ぼくが〝あちらにいらっしゃいますよ〟と教えた時、ちょうどふたりがエレベーターに乗りこむところでした。ぼくは〝番号は314です〟って声をかけたんです、それがグリムショーさんの部屋の番号でしたから。なんだか変な感じの男でしたね――妙にぴりぴりしていて。ともかく、男はそっちに行って、エレベーターがまたおりてくるのを待っていました。ひとつしかないんです」ベルはもたもたと付け加えた。「うちは小さいホテルなので」

「それから?」

「は、はい、警視さん、一分かそこらしかたたないうちに、女性がひとり、ロビーでうろうろしているのを見つけました。やっぱりなんだかぴりぴりしていて。フロントに近寄ってくると、〝314号室の隣はあいていますか〟って訊くんです。たぶん、さっきの男が質問したのを聞いていたんでしょう。なんだか変だな、とぼくは思いました。どうもくさいぞと。なんたって、その女性は全然、荷物を持っていないんですから。偶然、グリムショーさんの隣の316号室はあいていました。ぼくは鍵を取り出して、〝ボーイ!〟と叫びました。でも、いらない――ベルボーイは呼ばないでほしいって言うんです。ひとりで上に行きたいと。鍵を渡すと、女性はエレベーターで、上がっていきました。この時にはもう、さっきの男はとっくに上に行ってしまっていました」

「その女はどんな外見だった?」

「ええと――また見れば、きっとわかると思います。背が低くて、さえない中年女性でしたよ」

「どういう名前でチェックインした?」

「J・ストーン夫人です。筆跡をごまかそうとしていたみたいで。わざとのたくった文字で書いていました」

「金髪か?」

「いいえ、警視さん。黒髪でした、白髪まじりの。一泊分を先払いしてくれたので――浴槽なしの部屋です――ぼくは思ったんですよ。〝まあ、いいか。最近、不景気で客もあまり――〟」

「おいおい、脱線しないでくれ。全部で五人いたと言っとっただろう。あとふたりは?」

「ええとですね、警視さん、十五分か二十分くらいの間に、男性がもうふたり、フロントに来て、アルバート・グリムショーという男が泊まっていないかと訊いてきたんです。泊まっているなら、部屋の番号を教えろと」

「ふたり一緒に来たのかね」

「いいえ。五分か十分、間をおいて来ました」

「もう一度会ったら、そのふたりを見分けられると思うか？」

「もちろんです。実は」ベルは内緒話をするように、口調をあらためた。「ぼくが、なんだか変だなと感じたのは、全員がひどく神経をとがらせて、まるで人目をはばかっているように見えたからなんです。最初にグリムショーさんと一緒にはいってきた男も、様子が変でしたし」ベルのにきびだらけの顔が、しゅんとうつむいた。「本当に申し訳ないんですが、警視さん。眼を光らせていればよかったんですけど。そのあとにものすごく忙しくなってしまって――シヨウガールの団体がいっぺんにチェックアウトする騒ぎがあったものですから――ぼくがそっちにかかりっきりになっている間に、出ていったに違いありません」

「女は？　いつチェックアウトしとる？」

「それも変なんですよ。昼間のフロント係が、次の晩にぼくが出勤した時に教えてくれたんですが、３１６号室のベッドに使われたあとがないとメイドが報告してるんです。実際、鍵はドアの鍵穴に差しっぱなしになっていましたし。チェックインしてすぐに出ていったんでしょう――気が変わったんじゃないですか。別にこっちは全然かまわないんですけどね、前払いしてもらってたし」

「木曜の夜以外はどうだ——水曜の夜とか、金曜の夜とか。グリムショーのところに客はあったのか」

「そこまではわかりません」夜勤のフロント係は申し訳なさそうに答えた。「ぼくが知っているのは、フロントに訊きに来た人はいないってことだけです。金曜の夜九時ごろにチェックアウトしましたが、次の宿の住所は残していきませんでした。大きい荷物も全然持っていませんでした——それも、覚えていた理由なんですけど」

「その部屋も見ておいた方がいいだろうな」警視はつぶやいた。「314号室はグリムショーが出たあとに、誰かが泊まっているかね？」

「はい、警視さん。あの人がチェックアウトしたあと、三人が使いました」

「掃除は毎日？」

「それはもう、もちろんです」

　ペッパーががっくりしたように頭を振った。「何かがあったとしても、警視、いまはもう何も残っちゃいませんね。何も見つからないでしょう」

「まあ、一週間もたっていちゃな、無理だろう」

「ええと——ベル君」エラリーののんびりした声が聞こえた。「グリムショーの部屋は浴槽がついているのかな？」

「はい」

警視が椅子にぐっともたれた。「どうやら」にこやかに言った。「実に活きのいい事件になってきたようじゃないか。トマス、この事件の関係者を全員集めて、一時間以内に東五十四丁目の一一番地に連れていけ」

ヴェリーが出ていくと、ペッパーがつぶやいた。「こりゃたいへんだ、警視、もしグリムショーを訪ねてきた五人の客の誰かが、事件の関係者だったら、とんでもなく面倒なことになりますよ。なんたって全員があの死体を見て、グリムショーには一度も会ったことがないと証言したあとじゃ」

「ややこしいって?」警視はにやりと口を歪めたが、眼は笑っていなかった。「ま、それが人生だな」

「何を悟ってるんですか、お父さん」エラリーはやれやれと呻いた。ベルは困惑して皆の顔を見回している。

ヴェリーがどすどすと戻ってきた。「全部、手配しました。それから、外にヘッスが〝黒ちゃん〟を連れてきています——〈ホテル・ベネディクト〉の夜勤のエレベーターボーイです」

「ここに呼べ」

〈ホテル・ベネディクト〉の夜勤のエレベーターボーイというのは、恐怖で顔が紫色になった、まだ若い黒人だった。「きみの名前はなんというのかな?」

「ホワイト、です、だんな。ホ、ホワイトってんで」

「あ、ああ、そうかね」警視は言った。「うん、ホワイト君、先週、〈ベネディクト〉に泊まっていたグリムショーという男を覚えとるかな」

「ええと——そりゃあ、あの、絞め殺されたってだんなですか?」

「そうだよ」

「は、はあ、覚えてます」ホワイトは恐ろしさに歯をかちかち鳴らしていた。「よく覚えてるです」

「一週間前の木曜の夜を覚えとるかね——十時ごろに、グリムショーがもうひとりの男と一緒に、おまえさんのエレベーターに乗りこんできた時のことだ」

「はああ。もちろん、覚えてるです」

「もうひとりの男はどんな人相風体だったかね?」

「い、いや、さっぱりわからねえです、だんな。ほんとに。顔も何も覚えてないんで」

「何かひとつくらい覚えていることがあるだろう? グリムショーの部屋がある階に、ほかの客を乗せていったことはどうだ」

「お客さんは山ほど乗ってきますんで、だんな。もう、いやってほど。ひっきりなしに乗ってこられるんで。おれが覚えてるのは、グリムショー様とお連れさんを乗せて、三階でおろしたら、ふたりが314号室にはいってってドアを閉めたことだけです。314はエレベーターのすぐ近くなんで」

「ふたりはエレベーターの中でどんなことを話しとったかね」

黒人は呻き声を出した。「おれはそんなに頭がよくねえんで、だんな。何も覚えてません」

「もうひとりの男はどんな声をしとった?」

「わ――わかりません、だんな」

「もういい、ホワイト君。帰っていいぞ」

ホワイトはあっという間に消えた。警視は立ち上がると、コートを身につけながら、ベルに言った。「ちょっとここで待っていてくれ。すぐに戻る――きみに何人か、顔を確認してもらいたい人がおる」

ペッパーは壁を睨んでいた。「なあ、クイーン君」検事補はエラリーに声をかけた。「もう私はこの事件であっぷあっぷしてるよ。うちの検事ときたら、面倒なことを全部、私の背中にのっけてくれたもんだ。一応、私は例の遺言書が重要だと思ってるんだが、この分じゃどうやら――そもそも、遺言書はどこにあるんだ?」

「ペッパーさん」エラリーは言った。「残念ながら、遺言書は辺土《リンボ》のくだらないごちゃごちゃの中に埋もれちまったんでしょう。ぼくは自分のたいそう賢い――あえて言わせてもらいますがね――たいへん聡明なる推理が導き出した、遺言書は棺の中に忍ばせられて、ハルキスの遺体もろとも埋葬された、という説を放棄することは拒否します」

「きみがその説を披露《ひろう》した時は、たしかに説得力があると思ったんだよ、いや、本当に」

「ぼくはいまも正しいと確信していますよ」エラリーはもう一本、たばこに火をつけ、ふかぶかと吸いこんだ。「実際、そうだとして、現時点でまだ遺言書がこの世に存在するのであれば、誰が持っているのかも言うことができる」

「なんだって?」ペッパーは信じられないというように問い返した。「いや、意味がわからない——誰が持ってるんだ?」

「ペッパーさん」エラリーはため息をついた。「子供向けのなぞなぞなみに単純な問題ですよ。グリムショーの死体を棺に入れた人間が持っているに決まってるじゃないですか」

14 ……書置

クイーン警視がそのよく晴れた輝かしい十月の朝を覚えていたのにはれっきとした理由がある。ところでその日は、まさか自分が注目を浴びる存在になるという妄想は(憧れがあったのはたしかではあるが)おそれおおくて抱いたこともない、しがないホテルマンこと若いベル君にとっては、ある意味、晴れ舞台でもあった。スローン夫人にとっては、単に心配ごとがもたらされた日であった。その他の面々にとってどんな日であったのかは、あてずっぽうに推測するしかなかった——その他、というのは、ジョーン・ブレット嬢を除いて、という意味である。

ジョーン・ブレット嬢は、どう考えても恐ろしいとしか言いようのない朝を体験することになった。ジョーンが憤慨し、ついにはその憤慨が真珠の涙となってあふれたのも、無理からぬことであった。運命は残酷だった。運命は、まさに運命らしく、特に目的もないくせに、いっそう残酷になろうと決意しているかのように思われた。どうにも矛盾しているが、涙の雨でたっぷりとうるおされたことで、その土壌はかえって、優しく穏やかな感情の種をまくには適さなくなった。

ひとことで言えば、英国生まれの気丈な娘でさえ耐えがたい経験だったのだ。

すべては若きアラン・チェイニー青年の失踪から始まった。

最初に警視が部下を率いて押しかけ、ハルキス邸の書斎にどっかと坐りこみ、いけにえたちを目の前に連れてこいと命令した時、チェイニー君の失踪は特に気づかれなかった。警視はひとりひとりの反応をしっかと見極める仕事で、手も頭もいっぱいだったのだ。ベルは――眼をきらめかせ、いまや重要人物となったベル君は――警視の椅子の傍《かたわ》らに立ち、まるで裁きの権《ごん》化《げ》のようだった。いけにえはひとりずつ、ぞろぞろとはいってきた――ギルバート・スローン、〈ハルキス画廊〉の比類なき管理人であるネーシオ・スイザ、続いてスローン夫人、デミー、ヴリーランド夫妻、ウォーディス博士、ジョーン。少し遅れてウッドラフも到着した。ウィークスとシムズ夫人は、できるかぎり警視から離れて壁際に立っている……そしてベルは、ひとりはいってくるたびに、小さな眼を鋭くすがめ、両手をむやみに振りまわし、くちびるを震わせ、復讐の女神の息子よろしく無慈悲に、血も涙もなく嘲るように頭を振った。

誰も、ひとことも喋らなかった。皆、ちらりとベルを見て――眼をそらした。

警視は苦りきった顔で、ちっと舌を鳴らした。「どうぞ、おかけください。さて、ベル君、この部屋にいる人の中に、九月三十日の木曜の夜、アルバート・グリムショーを訪ねてきた人はおるかね」

どこかで、はっと息をのむ音がした。警視はヘビのように素早く首を動かしたが、息の主は、一瞬で自制心を取り戻していた。見えるのはただ、無関心な顔、興味津々の顔、うんざりした顔。

ベルは、この転がりこんできた機会を、最大限に愉しんでいた。背中のうしろで音をたてて両手を組むと、ゆっくりとした足取りで、坐っている一同の前をそぞろ歩き――値踏みするような眼でじっくりと、そう、まさに値踏みするように見ていった。ついに、ベルは勝ち誇った指の先を、とりすました人物に突きつけた……ギルバート・スローンに。

「ひとりは、このかたです」ベルはぴしりと言った。

「ほほう」警視は嗅ぎたばこを鼻に寄せた。このころにはもう、すっかり落ち着きを取り戻していた。「やっぱりそうか。ギルバート・スローンさん、あなたがちょっとした罪のない嘘をついたことが、ばれましたな。昨日、あなたはアルバート・グリムショーの顔を一度も見たことがないと言った。しかし、グリムショーが滞在していたホテルの夜勤スタッフは、あなたを、グリムショーが殺される前の晩に訪ねてきた客のひとりであると確認した。さて、何か言いたいことはありますか」

スローンは岸の草むらに打ち上げられた魚のように、弱々しく頭を動かした。「私は――」そこで気管に何かがひっかかったようで、言葉を切り、念入りに咳《せき》払いを繰り返した。「その人が何を言っているのか、私には全然わかりません、警視さん。ええ、何かの間違い……」

「間違い？　ほほう」警視はじっくりとその言葉を反芻《はんすう》しているようだった。その眼が皮肉っぽくきらめいた。「まさかブレットさんの猿まねをしとるわけじゃなかろうな、スローンさん。昨日、あのお嬢さんが同じようにとぼけとったのを覚えとるだろうね……」スローンが何やら口の中でもぐもぐとつぶやき、ジョーンの頰は、かあっと赤くなった。しかし、ジョーンは微動だにせず、真正面をじっと見つめたままでいた。「ベル君、間違いなのかね、それとも、きみはあの晩、たしかにこの紳士を見たのかね」

「見ました、警視さん」ベルは断言した。「あのかたです」

「と言っていますが、スローンさん？」

スローンは不意に、脚を組んだ。「そんな――いやはや、馬鹿馬鹿しい。私は何も知りませんよ」

クイーン警視は微笑すると、ベルを振り返った。「何人目の客だったね、ベル君」

ベルは困惑した顔になった。「何人目だったかまでは、はっきり覚えていません。でも、絶対にあの人はいたんです、警視さん！　間違いありません！」

「いや、ちょっと聞いてください――」スローンが身を乗り出した。

「あなたの話は、あとでうかがいましょう、スローンさん」警視は払いのけるように片手を振った。「続けたまえ、ベル君。ほかにもいるのか」

ベルはまた狩人となり、獲物を探してうろつき始めた。その胸が再び、大きくふくらんだ。

「ええ」青年は言った。「誓ってもいいです」そう言って、いきなり前に飛び出してくると、ずかずかと勢いよく部屋を突っ切ってきたものだから、ヴリーランド夫人は小さく悲鳴をあげた。

「この人が」ベルは叫んだ。「あのご婦人です！」

ベルが指差していたのは、デルフィーナ・スローンだった。

「ふうむ」警視は腕を組んだ。「やれやれ、奥さん、あなたもまた、なんの話かわからないと言うんでしょう。どうです？」

女の蒼白な頬に、ゆっくりと真っ赤な色が広がってきた。舌が何度も、くちびるをなめた。

「まあ……ええ、警視さん。わたくしにはわかりませんわ」

「あなたもグリムショーを一度も見たことがないと言いましたね」

「ありません！」夫人は半狂乱で叫んだ。「一度もありません！」

警視は、どうせハルキス事件の証人は誰も彼もが嘘つきなのだとすっかり達観してしまったように、やれやれと悲しげに頭を振った。「ほかにもいるのかね、ベル君」

「います、警視さん」ベルは一切、迷いのない足取りで部屋を突っ切ると、ウォーディス博士の肩を叩いた。「この紳士ならどこで会ってもわかりますよ、警視さん。このぼうぼうの茶色い顎《あご》ひげは忘れようたって忘れられません」

警視は本気でびっくりしているようだった。警視は英国人の医師を見つめ、英国人の医師は見つめ返した——眉ひとつ動かさずに。「どの客だったね、ベル君」

「いちばん最後のかたです」ベルは自信たっぷりに答えた。

「もちろん」ウォーディス博士はいつもどおり、冷静そのものの声で言った。「警視もおわかりでしょうが、全部、馬鹿馬鹿しい茶番ですよ。まったくナンセンスだ。アメリカの前科者と私の間にいったいなんの関係がありますか。たとえ知り合いだったとして、そんな男を訪ねていくどんな動機が、私にあるというんです」

「わしに質問しとるんですか、ウォーディス先生」老人は微笑した。「わしがあなたに質問しとるんです。あなたは確認されたんだ、何千人という客と会う——職業柄、顔を覚える特技を訓練で身につけた人によって。しかも、このベル君が言うように、あなたの顔は覚えづらいとは言えない。どうです？」

ウォーディス博士が、やれやれとばかりにため息をついた。「私にしてみれば、この——ええと、嘆かわしいほどむさくるしいひげづらが、かえって反論の有力な説得材料になると思うのですがね。私に変装することなんて、この顎ひげのせいでかえってたやすいことだと、お気づきになりませんか」

「ブラヴォ」エラリーはペッパーに耳打ちした。「我らが善良なる医者先生は、実に頭の回転が速いですね、ペッパーさん」

「速すぎるね」

「いやあ、さすがに鋭いですな、先生、実に鋭い」警視はさも感心したような口ぶりで言った。「たしかに、お説ごもっともです。よろしい、先生のご意見を受け入れて、誰かがあなたに変装したということに同意しましょう。いま、あなたがしなければならないことは、九月三十日の、何者かがあなたに変装していた時間帯のアリバイを教えてくれることだけだ。どうです」

ウォーディス博士は眉を寄せた。「先週の木曜の夜、ですか……ちょっと待ってください」

博士はじっと考えこんでいたが、やがて肩をすくめた。「いやいや、警視、ちょっとそれはひどいんじゃないですか。一週間以上前の特定の時間にどこにいたかなんて、思い出せるわけがないでしょう」

「しかし、あなたは一週間前の金曜の夜にどこにいたのかは覚えていた」警視は淡々と言った。「そう思ったのですがね。まあ、たしかに、いかにあなたでも、記憶があやふやになることはあるでしょう――」

不意にジョーンの声がして、警視は振り返った。皆がいっせいにそちらを向く。ジョーンは椅子の端に浅く腰をかけ、こわばった笑みを浮かべていた。「先生ったら」ジョーンは言った。「とっても女性にお優しいかたね……昨日はヴリーランドさんの奥様を騎士道精神にのっとってかばって――今度はわたしの哀れな、とっくに傷ついた名誉を守ろうとしてくださっているの、それとも、本当にすっかり忘れてしまったのかしら?」

「ああっ!」ウォーディス博士がすぐに叫んで、茶色の瞳を輝かせた。「私は馬鹿だな――本当に馬鹿だ、ジョーン。ねえ、警視――人間の記憶力というのは本当におかしなもので――つまり木曜の夜のその時間、私はブレットさんと一緒にいたのですよ!」

「本当ですか」警視は医師からゆっくりとジョーンに視線を向けた。「それはよかったですな」

「ええ、本当です」ジョーンは慌てて言った。「グリムショーがメイドに迎え入れられるのを見てすぐのことでした。わたしは自分の部屋に戻ったんですけれど、ウォーディス先生がドアをノックして、ちょっと気晴らしに街に出ませんかと誘ってくださって……」

「そうそう」英国人がぼそぼそとあとを引き取った。「それからすぐ、一緒に屋敷を出て、五十七丁目通りのどこかの小さいカフェか何かにはいって――どこだったのかは、ちょっと思い出せませんが――いやあ、実に愉しい夜を過ごしましたよ。たしか、戻ったのは夜中の十二時ごろじゃなかったかな、ジョーン?」

「ええ、そうだったわ、先生」

老人は唸り声を出した。「実に結構だ。実に結構……なあ、ベル君、きみはそこに坐っている人が最後の客だと、いまも思っているかね」

ベルは頑強《がんきょう》に言い張った。「絶対にあの人です」

ウォーディス博士がくすくす笑うと、警視は飛び上がるように立ち上がった。温厚な表情は消え去っていた。「ベル君」警視は歯をむき出して怒鳴った。「これで間違いなく――ああ、〝間違いなく〟だ――三人いるってことだ。スローン、スローン夫人、ウォーディス博士。残りの客ふたりはどうだ。ここにいるか?」

ベルはかぶりを振った。「ここに坐っている紳士の中にはいません、警視さん。ふたりのうちひとりはものすごく大きい男で――まるっきり巨人でしたよ。髪は白くなりかけで、顔は日焼けでもう真っ赤で、アイルランドなまりがありました。その男が、あのご婦人とそこの紳士の間に来たのか――」ベルはスローン夫人とウォーディス博士を指差した。「――最初に来たふたりのうちのひとりだったのか、ちょっと思い出せませんけれど」

「アイルランドなまりの馬鹿でかい男だと?」警視はつぶやいた。「なんだ、そいつは、どこからわいて出てきたんだ？　今回の事件でそんな特徴に当てはまる男は、まだ現れとらんぞ！……まあいい、ベル君。状況はこうだな。グリムショーがひとりの男と一緒にはいってきた――顔をすっかりくるんどった覆面男だ。次に、男がもうひとり来た。それからスローン夫人。次にもうひとり、男がはいってきて、最後にウォーディス博士が来た。あと三人のうちふたりは、スローンとアイルランドなまりの大男だ。最後のひとりはどんな奴だ？　ここにいる人間の中で、当てはまりそうな者はおらんのか」

「本当になんとも言えないんです、警視さん」ベルは無念そうに言った。「なんだかこんがらがってきて。もしかすると、顔をくるんでいた男というのが、そちらのスローンさんで、あとから来たのが別の――この場にいない――男だったのかもしれません。ぼくは――ぼくは……」

「ベル！」警視が雷を落とした。ベルは飛び上がった。「いまさら何を言っとる！　はっきり言えんのか！」

「ぼくは――そのう、はい、すみません、警視」

警視は不機嫌まるだしでぐるりと見渡し、老いた鋭い眼で聴衆をはかりにかけているようだった。ベルが顔を思い出せないという男だった可能性のありそうな人物を探しているのは明らかだった。不意に、その眼に怒り狂った光が飛びこんだかと思うと、警視は吠えた。「畜生！誰かがいないのはわかっとったんだ！　ずっと、そんな気がしていた！――チェイニーがいないぞ！　あの馬鹿な小僧はどこだ」

一同、きょとんとしている。

「トマス！　玄関の見張りは誰だ」

ヴェリーは、ぎくっとした顔になり、ひどく小さな声で答えた。「フリントです、警……クイーン警視」エラリーは笑みを慌ててひっこめた。この白髪まじりの古強者《ふるつわもの》が老人を正式な呼び名で呼ぶのを聞いたのは初めてだったのだ。ヴェリーは心底から怯えきっていた。いまにも倒れそうな顔つきをしている。

「連れてこい！」

ヴェリーがあまりに大慌てで飛び出していったので、さすがの警視も小さな咽喉《のど》の奥で唸りつつも、いくらか気持ちをやわらげたようだった。ヴェリーはがたがた震えているフリントを連れてきた――部長刑事と同じくらい逞《たくま》しい巨漢のフリントは、いまこの瞬間、同じくらい怯えきった顔をしていた。

「おお、フリントか」警視は底冷えのする声で言った。「はいれ。はいってこい！」

フリントは蚊の鳴くような声で答えた。「はい、警視。はい、警視」

「フリント、アラン・チェイニーがこの屋敷を出ていくのを見たか？」

フリントは引きつけを起こしそうになりつつ、唾を飲みこんだ。「はい。見ました、警視」

「いつだ」

「昨夜です、警視。十一時十五分でした、警視」

「どこに行った」

「クラブに行くようなことを言っていました」

警視は静かな声で言った。「奥さん、息子さんはどこかのクラブの会員ですか」

デルフィーナ・スローンは両手の指を握りしめ、わなわなと腕を震わせていた。その眼は悲嘆に暮れていた。「そんな——いいえ、警視様、違います。いったいどういうこと——」

「いつ帰ってきた、フリント」

「か——帰りませんでした、警視」

「帰らなかっただと？」警視の声はいよいよ静かになった。「なぜそのことをヴェリー部長に報告しなかった」

フリントは苦悶にあえいでいた。「私は——いまちょうど報告するつもりでした、警視。昨夜は十一時に持ち場について、そして——あと二、三分で交替することになっていました。そのあとで報告するつもりだったんです。どうせどこかで酔い潰《つぶ》れているのだろうと思っていたので。それに、荷物も何も持っていなかったので……」

「外で待っていろ。きみの処分はあとだ」老人は変わらぬ、ぞっとするほど静かな声で言った。

フリントは死刑宣告を受けた男のような足取りで出ていった。*

ヴェリー部長刑事は青々とした顎をわななかせた。そして小声で言った。「悪いのはフリントではありません、クイーン警視。私のミスです。屋敷の者全員を集めろという指示をいただいたのは私です。私が自分で手配するべきでした——そうしていれば、もっと前にわかったはずで……」

「黙っとれ、トマス。奥さん、息子さんは銀行口座をお持ちですか」

スローン夫人はがたがた震えていた。「はい。はい、警視様。マーカンタイル・ナショナル銀行ですわ」

「トマス、マーカンタイル・ナショナル銀行に電話をかけろ、アラン・チェイニーが今朝、金《かね》をおろしたかどうか訊け」

ヴェリー部長刑事が机にたどりつくには、ジョーン・ブレットの身体のすぐそばを通り抜けなければならなかった。ヴェリーは小声で、失礼と言葉をかけたのだが、ジョーンはぴくりとも動かなかった。自身も悲嘆にどっぷりひたっていたヴェリーだが、娘の眼に浮かんでいる恐怖と絶望に、思わずぎょっとした。ジョーンは両手を膝の上で固く握りしめ、ほとんど息をしていなかった。ヴェリーは大きな顎をもごもご動かすと、ジョーンの椅子を避けてぐるっと迂回していった。受話器を取りあげつつ、部長刑事の眼はまだジョーンをじっと見ていた——いつもの厳しい視線で。

「心当たりはありませんか」警視はまだスローン夫人を鋭く追及していた。「息子さんの行き先に。どうです、奥さん」

＊ 過去に発表されたクイーン氏の小説中で、クイーン警視の部下たちになじみのある愛読者諸氏のために、ここでひとこと注釈を述べておくと、フリント刑事はこの職務怠慢の結果、刑事から一警官に格下げされたのだが、のちに大胆不敵な強盗事件を未然に防ぐという功績により、もとの地位に復帰した。本件は、現時点で小説として発表されているうちではもっとも古い事件である。——J・J・マック

「ありません。わたくしは――まさか、あの子をお疑いですの――」

「あなたはどうです、スローンさん。息子さんは昨夜、外出するようなことを言っとったんですか」

「いや、ひとことも。私にはさっぱり――」

「どうだった、トマス」老人はせかせかと訊ねた。「どんな返事だ」

「いま聞いています」ヴェリーは誰かに向かって言葉すくなに話し、何度か重々しくうなずくと、ようやく受話器を置いた。両手をポケットにぐっとつっこみ、抑えた声で言った。「ずらかりました、警視。今朝九時に預金を全額引き出しています」

「やられたな」警視は言った。デルフィーナ・スローンが椅子からふらりと腰をあげ、どうしていいかわからないのか、茫然と視線をさまよわせていたが、ギルバート・スローンに腕を触れられると、また腰をおろした。「詳細は」

「預金は四千二百ドルありました。口座を閉じて、小額の紙幣で金を受け取ったそうです。小さいスーツケースを用意していました――真新しく見えたと。金をおろす理由は何も説明していなかったそうです」

警視は戸口に歩いていった。「ヘイグストローム！」北欧系らしい顔つきの刑事がすぐに駆けつけた――不安そうにびくついている。「アラン・チェイニーが逃げた。今朝九時にマーカンタイル・ナショナル銀行から四千二百ドル引き出しとる。奴を見つけろ。手始めに、昨夜、どこで過ごしたのか、そこから探れ。捜査令状を取っていけ。足取りを追え。応援を呼べ。国外に逃亡するかもしれん。急げ、ヘイグストローム」

ヘイグストロームは姿を消し、ヴェリーもすぐにあとを追っていった。

警視はまた一同に向きなおった。今度、ジョーン・ブレットに向けた視線には、親しみのかけらもなかった。「いまのところ、あなたはほぼすべての出来事にひと役かっていますな、ブレットさん。チェイニー君の失踪に関して何かご存じですか」

「いいえ、何も、警視さん」その声は低かった。

「ふむ――誰か、知っとる人はいませんか！」老人は怒鳴った。「なぜ逃げ出したのか。背後に何があるのか」

質問、質問、質問。えぐる刃《やいば》の言葉。隠れた傷の奥で噴き出す血……刻一刻と、時が過ぎていく。

デルフィーナ・スローンはすすり泣いていた。「まさか――警視様――そんな――お疑いではございませんでしょう……アランはまだ子供なんです、警視様。あの子は、ああ、そんなはず――！　何かの間違いですわ、警視様！　間違いに決まっています！」

「言いたいだけ言いましたかな、奥さん」警視はぞっとするような笑みを浮かべた。そして、くるりと振り向いた――ヴェリー部長刑事がまるで復讐の神のように戸口に立っている。「どうした、トマス」

ヴェリーは巨人のような腕を伸ばした。その手には一枚の小さなメモ用紙があった。警視はそれをひったくった。「なんだ、これは」エラリーとペッパーは急いで進み出た。男三人はメモ用紙に慌ててなぐり書きされた数行の文を読んだ。警視はヴェリーを見た。ヴェリーがのっそり近づいてくると、四人は部屋の片すみに寄った。老人がひとつだけ質問をし、ヴェリーは簡潔に答えた。そして四人は部屋の中央に戻ってきた。

「ひとつ、皆さんに読んでさしあげたい物があります」一同は全神経をそちらに向け、肩で息をし始めた。警視は言った。「いま、わしが手に持っとるのは、たったいまヴェリー部長刑事がこの屋敷の中で発見した書きおきです。アラン・チェイニーと署名されています」警視は紙をかかげるように持つと、ゆっくりと、はっきりと一語ずつ区切って、読みあげ始めた。「こう書いてあります。〝ぼくは出ていく。たぶん永久に戻らない。こんな状況だから、もう――いや、いまさらあれこれ言ってもしかたがないことだ。何もかもがこんがらがって、ぼくにはもうどうしていいのかわからない……さよなら。こんな手紙を書いちゃいけなかった。あなたが危険だ。頼む――あなたのために――これは燃やしてくれ。アラン〟」

スローン夫人は椅子から腰を浮かせ、顔は土気色になり、ひと声悲鳴をあげると、気絶した。スローンは妻が前に倒れる寸前に、ぐったりした身体を抱き止めた。部屋は蜂の巣をつついたような騒ぎになった――悲鳴と驚愕の絶叫とで。警視は猫のようにひっそりと、静かにそのすべてを観察していた。

一同はようやく、夫人の意識を取り戻させることができた。すると、警視は夫人に近づき、実に自然な仕種で、夫人の涙に濡れた目の前に、すっと紙を差し出した。「息子さんの筆跡ですか、奥さん」

夫人の口が見るも無残に、ぽっかりと醜く開いた。「ええ。まあ、アラン。ああっ、アラン。はい、あの子の字、ですわ」

警視の声がはっきりと響いた。「ヴェリー部長、この書きおきをどこで見つけた？」

ヴェリーはがらがら声で答えた。「二階の寝室のひとつです。マットレスの下に押しこんでありました」

「誰の寝室だ」

「ブレットさんです」

＊

もう限界だった――全員が、もう限界だった。ジョーンは眼を閉じて、敵意に満ちた視線と、言葉にされない非難と、警視の無表情な勝利に満ちた顔を、視界から追いやっていた。

「それで、ブレットさん？」とだけ、警視は言った。

ジョーンがまぶたを開けると、その眼は涙でいっぱいだった。「わたしは――それを今朝、見つけたんです。ドアの下から入れられていました」

「なぜ、すぐに知らせてくれなかったんです」

返事はない。

「なぜ、チェイニーの失踪がわかった時に、このことをすぐに言わなかったんです」

沈黙。

「それより重要なのは――〝あなたが危険だ〟とアラン・チェイニーが書いているのは、どういう意味です」

ここに至ってついに、女性という生物特有の繊細な解剖学上の水門が一気にどっと開かれることとなり、ジョーン・ブレット嬢は、先に書いたとおり、真珠の涙をあふれさせてしまったのである。坐ったまま、身体を震わせ、身も世もなく涙をこぼし、泣きじゃくり、すすりあげて――さんさんと日の輝くこの十月の朝、マンハッタン島のいだいているどの若い娘でも、これほどにみじめな姿をさらしている者はいないだろう。あまりにもいたいたしい光景に、むしろほかの者たちの方が気まずくなった。シムズ夫人は思わず娘の方に一歩踏み出したものの、気弱に足を止めた。ウォーディス博士は、ここに至って初めて、激しい憤りを見せていた。警視を睨んだその眼に褐色のいなずまが走り、閃光を放つ。エラリーはやれやれというように頭を振っていた。警視だけがまったく動じていなかった。

「それで、ブレットさん？」

返事をするかわりに、ジョーンは椅子を蹴って立ち上がると、あいかわらず誰も見ようとせず、片腕で眼を隠したまま、やみくもに部屋から走って飛び出していった。

「ヴェリー部長」警視は冷ややかに言った。「いま、この瞬間から、あの娘の行動を厳重に監視させろ」

エラリーが父親の腕に触れた。老人はちらりと息子を見た。エラリーはほかの者に聞こえない声で囁いた。「ぼくの尊敬する、いや、崇拝するお父さん、あなたはたぶん世界一有能な警察官だと思いますが――心理学者としては……」そして、悲しげにかぶりを振った。

15 ……迷路

さても、十月九日までのエラリー・クイーン君といえば、ハルキス事件の縁をうろうろするだけの亡霊にすぎなかったのに、あの誰も忘れることのできない土曜の午後、実はエラリー自身も心にそんなものがひそんでいると知らなかった錬金術的な化学作用のおかげで、事件の核心のど真ん中に飛びこんでしまったのである――エラリーはもはや傍観者ではなく、第一の動力源であった。

機は熟した。いまこそ真実をあばく時だ。あまりに非の打ちどころのない舞台がお膳立てされたのを目の当たりにして、エラリーは、スポットライトを浴びたいという誘惑に勝てなくなってしまった。ところで読者諸氏よ、覚えておいていただきたいのだが、ここにいるエラリーは、これまでに発表された作品中に登場してきたおなじみのエラリーよりもずっと若く――未熟な若者にありがちな、宇宙規模の壮大なうぬぼれにのぼせあがったエラリーである。青年にとって人生は甘美であった。目の前には解くべき難問が横たわり、自分ならば自信を持って通り抜けられるややこしい迷路があり、おまけにたいそう優秀な切れ者のほまれ高き地方検事を出し抜くドラマチックなチャンス到来ときた。

それは、この先の未来に起きるあまたの驚嘆すべき出来事と同じく、センター街の警察本部にあるクイーン警視の神聖なるオフィスの中で始まった。そこにはサンプスン地方検事もいて、疑心暗鬼にとらわれたトラのように猛り狂っていた。ペッパー地方検事補もいて、ひどく考えこんでいるようだった。警視もいて、ぐったりと椅子に坐りこみ、老いた灰色の眼に火をくすぶらせ、がまぐちのように口を堅く閉じていた。ここまで舞台がととのっていて、いったい誰が誘惑に勝てるだろうか？　ことに、サンプスン流の事件の総ざらいがまったく実を結ばない最中で、クイーン警視の秘書が興奮に息せき切って駆けこんできて、ジェイムズ・J・ノックス氏が、そう、あのジェイムズ・J・ノックス氏だ――人がやましい気持ちなしに持てる財産よりさらに、数百万ドルも多い財産を所有している大銀行家のノックス、ウォール街の帝王ノックス、大統領の腹心の友ノックスその人が――リチャード・クイーン警視に面会を求めて、外で待っていると告げたいま、誘惑をきっぱり退けるなど、もはや人を超えた、それこそ超人わざではないか。

　ノックスは正真正銘、伝説中の人物であった。その莫大な財産と権力は、衆目を集めて著名人ぶりを誇るためにではなく、むしろ、人の目から隠れるために費やされた。人々が知るのは彼自身ではなく名前のみだ。であるからして、ノックスが事務所に案内されてくるなり、クイーン父子とサンプスンとペッパーという紳士たちが、ひとりの人間よろしくいっせいに立ち上がり、人類は皆平等なりという民主主義の厳格なしきたりにふさわしい以上の敬意と狼狽をあたふたと見せたのは、実に人間くさいことであった。偉大なる人物は一同の手をゆるゆると握っ

クイーン警視は坐ったまま、しんと黙りこみ、サンプスンの口は半開きになった。偉大なる

さん」まるで警視が、息子が何を言っているのかわかっているような口ぶりで。

ぶりを添えて、半笑いのそのまたきっちり半分の笑みを浮かべて。「謙遜しすぎですよ、お父

た。いまはこれだけ言えばいい。優しい子供らしい口調に、ほんのわずかばかり不服そうなそ

席した、いまこそが……。「それは謙遜《けんそん》しすぎですよ、お父さん」エラリー・クイーンは言っ

ていたであろう絶好の機会――困り果てている法の代理人たちに囲まれた、偉大なる人物の臨

いまこそ、その時だった。それはおそらく、いまだ若きエラリーがいくたびも白昼に夢想し

さん。からまった糸が山ほどありましてな。いつ光が見えるやら、さっぱりわからん次第です」

「ほんの少しです」警視はみじめな顔で答えた。「何もかもこんがらがっています、ノックス

「ええ」ノックスは正面から警視を見た。「進展は?」

交換しておりました。非常に残念な事件で、お悔やみ申しあげます、ノックスさん」

「あ――はい、はい、そうです」サンプスンは慌てて答えた。「ハルキス事件について意見を

がちな、見た目に似合わない声だった。

「会議中でしたか?」偉人は訊ねた。その声は意外なほど優しげだった――低音の、ためらい

んでいた。ただ、その冷静な灰色の眼だけが若々しかった。

見るからに力なくしなびている。髪も眉も口ひげも真っ白だった。口のしまりもいくらかゆる

この偉人は、ひからびた巨人のぬけがらであった――六十歳になんなんとする伝説の肉体は、

たあと、椅子をすすめられる前に腰をおろした。

人物は問いただすように、エラリーからその父親に視線を移した。ペッパーはあんぐりと口を開けて、眼を白黒させている。

「そうなんです、ノックスさん」エラリーはあいかわらず、慇懃《いんぎん》な声音で続けた――よしよし、完璧だぞ！　「そうなんですよ、まだ始末をつけなければならない糸が何本か散らかっているにはいるんですが、事件の大筋そのものに関しては、もう完全にその形をはっきりととらえているってことを、父は言い忘れているんです」

「私にはよくわからんのだが」ノックスはうながすように言った。

「エラリー」言いかけた警視の声は震えていた……

「もうはっきりしているんです、ノックスさん」エラリーはつまらなそうに言った。ああ、この瞬間、たまらないな！　「事件は解決しました」

うぬぼれ屋が、水車を回す小川のごとき時の流れから、誇りという黄金の富をうまうまとさらいあげるのは、こんな一瞬なのだ。エラリーの手腕はまさに名人芸であった――警視とサンプスンとペッパーの表情が変化していくさまを、まるで試験管内の、未知とはいえ予測していた反応を観察するように、じっと見守っていた。ノックスはもちろん、脇役たちの反応の意味をわかっていなかった。ただ、興味を見せただけだった。

「グリムショー殺しの犯人は――」そこまで言って、地方検事は言葉に詰まった。

「誰かな、クイーン君？」ノックスが穏やかに訊ねた。

エラリーはため息をつくと、答えるかわりにたばこに火をつけた。事件解決の大団円を急ぐなど、野暮もいいところである。こんなおいしい時間は、最後の貴重な一瞬までじっくりと大切に味わうものだ。やおら、エラリーは紫煙の雲の向こうから、その言葉を転がしてよこした。

「ゲオルグ・ハルキスですよ」

＊

ずっとのちにサンプスン地方検事は白状したのだが、もしもジェイムズ・J・ノックスがこの舞台に居合わせていなければ、警視の机に並んでいる電話機を一台つかみあげて、エラリーの頭に投げつけていたところだったそうだ。サンプスンは信じなかった。信じることができなかった。死者が――それもただの死者ではない、生前は盲目だった死者が――殺人犯だと！この世のあらゆる信憑性《しんぴょうせい》の法則に反している。いやいや、そんななまやさしい話どころではない――道化師のひとりよがりな駄ぼら、あるいはのぼせた脳髄《のうずい》が生み出したつぎはぎの化け物のごとき誇大妄想、あるいは……ああ、読者諸君。サンプスンはてっきりそう思ったのである。それでも〝御前《ごぜん》〟が臨席していることに一応、遠慮して、サンプスンは椅子の中で身じろぎしただけで、青い顔で、頭をフル回転させ、この途方もない狂人のたわごとをどうやって言いつくろおうかと、必死に考えていた。

ノックスが最初に口を開いた。なぜなら、ノックスは動揺から立ちなおる必要がまったくなかったからである。エラリーの〝宣言〟に眼をぱちくりさせたのはたしかだが、ほんの一瞬後、偉人は例のおっとりした声で言った。「ハルキスか……ふむ、それはどういうことなのかな」

警視はここでようやく、口がきけるようになった。「わしが思うに」老人は血色のいいくちびるをなめて急いで言った。「わしらはノックスさんに説明する必要がある――なあ、エラリーや？」いまの口調に、そのまなざしはそぐわなかった。警視の眼は怒り狂っていた。

エラリーは椅子を蹴って勢いよく立ち上がった。「もちろんですとも」心からそう言った。「特に、ノックスさんは個人的にこの事件に興味を持っていらっしゃるのですから」そして、警視の机の端に腰をのせた。「実に独特な、変わった事件です」エラリーは言った。「いくつか、非常に啓示めいた点があります。どうか、お聞きください。まず、重要な手がかりがふたつあります。ひとつは心臓発作で倒れた朝にゲオルグ・ハルキスが締めていたネクタイについて。ふたつ目はハルキス氏の書斎にあったパーコレーターとティーカップに関してです」

ノックスはいくぶん、あっけにとられていた。エラリーは続けた。「すみません、ノックスさん。もちろん、あなたはご存じないことでしたね」そして、手早く、捜査にまつわるそれらの事実について説明した。ノックスがやっと理解してうなずくと、エラリーは先を続けた。「では、ハルキスのネクタイについての考察から、我々がどんな情報を得ることができるかを説明させていただきましょう」エラリーは〝我々〟と複数形の呼称を使うことを忘れなかった。意地の悪い人々からは疑われていたものの、エラリーは家名に対する誇りを強くいだいていたのだ。「一週間前の土曜の朝、つまり、ハルキスが死んだ朝に、例の精神年齢が幼い従者のデミーが、デミー自身の証言によれば〝予定表に従って〟、いとこの着る物を上から下まで用意しました。ということは、ハルキスはいつも土曜日に着る予定のものをそのまま身につけたはずです。予定表の土曜の項には、なんと書いてあるでしょうか？　それぞれの品目を見ていくと、ハルキスは緑色のモワレのネクタイを身につけているはずだとわかります。

さしあたって、そこまではよろしいですね。デミーはいとこの着替えを手伝った、でなければすくなくとも、予定表どおりの衣装をととのえるという、毎朝お決まりの儀式をすませると、九時に家を出ました。一方ハルキスはその後着替えをすませ、十五分間、書斎にひとりでいます。九時十五分に、ギルバート・スローンがその日の打ち合わせをハルキスとするために、書斎にはいってきます。さて、ここで何が確認できるでしょう。我々が確認できるのは、スローンの証言によれば――特に重要とみなされたわけではありませんでしたが、間違いなく証言として存在します――九時十五分にハルキスは赤いネクタイをしていた、ということです」

いまやエラリーは聴衆の心をがっちりつかんでいた。満足のあまり、いささか品のない笑いをもらしてしまったほどだ。「興味深い状況ではありませんか？　さて、デミーが真実を話していたとすれば――デミーの性質から考えて、虚言癖があるとは思えませんから――ハルキスは予定表に従って、言いかえれば緑色のネクタイを、九時にデミーと別れた時点では、身につけることになっていたはずなのです。

では、この矛盾はどう説明すればいいのでしょうか。間違いなくこんな説明が導き出されることでしょう。ひとりでいた十五分の間にハルキスは、もはや神のみぞ知る、なんらかの理由によって、寝室にはいり、ネクタイを取り替えた。つまり、デミーに渡された緑色のネクタイをはずし、寝室の衣装戸棚のラックにかかっていた赤いネクタイと替えたのです。

さて、我々はスローンの証言によって、その日の朝九時十五分からしばらくハルキスと懇談している間に、ハルキスが身につけているネクタイを指で触りながら——それが赤であることに、スローンは部屋にはいってきた時から気づいていたわけですが——正確にこう言ったのです。〝きみ、ここを出る前に、私がバレットに電話をして、いまつけているのと同じネクタイを何本か注文するのを忘れんように、注意してくれ〟」エラリーの眼は輝いていた。「強調したのはぼくが勝手にやったことです。では、検証していきましょう。ずっとあとになってブレットさんが書斎を出ていく時に、ハルキスがひいきの紳士装身具店の〈バレット〉に電話をかけているのを聞いています。のちに警察が裏を取って、〈バレット〉は——ハルキス本人から電話で注文を受けたという店員の証言によれば——間違いなくハルキスが注文したとおりの品を配達したと判明しています。しかし、ハルキスが注文した品とは何でしょうか。考えるまでもない、配達された品物がそれです。ところで、配達された品とは何だったでしょうか。六本の赤いネクタイでした！」

エラリーは身を乗り出し、どんと机を叩いた。「要約すると、ハルキスは身につけているのとまったく同じネクタイを注文すると言っており、実際、赤いネクタイを注文したのですから、それはすなわち、ハルキスは自分が赤いネクタイをしていると知っていたことにほかならない。根本的な事実ですよ。言いかえれば、ハルキスはスローンと話をしている間、自分の首に巻いたネクタイの色を知っていたことになる。

しかし、眼の見えないハルキスが、どうしてその色を知ることができたのでしょうか。土曜の予定はその色ではないのです。そう、誰かに教えてもらったのかもしれない。しかし、誰に？　あの朝、ハルキスが〈バレット〉に電話をかける前に会った人間は三人だけです――予定表に従って着替えを用意したデミーと、先ほど一言一句たがえずに引用したネクタイに関する会話の中で一度も色について言及していないスローンと、その日の朝に一度だけネクタイのことでハルキスに話しかけたがやはり色のことは何も触れていないジョーン・ブレット。

言いかえれば、ハルキスはネクタイの色が変わっていることを誰からも教えられていないのです。もし予定していた緑のネクタイを、のちに身につけていた赤のネクタイに替えたのがハルキス本人だったのなら、ラックから赤のネクタイを出したのは――単なる偶然だったのでしょうか？　そう、その可能性はある――たしかに、衣装戸棚のラックにかかっていたネクタイは、特に色分けされて並んではいなかった――色はごちゃまぜで、全然整理されていませんでした。その事実を踏まえたうえで、さて、ハルキスが偶然だったにしろ、そうでなかったにしろ、自分が赤いネクタイを選んだことを――のちの行動が証明しているとおり――知っていたという事実は、どう考えればいいのでしょうか」

エラリーは机に置いてあった灰皿の底に、ゆっくりとたばこをすりつけるように押し潰《つぶ》した。

「紳士諸君、ハルキスが自分で赤いネクタイをしていると知ることができる場合がたったひとつだけあります。それは――色彩を視覚的に区別することができた場合です――ハルキスは眼が見えたのですよ！

しかし、ハルキスは眼が見えなかったはずだ、とおっしゃいますか？　そしてこれこそがぼくの、最初の一連の推理における重要な鍵なのです。なぜなら、フロスト先生が証言し、ウォーディス先生もそれを裏づけたとおり、ゲオルグ・ハルキスは実に独特のタイプの失明者であって、いつ視力が自然に復活してもおかしくなかったのですよ！　では、どういう結論が導き出されるでしょう？　すくなくとも、あの先週の土曜の朝、ゲオルグ・ハルキス氏は皆さんやぼくと同様に、眼が見えていたということになります」

エラリーは微笑んだ。「すぐに多くの疑問が生まれてきます。もし、実際に眼の見えない期間がそれなりに続いたあと、突然、視力が回復したのなら、なぜ家人にそれを――妹や、スローンや、デミーや、ジョーン・ブレットに、大喜びで知らせなかったのか。なぜ主治医に電話をかけなかったのか――そもそも、屋敷に招待している眼科専門のウォーディス先生に、なぜ知らせなかったのか。ただひとつの、心理的な理由のためです。ハルキスは自分の眼がまた見えるようになったことを誰にも知られたくなかった。まだ盲目であるとまわりに信じさせておいた方が、ある目的にかなうからです。では、その目的とはいったいなんだったのでしょう？」

エラリーは言葉を切り、深く息を吸った。ノックスは身を乗り出し、揺るぎない鋭い眼でじっと見つめている。ほかの面々も身を硬くして、じっと聴き入っている。

「それに関してはひとまずおいておきます」エラリーは静かに言った。「では、今度はパーコレーターとティーカップの手がかりに取り組むとしましょう。

表面的な証拠を見ていきますよ。小さいテーブルにのっていたお茶道具は、はっきりと、三人の人間がお茶を飲んだことを示していました。疑問の余地はありません。三つのカップは使用された場合に普通見られる、飲み残しの乾いたあとがあり、内側の縁のすぐ下には、茶しぶが輪になって残っていた。その場には、ひからびたティーバッグが三つ残っていましたが、新しいお湯につけてみたところ、どれもほとんど色が出なかったので、間違いなくそれらを使ってお茶をいれたのだと証明されました。さらには、搾ったあとのあるひからびたレモンが三つ、そして、使用されたしるしにうっすらと曇った銀のスプーンが三本——どうです、何もかも、三人の人物がお茶を飲んだことを示していると言っていいでしょう。さらに、このことは、すでに我々が知っている状況が真実であることを裏づけてくれます。つまり、ハルキスはジョン・ブレットに、ふたりの客が金曜の夜に来るはずだから、出迎えて書斎に通すよう指示していました——ということは、ハルキス本人も含めると、書斎には三人の人間がいたことになります。これもまた——表面的な補強材料となる証拠であります。

しかし——この〝しかし〟は途方もなく重大な〝しかし〟ですよ、紳士諸君——」エラリーはにんまりした。「パーコレーターの中を覗いてみると、すぐに、これらの証拠がどれほど表面的なものでしかなかったかが明らかになりました。まず、ここにあるものはなんでしょう？簡潔に言えば、水が多くはいりすぎたパーコレーターです。そこで我々は、水がはいりすぎているのを証明するために実験することにしました。パーコレーターの水をあけてみると、水は五つのカップを満たしました——正確に言えば、鑑識にまわすためにその古い水のサンプルを少々、瓶に取っておいたので、五杯目のカップはいっぱいというわけにはいきませんでしたが。

つまり、五杯分の水が残っていたわけです。その後、パーコレーターに新しい水を入れなおして、それをからになるまでカップに注いでみると、きっかり六杯分の水がはいっていたことがわかりました。ということはつまり、六杯分の水がはいるパーコレーターの中に——五杯分の古い水が残っていたことになります。しかし、もしもハルキスとふたりの客が、表面的な証拠が示しているように、三杯分の水を使ってお茶をいれたのであれば、どうしてそんなことが起こり得たのでしょうか？　我々の実験によって、パーコレーターの中の水は三杯分ではなく、ただ一杯分しか使われていないと判明しています。これは、三人がそれぞれのカップに三分の一ずつのお湯しか入れなかったことを意味するのでしょうか？　それはありえません——どのカップの内側にも、縁のすぐ下に茶しぶの輪がついていて、どれもいっぱいになるまでお湯が入れられたことを表していました。では、パーコレーターから実際に三杯分のお湯が注がれたあとで、誰かが、カップ二杯分にあたる新しい水を注ぎ足した、という可能性はあるでしょうか。いや、それはないのです——ぼくが小瓶に取り置いた古い水を鑑識で分析した結果、パーコレーターに新しい水を注ぎ足した痕跡はないことが明らかになっています。

ということは、結論はひとつです。パーコレーターにあった水という証拠は本物ですが、三つのカップという証拠は本物でなかった。何者かがわざとお茶道具に細工をしたのです——カップもスプーンもレモンも——あたかも三人の人間がお茶を飲んだかのように。お茶道具に細工をした人間はたったひとつだけミスをおかしました——三杯分のお湯をパーコレーターからそれぞれのカップに注ぐかわりに、一杯分のお湯を三つのカップに使いまわしたのです。しかし、書斎に三人の人間がいたことは——来客がふたりあったことと、ハルキス自身が出していた指示とで——もうすでに事実として受け入れられているのに、なぜわざわざ、三人の人間がいたように見せかける手間ひまをかけたのでしょうか。ただひとつ、可能性のある理由があります——三人がいたという事実を裏づけるためです。ですが、実際に三人の人間がいたとすれば、すでに確立された事実をなぜ裏づける必要があったのでしょうか？

奇妙に思われるでしょうが、それは単に、三人の人間がいなかったからであります」

エラリーは一同を、勝ち誇った熱っぽいきらめく眼でじっと見つめた。誰かが——それがサンプスンであるのに気づいて、エラリーは愉快でしかたがなかった——感嘆のため息をもらした。ペッパーはエラリーの講義に心から聴き入っており、警視はしょげた顔で何度もうなずいていた。ジェイムズ・ノックスは顎《あご》をさすり始めた。

「おわかりでしょう」エラリーはとっておきの講義用の鋭い口調で続けた。「もし三人の人間が実際にいて、全員がお茶を飲んだとすれば、パーコレーターの中から三杯分の水が減っていたはずなのです。さて、ここで、全員が飲んだわけではなかったと仮定してみましょう——この禁酒法のご時世、お茶のような弱い飲み物を断る人もいないことはない。それはそれでかまいません。何も悪いことじゃない。それならなぜ、全員が飲んだように見せかけるために、こんなめんどくさい手間ひまをかけたのでしょう？　もう一度言いますが、それはただ、当然の事実とすでに認められた状況を、ハルキス自身が——ここが重要ですよ——わざわざ裏打ちするためだけなのです。一週間前の金曜の夜、すなわち、グリムショーが殺された夜は、間違いなく、書斎に三人の人間がいたのだと」

エラリーは早口に続けた。「さて、我々は興味深い問題に直面することになりました。もし、いたのが三人でなかったとすれば、実際は何人いたのでしょうか。そう、三人以上いたかもしれない。四人でも、五人でも、六人でも、何人でも、ジョーン・ブレットがふたりの客を迎え入れて、飲んだくれたアランをちゃちなベッドに押しこんでやるために二階に引きずっていってしまったあとなら、書斎に侵入できた。しかし、いま我々がどれほど知恵を絞ろうと人数を知るのは無理ですから、三人以上いたと仮定しても、特にこれという結論は出せません。それに引き換え、三人未満だったと仮定するならば、有望な結論に至る道が見えてきます。ひとり、ということは絶対にありません、なぜなら実際にふたりの人間が書斎にはいるところを目撃されているからです。そして我々はすでに、何人だったにせよ、三人であるはずはないということを明らかにしました。ということは、ふたつ目の仮説において——三人未満しかいなかったという仮説においてですが——残る可能性はひとつしかない。そう、ふたりだったに違いないのです。

そこにいたのがふたりだったとすれば、我々の前に立ちふさがる問題はなんでしょう? 我我は、ふたりのうちひとりがアルバート・グリムショーだったことを知っています——ブレットさんが姿を見て、間違いなくグリムショーであると確認しています。さて、すべての蓋然性《がいぜんせい》の法則に照らしあわせれば、ふたりのうちもうひとりは、ハルキス本人だったはずです。それが本当なら、屋敷にグリムショーと一緒にはいってきた男は——ブレットさんの表現によれば、

〝目元まで隠した〟覆面男は――ハルキスだったに違いありません！　しかし、そんなことがありえるでしょうか？」

エラリーはまた新しいたばこに火をつけた。「間違いなく、ありえるのです。ある興味深い状況がそれを裏づけていると言えるでしょう。思い出してください、ふたりの訪問客が書斎にはいっていった時に、ブレットさんは部屋の中を覗ける位置にいませんでしたね。実際、グリムショーの連れは、まるで部屋の中に何があるのかを――もしくは、ないのかを――ひと目も見せまいとするかのように、ブレットさんを押しのけました。たしかに、この行動にはいくらでもほかの説明がつけられるでしょうが、ハルキスがグリムショーの連れであるという仮説に対して、この推測は実にしっくり合います。なぜならもちろん、ハルキスはブレットさんに書斎を覗かれて、中にいるはずの自分がいないことに気づかれたくなかったからです……さて、ほかに何かあるでしょうか。そうそう――グリムショーの連れの特徴はどんなものだったでしょう。体格はハルキスの背格好とよく似ていました。それがまずひとつです。さらにもうひとつ、シムズ夫人の大事な猫のトッツィの一件がある。グリムショーの連れは猫を見ることが、で、き、たのです。なぜならその猫はドアの真ん前の敷物の上でじっと寝そべったまま動かずにいたのですが、覆面の男は、片足を宙に浮かせたままいったん動きを止め、わざわざよけて通りました。もし眼が見えなければ、猫を踏むのを避けることはできなかったはずです。これもまた話が合う。なぜなら、我々はネクタイについての推理で、ハルキスがこの翌朝はもう眼が見えており、見えないふりをしていただけだと証明しました――そして、ハルキスの視力は、一週間前の木曜以降のどこかの時点で回復したのだと仮定するのは理の当然であります。ウォーディス博士がハルキスの眼を最後に診察したのがその日だという事実があるからです――ふたりの客が訪問する出来事の前日に。

さて、このことは、ぼくが先に呈《てい》した疑問に対する解答を提供してくれるのです――なぜハルキスは視力が戻ったことを黙っていたのか。答えはこうです。もしグリムショーが殺されて発見されて、ハルキスに疑いが向けられたとしても、眼が見えないことをアリバイに、無実を証明することができるでしょう――ハルキスは眼が見えないのだからグリムショーを殺した謎の男であるはずはない、と言えるからです。ハルキスは自分の小細工を、物理的にどう工作したのかという説明は実に単純です。問題の金曜の夜、お茶の用意を整えるように命じ、家政婦のシムズ夫人が休んだあと、ハルキスはコートを着こみ、山高帽をかぶり、こっそり屋敷の外に出て、あらかじめ待ち合わせをしていたグリムショーと落ち合い、グリムショーと一緒に、あたかも待ち受けていたふたりの訪問客のひとりのような顔をして、屋敷にはいりなおしてきたのです」

ノックスは椅子の中で身じろぎひとつしなかった。ふと、何か言いたそうな顔をしたものの、またたいただけで、沈黙を守っていた。

「さて、ハルキスが陰謀をくわだて、小細工を弄《ろう》したに違いないという仮説を裏づける、どんな確証を我々は持ち合わせているでしょうか」エラリーは快活に続けた。「まずひとつは、ハルキス自身が指示をすることでブレットさんに、三人の人間がいると思いこませた事実があります——ふたりの客が来る、そのうちのひとりは身元を隠したがっていると、わざと言ったのです。もうひとつは、ハルキスが視力を取り戻したことを、わざと隠したことです——これはゆゆしき状況証拠と言えましょう。さらにもうひとつ、グリムショーはハルキスが死ぬだいたい六時間から十時間前に絞殺《こうさつ》されたと、我々は知っています」

「それにしても、ずいぶん馬鹿な失敗をしたもんだな！」地方検事がつぶやいた。

「なんのことです？」エラリーは愛想よく訊いた。

「ハルキスが三つのカップにお茶をいれた細工をするために、一杯分の同じお湯を使いまわしたことだよ。それ以外のことは実に巧妙なのに、まったく馬鹿なまねをしたと思うがね」

ペッパーが若者らしい熱意に突き動かされたように、口をはさんできた。「検事、私の考えでは」検事補は言った。「クイーン君に敬意を払いつつ、私にもひとつ意見を言わせていただくと、実は失敗ではなかったのかもしれません」

「どういった意味です、ペッパー検事補？」エラリーは興味を表して訊ねた。

「いや、たとえばハルキスはパーコレーターの中身がいっぱいだったと知らなかったのかもしれないだろう。半分くらいしか水がはいっていないと思いこんでいたのかもしれない。でなければ、そのパーコレーターは水をいっぱいに入れると、カップ六杯分のお湯がとれると知らなかったのかもしれない。どちらにしても、その一見、馬鹿げた行動の正当な理由になる」

「一理ありますね」エラリーはにっこりした。「すばらしいです。さて、ここまでの事件に関するぼくの解釈にはいくつか疑問点が残っていますし、そのどれも、決定的な解決をすることはできませんが、推理によってそれなりに納得できる答えを出すことはできます。疑問点のひとつとして、まずはハルキスがグリムショーを殺したのであれば、動機はなんだったのでしょうか。我々はグリムショーがひとりきりで前の晩にハルキスを訪ねてきたことを知っています。そして、この訪問があってから、ハルキスが顧問弁護士のウッドラフに、新しい遺言書を作るように指示を出したことも知っている——実際、ハルキスはその夜遅く、ウッドラフに電話をかけています。ということはよほど緊急の——切迫した用件だったに違いない。新しい遺言書で変更されたのは〈ハルキス画廊〉という莫大な遺産の相続人だけで、ほかに変えられた部分は何もありません。新しい相続人が誰なのかを秘密にするために、ハルキスは細心の注意を払い——顧問弁護士にさえも知らせませんでした。その新しい相続人はグリムショーである、もしくは、グリムショーの代理人をつとめる何者かであると推測しても、的はずれではないでしょう。しかし、なぜハルキスはそんなへんてこきわまりないことをしたのか。答えはもちろん、脅迫ですよ。グリムショーの人間性と、前科を考えあわせれば、明々白々だ。グリムショーには職業的なつながりもあったことも忘れないでください。かつて、この男は美術館員であり、とある絵画の窃盗未遂で刑務所送りになった。そのグリムショーに脅迫されていたのですよ、しかも同じ美術業界にいた事実も考えれば、ハルキスは何か弱みを握られていたということになるでしょう。それが動機である可能性が高い、ぼくはそう思います。グリムショーは業界でハルキスが関わる闇の一面、あるいは美術品のいかがわしい取引に関係する弱みを握っていたのですよ。

ここまでぼくが述べてきた動機はあくまで仮説でしかないと承知のうえで、ひとつ、この仮説を基礎として事件全体を再構築させていただきましょう。グリムショーは、木曜の夜にハルキスを訪ねてきました——その訪問でおそらく、この前科者はハルキスに最後通牒なり脅迫なりを突きつけます。ハルキスはグリムショー、もしくはその代理人に対価を支払うために遺言書を書き換えました——調べればきっと、実はハルキスが財政的に逼迫《ひっぱく》しており、現金で支払うことができなかったとわかるはずです。ところがハルキスは、顧問弁護士に新しい遺言書を作るように指示したものの、たとえ遺言書を書き換えたところで、いつまた脅迫が繰り返されるかわからないと思った、でなければ、完全に心変わりしたのでしょう。なんにせよハルキスは、支払うよりもグリムショーを殺すことを選んだ——ついでに言えば、ハルキスがそう決断したという事実は、グリムショーが誰かの代理人などではなく、自分の利益のために脅迫していた張本人であることを、強く示唆《しさ》しています。そうでなければ、グリムショーひとりが死んだところで、たいしてハルキスの得になりません。殺された男のうしろに控えていた黒幕が、脅迫を引き継ぐだけです。ともかく、翌日の夜、つまり金曜日に、グリムショーは新しく作りなおされた遺言書を自分の眼で確かめに来て、ハルキスが用意していた罠に落ち、殺されたのです。ハルキスは死体をどこか近場に隠しますが、おそらく、永久に始末できる場所に移すまで、一時的に保管するつもりだったのでしょう。ところがここに運命が足を踏み入れ、ハルキスは、過酷な出来事が立て続けに起きた心労から、その翌朝に心臓発作を起こし、死体を永遠に始末するという仕事をしめくくる前に、死んでしまったのです」

「いや、ちょっときみ――」サンプスンが言いかけた。

エラリーはにんまりした。「わかってますよ。こう言いたいんでしょう。ハルキスがグリムショーを殺して、自分自身も死んでしまったのなら、当のハルキスの葬式が終わったあとで、ハルキスの棺にグリムショーの死体を入れたのは、誰なのか？

明らかに、それはグリムショーの死体を発見し、ハルキスの墓を永遠の隠し場所として利用した何者かに違いありません。たしかにそうなのですが――この謎の墓掘人《はかほりにん》はなぜ、こっそり死体を埋めたりせずに、おおやけにしなかったのでしょうか。なぜ、死体を発見したことを誰にも言わなかったのでしょう。おそらくその人物は、罪人の正体に気づいたか、でなければ、間違った人間を疑ったかして、事件を永遠に闇に葬るために、死体をこのような方法で始末したのです――死者の名を守るためか、生きている人物の命を守るためかはわかりませんが。真相がどうだったにせよ、我々の容疑者リストの中に、この推理にぴたりと当てはまる人間が、すくなくともひとりいます。それは、銀行から預金を全額引き出し、いつでも連絡がつけられるようにしておくようにと特別に指示を出されたにもかかわらず行方をくらました人物です。それは、墓がまったく思いがけずにあばかれてグリムショーの死体が発見されたことで、万事休すと悟り、すっかり震えあがり、怖気《おじけ》づいて、逃げ出した人物です。もちろん、ぼくが言っているのは、ハルキスの甥の、アラン・チェイニーですよ。

というわけで、ぼくは思うのですが、紳士諸君」エラリーは、鼻持ちならないほど気取ったふうに見えなくもない、満足げな微笑みを浮かべてしめくくった。「チェイニーを見つければ、この事件はきれいにすっかり解決することでしょう」

ノックスは、たとえようのないほど奇妙な表情を浮かべていた。警視は、エラリーがとくとくと一席ぶちだしてから、初めて口を開いた。「しかし、ハルキスの壁の金庫から新しい遺言書を盗んだのは誰なんだ。ハルキスはとっくに死んどった——ハルキスにできるはずはない。チェイニーか？」

「おそらく違いますね。だって、遺言書を盗む誰よりも強い動機を持っていたのは、ギルバート・スローンですよ。新しい遺言書によって影響を受けるのは、あの男だけだ。ところで、もしもスローンが遺言書を盗んでいたとしたら、殺人事件と遺言書の窃盗はなんの関係もないということになります——偶然、同時に起きてしまった些細な事件にすぎない。もちろん、我々は遺言書を盗んだのがスローンであると断定する証拠を何ひとつ持っていません。一方で、チェイニーを発見すれば、遺言書を破棄《はき》したのはチェイニーであると、きっとわかるでしょうね。グリムショーの死体を埋めた時に、チェイニーは新しい遺言書が棺の中に隠されているのを見つけたに違いありません——遺言書を隠したのはスローンでしょう——それを読み、新しい相続人がグリムショーであると知って、鋼《はがね》の箱ごと遺言書を持ち出し、破棄したのです。新しい遺言書を破棄してしまえば、ハルキスは遺言をのこさずに死んだことになるので、ハルキスのもっとも近い親類であるチェイニーの母親が、遺言検認判事の裁定により、のちに遺産のほとんどを相続するというわけですよ」

サンプスンはどうだろうかという顔をしていた。「しかし、殺人の前の晩にグリムショーのホテルの部屋に次から次へ押し寄せた訪問客の件は？　連中はどこに関係する？」

エラリーはひらひらと手を振った。「枝葉末節ですね、サンプスン検事。別に重要なことじゃない。だいたい――」

誰かがノックしたので、警視はいらだって答えた。「どうぞ！」ドアが開くと、小柄で冴えないジョンソンという刑事が現れた。「うん、なんだ、ジョンソン？」

ジョンソンは足早に部屋を突っ切ると、警視の椅子の上にかがみこんだ。「あのブレットって娘っ子がすぐそこにいます、警視」小声で言った。「どうしてもここに来ると言ってきかないんです」

「わしに会いにか」

ジョンソンは申し訳なさそうに言った。「それがその、エ、ラ、リ、ー・ク、イ、ー、ンさんに会いたいと……」

「入れてやれ」

ジョンソンは客人のためにドアを開けた。男たちは立ち上がった。ジョーンはグレーと青の服に身を包み、いっそう愛らしく見えたが、瞳に悲壮な色を帯び、戸口で気おくれしたようにもじもじしていた。

「クイーン君に会いたいそうだが」警視はぴしゃりと言った。「いま、取りこみ中なんだ、ブレットさん」

「あの、でも――重要なことかもしれないと思ったんです、クイーン警視さん」

エラリーが素早く割りこんだ。「チェイニーから連絡があったんですね！」しかし、ジョーンはかぶりを振った。エラリーは眉を寄せた。「そうだ、うっかりしていた。ブレットさん、ご紹介します、こちらがノックスさん、サンプスンさん……」地方検事は会釈をした。ノックスは「よろしく」と言った。やや気まずい沈黙があった。エラリーが娘に椅子をすすめて、一同は腰をおろした。

「わたし――どこから、どんなふうにお話を始めればいいのかわからなくて」ジョーンは手袋をいじくりながら言った。「わたしのことを馬鹿だとお思いになるかもしれませんね。ほんとに馬鹿馬鹿しいくらい小さなことなんですもの。でも……」

エラリーは勇気づけるように言った。「何か発見したんですか、ブレットさん。それとも、何か言い忘れたんですか？」

「はい。それはあの、つまり――言い忘れたんです」ジョーンは、いつも出している声の幽霊のような、か細い声で答えた。「実は――ティーカップのことで」

「ティ、ー、カ、ッ、プ、！」その単語はエラリーの口からミサイルのように飛び出した。

「あのう――はい、そうですけれど。それは、最初に質問をされた時に、わたしは本当にすっかり忘れていたんです……いまになって急に思い出して。わたし、ずっと――ずっと、事件のことをいろいろ思い返していたんです」

「どうか続けてください」エラリーは鋭く言った。

「あれは――お茶道具がのった小さいテーブルを、机のそばから壁のくぼみに移動した日のことなんですけれど。わたし、人が通るのに邪魔にならないようにと思って――」

「それはもう前に聞きました、ブレットさん」

「でも、全部じゃなかったんです、クイーンさん。あのティーカップには違っていた点があったのを、いまになって思い出したんですもの」

エラリーは、まるで山頂に座する仏像のように、父親の机に坐っていた。異様なほど静かに……それまでの自信満々な態度はふっとんでしまっていた。ただただ、呆けたようにジョーンを凝視していた。

娘は少し早口になって続けた。「あの、あなたが書斎でティーカップを見つけた時には、使われたカップは三つありましたけれど――」エラリーのくちびるが、声もなく動いた。「いまになって思い出してみると、葬儀のあった午後に、わたしがテーブルを移動した時には、使ったカップはひとつしかなかったんです……」

エラリーがいきなり立ち上がった。顔からは一切の余裕が消え去り、みるみるうちにこわばって、ぞっとする表情に変わっていた。「よくよく慎重に考えてください、ブレットさん」その声は割れていた。「これはとてつもなく重大な情報です。あなたはいま、今週の火曜に、机のそばからテーブルを壁のくぼみに移動した時に、盆の上には使っていないきれいなカップがふたつあった――使ったあとはひとつにしか残っていなかったと言うんですか」

「そうそう、そのとおりですわ。絶対に間違いありません。だって、はっきり思い出せるんですもの、ひとつのカップにほとんどいっぱい、冷たくなった古いお茶がはいっていて、受け皿にひからびたレモンがひと切れのっていて、スプーンが一本汚れていたのを。お盆の上にあったほかの物は全部きれいで――全然使われていなかったんです」

「レモン用の小皿には、レモンが何切れありましたか」

「ごめんなさい、クイーンさん、そこまでは覚えていません。わたしの国ではレモンなんて使いませんの。あれはロシアのいやらしい習慣ですわ。しかもティーバッグなんて！」ジョーンは身震いしてみせた。「ともかく、カップについては絶対にたしかです」

エラリーは食いさがった。「それはハルキスさんが亡くなったあとですか？」

「ええ、そうです」ジョーンはため息をついた。「亡くなったあとどころか、葬儀のあと――火曜日のことですわ」

エラリーの歯が下くちびるに食いこんだ。その眼は石のようだった。「本当にお礼の言いようもありません、ブレットさん」低い声だった。「おかげで、とんでもなくやっかいな立場に陥《おちい》らずにすんだ、あなたは恩人だ……どうぞ、もうお帰りいただいて結構です」

ジョーンは恥ずかしそうに微笑むと、温かな賞賛、誉め言葉のひとつも期待するかのように見回した。誰ひとりとして、ほんの少しでもジョーンに関心を向けている者はいなかった。ひとり残らず、からかうような妙な眼でエラリーを見つめていた。ジョーンはひとことも言わずに立ち上がると、部屋を出ていった。ジョンソンがあとを追って部屋を出ると、ドアをそっと閉めていった。

最初に口を開いたのは、サンプスンだった。「まあ、なんだな、きみ、たしかに大失敗だったね」そして優しく言った。「おいおい、エラリー君、そう深刻に気に病むんじゃない。誰だって失敗はするものさ。それに、きみの失敗は、とても頭のいい失敗だったよ」

エラリーは力なく片手を振った。頭が胸にくっつくほどうなだれて、声は聞き取れないほどくぐもっていた。「間違いですって、サンプスン検事? まったく言い訳の余地もない大馬鹿者だ。鞭で打たれて、しっぽを巻いて家に追い返されるのが似合いの、どうしようもない……」

ジェイムズ・ノックスが突然、立ち上がった。そして、おもしろそうな光をたたえた聡《さと》い眼で、しげしげとエラリーを観察した。「クイーン君。きみの出した結論は、ふたつの主たる要素を土台にしたものだった――」

「わかっています、ノックスさん、重々わかっています」エラリーは呻いた。「お願いですから、傷口に塩を塗りこむのはやめてください」

「いまにきみにもわかるよ、お若い人」偉大なる人物は言った。「失敗は成功の母だということが……そう、ふたつの要素の話だったな。ひとつはティーカップだ。独創的な、実によく考えぬかれた説明だったよ、クイーン君、しかし、ブレットさんの落とした爆弾が一瞬で吹き飛ばしてしまった。いまのきみは、その場にふたりしかいなかったと主張する根拠を持っていない。きみはあそこにあったティーカップの状態から、最初から最後までふたりの人間、ハルキスとグリムショーしか関わっていなかったと判断した。あそこには三人の人間がいたように見せかける小細工がしかけられたはずだと。三人目の男などおらず、ふたり目の男はハルキス本人だったと」

「そのとおりです」エラリーはしょんぼりと言った。「でも、いまとなってみれば――」

「そのとおりじゃなかったな」ノックスは優しい声で言った。「なぜなら、その場には三人目の男がいたからだ。そして私はそのことを推理ではなく、直接の方法で証明できる」

「なんですって？」エラリーの頭は、ばねにはじかれたようにはね上がった。「どういうことですか、ノックスさん。三人目がいた？　あなたが証明できる？　どうして知ってるんです？」

ノックスはくすくす笑った。「私は知っているんだよ」大人物は言った。「なぜなら三人目の男は私だったからね！」

16　……刺激

何年もたってから、エラリー・クイーン君はこの瞬間を思い出して、悲しげに述懐《じゅつかい》したものである。「ぼくがおとなになったのは、ノックスの啓示を受けた日だよ。あれでぼくは、自分自身と自分の頭脳が持つ能力についての概念を、根本的に変えられたんだ」

あんなにぺらぺらと調子にのって説明してみせた、緻密《ちみつ》に組みあげた推理の塔は、ひっくり返り、エラリーの足元でこなごなにくだけ散った。もしも単に推理に失敗しただけで、あれほど強烈な屈辱というおまけがなければ、そう自尊心を破壊されることはなかっただろう。あの時のエラリーは〝かっこよかった〟。たいそう賢く、頭がきれて……。その場の事情が――っまり、偉大なるノックスが同席していたという事情が――あったからこそ、お偉いさんの前でいいところを見せて、鼻を明かしてやろうと思いついてしまったのだが、かえって白い眼に囲まれ、恥じ入って、頬を真っ赤に燃やすはめになったのである。

エラリーの頭は狂ったように猛回転し、容赦《ようしゃ》ない事実をどうにかこうにか受け止めつつ、自分がどれほど未熟で愚かな青二才であったのかを、なんとかして忘れようとしていた。が、パニックのさざなみがいくつも脳に打ち寄せ、思考の明晰さを曇らせるのだ。しかし、わかったことがひとつだけある――ノックスのことをもっと知らなければだめだ。ノックスの驚くべきあの発言。ノックスが三人目の男だと？　ハルキスは――ティーカップを手がかりに組み立てたハルキスに対する糾弾どころか、三人目の男に関する推理は――すべて崩れ去った……待てよ、眼が見えるか見えないかについての推理！　あれも根拠の薄いでたらめな推理だったというのか？　もう一度、考えてみる必要がある、別の説明を見つけ出さなければ……

ありがたいことに、椅子の中で坐りなおし、うずくまったエラリーを、まわりの一同は眼中に入れていなかった。警視は熱烈に質問を浴びせかけて、大人物の注意を一身に引きつけていた。問題の夜に何があったんです？　ノックスさんともあろうおかたが、なぜグリムショーなどと同行することに？　あの訪問にはいったいどういう意味が……

ノックスは、鋭い灰色の眼で警視とサンプスン検事を値踏みするように見比べつつ、説明を始めた。たしか三年ほど前と思われるが、実はハルキスが、上得意のひとりであるノックスに奇妙な提案を持ちかけてきた。その話というのが、ハルキスは本来なら金《かね》では買えないほど価値ある絵画を所持しているのだが、もしもノックスが絶対に誰にも見せないと約束するなら、ゆずってもいいと言うのだ。奇妙な申し出だ！　ノックスは警戒した。その絵はどういうものだ？　なぜ隠さなければならない？　それに対してハルキスは一応の誠実さを見せた。その絵はロンドンのヴィクトリア&アルバート美術館所蔵のものだ、とハルキスは説明した。美術館は百万ドルの値をつけ……

「百万ドルって、ノックスさん」地方検事は訊ねた。「私は美術品のことはよく知りませんよ、でも、最高の傑作だかなんだか知りませんが、いくらなんでもその値段は高すぎやしませんか」

ノックスはくすりと笑った。「この傑作に関しては高すぎるということはないな、サンプスン君。レオナルドだからね」

「レオナルド・ダ・ヴィンチですか？」

「そうだ」

「しかし、私はてっきり、ダ・ヴィンチの傑作というのは全部――」

「この作品は、数年前にヴィクトリア&アルバート美術館が発見したんだ。十六世紀初頭のフィレンツェで、レオナルドがヴェッキオ宮殿の大広間の壁画を描き始めたのだが、それは結局、未完成に終わった。問題の作品は、その壁画の部分を描いた油彩画だ。長い話になるから、いまは詳しい説明はしない。美術館はこの貴重な作品を『軍旗の戦いの部分絵』と呼んでいる。私が保証するがね、レオナルドの新発見の作品なら、百万ドルでも安い」

「どうぞ、続けてください、ノックスさん」

「もちろん、私はどうやってハルキスがその絵を手に入れたのか知りたかった。そんな絵が市場に出ていたという情報は聞いたことがなかったからね。ハルキスははっきりしたことを言わなかった――ヴィクトリア&アルバート美術館のためにアメリカで、代理人として動いているのだと、私に思いこませた。美術館は絵の売却をおもてざたにしたくないのだ、とハルキスは言っていた――問題の絵が国外に持ち出されたと世間に知られれば、英国じゅうで非難の嵐がまき起こるだろうと。ハルキスはその絵を出してみせた。私は誘惑に負けた。言い値で買い取ったよ――七十五万ドル、安い買い物だ」

警視はうなずいた。「話の続きがだいたいわかる気がしますな」

「そうだろう。一週間前の金曜日、アルバート・グリムショーと名乗る男が私を訪ねてきた――いつもの私なら、どこの馬の骨ともわからんやからに会うはずもなかったが――その男は〝軍旗の戦い〟という走り書きのメモを一緒にことづけてきたので、会わないわけにいかなかった。色黒の小男で、ネズミのような眼をしていた。狡猾《こうかつ》な――手ごわい取引相手だった。とんでもない話を切り出してきた。要点をかいつまんで言うと、私がハルキスを信用して買い取ったレオナルドは、美術館が売りに出したものではなかった――盗品だったのだ。盗んだ張本人がグリムショーで、そのことを恥じるどころかまったく隠そうともしなかった」

サンプスン地方検事はすっかり話に聴き入っていた。警視もペッパーも身を乗り出していた。エラリーは微動だにしなかった。が、その眼はまたたきもせずにノックスを見つめている。

ノックスは早口になることもなく、冷静に、淡々と事実を語り続けた。曰く、かつてグリムショーはグレアムという仮名で、ヴィクトリア&アルバート美術館の職員として働き、五年の月日を費やして、そのレオナルドを盗み、それを持って合衆国に逃亡してきた。大胆な窃盗事件は、グリムショーが国外に脱出したあとで、ようやく発覚した。グリムショーはニューヨークのハルキスを訪ね、闇で売りさばこうとした。ハルキスは正直な人間だったが、熱烈な美術愛好家でもあった。世界でもゆびおりの名画のひとつを自分のものにできるという誘惑に勝てなかった。ハルキスはそれを買い取りたくなった。グリムショーは五十万ドルで、ハルキスに売り渡した。ところが、金が実際に支払われる前にグリムショーは、むかしの偽造事件がいまさらあだとなってニューヨークで逮捕され、シンシン刑務所で五年食らうことになった。時は流れ、グリムショーが逮捕されて二年の間に、どうやらハルキスは投資でとてつもない失敗をして、すぐに換金できる財産をほとんどすってしまったようだった。切羽詰まって、是が非でも現金が必要になったハルキスは、先に記したとおり、例の絵を七十五万ドルでノックスに買わないかと持ちかけた。ハルキスの作り話にだまされたノックスは、盗品であると知らずに絵を買い取った。

「一週間前の火曜にシンシンから釈放されたグリムショーがまず考えたのは」ノックスは続けた。「ハルキスに貸したままの五十万ドルを取り立てることだった。グリムショーは、木曜の夜にハルキスを訪ねて、貸してある金を払えと要求したそうだ。ハルキスはあいかわらず投資で失敗し続けていたんだろう、金はないと答えるしかなかった。グリムショーは、それなら絵を返せと要求した。とうとうハルキスは、絵を私に売ったことを白状しなければならなくなった。グリムショーはハルキスを脅した――金を払わなければ殺すと。ハルキスの前から引き揚げたグリムショーは、さっき話したとおり、その翌日、私を訪ねてきた。

ここまでくればグリムショーの目的は火を見るより明らかだ。あの男はハルキスに貸してある五十万ドルを私に肩代わりさせようというのだ。もちろん、私は断った。グリムショーは凶悪な本性を現し、私が金を払わないなら、盗品のレオナルドを私が違法に所有していることを世間に公表すると脅してきた。私は怒ったよ、ああ、はらわたが煮えくり返った」ノックスの顎《あご》がとらばさみのように、鋭い音をたてた。眼は灰色の炎を噴いている。「まったく腹がたつ、ハルキスめ、私をだまして、ひどい立場に追いこんでくれた。すぐさまハルキスに電話をして、私とグリムショーのふたりに会う約束を取りつけさせたよ。その約束した日が問題の夜――先週の金曜の夜だ。もちろん密談でなければ困る。秘密厳守を要求した。ハルキスはすっかりうろたえて、電話越しに約束した。家人は全員、外に出しておく、個人秘書のブレット嬢はこの件について何も知らないし口も堅い、だからこの秘書に私とグリムショーを出迎えさせる、と。こっちも危ない橋を渡るわけにはいかない。このうえなく汚い醜聞だからな。問題の夜、グリムショーと私はハルキスの家に行った。ブレット嬢が出迎えてくれた。ハルキスは書斎にひとりでいた。我々は、腹を割って話しあった」

エラリーの頬や耳からは、羞恥《しゅうち》の真っ赤な色も焼けつくような火照りも消え去っていた。いまではほかの面々と同じく、ノックスの話す物語に一心に耳を傾けていた。

開口一番、ノックスはきっぱりと意思を画商に伝えたらしい。なんとしてもグリムショーをなだめろ、ハルキスのせいで追いこまれたこの泥沼から、自分だけはどうしても救ってもらうぞ、と。切羽詰まったハルキスはおろおろと、本当に金は全然ないんだと言った。それでもハルキスは、最初にグリムショーが来てから必死に考えをめぐらした末、自分が自由にできる唯一の代価をグリムショーに支払う決心をしていた。その日の朝に作りなおして署名も入れておいた、新しい遺言書を差し出してきたのである。書きなおした遺言書では、〈ハルキス画廊〉の事業と施設の新しい相続人にグリムショーが指定されていた。グリムショーに借りている五十万ドルよりもはるかに価値ある財産だ。

「グリムショーは馬鹿ではなかった」ノックスは苦虫を嚙み潰《つぶ》したような顔で言った。「あっさりはねつけたよ。親類がその遺言書に異議を唱えれば、万にひとつも自分に勝ち目はない――そもそも、ハルキスが〝くたばる〟のを待たなければならないと、そう言った。とにかく、間違いなく換金できる株券か、現金で払ってもらう――いますぐにと。この取引に関わっているのは自分〝ひとりきり〟ではない、とも言っていた。相棒がひとりいる、とな。この相棒は、盗んだ絵に関するいきさつも、ハルキスが買い取ったことも、すべて知っているグリムショーを除いては世界で唯一の人間だ。前の晩、グリムショーはハルキスとの面会をすませてから、相棒と落ち合い、〈ホテル・ベネディクト〉の自分の部屋に連れていき、ハルキスがレオナルドを私に売ったことを相棒に話したそうだ。自分も相棒も、遺言書だのなんだの物々交換めいた取引は望んでいない。すぐに現金を払うのが無理なら、持参人払いの約束手形という形の支払いでもかまわないと――」

「相棒を守るためだな」警視はつぶやいた。

「そのとおり。持参人払いにしておけば、身元を特定されないからな。ひと月以内にどんなことをしても五十万ドルの金を作れ、ハルキスの〈画廊〉を競売にかけてでも耳をそろえて返せ、というわけだ。そこでグリムショーはいやらしい笑いかたをして、自分を殺しても何もならない、相棒がすべてを知っているから、もしも自分に何かあれば、地の果てまでもハルキスと私を追いつめるだろうと言った。その相棒の名前は絶対に言うつもりはない、と、意味ありげにウィンクしてみせた……下衆《げす》のきわみだ、あの男は」

「まったくです」サンプスンは眉を寄せていた。「いまのお話で、事件の様相がだいぶ変わりました、ノックスさん……グリムショーの考えか、相棒の考えかわかりませんが、どっちにしろ悪知恵の働く奴だ——主犯はおそらく相棒の方でしょう。ともかく、相棒の正体を秘密にしておけば、仲間であるグリムショーの身も守れるというわけだ」

「まさにそのとおりだよ、サンプスンさん」ノックスは言った。「先を続けよう。ハルキスは眼が見えなかったが、持参人払いの約束手形を書いて署名し、グリムショーに渡した。グリムショーはそれを受け取ると、持っていたぼろぼろの札入れにしまいこんだ」

「札入れは発見しています」警視が険しい口調で割りこんだ。「中身は何もはいっていませんでしたが」

「知っている、新聞で読んだ。それはさておき、私はハルキスに、これで今回の出来事から私は一切の手を引くと言い渡した。今度のことはいい薬になっただろうと。我々が出ていく時のハルキスはただの、打ちのめされた盲目の老人だった。やりすぎたんだよ、あの男は。しくじったんだ。私はグリムショーと一緒に屋敷を出た。運がよかった、誰にも見られずにすんだからな。外に出た私は玄関の踏み段でグリムショーに、この先、私に関わらずにいるかぎり、今度のことをすべて忘れていてやる、と言ってやった。よくもこの私をこけにしてくれた！　もうたくさんだ」

「最後にグリムショーと会ったのはいつですか、ノックスさん」警視が訊いた。

「その時が最後だ。やっかい払いできて、せいせいしたよ。あのあと、私は五番街の角まで道を渡ってタクシーを拾って、家に帰った」

「グリムショーはどこにいましたか」

「最後に見た時、あの男は歩道に立って私をじっと見つめていた。ああ、気のせいじゃない、いやらしい笑いを浮かべていた」

「ハルキスの屋敷の真正面でですか」

「そうだ。話はまだ続きがある。その次の日の午後、すでに私はハルキスの死の知らせを聞いていたが――先週の土曜のことだ――ハルキスからの私信を受け取った。消印から、それが午前中、ハルキスが亡くなる前に投函されたとわかった。きっと金曜の夜にグリムショーと私が屋敷を出たあとに書いて、その翌朝に投函したんだな。それをここにお持ちしたんだが」ノックスはポケットのひとつに手をつっこむと、封筒を取り出した。手渡された警視は、中から一枚の便箋《びんせん》を取り出すと、みみずがのたくったような文字で書かれた文面を読みあげた。

親愛なるJ・J・Kへ
今夜のことで、きっときみは私に失望しただろう。どうしようもなかった。金を失くして、ああするしかないと思いつめたのだ。きみを巻きこむつもりは毛頭なかった。まさかあの悪党のグリムショーがきみに近づいてゆすろうとは、夢にも思わなかった。今後一切、きみに迷惑がかかることはないと約束する。私が、なんとしてもグリムショーと相棒に沈黙を守らせる。たとえ、私の事業を売り渡し、私個人の美術コレクションをオークションにかけ、必要なら、私の生命保険を担保に金を借り、どんな手を使ってでも、絶対に黙らせてみせる。きみは安全だ。例の絵をきみが持っていることを知るのは、この世できみと私とグリムショーだけ――いや、その相棒も含めて、四人だ。そのうちのふたりについては、私が要求をのむことで沈黙させる。私自身は、今回のレオナルドの件について誰にも――私の右腕のスローンにさえ、喋っていない……K

「これが例の手紙に違いないな」警視は唸り声を出した。「先週の土曜の朝に、ハルキスがブレットの娘っ子に投函させたやつだ。悪筆といえば悪筆だが、眼が不自由で書いたにしてはなかなかうまい」

エラリーがそっと訊ねた。「このことはまだ誰にも話していないのですか、ノックスさん」

ノックスは鼻を鳴らした。「ああ、誰にもだ。先週の金曜まで、当然、私はハルキスの大ぼらを本当のことだと信じきっていた——美術館がことをおおやけにしたくない云々という話をな。我が家には、私のコレクションを見に、客が頻繁《ひんぱん》に訪れる——知人や、蒐集家《しゅうしゅうか》や、愛好家といった連中だ。レオナルドは客の目につかない場所にずっと隠しておいた。誰にもひとことも言っていない。先週の金曜以降は、もちろん、ますます話す理由はなくなった。だから、私のまわりには、レオナルドの絵の存在も、私が持っていることも、知っている人間はひとりもいない」

サンプスンは困惑した表情を浮かべていた。「もちろん、気がついておいでですよね、ノックスさん、あなたが現在、微妙な立場におられることは……」

「ええ？　なぜだね？」

「つまり、私が申しあげたいのは」サンプスンは口ごもりながら続けた。「そのう、あなたが盗品を所持しているという状況は、ええ、平たく申しますと——」

「サンプスン検事が言おうとしているのは」警視が説明した。「法的には、あなたのしたことは重罪の私和《しわ》、つまり、内々の話しあいで重罪を闇に葬ろうとした裏取引にあたる、ということです」

「何を馬鹿な」ノックスは急に咽喉《のど》の奥で笑いだした。「あなたがたは、どんな証拠を持っているのかな」

「あなたが絵を所持していると認めた事実が、証拠です」

「はっ！　もし、私がその話を否定したらどうなるかな」

「いまさら、そんなことはしないでしょう」警視は淡々と言った。「わしはそう信じています」

「絵そのものが、いまの話を証明するはずです」言いながら、サンプスンは不安げにくちびるを噛んでいた。

ノックスはあいかわらず上機嫌だった。「その絵が見つかるかな、諸君？　あのレオナルドがなければ、あなたがたは手も足も出せないんだろう。ああ、指いっぽんもな」

警視の眼が険しくなった。「つまりノックスさん、あなたはその絵を故意に隠し続けるつもりだということですか——警察に渡すことを拒否し、所持している事実も否認すると」

ノックスは顎をさすり、サンプスンから警視に視線を向けた。「いいかな。あなたがたは間違った方向から、この件に取り組もうとしている。あなたがたが捜査しているのはなんだね——殺人事件かな、ただの重犯罪かな？」ノックスは笑顔だった。

「ノックスさん、わしの気のせいでなければ」警視は立ち上がりながら言った。「あなたは非常におかしな態度をとっておいでだ。社会における、あらゆる種類の犯罪を捜査するのが、我々、警察の本分です。そもそも、そんな態度をとるつもりなら、なぜ、我々に洗いざらい話したりしたんです」

「そう、そこだ、警視」ノックスはきびきびと続けた。「ふたつの理由がある。ひとつには、この殺人事件を解決する手助けをしたかったからだ。ふたつには、私個人がかなえたい目的があるからだ」

「と言うと？」

「私はだまされた、ということさ。私が七十五万ドルを払ったレオナルドの絵は、全然レオナルドではなかったということだよ！」

「なるほど」警視は鋭い眼で大富豪を見た。「そういうことですか。で、その事実をあなたが知ったのは？」

「昨日だ。夜に知った。私がひいきにしている専門家に鑑定させた。口が堅いことは折り紙つきだ——あの男は喋らんよ。私があれを持っているのを知る唯一の人間だ。と言っても、昨日まではその男も何も知らなかったんだが。彼はあの絵が、レオナルドの弟子か、同時代の画家であるロレンツォ・ディ・クレディの作品だと考えている——レオナルドもディ・クレディもヴェロッキオの弟子だ。こんなのは全部、この男の言葉の受け売りだがな。完璧なレオナルドの技法で描かれていると——それでもレオナルド自身が描いたものではない、というあの男の意見は、いくつかの本質的な証拠にもとづいているのだが、それについていま説明するつもりはない。とにかくだ、あれはせいぜい数千ドルの価値しかないがらくたで……私はいいカモにされたわけだ。そんなくだらないものに、私は大枚はたいたというわけだ」

「なんにしろ、それはヴィクトリア&アルバート美術館の所蔵品であることにかわりはありませんよ、ノックスさん」地方検事はおそるおそる言った。「返却しなければなりませ——」

「ヴィクトリア&アルバート美術館のものだと、どうしてわかるのかね。私が買ったのは、誰かがどこかで掘り出した模写ではないという保証はあるか？　ああ、ヴィクトリア&アルバート美術館のレオナルドは本当に盗まれたのかもしれん。だからといって、私に売りつけた絵がそれであるということにはならん。グリムショーが私をだましたのかもしれない――私はそう信じているが。だましたのはハルキスだったかもしれない。しかし、いまさら知りようがないだろう。それで、あなたがたはこの問題をどうするつもりかね」

エラリーが言った。「ぼくはここにいる全員が、いまの話について完全な沈黙を守ることを提案します」

そうするしかなかった。いま、この場を仕切っているのはノックスだった。地方検事がもっとも困った立場に立たされていた。何やらさかんに警視に耳打ちしていたが、警視はひょいと肩をすくめただけだった。

「またぼくが醜態をさらすことになるのかもしれませんが、どうかご容赦ください」エラリーが珍しく謙虚に言いだした。「ノックスさん、金曜の夜に遺言書は実際、どうなったのでしょうか」

「グリムショーが提案を拒絶すると、ハルキスはおとなしく壁の金庫に引き返して、その中にある鋼《はがね》の箱に、遺言書をおさめて鍵をかけ、金庫を閉めていた」

「では、お茶の道具は?」

ノックスはぶっきらぼうに言った。「グリムショーと私は書斎にはいった。お茶の道具は机のそばの小さいテーブルに用意されていた。ハルキスは私たちにお茶を飲むかと訊いた――その時にはパーコレーターの湯が沸いてぼこぼこいい始めていたな。グリムショーも私も断った。そして話をしている間に、ハルキスは自分のお茶だけをいれて――」

「ティーバッグひとつとレモンひと切れを使ってですね？」

「そうだ。ティーバッグはそのあとで取り出していた。しかし、そのあとの話しあいがあまりに白熱して、お茶を飲むどころでなくなった。そのまま冷めてしまったのでね。結局、私たちがいる間は、まったくお茶を飲まなかった」

「盆の上には、これまで述べられてきたとおり、カップと受け皿が三組ありましたか」

「あった。ほかのふた組はきれいなままだった。どちらもお湯を入れなかったからな」

＊

エラリーは悔しさを押し殺し、氷のような声で言った。「ぼくはいくつかの間違った解釈を修正しなければなりません。端的に言えば、どうやらぼくは、実に頭のいい敵にいたぶられていたようです。策士のいいおもちゃにされた。

だからといって、個人的な思いに目をくらまされて、重大な問題を見失ってはならない。どうか、よく聞いてください――あなたに言っていますからね、ノックスさん、あなたにもです、お父さん、あなたにも、サンプスンさん、あなたにも、ペッパーさん。もしぼくがどこかで足をすべらせたら、遠慮なくご意見願います。

頭のきれる犯人は、ぼくが謎と見ればとことん追求せずにいられない性格だと確信したうえで、教訓を与えられたようにわざと偽の手がかりをこしらえ、ぼくが〝頭のいい〟解決を――つまり〝ハルキスが実は犯人だったとあばく〟解決を組みあげるように仕向けたのです。いまでは、ハルキスの死後数日間は汚れたカップがひとつしかなかったことがわかっていますから、三つのカップが汚れていたというのは、殺人犯によって仕込まれた〝小細工〟に違いありません。犯人はわざと、ハルキスがカップいっぱいに入れたものの口をつけなかったお茶だけを使い、ふたつのきれいなカップを汚したあとに、お茶をどこかに捨てて、パーコレーターにもともとはいっていた水をそのまま残し、ぼくに間違った推理をさせるように仕向けたわけです。ブレットさんが最後にカップの状態を見た時間帯が、証言で断定されましたから、三つの汚れたカップという偽の手がかりをハルキス本人が遺した可能性は、完全になくなります。なぜなら、ブレットさんがもとの状態のティーカップを見た時にはもう、ハルキスはとっくに死んで、埋められていたからです。そんな偽の手がかりを残す動機のある人間はたったひとりしかいない。殺人者本人です――いかにもぼく好みの容疑者をぼくのためにあつらえて、自分自身から疑いをそらそうとした人間ですよ。

では」エラリーは同じ冷えきった声で続けた。「ハルキスの眼が実は見えていたと思わせる手がかりについてですが……犯人は、思いがけなく転がりこんだ幸運な状況を利用したに違いありません。ハルキスの着替えの予定表を見つけたか、あらかじめ内容を知っていたかしたうえで、玄関前の広間のテーブルに〈バレット〉からの小包がのっているのを、おそらくはティーカップに細工をした時にでも気づき、色が食い違っていることをこれ幸いと利用して、小包をハルキスの寝室にある戸棚の引き出しにしまっておいた。ぼくがそれを発見し、推理の骨組みの一部として使うように、お膳立てしたのですよ。ここで疑問が生じます。その〝小細工〟

があったとしても、ハルキスは本当に眼が見えなかったのでしょうか、それとも、見えたのでしょうか。犯人は真相をどこまで知っていたのでしょう？　この最後の考察については、少しおいておきます。

　しかしながら、ひとつ、重要な問題があります。犯人が、ハルキスの死んだ土曜の朝に、予定表と違う色のネクタイを身につけさせるように仕向けることは不可能だったということです。ところで、仮にこれから先、〝やはりハルキスの眼は本当に見えなかった〟という前提で推理を進めていくのなら〝実はハルキスが視力を取り戻していた〟というぼくの推理の土台となった理屈の鎖は、どこかが間違っていたということになります。もちろん、眼が見えるようになっていたという可能性は残っていますが……」

「可能性はあるだろうが、蓋然性《がいぜんせい》はないだろうね」サンプスンは意見を言った。「きみも自分で指摘していたじゃないか、視力を取り戻したのなら、なぜそのことを黙っている必要があるんだ？」

「おっしゃるとおりです、サンプスンさん。どうやらハルキスは眼が見えなかったと思われます。ということは、ぼくの推理が間違っているのです。では、眼の見えないハルキスが、自分が赤いネクタイを締めているのを知っていた事実は、どう説明がつきますか？　デミーかスローンかブレットさんが、赤いネクタイをしている、とハルキスに教えた可能性はあるでしょうか。それなら筋は通る。一方で、全員が真実を語っているとすれば、説明はまだ宙をさまよっていることになる。満足のいく、かわりの説明を見つけることができなければ、我々はこの三人の誰かが嘘の証言をした、という結論を出さざるを得ません」

「あのブレットという娘っ子だがな」警視は不機嫌まるだしの声で言った。「わしが思うに、あれは信頼できる証人ではないぞ」

「そうやって根拠のない思いこみにしがみつく者は、正しい道にたどりつけないんですよ、お父さん」エラリーは首を横に振った。「推理の欠陥はいさぎよく認めなければ。そりゃ、ぼくだっていやですよ、自分の恥を白状するのは……ノックスさんがお話をされている間、ぼくはずっと頭の中で、あらゆる可能性を考え続けていました。そしていま、もともとのぼくの推理では、ひとつの可能性を見落としていたことに気づいたのです――これがもし本当なら、とてつもなく驚くべき可能性です。実は、たとえ誰からも教えられず、自分の眼で色を見ることができなくても、ハルキスが自分のネクタイは赤いという事実を知る方法がひとつあるのです……ぼくの考えが当たっているかどうかは、簡単に証明できます。ちょっと失礼」

エラリーは電話に歩み寄ると、ハルキス邸を呼び出した。皆は無言で見守っていた。一同はある意味でこれを、エラリーの実力をためすテストだと感じていたのである。「スローン夫人を頼む……ああ、奥さん、スローンさんですね？　エラリー・クイーンです。デミトリオス・ハルキスさんはご在宅ですか……それはよかった。いますぐ、センター街の警察本部に来るように伝えていただけますか――クイーン警視の部屋に……ああ、なるほど、そうですよね。わかりました、それならウィークスに付き添わせてください……そうです、奥さん。それから、いとこさんに、こっちに来る前にお兄さんの緑色のネクタイを一本持ってくるように言ってください。これは重要なことですから……だめです、デミーが何を持ってくるのか、ウィークスには言わないでください。ありがとうございます」

エラリーは受話器を一度がちゃんと置いてから、今度は警察本部の交換手と話し始めた。「ギリシャ人の通訳のトリーカーラをつかまえて、クイーン警視の部屋に来るように伝えてほしい」

「ぼくにはよくのみこめないんだが——」サンプスンが言い始めた。

「すみません、どうか」エラリーは新しいたばこに、落ち着いた手つきで火をつけた。「まず、ぼくに続けさせてください。どこまで話しましたっけ。ああ、そうだ——いまではもう、ハルキス犯人説が完全に崩れ去ったことは、すっかり明らかだ、というところまでしたね。なぜならこの説はふたつのポイントを根拠としたものだからです。ひとつ目は、ハルキスが本当は眼が見えた、ということ。ふたつ目は、先週の金曜の夜、書斎にはふたりの人間しかいなかったということ。このふたつ目の根拠はすでに、ノックスさんとブレットさんがこっぱみじんにしてくれました。そしてひとつ目ですが、これはあと数分のうちに、ぼくが自分の手で粉みじんにできると信じるのに十分な理由があります。言いかえれば、あの夜、ハルキスは本当に眼が見えなかったのだと証明できれば、グリムショー殺しにおいて、ハルキスは誰よりも疑う理由がなくなる。事実上、ハルキスは容疑者からはずすことができるというわけです。偽の手がかりを残す理由がある唯一の人間は真犯人ですし、手がかりはハルキスの死後に残されたものであり、そもそも、その手がかりはハルキスを犯人に見せかけるように仕組まれていた。つまり、ハルキスはすくなくともグリムショー殺しについては、無実ということになります。

さて、ノックスさんのお話から、グリムショーの殺された動機が、盗まれたレオナルドがらみであることは明白です――これについては、もとのぼくの推理と、そうかけ離れてはいません」エラリーは先を続けた。「盗まれた絵が動機である、という推理を裏づける根拠がひとつあります。棺の中でグリムショーの死体が発見された時、ノックスさんのおっしゃっていた、ハルキスがグリムショーに渡したという約束手形が、死体の財布からも着衣からも消えていました――明らかに、殺人者がグリムショーを絞殺《こうさつ》した時に持ち去ったのです。この約束手形を利用すれば、犯人はハルキスを恐喝できる。思い出してください、グリムショーが殺されたのは、ハルキスが死ぬ前の出来事です。ところが、ハルキスが思いがけずに死んでしまったので、殺人者がせっかく手に入れた約束手形は、文字どおりになんの価値もない紙くずになってしまった。なぜなら換金するために約束手形を提示する相手は、とっくに死んでいるハルキスにほかならず、他の人間に提示しようとすればきっと怪しまれて、警察の捜査がはいり、犯人にとって危険なことになりかねないからです。犯人が約束手形をグリムショーの死体からはぎとった時には、ハルキスがまだまだ生き続けるという前提でくすねたのでした。ある意味、ハルキスは死ぬことによって、減りつつあるとはいえそれでも五十万ドルの価値が残る遺産を守り、正当な相続人のために善行をほどこしたと言えるでしょう。

ところが、さらに重大な事実が生まれ出てくるのです」エラリーは言葉を切り、室内を見回した。警視の部屋のドアは閉まっていた。エラリーは部屋を突っ切って戸口に近づくと、ドアを開け、外を覗き見てから、また閉めて、もとの場所に戻ってきた。「これはとても重大なことなので」エラリーはいまだ悔しさのくすぶる声で説明した。「ここの事務員にさえ聞かれたくないのです。

いいですか。いま、ぼくが言ったとおり、死者、つまりハルキスに罪をかぶせる理由を持つ唯一の人間は、当然、殺人者ですね。そして、この殺人者は、ふたつの特徴をかねそなえているはずなのです。ひとつ目の特徴は、ティーカップに偽の手がかりを仕込めたのだから、葬儀のあと、火曜の午後にブレットさんがふたつのきれいなカップを見てから、金曜に我々が三つの汚れたカップを見るまでの間に、ハルキスの屋敷にはいりこむ機会があったこと。ふたつ目の特徴は、この汚れたティーカップは書斎にふたりしかいなかったと思わせるための小細工なわけですが、この小細工が成立するには、完全に条件が限定されるのです——ここが重要ですよ——つまり、ノックスさんが第三の人物は自分であるという事実、言いかえれば、書斎には間違いなく三人目の人物がいたという事実について沈黙を守り続けるという条件が不可欠なのです。

後者の特徴について、さらに掘り下げてみましょう。いまや我々も知ってのとおり、あの晩、書斎には三人の人間がいました。のちに、ふたりしかいなかったと思わせる目的でティーカップに細工をした者は誰であるにしろ、明らかに、その場に三人いたことも、それぞれの正体も知っていたはずです。ここでよく考えてください。その人物は警察に、〝書斎にはふたりしかいなかった〟と信じさせようとした。それはつまり、書斎にいた三人に沈黙を確実に守らせなければこの小細工は失敗するということですよ。さて、書斎にふたりしかいなかったと思わせようとした人物ですが、火曜と金曜の間のどこかで小細工をした時には、三人のうち、ふたりの沈黙については完全に信用できました——グリムショーは殺され、ハルキスは自然死している。死人に口なしだ。となると、第三の人物、ノックスさんだけが、ふたりしかいなかったという細工を暴露する可能性が残る。ところが、ノックスさんはぴんぴんして平穏無事に生きているのに、この人物はあえて小細工を実行しているのです。言いかえれば、この人物はノックスさんが沈黙を守るに違いないと確信していたわけです。ここまではよろしいでしょうか？」

一言半句聞き逃すまいと耳を澄ましつつ、一同はうなずいた。ノックスは異様なほど真剣にエラリーのくちびるを見つめている。「ですが、どうしてこの人物は、ノックスさんが沈黙を守ると、確信を持つことができたのでしょうか」エラリーはきびきびと続けた。「それにはただ、レオナルドに関するすべての事情を知り、ノックスさんが非合法な状況下でその絵を所有している事実を知ってさえいればいい。その場合に、そして、その場合にだけ、ノックスさんが先週の金曜の夜にハルキス邸にいた第三の男であることを自己保身のために黙っているはずだと、確信できるのです」

「きみは賢いな、お若い人」ノックスが評した。

「今回だけです」エラリーは、にこりともしなかった。「しかし、この分析におけるもっとも重要な部分はまだこれからです。いいですか、ノックスさん、その盗まれたレオナルドとあなたとの関係についてすっかり事情を知ることができる者とは誰でしょう？

消去法で考えていきましょう。

ハルキスは、手紙の中で自分は誰にも話していないと書き残しており、現在は死亡しています。

ノックスさん、あなたはひとりを除いて誰にも話していません――そのひとりは、純粋な論理によって除外できます。あなたが話した相手は、ひいきの鑑定士です――昨日、あなたのために絵を鑑定し、レオナルド・ダ・ヴィンチの手によるものではないと言ったその専門家に、絵のことを話したのは昨夜が初めてでしたね――偽の手がかりを仕込むには、タイミングが遅すぎます！　手がかりが仕込まれたのは、昨夜以前のはずです。なぜなら、ぼくが手がかりを発見したのは昨日の朝なのですから。つまり、あなたが絵を所有している事実を、あなたを通じて知っている唯一の人物であるその鑑定士は、除外できることになります、ノックスさん……こんなことは不必要な分析と思われるかもしれませんね。その鑑定士は今回の事件にはほとんど関係していませんし、犯人だと考えることもまったく理屈に合わないのは、ぼくもわかっています。それでも、反駁《はんばく》の余地がないと胸を張って言える推理にもとづいて自説を組みあげるために、あえてこうして、念には念を入れているのです」


　エラリーはむっつりと壁を睨んだ。「ほかに誰が残っていますか？　あとはグリムショーだけですが、もう死んでいます。しかし――問題の夜にハルキス邸でグリムショー自身が語った言葉を、あなたが教えてくれましたね、ノックスさん。グリムショーはただひとりの人物にだけ話したと――〝世界で唯一の〟人物、というのが、たしかグリムショーが言ったという言葉そのままだったと思いますが、その人物にのみ、グリムショーは盗まれた絵のことを話している。唯一の人物とは、グリムショー自身が認めたとおり、彼の相棒です。つまり、この唯一の人物こそが、盗まれた絵のいきさつも、あなたがそれを所有していることも十分によく知っているので、三つの汚れたティーカップという偽の手がかりを残すことができ、なおかつ、ノックスさんはきっと沈黙を守るはずだと期待することのできた、ただひとりの部外者なのであります！」

「たしかに、たしかに」ノックスはつぶやいた。

「ここからどんな結論が導き出されるでしょうか」エラリーは抑揚《よくよう》のない声で続けた。「その偽の手がかりを仕込むことのできた唯一の人物が、グリムショーの相棒であり、偽の手がかりを仕込む理由を持つ唯一の人物が、殺人者である――ならば、グリムショーの相棒が、殺人者に違いありません。グリムショー自身の話によれば、その相棒は、運命の日の前夜にグリムショーに同行して〈ホテル・ベネディクト〉に現れた人物であり――さらに、あなたとグリムショーが先週の金曜の晩にハルキス邸を出ていったあとで、グリムショーが会った人物でもある。その時に、新しい遺言という形の支払いの提案や、約束手形のことといった、あなたがたがハルキスを訪ねていた間に交わされたやりとりの一切について知ったのです」

「まあ、たしかに」警視は考えながら言った。「おまえのここまでの分析は進展と言えるが、なんの指針にもなっとらん。先週の木曜の夜にグリムショーに同行した男は、誰であってもおかしくないんだ。わしらはその男の特徴を何ひとつ把握《はあく》しとらんのだぞ」

「おっしゃるとおりです。しかし、すくなくともいくつかの問題をはっきりさせることはできた。おかげで今後我々の進むべき道が見えました」エラリーはたばこをもみ消すと、疲れたように一同を見た。「ひとつの重要な点について触れるのを、ぼくはここまでわざと避けてきました。それは――殺人者の期待が裏切られたことです。つまり、ノックスさんが沈黙を守らなかったということですよ。さて、ノックスさん、あなたはなぜ沈黙を守らなかったのです？」

「さっき話したとおりだが」銀行家は言った。「私の持っているレオナルドは、まったくレオナルドではなかったからだ。実際、なんの価値もない」

「まさにそのとおりです。ノックスさんは、その絵が実際にはなんの価値もないことを発見したので、話すことにした――遠慮なく言わせてもらえば、ノックスさんはご自分が〝こけにされた〟ので、今度の話を全部ぶちまけてやろうと思われたわけです。だが、紳士諸君、ノックスさんはこの話を我々にしか話していないのですよ！　言いかえれば、殺人者、つまりグリムショーの相棒は、いまだに我々が絵のことを何も知らないと信じており、我々が偽の手がかりにひっかかれば、ハルキス犯人説を受け入れるはずだと踏んでいるのです。よろしい――ここはひとつ、奴を喜ばせて、どん底に突き落としてやろうじゃありませんか。さて、我々はハルキス犯人説を公然と認めるわけにはいきません――間違いだと知っていますからね。しかし、犯人に餌を与えて、泳がせて、次に何をするのかを見守り、うまくいけば罠にかけて、犯人が続けて――ええと、どう言えばいいかな――続けて、いろいろな行動をとるように仕向けたい。そのために、まずハルキス犯人説を発表したあと、ブレットさんの証言を公表して、ハルキス犯人説をあぶくにしてしまうのです。その過程において、ノックスさんが例のお話をみずから提供してくださったことについては、完全に伏せておきます——ひとこともらさない。そうすれば殺人者はノックスさんがいまだに沈黙を守っていると信じるでしょう。さらに、あの絵が本物のレオナルドではなく、百万ドルの価値などないと知るすべがない犯人は、ノックスさんが今後も沈黙を守り続けるはずだと考えるでしょう」

「そうなれば、犯人は自分の身を守るために、なんらかの行動をとらざるを得なくなる」地方検事はつぶやいた。「我々がハルキスではなく、あいかわらず真犯人を探していることが、当の殺人者に伝わるわけだからな。名案だぞ、エラリー君」

「ブレットさんの新証言を根拠に、ハルキス犯人説が間違っていたと発表しても、我々の獲物を警戒させる心配はありません」エラリーは続けた。「殺人者は小細工の失敗をあっさり受け入れるでしょう。なぜなら、犯人は最初から、ティーカップの見かけが変わっていることを誰かが気づくかもしれないというリスクを承知のうえで、細工しているはずだからです。誰かが実際にそれに気づいてしまったという事実は、単に運が悪かっただけで、さほど破滅的な状況だとは考えないでしょう」

「チェイニーが失踪したことについては?」ペッパーが訊いた。

エラリーはため息をついた。「もちろん、アラン・チェイニーがグリムショーの死体を埋めたというぼくの最高に頭のいい名推理は、伯父のハルキスが殺人犯だったという仮定にもとづくものでした。いまわかった新たな事実にもとづくなら、グリムショーを殺した犯人が、その死体も埋めたと考えるのが理にかなっている。なんにしろ、いまの手持ちのデータだけでは、チェイニーの失踪に説明をつけられません。まあ、待つしかないでしょうね」

内線電話が鳴り、警視が立ち上がって取った。「中に入れろ。もうひとりは外で待たせておけ」警視はエラリーを振り返った。「そら、おまえの呼んだお客さんが来たぞ、エラリー」そう言った。「ウィークスが連れてきた」

エラリーはうなずいた。ひとりの部下がドアを開けて、デミトリオス・ハルキスのひょろりと頼りなげな姿を中に入れた。こざっぱりと正装していたが、うつろな笑みがくちびるを歪めているのが、やけにグロテスクだった。執事のウィークスが老いた胸元に山高帽をぎゅっと押しつけ、警視のオフィスの待合室で不安そうに坐っているのが見えた。その待合室の外に通じるドアが開いて、ギリシャ人通訳の脂ぎったトリーカーラが、せかせかとはいってきた。

「トリーカーラ! こっちだ!」エラリーは怒鳴ってから、デミーの骨ばった指ががっちりつかんでいる小さな包みに眼を向けた。トリーカーラはいったい何ごとかという表情で、急ぎ足ではいってきた。控え室の誰かが、オフィスのドアを閉めた。

「トリーカーラ」エラリーは言った。「こちらのお客様に、言われたとおりの物を持ってきたかどうか訊いてくれないか」

デミーはトリーカーラがはいってくるのを見たとたん、ぱあっと顔を輝かせていた。にたにたと嬉しげに笑っている幼児のような男に、通訳は叩きつけるような発音の外国語を浴びせかけた。デミーは勢いよくうなずいて、包みをかかげてみせた。

「よろしい」エラリーはたかぶりをつとめて抑えて、じっと見つめていた。「それじゃ、訊いてみてくれ、トリーカーラ、何を持ってくるように言われたのか」

　勢いのよい音節による短いやりとりがあった。そしてトリーカーラが言った。「緑色のネクタイを持ってくるように言われたそうです。屋敷にあるいとこのゲオルグの衣装戸棚から、緑のネクタイを一本持ってこいと」

「結構。その緑のネクタイを出させてくれないか」

　トリーカーラが鋭い音の言葉で伝えると、デミーはまたうなずいて、包みを縛っている紐を不器用な指でもたもたとほどき始めた。長い時間がかかった――そうしている間、室内のすべての眼が、のろくさい大きな指を、息を殺してじっと見守り続けた。ようやくデミーは頑固な結び目との戦いに勝利をおさめると、ゆっくり丁寧に紐を巻いてポケットにおさめてから包みを開き始めた。包み紙がはらりと落ちて――デミーは赤いネクタイをかかげていた……

　わきあがるざわめきも、ふたりの法曹家《ほうそうか》の興奮した叫び声も、警視が小さくもらした呪いの言葉も、エラリーは黙らせた。デミーは、あのうつろな笑みを浮かべて一同をじっと見つめ、無言のまま、誉めてもらえるのを待っている。エラリーは振り返ると、父の机のいちばん上の引き出しを開けて、中をかきまわし始めた。ついに、身を起こしたエラリーは、吸い取り紙を持っていた――緑の吸い取り紙を。

「トリーカーラ」エラリーは落ち着いた声で言った。「この吸い取り紙が何色か、訊いてみてくれ」

トリーカーラは言われたとおりにした。デミーのギリシャ語の返事はきっぱりとしたものだった。「こう言っています」通訳は困惑した口調だった。「その吸い取り紙は赤だと」

「すばらしい。ありがとう、トリーカーラ。お客様を部屋から出して、待合室にいる男性に、ふたりとももう帰っていいと伝えてくれないか」

トリーカーラはぼんやりした男の腕をつかんでオフィスから連れ出した。エラリーはふたりの背後でドアを閉めた。

「これで」エラリーは言った。「なぜぼくがひとりよがりで大間違いの推理をしでかしたのか、説明できたと思います。万がひとつのごくわずかな可能性――デミーが色覚異常である可能性を、完全に見落としていたのです！」

一同はうなずいた。「つまり」エラリーは続けた。「ハルキスが自分のネクタイが赤いことを誰からも教えられていないという状況で、デミーは予定表に従ってネクタイを用意したにもかかわらず、ハルキスが自分のネクタイの色を知っていたということは、眼が見えていたからだ、とぼくは推測したのです。まさか、予定表そのものが正しくなかったという可能性は、まったく考えもしなかった。予定表に従うなら、先週の土曜の朝にデミーはハルキスに、緑のネクタイを渡すはずでした。しかしながら、我々はいま、デミーにとっての〝緑〟という単語が赤を意味することを――そう、デミーが色覚異常であることを知りました。平たく言えば、デミーはごくありふれた赤緑色覚異常であり、赤が緑に、緑が赤に見えるのです。ハルキスはデミーのそういう事情を承知していたので、その二色に関してはデミーに合わせて変えていました。

赤いネクタイが欲しい時は、デミーに〝緑〟のネクタイを持ってくるように頼まなければならないと知っていた。予定表の書き方も同じ要領です。要するに――あの朝、ハルキスは土曜の予定表に書いてあるのとは違う色のネクタイを締めていましたが、誰からも教えてもらわなくても、眼で見ることができなくても、自分が赤いネクタイを締めていることを知っていたというわけです。ハルキスはネクタイを〝取り替え〟たりしていなかった――デミーが屋敷を九時に出る時からずっと赤いネクタイをつけていたのです」

「ということは」ペッパーが言った。「デミーもスローンもブレットも、本当のことを言っていたというわけだ。まあ、それがわかっただけでも収穫だよ」

「ええ、本当に。それと、あとまわしにしていた問題についても話しあわなければ。すなわち、すべての黒幕である殺人者は、ハルキスの眼が見えないと知っていたのか。それとも、ぼくが間違った結論を出すはめになったもろもろの事実に、同じようにだまされて、ハルキスは眼が見えると信じていたのか。いまの段階では、むなしいあてずっぽうになりそうですが。とはいえ、可能性は後者の方が高いと思いますよ。おそらく犯人は、ハルキスが死んだ時には眼が見えたと信じていたでしょうし、いまも信じていることでしょう。まあ、だからといって、そのことから何が引き出せるというわけでもありませんが」エラリーは父に向きなおった。「火曜から金曜までにハルキス邸を訪ねたすべての人間の名を控えている人はいませんか」

サンプスンが答えた。「コーヘイランだ。屋敷に詰めている、ぼくの部下だよ。そこにあるか、ペッパー？」

ペッパーはタイプされた一枚の紙を差し出した。エラリーはそれに、ざっと目を走らせた。

「わりと最近のまで記録してありますね」そこには、木曜日、つまり墓の発掘の前日にクイーン父子が見た名簿にあった名前だけでなく、発掘の直後から捜査の間に屋敷を訪れた者の名が追加されていた。追加されていた名はハルキスの家人全員と、ネーシオ・スイザ、マイルズ・ウッドラフ、ジェイムズ・J・ノックス、ダンカン・フロスト医師、ハニウェル、エルダー牧師、スーザン・モース夫人、そして故人の仕事上の古い得意客が、すでに記載されたロバート・ペトリとデューク夫人のほかに数人――ルーベン・ゴールドバーグ、ティモシー・ウォーカー夫人、ロバート・アクトンという名があった。〈ハルキス画廊〉の従業員数名もやはり屋敷に顔を出していた。サイモン・ブルッケン、ジェニー・ボーム、パーカー・インサルといった面々だ。名簿の最後は、信頼のおける新聞記者多数の名でしめくくられていた。

エラリーは紙をペッパーに返した。「ニューヨークじゅうの人間があの屋敷に押しかけたようですね……ノックスさん、例のレオナルドに関するすべての話も、あなたがそれを持っていることも、絶対に秘密にしてくれますね？」

「ひとこともらさんよ」ノックスは答えた。

「それから、よく気をつけていてください――状況に何か進展があれば、すぐに警視に知らせてくれますか」

「喜んでそうさせてもらう」ノックスは立ち上がった。ペッパーが急いでコートを着る手伝いをした。「いまはウッドラフと一緒に仕事をしているんだ」ノックスは苦労してコートを着こみながら言った。「あそこの遺産の法的に細かいあれこれをやってもらうので雇っている。ハルキスが結果的に遺言を残していないことになってしまったので、いや、もうひどいごたごただ。新しい遺言書が今後、見つからないことを祈るよ——ウッドラフが言うには、そんなことになったら、ますますややこしいことになるそうだ。もう新しい遺言書は見つからないとみなして、もっとも近い親族のスローン夫人から、私が遺産管財人の仕事を引き受ける許可をもらったよ」

「盗まれた遺言書がまったく頭痛の種ですよ」サンプスンは不機嫌だった。「一応、脅迫を理由に、遺言書は無効であると訴えることはできます。すったもんだのあげく、結局は無効にできるでしょうが。ところで、グリムショーに親類はいるんでしょうか」

ノックスは鼻を鳴らすと、手をひと振りして、出ていった。サンプスンとペッパーは立ち上がり、顔を見合わせた。「何を考えているか当ててみましょうか、検事」ペッパーがそっと言った。「ノックスの、自分の持っている絵は本物のレオナルドじゃなかったという話は——作り話だったと思っているでしょう。どうです?」

「まあ、そうだったとしても驚かないな」サンプスンは白状した。

「わしもだ」警視は吐き捨てるように言った。「偉いさんだかなんだか知らんが、あの男は火遊びをしとる」

「そのようですね」エラリーは同意した。「ぼくが思うかぎりでは、たいして重要なことではなさそうですが。しかし、彼は悪名高き熱狂的な蒐集家だ。その絵が本物なら、どんな手を使ってでも手元に残そうとするでしょう」

「やれやれ」老人はため息をついた。「泥沼もいいところだ」サンプスンとペッパーはエラリーに軽く会釈すると、部屋を出ていった。警視もあとに続き、記者会見を開きにいった。

エラリーだけがひとり残った――忙しく働く頭脳を持つ、腰の重い青年。たばこを次から次に煙にし、あれこれ思い返しては、何かの記憶に辛そうな表情を見せる。警視だけが引き返してきた時、エラリーはしかめ面で靴をぼんやり見つめて、考えこんでいた。

「記者連中にぶちまけてきたぞ」老人は唸り声を出し、椅子に沈みこんだ。「ハルキス犯人説を教えてやったあとに、ジョーン・ブレットの証言でりんごの山を荷車ごとひっくり返してやった。二時間とたたんうちに、いまの話はニューヨークじゅうに広まるだろう。我らが友の殺人犯も忙しくなるというわけだ」

警視が内線電話に向かってがみがみ吠えたてると、すぐさま、秘書が大慌てではいってきた。警視はロンドンのヴィクトリア&アルバート美術館宛《あて》に、〝極秘〟扱いの海外電報の文面を口述した。秘書は出ていった。

「さて、これでよし、と」老人は心得顔でそう言いながら、嗅ぎたばこ入れの上で手をさまよわせた。「この絵のごたごたの真相がいったいどういうことなのか、こっちはこっちで調べなければならん。外でサンプスンとも話したんだがな。ノックスの言うことを、うのみにするわけにはいかん……」そして、黙りこんでいる息子を、からかうような眼でしげしげと見た。

「おいおい、エル、いいかげん、しゃきっとせんか。世界の終わりってわけじゃないだろう。

ハルキス犯人説がおじゃんになったから、なんだというんだ。もう忘れろ」

エラリーは、のろのろと顔をあげた。「忘れろ？　いいえ、しばらくは忘れられませんね、お父さん」そして、片手を握りしめ、うつろな眼でこぶしを眺めていた。「今回の事件が、ぼくに教えてくれたものがひとつあるとすれば、この教訓ですよ――そして、もしぼくがこの誓約を破るところを見かけたら、遠慮なく、ぼくの脳味噌に鉛玉をぶちこんでください。今後、ぼくが興味を持ったいかなる事件においても、その犯罪のすべての要素を継ぎ合わせ、すべての曖昧《あいまい》な点にしっかりした説明がつくまでは、もう二度と、解決を発表したりしません」*

警視は心配顔になった。「これ、エラリーや――」

「ぼくがどんな馬鹿をさらしたかと思い出すだけで、もう――なんという思いあがった、救いようのない、ひとりよがりの、まぬけな、どうしようもない馬鹿も大馬鹿……」

「間違ってはいたが、おまえの推理は、そりゃもうすばらしいものだと思うぞ、わしは」警視はかばうように言った。

エラリーは返事をしなかった。鼻眼鏡《パンスネ》のレンズをみがき始めたかと思うと、父の頭越しに、まるでかたきを見るような眼で壁を睨んでいた。

17……傷痕

天のつかわした腕が勢いよく伸びて、若いアラン・チェイニー君をひっつかまえ、地獄の辺土《リンボ》から陽の光の下に引きずり出した。もっと正確に言えば、その指は、十月十日の日曜の夜、バッファローの小型飛行場で、シカゴ行きの飛行機によろよろした足取りで乗りこもうとしていたアランの上に、暗闇を引き裂いて襲いかかってきたのである。その指はヘイグストローム刑事の手につながっていた――血管の内に過去何十世紀にもわたる北方の祖先の冒険好きな血が流れるアメリカ紳士である。眼はかすみ、すっかりふぬけて、救いがたいほど飲んだくれていたアラン・チェイニー青年は、次の寝台特急《プルマン》に放りこまれ、州を横断し（バッファローはニューヨーク州の西端にある）、ニューヨーク市に連れ戻されることになった。

クイーン父子は、神などこの世にあるものかとばかりに陰鬱な空気が支配していた日曜のあとに、くだんの捕り物を報告する電報を受けると、月曜の早朝からさっそく警視のオフィスに出かけ、帰還する強情な青年と、鼻高々で喜びいさんで戻ってくる捕獲者を出迎えるために、父子そろって待ち構えていた。サンプスン地方検事とペッパー地方検事補も、その歓迎要員に

＊この言葉が、これまでにさまざまな憶測や、時に批判さえ生んだ、ある状況を十分に説明している。読者諸氏は、過去に発表された三つの小説の中で披露されたエラリーのやりかたを見てすでにお気づきだろうが、エラリーはいつも、最終的な解決を手中におさめるまでは、事件について知っていることも推理したことも、がんとして明かそうとせず、父親の気持ちに対して思いやりがないと思われてきた。だが、今回の誓約が、すでに発表されたどの事件よりも前になされたものと知れば、この一見わけがわからないエラリーの振る舞いも理解できることと思う。――J・J・マック

加わった。センター街の中でも警察本部のその一角は、はしゃいだ空気に包まれていた。

「さて、アラン・チェイニー君」酒がさめてしまったいまは、いっそう情けなく、しおたれて、むっつりふさぎこんで、椅子にどさっと腰をおろしたアラン青年に、警視は陽気に声をかけた。「何か弁解することはあるかな」

アランのひび割れたくちびるから、かすれた声が出た。「話すことは拒否する」

サンプスンがぴしゃりと言った。「きみの高飛びが何を意味するかわかっているか、チェイニー」

「高飛び、ぼくの？」青年の眼はぶすっとしていた。

「ほほう、あれは高飛びじゃなかったのか。ただの物見遊山かな――ちょっとした旅行のつもりだったのかな、え、お若いの」警視は咽喉《のど》の奥で笑った。「いいかげんにしろ」突然、がらっと態度を一変させるのは、警視の得意わざである。「冗談ごとじゃすまんぞ。子供じゃないんだ。おまえさんは逃走した。なぜだ？」

アラン青年は胸の前で腕を組み、反抗的な眼で床を見つめている。

「逃げた理由は――」警視は自分の机のいちばん上の引き出しをまさぐった。「――きみがここにとどまるのを恐れたからではないんだろう？」引き出しから現れた手は、ヴェリー部長刑事がジョーン・ブレットの寝室で見つけた走り書きの書きおきを、わざとらしくひらひらさせている。

一瞬でアランの顔から血の気が引き、その紙片が命ある敵であるかのように、じっと睨みつけた。「どこで、それを？」かすれた声がもれた。

「痛いところをつかれたかね、うん？　知りたければ教えてやろう、ブレットさんのベッドのマットレスの下だ！」

「じゃあ――じゃあ、燃やさなかったのか……？」

「そうだ。おい、くさい芝居はやめろ。自分から話すかね、それとも、ちょいとわしらにいじめてほしいかね」

アランはぱちぱちとまたたいた。「何があったんですか」

警視はほかの面々を振り返った。「こちらさんは情報をお望みだそうだ、この若造は！」

「ブレットさんは……あの人は――大丈夫ですか？」

「大丈夫だ、いまのところはな」

「どういう意味だ」アランは椅子から飛び上がった。「まさか、あんた――」

「まさか、なんだね？」

アランは頭を振ってまた坐りこみ、両のこぶしで疲れたようにまぶたを押さえていた。

「おい、Q」サンプスンがぐいと顎《あご》をしゃくって合図した。警視は青年のぼさぼさ頭を妙なまなざしでちらりと見ると、部屋のすみにいる地方検事に歩み寄った。「あの坊やが、あくまでだんまりを決めこむなら」サンプスンは低い声で言った。「いつまでも拘束しておくわけにいかなくなる。なんのかんのと適当な理由をつけて、勾留し続けることはできなくもないが、そんなことをしてなんの役にたつかわからん。とどのつまり、こっちはあの坊やに対する材料を

「もちろんだ。それでもわしは、あの小僧を指の隙間《すきま》から取り逃がす前に、ひとつだけ、どうしてもやっておきたいことがある。自己満足だがな」老人は戸口に向かった。「トマス！」

ヴェリー部長刑事が敷居《しきい》をまたいで、巨人のごとくぬっと現れた。「では、あの男を？」

「そうだ。ここに連れてこい」

ヴェリーはのっそり出ていった。ほどなくして、〈ホテル・ベネディクト〉の夜勤のフロント係、ベルのひょろりとした姿をともなって戻ってきた。アラン・チェイニーはかたくなな沈黙の仮面の下に不安を隠して、じっとおとなしく坐っている。その眼が不意に、形ある何かを認めたかのように、ぎょろりとベルを見た。

警視がいけにえに向かって、親指を突き出した。「ベル、この男は、先々週の木曜の夜にアルバート・グリムショーを訪ねてきた客のひとりかね？」

ベルは青年の仏頂面《ぶっちょうづら》を仔細に調べていた。アランは困惑しつつも、反発もあらわに、ベルの眼を睨み返した。やがてベルは力強く、かぶりを振った。「いいえ、警視さん。違います。この紳士は一度も見たことがありません」

警視は腹だたしげに鼻を鳴らした。アランはこの試験の意味がわからなかったものの、どうやら失敗に終わったらしいことだけはわかったので、ほっと安堵の息をもらし、椅子にまた深くもたれかかった。「よし、ベル。外で待っていたまえ」ベルは急いで出ていき、ヴェリー部長刑事はドアにもたれて、背中で押さえた。「さて、チェイニー、まだきみのささやかな遠足について説明してくれるつもりはないのかね」

アランはくちびるをなめた。「弁護士に会わせてください」

警視は両手をあげた。「やれやれ、その台詞を何度、聞いたかな！　それで、きみの弁護士は誰かね、チェイニー」

「誰って――マイルズ・ウッドラフです」

「一家の代弁者というわけかね、え？」警視は意地悪く言った。「だがな、その必要はないぞ」警視は椅子にどすんと腰をおろすと、嗅ぎたばこ入れをもてあそんだ。「きみは自由にしてやろう、若いの」警視は、捕虜を解放しなければならないのが残念でならなそうに、愛用の茶色い箱をいじくりまわしていた。アランの表情が、魔法をかけられたように明るくなった。「家に帰ってよろしい。しかし」老人はぐっと身を乗り出した。「これだけは約束しておくぞ。土曜におまえさんがやったような、ふざけたいたずらをもう一度でもやらかしたら鉄格子の中にぶちこむぞ、たとえわしが警察委員長に呼び出しを食らうはめになろうとな。わかったか？」

「はい」アランはぼそぼそと答えた。

「それと」警視は続けた。「今後、きみには監視をつけるとあらかじめ言っておくぞ。行動のすべてを見張る。もう一度、逃げようとしても無駄だ、ハルキス邸を一歩出た瞬間から、背中に誰かが張りつくと思え。ヘイグストローム！」呼ばれた刑事が飛び上がった。「チェイニー君を家までお送りしろ。ハルキス邸に一緒に残れ。ただしわずらわせることはするな。だが、チェイニー君が家を出る時は必ず、兄弟のように仲良くくっついとれ」

「了解です。行きましょう、チェイニーさん」ヘイグストロームがにやりとして、青年の腕をつかんだ。アランは、さっと立ち上がると、刑事の手を乱暴に振りほどき、精いっぱいに虚勢を張って肩をいからせ、すぐうしろにヘイグストロームを従えて、大股に部屋を出ていった。

さて、読者諸氏もお気づきのとおり、このひと幕の間、エラリー・クイーンはひとことも口をきかなかった。自分の完璧に手入れされた爪を観察したり、まるでこれまで見たことがないかのように鼻眼鏡《パンスネ》を光にかざしてしげしげ眺めたり、何度かため息をついたり、何本かのたばこを煙にしたりと、ほとほと退屈しきった顔でじっとしていた。唯一、ちらりと興味をかきたてられた様子を見せたのは、チェイニーがベルと対峙させられた時だけだった。しかし、ベルがチェイニーの顔を見たことがないと言った瞬間、興味を失っていた。

エラリーは、チェイニーとヘイグストロームが出ていってドアが閉まってすぐに、ペッパーのもらした言葉に、ぴくりと耳をそばだてた。「どうやら、検事、あいつは殺人の罪をまぬがれたようですね」

サンプスンは穏やかに言った。「それで、きみの偉大な頭脳は、我々があの青年に対してどんな証拠を握っていると思っているんだ？」

「だって、逃げたじゃありませんか」

「ああ、たしかに逃げたさ！　しかし、ただ逃げ出したという根拠だけで、きみは陪審員にその男が有罪であると納得させることができるのか、きみは」

「でも、逃げたのは事実ですし」

「馬鹿馬鹿しい」警視はぴしゃりと言った。「そんなもの、なんの証拠にもならん、そのくらいわかるだろう、ペッパー。こっちに勝ち目はない。もし、あの若いのに怪しい点があれば、わしらが必ず見つける……トマス、どうした？　さっきから何か言いたそうにしとるようだが」

まさにそのとおりで、ヴェリー部長刑事は、どうしても会話の切れ目が見つからないのか、あっちの顔、こっちの顔を見つつ、何度も口を開けては閉じることを繰り返していた。やっと、『ガリバー旅行記』に出てくる巨人族のような盛大な吐息をもらすと、ヴェリーは言った。「ふたりをつかまえて連行しました！」

「どのふたりだ？」

「バーニー・シックのもぐり酒場でグリムショーと大喧嘩していた女とその亭主です」

「でかした！」警視はがばっと立ち上がった。「願ってもない、いい知らせだぞ、トマス。どうやって見つけた」

「グリムショーの経歴を洗ったんです」ヴェリーは野太い声で答えた。「リリー・モリスンという名の女で――グリムショーのむかしの女ですよ。グリムショーがムショにいる間に、別の男と結婚したんです」

「バーニー・シックを呼べ」

「もう部屋の外で待たせています」

「よくやった。みんな、中に入れろ」

ヴェリーがどすどすと出ていくと、警視は回転椅子に戻って、わくわくと待ち構えた。部長刑事はすぐに、真っ赤な顔をしたもぐり酒場の主人を連れて戻ってきた。警視が酒場の主人に、おとなしくしていろと命じると、ヴェリーはまたすぐに別のドアから出ていった。そしてほどなく、男と女を連れてきた。

ふたりはおずおずとはいってきた。女はまごうことなきブリュンヒルデ（〈ニーベルングの指輪〉の戦乙女）で、大柄な金髪のアマゾネスであった。男は似合いの連れだった――四十がらみの白髪まじりの男で、アイルランド人らしい鼻っぱしらと、きつい黒い眼をしていた。

ヴェリーが言った。「ジェレマイア・オデル夫妻です、警視」

警視が椅子をすすめると、ふたりはぎこちなく腰をおろした。老人は机の上の書類を忙しくばさばさとめくった――単なる威嚇《いかく》の芝居である。思惑どおり、ふたりはすっかり心を奪われ、きょろきょろと室内を見回すのをやめて、老人のやせた手に見入っていた。

「さて、奥さん」警視が口を切った。「いやいや、そう怖がらんでください。形式のようなものですから。あなたはアルバート・グリムショーをご存じですか」

ふたりの眼が合うと、女の方がすっと眼をそらした。「それは――あの、棺桶の中で、絞め殺されて見つかった男の人のことですか」女はだみ声、もっと言えば底が何かにひっかかるようなざらついた声の持ち主だった。エラリーは自分の咽喉まで痛くなってきた気がした。

「そうです。ご存じですか」

「あたし――いいえ、知りません。新聞で見ただけで」

「そうですか」警視は部屋の反対側で身動きひとつせずにじっと坐っていたバーニー・シック

に顔を向けた。「バーニー、おまえさんはこちらのご婦人を見たことがあるか?」

オデル夫妻はびくっと身を震わせ、女の方が息をのんだ。夫の毛深い手が細君の腕を押さえると、女は精いっぱいに平静を装って振り返った。

「ありますよ」シックは答えた。酒場の主人の顔は汗びっしょりだった。

「最後に見たのはいつだ?」

「四十五丁目通りのうちの店でさ。一週間――いや、二週間近く前で。水曜の夜でした」

「どういう状況だった」

「へ? ああ。あのぶっ殺された男と一緒でしたよ――グリムショーと」

「オデル夫人はその死んだ男と口論をしとったのかね」

「してましたよ」シックはそこで、げらげら笑いだした。「そんときゃ、まだ死んでませんでしたぜ、警視さん――これっぽっちも」

「これ、ふざけるな、バーニー。とにかく、グリムショーと一緒にいた女だってことに間違いないんだな?」

「そりゃもう」

警視はオデル夫人に向きなおった。「これでもまだ、あなたはアルバート・グリムショーを一度も見たことがないと言うのかね」

女のぽってりと豊満なくちびるが震えだした。オデルが恐ろしい顔で、ぐっと身を乗り出してきた。「家内が見てないと言ったら、見てないんだ」男は怒鳴った。「見てない――わかったか？」

　警視は考えこんだ。「ふうむ」そしてつぶやいた。「何かあるな……バーニー、おまえさん、この勇ましいアイルランドおやじを見たことがあるかね」そう言いながら、親指でアイルランド人の巨人をひょいと示した。

「いいや。ないと思いますがねえ」

「よし、わかった、バーニー。もう、店に戻っていいぞ」シックは靴で床をきしらせつつ、出ていった。「奥さん、ご結婚前の名前は？」

　くちびるの震えがいっそうひどくなった。「モリスンです」

「リリー・モリスン？」

「はい」

「オデルさんと結婚して、どのくらいです」

「二年半になります」

「そうですか」老人はまた、ありもしない書類を調べるふりをして、紙をばささせた。

「では、よく聞きなさい、リリー・モリスン・オデルさん。ここに、はっきりとした記録がある。五年前、アルバート・グリムショーという男が逮捕され、シンシン刑務所に送られた。逮捕された時の、あなたとの関係に関する記録はまったくない――それは本当だ。しかし、その数年前、あなたはグリムショーと同棲しとった……住所はどこだったかね、ヴェリー部長？」

「十番街一〇四五番地です」ヴェリーが答えた。

オデルが立ち上がった。その顔は紫色だった。「同棲だと?」亭主はわめいた。「おれの女房に汚ねえことを言う野郎は承知しねえぞ！　男ならこぶしで勝負しやがれ、この老いぼれ！ぶちのめしてやる――」

巨大なこぶしを空中でぶんまわしつつ、オデルはぐっと身を乗り出した。そのとたん、頭がうしろに恐ろしい勢いで引き戻されて、もう少しで背骨がぽっきりいくところだった。頭は、オデルの襟首《えりくび》をつかんでいるヴェリー部長刑事の鋼鉄の指の動きに合わせて動いたのである。ヴェリーは、赤ん坊ががらがらを振るように、オデルを二回揺さぶり、そしてオデルは気づくと、口をぽかんと開けて、椅子の上に坐りこんでいた。

「いい子にしていろ、馬鹿が」ヴェリーは穏やかに言った。「おまえさんが喧嘩を売っている相手が警察官だってことがわからんのか」ヴェリーはオデルの襟をつかんでいる指を放さなかったので、オデルは坐ったまま、窒息しそうになっていた。

「これこれ、もちろん行儀よくするだろうよ、トマス」警視は、まるで何ごともなかったように言った。「さて、奥さん、わしがいま話したとおり――」

女は自分のリヴァイアサン（『ヨブ記』より。巨大な海獣）のような亭主がいいように手荒く扱われるのを見て、恐怖に眼を見開き、息をのんでいた。「あたしは全然、なんにも知りません。あなたの言うことは全然わかりません。グリムショーなんて男、全然知りません。見たことも全然――」

「〝全然〟ばかりだな、奥さん。なぜ、グリムショーは二週間前に出所してすぐ、あなたを探し出したんだね」

「返事するなよ」巨人が唸った。

「しないわ。しないわ」

警視は鋭い眼を亭主に向けた。「殺人事件の捜査において協力を拒んだ罪でおまえさんを逮捕できるってことを、わかっとるかね」

「やれるもんならやってみやがれ」オデルはぶつくさ言った。「おれぁ、コネがあるんだ。痛い目にあわせてやる。役所のオリヴァントを知ってんだからな……」

「お聞きかな、地方検事殿？　役所のオリヴァント先生のお知り合いだそうだ」警視はため息をついた。「この男は不適切な圧力をかける示唆《しさ》をしてきたが……オデル、おまえさん、どんなうしろ暗い商売をしとるんだね」

「してねえよ」

「ほほう！　まっとうな暮らしをしとるというのか。職業はなんだね」

「配管工事の請け負いさ」

「なるほど、それで役所とそういうコネがあるわけか……おまえさん、住まいはどこだね」

「ブルックリンさ――フラットブッシュ地区だよ」

「こやつには何もなかったのか、トマス」

ヴェリー部長刑事はオデルの襟を放した。「経歴はまったくきれいなもんです、警視」残念そうに言った。

「女はどうだ」

「かたぎになったようですな」

「そうでしょ!」オデル夫人が勝ち誇ったように叫んだ。

「ほほう、つまり、かたぎになる前があったと認めるんだな?」

女の、もともと牛の眼のように大きい眼が、さらに見開かれた。それでも、頑強《がんきょう》に沈黙を守っていた。

「ひとつ、提案があるのですが」エラリーが椅子の底からのんびりと言った。「かの全知全能のベル氏を呼んでみてはいかがでしょう」

警視が目顔で合図すると、ヴェリーは部屋を出ていき、すぐに夜勤のフロント係を連れて、再び現れた。「その男を見てくれんか、ベル」警視が言った。

ベルののどぼとけが、眼に見えるほどはっきり、ごくりと動いた。そして、震える指先を、ジェレマイア・オデルのいぶかしげな険しい顔に突きつけた。「この人です! この人です!」ベルは叫んだ。

「ほほう!」警視はすっくと立ち上がった。「どの人だ、ベル」

一瞬、ベルはぽかんとした顔になった。「ええと」もごもごと言った。「はっきり覚えていませ——いや、そうだ、覚えてます! 最後から二番目に来た人です、顎ひげのお医者さんの前に!」声が自信を持ったように高くなった。「あのアイルランド人だ——言ったでしょう、大男が来たって、警視さん。いま、はっきり思い出しました」

「間違いないかね?」

「誓いますよ」

「よろしい、ベル。もう帰っていいぞ」

ベルは出ていった。オデルの巨大な顎はがっくり落ちていた。黒い眼に絶望の色があった。

「さて、どうだね、オデル？」

オデルはグロッキーのボクシング選手よろしく、頭を振った。「どうだねって何が」

「いま出ていった男を見たことがあるか？」

「ないよ！」

「誰なのか知っとるか？」

「知らん！」

「夜勤のな」警視は愛想よく言った。「フロント係だ、〈ホテル・ベネディクト〉の。行ったことはあるかね」

「ない！」

「あの男は、九月三十日の木曜の夜、十時から十時半の間に、おまえさんがフロントに来たと言っとるよ」

「嘘っぱちだ！」

「アルバート・グリムショーという客が泊まっているかどうか、訊いたそうだな」

「訊いてねえ！」

「おまえさんはベルに、グリムショーの部屋番号を訊いて、上階にあがっていった。３１４号室だったな、オデルよ。覚えとるか？　覚えやすい番号だなあ……え、どうだ？」

オデルは、がばっと立ち上がった。「よく聞きゃあがれ。おれは税金をちゃんと納めてる、まっとうな市民だ。あんたがさっきから何をがたがた言っとるのか、おれにはさっぱりわからん。ここはロシアじゃねえんだ！」大男は怒鳴った。「おれには人権っちゅうもんがある！　来い、リリー、行くぞ——こいつらはおれたちをここにずっと閉じこめとくこたぁできねえんだからな！」

女は従順に立ち上がった。ヴェリーがオデルのすぐうしろに足を踏み出して、一瞬、ふたりは衝突しそうになった。が、警視は合図をしてヴェリーを脇にどかせると、オデル夫妻が最初はゆっくりと、そしてだんだん、滑稽《こっけい》なほど速足になってドアに向かう様子を、じっと見守っていた。ふたりはものすごいスピードで戸口を抜けて、視界から消えた。

「尾行をつけておけ」クイーン警視が恐ろしく苦々しい口調で言った。ヴェリーがオデル夫妻のあとを追って出ていった。

「いままで会った中でも、ぴかいちの頑固な証人たちだったな」サンプスンがつぶやいた。

「いったい何が裏にあるんだ」

エラリーがぼそぼそと言った。「ジェレマイア・オデル氏の言葉を聞いたでしょう、サンプスンさん。ソヴィエト・ロシアですよ。すてきな、むかしながらの赤きプロパガンダ。古きよきロシアよ！　それなくして我らの高貴なる市民生活がありえようか？」

エラリーの言葉に耳を貸す者はいなかった。「とにかく、裏にうさんくさいものがあるのはたしかでしょうね」ペッパーは言った。「あのグリムショーって男はずいぶん、うしろ暗いことに手を染めていたようですから」

警視はやれやれというように両手を広げ、一同はそれから長いこと、黙りこんでいた。

けれども、ペッパーとサンプスンが帰ろうと立ち上がった時、エラリーはほがらかに言った。「テレンチウス（古代ローマの喜劇作家。元奴隷）も言ってますよ。〝いかなる運がめぐりこようとも平然と耐えよう〟と」

＊

月曜の午後遅くまで、ハルキス事件はいやになるほど頑固に現状を保ち続けていた。警視は雑多な仕事をせっせと片づけていた。そしてエラリーは自分の仕事をせっせと片づけていた――仕事の中身は主に、たばこを灰にしたり、ポケットから小さなサッフォーの詩集を取り出しては適当に開いて拾い読みをしたり、そのあいまに父のオフィスの革張り椅子に深く沈みこんで恐ろしい勢いで考えこんだりすることだった。テレンチウスの金言を引用するは易《やす》く、従うは難《かた》し、ということらしい。

爆弾が破裂したのは、ちょうどクイーン警視がその日のお決まりの仕事をすっかり片づけて、息子を呼んで、陽気さという点ではいくらかましと言えなくもない我が家という目的地に向かって、出ていこうとする直前だった。実のところ、警視はすでにコートを着こんでいたのだが、そこにペッパーが興奮で顔を真っ赤にし、異様なほどの狂喜乱舞のていで、オフィスに飛びこんできたのである。地方検事補は片手で一枚の封筒を振りまわしていた。

「警視！　クイーン君！　これを見てください」ペッパーは封筒を机に放り出すと、せかせかと歩きまわりだした。「郵送されてきたんです。ごらんのとおり、サンプスン宛《あて》になっていますが。検事はちょうど留守にしていて――検事の秘書がそれを開けて、私に渡してくれました。このまま、言わずにいるなんてもったいないので。ほら、読んで！」

エラリーは急いで立ち上がると、父の傍《かたわ》らに歩いていった。ふたりは並んで、封筒を穴が開くほど見つめていた。それは安物だった。住所はタイプで打たれている。消印は、まさにその日の午前中、グランドセントラル駅の郵便局で押されたことを示していた。

「ほう、ほう、これはいったいなんだね？」警視はつぶやいた。慎重に、封筒の中から、同じように安物の便箋《びんせん》を一枚抜き取った。ぱらりと振って広げる。ほんの数行の文がタイプされていた――日付も書きだしの挨拶も署名もない。老人はゆっくりと読みあげた。

筆者は（と書かれていた）あつあつの――あつあつの、非常におもしろい――グリムショー事件に関する情報を見つけた。地方検事殿も興味を持つことうけあいだ。

以下がその情報だ。アルバート・グリムショーの過去を洗えば、兄弟がひとりいたことがわかるだろう。しかし、そちらがおそらく見つけることのできない事実がある。この兄弟が、もうすでに今回の捜査に巻きこまれているということだ。実は、この兄弟の現在の名は、ギルバート・スローン氏なのである。

「これを」ペッパーは叫んだ。「どう思いますか？」

クイーン父子は互いに顔を見合わせてから、そろってペッパーを見た。「本当なら、おもしろいな」警視は感想を言った。「しかし、いたずらかもしれん」

エラリーは冷静に言った。「この情報が本当だったとしても、重要とは思えませんね」

ペッパーの意気揚々《ようよう》とした顔から喜色が消えた。「どうして！」地方検事補は叫んだ。「スローンはグリムショーに一度も会ったことがないと言ったじゃないか。ふたりが兄弟なら、重要なことだろう？」

エラリーはかぶりを振った。「それのどこが重要なんです、ペッパーさん。スローンが前科者の兄弟がいるのを認めるのを恥じたことですか？　しかも、その兄弟が殺されたという場で？　申し訳ないが、ぼくはスローン氏の沈黙は単に、まわりからおかしな目で見られるのが怖かっただけだと思いますよ」

「いや、私はそう思わないな」ペッパーは頑固だった。「検事も私の考えが正しいと言ってくれるはずだ。警視、あなたはこれをどう扱うつもりです」

「まず、おまえさんたち、ひよっこ二匹がぴーちくぱーちくやりあうのをやめたらだな」警視は淡々と言った。「この手紙そのものの特徴が見つかるかどうか調べてみるさ」警視は内線電話に向きなおった。「ランバートさんか？　クイーン警視だ。すぐにわしの部屋に来てくれんか」そして、おもしろくもなさそうな笑みを浮かべて、ふたりに向きなおった。「まあ、専門家がなんと言うか、聞いてみようじゃないか」

ユーナ・ランバートは、黒髪にひと筋の白がさっと走る、鋭い顔つきの若い女であることが判明した。「どんなご用件でしょう、クイーン警視？」

老人は机越しに手紙をぽんと放り投げた。「これから何かわかるかね」

残念ながら、ユーナ・ランバートにもほとんどわかることはなかった。くだんの手紙が、よく使いこまれた、わりあい新しい機種のアンダーウッドのタイプライターで打たれていることはわかるし、顕微鏡で調べれば、ひとつひとつの活字のきずも特定できるだろうが、こうして肉眼で見るだけでは、それ以上はっきりしたことは言えなかった。それでも、同じタイプライターで打たれた文字なら、間違いなく見分ける自信はある、と彼女は断言した。

「やれやれ」警視は、ユーナ・ランバートを帰してから、不機嫌な声を出した。「専門家からも奇跡を期待できんらしいな」そして、ヴェリー部長刑事にその手紙を鑑識に届けさせ、写真を撮り、指紋の検査をするように手配した。

「私は検事を探さないと」ペッパーはすっかり滅入った顔だった。「そして、この手紙のことを知らせなければ」

「ぜひ」エラリーは言った。「ついでに、ぼくとおやじがこれからすぐに東五十四丁目一三番地に行くと伝えてください――ふたり一緒に」

警視もペッパーに負けず劣らず驚いていた。「何をたわけたことを言っとるんだ？　あのノックスの空き家なら、もうリッターが調べたぞ――おまえも知っとるだろうが。何を考えとる」

「考えていることは」エラリーは答えた。「霧の中ですがね、目的はごくはっきりしています。ひとことで言えば、ぼくはお父さんの大事な部下であるリッターの誠実さには、言わずもがなの絶大の信頼をおいていますが、観察力に関しては若干《じゃっかん》の不安を抱いていなくもないんです」

「目のつけどころとしては、いいかもしれないな」ペッパーが言った。「たしかに、リッターの見逃したものがあるかもしれない」

「馬鹿馬鹿しい！」警視はぴしゃりと言った。「リッターはわしがもっとも信頼しとる部下のひとりだ」

「ぼくは今日、昼ひなか、えんえんとここで坐って過ごしました」エラリーは苦いため息をついた。「ぼくの悪癖ですが、今回のこれまでお目にかかったこともないほどこみいった事件の問題について、ずっと考えをめぐらしていました。たしかに、警視殿、あなたのおっしゃるとおり、リッターはあなたのもっとも信頼する部下のひとりだ、とぼくも心から思っていますよ。だからこそ《エルゴ》、ぼくは自分自身で現場に行ってみなければと決意した次第です」

「まさか、おまえはわしの目の前で言うつもりか、リッターが――」警視はショックを受けていた。

「信仰に誓って、というのはキリスト教徒のまねですが――いいえ、そんなことは言いませんよ」エラリーは答えた。「リッターは正直で、信頼できて、人格者で、良心のかたまりで、義に厚い男です。ただ――今後、ぼくは自分のこのふたつの眼とお粗末な脳しか信じないことにしたんですよ。〝内在する意志〟がおのずから、目的もなく、無意識のうちに、不滅なる叡智《えいち》をもって、ぼくに与えてくれるもの以外には」*

18 ……遺言

夕方、警視とエラリーとヴェリー部長刑事は、一三番地の屋敷の陰気な正面に立っていた。ノックスが所有している空き家というのは、隣のハルキス邸とふたごのような屋敷のことである。ぼろぼろに崩れつつあるブラウンストーンは、年降り、汚れのような筋がはいり、大きな時代遅れの窓に灰色の板が打ちつけられ、目隠しされていた――禁断の館。隣のハルキス邸からは明かりがもれ、刑事たちがひっきりなしに動きまわる姿が見える――この屋敷と比べれば、あのハルキス邸は陽気な家だった。

「鍵を持っとるか、トマス」警視までもがここの陰鬱な呪いを感じたのか、声をひそめた。

ヴェリーが無言で鍵を差し出す。

「行きましょう《アナヴァン》」エラリーが小声で言うと、三人の男たちは歩道に面した門扉をきしらせながら押し開けた。

「一階と二階のどっちから調べます?」部長刑事が訊いた。

「好きにしろ」

* クイーン氏は疑いなく、ここではショーペンハウエル式の神の概念を参照している。――編者

一同は、端のかけた石段をのぼった。ヴェリーが大きな懐中電灯を取り出し、わきの下にはさむと、玄関の鍵を開けた。男たちは地の底のような玄関ホールに踏みこんだ。ヴェリーが懐中電灯をぐるりと回し、玄関前の広間に続くドアを探し当て、開けた。三人は身体をぴったり寄せ合って前進し、はいりこんだ暗黒のあなぐらが、部長刑事の懐中電灯のちらちらする光に照らされると、形といい大きさといい、隣のハルキス邸の広間とそっくり同じであることがわかった。

「さて、それじゃ行こうか」警視が言った。「これはおまえの思いつきだからな、エラリー。おまえが先頭に立て」

エラリーの眼は、跳ねまわる光の中で、異様にきらめいていた。ためらい、あたりを見回してから、エラリーは暗黒の棲むがらんとした廊下に向かって進み始めた。警視とヴェリーは辛抱強くあとに続いた。ヴェリーは懐中電灯を高くかかげていた。

どの部屋もがらんどうだった――屋敷の主が引き払う時に、すべての調度品を持ち去ったのは明らかだ。すくなくとも一階には何も――文字どおり何ひとつ――なかった。からっぽの部屋はどこもかしこも埃が分厚く積もり、リッター刑事とその同僚が最初の捜査で歩きまわった足跡がそこらじゅうに残っていた。壁という壁は黄ばみ、天井はひび割れ、床板はそり返り、やかましい音をたてた。

「これでおまえも満足してくれたかね」一階のすべての部屋をすっかり見てまわったあとに、老人が不機嫌な声で唸った。警視は埃を吸いこんでしまい、盛大なくしゃみをし――咳きこみ、むせて、悪態をついていた。

「いいえ、まだまだ」エラリーは言った。そして、敷物のないむき出しの木の床を、先頭に立ってどんどん歩いていった。男たちの足音がからっぽの屋敷の中で雷鳴のごとく響き渡る。しかし――二階でも、何も見つからなかった。ハルキス邸と同じく、二階は寝室と浴室しかない。どの部屋にも、ベッドや絨毯といった住むためにあるべきものが何ひとつなく、老人はいよいよいらだちをあらわにしてきた。エラリーは古い衣装戸棚を調べていた。熱心な捜索ぶりだが、紙切れ一枚すら見つからなかった。

「満足かね？」

「いいえ」

一同は階段をぎしぎしいわせて、屋根裏部屋に向かった。

何もなし。

「やれやれ、というわけだ」階段を広間におりていきながら、警視はこぼした。「このから騒ぎが終わったわけだから、もう家に帰って、何か腹に入れよう」

エラリーは答えなかった。鼻眼鏡《パンスネ》をひねりながら考えこんでいる。やがてヴェリー部長刑事を見た。「たしか地下室に壊れたトランクがあるとかなんとかいう話がなかったかな、ヴェリー？」

「ええ。リッターが報告してきたやつですね、クイーンさん」

エラリーは広間の奥に向かった。二階にのぼる階段の下にドアがある。エラリーはそれを開け、ヴェリーの懐中電灯を借りて、光の先を下の方に向けてみた。かしいだ階段が闇の中から浮かびあがった。

「地下室だ」エラリーは言った。「行こう」

危なっかしい階段をおっかなびっくり降りていった三人は、屋敷全体の縦横そのままの広大な地下室にたどりついた。懐中電灯の光に命を吹きこまれた影、影、影がうようよと蠢《うごめ》く幽鬼の世界は、上階よりもさらに埃っぽかった。エラリーは真っ先に、階段から四メートルほど離れた場所をめざしていった。ヴェリーの懐中電灯でじっとその地点を照らしている。大きな、壊れた古いトランクが転がっていた——不格好な、鉄の枠がはまった箱形のトランクは、ふたがおろされ、壊れた錠前が不気味に突き出ていた。

「そいつを調べても何も出てこんだろう」警視が言う。「リッターが調べたと報告してきとるぞ、エラリー」

「でしょうね」エラリーはつぶやき、手袋をはめた手でふたを持ち上げた。そして、ぼろぼろの内側に光のシャワーを浴びせかけた。からっぽだった。

ふたをおろそうとしかけて、ふと、エラリーの鼻腔がぴくりと動き、ひくついたかと思うと、ぐっと身体を乗り出してしきりに匂いを嗅ぎだした。「見つけたぞ《ユリーカ》」小さく言った。「お父さん、ヴェリー、まあ、このすてきなかぐわしい匂いを嗅いでみてください」

ふたりの男は匂いを嗅いだ。両人は身を起こすと、警視がぼそりと言った。「なんとまあ、同じ匂いだ、棺を開けた時と！　ただ、ずっと弱い、かすかな匂いだがな」

「本当ですな」ヴェリーの実に深い低音《バッソ・プロフンド》の声が返ってきた。

「そうです」エラリーがふたを支える手を放すと、ばたんと音をたててトランクは閉じた。「さよう。かくして我々は、いわばアルバート・グリムショー氏の遺体が最初に滞在していた安らぎの宿を見つけたというわけです」

「いや、たいしたものだ」警視は感嘆の声をあげた。「それにしても、リッターの馬鹿者めが――」

　エラリーは連れに対してというより、むしろ自分自身に言い聞かせるように続けた。「グリムショーはおそらくここか、この近くで絞殺《こうさつ》された。それが金曜の深夜――十月一日の出来事だ。死体はこのトランクに詰めこまれ、ここに置いておかれた。犯人にはもともと、死体をここからほかの場所に移して、新たに始末しなおすつもりがなかったとしても、格別驚きはしないな。このからっぽの古い屋敷は、死体の隠し場所としてはまさに理想的だ」

「そして、ハルキスが死んだわけだな」老人が考え考え言った。

「そのとおりです。そして、ハルキスが死んだ――殺人の翌朝、二日の土曜だ。殺人犯は、被害者の死体をもっと確実に永久に葬る絶好のチャンスが来たと思った。犯人は葬儀がすむまでじっと待ち、そして、火曜か水曜の夜にこの地下室に忍びこんで、死体を引きずり出す――」

エラリーはふと言葉を切ると、素早い動きで、暗い地下室の奥に向かい、やがて風雪にさらされてぼろぼろになった古いドアを見つけてうなずいた。「――このドアから内庭にはいって、そこの門から墓地にはいったわけだな。そして墓石の下を一メートルほど掘り返した……暗闇という隠れ蓑《みの》の中だ、特に、墓地や、死体や、墓の臭いや、幽霊やら亡霊やらに、まったく無頓着《むとんちゃく》な人間にとっては簡単な仕事だろう。この殺人者はそれほど妄想をふくらませるタイプでなく、想像力に関しては実に冷静な紳士に違いない。まとめると、グリムショーの腐敗しつつあった遺体はここに四、五日間、放置されたということになる。この事実は十分に」エラリーはおごそかに言った。「死臭が残っていた理由になります」

エラリーは懐中電灯でまわりをぐるっと照らしていった。地下室の床は、ところどころがセメントだったり板張りだったりで、埃とトランクのほかは何もない。けれども、すぐそばに怪物を思わせる異形《いぎょう》の薄気味悪い巨大な何かが、天井に向かってそびえたっていた……懐中電灯が慌てふためいたように素早く照らし出すと、怪物は大きな暖房用のボイラーに変化《へんげ》した。エラリーは大股に歩み寄り、焚口《たきぐち》のドアの錆びついたハンドルをつかみ、ひっぱって開けると、懐中電灯を持った手を中につっこんだ。すぐに、大声で叫んだ。「何かある！　お父さん、ヴェリー、早く！」

三人の男はかがみこんで、錆びたふた越しに中を覗いた。ボイラーの底の片すみに、うずくまるようなちんまりした灰の山があった――灰からはみ出ているのは小さな――ごく小さな――厚手の白い紙片だった。

エラリーはポケットの底から拡大鏡を取り出すと、うまい具合に懐中電灯の光を灰に当てながら、熱心に覗きこんでいた。「どうだ？」警視がせっついた。

「ぼくの考えでは」エラリーはゆっくりと言いながら、すっくと背を伸ばして立ち上がり、拡大鏡をおろした。「ついに、ゲオルグ・ハルキスのいちばん新しい遺言書を発見したように思いますね」

＊

手の届かない隠し場所からその紙片をどうやって取り出すか、という問題を解くのに、善良なる部長刑事は十分間を費やすこととなった。灰だめの灰取り口から這って中にはいるには、部長刑事の巨体は大きすぎるのだが、警視もエラリーも細身とはいえ、積もりに積もった灰や埃をかきわけてもぐりこむ気には、とてもなれなかった。そしてまた、エラリーはこういう問題の解決には、まったくの役たたずだった。もっと実際的な工作の才を持ち合わせた部長刑事が、どのような手順を踏めば紙片を救出できるかという方法を見つけ出した。ヴェリーはエラリーが持ち歩いている携帯用の探偵道具箱から針を一本借りて、エラリーのステッキの石突き部分にそれを差しこみ、即席の槍をこしらえた。そうしてよつんばいになると、その槍でわりあい簡単に紙片を突き刺した。灰の山を突き崩してもみたが収穫はなかった――残った紙片らしきものはどれも真っ黒に焦げており、調べても無駄だった。

回収した紙片は、エラリーが予言したとおり、疑いようもなくハルキスの最後の遺言書の一部に間違いなかった。幸い、炎の魔手を逃れたその部分には〈ハルキス画廊〉の新たなる相続人の名が記されていた。のたくったようなみみず文字を、警視はひと目でゲオルグ・ハルキスの筆跡だと見分けた。書かれていた名は、アルバート・グリムショーだった。

「ノックスの話と合うな」警視は言った。「そして、新しい遺言書からはずされたのが、スローンだったとはっきりわかる」

「そうですね」エラリーはつぶやいた。「それにしても、この遺言書を燃やした人物はどうしようもなく馬鹿なへまをやらかしたものだ……気に入らないな。実に気に入らない問題だ」エラリーは鼻眼鏡でかつんと歯を叩くと、焼け焦げた紙片を睨んでいたが、何が気に入らないやら、何が問題なのやら、説明しようとしなかった。

「ひとつだけたしかなことはだ」警視は満足げに言った。「スローン氏にはたっぷり説明してもらわにゃならんということだな。グリムショーの兄弟であるという匿名《とくめい》の手紙の件や、この遺言書の件についてだ。もういいか、エルや?」

エラリーはうなずくと、いま一度、地下室を視線でなでるように見回した。「ええ。これで全部だと思いますね」

「それじゃ、行こう」警視は燃え残った紙片をそっと自分の財布の紙幣を入れるポケットにしまいこむと、先頭に立って地下室の出口に向かった。エラリーはそのあとから、深く考えこみながら続いた。ヴェリーがしんがりをつとめたが、足取りはゆったり落ち着いているとはお世辞にも言えなかった。その広々とした逞《たくま》しい背中でさえも、のしかかってくる、死の暗黒をひしひしと感じないではいられなかったのである。

19 ……暴露

クイーン父子とヴェリー部長刑事がハルキス邸の玄関前の広間に立つと、すぐさま執事のウィークスが飛んできて、屋敷の者は全員邸内におります、と告げた。警視がぶっきらぼうに、ギルバート・スローンを呼び出すように命じると、ウィークスはあたふたと広間の奥にある階段に向かい、三人の男たちはハルキスの書斎にはいっていった。

警視は真っ先に、机に並ぶ電話のひとつに歩み寄って、地方検事のオフィスにかけ、行方不明だったハルキスの遺言書らしきものを発見したいきさつについて、かいつまんでペッパーに説明した。すぐに行きます、とペッパーは叫び返してきた。次に老人は警察本部に電話をかけて、二、三の質問を吠えたて、二、三の返答に耳を傾け、ついに、頭から湯気をたてて受話器を置いた。「例の匿名《とくめい》の手紙からはなんの手がかりも出なかったそうだ。指紋もまったく残っとらん。ジミーに言わせれば、書いた奴はおっそろしく慎重だったってことらしい——ああ、どうぞはいって、スローンさん、はいってください。あなたと話がしたい」

スローンは戸口で躊躇《ちゅうちょ》していた。「何か新しいことでもあったんですか、警視さん」

「さっさとはいりたまえ！　嚙みつきゃしない」

スローンははいってくると、椅子の端に腰をかけ、白いこぎれいな両手を膝の上で緊張したように握りしめていた。ヴェリーがどすどすと足音をたてて部屋のすみに行き、コートを椅子の背もたれに投げかけた。エラリーはたばこに火をつけ、渦を巻く煙越しにスローンの横顔を観察した。

「スローン」警視が唐突に切り出した。「あんたがたいへんな大嘘つきである、というしっぽをつかんだんだよ、こっちは」

スローンの顔から血の気が失せた。「な、なんです、急に？ 私はそんな――」

「最初から言い張っとったな、あんたは。アルバート・グリムショーの顔をおがんだのは、この墓地でハルキスの棺が掘り返された時が初めてだと」警視は言った。「しかも、〈ホテル・ベネディクト〉の夜勤フロント係のベルが、あんたを九月三十日にグリムショーを訪ねてきた山ほどの客のひとりだと見分けた時も、見え透いた嘘をつき続けた」

スローンはぼそぼそと答えた。「そんな、そんな、嘘なんてついていませんよ」

「嘘をついとらんだと？ ほほう」警視はぐっと身を乗り出し、スローンの膝を叩いた。「いいかね、ギルバート・スローン。たとえば、こっちはおまえさんがアルバート・グリムショーの兄弟だって事実を発見した、と言ったらどうだ？」

スローンの様子はそれこそ見られたざまではなかった。顎《あご》がだらりと垂れさがり、目玉は飛び出さんばかりで、舌は口からだらしなくはみ出し、額には汗の玉がじっとりとにじみ、両手は無意識のうちにひきつっている。二度、喋ろうとしたが、二度とも、舌は意味のない音をたてただけだった。

「あの時は酔っていたのかね、え、スローン？　だが、いまはしらふのはずだ、そうだろう、ええ？」警視はじろりと睨んだ。「どういうことだ」

スローンはやっと、思考と声帯を調和させるすべを見いだした。「いったい――いったいどうしてわかったんです」

「どうだっていい。本当なんだな？」

「はい」スローンの手が眉間をぬぐい、再びおろされた時には、べっとりと脂汗にまみれていた。「はい、だけど、いったいどうして――」

「いいから話したまえ、スローン」

「アルバートは――ええ、私の兄弟です、おっしゃるとおり。両親がもう何年も前に亡くなったあと、残されたのは、私たち兄弟ふたりだけでした。アルバートは――いつも、問題を起こしてばかりで。私たちはとうとう、喧嘩別れしたんです」

「で、あんたは名前を変えたんだな」

「そうです。私の名は、もうおわかりでしょう、ギルバート・グリムショーでした」そこで大きく息を吸った。眼には涙がにじんでいた。「アルバートは刑務所送りになりました――本物の犯罪をおかしたんです。私はもう――世間体の悪さと口さがない噂に耐えられませんでした。それで母方の姓であるスローンを名乗り、人生をすっかりやりなおすことにしたんです。その時に、おまえとはすっぱり縁切りだとアルバートに言い渡しました……」スローンは身もだえしていた。声はゆっくりだが、どうしても喋らなければという必死な思いが、内なるピストンとなって言葉を押し出す。「名前を変えたことをアルバートは知りませんでした——教えなかったんです。それから私はできるかぎりアルバートから遠ざかって生きてきました。ニューヨークに来て、職も見つけて……でも、アルバートからは目を離さないようにしていました。私がいま、どんな暮らしをしているのか知られたら、また問題を起こされるだろう、金《かね》を絞られるか、私との関係をばらすと脅されるかと、もう心配で……。血のつながった兄弟ですが、あれはむかしから救いようのない悪党でした。父は学校の教師で——絵を教えて、自分でも描いていました。私たち兄弟は品のある文化的な環境で育ったはずなのに。どうしてアルバートがあんなワルに育ってしまったのか、私にはさっぱり——」

「むかし話を聞きたいわけじゃない。いま、ここにある事実を知りたいんだ。木曜の夜、グリムショーに会うためにホテルに行ったな?」

スローンはため息をついた。「いまさら否定しても、どうにもなりませんね……ええ、行きました。私はアルバートの腐りきった人生をずっと見張り続け、悪から、さらなる悪に転がり落ちていくのを目の当たりにしました——アルバートは私がずっと目を離さずにいたことを知りませんでしたが。私は、あれがシンシン刑務所にはいったのも知ってましたから、いつ釈放されるのか、ずっと注意していました。あの火曜日に釈放されると、どこにねぐらをかまえたのかを突き止めて、木曜の夜に〈ホテル・ベネディクト〉まで、話をつけにいきました。ニューヨークにいてほしくなかったんです。アルバートに——遠くに行ってほしくて……」

「たしかに、遠くに行ってくれたな」警視はぶっきらぼうに言った。

「ちょっとすみません、スローンさん」エラリーが口をはさんだ。スローンは、フクロウのようなびっくり顔を、横に振り向けた。「あの木曜の夜、ご兄弟の部屋を訪ねた時の前に、最後に会ったのはいつでしたか」

「じかに顔をあわせて、という意味ですか？」

「そうです」

「私がスローンを名乗るようになってからは一度も、会ったことも声を聞いたこともありません」

「実にあっぱれですね」エラリーはつぶやき、またたばこをくわえた。

「その夜、あなたがたふたりの間に何が起きたのかね」クイーン警視は問いただした。

「何もありません、誓います！　私はただ、頼んだんです、ニューヨークから出ていってほしいと懇願《こんがん》しました。金を出すとも言いました……アルバートは驚いていましたが、私に会えて好都合だとほくそ笑んでいるのはわかりました。もう一度、会えるとは夢にも思わなかったが、そう悪くはないというような顔で……。すぐに私は、訪ねてきたのは間違いだったと、眠った犬は寝かせたままでいるべきだったと悟りました。アルバートは、私のことはもう何年も思い出しもしなかった、自分に兄弟がいたことすら、ほとんど忘れていたと——あれの言葉、そのままですよ！——そう言ったんです。

でも、遅すぎました。私はアルバートに、ニューヨークを出ていって、二度と戻ってこなければ、五千ドル出すと言ってしまったんです。小額紙幣ですでに金も用意して、持っていました。アルバートがそうする、と約束して金を奪い取ったので、私はそのまま部屋を出ました」

「その後、生きている彼の姿を見たことはあるかね?」

「いいえ、いいえ！　私はもう、アルバートはニューヨークから出ていったとばかり思っていましたよ。だから、棺のふたが開けられて、中にいるのを見た時は……」

エラリーがのろのろと言った。「ところで、この神出鬼没《しんしゅつきぼつ》のアルバートと話している間に、現在のあなたの名前を教えましたか」

スローンはすくみあがった。「いいえ、まさか。冗談じゃない。そこは、いわば――身を守るための手段として秘密にしておきました。アルバートにしても、私がもうギルバート・グリムショーを名乗っていないなどと、疑ってもみなかったでしょう。だから、さっき私はあんなに驚いたんです――警視さんが、私たちが兄弟だという事実を発見したとおっしゃった時に――それにしても、いったいどうやって……」

「つまり、こういう意味ですか」エラリーが素早く言った。「ギルバート・スローンがアルバート・グリムショーの兄弟であることを知る人間はひとりもいないと?」

「そのとおりです」スローンはまた額をぬぐった。「そもそも私は、兄弟がいることを誰にも言っていないんですよ、妻にさえ。アルバートだって他人に喋れたはずはない。世界のどこかに兄弟がひとりいるはずだ、という事実は知っていても、ギルバート・スローンという名に変わっているとは知らなかったんですから。あの夜、私がホテルのアルバートの部屋を訪ねたあとでさえ、いまの私の名は知らないままだったはずです」

「そいつは妙だな」警視はつぶやいた。

「まったくですね」エラリーは言った。「スローンさん、ご兄弟は、あなたとゲオルグ・ハルキスが縁続きであることを知っていましたか」

「いやいや、そんな！　絶対に知らなかったはずです。私がいま何をしているのかと、馬鹿にした口調で訊いてきたんですから。もちろん、はぐらかしました。探し出されちゃたまったものじゃない」

「もうひとつ。あなたは、その木曜の夜に、ご兄弟とどこかで落ち合ってから、一緒にホテルにはいってきたわけですか」

「いいえ。私ひとりでした。ロビーにはいった時に鉢合わせしそうになりましたが、アルバートと、もうひとり、顔をぐるぐる巻きに……」

警視が、あっと小さく声をたてた。

「……覆面した男に。その男の顔は見えませんでした。私はアルバートのあとをひと晩じゅうつけていたわけじゃないので、どこから現れたのかは知りません。ともかく、アルバートがいることを眼で見て確認できたので、フロントに部屋番号を教えてもらい、アルバートと連れの覆面男に続いて上階にのぼりました。三階に行ってからは、枝分かれした廊下にしばらく隠れて待っていたんです。覆面の男が出ていってくれたら、部屋にはいって、アルバートと話をつけて、さっさと帰れると……」

「あなたは314号室のドアを見張っていたんですか」エラリーが鋭く訊いた。

「ええと、見たり、見なかったりですね。たぶん、アルバートの連れは、私が目を離したすきに抜け出したんでしょう。しばらく待ってから314号室のドアに近づいて、ノックしました。少し間をおいて、アルバートがドアを開けてくれて——」

「室内に、ほかの人間は誰もいませんでしたか」

「いませんでした。アルバートは、先客がいたようなことをまったく言わなかったので、私が待っている間に出ていってしまった人物は、このホテルに泊まっている知り合いだったんだな、と思いました」スローンはため息をついた。「とにかく私は、このいやな仕事をすませて、とっとと帰ることで頭がいっぱいで、質問をする余裕なんてなかったんです。そのあとは、さっき私が言ったとおりの会話を交わしてから、引き揚げました。すっかり肩の荷をおろした気分で、ほっとしていました」

警視が唐突に言った。「これでおしまいです」

スローンは飛び上がるように立った。「ありがとうございます、警視さん、お気遣いいただいて。あなたもです、クイーンさん。私はてっきり信じこんでいたものですから——拷問とかなんとか……」スローンはネクタイをいじくり、ヴェリーの両肩は、噴火しているヴェスヴィオス火山の斜面のごとく震えていた。「それでは、その——ええと、おいとまします」弱々しくスローンは言った。「〈画廊〉の方で仕事がたまっておりますので。では……」

一同は無言でスローンを見守っていた。スローンは口の中でぼそぼそと何やらつぶやいたかと思うと、いきなり、笑い声のような音をたて、書斎からすたこら逃げていった。ほどなくして、玄関のドアがばたんと閉まる音が聞こえてきた。

「トマス」クイーン警視が口を開いた。「〈ホテル・ベネディクト〉の宿帳の完全な写しが欲しい。三十日の木曜と一日の金曜に泊まっていた人間の名をすべて押さえたものだ」

「それじゃお父さんは」エラリーは、ヴェリーが部屋を出ていくのを見送りながら、おもしろそうに訊いた。「スローンが思ったように、グリムショーの連れはあのホテルの泊り客だったと考えているわけですか?」

警視の色白の顔が赤くなった。「なぜそう考えちゃいかんのだ。おまえはそう思わんのか」

エラリーはため息をついた。

まさにその瞬間、ペッパーがコートの裾をはためかせて、部屋に飛びこんでくると、血色のいい顔を向かい風に吹かれてますます赤くし、眼をらんらんと光らせて、隣家のボイラーの中からすくいあげた遺言書の燃え残りとやらを見せてほしいと要求した。エラリーは、ペッパーと警視がその紙片を机のもっと強い明かりのもとでじっくり調べている傍《かたわ》らで、坐ったまま沈思黙考していた。「なんとも言えませんね」ペッパーが言った。「個人的に、私はこれが本物の遺言書の燃え残りではないという理由はないと思いますが。筆跡は同じに見えます」

「調べよう」

「もちろんです」ペッパーはコートを脱いだ。「もし、この紙片がハルキスのいちばん新しい遺言書であると断定できたら」検事補は考え考え続けた。「ノックス氏の話と考えあわせると、どうやら我々は、遺言検認判事の生活をたいそう愉快にする、最高にこんがらがった遺産相続の争いに巻きこまれてしまいそうですね」

「どういう意味だ?」

「だって、遺言者が脅迫されてむりやり署名させられたと我々が立証できないかぎり、〈ハルキス画廊〉はそっくり、いまは亡きアルバート・グリムショーの財産になってしまうんですよ!」

一同は顔を見合わせた。警視がのろのろと口を開いた。「なるほどな。そうなると、スローンはグリムショーのもっとも近い親類ということになるから……」

「それはどうですかね」エラリーがつぶやいた。

「つまりきみは、スローンが妻を通じて財産を相続する方が安全だと考えたはずだと思うわけかい?」ペッパーが訊いた。

「あなたがスローンの立場ならそう考えませんか、ペッパーさん」

「何かがあるはずだ」警視はつぶやいた。ひょいと肩をすくめると、ついさっきのスローンの証言をかいつまんで説明した。ペッパーはうなずいた。ふたりはまた、困り果てた顔で、小さな焼け焦げた紙片を見つめていた。

ペッパーが言いだした。「まず、やらなければならないことは、ウッドラフに会って、事務所に保管されている遺言書の写しと、この紙片を比べてみることですね。筆跡を照らしあわせれば、本物かどうか判別できる……」

書斎の外の廊下で軽い足音がしたので、皆はいっせいに振り返った。ヴリーランド夫人が、ちらちらと光り輝く黒いドレスをまとい、しなを作って戸口にたたずんでいる。ペッパーが慌てて紙片をポケットにねじこむと、警視は気安い口調で声をかけた。「どうぞ、おはいりください、奥さん。わしに何かご用ですかな?」

夫人は囁くような声で答えた。「ええ」廊下の左右をちらちらとうかがい見ている。かと思うと、素早く部屋にはいってきて、ドアを閉めた。何やらこそこそしている——しかとはわかりかねるが、なんらかの感情を抑えつけているようで、女の頬は紅潮し、大きな眼は火花を散らし、ふかぶかと呼吸するたびに胸が大きく盛りあがったり沈んだりしている。なぜか、そのきりっとした美しい顔には、悪意が透けて見えた——気の強そうな眼の奥から、短剣の切っ先がこちらを向いている。

夫人は警視のすすめた椅子を断り、閉じたドアに寄りかかって立っていることを選んだ。恐ろしく警戒心をむき出しにしている——廊下の物音に必死で聞き耳をたてているらしい。警視は眼を鋭くし、ペッパーは眉を寄せ、エラリーまでもが興味を引かれたようにじっと夫人を見守った。

「さて、どういうお話ですか、奥さん」

「あの、それが、クイーン警視さん」夫人は吐息にのせて小声で言った。「あたくし、実は、胸にしまっていたことがあるんですの……」

「ほほう?」

「お話ししたいことがあって——きっとあなたがとても興味をお持ちになること間違いなしのお話ですわ」濡れたような黒いまつげがさっとおりて両の眼を隠した。次に、まつげが上がると、その瞳は黒檀《こくたん》のように硬くこわばっていた。「水曜の夜のことですの、一週間前の――」

「葬儀の翌日ですか」警視が素早く確認した。

「そうですわ。先週の水曜の夜、とても遅い時間でしたけれど、あたくし、眠れなくって」夫人は小声で言った。「不眠症で――ええ、眠れないのはしょっちゅうなんですの。この時は、ベッドを出て、窓の方に歩いていきました。あたくしの部屋の窓は、屋敷の裏手の内庭を見下ろしているんです。その時、たまたま、ひとりの男が内庭を通って墓地の門にこっそり近づいていくのが見えたんですわ。そのまま墓地にはいっていったんですのよ、クイーン警視さん！」

「そうですか」警視は優しく言った。「実におもしろいお話ですな、奥さん。その男は誰ですか？」

「ギルバート・スローンです！」

その言葉は激烈な勢いで飛び出し――間違いなく――毒を秘めていた。夫人は黒い瞳で一同をぐっと見つめたが、なんともなまめかしい目つきで、くちびるまでもが艶っぽく笑みをたたえている。この瞬間の夫人は、恐ろしくもあり――そして、ひどく真剣だった。警視は眼をぱちくりさせ、ペッパーは喜びを隠しきれずに、片手をぐっと握った。エラリーだけがまったく感情を動かされていなかった――まるで、顕微鏡のレンズの下に置いたバクテリアを見るような眼で、じっと女を観察していた。

「ギルバート・スローン、ね。確信をお持ちですか、奥さん」

「間違いありませんわ」鞭のように言葉がぴしりと飛んでくる。

警視は痩せた肩をいからせた。「さて、奥さん、これはあなたもおっしゃったとおり、たいへん重大な問題です。よくよく考えて、間違いなく正確な情報をくださらんと困る。あなたが見た、ありのままの事実を教えてください——余計なことを付け加えたり、変に省略したりせずに。あなたが窓の外を覗いた時、スローンさんがどこから現れたのか見えましたか」

「窓の真下の暗がりから現れました。この屋敷の陰から現れたのかどうかははっきり見えませんでしたけれど、地下室から出てきたように思えましたわ。すくなくとも、あたくしはそんな印象を受けました」

「男はどんな服装でしたか」

「フェルト帽をかぶって、コートを着こんでいましたわね」

「奥さん」エラリーの声に、ヴリーランド夫人は振り向いた。「かなり遅い時間だったんでしょう？」

「ええ。正確に何時だったのかはわかりませんけれど。でも、真夜中はとっくに過ぎていたはずですわ」

「内庭は相当、暗かったでしょうね」エラリーは穏やかに言った。「そんな夜ふけでは」

夫人の首の二本の筋がぴしっと浮きあがった。「あら、あなたの考えはお見通しですからね！　本当は誰だかわからないのに、あたくしが適当なことを言っていると思っているんでしょう！　でも、あれはあの人よ、間違いないわ！」

「実際に男の顔を少しでも見たわけですか？」

「いいえ、見ていません。でも、あれはギルバートよ——あの人なら絶対に見分けられるの、どこにいても、いつでも、どんな時も……」夫人ははっと口をつぐんだ。ペッパーは心得たようにうなずき、警視はまじめくさった顔をしていた。

「では、もしも必要にせまられた場合には」老人がおもむろに口を開いた。「その夜、内庭で、ギルバート・スローンが墓地にはいっていくところを目撃したと、証言していただけるわけですな」

「ええ、しますとも」そして、横目でエラリーを睨んだ。

「男が墓地の中に消えてしまったあとも、あなたはずっと窓のそばにいたんですか？」ペッパーが訊いた。

「ええ。あの人は二十分くらいでまた現れました。急ぎ足で、まるで人目をはばかるようにきょろきょろしながら、あたくしのいる窓の真下の暗がりに飛びこみました。きっと、この屋敷の中にはいったんですわ」

「ほかに何か見ていませんか」ペッパーが食いさがった。

「んまあ」夫人は辛辣《しんらつ》に言った。「それだけ見ていれば十分じゃありません？」

警視は身じろぎし、尖った鼻の先を夫人の胸の方にまっすぐ向けた。「男が墓地にはいっていくのを、最初に見た時のことですがね、奥さん——何かを持ってはいませんでしたか」

「いいえ」

警視は顔をそむけて、失望の表情を隠した。エラリーがとぼけた口調で声をかけた。「なぜ、こんなにすてきなお話をいまのいままで教えてくださらなかったんですか、奥さん」

またもや、夫人はエラリーを睨みつけた。青年の超然として、分別くさい、わずかに毒を含んだ態度に、疑いの気配を感じ取ったのだ。「そんなことが重大だとは思いませんわね！」

「ははあ、ところがどっこい重大なんですよ」

「あら、そう――いままで忘れていただけよ」

「ふうむ」警視が言った。「それだけですか」

「ええ」

「では、いまのお話を誰にも、誰にもです、絶対に言わないでください。もう、お戻りいただいて結構です」

夫人の内にあった鉄骨があっという間に、赤さびに食いつくされ、一瞬で崩れ落ちた――全身から生気が消え失せ、突然、歳をとって見えた。のろのろとドアに向かいながら、夫人は消え入るような声で言った。「でも、あたくしのいまの話を聞いて、何もしないんですの？」

「どうぞ、奥さん、お引き取りを」

夫人は疲れたようにノブを回すと、一度も振り向かずに出ていった。警視はそれを見送ってからドアを閉め、両手を洗うようにごしごしこすりあわせた。「やれやれ」警視はぶっきらぼうに言った。「また毛色の変わった馬が来たもんだ。それでも、あのおばさんは本当のことを言っていたようだな！　これはやはり、どうやら――」

「でも、お父さん」エラリーが言った。「いまのご婦人は、くだんの紳士の人相を実際に眼で見て確認しちゃいないんですよ」

「ということは、夫人が嘘をついたときみは思うのか?」ペッパーは訊ねた。

「夫人は、本当だと信じたことを言ったんだと思いますね。女心は難しいものですからねえ」

「しかし、おまえも認めるだろう」警視は言った。「本当にスローンだった可能性も十分にあると」

「そりゃ、あるでしょう」エラリーはめんどくさそうに言いながら、手を振った。

「いますぐにやるべきことがひとつありますね」ペッパーはがつんと歯を鳴らした。「上階のスローン氏の部屋を徹底的に洗うことです」

「わしもまったく同じ意見だ」警視はいかめしく答えた。「一緒に来るか、エル?」

エラリーはため息をついて、警視とペッパーのあとに続いて部屋を出たが、その顔にはほとんど期待の色はなかった。廊下に出た一同は、デルフィーナ・スローンのほっそりした姿が玄関に向かってそそくさと遠ざかっていくのを見かけた。スローン夫人は上気した顔と熱を帯びた眼をちらりとこちらに振り向けると、客間に続く扉の向こうに消えていった。

警視はぴたりと足を止めた。「まさか、いまの話を聞いていたんじゃなかろうな」まずい、という口調になる。が、首を横に振って、廊下を歩いて階段に向かい、二階にのぼった。階段のてっぺんで老人は立ち止まり、あたりを見回してから、手すりぞいに左に折れた。そして、とあるドアをノックした。ヴリーランド夫人がすぐに現れた。「頼みたいことがあります、奥さん」警視は囁いた。「一階におりて、客間に行って、我々が戻るまでスローン夫人を引き留めておいてくださらんか」そして目くばせすると、夫人は息をのんでうなずいた。そして、ドアを閉めて、階段の下に飛び去っていった。「すくなくとも、これで」老人は満足げに言った。「邪魔されんですむ。行くぞ、みんな」

＊

二階にあるスローン夫妻の私室は、二部屋に分かれていた――居間と寝室だ。

エラリーは捜査に参加することを拒否した。退屈そうに突っ立ったまま、警視とペッパーが寝室の中をすっかり――引き出しも、衣装戸棚も、つくりつけのクロゼットも開けて調べるさまを眺めていた。警視はとことん念入りだった。何ひとつ見逃しはしなかった。老いた膝を床につき、絨毯の下に何かないかと探り、壁を叩き、クロゼットの中をすみからすみまで見た。しかし、無駄骨だった。警視もペッパーも、二度見る価値があると感じたものはこれっぽっちもなかった。

そこで一同は居間に引き返し、あたまからもう一度、捜査をすっかりやりなおした。エラリーは壁にもたれかかってその様子を、高みの見物としゃれこんでいた。ケースから紙巻きたばこを一本取り出すと、薄いくちびるの間に差しこみ、マッチをすった――が、たばこに火をつけずに、マッチを振って消した。吸っていい場ではなかった。エラリーはたばことマッチの燃えさしを、ポケットにゆっくりとしまいこんだ。

どうやら、この捜査は失敗だという気配が一同の頭上に重たくのしかかってきた時、ついに発見があった。それは、部屋のすみで彫刻がほどこされた古い机をしつこくつつきまわしていたペッパーのお手柄だった。検事補は全部の引き出しをくまなくかきまわしたものの、何も見つけることができずにいたが、机の前に立って、魅入られたようにじっと見下ろしているうちに、壺形の大きなたばこ加湿容器（適度な湿度を与える貯蔵箱）に目をひかれたようで、ひょいとふたを持ち上げた。壺にはパイプたばこの葉がぎっしり詰まっていた。「これはいい場所じゃないか」ペッパーはつぶやいた……そして両手を壺の中に沈め、しっとりした刻みたばこをかきまわしていたが、手に冷たい金属の物体が触れたところで、ぴたりと動きを止めた。

「よし！」ペッパーは小さく声をあげた。暖炉を熱心にかきまわしていた警視は頭をもたげ、頰についたすすをぬぐいながら、机に駆け寄ってきた。エラリーの無関心そうな様子は消えて、警視のあとに続いて急いで近づいた。

ペッパーの震えるてのひらの上に、まだ刻みたばこが何枚かくっついたままの、一本の鍵がのっている。

警視は地方検事補の手からそれをひったくった。「こいつはどうやら――」そう言いかけて、ぴたりと口を閉じると、鍵をベストのポケットにつっこんだ。「これだけでもう十分だ、ペッパー。引き揚げるぞ。この鍵が、わしの思う場所にぴったり合えば、それはそれは愉しい祭りの始まりというわけだ！」

一行は素早く、用心しいしい居間を出た。一階におりるとヴェリー部長刑事がいた。

「〈ホテル・ベネディクト〉の宿帳の写しを取りに、部下をひとりやりました」ヴェリーはがらがら声で言った。「じきに来ると思いま――」

「いま、そっちはいい、トマス」警視はヴェリーの手をつかんだ。老人はそっとあたりをうかがった。廊下には誰もいなかった。警視はベストのポケットから、例の鍵を取り出すと、ヴェリーのてのひらに押しつけながら、部長刑事の耳に何ごとか囁いた。ヴェリーはうなずき、広間に向かって大股に廊下を歩いていった。ほどなくして、部長刑事が屋敷を出ていく音が聞こえた。

「さて、諸君」警視は上機嫌で言いながら、嗅ぎたばこを力いっぱい吸いこんだ。「さて、諸君――」くんくん！　はくしょん！「――どうやら、大当たりの本物らしいぞ。それじゃ、書斎にはいっておとなしく待つとするか」

そして、ペッパーとエラリーを書斎の中に追いやると、自身は細く開けておいたドアのそばに陣取った。一同は黙したまま、待っていた。エラリーの細い顔には疲れまじりの期待の色があった。急に、老人がさっとドアを開いて、何かをひっぱりこんだ。警視の腕の先にくっついて出現したのは、ヴェリー部長刑事だった。

警視はすぐにドアを閉めた。ヴェリーの、あの皮肉っぽい顔にははっきりと興奮の色があった。「どうだった、トマス――おい、どうだった？」

「どんぴしゃですよ、間違いありません！」

「やったぞ！」警視は怒鳴った。「スローンのたばこ壺から出てきた鍵が、ノックスの空き家の地下室のドアにぴったりだったんだな！」

老人は、老いたコマドリのようにさえずっていた。閉じたドアにもたれて番をしているヴェリーは、さながら眼を輝かせているコンドルだった。ペッパーは飛び跳ねるスズメそのものだった。そしてエラリーは、読者諸氏のご想像どおり、黒い羽毛の衣をまとい、しゃがれ声のぐうの音も出ない、滑稽《こっけい》なほど哀れな大ガラスであった。

「この鍵の件には、ふたつの意味がある」警視は、そのいかめしい顔がまっぷたつに裂けるほど、大きくにやりと笑った。「おまえのまねをするとだな、エラリー……この鍵の存在は、そもそも遺言書を盗む、もっとも強力な動機を持っていたギルバート・スローンが、問題の遺言書の一部が発見された地下室の合鍵を所持していたことを示すものだ。それが意味するところは、遺言書を地下室のボイラーで焼き捨てようとした者はスローンに違いない、ということになる。いいか、葬儀の日、奴がこの部屋の壁の金庫から最初に遺言書を盗んだ時は、棺の中に隠した――その時にはまだ鋼《はがね》の箱は開けられていなかっただろう――そして水曜か木曜の夜に棺からまた取り出したわけだ。

さて、意味のふたつ目は、裏づけだ。死臭のにおう古トランクと、地下室の鍵を考えあわせると――グリムショーの死体が、ハルキスの棺に葬られる前はさっきの地下室に隠されていたことを裏づけする。隣の空き家の地下室はお手ごろで安全な場所だ……ええ、いまいましい、リッターの大馬鹿者め、仕置きしてやるぞ！　ボイラーのあの紙くずを見逃しおって！」

*

「なんだか、おもしろくなってきましたね」ペッパーは顎をこすりながら言った。「実におもしろいな。こうなると、私の仕事ははっきりしている――いますぐウッドラフに会いにいって、事務所に残っている写しと、遺言書の燃え残りを比べてみないと。あの紙切れが本物の遺言書かどうか、確認しなければ」検事補は机に歩み寄り、どこかに電話をかけた。「話し中だ」そう言って、受話器を置いた。「警視、おおかたどこかの誰かさんは、身の丈《たけ》にあまる大仕事に手を出しちまったってことでしょうね。もし、これが本物と証明できれば……」ペッパーがまたダイヤルを回すと、今度は、ウッドラフの自宅に電話がつながった。ウッドラフの召使は、申し訳ないが弁護士はいま留守だけれども、あと三十分ほどで帰宅する予定だ、と答えた。ペッパーは召使に、ウッドラフが戻ったら自分を待つように伝えてほしいと頼むと、役たたずの受話器をがちゃんと置いた。

「急ぐんだぞ」警視が眼をきらめかせた。「でないと、せっかくのどでかい花火が、みすみす水の泡になる。とはいえ、その遺言書が本物だと確認しなけりゃ話は始まらん。わしらはここで待っとる、それで――結果がわかったらすぐに知らせてくれ、ペッパー」

「わかりました。たぶんウッドラフのオフィスに、写しを見にいかなきゃならないでしょうが、なるたけ早く戻ります」ペッパーは帽子とコートをつかむと、大急ぎで出ていった。

「どうも、ひとりよがりな感じがしますよ、警視殿」エラリーはひとこと所見を述べた。その顔にふざけた色はなく、ただ心配そうだった。

「何が悪い?」老人はハルキスの回転椅子にどっかと腰を沈めると、小さく甘美のため息をついた。「これで追跡は終わったようじゃないか――わしらにとっても、ギルバート・スローン氏にとっても」

エラリーは、不満げに唸った。

「この事件では」警視はくすくす笑った。「おまえのもったいぶった推理方式なんぞ、爪の垢《あか》ほどの価値もなかったってわけだ。まっとうな、旧式の、すなおな考えかたの勝利というわけさ――とっぴな考えだの思いつきだのはお呼びじゃないんだ、エラリーや」

エラリーはまた、不満げに唸った。

「おまえの困ったところは」警視は茶目っ気たっぷりに言った。「どんな事件も、頭のレスリングの試合だと思ってしまうことだ。おまえときたら、自分の父親のささやかな常識を信用してくれんのだからな。いいか、探偵に必要なものはとりあえずたったひとつ――常識だ。おまえは難しく考えすぎて、深みにはまっとるんだ」

エラリーは何も言わなかった。

「それ、今回のギルバート・スローンに関する事件を考えてみろ」老人は続けた。「明々白々な事件だ。動機か？　あるある、大ありだとも。スローンはふたつの動機でグリムショーを始末した。第一の動機は、グリムショーがスローンにとって危険な存在だったからだ。わしらが知っとる事実から考えるに、脅迫されていたかもしれん。だが、こっちはさほど重要な動機じゃない。本当に重要な動機はだな、グリムショーがハルキスの新しい遺言書によって〈ハルキス画廊〉の相続人となったせいで、スローンが相続するはずだったものを横取りされたことだ。

スローンはグリムショーを始末し、遺言書をおまえが指摘した理由によって破棄《はき》した——グリムショーと血のつながった兄弟であることを知られたくなかったので、ばれる危険のある方法で〈画廊〉を相続したくなかったんだ——遺言書を破棄しておけば、ハルキスが遺言を残さずに死んだとみなされ、スローンは妻を介して、分け前にあずかることができるというわけだ。なんともずる賢いじゃないかね！」

「ええ、とても」

警視はにんまりした。「まあ、そう思いつめなさんな、若先生……賭けてもいいが、スローンの身辺を洗いあげれば、きっと金銭の問題が出てくるぞ。やっこさん、ぜにが必要だったのさ。間違いない。これで動機の件は片づいた。お次は、別の視点から事件を見てみるぞ。以前、おまえがハルキス犯人説を見なおしながら指摘したとおり、グリムショーを絞殺《こうさつ》した人間が誰にしろ、この殺人犯こそが、ハルキスを犯人に見せかけるためにティーカップの偽手がかりをでっちあげたのは間違いない。殺人犯はノックスが、ティーカップの手がかりは嘘だと暴露するわけはないと考えていた。それは、ノックスが例の盗品の絵を隠し持っていることを知っていたからだ。ここまではいいな。さて、これもおまえが指摘したとおりだが、偽の手がかりをでっちあげることができ、なおかつ、ノックスがレオナルドを持っているのを知る、唯一の外部の人間は、グリムショーの謎の〝相棒〟だ。そうだろう？」

「絶対的な真実です」

「それならばだ」老人は賢者のごとく眉を寄せ、指先を突き合わせて続けた。「——トマスよ、そわそわするのをやめんか――仮にそういうことだとすれば、スローンは殺人犯であり、なおかつ、グリムショーの〝謎の〟相棒に違いないということになる――わしには容易に信じられるがね、なんといっても、ふたりは兄弟だったんだから」

エラリーは呻いた。

「ああ、そうだとも」父親は悦に入ったように続けた。「それはつまり、スローンが少し前の長広舌の中でふたつの重大な嘘をついたことを意味するわけだ。ひとつ目は、奴がもしグリムショーの相棒だったとすれば、グリムショーは、〝スローンとしての〟スローンの正体は自分の兄弟だと知っていたはずで、ならば、〈ハルキス画廊〉におけるスローンの身分も知っていたに違いない。ふたつ目は、〈ホテル・ベネディクト〉にグリムショーと一緒に来た人間がスローンだったはずで、奴が我々に言った、そのすぐあとにはいっていった男ではない。すると、スローンがグリムショーの謎の相棒だったわけだから、ただひとり、正体のわかっていない訪問客は、その次に来た人物の方だったということになる――そして、この男が事件のどこに当てはまるのかは神のみぞ知る、だ。もし、当てはまるとすればの話だがな」

「すべてのピースが当てはまらなければならないんですよ」エラリーが言った。

「ああ、おまえは身をもって知っとるんだった、なあ?」警視はにやりとした。「しかし、わしは十分満足だ、エラリー。ともかく、スローンが殺人者でありグリムショーの相棒でもあるなら、遺言書が肝心かなめの動機ってことに違いない。グリムショーが自分にとって危険な存在だから排除するというのはついでの動機だ。さらに、レオナルドを非合法に所持しているネタでノックスをゆすれると気づいて邪魔者を始末しようとしたのなら、動機は三つになるな」

「重要なポイントですね」エラリーが言った。「そこはもっと徹底的に調べなければ。ところで、お父さんは事件のあらゆるピースを、自分の満足いくように配置したわけですから、ぜひ、この犯罪全体を再構築していただきたい。今度の事件はぼくにとっては、いい教訓だ。ぜひご教示願いたいものです」

「いいとも。こんなものはABCのように単純な事件だ。スローンはグリムショーをハルキスの棺の中に入れて埋めた。先週の水曜の夜のことだな――それ、ヴリーランド夫人が、内庭をこそこそ歩いとるのを見たと証言した夜だ。たぶん二度目に墓地に向かったところを目撃したんだろう、あのおばさんはスローンが死体を運んでいるのを見とらんのだからな。すでに死体を墓地に運び終わっていたに違いない」

エラリーは頭を振った。「ぼくはお父さんのおっしゃることを何ひとつ論破できる証拠を持っていませんがね、それにしても――なんとなく、本当だとは思えない」

「くだらん。ときどきおまえはロバのように頑固で困る。わしには本当だと思えるぞ。当然だが、スローンがグリムショーの死体を棺に隠して埋めた時は、まさか警察の手で棺が掘り返されると思う理由はひとつもなかったはずだ。スローンは死体を入れるために棺をあばいた時、遺言書を確実に破棄したくて棺の中から取り出したんだろう。何も新たな危険が追加されるわけじゃない――棺はもうあばかれているんだ――わかるかね。ついでに、グリムショーを殺した時に身につけていた約束手形も死体から取り返して破棄したんだろう。のちに間接的に自分が相続する財産を守るため、それと、まかり間違って約束手形が誰かの手に渡り、支払いを要求されることが絶対にないように。どうだ、手袋のようにぴったりと合うだろうが！」

「そう思いますか」

「思うどころじゃない、わしにはわかっとる！　なんたって、あの地下室の合鍵がスローンのたばこ壺にはいっとったんだ――あれこそ証拠というものだ。隣の空き家のボイラーで遺言書の燃えさしが見つかっただろう――あれも証拠だ。そして何より――グリムショーとスローンが兄弟だという事実がある……エラリー、いいかげんに目を覚ませ。こんな明白な事件に眼をつぶっとるわけにはいかん」

「悲しいですが、それが真実ですね」エラリーはため息をついた。「お父さん、今回の件から、ぼくは手をひかせてください。今度の解決の手柄はすべてお父さんのものです、ぼくは何もいりません。証拠と思ったものが実はただのでっちあげだとわかってやけどするのは、もうこりごりです」

「でっちあげだと！」警視は馬鹿にするように鼻を鳴らした。「つまりおまえは、誰かがスローンに罪をおっかぶせるために、奴のたばこ壺に鍵をつっこんでおいたと言いたいのか？」

「ぼくの答えは謎めいているでしょうがね。それでも、どうかぼくの両眼は自然が許すかぎり大きく開かれているということを、心に留め置いてくださいよ」エラリーは言いながら立ち上がった。「ぼくには前途に横たわるものがはっきり見えませんが、それでも善なる神《ル・ボン・デュ》が、いみじくもラ・フォンテーヌが言った〝二重の喜び〟をぼくに見せてくださることを祈っていますよ……だます者をだます喜び《ド・トロンペ・ル・トロンプール》を」

「ああ、もう、愚にもつかんことを言うのはやめんか!」警視は怒鳴り、ハルキスの回転椅子から勢いよく立ち上がった。「トマス、帽子とコートを取ってきて、部下を集めろ。これからちょいと〈ハルキス画廊〉を訪問としゃれこむぞ」

「ということは、見つけたものをスローンに突きつけて対決しようってわけですか」エラリーがゆっくりと言った。

「そのとおりだとも、大先生」警視は言った。「そしてペッパーが、あの遺言書の燃え残りが本物だというお墨つきをもらってくれれば、スローン氏は今夜、殺人容疑で墓場《トゥームズ》（ニューヨーク市拘置所の通称）のすてきなぴかぴか光る鉄格子の奥にはいることになるだろう!」

「お言葉ですがね」ヴェリー部長刑事はがらがら声で言った。「あそこの鉄格子はそんなにぴかぴかしちゃいませんな」

20 ……報い

その夜遅くに、クイーン警視、エラリー・クイーン、ヴェリー部長刑事を筆頭に、大勢の刑事が四方から急襲した時、マディソン街の〈ハルキス画廊〉界隈《かいわい》は暗く静まり返っていた。一行は物音をたてず、ひそやかに行動した。広々とした正面のガラス窓を通して覗ける店内は真っ暗だった。店の玄関はかんぬきがかけられ、電線をめぐらせたおなじみの盗難防止柵に守られている。しかし一同は、その正面玄関には近寄らず、店の側面にある別の出入り口に注意を向けた。警視とヴェリーはふたことみこと言葉を交わした。やがて、部長刑事がその巨大な親指で、〈夜間呼び出し〉という文字の下にあるボタンを押しこむと、一同は息をひそめて待った。なんの応答もなかったのでヴェリーはもう一度、ボタンを押した。五分待っても、店内からはうんともすんとも応答がなく、明かりひとつつく気配もないので、ヴェリーは唸ると、手で合図して数名の部下を呼び、いっせいにドアに体当たりをした。木材やちょうつがいがきしり、悲鳴をあげ、ドアは破れて、皆ひとかたまりに、奥の廊下の暗がりになだれこむ。先を争うように階段をのぼり、目の前に現れたドアが何本もの懐中電灯の光に照らし出されたのを見ると、また別の防犯用のしかけに守られていたが、誰もが警備会社本部に警報がいくのもまったく意に介さず、遠慮なく獰猛《どうもう》にドアをぶち破った。

そこは、二階全体に広がる細長い真っ暗なギャラリーの中だった。それぞれの持つ懐中電灯の光が、壁にかかる絵のいくつもの動かない顔や、美術品《オブジエ・ダール》をおさめたケースが反射する光のきらめきや、たくさんのほの白い影像を浮かびあがらせる。何もかもがきちんと整理されている。闖入者《ちんにゅうしゃ》をとがめようと誰かが現れる気配はない。

ギャラリーのいちばん奥近くで、左手の床に細い光の条《すじ》が、開いたドアからもれていた。警視が怒鳴った。「スローン！　スローンさん！」返事はない。一同がそろって光源をめざし、たどりつくと、半開きの鋼《はがね》のドアにはこんな文句がはいっていた。

ギルバート・スローン 私室

しかし、一同の眼はそのような些事《さじ》にいつまでもとらわれていなかった。皆がいっせいに、ひとりの人間のようにそろって息をのみ、戸口でひしめいていた全員の身体が、死のようにぴたりと動かなくなった……そう、さながら室内の机の上にだらしなくのびている姿の、死のように。卓上ランプの明かりが、ギルバート・スローンのこわばった死体を無慈悲に照らし出している。

＊

何が起きたのか、推理する必要はほとんどなかった。一同は室内にばらばらと駆けこみ――誰かが電灯のスイッチを入れた――思い思いの場所でかつてはギルバート・スローンだった物体の、ぐしゃぐしゃに潰《つぶ》れた血まみれの頭を見下ろしていた。

死体が坐ったまま左向きに頭を緑色の吸い取り紙ばさみにのせてつっぷしている机は、私室の中央にあった。机の端が戸口に直角になるように置かれているので、外のギャラリーから私室を覗くと見える、スローンの死体は横向きだった。死体は革張りの椅子に坐ったままで前にのめり、左腕を吸い取り紙ばさみの上でまっすぐ伸ばし、右腕は椅子の脇にだらりと垂らしている。右手の真下の床には、死んだ指先からほんの数センチのところに、まるでそこからすべり落ちたかのように、リボルバーが転がっている。警視は身を乗り出すと、死体に手を触れずに、室内の照明の光にさらされた死者の右こめかみを調べた。ずたずたに引き裂かれたような、深い鮮やかな赤い孔《あな》がぱっくりと口を開け、そのまわりに黒い火薬の粉がついている——疑問の余地はない、ここが弾丸の撃ちこまれた場所だ。老人は床に膝をつくと、慎重な手つきで拳銃の弾倉を開けた。ひとつを除いた残りすべてに弾丸が装塡《そうてん》されている。銃口を嗅いでから、警視はうなずいた。

「これが自殺でなけりゃ」警視は立ち上がりながら言った。「驚き桃の木だな」

エラリーは室内をぐるりと見回した。こぢんまりとして、よく整頓された部屋だ。何もかもがそれぞれの決まった場所にきちんとおさまっているように見える。どこを見ても、争った形跡は毛ほどもない。

やがて、警視はティッシュでくるんだ拳銃をひとりの刑事に持たせて、その持ち主を調べにやった。刑事が出ていくと、警視はエラリーを振り返った。「どうだ、これでもまだおまえには十分じゃないのか。まだ、証拠のでっちあげだと思うか？」

エラリーの眼は部屋の壁を越えて、どこか遠くの何かを探しているかのようだった。そして口の中でつぶやいた。「いいえ、十分、本当らしく見えます。しかし、なぜそんなに急いで自殺する必要があったのか解《げ》せない。今晩、スローンと話した時には、お父さんがあの男を疑っているとかんづかせるようなことを、こっちは何も喋っていない。あの時には遺言書の話はまったく出ていなかったし、鍵も見つかっていなかったし、ヴリーランド夫人も例の話をしに来ていなかった。てことは、いったい……」

父子はそこではっと眼を見合わせた。「スローン夫人だ！」同時に叫ぶと、エラリーがスローンの机の電話に飛びついた。そして、交換手をびしびしと質問攻めにしたあげく、本局にまわさせた……

警視は別のものに注意をとられていた。マディソン街の方から、泣き声のようなサイレンの音が耳に届いてきたかと思うと、通りでブレーキがきしみ、どたどたと重たい足音が階段をのぼってくるのが聞こえた。警視はギャラリーを覗いてみた。ヴェリー部長刑事が情け容赦《ようしゃ》なく、警報器を叩き壊した行為の結果がここに実を結んだのである。いかめしい顔の男たちが、オートマチックをかまえて駆けこんできた。男たちに、自分がその名を知られた殺人課のクイーン警視本人に間違いなく、まわりにいる者は泥棒でなく正真正銘の刑事であり、〈ハルキス画廊〉から盗まれたものはない、と納得させるのに、警視は数分間を費やすはめになった。ようやっと全員を納得させ、武器をおさめさせ、警備会社に引き揚げさせたところで、警視はエラリーが椅子に坐ってたばこをふかしながら、これまでよりもいっそう悩んでいる様子に気づいた。

「何かわかったのか」

「信じられない……ちょっと手間どりましたが、ようやくこの情報を仕入れましたよ。今晩、この電話に一度だけ、外から電話がかかってきています」エラリーはむっつりと言った。「まだ一時間たっていないそうです。外線にかけてきた電話の発信源を追跡させましたよ。ハルキス邸からの電話でした」

「案の定だ。それで奴は万事休すと知らされたわけだな！　わしらが書斎で事件についてあれこれ話しとるのを何者かが盗み聞きして、その〝ハルキス邸からの電話〟でスローンに知らせたんだ」

「だとしてもですね」エラリーは弱々しく言った。「誰がこの部屋に電話をかけてきて、どんな話をしたのか、それを突き止める方法はこの世のどこにもないんです。我々は目の前にある事実だけで満足しないと」

「事実なら十分すぎるほどあるぞ、まあ、わしにまかせとけ。トマス！」ヴェリーが戸口に出現した。「ハルキスの屋敷に大急ぎで引き返して、家じゅうの人間をつかまえて、かたっぱしから尋問しろ。今晩、わしらがスローンとヴリーランド夫人に質問したあと、スローンの私室を捜索して、一階の書斎でスローンの件について話しあっとる間に、屋敷の中にいたのは誰なのか突き止めろ。できれば、今夜、屋敷の電話を使った人間を見つけ出せ――特にスローン夫人をしめあげるのを忘れるな。わかったか」

「ここで発見したことは、ハルキスの屋敷の連中にぶちまけますか」ヴェリーががらがら声で訊いた。

「もちろんだ。部下を何人か連れていけ。わしがいいと言うまで、誰ひとり、屋敷から一歩も外に出すんじゃないぞ」

ヴェリーは出ていった。電話が鳴った。警視が受話器を取った。死体のそばにあったリボルバーを持たせて、使いに出した刑事からだった。拳銃の持ち主を突き止められたとのことだった。それはギルバート・スローンの名で登録され、正式な許可証が発行されていた。老人は満足げにくすくす笑うと、本部に電話をかけ、検死官補のサミュエル・プラウティ博士を呼び出した。

警視が電話を終えて振り返るとエラリーは、スローンの机のうしろの壁に埋めこまれた金庫の、開け放たれた円《まる》い鋼鉄のドアの奥を調べているところだった。

「何かあるのか?」

「まだわかりません……おっと!」エラリーは鼻眼鏡《パンスネ》を鼻にしっかりのせなおして、かがみこんだ。小さな金庫の底に散らばったいくつかの書類の下に金属製の物体があったのだ。警視はすぐにエラリーの手から取りあげた。

それは年を経てすり減った、ずっしり重たい古風な金時計だった。チクタクという生命の鼓動は聞こえてこない。

老人は時計を裏返してみた。「こいつがおたからでないとすりゃ――!」警視は時計をたかだかと振りまわし、即興で戦勝のダンスを軽くひと踊りした。「エラリー!」警視は怒鳴った。「これでけりがついた! やった、このこんがらがったどうしようもない事件はすっかり片づいたぞ!」

エラリーは時計をすみずみまでじっくり調べてみた。文字盤とは反対側の金の裏面には、かすれて消えかけてはいるが、繊細な文字で名前が彫ってある――〈アルバート・グリムショー〉。その彫りは正真正銘の年代ものだった。

エラリーはますます納得できない顔になっていた。警視が時計をベストのポケットにしまいこんだ。「まったく疑いの余地もない。これも裏づけの証拠だ。間違いなくスローンは、約束手形をグリムショーの死体から奪った時にこの時計も盗ってきたんだ。こいつの存在とスローンの自殺を考えあわせれば、スローンが有罪であることの、誰も文句をつけようのない証拠になる」

「そこのところは」エラリーは憂鬱そうに言った。「全面的に同意しますよ」

＊

マイルズ・ウッドラフ弁護士とペッパー地方検事補は、ほどなくして自殺の現場に姿を現した。ふたりは神妙な面持ちで、ギルバート・スローンのなきがらを見下ろした。

「ということは、何もかもスローンの仕業だったわけか」ウッドラフは言った。いつもは赤ら顔なのに青筋がうねのように盛りあがっている。「はなから私は遺言書を盗んだのはこの男に違いないとわかっていたんだ……では警視さん、これで何もかもけりがついたわけですね？」

「そうです、ありがたいことに」

「こんなやりかたで逃げるとは男の風上にもおけないな」ペッパーが言った。「卑怯な臆病者だ。まあ、私の聞いたかぎりじゃ、スローンというのはずいぶん気の弱い男だったようですがね……ウッドラフと私はハルキス邸に戻る途中で、ちょうどヴェリー部長と行き合ったんです。ここで起きたことを教えられて、すぐに飛んできましたよ。ウッドラフ、遺言書についてあなたから皆さんに教えてあげてもらえませんか」

ウッドラフは部屋の片すみにある、背も肘かけもないのっぺりした長椅子にどすんと腰をおろすと、やたらと顔をぬぐい始めた。「たいして話すことはありません。あの燃え残りの紙切れは本物でした。ペッパー検事補が証人になってくれるでしょう。問題の紙切れの燃え残りは、うちの事務所で保管しているカーボンコピーの該当箇所と、タイプの印字がぴたっと重なりましたよ。――完全に一致します。それから筆跡ですが――グリムショーの名だけはタイプではなく手書きですから――ここはハルキスの筆跡に違いありませんよ、絶対に」

「結構だ。しかし、一応、念には念を入れたいな。燃え残りと写しを持ってきとるかね」

「もちろんです」ウッドラフは警視に大きな茶色いマニラ封筒を手渡した。「いくつかハルキスの筆跡のサンプルも入れておきました」

老人は茶封筒の中を覗きこんでうなずくと、あたりに立っている部下のひとりを手招きした。

「ジョンソン、筆跡鑑定士のユーナ・ランバートをつかまえてこい。ユーナの自宅の住所は本部に行けばわかる。封筒にはいっとる筆跡のサンプル全部を調べるように頼んでくれ。それと、燃え残りの紙切れのタイプした文字もな。大至急と言え」

ジョンソンが言われたとおりに出ていくのと入れ違いに、ひょろりと背の高いプラウティ博士が、おなじみの葉巻を口にくわえたまま、のっそりと部屋にはいってきた。

「やあ、先生！」警視はご機嫌だった。「きみのために、また死体をひとつ用意しといたぞ。もう、これで最後だな」

「この事件では、だろう」プラウティ博士は陽気に返すと、黒鞄をおろし、死んだ男のぐずぐずに潰れた頭部をじっと見た。「はっ！　あんただったのか、へえ？　まさかこんな状況でまたお目にかかるとは思いもしなかったよ、スローンさん」そして、帽子とコートを脱ぎ捨て、忙しく仕事を始めた。

五分後、博士は床についていた膝をぐっと伸ばして立ち上がった。「ま、一目瞭然の自殺だな、ここにいる誰かが別のことを知っていれば別だが、それがぼくの判定だ」博士は唸った。

「で、ぱちんこはどこだね」

「部下に持たせて鑑識に送ったよ」警視が答えた。「銃の出どころは確認済みだ」

「見たところ、三八口径ってところか？」

「そのとおりだ」

「わざわざ訊いたのは」検死官補は葉巻をくちゃくちゃ嚙みながら続けた。「弾丸がないからだ」

「どういう意味です？」エラリーが素早く訊いた。

「落ち着け、クイーン君。こっちに来るといい」エラリーもほかの者も机のまわりに集まると、プラウティ博士は死んだ男の上にかがみこみ、薄い乱れた髪をつかんで、ぐいと頭をひっぱりあげた。緑の吸い取り紙ばさみの上にのっていた頭の左側には、血が固まっており、ぱっくりと穴が開いているのが見てとれた。頭がのっていた吸い取り紙ばさみは血まみれだった。「弾丸は頭蓋《とうがい》を貫通している。だから、そのへんにあるはずなんだが」

博士は、まるで濡れた洗濯ものを入れた袋を扱うかのように、まるっきり無頓着《むとんちゃく》に、死体を起き上がらせると、椅子に坐る姿勢に直した。そして、ずるずるすべる髪をがっしりつかんで頭をまっすぐ起こし、生前にスローンが椅子に坐ったまま自分の頭を撃った場合に弾丸が飛ぶであろう方向を、眼をすがめてじっと見た。

「弾はそこの開いたドアから部屋の外に飛び出したんだな」警視が言った。「死体の姿勢と、弾が飛ぶだいたいの方向で簡単に想像はつく。発見した時、ドアは開いとった。弾丸はそっちのギャラリーの方に抜けたんだろう」

警視は小走りに戸口を通り抜け、いまはこうこうと明かりのついているギャラリーの中にはいっていった。そして、目測でだいたいの弾道をはかり、うなずいて、ドアの向かい側の壁にまっすぐ歩み寄った。そこには骨董品の分厚いペルシャ絨毯がかかっていた。警視はしばし注意深く調べ、ペンナイフの先で探りをいれていたかと思うと、わずかに潰れて先がたいらになった弾丸をひとつ、勝ち誇った顔で持ち帰ってきた。

プラウティ博士はよしよしというようにひとつ唸ると、死人の身体をもとの姿勢に戻した。警視は、死を運んだ弾丸を指先でひっくり返してみた。「別に怪しいふしはない。スローンが自分で自分を撃つと、弾丸は頭をきれいに貫通し、頭蓋骨の左側から抜けて、開いたドアの外に飛び出した。が、その間に威力が落ちたせいで、ドアの外の反対側の壁にかかった絨毯に突き刺さったものの、たいして深くもぐりこまなかったというわけだな。何もかも辻褄が合う」

エラリーは弾丸を調べてから、父親に返して、大げさに肩をすくめたが、その様子を見るに、あいかわらず何かが頭にひっかかってならないようだった。エラリーは部屋のすみにひっこんで、ウッドラフとペッパーのそばに腰をおろし、その間に警視とプラウティ博士は死体を解剖にまわすために（老人が念には念を入れると主張したのである）運び出す手配をしていた。

死体が細長いギャラリーをストレッチャーでがたごと運ばれていくと、ヴェリー部長刑事がふうふう言いながら階段をのぼってきて、ちらりとストレッチャーに一瞥《いちべつ》をくれて脇を通り過ぎ、英国の近衛兵が行進するがごとく、大股に部屋にはいってきた。英国近衛兵がかぶる例の黒いふさふさ高帽子よろしくしっかり頭にくっついているグレーのフェルト帽をはがす手間も惜しんで、ヴェリーは警視にがらがら声で報告した。「収穫なしです」

「ふん、まあ、たいした問題じゃない。とりあえず、何がわかった？」

「今夜は誰も電話をかけていないと――すくなくとも、連中はそう言っていますがね」

「そりゃそうだ、かけた人間は認めないだろうさ。そいつに関しては、本当のところが明らかになることはないだろうが」警視は言いながら、嗅ぎたばこ入れを探った。「スローンに知らせたのが細君だったことに、財布を丸ごとかけてもいい。おおかた、わしらが書斎でああだこうだと喋っていたのを盗み聞きしとって、ヴリーランド夫人からうまいこと離れて大急ぎで亭主に電話をかけたんだろうよ。細君がスローンの共犯者だったのか、無実でわしらの話で初めて事件の真相を知って、亭主の口から本当のことを聞き出そうと電話をかけたのか……そこはわからん。スローンが何を言ったのか、細君がどう言ったのかはさておき、すくなくともその電話で、スローンはもうおしまいだと悟った。だから唯一の逃げ道として自殺を選んだのだ」

「あたしの見たかぎりじゃ」ヴェリーが野太い声で言った。「あのかみさんは無実ですな。亭主の自殺を知らされたとたん、気絶しましたよ――警視、あたしが保証します、あれは芝居じゃありません。間違いなく本物の気絶でした」

エラリーはそわそわと立ち上がると、ほとんど話を聞こうともせず、またうろつきだした。もう一度、金庫の中を調べ――何も興味を引かれなかったようで、ふらふらと書類が散らかる机の方に歩いていった。そして、スローンの頭からあふれ出した血でどす黒く染まった吸い取り紙ばさみから、つとめて眼をそらしつつ、書類をかきまわし始めた。本のような物が、ふとエラリーの目にとまった。それはモロッコ革で装丁された日記帳で、表紙には金文字で〝一九二×年　日記〟と箔押しされている。書類の下に半分埋もれていたのを、エラリーは勢いよくひっぱり出した。警視がその傍《かたわ》らに寄ってきて、いったいなんだというように、息子の肩越しに覗きこんだ。エラリーは日記帳をぱらぱらめくっていった――どのページも、どのページも、きれいな文字で几帳面《きちょうめん》にびっしりと書きこまれている。エラリーは、机に散らばったスローンの筆跡が残る紙を何枚か取りあげ、日記の筆跡と比較してみた。どれも間違いなく同一人物の手だ。エラリーは日記のあちらこちらを拾い読みし、納得いかないように首を振り、日記帳を閉じて――それを上着の横ポケットにすべりこませた。

「何かあったのか？」警視は訊いた。

「あったとしても」エラリーは答えた。「お父さんは興味ないでしょう。たしか、この事件は解決済みだとおっしゃっていませんでしたかね？」

老人はにやりとして、くるりと背を向けた。部屋の外のギャラリーから、男たちの荒っぽい声がこだまして響いてくる。ヴェリー部長刑事が、わめきたてる新聞記者の集団に囲まれていた。どうやってか知らないが、カメラマンたちがちゃっかりもぐりこんでいて、あっという間に、あたりはフラッシュの閃光とマグネシウムの煙でいっぱいになった。警視はとくとくと事実の報告を始めた。記者たちは必死にメモを書きつけ、ヴェリー部長刑事は逃げ場を失って、自身の見解とやらを語らせられ、ペッパー地方検事補は、すれっからしの連中から一身に賞賛の視線を浴び、マイルズ・ウッドラフは大きく胸を張ると、この私、ウッドラフ弁護士は、最初から真犯人が誰なのか知っていたのだ、と早口に、いかにも自画自賛で、ぺらぺら語りだした——まあねえ、諸君も知ってのとおり、おかみの捜査というのは実にのろくさいものなんだな。警察全体もそうだが、殺人課にしても……

この大混乱の渦の中、エラリー・クイーンは誰にも見とがめられずにそっと部屋を抜け出すことができた。ギャラリーに立ち並ぶ彫像の脇をすり抜け、壁にかかる豪華な絵画の下をかすめて、軽やかに階段を駆け下り、打ち壊された玄関のドアを通り抜け、マディソン街の暗い、冷たい夜気の中に出て、大きな安堵の息をついた。

十五分後、警視はその同じ場所で息子を見つけた。エラリーは薄暗い店のウィンドウにもたれ、ずきずきと痛む頭の中で、黒く渦巻くさまざまな思いと語り合っているところだった。

21　……日記

　エラリーの鬱々《うつうつ》とした不機嫌さはそれから夜遅くまで——かなり遅くまで——冷え冷えとした早朝まで続いていた。警視は、知っているかぎりの、父親としてのありとあらゆる手をつくして、ふさぎこんでいる総領息子《そうりょうむすこ》に、いいかげん物思いをやめて、ベッドの奥底にもぐりこんで休むように言い聞かせたのだが、当のせがれはまったく聞く耳持たずであった。エラリーはガウンとスリッパ姿で、居間の暖炉の小さな火の前で安楽椅子の中にうずくまり、スローンの机からくすねた革装の日記に書かれている文字を一語たりとももらすまいとばかりにひたすら読みふけり、父親が機嫌をとろうとする声に返事ひとつしなかった。

　もはやどうしていいやらわからなくなった警視は、しょんぼりと台所にはいっていき、ポットにコーヒーを沸かして——ジューナは自分の小部屋でぐっすり眠っていたのだ——ひとり寂しく、無言で飲んだ。その芳香が、ちょうど日記の検証を終えたエラリーの嗅覚を刺激した。エラリーは眠そうに眼をこすりながら台所にはいってくると、自分にもコーヒーを注いだ。そのままふたりは、あいかわらず鼓膜に突き刺さる沈黙の中で、一緒にコーヒーを飲んでいた。

　老人は、どんとマグカップを置いた。「お父さんに話してごらん。いったい、何をくよくよ気に病んどるんだ」

「ああ」エラリーは言った。「やっと訊いてくれた。ぼくはもうマクベス夫人なみにじりじりしながら、その質問を待って待って待ち続けたんですよ。お父さんはギルバート・スローンが、兄弟であるアルバート・グリムショーの殺人犯であると断定しましたね――ほぼ自白に等しい結末を根拠にして、これは一目瞭然のまったく疑問の余地のない事件であると、お父さんは考えたわけだ。さて、お訊ねします。スローンがグリムショーの兄弟であることを暴露した匿名《とくめい》の密告手紙は誰が送りつけたのでしょう？」

老人はツッと歯の音をたてた。「続けろ」警視は言った。「胸につっかえとるものをすっかり吐き出してごらん。おまえが悩んどるもやもやのすべてに答えは見つかるさ」

「へえ、そうですか」エラリーは言い返した。「結構です――なら、長ったらしくなりますが、ひとつ詳しく説明させていただきましょう。まず、これは自明の理ですが、手紙を送ったのはスローンではありません――真犯人であれば、自分を破滅に導くような、決定的に不利な証拠を、警察に提供するでしょうか。そんな馬鹿なまねをするわけがない。では、手紙を書いたのは誰でしょう？　スローンが言ったことを思い出してください――いいですか、実の兄弟のグリムショーも含めて――〝ギルバート・スローン〟を名乗る男が殺されたグリムショーの兄弟であることを知っていた人間は、当のスローン本人を除けば、この世にひとりもいなかったはずだと言っていたんですよ。ですから、いま一度、お訊ねしましょう。あの匿名の密告手紙を書いた人間は誰なんです？　あれを書いた者は、スローンの秘密を知っていた人間です。しかしそうなると、この世でただひとりの、あの手紙を絶対に書くはずのない人間が書いたことになってしまう。どう考えても矛盾しています」

「やれやれ、エラリー、すべてのもやもやが同じくらい簡単に答えられるものなら」警視はにやりとした。「もちろん、スローンが手紙を書いたわけはないさ！　あんなものはおまえ、誰が書こうがかまわん。重要じゃないぞ。なぜなら——」警視は細い人差し指を愛情こめて振ってみせた。「〝スローンのほかに知る人間はいない〟という条件は、スローン自身の言葉でしかないからだ。わかるか？　むろん、スローンが本当のことを言っていたとすれば問題は難しいことになるが、スローン自身が犯人ということになれば、奴の言っていたことはすべて疑ってかかるべきだろうし、もし不利なことを言ったとしても——実際に言ったわけだが——その時は自分の身が安全だと思いこんどって、嘘をつくことで警察の追っ手をまけると考えていたのかもしれん。そうだな——〝スローン〟を名乗るようになってからのスローンがグリムショーの兄弟であると知っていた人間がほかにいたとしても、全然おかしくはない。スローン本人が誰かにもらしたに違いないさ。いちばん可能性があるのは細君だな、たしかに、自分の亭主にとって不利な情報をわざわざ密告する理由はどこにもなさそうだが——」

「さすが鋭いですねえ」エラリーはのんびりと言った。「なんたって、お父さん自身が唱えるスローン犯人説では、スローンに電話で警告したのはスローン夫人ということになっていますからねえ。どこからどう見てもこの行動は、例の匿名手紙からにじみ出るあからさまな悪意とは矛盾しますよねえ」

「ふむ」警視は即座に答えた。「それならこう考えてみるさ。スローンには敵がいたか？　おお、いたいた、いたとも——匿名の手紙以外で、スローンに不利な証言をした者がおるだろう。ヴリーランド夫人だ！　ということはおそらく、手紙を書いたのはあの女だよ。もちろん、ヴリーランド夫人がどうやってあのふたりが兄弟であることを知ったのかは想像にまかせるしかないが、賭けてもいい——」

「その賭けた金は戻ってきませんよ。いまデンマークで何やらきなくさいことが起きていて（『ハムレット』より）、ぼくの頭痛の種になっているんです——嵐だ、嵐ですよ！　この首をかけてもいい……」エラリーは最後まで言いきらなかった。その顔がどんどん憂鬱になっていく。と思うと、やおらマッチを消えかけた暖炉の火の中に乱暴に投げつけた。

電話が甲高く、じりりりん、と鳴って、ふたりはぎょっとした。「こんな時間にいったいどこのどいつだ？」老人は怒鳴った。「もしもし！……ああ。おはよう……いやいや、かまわんよ。何かわかったのか？……そうか。そりゃよかった。それじゃ、すぐに寝なさい——夜更かしは若い娘さんの肌には毒だからな。はっはっは！……ああ、うん、助かったよ。おやすみ」

警視はにこにこしながら受話器を置いた。エラリーは質問するように眉を上げた。「ユーナ・ランバートからだ。あの遺言書の燃え残りに書かれた名前は、正真正銘の本物だった。間違いなくハルキスの手によるものだそうだ。それにほかのあらゆる点から考えても、本物の遺言書の燃え残りに間違いないだろうと言っておるよ」

「そうですか」警視にはさっぱり理由がわからないのだが、この情報にエラリーはがっかりしていた。

老人の上機嫌は小さな癇癪《かんしゃく》の嵐にのみこまれて消し飛んだ。「いいかげんにせんか、わしにはまるで、おまえがこのいまいましい事件が解決するのを望んでいないように思えるぞ！」

エラリーは穏やかにかぶりを振った。「怒らないでください、お父さん。ぼくがこれほど心から解決を願っているものはほかにないんですから。ただし、その解決はぼくをすっかり満足させてくれるものじゃなくちゃならない」

「そうか、わしは満足しとるぞ。スローン犯人説は非の打ちどころがないからな。そしてスローンが死んだことで、グリムショーの相棒はこの世から消えて、何もかもがきれいさっぱり片づくことになる。なぜなら、おまえが言うとおり、グリムショーの相棒というのは、ノックスがレオナルドのなんとかかんとかを隠し持っていることを知っていた唯一の局外者であり、その相棒はいまや死んどるわけだから——その絵のことも、スローンのもともとの計画における動機の一部だったかもしれんな——例の件については、警察だけが握っている秘密となったわけだ。つまり」警視はくちびるを湿して続けた。「いよいよジェイムズ・J・ノックス氏の問題に取りかかれるということだ。我々は絵を取り返さねばならん、本当に、グリムショーがヴィクトリア＆アルバート美術館から盗み出したものだとすればな」

「電報の返事は来たんですか」

「うんともすんとも言ってこない」警視は渋い顔になった。「なぜ美術館から返事が来ないのかさっぱりわからん。ともかく、英国の連中がノックスから絵を取り戻そうとするなら、結構な騒ぎになるだろうよ。ノックスは金《かね》に飽かせて、絶対に潔白を勝ち取ろうとするだろうからな。サンプスンとわしとで、この問題はゆっくり解決を進めるのがよさそうだ——あの金持ちの鳥をへたに脅して逆毛を立てさせると面倒だからな」

「そっちの事件なら解決するチャンスは十分にあると思いますよ。美術館側にしても、自分のところの専門家が本物のレオナルドに間違いないと鑑定結果を出して、そういうふうに一般公開していたものが、実はなんの価値もない模写だったなんてみっともない話を、おおやけに広めたくはないでしょうしね。ま、それが本当に模写だとすればの話ですけれど。模写だと言っているのはノックスだけですから」

警視は暖炉の中に唾を吐いて、じっと考えこんだ。「ますますこんがらがってくるな。ともかく、スローンに話を戻すぞ。グリムショーが滞在しとった木曜から金曜の間に、〈ホテル・ベネディクト〉に泊まった者の名簿をトマスが手に入れてきた。しかしな、そこには事件の関係者も、関係者とつながりのある者も、ひとりとして名前がない。ま、おおかたそんなことだろうと思っていたがね。スローンは自分の見た男がホテルに泊まっているグリムショーの知り合いだと思ったと言っておったが——嘘をついたに決まっとる。この謎の人物とやらは全然違う人間だろう。事件にはまったく無関係の、たまたまグリムショーのすぐあとからはいってきただけの……」

警視はまさにご満悦のていで機嫌よくぺらぺらと喋り続けた。際限なくあふれ出す言葉の奔流に、エラリーはひとことも返事をせず、おもむろに長い腕を伸ばすと、スローンの日記を取りあげ、ページをめくり、ふさぎこんだ様子でまた中身をじっくりと読みだした。

「いいですか、お父さん」とうとう、エラリーは顔もあげずに言った。「たしかに、スローンを事件の謎をすべて一刀両断に解決する神《デウス・エクス・マキナ》に祭りあげる仮説は、表面的に何もかもがぴったりと辻褄が合うように思えます。しかし、その何もかも辻褄が合うという事実こそが、ぼくの悩みのたねなんですよ。すべてがあまりに都合よく話ができすぎていて、どうにも胸騒ぎが静まらない。忘れないでください、前に一度、我々は――いえ、ぼくが――まんまとだまされて、都合のいい解答を受け入れさせられるところだった……もし、偶然の出来事のおかげで穴を開けられていなければ、公式に認められ、大々的に発表され、いまごろはすっかり世間から忘れられていたであろう解答ですよ。今度の新しい解答は、見たところ穴の開けようはなさそうですが……」エラリーは頭を振った。「ぼくには、こうだとはっきり言えない。でも、何かが間違っている、そんな気がしてならないんです」

「いつまでもそうやって石壁に頭をぶつけていても何もいいことはないぞ、おまえ」

エラリーはかすかに苦笑した。「どうかな、いい考えが頭からぽんと飛び出すかもしれませんよ」そこで、きっとくちびるを噛みしめた。「しばらく、ぼくにつきあってください」エラリーが日記をかかげると、警視はスリッパの音をぺたぺたとたてながら近づいてきた。エラリーは最後に書きこまれたページを開いていた――〝十月十日　日曜〟と印刷された日付の下に、几帳面《きちょうめん》な小さな文字でびっしりと書きこまれている。見開きの反対側のページには、〝十月十一日　月曜〟と印刷されている。書きこみはなかった。

「いいですか」エラリーはため息をひとつついた。「ぼくはずっと、この個人的で、だからこそ実に興味深い日記をじっくりと読んでいたんですがね、スローンが今夜、なんの書きこみもしていなかったことに、気づかないわけにいかなかったんです――スローンが、お父さんの言う〝自殺〟をしたまさにその夜ですよ。ところで、まずはこの日記の性格について要約させてください。もちろん、日記のどこにも、グリムショーが絞殺《こうさつ》された件にまつわる出来事がまったく書かれていないとか、ハルキスの死についてはほんの形ばかりの書きこみしかないとか、そういった点はひとまず考えないことにします。もしスローンが本当に殺人者なら、自分が犯人だとばれるようなことを書きつけるのを、当然、避けるはずですからね。しかし、一方で、すぐに目につく点がいくつかあります。まずひとつは、スローンがこの日記を、信心深いほどの几帳面さで、毎夜、ほぼ同じ時刻に書いていることです。スローンはその日の出来事を書きしるす前に時刻まで記録している。ほら、見えるでしょう、もう何カ月も午後十一時あたりに書きこんでいます。そしてまたひとつ、この日記はスローンが自己顕示欲のかたまりのうぬぼれ屋であり、自分自身が何よりも大切で、自分にしか興味がない紳士であったことを示しています。読めばわかりますがね、たとえば、どぎついあれやこれやをことこまかに――実に派手しく、どぎつく――とあるご婦人との性的な関係について書かれていますよ。用心深く、名は伏せてありますが」

エラリーはばたんと日記帳を閉じると、テーブルに放り出し、いきなり立ち上がって、暖炉の前の敷物の上を行ったり来たりし始めた。額には細かな皺が寄っている。老人は途方に暮れた顔で息子を見上げた。「ここでぼくは、あらゆる現代心理学の知識の名にかけてお訊ねしますが」エラリーは叫んだ。「そのような男が——つまり、この日記が雄弁に語っているとおり、自分のことならなんでもドラマチックに脚色し、自我を表現することに病的な満足を覚える男がですよ——そんな男が、人生でもっともどでかいイベントを、それこそ芝居の脚本顔負けで大々的に、ドラマチックに書ける唯一無比の機会をみすみすのがすなんてことがあるでしょうか——これから死のうという時に！」

「そのまさに死ぬという気持ちが、頭の中からいっさいがっさいを吹き飛ばしちまったのかもしれんぞ」警視が指摘した。

「ぼくはそうは思わないな」エラリーは苦い顔で言った。「仮にスローンが、実際にあったかどうかわからない電話で、警察に疑われていることを教えられて、もはやどうあがいてもこの罪の処罰を逃れるすべはないと観念し、邪魔がはいらず自分の好きにできる時間はほんのわずかしか残っていないという時に、その性格を形づくる自我という自我が、日記帳に人生最後の、はなばなしい書きこみをしたくてたまらないと叫んでいたのなら、どうしたって書かずにいられなかったに違いないんです……論拠はそれだけじゃありませんよ、この出来事が起きたのはだいたい——十一時前後だ——スローンが愛する日記帳に秘密をぶちまける習慣の時刻ですよ。それなのに」エラリーは怒鳴った。「よりによって今夜、何も書きこみがないんです！」

エラリーの眼は熱に浮かされているようで、警視は立ち上がると、小さな痩せた手を息子の腕にかけ、女性のように優しくそっと揺すった。「なあ、そんなに思いつめるんじゃない。おまえの言うことには一理あるが、なんの証明にもなっとらんぞ、エラリーや……もう寝なさい」

エラリーはおとなしく、父子の寝室にひっぱられていった。「ええ」エラリーは言った。「なんの証明にもなっていません」

それから三十分後、暗がりの中で、父親の穏やかな寝息に向かってエラリーは語りかけた。「しかし、この心理的な暗示が導く方向を見るに、ぼくにはどうしても、ギルバート・スローンが自殺したとは信じられないのです!」

寝室のひんやりした暗闇からは、なんの慰めも返事もかえってこなかった。エラリーは哲学者を決めこむことにして、眠りについた。その夜はひと晩じゅう、悪夢を見た。夢の中では、生命を吹きこまれた何冊もの日記が、奇妙なことに棺桶に馬乗りになって、拳銃を振りまわし、月の中に見える男をばんばん撃っていた――月の男の顔はまごうことなく、アルバート・グリムショーのものだった。

第二部

近代科学における目の覚めるような大発見の多くは根本的に、発見者が一連の作用と反作用を、客観的な論理に根気よく照らしあわせ続けるという行為によって生み出されたものである……

ラボアジェによる（現代の我々にとってはまったく）単純な説明は――つまり、純粋な鉛を〝燃やす〟ことによって生じる現象の説明は――中世から近世の頭脳が生み出した〝燃素〟なる元素が（当時、物質を燃やすことは分解現象であり、燃素というものが放出されると考えられていた）、実は何世紀もかけてでっちあげられた嘘理論であると暴露するもので、精密さが常識の現代科学においては基本的な、まったく馬鹿馬鹿しいほど基本的な原理にもとづいた論理である。つまり、重さが一オンスある物質を空気中で燃やしたあとに重量が一・〇七オンスに増えたということは、もとの金属に空気中のなんらかの物質が付け加えられたに違いない、という論理だ……人類がこのことに気づいて、くだんの新物質に〝酸素〟と名づけるまでに、およそ千五百年もの時が費やされたのである！

犯罪における現象で説明不可能なものは、何ひとつ存在しない。根気と単純な論理こそが、探偵に求められる何よりも大事な必須条件だ。考えることをしない者にとっては謎であることも、解明しようとし続ける者には自明の理である……。犯罪捜査はもはや、中世における水晶玉の託宣ではない。犯罪捜査とは、もっとも精密な現代科学のひとつだ。その根底にあるのは、論理である。

ジョージ・ヒンチクリフ博士著『近代科学こぼれ話』一四七―一四八ページより

22 ……奈落

エラリー・クイーンは、いっそうむなしさを覚えていた。信奉する数えきれないほどの古代の叡智《えいち》のみなもとのひとり、ミュティレネのピッタコス（古代ギリシャ七賢人のひとり）さえも、人の力のちっぽけさに対処するための指針を残してくれていないといまさらながら知ったのだ。時というものは、前髪をつかんで引き留めることができないことを、エラリーはあらためて思い知った。日々は過ぎ去り、どうあがいてもエラリーの力では止めることができなかった。一週間が過ぎたが、その飛び去っていく時から、どんなに絞ってもほんの数滴の苦汁しか得られず――からっぽのビーカーの乾いた底をじっと睨んでいる心地のエラリーの胸中には、どんどんみじめな気持ちがふくらむばかりだった。

一方、ほかの面々にとって、その週はたっぷり充実した一週間だった。スローンの自殺と葬儀は、ニュースのダムを決壊させ、洪水を引き起こした。新聞各紙はとことこまかに、根掘り葉掘り書きたてた。ギルバート・スローンの個人的な過去の経歴をあばき、泥水をはね散らかした。死者に罵詈雑言《ばりぞうごん》を雨あられと浴びせかけ、その人生を守る殻《から》をあっという間に泥水でひたすと、泥水を吸ってぐずぐずにふやけ、歪み、ひび割れ、はがれ落ちた殻の中から、腐れ膿《う》み爛《ただ》れた評判をひきずり出して、世間にまき散らした。スローンの死後に生き残った連中はとんだとばっちりで、なかでもデルフィーナ・スローンは、当然のことだが情け容赦《ようしや》なくもっとも注目を浴びるはめになった。言葉の荒波が未亡人の悲嘆の岸辺を襲った。ハルキス邸はいまや難攻不落の灯台と化し、その信号灯に向かって、決してひるむことのない新聞記者たちが、小型の帆船で押し寄せた。

とある零細新聞のずうずうしさなどは、〈エンタープライズ（冒険的な企画）〉紙とでも名乗るのがふさわしい傍若無人《ぼうじやくぶじん》さであった。結構な額の報酬と引き換えに、未亡人の署名写真の下に、もろもろ配慮した控えめな題名〝ある殺人者と人生を共にしたデルフィーナ・スローンの手記〟と冠した連載記事を載せる許可が欲しいと言ってきた。この実に寛大なる申し入れが、怒りの黙殺によって一蹴《いっしゅう》されると、この、まさにマスコミのあつかましさの輝ける見本は、スローン夫人の最初の結婚生活から、貴重な個人情報をいくつか発掘することに成功し、考古学的な勝利に満ちた誇りと熱情をもって、それらの戦利品を読者たちの前に陳列してみせた。アラン・チェイニー青年はこのタブロイド新聞の記者にパンチをお見舞いし、記者の眼のまわりに青あざを作り、鼻を真っ赤に染めさせ、編集長のもとに追い返した。アランを暴行罪で逮捕させないためには、この新聞とさんざん交渉を続けなければならなかった。

腐肉喰らいのハゲタカが死肉にむらがってはばたく騒々しいつかのまの日々、警察本部は不思議なほど平和そのものだった。警視はめんどくささの少ない日々の業務に戻り、新聞がうまいこと名づけた〝ハルキス＝グリムショー＝スローン事件〟の公式記録を満足のいくものにするために、あちらこちらの細かな齟齬《そご》を、明確にしていくだけの作業に満足していた。プラウティ博士によって、ギルバート・スローンの死体は形式的とはいえ徹底的に解剖で調べられたが、何かをごまかしたような点は一切出てこなかった。毒物の形跡も、暴行のあともない。銃創は、自分でこめかみを撃てばまさにそんなふうになるというごく自然な自殺のあとそのものである。かくてスローンの遺骸《いがい》は手続きに従って検死局から運び出され、花に囲まれた近郊の墓地に送り届けられた。

エラリー・クイーンが唯一、ほんのわずかながらも納得できると感じた情報のかけらは、ギルバート・スローンは即死した、という点だけだった。しかし、この事実がいったいどんな役にたつのやら、いっそう濃くなる霧の中ではまったく見当もつかないと、自身でも認めないわけにはいかなかった。

暗黒のさなかにいるエラリーはまだあずかり知らぬことだが、この霧はまもなく晴れることとなる。ギルバート・スローンは即死だったというこの事実が、燦然《さんぜん》と輝く道しるべとなるのだ。

23 ……奇談

それはまったくなんの前触れもなく、十月十九日の火曜日、正午少し前に始まった。

スローン夫人は、どうやって鵜《う》の目鷹《たか》の目の記者の包囲網をくぐりぬけてきたのか、一切説明しなかったが、それでも、未亡人が付き添いも追跡もなしに警察本部に現れたという事実は厳然たるものだった――もちろん、地味な黒衣に身を包み、薄いベールで顔をおおってである――未亡人はおずおずと、重大な用件があるのでリチャード・クイーン警視に面会できないでしょうかと訊ねた。リチャード・クイーン警視としてはおそらく、悲しみの島に未亡人をひとりにしておきたかっただろうが、警視は紳士であり、女性に逆らうのは無駄なことだと悟りを開いてもいたので、あきらめて面会することに同意した。

警視はひとりきりで、未亡人を部屋に迎え入れた――ほっそりした中年の婦人は、ベールの上からでもわかるほど、眼が激烈に燃えていた。警視はあたりさわりのない悔やみの言葉を小声でつぶやきながら、未亡人を椅子に坐らせ、自分は机の脇に立って待ち構えた――そうやって立っていることで、まるで、警察に勤務する警視の一日とは実に多忙なもので、すぐに要点にはいってくれれば、それだけ市に貢献《こうけん》することになるのですがね、と、暗にほのめかしているかのようだった。

未亡人はためらうことなく、そのとおりにした。いくぶんヒステリーがかった声で切り出したのである。「夫は人殺しではありません、警視様」

警視はため息をついた。「しかし、事実がありますよ、奥さん」

未亡人はそのような大事な事実を無視する気らしかった。「この一週間、新聞記者たちに言い続けてまいりました」未亡人は叫んだ。「ギルバートは無実です、と。わたくしは正しい裁きを求めているのです、おわかりになりますか、警視様？　この醜聞はわたくしが――わたくしたち全員が——そして息子が——お墓にはいるまでつきまとうんです！」

「ですが、奥さん、ご主人は自分の手で自分を裁かれた。ご主人の自殺が、事実上の自白であることを、どうか忘れないでください」

「自殺ですって！」未亡人は侮蔑《ぶべつ》をこめて言い放った。もどかしそうにベールをはぎとると、燃え盛る眼ではったと警視を睨みつけた。「あなたがたのその眼はふしあなですか？　自殺ですって！」涙で声がくぐもった。「わたくしのかわいそうなギルバートは殺されたのです、なのに誰も——誰も……」未亡人はすすり泣き始めた。

気まずい空気が流れ、警視はそわそわと窓の外に眼を向けた。「そう主張されるなら、証拠というものが必要です、奥さん。何かお持ちですか？」

未亡人は椅子から飛び上がるように立ち上がった。「女には証拠なんて必要ありません」そう叫んだ。「証拠なんて！　そんなもの、持っているわけがないでしょう。それがなんです？　わたくしは知っているんですから——」

「奥さん」警視は淡々と言った。「そこが法律とご婦人の常識との違いです。お気の毒ですが、誰かほかの人間がアルバート・グリムショーを殺した犯人であると明確に指し示す新たな証拠を出していただけないかぎり、わしの立場上、どうすることもできません。この事件は公式に解決済みなんですよ」

未亡人はひとことも言わずに出ていった。

＊

さて、この短くも不幸で不毛な出来事はもちろん、表面上は、たいして問題にするほどのひと幕とは言えなかった。しかしこれは、まったく新しい一連の出来事を動きださせるきっかけの一打だったのである。もし警視がその晩の夕食の席で、息子のむっつりと不機嫌な表情に目ざとく気づいて、コーヒーを飲みながら、スローン夫人の一件について詳しく物語らなかったら(困り果てた父親にしてみれば、不幸を一身に背負ったようなせがれの渋い顔をやわらげることができるならなんでもよかったのだが、とりあえずその話を持ち出してみたのである)いまごろこの事件はとうに葬り去られた案件として、警察の事件記録簿の中でいつまでも眠り続けていたに違いない――と、エラリーはのちのち長年にわたって、そう確信し続けたものだ。

警視が驚いたことに――実はたいして期待していなかったのである――思惑は大当たりだった。エラリーはすぐさま興味を持った。いらだちの皺は消え、かわりに、熟考にはいったしるしの皺が現れた。「では、夫人もスローンが殺されたと思っているわけですか」少し驚いたような口調で言った。「おもしろいな」

「そうだろう?」警視は痩せこけたジューナにウィンクした。召使の少年は、細い両手で自分のマグカップをかかえて、その縁越しに大きな黒い異国風の瞳でエラリーをじっと見つめている。「まったく、女心というのはおもしろいものだよ。どう言っても納得せんのさ。おお、ちょうどおまえみたいにな」くすくす笑った警視の眼はエラリーが笑顔を返すのを待っていた。

が、笑顔は現れなかった。エラリーは穏やかに言った。「ぼくはね、お父さんがそのことをあまりにも軽く考えすぎていると思いますよ。ぼくはいままで、子供のように情けなく指をしゃぶって、すねて、ぐずぐずしていましたけどね。心を入れ替えます、いまから働きますよ、しゃかりきに」

警視は慌てた。「何をするつもりだ――燃えがらの石炭をかきまわして、また火を起こすつもりかね、エル？　なぜ、そっとしておこうとしない」

「無干渉主義《レッセフェール》という態度は」エラリーはきっぱり言った。「その言葉を生んだフランス人よりもむしろほかの者に対し、そしてまた、その言葉が用いられるフランスの重農主義よりもむしろほかの分野において、多大な害悪をもたらしてきました。おや、また頭でっかちが偉そうに、鼻持ちならないことを言いだしたぞ、なんて思ってますか？　でもね、ぼくは、殺人者と刻まれた墓石の下の穢れた土に埋められていても、実はぼくやお父さんと同様に、殺人者として語り継がれるべきではない無実の気の毒な人が大勢いるんじゃないかと心配でしかたないんです」

「わからないことを言うんじゃない、エラリーや」老人は不安そうだった。「あれだけ証拠やら何やらで誰が見てもわかりきった結果が出とるのに、まだスローンが無実だと信じとるのか」

「間違いないと確信しているわけじゃない。そこまではっきりした意味で言っちゃいません」エラリーは爪の上にたばこをとんと打ちつけた。「ただ、こう言っているのです。お父さんもサンプスン検事もペッパー検事補も警察委員長もほかにあと何人いるか知りませんがその他もろもろの人々も、まったくおかど違いでたいして重要じゃないと考えているこの事件における多くのかけらが、全然説明されないまま残っていますよと。ぼくの言っていることが漠然としているのは認めますが、自分の確信を満たすことができる望みがほんのわずかでもあるかぎり、ぼくはどこまでも追求する覚悟です」

「何かはっきりした考えがあるのか？」警視は素早く訊ねた。「スローンがやったのではない、と考えているなら、誰がやったのか目星はついとるのか？」

「今回のちょっとした犯罪散歩の背景に何者がひそんでいるのかなんて、ぼくにはこれっぽっちも心当たりはありゃしませんよ」エラリーは憂鬱そうに、胸いっぱいの紫煙を吐き出した。「ただひとつ、この世のすべてに誤りがあるということと同じくらいに確信していることがある。それは、ギルバート・スローンはアルバート・グリムショーを殺し﹅て﹅い﹅な﹅い﹅ということです――そして、自殺もしていない」

＊

それはからいばりだった。しかし、断固たる信念のこもった、からいばりだった。眠れぬ夜を過ごした翌朝、エラリーは朝食をすませるとすぐさま東五十四丁目通りに出かけていった。ハルキス邸はひっそりと閉めきられていた――見たところ、まるで無防備で墓所のように生命を感じられない。エラリーは踏み段をのぼって呼び鈴を鳴らした。玄関の扉は開かなかった。かわりに、執事らしくないぶっきらぼうな声が唸るように答えた。「どちら様ですか」声の主に扉の掛け金をはずさせるには、忍耐とさらなるやりとりが必要であった。やがて扉は大きく開けられずに、ほんのわずかにずらされた。その隙間《すきま》に、エラリーはピンクの頭皮と苦痛に満ちたウィークスの眼を見つけた。それからあとは、たいして難しいことはなかった。ウィークスが素早く扉を引き開け、薔薇《ばら》色の頭を外に突き出し、五十四丁目通りを大急ぎで見回してエラリーを中に入れ、すかさず扉を閉め掛け金をおろし、客間に案内する間、エラリーはにこりともしなかった。

スローン夫人はどうやら、二階の私室に引きこもっているらしかった。ほどなくウィークスが咳《せき》払いをしながら報告してきたのを聞けば、クイーンの名を出したとたん、未亡人は真っ赤になり、両眼に火花を散らし、くちびるから罵倒《ばとう》の言葉をほとばしらせたそうだ。申し訳ございませんが、奥様は――えへん！――クイーン様にはお会いすることはできない、お会いするべきではない、お会いするつもりもない、とのことです。

クイーン氏は、しかしながら、ここで引き下がる人間ではなかった。おごそかにウィークスに礼を言うと、廊下の南側にある出口に向かわず、くるりと北を向いて、二階に続く階段をめざした。ウィークスは仰天し、握りしめた両手をおろおろとさまよわせていた。

面会を取りつけるためのエラリーの計略は単純そのものだった。スローン夫妻が暮らしていた部屋のドアをノックし、未亡人の「今度は誰？」と言う荒々しい声が耳の中をひっかくと、こう答えた。「ギルバート・スローンさんが殺人犯だとは、信じていない者です」未亡人の反応は電光石火だった。ドアが大きく開け放たれたかと思うと、そこにはスローン夫人が立っており、荒い息をしながら、いまの神託をもたらした使者の顔を飢えた眼でむさぼるように探していた。しかし、訪ねてきたのが誰なのかを見たとたん、眼の中の飢えは憎悪に変わった。「だましたのね！」未亡人は怒りの叫びをあげた。「あなたがた、愚かな人たちには会いたくありません、誰とも！」

「奥さん」エラリーは優しく声をかけた。「ひどい誤解です。だましてなんかいません、ぼくは言ったとおりのことを信じています」

憎しみは少しずつ消えていき、かわりに冷ややかな、値踏みするような表情が現れた。未亡人は無言でエラリーをしげしげと観察した。やがて、冷たさは溶けて、未亡人はため息をつき、ドアを大きく開いたままこう言った。「失礼しましたわ、クイーン様。わたくし――少し、取り乱しまして。どうぞ、おはいりになって」

エラリーは腰をおろさなかった。帽子とステッキを机に置くと――スローンの命運を決定づけた例のたばこ加湿容器の壺もまだそこにあった――さっそく切り出した。「すぐに要点にはいりましょう、奥さん。もちろん、あなたは助けが欲しい。ご主人の汚名を雪《すす》ぎたいと、心から望んでいらっしゃるはずだ」

「ええ、ええ、そのとおりですわ、クイーン様」

「たいへん結構。いまここで、きれいごとを言ってる場合じゃない。ぼくはこの事件をすみからすみまで調べあげて、まだ誰も足を踏み入れていない暗がりに何がひそんでいるのかを見つけ出すつもりでいます。それで、奥さん、ぼくはあなたに信頼してほしいんです」

「どういう意味ですの……」

「どういう意味かと言うと」エラリーは断固とした口調で言った。「数週間前に、奥さんがなぜ〈ホテル・ベネディクト〉のアルバート・グリムショーを訪ねていったのか、その理由を話していただきたいのです」

未亡人が胸を抱きしめて思い悩んでいるようなので、望みは薄そうだとあきらめ半分でエラリーは待った。しかし、未亡人が顔をあげた時、エラリーは最初の戦いに勝ったことを悟った。

「何もかも包み隠さずお話ししますわ」スローン夫人は淡々と言った。「わたくしの話がどうか少しでもお役にたちますように……クイーン様、〈ホテル・ベネディクト〉にアルバート・グリムショーを訪ねていったことはないと申しあげた時、わたくしはある意味では本当のことを言っていたのです」エラリーは、大丈夫、わかっていますよ、というようにうなずいた。「わたくしは自分がどこに行くのか知らなかったのです。それは、あの」未亡人は口をつぐんで足元の床を見つめた。「あの日はひと晩じゅう、主人のあとをつけていたんですの……」

話はゆっくりと物語られていった。兄のゲオルグが亡くなる何カ月も前から、スローン夫人は夫がヴリーランド夫人と秘められた関係を持っているのではないかと疑っていたのだった。ヴリーランド夫人は実に華麗な美女であり、ひとつ屋根の下という、つい手を伸ばしたくなる距離にいるうえ、その夫のヤン・ヴリーランドはしょっちゅう長いこと家をあけるわ、スローンは自分中心にものを考える癖があるわで、考えてみれば、ふたりの間にそういう関係が生まれるのは、当然と言ってもよかった。スローン夫人は胸の内でのたうつ嫉妬の蟲《むし》を飼っていたが、蟲を肥《ふと》らせる餌たる確証はついに見つけることができなかった。疑惑を証明できず、夫人はじっと耐えて沈黙を守った。何が起きているのか、うすうす感じていたものの、まったく気づかないふりをしていた。それでも、何かの徴候が見えやしないかと、いつも眼を開き、あいびきの約束の気配が聞こえやしないかと、常に耳をそばだてていたのである。

　スローンは何週間も、夜更けまでハルキス邸に帰らない習慣が続いていた。あれやこれやといろいろな口実を言ってきた——夫人の嫉妬の蟲が肥え太るにはまたとない餌だった。胸をかきむしる苦痛に耐えかねて、スローン夫人はついに、真実を確かめたいという、心をむしばむ毒に屈してしまった。木曜の晩、九月三十日、スローン夫人は夫のあとをつけた。夕食後、スローンは明らかに見え透いた架空の〝会議〟とやらを口実に、ハルキス邸を出ていったのである。

　スローンの行動はふらり、ふらりと、なんだか、はっきりとした目的がないように見えた。もちろん会議などなかった。それどころか、午後十時まで誰とも接触しなかった。そこで不意にスローンはブロードウェイを離れて、〈ホテル・ベネディクト〉のみすぼらしい建物に向かったのだ。ロビーの中までスローンを追いかけた夫人の胸の内では例の蟲が、この場所こそ、結婚生活の命運が明らかになる舞台《ゲッセマネ》なのだと囁いていた——妙にこそこそした様子の夫はこれからヴリーランド夫人を相手に、〈ホテル・ベネディクト〉の薄汚れた一室で、スローン夫人が必死に考えないようにしている目的のために、いままさに密会するところに違いない。スローン夫人は、夫がカウンターに近づいてフロント係に声をかけるのを見守った。やがてスローンは、あいかわらず挙動不審のままエレベーターに向かっていった。スローンがフロント係と話している間に、夫人は〝314号室〟という単語を何度か聞き取っていた。そんなわけで、この314号室こそがあいびきの現場に違いないと確信した夫人はまっすぐカウンターに近づき、隣の部屋を要求した。まったく衝動的な行為だった。特にどうしようという具体的な考えはひとつもなかったのだが、罪深いふたりの会話に耳をそばだて、ふたりが互いのみだらな腕の中でひしと抱き合っているまさにその瞬間、部屋に踏みこんでやろう、などと、正気の沙汰《さた》ではないことを漠然と思っていた程度だった。

未亡人の眼は激情に駆られたその瞬間を思い出して火がついた。その眼の炎にエラリーは、夫人からあふれた激情という名の油を、優しく注ぎ足してやった。奥さんは何をしたんです？

未亡人の顔はかっと燃えあがった。支払いをすませ、借りた316号室にまっすぐはいっていき、壁に耳を押し当てたのだ……しかし、何も聞こえなかった。〈ホテル・ベネディクト〉は、ほかに取り柄がなかったとしても、建てた石工の技術はしっかりしているようだった。すっかりあてがはずれて、夫人は悔しさにわなわな震えながら、うんともすんとも言わない壁にもたれ、泣きだしたくなった。不意に、隣の部屋のドアが開く音がした。夫人は自分の部屋のドアに飛んでいき、おそるおそる開けてみた。ちょうど、疑惑の対象である夫が314号室から出てきて、エレベーターに向かって大股に廊下を歩いていくのを目撃するのに間に合った……夫人はこれをどう考えればいいやらわからなかった。とりあえず部屋を忍び出ると、非常階段を三階分駆け下りてロビーに向かった。スローンが足早に出ていく姿がちらりと見えた。夫人はあとをつけた。驚いたことに、スローンはまっすぐハルキス邸に帰っていった。自分も屋敷に帰りついてから、シムズ夫人にそれとなくかまをかけてみると、ヴリーランド夫人はひと晩じゅう屋敷にいたとわかった。では、すくなくともこの夜、夫は不義を働いていなかったのだ。

いいえ、夫が314号室から何時に出てきたのかは覚えていません。時間のことで覚えていることは、何ひとつありません。

どうやら、それで話は全部のようだった。

未亡人は必死の眼でエラリーを見つめている。まるで、いまの告白で何かの手がかりを、なんでもいいから、ひとつでも手がかりをもたらすことができただろうかというように……

エラリーはじっと考えていた。「奥さんが316号室にいた間、314号室にほかの人間がはいっていく物音は聞こえましたか」

「いいえ。ギルバートが部屋にはいってから、出ていくのを見て、すぐにあとを追いました。わたくしが隣の部屋にいる間に誰かがあのドアを開け閉めすれば絶対に聞こえたはずです」

「なるほど。実に参考になります、奥さん。そして、ここまで包み隠さずにすっかり話してくださったのですから、ひとつ教えてください。先週の月曜の夜、ご主人が亡くなった日のことですが、あなたはこの屋敷からご主人に電話をかけましたか」

「かけていません。あの夜、ヴェリー部長刑事様がお訊ねになられた時に申しあげたとおりですわ。わたくしが主人に知らせたという疑いをかけられているのは存じていますけれど、電話はかけていません、クイーン様、わたくしはそんな――警察が主人を逮捕するつもりでいたなんてこと、全然、夢にも思っておりませんでしたから」

エラリーは未亡人の顔をじっと見つめた。十分に、正直に言っているように思える。「思い出していただきたいんですが、あの晩、ぼくの父とペッパー検事補とぼくが一階の書斎を出ようとした時、あなたが客間に向かって廊下を慌てて歩いていくのを見ました。こんな質問をしてたいへん失礼ですが、奥さん、どうしてもこれは知らなければならないことなんです——あなたはぼくたちが出てくる前、書斎のドア越しに耳を澄ましていらっしゃいましたか」

未亡人の顔は深紅に染まった。「わたくしはたしかに——あまり誉められた人間ではありませんけれど、それに、主人のことでとてもはしたないことをしたいまとなっては説得力はないでしょうけれど……でもクイーン様、誓って、盗み聞きはしておりません」

「盗み聞きをしていたかもしれない人間に心当たりは？」

怨念が声に忍び入った。「ありますわ！　ヴリーランドの奥さんです。あの人は——ギルバートとはずいぶん親密で、そのくらいやりかねないくらい親密で……」

「そうおっしゃいますが、あの晩、ご主人が墓地に忍びこんだのを目撃したと、ぼくらに証言したのはヴリーランド夫人なんですよ。ちぐはぐな行動じゃありませんか」エラリーは優しく言った。「愛人をかばおうというよりも、むしろ、悪意のこもった行動に見えますが」

スローン夫人は自信なさそうにため息をついた。「もしかすると、わたくしの思い違いかもしれませんわね……ヴリーランドの奥さんがあの夜、警察のかたと話したなんて知りませんでしたもの。誰かのそういう証言があったというのは、主人が亡くなったあとに、しかも新聞で知ったんですから」

「最後にもうひとつだけうかがいます、奥さん。ご主人は兄弟がいることを奥さんに話していましたか」

未亡人はかぶりを振った。「そんなそぶりは一度も見せたことがありません。そもそも、主人は家族のことはいつも話したがらなかったのです。ご両親のことは話してくれましたわ――中流の、いい人たちみたいだと思いましたけれど――でも、兄弟のことに触れたことは、一度もありません。わたくしはずっと、主人はひとりっ子で、家族で生き残っている最後のひとりだとばかり思っておりました」

エラリーは帽子とステッキを取りあげた。「いまは辛抱が肝心です、奥さん。いいですか、今日のことは絶対、誰にも言わないでください、よろしいですね」そして微笑みかけると、素早く部屋を出ていった。

＊

一階におりたエラリーは、ウィークスからちょっとした情報を聞かされて、思わずめまいがした。

ウォーディス医師が屋敷を去ったというのだ。

エラリーは武者震いした。これは何かあるぞ！　しかし、この執事のウィークスという男は、情報源としては涸れ井戸もいいところだった。どうやら、グリムショー事件の解決に続くマスコミ攻勢のせいで、ウォーディス医師は英国人らしく固い殻《から》に閉じこもってしまい、けばけばしく華やかなスポットライトを浴びたこの屋敷から逃げ出すことを考え始めていたらしい。スローンの自殺で警察の封鎖が解かれると、ただちに医師は荷造りを命じ、慌ただしく屋敷の女主人にいとまごいをし――この時のスローン夫人は礼儀作法もへったくれもない精神状態で、社交辞令でも医師を引き留めることを思いつきもしなかったようだ――悔やみの言葉を残し、どこか知らない場所をめざして、さっさと出ていってしまった。出ていったのは先週の金曜日だが、屋敷の誰もその行き先は知らないはずだとウィークスは断言した。

「それから、ジョーン・ブレットさんも――」ウィークスが付け加えた。

エラリーの顔から血の気がひいた。「ジョーン・ブレットさんがどうしたって？　まさかあの人も出ていったのか？　おい、後生だから、早く続きを言え！」

ウィークスはやっと続きを言えた。「いえ、そうではありません、まだどこにも行かれていませんが、ただ、いま申しあげようとしましたのは、あのかたも行くつもりでいらっしゃると、そう申しあげたかったわけでして。あのかたは――」

「ウィークス」エラリーは邪険に言い放った。「もっと意味がわかるように言え。何があった」

「ブレットさんは、当家を出ていくつもりでいらっしゃいます」ウィークスは慇懃《いんぎん》に小さく咳払いをした。「いわば契約が切れたわけですから。そして奥様が――」執事は痛ましそうな表情になった。「――ブレットさんに、もう、ここで働いてもらう必要はない、と言い渡されましたので。ですから――」

「ブレットさんはいまどこに？」

「二階のご自分の部屋においでです。荷造りの最中と存じます。階段をのぼって右のひとつ目のドア……」

エラリーはとっくに、コートの裾をひるがえして風のごとく去っていた。二段飛ばしに階段を駆けあがっていく。二階にたどりついたところで、ぴたりと足を止めた。誰かの声がする。聞き間違いでなければ、声のひとつはジョーン・ブレット嬢の咽喉《のど》から発せられているものだ。エラリーはあつかましくじっとその場に立ち、ステッキを手に持ったまま、右の方にそっと首を伸ばしていった……その甲斐あって、世間一般では〝情熱〟として知られているものでくぐもった、男の叫び声を聞くことができた。「ジョーン！　ダーリン！　愛してるんだ――」

「酔ってるのね」ジョーンの氷のような声が聞こえた――不滅の愛を告白する紳士の魂の叫びを聞く若い女性の声ではなかった。

「酔ってない！　ジョーン、茶化さないでくれ。ぼくはまじめに言ってるんだ。愛してる、愛してるんだよ、ダーリン。本気だ、ぼくは――」

つかみあうような物音がした。どうやら、男の声の持ち主が求愛するにおよんで、実力行使に踏みきったようだった。小さいがはっきりと、憤怒のあまり息をのむ声が聞こえたとたん、ぴしゃり！という音が響いて、ブレット嬢の力強い腕が届かない場所にいたエラリーさえも、思わず首をすくめた。

静寂。おそらく、ふたりの戦士はいま、敵意に満ちた眼で睨みあいながら、例の、激情の大波にのみこまれた人類がまねする猫族の動きでぐるぐる回っているに違いない。そのままじっと耳を澄ましていると、つぶやくような男の声が聞こえてきて、思わず苦笑した。「そんなことをしなくてもいいんだよ、ジョーン。きみを怖がらせるつもりなんてなかっ――」

「怖がらせる？　わたしを？　冗談でしょ！　ちっとも怖がっちゃいないわ」ジョーンの声からは、おもしろがって、さげすむ響きがしたたっていた。

「なんだよ、くそっ！」男は駄々っ子のような叫び声をあげた。「それが、結婚の申しこみを受ける態度か？　ぼくは――」

　またもや息をのむ声がした。「レディに向かってそんな汚い言葉を、よくも――よくも！」ジョーンは絶叫した。「あなたは鞭でしつけられるべきね。こんなに侮辱されたの、生まれて初めてよ。出ていきなさい、いますぐ！」

　エラリーは壁にぴったり張りついて隠れた。咽喉の奥から響く怒りの咆哮《ほうこう》が聞こえたかと思うと、乱暴にドアを開ける音に続き、屋敷を揺るがせるほどの勢いでドアを叩きつける音がして――エラリーが角からこっそり覗くと、ちょうどアラン・チェイニー氏がこぶしを握りしめ、頭を上下に振り、狂ったように、足音をたてて廊下をずんずん歩いていくところだった……

　アラン・チェイニー氏が自室のドアを乱暴に叩きつけ、二度目にこの屋敷を大いに揺るがせて姿を消すと、エラリー・クイーン氏は満足げにネクタイを直し、迷うことなくまっすぐ、ジョーン・ブレット嬢の部屋のドアに向かった。エラリーはステッキをちょいと持ち上げ、軽くドアを叩いた。沈黙。もう一度、こつこつとドアを叩いた。すると、およそ淑女らしくない、盛大に鼻をすする音と押し殺したすすり泣きに続いて、ジョーンの声がした。「よくまた戻ってくることができたものね、あなたって人は——あなた——あな……」

「エラリー・クイーンです、ブレットさん」まるで、若い娘のすすり泣きは、訪問客のノックに対する返事としてまったくふさわしいものだというように、落ち着き払った口調でエラリーは言った。とたんに、鼻をすする音はぴたりと止まった。エラリーは辛抱強く待った。やがて、ひどくか細い声が聞こえてきた。「どうぞ、おはいりください、クイーンさん。ドアは——鍵は開いています」エラリーはドアを押し開け、はいっていった。

ジョーン・ブレット嬢は、小さな手で濡れそぼったハンカチーフを手の甲が白くなるほど握りしめ、頬を真っ赤にまんまるく染めてベッドのそばに立っていた。感じのいい部屋いっぱいに、床にも、椅子にも、ベッドにも、ありとあらゆる種類の婦人物の衣服が投げ出されている。大きなスーツケースがふたつ、椅子の上に広げられ、船のベッドの下にはいるタイプの薄い幅広のトランクがひとつ、床の上でぱっくりと口を開いている。エラリーが何気なく鏡台の上に眼を向けると、そこには写真立てが——まるでいま慌ててそうしたように、伏せられていた。

さて、エラリーは——その気になりさえすれば——実に如才なく振る舞うことができる青年なのである。そしてどうやらいまは、策略と会話における近視眼が必要とされる場合のようだった。というわけで、エラリーはお人よしらしい間のぬけた笑みを浮かべて言った。「最初にノックをした時になんとおっしゃったのですか、ブレットさん? すみません、よく聞こえなくて」

「あら!」——とてもかすかな〝あら〟だった。ジョーンは椅子をすすめると、自分も別の椅子に腰をおろした。「わたし——わたし、よくひとりごとを言うんです。変な癖でしょう？」

「いいえ、全然」エラリーは温かくそう言いながら、腰をおろした。「ちっとも変じゃありませんよ。大勢のたいへんりっぱな人が、同じ癖を持っていますからね。なにしろ、ひとりごとばかり言う人は、銀行に預金をためこんでいる人だという話ですよ。あなたは預金がおありなんでしょう、ブレットさん？」

ジョーンは弱々しく微笑みを返した。「そんなにはたくさんありません。それに、わたしは預金を移すつもり……」頬の赤みはすでに消えて、ジョーンは小さくため息をついた。「クイーンさん、わたし、アメリカを発つんです」

「ウィークスから聞きました。寂しくてたまりませんよ、ブレットさん」

「まあ！」ジョーンはころころと笑った。「フランス男みたいにお口が上手でいらっしゃるのね、クイーンさんたら」言いながらベッドに手を伸ばし、バッグを取りあげた。「スーツケースに——手荷物に……ああ、船旅って本当に面倒だわ」バッグから現れた手は、汽船の切符の綴《つづ》りを一冊持っていた。「今日は警察のお仕事でいらしたのかしら？　わたし、本気で発つつもりなんですよ、クイーンさん。ほら、これがれっきとした、目に見える証拠ですわ。行っちゃいけないなんておっしゃらないでしょう？」

「ぼくが？　とんでもない！　それで、あなたは行きたいんですか、ブレットさん？」

「いま、この瞬間は」ジョーンは小さな歯をきりっと鳴らした。「本当に、心から行きたいわ」

エラリーはとぼけて応じた。「そうでしょうね。殺人だの自殺だのと——誰でもいやになりますよ……いや、そう長くお時間をいただくつもりはありません。今日、ぼくがこうしてうかがったのは、そんな気の滅入るような話とはまるっきり逆の用があって来たんです」エラリーは真顔になってジョーンを見つめた。「ご存じのとおり、事件は解決済みです。しかし、二、三、はっきりしない点が残っていましてね。たぶんそう重要じゃないことだと思うんですが、どうにもぼくはしつこくて、気になってしょうがないんですよ……ブレットさん、一階の書斎であなたがうろついているのをペッパーが目撃した夜、なんの目的でうろついていたんです?」

ジョーンは冷静な青い瞳で、エラリーを値踏みするようにじっと見た。「それじゃ、わたしの説明に満足していたわけじゃなかったのね……たばこをいかが、クイーンさん」エラリーが断ると、ジョーンはしっかりした手つきでマッチの火を自分のたばこに近づけた。「ええ、よろしゅうございますわ――〝逃亡する秘書、すべてを語る〟。あなたのお国のタブロイド紙の見出し風に言えばそうなるかしら。全部、白状するわ、あなたはきっと、びっくり仰天よ」

「い、い、そのことならまったく疑っていませんよ」

「心の準備はよくって?」ジョーンは深く息を吸いこみ、そして、話しながらまるで句読点のように、愛らしい口から煙をぽっぽっと出した。「あなたの前にいるのはね、クイーンさん、れっきとした女探偵でしてよ」

「まさか!」

「あら、本当《メゥィ》よ。わたしはロンドンのヴィクトリア&アルバート美術館おかかえの探偵――いえ、ヤードとは関係ありません、全然。だって荷が重すぎるもの。ただの美術館専属の探偵よ」

「全身をひきのばされて、四つ裂きにされて、はらわたを抜かれて、油で煮られた気分だな（すべて中世の拷問）」エラリーはつぶやいた。「あなたの言葉は謎だ。ヴィクトリア&アルバート美術館とおっしゃいましたか。いや、こんな謎とめぐりあうことこそ、世の探偵の夢というものだ。どうか、謎の解明を」

ジョーンはたばこを指で叩いて灰を落とした。「メロドラマじみた話よ。ゲオルグ・ハルキスに雇ってほしいと申しこんだ時のわたしは、ヴィクトリア&アルバート美術館に雇われた探偵として任務にあたっていたの。ある事件を追っていて、それがハルキスにつながっていると――曖昧《あいまい》だけど、ちょっとした情報から、どうやらハルキスがその事件に関わっているらしいとわかったんです。おそらくはうちの美術館から盗まれた絵画を受け取って――」

エラリーの口元から愛想のよい微笑が、すっと消えた。「誰の絵ですか、ブレットさん」

ジョーンは肩をすくめた。「と言っても、ただの部分絵ですけど。でも、とても価値があるの――本物のレオナルド・ダ・ヴィンチで――美術館の調査員のひとりが、わりと最近発見した傑作で――十六世紀初頭にレオナルドがフィレンツェで手がけた壁画か何かの部分絵よ。もともとの壁画の企画がおじゃんになったあと、原画をもとに油彩画を描いたみたい。目録には『軍旗の戦いの部分絵』と……」

「こんな幸運があるだろうか」エラリーはつぶやいた。「続けて、ブレットさん。ぼくは全身を耳にして聞いていますよ。どんな形でハルキスは関わっていたんです」

ジョーンはため息をついた。「さっきも言ったとおり、その絵の受け取り手かもしれない、とこちらが考えたというだけで、はっきりしたことはわかっていないの。確実な情報をもとに出した結論ではなくて、あなたがたアメリカの人がおっしゃる〝ヤマ勘〟というものに、むしろ近いわ。とりあえず、最初から順を追ってお話ししますね。

　ハルキスへのわたしの紹介状は正真正銘、本物です――推薦状を書いてくださったアーサー・ユーイング卿はたいへんりっぱな上流紳士で――ロンドンの有名な画商で、ヴィクトリア&アルバート美術館の理事のひとりなの。卿はもちろん、例の秘密のことは知っていたわ、推薦状にはそんなことはまったく触れていませんけど。この種の調査なら、わたしは美術館の依頼で何度も経験はありますけれど、こちらのお国ではまだ一度もありません、主に大陸で仕事をしていたので。理事会は絶対に秘密裡《り》に仕事をするように要求してきました――つまり、身をやつして絵の行方を追って、ありかを特定するようにってことね。美術館ではその間、盗難があったことを一般に知られないように、おもて向きは長期にわたって〝修復中〟ということにしているの」

「だんだん事情が見えてきましたよ」

「なら、あなたはとってもお眼がよろしくてよ、クイーンさん」ジョーンはぴしりと言った。「わたしに話を続けさせてくださる、それとも、やめてほしい？……この屋敷でハルキスさんの秘書として過ごしている間ずっと、わたしはレオナルドのありかの手がかりを必死に見つけようとしていたわ。でも、あの人の書類や会話のどこにも、ほんの小さな手がかりのかけらさえ見つからなくって。こちらのつかんでいた情報は本物らしかったとはいえ、もう、あきらめかけていたの。

そんな時に、アルバート・グリムショーが現れたんです。実は、あの絵はもともと、うちの美術館の職員だったグレアムという男に盗まれたものだったの。のちにわかったグレアムの本名が、アルバート・グリムショーよ。九月三十日の晩、屋敷の玄関にグリムショーが現れて、ようやくわたしは、自分が正しい手がかりを追っているという最初の希望、初めての具体的な証拠に出合えたの。人相書をもらっていたおかげで、ひと目見てわかったわ。この男、英国から足跡ひとつ残さずに行方をくらまして、盗難の日から五年間、雲隠れし続けていた泥棒のグレアムだって」

「すばらしい！」

「でしょ。それで、書斎のドア越しに一生懸命に耳を澄ましたけど、ハルキスと何を喋っているのかは全然聞き取れなかったの。次の日の晩に、グリムショーが謎の男——顔を隠していて人相がわからないあの男を連れてきた時も何も聞き取れなくて。それだけでも面倒なのに——ジョーンの顔が険しくなった。「——アラン・チェイニーさんが、わざわざその時を狙ったように、どうしようもなく酔っぱらって、よろよろはいってきたせいで、わたしがあの人の世話を焼いている間に、ふたりの男はいなくなってしまったんです。それでも、ひとつだけ確信を持てたわ——グリムショーとハルキスの間のどこかにレオナルドの隠し場所の秘密があるに違いないのよ」

「ということは、あなたが書斎の中を探しまわったのは、ハルキスの持ち物の中に何か新しい記録があるかもしれないと思ったからですか――絵のありかを示す新たな手がかりでも」

「そのとおりよ。でも、あそこの捜索もほかの場所と同じで空振りだったわ。わたし、よく、すきを見て、屋敷や店舗のギャラリーを独自に調査していたんです。だから、レオナルドはハルキス所有のどの建物にも隠されていないって確信があったの。それはそれとして、グリムショーと一緒に現れた謎の男のことですけど、この人はなんだか――こそこそしているし、ハルキスさんが妙にぴりぴりしていたから――その絵に関わりがある気がしました。だからわたし、この謎の男こそが、レオナルドの運命を知るかなめの鍵に違いないと踏んでいるんです」

「あなたはこの男の身元について、ひとつも手がかりを発見できなかったんですか?」

ジョーンはたばこを灰皿の底で押し潰《つぶ》した。「そうなのよ」ふと、ジョーンは探るような眼でエラリーを見た。「どうしてそんなことを――あなたは謎の男の正体をご存じなの?」

エラリーは答えなかった。半眼で虚空を見ている。「ところで、つかぬことをお訊きしますが、ブレットさん……事態がそこまで劇的に飛躍したのなら、なぜ、本拠地に引き揚げようとしているんですか」

「事件がわたしにはもう手におえなくなってきた、というりっぱな理由があるからよ」ジョーンはバッグの中をかきまわすと、ロンドンの消印が押された一通の手紙を取り出した。手渡されたエラリーは、無言で読んだ。ヴィクトリア&アルバート美術館の正式な便箋《びんせん》に書かれたその手紙には、館長の署名がなされていた。「おわかりかしら、わたし、ずっとロンドンに進展具合を――というより、進展のなさを報告していたんです。この手紙は、わたしが謎の男について知らせた報告書の返事なの。あなただって、もうわたしたちが袋小路《アンパス》に突き当たってどうにもならないでいるのがわかるでしょ。美術館は、しばらく前にクイーン警視さんから電報で問い合わせがあって——それは、あなたもきっとご存じね——それから館長とニューヨーク市警察との間で膨大《ぼうだい》なやりとりをすることになったと、その手紙に書いてきたわ。当然、最初は美術館側も返事をしていいものやら困ったでしょう。だって、返事をするためには事情をすっかり打ち明けなければならないんですもの。

ごらんになったとおり、その手紙はわたしに、ニューヨーク市警にすべてを話す権限と、今後の行動はわたしの好きにしてかまわないという自由裁量を許可してくれたものよ」ジョーンはため息をついた。「だから、わたしの自由裁量で、この事件はもうわたし程度の力ではどうにもならない、と結論を出させてもらったの。いまから警視さんをお訪ねして、すっかり話をしたら、ロンドンに戻るつもりよ」

エラリーが手紙を返すと、ジョーンはそれを慎重にバッグにしまいこんだ。「なるほど」エラリーは言った。「その絵の追跡が、恐ろしくややこしい問題にふくれあがって、いまではたったひとりの——こう言ってはなんですがアマチュアの——捜査官よりは、プロの警察にまかせるべき仕事になってしまったということには、ぼくも同意見ですね。しかしながら……」エラリーは思わせぶりに間をとった。「もしよろしければ、あなたのそのおよそ絶望的な調査にぼくが手を貸してさしあげられないこともないわけですが」

「クイーンさん！」ジョーンの眼が輝いた。

「仮に、騒ぎを起こさずに水面下でレオナルドを取り戻すチャンスがあるとすれば、美術館はあなたをニューヨークにとどめてくれると思いますか」

「あら、ええ！　それはもう大丈夫、間違いないわ、クイーンさん！　すぐ、館長に電報を打ちます」

「それがいい。それから、ブレットさん――」エラリーはにこりとした。「――ぼくなら、まだ警察には行きませんね。悪いが、うちのおやじのところにも。あなたはまだ――上品な言いかたをすれば――嫌疑をかけられていた方が役にたちそうだ」

ジョーンはさっと立ち上がった。「すてきすてき。どうぞ、ご命令を、司令官」ふざけて、気をつけの姿勢をとったジョーンは、右手をぴしりとあげて敬礼してみせた。

エラリーはにやりとした。「あなたはすばらしい女スパイ《エスピオンヌ》になれるな。よろしい、ミス・ジョーン・ブレット、今後永久にぼくらは味方同士だ。あなたとぼくは――個人的な協約《アンタント》を結ぶ」

「和親《コルディアル》の、でしょ？（アンタント・コルディアルは一九〇四年に英仏間で結ばれた和親協商のこと）」ジョーンは幸せそうにため息をついた。

「きっとスリル満点ね！」

「きっと危険だろうね」エラリーは言った。「ただし、ブレット副官、ぼくらはたしかに秘密の協定を結んだが、あなたには知らせずにいた方がいいことがいくつかある――あなた自身の安全のためにだ」ジョーンがしょんぼりとうなだれると、エラリーは優しくその手に触れた。

「あなたを疑っているわけじゃない――それはぼくの名誉にかけて誓う。だけど、いまのところは、ぼくを信用してくれなきゃ困るんだ」

「いいわ、クイーンさん」ジョーンは真顔で言った。「わたしはあなたの言いなりになります」

「いやいやいや」エラリーは慌てて言った。「それは誘惑が過ぎる。あなたのような美しすぎるかたがそんなことを言うのは……えへん、えへん！」ジョーンのおもしろがっているような視線から逃げるように顔をそむけ、頭に浮かんだことを口に出しながら考えていった。「さて、どんな道があるかな。ふうむ……とりあえず、あなたをこの近辺に引き留めておく、いい口実が必要だ――ここで働く契約が切れたことは、みんな知っているんだろうから……無職のままニューヨークにとどまるわけにはいかない――怪しまれるに決まっている……とはいえ、ハルキス家にとどまるわけにもいかないし……そうだ！」エラリーはジョーンの両手をがばっとつかんだ。「一カ所、あなたがとどまれる場所がある――しかも、まったく正当な理由があって、誰からも絶対に疑われない場所が」

「どこ？」

エラリーはジョーンをベッドに連れていくと、肩を並べて坐り、顔をうんと近く寄せた。

「あなたはもちろんハルキスのことなら、個人的にも仕事上でも、なんでもよく知っている。そこでだ。このとてつもなくめんどくさい問題に、わざわざ好きこのんで自分から世話を焼きにいった紳士がいるだろう。ジェイムズ・ノックス、その人が！」

「まあ、すばらしいわ」ジョーンは囁いた。

「つまり」エラリーは早口に続けた。「いまごろノックスはこの頭の痛い仕事であっぷあっぷしているだろうから、有能な助手を歓迎するに違いない。ちょうど昨夜、ウッドラフから聞いたんだが、ノックスの秘書が病気で倒れたそうだ。というわけだから、ぼくがうまく、疑われないように手を回して、ノックスの方からあなたに仕事を依頼するように仕向ける。あなたはこの件について、絶対にひとことも喋っちゃいけない――わかっているね。まじめに働いて、この仕事が見せかけではなく本物だと、まわりに信じこませるんだ――誰にもあなたに裏の顔があることを知られちゃいけない」

「その点なら、まったく心配ご無用よ」ジョーンはおごそかに言った。

「ああ、そうだったね」エラリーは立ち上がると、帽子とステッキを手に取った。「モーセに誉《ほま》れあれ！　まだまだやることがある……では、ごきげんよう、我が女副官殿《マ・リユトナント》！　全能なるノックスの御大《おんたい》から声がかかるまでは、この屋敷に居坐ってくれたまえ」

ジョーンが雨あられと浴びせる感謝の言葉を受け流して、エラリーは部屋を飛び出した。背後でドアがゆっくりと閉まっていく。廊下の途中で、ふとエラリーは足を止め、ひとしきり考えこんだ。やがて、悪だくみを思いついたというように、小さな笑みをくちびるに浮かべると、廊下をどんどん歩いていき、アラン・チェイニーの部屋のドアをノックした。

＊

アラン・チェイニーの寝室は、カンザス州の竜巻のど真ん中に巻きこまれた部屋の残骸を見るようだった。まるでこの青年が自分自身の影を相手に、物を投げつけたように、あらゆる物

が散乱している。たばこの吸殻があたかも戦死した兵士のごとく、落ちたその場所に累々《るいるい》とし
かばねをさらしている。チェイニー氏の髪は脱穀機にかけられたかのようで、瞳は憤怒に赤く
染まった白目の中でぎょろぎょろ動いていた。
アランは床を調べているようだ――しつこく、何度も、何度も、何度も、大股に、勢いよく、
猛烈な勢いでぐるぐる歩きまわっている。実に落ち着きのない青年だ。チェイニーがぶつぶつ
と「誰だ、はいりたきゃ勝手にはいれ！」と言ってからも、エラリーは戸口に立ったまま、大
きく眼を見開いて、目の前の破壊しつくされた瓦礫ばかりの戦場を眺めていた。
「ああ、あんたか、なんの用だ？」誰が来たのかを見たとたん、青年はぴたりと足を止めて唸
った。
「ちょっと話がしたくてね」エラリーはドアを閉めた。「どうやら」にこやかに続けた。「ご機
嫌斜めのところにお邪魔してしまったらしいな。ああ、きみの時間は貴重に違いないから、な
がながと無駄につきあわせはしないよ。坐ってもいいかな、それとも、正式な決闘の作法に従
って会話をしなければいけないかな？」
どうやら、若きアラン君の中にも、礼儀作法のかけらくらいは残っていたようで、もごもご
と言った。「どうぞ、坐ってくれ。失礼した。ああ、こっちの、これに」そう言いながら、椅
子に積みあがったたばこの吸殻を、すでにごみごみしている床の上に払い落した。
エラリーは腰をおろすとすぐに、鼻眼鏡《パンスネ》のレンズをみがき始めた。アランはいらだちまじり
に、ぼんやりと見守っている。「さて、アラン・チェイニー君」エラリーはまっすぐな鼻の上

に眼鏡をのせなおして、おもむろに口を開いた。「本題にはいろう。ぼくはずっと、グリムショー殺しときみの義理のお父さんが自殺した悲しい事件における、未解決のまま曖昧になっている点を解決しようと、骨折っているんだ」

「寝言は寝て言ってくれ」アランは言い返した。「自殺なんかじゃない」

「本当か？　ついさっき、きみのお母さんも同じようなことを言っていたよ。きみ、そう信じるだけの具体的な根拠を知っているのか」

「いや。特には。ま、どうでもいいじゃないか。親父は死んで二メートル下の土の中ってことは、もう何をしたって取り返しはつかないんだ」アランはベッドに身体を投げ出した。「何を考えてる、クイーン？」

エラリーは微笑んだ。「役にもたたない、つまらない質問をしたくてね。きみはもう、答えるのを拒否する理由がないはずだ……なぜ、きみは十日ほど前に逃げたんだ」

アランはベッドの上に大の字になって、たばこをふかしながら、壁にかかったぼろぼろの古ぼけた細身の槍をじっと見ていた。「あれは親父のだよ」アランは言った。「アフリカは親父にとって楽園だった」やがて、アランは吸いさしをはじき飛ばし、ベッドから飛び下りると、また、むやみにせかせかと歩きまわりだし、怒ったような視線を北に向かって投げつけた――これには説明が必要だろうが、ジョーンの部屋がだいたいそっちの方角にあるのだ。「いいぜ」アランは乱暴に言った。「話してやる。そもそもあんなまねをして、ぼくはどうしようもない大馬鹿野郎だった。天性の男たらしだよ、あの女、きれいな顔をしやがって！」

「もしもし、チェイニー君？」エラリーはおそるおそる言った。「いったいなんの話をしてるのかな？」

「ぼくがどれだけおめでたいまぬけ野郎だったかって話だ！　まあ聞いてくれ、クイーン、史上最高傑作の青春の〝騎士道物語〟ってやつを」アランは力強く若々しい歯をぎりっと鳴らした。「ぼくは恋をしていた――ああ、恋だよ、悪いか！――その、ええ、つまり、つまりだな……あれだ、ジョーン・ブレットに。ぼくはジョーンがこの家の中をもう何カ月も、何かを探してごそごそ嗅ぎまわっているのに気がついていた。何を探してたのかは知らないけどな。ぼくはひとことも他言しちゃいない――ジョーンにも、ほかの誰にもだ。恋は盲目と言うがね、我ながら献身的にもほどがある、ああ、馬鹿でもまぬけでも好きに呼んでくれ。あのペッパーって野郎が、ジョーンが伯父貴の葬式のあったあと、夜中に金庫のまわりをうろついてたってばらした件で、警視がジョーンをしめあげた時……畜生、ぼくはどう考えていいやら、わからなくなっちまった。二と二を足すような簡単な計算だ――消えた遺言書と殺された男を足せば、出てくる答えはひどく恐ろしいものになる……ぼくは、ジョーンがなんらかの形で、あの恐ろしい事件に関わっているんだと思ったんだ。だから――」アランは口ごもったまま、言葉をのみこんだ。

エラリーはため息をついた。「恋、ねえ。ちょうどふさわしい引用句が口まで出かかっているけど、まあ、いまは言わぬが花だな……ということは、騎士アランよ、きみはさながら高貴なる円卓の騎士ペレアスが高慢な薄情女のレディ・エタールにさげすまれつつ白馬の広い背にまたがって騎士としての探求の旅に出たがごとく……」

「ふん、馬鹿にしたけりゃ勝手にすればいい」アランは鼻を鳴らした。「まあ——ああ、そうだ、ぼくはそうしたんだよ。あんたが言うとおりだ、高潔な騎士の役をやろうなんて、どうしようもない馬鹿だった——逃げる時もわざと怪しく見えるように、これ見よがしに——ぼくに嫌疑を移そうと思ったのさ。くそっ!」アランは苦々しげに肩をすくめた。「そんなことをしてやる価値があの女にあるか? 答えが知りたいよ。もう、何もかも洗いざらい喋って、すっかり忘れてやろうか——あの女のことも」

「忘れるならついでに、今日、ぼくが来たことも忘れてくれ」エラリーは小声で言いながら立ち上がった。「これは殺人事件の捜査なんだ。まったく、精神医学が人間のありとあらゆる気まぐれな動機を考慮に入れることを覚えるその日までは、犯罪捜査はいつまでたっても子供の遊びだな……何度でも礼を言わせてもらう、本当にありがとう、アラン君、それと、ぼくからのお願いだけどね、早まるんじゃない。絶望するなよ。では、ごきげんよう!」

*

それから一時間ほどたったころだろうか、エラリー・クイーン君はローワー・ブロードウェイに建ち並ぶビルの谷間の、マイルズ・ウッドラフ弁護士が暮らすささやかなアパートの一室にて、くだんの紳士と向き合って椅子に腰かけたまま、ウッドラフ弁護士の両端の尖った葉巻《パーフェクト》をぷかぷかやりながら——紙巻きたばこ《シガレット》愛好家のエラリーには実に珍しいことである——とりたてどうということもない世間話をしていた。ウッドラフ弁護士は、不機嫌を隠しもせず正直にぶすっとしている様子を見るに、どうやら精神的な便秘に悩まされているようだった。気難しく、眼は黄ばみ、いらいらし、机の丸いゴムマットの上にちょこんとのった金ぴか痰壺に、不作法にも何度となく唾を吐いていた。そして、だらだらと続きに続く弁護士の愚痴《ぐち》の内容を要約すれば、つまるところ、もう長いこと弁護士を続けてきたが、ゲオルグ・ハルキスの遺産問題ほどこんがらがった、頭の痛い難しい案件にお目にかかったのは初めてだ、ということだった。

「いやいや、クイーン君」弁護士はわめいた。「我々が直面しているのがどんな事態か、きみには想像つかんよ――ああ、想像つかんね！　新しい遺言書の燃え残りが出てきたおかげで、まずは、こいつが脅迫のもとに書かされたことを立証しないと、グリムショーの遺族が甘い汁を吸うことになってしまう……やれやれだ。賭けてもいいが、気の毒なノックスは死ぬほど後悔しているだろうよ、遺言執行人になろうなんて言ったことをな」

「ノックス。まあ、そうですねえ。あの人も、やらなきゃならないことで手いっぱいなんじゃないですか？」

「そりゃもう、てんてこまいだよ！　そもそもだ、遺産の法的な処理を進める前に、やっておかなきゃならんことが、あれこれあるんだ。資産を項目別に仕分けして、税務申告書を計算する仕事が、一筋縄《ひとすじなわ》じゃいかない――ハルキスがこまぎれの資産を山ほど遺していった。あいつめ、私の肩に全部のっけるつもりらしい――ノックスの奴め――ノックスのような立場の人間が遺言執行人になると、だいたいそういうことになるんだ」

「それなら」エラリーが何気ない口調でぽろりともらした。「ノックスの秘書は病気ですし、ちょうど、ブレットさんが働き口がないわけだから、もし……」

ウッドラフの葉巻が揺れた。「ブレットさんか！ そりゃ、クイーン君、名案だ。もちろんだよ。あの娘はハルキスのことならなんでも知っている。ノックスにそう言ってみよう。そうだ、私からそう伝えて……」

うまく種をまき終えると、エラリーはさっさと辞去して、すっかりご満悦のていで、アッパー・ブロードウェイに向かって颯爽《さっそう》と歩いていった。

＊

というわけで、エラリーの広い背中のうしろでドアが閉まって二分とたたないうちに、ウッドラフ弁護士は電話でジェイムズ・J・ノックス氏と電話で話していた。「それで私は思いついたんだが、いまのところ、ジョーン・ブレット嬢はハルキス邸で特にすることが何もないわけだから――」

「ウッドラフ！ それはいい思いつきだ！……」

その結果、ジェイムズ・J・ノックス氏はほっと安堵のため息をつくと、ウッドラフ弁護士のすばらしい妙案に感謝し、受話器を置くとすぐにハルキス邸の番号にかけていた。

ジョーン・ブレット嬢を呼び出してもらうと、ノックス氏はあたかも自分自身の思いつきであるかのように、翌朝からすぐに働きに来てもらえないだろうか、と申し入れた……この遺産問題が片づくまで。さらにノックス氏は、ブレット嬢は英国人でニューヨーク市に定まった住所を持っていないのだから、この仕事をする間は自分の屋敷で暮らしてほしい、とも言い添えた……

ブレット嬢は大まじめにその申し出を受けた――いまは父祖の墓の中で安らかに眠るギリシャ系アメリカ人の元雇い主《シドウヴアン》から受け取っていたよりも、ずっと気前のよい額の固定給にて、ということは記しておくべきだろう。申し出を受けると同時にブレット嬢は、エラリー・クイーン氏がいったいどんな手を使ってこの計略を実現させたのかと不思議がった。

24　……提示

十月二十二日の金曜日、エラリー・クイーン君は（もちろん非公式に）お殿様を訪問した。つまり、ジェイムズ・J・ノックス氏から電話がかかってきて、クイーン氏にいますぐノックス邸に来てほしい、興味を持ってもらえそうなあることを伝えたいのだ、と懇願《こんがん》されたのである。クイーン君は喜んだ。洗練された上流社会に憧れていたから、というばかりでなく、もっとわかりやすい理由からである。というわけで、エラリーははりきって、タクシーを奮発し、大急ぎでリヴァーサイド・ドライブに出かけていった。畏怖《いふ》の念を覚える堂々たる大邸宅の前に来るや、急にぺこぺこと腰が低くなった運転手に料金を支払ってから、不動産の価値が馬鹿高いのは当たり前というこの街においてさえ、たいそうなひと財産と誰もが認めるであろう広大な敷地の中に大股でどんどんはいっていった。

さほど儀式ばった手順を踏まされず、メディチ家の宮殿《パラッツォ》からそっくりそのまま持ってきたかのような豪華絢爛《けんらん》たる控えの間でしばらく待たされてから、ひょろりと背の高い痩せた老執事に連れられ、御前《ごぜん》の居場所に案内された。

御前は、この古風なけばけばしい環境の中、(おごそかなる執事曰く)〝仕事部屋〟の恐ろしく現代的な机で仕事をしていた。仕事部屋そのものも机同様に現代的だった。黒いエナメル革張りの壁、角ばった家具、狂人の夢から飛び出たような照明器具……まさに家庭で仕事をする現代の金持ちそのものだ。そんな御前の傍《かたわ》らで、実に魅力的な膝の上にノートをちょこんとのせて澄まし顔で坐っているのは、ジョーン・ブレット嬢だった。

ノックスはエラリーを温かく迎え、高級なペルシャくるみ材のたばこ入れいっぱいに詰まった、二十センチ近くもある青白く輝く紙巻きたばこを差し出すと、すっかり感銘を受けている訪問客に身振りで、坐り心地悪そうに見えるが実は快適な椅子をすすめ、いつもの腹の底を読ませない、おっとりとためらいがちな口調で言った。「ありがとう、クイーン君。こんなに早く来てくれて助かるよ。ブレットさんがここにいるので驚いただろう?」

「それはもう驚きましたよ」エラリーはまじめくさって言った。ブレット嬢はまつげを震わせ、ごくごくわずかにスカートを直した。「ブレットさんは幸運なかたですね、いや、まったく」

「いやいや、幸運なのは私の方だ。ブレットさんはまさに宝石だよ。うちの秘書がおたふくかぜだか疝痛《せんつう》だかで寝こんでしまってね。どうにもこうにも――頼ることができなくなってしまった。おかげでブレットさんには、ハルキスの遺産問題の件だけでなく、私個人のこまごましたことまで手伝ってもらっているよ。しかし、ハルキスのあの問題はなあ！　ここだけの話、一日じゅう、見目麗しい若いお嬢さんを眺めていられるというのは、実にいい気分になるものだね。私の秘書は、顎《あご》の尖ったスコットランド男でな、最後に笑ったのは母親のごつごつの膝枕の上に違いないよ、まったく。少し失礼する、クイーン君。先にブレットさんに指示しておきたいことがふたつ三つあるんだ。それがすめば私も自由になれる……ブレットさん、そこにまとめてある支払期限が来た請求書全部に小切手を切っておいてほしい――」

「請求書ですね」ブレット嬢はすなおに復唱した。

「――それから、あなたが注文した文房具類の支払いも。新しいタイプライターの支払いでは、あの一本だけ交換させたキーの代金も忘れないように――古いタイプライターは慈善団体に送るようにして――持っていても使い道がない……」

「慈善団体ですね」

「時間がある時に、あなたがすすめてくれたスチール戸棚を注文しておいてほしい。いまのところ、それだけだ」

ジョーンは立ち上がると、部屋の反対側の端に歩いていき、最新型のしゃれた小さな机の前に、きびきびとした秘書らしい物腰で坐ると、タイプを打ち始めた。「どうもクイーン君、お待たせした……まったく、ややこしくていやになる。いつもの秘書が病気になったおかげで、ますます苦労させられているよ」

「でしょうね」エラリーはもごもごと答えた。いったいジェイムズ・J・ノックス氏ともあろう御方が、なぜに他人にとってはどうでもいいような個人的な事情を、赤の他人も同然の自分に喋っているのか、ジェイムズ・J・ノックス氏はいつになったら本題にはいるのか、ひょっとして、ジェイムズ・J・ノックス氏はただの世間話と見せかけて、実はもうすでに、話の裏に深刻な相談ごとを隠しているのか？

ノックスは金色の鉛筆をもてあそんでいた。「今日、あることを思い出したんだよ、クイーン君――いままで私も混乱していたんだな、でなければもっと前に思い出せたはずなんだ。最初に警察本部のクイーン警視の部屋で話した時には、言うのをすっかり忘れていたことがあってね」

青年は内心、ほくそ笑んだ。エラリー・クイーンよ、おまえは最高に運のいいやつだぞ！猟犬のようにしぶとく食らいついたおまえのねばり勝ちだ。その耳、おったててよく聞けよ……。「で、どんなことですか？」まるで、さして大事でもないことのような口ぶりでさらりと訊いた。

そして語り始めたノックスのいつもの神経質な話しかたは、物語が形を成していくにつれて、神経質なところが消えていった。

どうやら、ノックスがグリムショーに連れられてハルキス邸を訪れた夜、ちょっとした事件があったようだ。それは、ハルキスがグリムショーに要求された約束手形を作り、署名し、グリムショーに手渡した直後に起きた。グリムショーは約束手形を自分の財布にしまいながら、さらなるひと儲けをするチャンスと考えたらしい。ハルキスの〝厚意〟によって千ドルを支払ってもらいたいと、冷淡に要求してきた——財布にしまった約束手形の元金が支払われるまでの間に、さしあたって当座の必要な分をよこせと言うのだ。

「千ドルなんて金は見つかっていませんよ、ノックスさん！」エラリーは鋭く叫んだ。

「まず、私に話を続けさせてくれないか、クイーン君」ノックスは言った。「ハルキスはすぐに、そんな金は家のどこにもないと言った。そして私の方を向いて、金を貸してほしいと頼んできた——次の日に必ず返すと。ふん……」ノックスはさげすむようにたばこの灰を叩き落とした。「ハルキスは運がよかった。私はちょうど、その日の昼間に、自分のこづかいに千ドル札を五枚、銀行から引き出してきたばかりだった。それで、財布から千ドル札を一枚抜いてハルキスに渡し、ハルキスはそれをグリムショーに渡した」

「なるほど」エラリーは相槌《あいづち》を打った。「それで、グリムショーはその札をどうしました？」

「グリムショーはハルキスの手から札をひったくると、自分のベストのポケットからずっしりした古い金の懐中時計を取り出して——スローンの金庫から見つかったあの時計だ——裏ぶたを開けて、札を小さくたたんで、中にしまって、ふたをばちっと閉じて、ベストのポケットの中に戻した……」

エラリーは爪を嚙んでいた。「ずっしりした古い金の懐中時計。間違いなく同じものだと思われますか？」

「絶対に間違いない。スローンの金庫から出てきたという懐中時計の写真を、今週初めに新聞のどれかで見た。あの懐中時計だ、絶対に」

「〝イーデンホールの幸運〟にかけて！（イーデンホールの城主、マスグレーブ家の家宝だった杯の名。「この杯の壊れる時、イーデンホールの幸運が終わる時」と妖精が言い残したと伝えられる。ヴィクトリア＆アルバート美術館所蔵）」エラリーは息をのんだ。「ひょっとして、これは……ノックスさん、その日、銀行から引き出した札の番号はわかりますか。いますぐに懐中時計の裏ぶたの内側を調べるのが何よりも肝心です。もし、その札がなくなっていれば、紙幣の通し番号が殺人犯を追跡する手がかりになるかもしれません！」

「私もそう思った。すぐに調べられる。ブレットさん、私の銀行の支配人のボウマンを電話で呼び出してくれんか」

ブレット嬢は眉ひとつ動かさず事務的に従うと、受話器をノックスに手渡し、おとなしく自分の単調な秘書仕事に戻っていった。「ボウマンか？　ノックスだ。十月一日に私が引き出した千ドル札五枚の通し番号を教えてほしいんだが……そうか。ああ、いい」ノックスはしばらく待って、やがてメモ帳を引き寄せると金色の鉛筆で書きつけ始めた。にっこりして受話器を置くと、メモ用紙をエラリーに渡した。「これだ、クイーン君」

エラリーはぼんやりとメモ用紙をもてあそんでいた。「ええと――さしつかえなければ、ノックスさん、ぼくと一緒に警察本部に行って、懐中時計の中を確認するのに立ち会っていただけませんか」

「喜んで行くよ。探偵の仕事というのが、めっぽう気に入った」

机の上で電話のベルが鳴り、ジョーンが立ち上がって受話器を取った。「ノックスさん、あなたにです。シュアティ証券からです。わたしが聞いておきましょうか――?」

「私が出よう。失敬するよ、クイーン君」

ノックスが無味乾燥で、無意味で――エラリーの見るかぎりでは――まったくもって退屈しごくなビジネス会話をしている間に、エラリーは立ち上がって、ぶらぶらとジョーンの使っている机の方に歩いていった。そして、意味ありげなまなざしを向けて、声をかけた。「ええっと――ブレットさん、すみませんが、この通し番号をタイプで打ちなおしてもらえませんか」

――というのは、椅子の上にかがみこんでジョーンの耳元で囁くための口実である。ジョーンは鉛筆書きのメモ用紙を、実につつしみ深い物腰で受け取ると、タイプライターのキャリッジに白紙を一枚はさんでタイプを打ち始めた。そうしながら、ジョーンは囁いてきた。「ねえ、どうしてあの夜にグリムショーと一緒に来た謎の男がノックスさんだったって、わたしに教えてくれなかったの?」非難がましく言った。

エラリーは、しーっというように首を振ってみせたが、ノックスはすっかり話しこんでいるようだった。ジョーンは素早くタイプライターから紙を抜き取ると、大声で言った。「あら、やだ! これは〝ナンバー〟の記号を手で書き入れなくちゃいけなかったのに!」そして、新しい紙をキャリッジにはさみなおすと、素早く数字を打ち始めた。

エラリーは小声で訊いた。「ロンドンから何か新しい知らせは?」

ジョーンはかぶりを振ると、電光のように素早い指の動きをわざとぎこちなく遅らせて、またも大きな声を出した。「わたし、まだノックスさんのタイプライターに慣れてなくって——これはレミントンで、わたしがいつも使っていたのはアンダーウッドなのに、こちらのお宅にはほかのメーカーのタイプライターがないものだから……」言われたことをやり終えると、紙を抜き取って、エラリーに手渡しながら囁いた。「あの人がレオナルドを持っているかもしれないの？」

エラリーに肩をぐっとつかまれたジョーンの顔から一瞬血の気がひいた。エラリーは温かな口調で、にこやかに言った。「ああ、すてきなできばえだ、ブレットさん。どうもありがとう」そして、紙をベストのポケットにしまいながら囁いた。「気をつけるんだ。役割以上の余計なことをしちゃいけない。うかつに家捜しをして嗅ぎまわっているところを現行犯でつかまったらどうする。ぼくを信じて。あなたは一秘書であり、それ以上でもそれ以下でもない。千ドル札の件は、ひとことだって誰にも言っちゃいけない……」

「お役にたててよかったですわ、ええ、それはもう、クイーンさん」はっきりした口調でジョーンはそう言うと、ハーピーのようにいたずらっぽくウィンクした。

＊

エラリーは、ジェイムズ・J・ノックス氏のガラス戸で運転席が仕切られたりっぱな自家用車で、この偉大な人物と並んで坐り、上品なお仕着せに身を包んだ気取ったカローン（三途の川の渡し守）の運転でダウンタウンを走るという快感を味わった。

センター街の警察本部の前に着くと、男ふたりは車を降り、玄関に続く広い階段をえっちらおっちらのぼって建物の中にはいった。エラリーは、クイーン警視の息子である自分に警察官や刑事やその他大勢が敬意をこめて挨拶してくるさまに、この大富豪が感心していることに気づいて、くすぐったい喜びを覚えつつ、先に立って記録保管室のひとつに向かった。ここでエラリーは、まったく架空の〝権限〟を振りかざし、ハルキス＝グリムショー＝スローン事件の証拠品をおさめた保管箱を勝手に持ち出した。エラリーは古風な金の懐中時計のほかは触れなかった。鋼鉄の箱からそれを取り出し、エラリーとノックスは人気《ひとけ》のない室内で、しばらくの間、無言で調べていた。

その瞬間、エラリーはいまにも何かが起きそうな兆《きざ》しをたしかに感じていたのである。ノックスは単に好奇心に駆られているだけのようだ。エラリーは懐中時計の裏ぶたを、力をこめて開けた。

そこには、小さく折りたたんだ何かがはいっていて、広げてみると、一枚の千ドル札であることがわかった。

エラリーは隠しようもなく、がっかりしていた。ノックスの〝仕事部屋〟で提示してみせた可能性が、紙幣の出現によって消えてしまったからだ。それでもなお、完全主義の青年はポケットの中のリストと懐中時計から出てきた紙幣の通し番号を照合し、いま発見した紙幣が間違いなくノックスのリストにある五枚のうちの一枚であることを確かめた。エラリーは懐中時計の裏ぶたをぱちんと閉めて、保管箱に戻した。

「何かわかったか、クイーン君？」

「たいしたことは。この新たな事実は、スローン犯人説に関わる一切の状況になんの変化ももたらしてくれません」エラリーは無念そうに答えた。「スローンがグリムショーを殺した謎の相棒である場合、この紙幣がまだ懐中時計の中にはいっていた事実は、単にスローンが紙幣の存在に気づかなかったことしか意味しません。グリムショーは、相棒に隠れてハルキスから巻きあげた千ドルについて、スローンに話すつもりも分けあう気もなかったと意味するだけです——わざわざこんなおかしな場所に札を隠したことでもそれはわかる。つまりスローンは、グリムショーを殺して、なんらかの目的で懐中時計をくすねたものの、中に何かが隠されているとは考えもしなかったので、裏ぶたを開けてみようとも思わなかった。なればこそ、札はグリムショーが隠したままの場所に残っていたというわけです。証明終了《QED》——やれやれ！」

「どうも、きみはスローン犯人説には、あまり満足していないようだね」ノックスは見透かすように言った。

「ノックスさん、ぼくはどう考えるべきなのか、自分でもはっきりわかっちゃいないんです」ふたりは廊下を歩いていく。「ただ、ひとつ、お願いがあるんですが……」

「なんでも言うとおりにしよう、クイーン君」

「例の千ドル札のことは誰にも、ひとこともらさないでください——原則として、ですが。お願いです」

「承知した。しかし、ブレットさんは知っているぞ——私がきみに話しているのを聞いていたはずだ」

エラリーはうなずいた。「では、誰にも喋らないように、ノックスさんから注意しておいてください」

ふたりは握手を交わし、エラリーはノックスが大股に歩き去っていくのを見送った。それからエラリーはうろうろと廊下を行ったり来たりしていたが、やがて父のオフィスに向かって歩きだした。誰もいなかった。エラリーは頭を振ると、玄関の階段からセンター街におりたち、道路を見回して、タクシーを拾った。

五分後、エラリーはジェイムズ・J・ノックス氏の銀行にいた。支配人のボウマン氏との面会を求めた。そして、ボウマン氏と会った。エラリーは、ずうずうしさという特技で手に入れた特別警察身分証をちらつかせ、ノックスが十月一日に引き出した五枚の千ドル札の通し番号のリストをすぐに出すように要求した。

グリムショーの懐中時計から出てきた紙幣の番号は、銀行が提示した五つの番号のひとつと一致した。

エラリーは銀行を出ると、この日は祝福すべき成果は何ひとつないと思ったのだろう、金のかかる車を使うのは控えて、地下鉄で家に帰った。

25　……残滓《ざんし》

土曜の午後を過ごす場所が、ブルックリンか……内心で愚痴《ぐち》りながら、エラリーはブルックリンの住宅街に長く延びる葉の落ちた並木道をえんえん歩き続けていた。ブルックリンの中でもよりによって——土曜の午後のフラットブッシュか（当時人気のあった、労働者階級向けの住宅地）……まあ、でも、口の悪いヴォードヴィル芸人が〝何もない野っぱら《フラットブッシュ》〟と言うほど悪くはないな、と思いつつ、住宅の所番地を確かめるために立ち止まった。この街には平穏と落ち着きがある——掛け値ない、いい、いかい、しの平穏と掛け値なしの落ち着きが……想像の中で、ジェレマイア・オデル夫人のむしろブロードウェイにふさわしい色香漂うなまめかしい肉体を、この牧歌的と言っていい光景の中に置いてみて、エラリーはくすりと笑った。

石畳の小路《こみち》にはいり、白い柱の家の玄関ポーチに続く五段の木の階段をのぼっていくと、どうやらジェレマイア・オデルの細君は家にいるようだった。呼び鈴に応えてドアを開けた夫人の、金色の眉が一瞬ではね上がった。訪問販売か何かの勧誘だと思ったのだろう、いかにもベテラン主婦らしい、きっぱりした素早さでひっこみつつ、エラリーの鼻先でばたんとドアを閉めようとした。エラリーはにこにこしながら、片足を敷居《しきい》にすべりこませた。名刺を差し出すと、夫人の麗しい顔から好戦的な色は消え、かわりに怯えに似たものが浮かんできた。

「どうぞ、おはいりになって、クイーン様。どうぞ——あなただと気がつかなくって」夫人は不安そうに、両手をエプロンでぬぐった——主婦らしい、糊のきいた花柄の普段着を着ている——そのままそわそわと、薄暗いひんやりした控えの間にエラリーを案内した。左手の開け放たれた両開きのドアから、夫人は先に立ってその向こうの部屋に導いた。「あたし——あの、あなたは、ジェリーにも——あ、ジェリーは主人ですけれど、そのう、会いにいらしたんでしょう?」

「さしつかえなければ」

夫人は慌てて出ていった。

あたりを見回したエラリーは、口元をほころばせた。結婚はリリー・モリスンの姓を変えただけではなかったのだ。妻という座が、リリーの丸く豊かな胸の奥に眠っていた家庭的な世話女房気質の源泉に触れたらしかった。いまエラリーが立っているのは、実に居心地よく、実に一般家庭らしい、実に掃除のゆきとどいた部屋だった——もちろんここはオデル夫妻にとっての〝客間兼居間〟に違いない。女の愛情あふれる、しかし、慣れない指が、これらの派手なクッションを苦心して作りあげたのだろう。このけばけばしい壁紙もきっと女が、新たに手に入れたりっぱな社会的地位に恥ずかしくないようにと一生懸命に選んだものに違いない——室内のランプというランプがヴィクトリアン趣味だった。調度品はどれもこれもビロードや彫刻でごてごてと飾られている。エラリーは眼を閉じると、かつてはアルバート・グリムショーの愛人だったリリーが、少女のように上気した頰を真っ赤に染めて、安物の家具屋の中でジェレマイア・オデルのがっしりした身体に寄り添いながら、目にはいる家具の中でもっとも重々しく、もっとも豪華で、もっともたくさん飾りがついている品を選んでいる姿を見ることができた……

くすくす笑いながらの想像は、この家のあるじの登場によってぶったぎられた――当のジェレマイア・オデルは、両手のべたべたの状態から察するに、どうやら家の裏のどこかにある自分のガレージの中で、大事な車の手入れをしている最中だったようだ。アイルランド人の巨漢は、手の汚れも、カラーもつけずにぼろ靴のままといういでたちも、一切詫びようとしなかった。手を振ってエラリーに椅子を示すと、自分はどっかりと腰をおろし、傍《かたわ》らに細君がこちこちに身をこわばらせて立っているのを横目に不機嫌な声を出した。「何があった？　もうあんたのクソみてえな覗きは終わったと思ったんだがな。まったく、いまさらなんだっていうんだ」

夫人は坐るつもりがまったくないようだった。エラリーは立ったままでいた。オデルのしかめっ面には雷雲がたちこめている。「なに、ただのお喋りをしに来ただけです。公式の取り調べじゃない」エラリーはおとなしく言った。「ただ、確かめたいことが――」

「あの事件は解決したはずだろうが！」

「そうなんですよね」エラリーはため息をついた。「少ししか時間はとらせません……ただ、たいして重要ではないが、まだ説明のついていないことがらがいくつかあって、それを解決したいんです、ぼくの自己満足で。教えてもらいたいことというのは――」

「ひとことも言わねえぞ」

「おやおや」エラリーは微笑んだ。「いまさらあなたから、この事件に関する重要な話を引き出せるわけがないのはわかっていますよ、オデルさん。重要なことはもう全部、我々は知っている……」

「なあ、これは汚ねえ警察の罠なのか？」

「オデルさん！」エラリーは心外な、という顔になった。「新聞を読んでいないんですか？なぜ我々があなたを罠にかけなきゃならないんです。こうしてぼくが来たのは単に、クイーン警視が質問した時、あなたがまともに答えようとしなかったからですよ。ともかく、あれから事態は大いに変わった。もう、あなたに嫌疑をかけて質問することはないんです、オデルさん」

「わかった、わかった。で、何を訊きたいんだ」

「木曜の夜にグリムショーを訪ねて〈ホテル・ベネディクト〉に行ったことで、なぜ嘘をついたんです？」

「おい――」オデルがどすのきいた声で言いかけた。肩に妻の手の重みを感じて、言葉をのみこんだ。「おまえは黙ってろ、リリー」

「ううん」震える声でリリーは言った。「だめよ、ジェリー。あたしたち、出かたを間違えたの。あなたは知らないのよ、ポリ公――警察のやりかたを。あいつらは答えを見つけるまで、どこまでもしつこく追っかけてくる……クイーンさんに本当のことを話してあげて、ジェリー」

「奥さんの言うとおり、どんな時もそれこそが正しい道ですよ、オデルさん」エラリーは本心から言った。「やましいところがないなら、どうしてそう頑固に、話すことを拒むんです？」

ふたりの眼が真っ向からぶつかった。やがてオデルは下を向くと、大きな黒々と無精ひげの生えた顎《あご》を片手でさすりながら、わざとゆっくり時間をかけるように、考えこみ始めた。エラリーは待った。

「いいぜ」アイルランド人はついに口を開いた。「話してやる。けどな、あんちゃん、おかしなペテンにかけやがったら、どうなるかわかってるな？　坐れ、リリー、こっちまで落ち着かなくなってくるだろうが」リリーは従順にソファに腰をおろした。「たしかにおれはホテルにいたさ、警視が責め立てたとおりにな。どこかの女がはいってから、しばらくしてフロントへ――」

「つまり、あなたはグリムショーの四番目の客というわけだ」エラリーはじっと考えながら言った。「間違いない。それで、どうしてあなたはホテルに行ったんです」

「あのグリムショーってドブネズミ野郎が、川上《かわかみ》（刑務所《シンシン》）から出てきてすぐ、リリーを探し出しやがったからだよ。おれは知らなかったんだ、そんな――結婚する前にリリーがどんな暮らしをしていたかなんて。おれはそんなもの気にしねえって、あんたは、わかるだろ。けど、こいつはおれが気にすると思いこんじまったんだな、それで、おれと出会う前はどんな暮らしをしていたか、馬鹿みてえにひとことも言わなかったんだ……」

「それは賢明とは言えませんね、奥さん」エラリーは重々しく言った。「愛を誓いあった相手には、常にすべてを打ち明けなければ。いついかなる時もです。それこそが、完全なる夫婦関係の基本というものですよ」

オデルは一瞬、にやりとした。「若造がいいこと言うじゃねえか……なあ、リルよ、おれがおまえに愛想をつかすとでも思ったのか？」女は何も言わなかった。じっと膝を見つめて、エプロンにひだをつけている。「ともかくだ、グリムショーの野郎は女房を見つけ出しやがった――どうやって探し当てたのか知らんが、とにかくやりゃあがったんだ、ずる賢いイタチ野郎が！――それで、あのシックって奴のもぐり酒場で会う約束をむりやり取りつけやがった。女房は言われたとおりに行ったんだ。つっぱねたら、おれに過去を全部ぶちまけられると思ったんだな」

「無理もありませんね」

「奴は女房が、新しい〝仕事〟を仕込んでいる最中だと思ったんだ――こいつが、いまはかたぎになっていて、もう奴がやってるゲスな仕事とは一切関わりたかねえって言っても信じようとしないのさ。そして、むかっ腹をたてたあげくに――〈ホテル・ベネディクト〉の野郎の部屋に来いとぬかしやがった、あの腐れ外道が！――女房ははねつけて、おれのところに来て、全部話した……いくらなんでも限界だからな」

「それで、〈ホテル・ベネディクト〉にあなたが話をつけにいったわけですか」

「おうよ」オデルはぶすっとした顔で大きな傷だらけの両手を見た。「あの女狂いのど助平野郎に、がつんと言ってやったさ。その汚ねえ手をおれの女房に近づけるな、でないと、生きたまんまナマ皮はいでやるってな。それだけだ。ちょいと肝を冷やさせてやって、そのまま出てきたよ」

「グリムショーの反応は？」

オデルは決まり悪そうになった。「脅しすぎたかもしれねえな。首ねっこをつかんだら、くちびるのまわりが真っ白になって――」

「おや！　暴力をふるったんですか？」

オデルはげらげら笑いだした。「あれが暴力だって――首ねっこをつかんだだけだぜ。けっ、うちの商売で、がたいのいい鉛管工どもが、がたがたうるせえことをぬかして、もめだしたら、おれが奴らをどう扱うか、あんたに見せてやりてえな……いいや、ちょいと軽く揺すぶってやっただけさ。あんなへなちょこがおれを撃てるわけねえ」

「グリムショーは拳銃を持ってたんですか？」

「さあな、持ってなかったかもしれん。おれは見なかった。だけど、ああいう手合いは、まあ、持ってるもんだ」

　エラリーはじっと考えこんでいるようだった。オデル夫人がおそるおそる口を開いた。「ね、おわかりでしょ、クイーン様、ジェリーは何も悪いことはしていないんです、ほんとに」

「それどころか、奥さん、最初に質問された時に、おふたりがいまのように答えてくださっていれば、こっちの手間をだいぶはぶいてもらえたんですよ」

「そんなまねをしておれの首に縄がかかったらどうする」オデルはがらがら声で言い返した。「あんなゴミを殺したなんて濡れ衣を着せられて、しばり首にされちゃたまんねえだろうが」

「オデルさん、あなたがグリムショーの部屋にはいった時、ほかに誰かいましたか」

「いや、グリムショーのほかは、人っこひとりいなかったな」

「その部屋ですが――たとえば、何か食べ残しとか、ウィスキーのグラスとか――客がいたような形跡はありましたか」

「さあな、気がつかなかった。こっちはもう血がのぼって、かーっとなってたからな」

「その晩以降、あなたがたのどちらかが、グリムショーにもう一度会いましたか」

ふたりはそろってかぶりを振った。

「ありがとうございました。もう二度とおふたりをわずらわせることはないとお約束しますよ」

＊

エラリーはニューヨーク市内までの地下鉄の旅を退屈に過ごした。考えることがほとんどないばかりか、買った新聞にも格別おもしろいこともない。西八十七丁目にあるブラウンストーン造りの高級住宅を改築したアパートメントハウスの最上階で、クイーン家の呼び鈴を押した時、エラリーはしかめ面をしていた。戸口からジューナの、いかにも流浪の民の末裔《まつえい》らしい痩せこけて尖った顔がぴょこんと突き出したのを見ても、曇ったしかめ面は晴れなかった――ジューナはいつも、エラリーの精神的な活力剤なのだが。

ジューナのよく回る小さな頭脳は、エラリーが何やら悩んでいることをすぐに感じ取り、この少年流のたくみなやりかたで痛みを鎮《しず》めようとした。少年は芝居がかった仕種で、エラリーの帽子とコートとステッキを大げさにうやうやしく受け取りながら、いろいろおかしな顔を作ってみせた。いつもなら、エラリーもつられて笑顔になるのだが――今回はききめがなかった。ジューナは寝室を飛び出し、再び、居間に駆けこむと、エラリーのくちびるの間にたばこを差しこんで、しゃちこばってマッチをすった……

「何がいけないんですか、エラリーさん？」とうとう、すべての努力が無に帰すると、ジューナは悲しそうに訊ねた。

エラリーはため息をついた。「ジューナ、我が友よ、何もかもがいけないんだ。まあ、ほんとならそれで、ぼくは奮起《ふんき》するはずなんだけどね。〝何もかもがいけない時には、違う歌がある〟と、ロバート・W・サーヴィスが、くだらない詩で言っているし。とはいえ、ぼくはサーヴィスの詩の小さな兵隊さんと違って、景気づけの進軍ラッパを吹き鳴らすことも、大声で笑うこともできないみたいなんだな。とにかく音楽の素養がまったくないからね」

ジューナにとってはちんぷんかんぷんのたわごとの嵐なのだが、エラリーに引用癖のスイッチがはいるのはいつものことなので、いかにも感心するようににっこりしてみせた。

「ジューナ」エラリーはぐったりと背中をそらしてもたれかかりながら続けた。「よく聞いていてくれよ。あの最悪の夜、グリムショーのところには五人の客が来た。五人のうち、三人の正体は突き止めた。死んだギルバート・スローンと、スローンの内助の妻と、おっかないジェレマイア・オデルだ。残るふたりの客のひとりは、ウォーディス医師に違いないと我々は確信している。当人は否定しているがね。ウォーディスの事情というやつをはっきりさせることができればなあ、無実の説明がつくかもしれないんだが。となると残るのはただひとり、例の実に興味深い、正体不明の人物だけだよ。スローンが犯人だとすれば、ぞろぞろやってきた五人のうち、二番目に現れた客ということになる」

「ははあ」ジューナは答えた。

「しかしながら、我が友よ」エラリーは続けた。「白状すると、お手上げだ。さっきからぼくは、ああだこうだと言っているが、中身のない愚痴でしかない。ぼくはスローン犯人説の正当性にけちをつけられるような根拠をひとつも見つけちゃいないんだ」

「ははあ」ジューナは言った。「台所でコーヒーがありますよ――」

「台所にコーヒーがある、と言うんだ、文法がめちゃくちゃだぞ」エラリーは厳しく言った。

要するに、何から何までが、どうしようもなく不満足な一日なのだった。

26 ……光明

やがてエラリーは、その日はまだ終わっていなかったと知ることになる。というのも、一時間後に父親から電話がかかってきて、数日前にスローン夫人の毒にも薬にもならない訪問で植えられた木が、みるみるうちに花をつけ、思いがけなくも、びっくりするほどたわわに実をつけたのだ。

「ちょっとしたことが起きた」電話線の向こうから、警視が早口に言った。「どうにもおかしな話でな、おまえも聞きたいだろうと思ったんだ」

エラリーはあまり乗り気ではなかった。「もう何度、がっかりさせられたことやら――」

「まあな、わしの考えるかぎりでは、この一件でスローン犯人説が崩れるようなことはないと思うが」老人の声は無愛想になった。「おい――聞きたいのか、聞きたくないのか」

「聞きたいですよ。何があったんです」

エラリーの耳に、父がくしゃみをし、咳《せき》払いをして、咽喉《のど》の通りをよくする音が聞こえてきた――まぎれもなく、不機嫌なしるしだ。「本部のわしの部屋に来い。長い話だ」

「はいはいはい」

たいして気乗りもせず、エラリーはダウンタウンに向かった。地下鉄というものがつくづくいやになったばかりか、いまは軽く頭痛までしていて、世の中がつまらないものに思えた。おまけに本部に着いてみれば、父親は部下《デピュティ》の警視と打ち合わせの真っ最中で、エラリーは部屋の外で四十五分も待たされるはめになった。老人の部屋にのっそりはいってきたエラリーは、すっかりおかんむりだった。

「驚天動地の大ニュースとやらは、いったいなんですかね」

警視は息子に向かって椅子を蹴ってよこした。「とりあえず楽にしろ。話はこうだ。おまえの友達が――なんて名前だったかな――スイザか、奴がちょいと挨拶に立ち寄ったんだ、今日の昼過ぎに」

「ぼくの友達？　ネーシオ・スイザが？　それで？」

「やっこさん、スローンが自殺した夜に〈ハルキス画廊〉の中にいたといまさらほざいた」

疲れはふっとんだ。エラリーはがばっと立ち上がった。「本当ですか！」

「落ち着け」警視は苦りきった顔で言った。「何も興奮するような話じゃない。どうやらスイザは、〈ハルキス画廊〉の作品の目録を作らにゃならなかったらしい――長丁場になりそうなめんどくさい仕事だから、夜のうちに取りかかっておこうと思ったそうだ」

「スローンが自殺した夜ですね？」

「ああ、そうだ。いいから、黙って聞かんか。〈画廊〉に着くと、合鍵で中にはいって、二階に上がって、長ひょろい大ギャラリーにはいっていった――」

「合鍵で中へ？ 警報装置の電源ははいっていたのに、どうやって」

「いや、はいってなかった。まだ誰かが中に残っているしるしだ――いつもは、最後に〈画廊〉を出た人間が警報装置のスイッチを入れて、警備会社につながるようにするんだ。ともかく、スイザは二階に上がって、スローンの部屋に明かりがついとるのを見た。目録の件で訊きたいことがあったそうだ――スローンならきっと、そこで仕事をしとると思ったわけだな。部屋にはいると、当然ながらスローンの死体を発見した。のちに我々が見つけたのと、そのまんま同じ姿勢の死体をな」

エラリーは異様なほど興奮していた。魅入られたようにひたと警視を見据えたまま、無意識のうちに習慣でたばこをくちびるの間に差しこんだ。「そのまんま？」

「そうだ、そうだ」警視は言った。「頭は机の上で、銃は垂れさがった右手の真下の床に落ちていて——何もおかしなところはない。わしらが乗りこむほんの数分前だ、偶然にな。もちろんスイザは慌てふためいた——まあ、無理もない——ひどく危険な立場に追いこまれたわけだからな。絶対に何も手を触れないように気をつけて、とにかく、こんなところを見つかったら説明するのにたいへんな苦労をするとわかっていたから、とっとと逃げ出した」

「ナポレオンが生やしそこなった顎《あご》ひげにかけて」エラリーはぎらぎら光る眼でつぶやいた。

「これはひょっとすると、ひょっとするぞ！」

「何がひょっとするって？　いいから坐っとれ——また早合点するつもりか」警視はぴしゃりと言った。「馬鹿なことを考えるな、エラリー。わしは一時間かけてスイザを絞りあげた。部屋の中はどんな具合だったか、質問攻めにしたが、スイザは百パーセント、正しく答えた。やっこさん、自殺のニュースが新聞に載って少し安心したものの、ひやひやしてどうにも落ち着かなかったそうだ。そのあと何か新しい展開があるかどうか、ひとまず様子を見ようと考えたらしい。何ごとも起きなかったので、別に話してもさしつかえないだろうと思ったんだな。それに、良心が痛んでしかたがなかったので、とりあえず、わしのところに話しに来ることにしたわけだ。まあ、それで話は全部だ」

エラリーは何かにとりつかれたようにすぱすぱとたばこを吸い、はるかかなたに心を飛ばしていた。

「ともかくだ」警視は少しばかり不安そうに続けた。「こんなのは本筋からはずれた話でしかない。スローン犯人説にほんの少しも影響を与えることのない、ちょっとした興味深い裏話というだけのことだ」

「ええ、ええ。ぼくもその点、同じ意見ですよ。そもそもスイザは犯罪に関わりがあると疑われてもいなかったんだし、潔白でなけりゃ、自分がその――〝自殺〟の現場に行ったという話を持って、のこのこやってこようなんて考えもしなかったでしょうし。ぼくが考えてるのは、そんなことじゃなく……お父さん！」

「なんだ」

「スローンが自殺をはかったという説の確証が欲しいですか？」

「なに？　確証？」老人は鼻を鳴らした。「これは〝説〟なんてものじゃない――事実だぞ。ま、もう少し証拠が増えても、ばちは当たらんだろうがな。何を考えとる？」

　エラリーは、唄いださんばかりの興奮で、ぴんと全身が緊張で張りつめていた。「たしかに間違いなく」エラリーは叫んだ。「お父さんがいま言ったとおり、スイザの話の中には、スローン犯人説をひっくり返すようなことは何ひとつありません。しかし、ここでぼくらがネーシオ・スイザ氏に、ただひとつ、ささやかな質問をするだけで、自殺説をより完全に証明できる……ねえ、お父さんはスイザが〈画廊〉のスローンの部屋を訪ねたことが、ほかの事実にまったく影響しないと確信しているようですが、ひょっとすると、小さな穴があるかもしれないんですよ、ごくごくわずかな可能性が……ところで、スイザですが、その晩、オフィスから逃げ出す時に、警報装置のスイッチを入れていったんですか」

「そうだ。無意識のうちにやっていたと言っとった」

「そうですか」エラリーはさっと立ち上がった。「いますぐスイザに会いにいきましょう。その点をはっきりさせるまで、今夜、ぼくは眠れそうにない」

警視は下くちびるをさすった。「ちくしょうめが」口の中で言った。「いつもながら、おまえの言うとおりだ、まったく鼻のきく猟犬だよ、おまえは。自分でその質問をすることを思いつかなかったとは、わしも焼きがまわったもんだ」警視は飛び上がって、コートに手を伸ばした。「奴は〈画廊〉に戻ると言っとった。行くぞ！」

＊

マディソン街の人気《ひとけ》のない〈ハルキス画廊〉にふたりが行ってみると、妙にそわそわしたネーシオ・スイザに迎えられた。スイザは普段より身なりが整っておらず、いつもきれいになでつけられている髪には珍しく乱れがあった。スイザがふたりを迎え入れたのは、いまは閉めきられてかんぬきをおろされているギルバート・スローンの部屋の真ん前だった。スローンの死後、この部屋は一度も使っていないのだ、と、妙にそわそわしながらスイザは説明した。が、そんなお喋りは内心のまじりけのない不安を隠そうとする、言葉のカモフラージュにすぎなかった。スイザは骨董品が散らかっている自分の部屋で、ふたりに椅子をすすめると、いきなり言ってきた。「何かまずいことでも、警視さん？　まさか、あの……」

「そう、びくびくせんでいい」警視は穏やかに言った。「このクイーン君が、ひとつふたつ、質問したいそうだ」

「なんでしょう?」

「聞いた話では」エラリーは言った。「あなたはスローンさんが亡くなった夜に、隣のあの人の部屋に明かりがついていたので中にはいっていったということですね。あってますか?」

「いや、正確には、あの、そうではなく」スイザは両手を握りしめた。「ただ、私は、あることをスローンに話すつもりでして。ギャラリーにはいってすぐ、スローンは部屋にいるとわかりました、ドアの隙間《すきま》から明かりがもれていたので……」

クイーン父子は、電気椅子に坐ってしまったかのように、そろって飛び上がった。「ほほう、すきま、ねえ」エラリーは妙な抑揚《よくよう》をつけて言った。「ということは、スローンさんの部屋のドアは、あなたがはいるまで閉じていたわけですか?」

スイザはきょとんとした。「ええ、もちろんですよ。大事なことだったんですか? 前に話したと思っていましたが、警視さんに」

「いや、初耳だ!」警視はぴしゃりと言った。老いた鼻はだらりと目に見えて口元近くまで垂れさがっている。「逃げ出す時にドアを開けっぱなしにしていったと言うのか」

スイザは口ごもった。「ええ。もうびっくり仰天で、すっかり忘れて……それで、ご質問というのはなんでしたか、クイーンさん?」

「もう答えてくださいましたよ」エラリーはあっさり言った。

＊

立場は逆転していた。三十分後、クイーン父子は自宅の居間に戻っていたが、警視は不機嫌まるだしで、何やらぶつぶつとつぶやき続け、エラリーはこのうえなく上機嫌で、わけがわからないままにジューナが慌てて火を起こした暖炉の前で、鼻歌を唄いながら、大いばりで跳ねまわっていた。警視が電話を二本、かけたあとは、どちらもひとことも言わずに黙りこくっていた。エラリーはおとなしくしていたものの、お気に入りの椅子に飛びこんで、薪のせ台に両脚を投げ出し、躍る炎を見守るその眼は、ぎらぎらと燃えるように輝いていた。

騒々しく鳴り響く呼び鈴にジューナが応えて、ふたりの真っ赤な顔をした紳士を迎え入れた――サンプスン地方検事とペッパー地方検事補だ。ジューナはますますわけがわからなくなりつつも、客人たちのコートを受け取った。男ふたりはどちらもぴりぴりしており、吠えるように荒々しく挨拶し、椅子に腰をおろすとさっそく、室内に充満したまごうかたなき荒れ狂う不機嫌の嵐に参戦した。

「まずいことになったな」サンプスンがついに口を開いた。「いや、まずい、まずいぞ！　さっきの電話じゃ、間違いないって口ぶりだったな、Q。たしかなのか――?」

老人はぐいとエラリーに向かって、顎をしゃくった。「せがれに訊いてくれ。もともとこれの思いつきだ、くそっ」

「それで、どうなんだ、エラリー君、ええ?」

一同は無言でエラリーを見つめた。エラリーはたばこを暖炉の中にはじき飛ばすと、振り返りもせず、のろのろと言った。「今後はですね、紳士諸君、ぼくの潜在意識の警告をですね、信用していただくことですね。我が友ペッパー氏ならこうのたまうでしょうがね、ぼくのひねくれた虫の知らせというやつがですね、現実の出来事によって証明された、とまあ、そういうわけですね。

いや、そんなことは、どうでもいいんです。要点は単純だ。スローンの命を奪った弾丸は、スローンの頭を貫き、飛び出し、弾道をまっすぐ進んで、オフィスのドアの外に抜けていきました。我々はその弾丸が、オフィスのドアの反対側にある、ギャラリーの壁にかかった絨毯にめりこんでいたのを発見した。つまり、オフィスの外です。ということは明らかに、弾丸が発射された時には、ドアは開いていたのです。スローンが死んだ夜に、我々がギャラリーに飛びこんだ時、スローンのオフィスのドアは開いていて、弾丸があった位置と完全に符合していました。しかしながら、いまになってネーシオ・スイザが、スローンが死んでから最初にギャラリーにはいったのは我々ではなく、スイザだったという話を持ちこんできたわけだ。言いかえれば、我々が到着した時点におけるスローンのオフィスのドアの状態は、この先客の訪問があったことを考慮に入れて調べなおし、再調整しなければならない、ということになる。ここで疑問が生まれます。スイザがオフィスに行った時のドアの状態は同じだったのか？　もし、スイザの見たドアが開いていれば、我々はなんら前進できなかったでしょう」

エラリーはくすりと笑った。「しかし、スイザの見たドアは閉まっていたのです！　この事実は状況をどう変えるでしょうか。間違いなく、弾丸が発射された時のドアは開いていたはずだ。さもなければ、弾丸は部屋の外の向かい側の壁にかけた絨毯にではなく、ドアそのものにぶち当たっているからです。ならば、ドアは弾丸が発射されたあとに閉められたことになる。これはどういうことでしょうか——スローンが自分の頭に弾丸をぶちこんだあと、その肉体は、おぞましくも神の御意志にそむいてドアまで歩いていき、ドアを閉めて、机に引き返し、ついさっき自分が引き金を引いた時と正確に寸分たがわぬ姿勢で坐りなおした、ということですか？　いやいや、馬鹿げている。馬鹿げているどころか、ありえない。プラウティ先生の検死報告によれば、スローンは即死だ。即死という事実により、スローンがギャラリーで自分の頭を撃ったあとでオフィスの中によろよろ戻り、部屋にはいってからドアを閉めたという可能性も消失する。そう！　銃が撃たれた時、スローンは即死し、さらにドアは開いていたのです。それなのに、スイザが見た時、ドアは閉まっていた……

言いかえれば、スローンが即死したあとにドアが閉まっているのをスイザが見つけ、そして、前もって調べてわかっているとおりあのドアは鋼鉄製で、弾丸が突き抜けるわけがないのだから——論理的に導き出される唯一の結論は、〝スローンの死後、スイザがやってくる前に、何者かがドアを閉めた〟ということになります」

「しかし、クイーン君」ペッパーが異を唱えた。「スイザが唯一の闖入者《ちんにゅうしゃ》ではなかったという可能性はないのかな——スイザが来るよりも前に誰かが現場にいて、立ち去ったということは」

「すばらしいご意見です、ペッパー検事補。まさにそれこそ、ぼくが指摘していることなんですよ。スイザの前に何者かが現場にいた——そして、この何者かがスローンを殺した犯人なのです！」

サンプスンは腹だちまぎれに、細い頬を両手ではさんで、ごしごしこすった。「なんてこった！　なあ、エラリー君、どうだろう、まだ可能性はあるよな、スローンは自殺で、いまペッパーが言った、現場に居合わせた誰かというのがスイザのようにまったく無実の人間で、怖くて自分がそこにいたと名乗り出られずにいるという可能性は」

エラリーはひらひらと手を振った。「可能性はあるでしょうが、そんなかぎられた時間内に無実の闖入者がふたりも現れるなんて、とんでもなく虫のいい話ですね。いいえ、サンプスンさん、いまや我々が、自殺説に大いなる疑問をいだき、他殺説を支持しないわけにいかない、十分な根拠を手に入れたことを、あなたがたの誰ひとりとして否定できないはずですよ」

「そのとおりだ」警視はすっかり絶望していた。「そのとおりだ」

しかし、サンプスンはめげなかった。「いいさ、百歩ゆずって、スローンは殺されたとしようじゃないか、それで犯人は出がけにドアを閉めていったと。しかし、そんなことをするなんて、どうしようもなく頭が悪いんじゃないかね。弾丸がスローンの頭をすぽーんと貫通して開いたドアの外に飛び出したことに気がつかなかったのか？」

「サンプスンさん、サンプスンさん」エラリーはやれやれというように言った。「ちょっと考えてみてくださいよ。いくら遅い弾丸だって、人間の眼があとを追えますか？　そりゃ、もちろん、弾丸がスローンの頭蓋骨《ずがいこつ》を貫通したことに犯人が気づいていれば、ドアを閉めたりしなかったでしょう。ドアを閉めたという事実が、すなわち、犯人が気づかなかったことを証明している。思い出してください、スローンの頭は前のめりになって、左側、つまり弾丸が飛び出した方を下にして、吸い取り紙ばさみを枕にしていましたね。この姿勢だと、弾丸の出た傷口がすっかり隠れるうえに、血もほとんど吸い取られて、たいして出血したように見えないんです。それに、犯人は相当、慌てていたはずだ。そんな時に、わざわざ死人の頭を持ち上げて、じっくり調べようとしますか？　そもそも、弾丸が貫通して外に飛び出すと考える理由はどこにもない。弾丸が貫通するなんて、そうそうあることじゃありませんからね」

　長い沈黙ののち、ようやく老人は情けない顔でふたりの客に笑いかけた。「我々は敗けたんだよ、せがれに。わしにはまったく疑いの余地なしに思える。スローンは他殺だ」

　ふたりは陰気な顔でうなずいた。

　エラリーがまた口を開いた。きびきびと話しだした口調には、あの間違いだったハルキス犯人説を披露《ひろう》した時のような、ひとりよがりの勝利の色はまったくなかった。「よろしい。では、再分析といきましょう。いま現在、スローンの死は他殺と信じるだけのりっぱな理由があるわけですから、実際にスローンは殺されたのだと仮定します。すると、スローンはグリムショーを殺していない、ということになる。つまり、グリムショーを殺した真犯人がスローンを殺して自殺に見せかけ、あたかもスローンが自分の頭を撃って、グリムショー殺害の真犯人であることを暗黙のうちに自白したも同然であると、世間に思わせようとしたのです。

　ここで、根本的な命題をいくつか振り返ってみましょう。過去の推理によって我々は、〝グリムショーを殺した犯人はハルキスに不利な証拠を細工できた人間なのだから、ノックスが盗品の絵画を隠し持っていることを知っていたに違いない〟と知っています。そのことは、ほら、だいぶ前にぼくが、ハルキス犯人説はすべて〝ノックスが絶対に盗品を所有していることを名乗り出るわけがない〟と殺人犯が確信していたという仮定にもとづいている、と説明したことで証明しましたね。さて《アロール》。このノックスの秘密を知っていた唯一の部外者の正体ですが、それも、かつてぼくが赤っ恥をかいた例の迷推理によって、グリムショーの相棒だったことを証明しました。これで証明終了《QED》ですよ。グリムショーの相棒が殺人犯だ。スローンは殺されているのだから、グリムショーの相棒ではありえない。ということは、殺人犯はまだ野放しのままで、あいかわらず汚い策略をめぐらす仕事にせっせといそしんでいるということです。あいかわらず野放し、ということを特に言っておきますよ、しかもそいつはノックスの秘密を知っている。

「では」エラリーは続けた。「スローンに不利な証拠を再検討してみましょう――他殺だったのなら、スローンは濡れ衣を着せられただけなのだから、本物の殺人犯がスローンに不利な証拠を置き土産に残していったことになる。

スローンが無実ならば、〈ホテル・ベネディクト〉にグリムショーを訪ねていった夜に関する、スローンの証言の信憑性《しんぴょうせい》に、疑う余地はまったくありません。容疑者としてのスローンの証言を疑ってかかるのはもっともですが、無実の人間となれば、信じないわけにはいかない。というわけで、スローンが、自分はその夜ふたり目の訪問客だったと言った証言は、おそらく本当でしょう。顔を隠した謎の人物が先客として来ていた、とスローンは言っています。ならば、その謎の人物がグリムショーの相棒であり、グリムショーと連れだってホテルのロビーを歩いていた男であり、エレベーターボーイの証言によれば、グリムショーと共に３１４号室にはいっていった男であるに違いありません。ならば、訪問客の順番はこうなります。謎の――顔を隠した男、その次にスローン、それからスローン夫人、そして、ジェレマイア・オデル、最後にウォーディス医師です」

エラリーはほっそりした人差し指を振った。「では、論理と頭脳の体操が、どんなおもしろい推理を提供するものか、ひとつご披露しましょうか。皆さんはスローンが、ギルバート・スローンとしての自分がグリムショーの兄弟であることを知っているのは、この世でたったひとり、自分だけだと言っていたのを覚えているでしょう。実の兄弟のグリムショーさえも、スローンが名を変えたことを知らなかったと。それなのに、例の匿名《とくめい》の手紙を書いた者は、その事実を――〝スローン〟としてのスローンが、グリムショーの兄弟であるという事実を、知っていましたね。あの手紙は誰が書いたのでしょうか。グリムショーは、現在の兄弟の名を知らなかったのだから、スローンの改名の秘密を第三者に教えられたはずがない。スローンが、誰にも言っていないことはいまや信頼できる本人の証言によって明らかです。ということは、この事実を知ることのできた唯一の人間は、グリムショーとスローンがふたり一緒にいる現場を目撃し、兄弟であるという話を聞き、グリムショーの兄弟がギルバート・スローンであることをすでに知っていたか、もしくは、のちにスローンに会って声と顔に覚えがあってそうと気づいたわけだ。しかし、ここでひとつ驚くべきことがあります！　スローン自身の言ったことですが、〈ホテル・ベネディクト〉のグリムショーの部屋に行った夜は、スローンが名前を変えてから、唯一の――もう何年もたっているのに――ふたりが直接、顔を合わせた機会だったのですよ！

言いかえれば、ギルバート・スローンがアルバート・グリムショーの兄弟であると知った人物は、スローンがグリムショーの部屋を訪れた夜、その場に居合わせたに違いないのです。しかし、スローンは、話をしにいった時、グリムショーはひとりきりだったと証言しています。では、その人物はどうして、その場に居合わせることができたのでしょうか。答えは単純です。スローンは目視しなかったにもかかわらず、問題の人物がその場にいたのであれば、単にスローンの眼には見えなかったというだけです。言いかえれば、室内のどこかに隠れていたのですよ。クロゼットなり、浴室なりに。スローンが訪れるほんの数分前に、グリムショーの相棒の覆面男がグリムショーと一緒に部屋にはいっていったのに、スローンは314号室から出てくる人間を誰も見ていないことを思い出してください。しかも、スローンがノックをして、兄弟がドアを開けるまで、しばらく間があったことも――スローン本人がそう言いましたね――思い出してくださいよ。このことから我々は、スローンがノックした時、グリムショーの相棒はまだ314号室の中にいたけれども、人に見られるのを嫌って、グリムショーの許可を得てクロゼットなり浴室なりに隠れたのだろうと、推定してかまわないでしょう。

さて」エラリーは続けた。「この場の状況を思い描いてください。スローンとグリムショーが話している間、我らが謎の覆面男は隠れ場所から、全身を耳にして盗み聞きをしています。その時の会話でグリムショーは、〝自分に兄弟がいたことすら、ほとんど忘れていた〟といやみを言いましたね。それで隠れていた紳士は、グリムショーとそこにいる客が兄弟であることを知ったのです。覆面男は、スローンの声に聞き覚えがあって、客がギルバート・スロ、、ーン、、であると気づいたのか。ひょっとすると、隠れ場所から顔を覗き見ることもできたかもしれない――それでスローンの顔を見ていたのか。それとも、のちにスローンと会う機会があった時に、聞いたことのある声だと気づいて、二と二を足すような単純計算で、スローンがこの世で自分しか知らないと思いこんでいた解《かい》を割り出したのか。そこのところはいまさら知るすべはありませんが、ひとつだけたしかなことがあります。あの夜、謎の覆面男はグリムショーの部屋にいて会話を盗み聞きし、帰納法による推理の結果、ギルバート・スローンとアルバート・グリムショーが血を分けた兄弟であると知ったということですよ」

「ふむ、すくなくとも、一応どこかに向かって前進はしているな」サンプスンは言った。「続けたまえ、エラリー君。きみの降霊術に長《た》けた頭脳には、ほかにどんなものが見える?」

「論理です、降霊術じゃありませんよ、サンプスンさん。ま、たしかに、死者といわばあれこれ相談して、これから起こりうる出来事を予測するという点では、降霊術と変わりませんが……ぼくにはっきりと見えることはですね、その室内に隠れている謎の男は、スローンが部屋にはいる直前にグリムショーと一緒にいた男であり、グリムショーの相棒であるということです――翌日の夜にハルキスの書斎で、グリムショー本人がわざわざはっきり口にした〝相棒〟ですよ。謎の覆面男であり、グリムショーの相棒であり、殺人犯である人物こそが――先に証明されたとおり――警察にスローンとグリムショーが兄弟であることを密告する匿名の手紙を書くことができた唯一の人間なのです」

「そのとおりだろうな」警視はつぶやいた。

「そのとおりですよ」エラリーは首のうしろで両手を組んだ。「どこまで話しましたっけ？ということは、スローンを殺人犯にしたてあげるために仕込まれた手がかりのうち、匿名の手紙だけはこれまでのものとは違い――でっちあげではなく、真実だったわけです。もちろん、直接、有罪の証拠になるものではありませんが、警察にとっては、ほかのもっと直接的な証拠と組み合わせるのに都合のいい、耳寄りなおいしい情報になり得ます。さて、兄弟であるという手がかりが仕込まれたものだとすると、スローンのたばこ壺の中にあった、我々の発見した地下室の鍵もまた、仕込まれたものだったと考えてさしつかえないでしょう。スローンの金庫にはいっていた、グリムショーの懐中時計もまたしかりです。なぜなら、あの懐中時計を手に入れることができたのは、グリムショーを殺した犯人だけですからね。スローンが無実だったとすれば、自殺に見せかけてスローンが殺された直後に捜索されそうな場所に、グリムショーを殺した犯人が懐中時計を仕込んだのです。ハルキスの遺言書の燃え残りもまた、スローンをおとしいれるために用意されたに違いありません。なぜなら、最初に遺言書を盗み出して、棺の中に隠し、これで永久に葬り去ることができたと考えたのはスローンだったかもしれませんが、棺の中にグリムショーの死体を隠す時に遺言書を発見して、いずれ何かに利用できるかもしれないと、すばらしい機転で遺言書を持ち去ったのは、疑う余地もなく殺人者だったのです――実際ごらんのとおり、殺人者はハルキス犯人説がくつがえされると、遺言書をスローン犯人説の材料として使っています」

ペッパーとサンプスンはうなずいた。

「さて、動機ですが」エラリーは続けた。「なぜグリムショー殺しの濡れ衣を着せるいけにえとして、スローンが選ばれたのでしょう。それはいろいろと使えそうな条件があるからですよ。なんといっても、スローンがグリムショーの兄弟だったことや、グリムショーの犯罪歴によって家名がそこなわれたのを恥じて名を変えたことや、遺言書を盗んでハルキスの棺の中に隠したことや、あの屋敷に住む家族の一員であり、ハルキス犯人説の偽の証拠を仕込むのがどれも物理的に可能だったことや——とにかくあらゆる状況がスローンを、警察が受け入れる〝もっともらしい〟犯人としてふさわしいと、真犯人が選ぶ絶好の理由だったわけです。

さておき、グリムショーの死体がハルキスの棺に埋められたに違いない水曜の夜にスローンが墓地をひとりでうろついていた、というヴリーランド夫人の証言が本当であれば、スローンは死体を埋めるのとは全然関係のない、別の理由で墓地を歩いていたに違いありません。なぜなら、スローンはグリムショーを殺していないんですから——スローンは手ぶらだったというヴリーランド夫人の証言を忘れちゃいませんよね……よろしい。なぜスローンは問題の水曜の夜に、内庭と墓地をこそこそ歩いていたのでしょうか?」エラリーは考えをまとめるように、じっと暖炉の火を見つめた。「ぼくには、ひとつおもしろい思いつきがあるんですよ。仮に、スローンがその夜、何か怪しい行動に気づいて、殺人犯に見つからないように墓地の中まであとをつけていき、殺人犯が死体を棺に隠し、遺言書がはいった鋼《はがね》の箱をくすねる場面を目撃したとすると……どうなるか、わかりますか? このとっぴとは言えない仮説にもとづいて考えると、スローンがどんな行動をとりうるかを推測できます。スローンは殺人者の顔を知っていて、実際にグリムショーの死体を埋めるところも目撃している。なのに、なぜこの情報を警察に明かさなかったのか。それには、すばらしい理由があるからです！――殺人者は、スローンを相続人からはずすと書かれた遺言書を握っている。のちにスローンが殺人者に近づいて、ある提案を持ちかけたと――すなわち、殺人者の正体について黙っているかわりに、危険きわまりない新しい遺言書を返してくれるか、もしくは、目の前で破棄《はき》するかしてほしいと交渉した、と考えるのは、的はずれな推理でしょうか？　このせいで殺人者にはさらなる動機が生まれたのですよ。そう、スローンを〝もっともらしい〟犯人の候補として選ぶ理由が増えたということです。スローンを殺して自殺に見せかけることは、すなわち、真犯人の正体を知る唯一の人間の口を封じることでもあるのですから」

「しかし、ぼくは」サンプスンが異議を唱えた。「殺人犯はスローンにそんな交渉を持ちかけられたら、遺言書をスローンに渡さないわけにいかなかったと思うんだがね。となると、現実と食い違ってくる。その遺言書は、隣の家の地下のボイラーで燃やされ、残骸が見つかっているだろう。そもそもきみの言い分では、そいつは我々に見つけさせるために〝殺人犯〟がわざわざ目につくように置いていったということじゃないか」

エラリーはあくびをした。「サンプスンさん、サンプスンさん、いつになったらそのおつむの中にある灰色の例のものを使うことを学ぶんです。我らが愛すべき殺人鬼殿がそこまで頭が悪いと本気で思ってるんですか？　犯人はただスローンを脅迫しさえすればよかったんですよ。

こう言ってね。〝自分がグリムショーを殺したことを警察に密告すれば、この遺言書は警察に渡す。いや、スローン、あなたに間違いなく口をつぐんでいてもらうために、この遺言書はあずかっておこう〟。そう言われてしまったらもう、スローンは妥協案をのむしかないじゃないですか。要するに、スローンは顔見知りの殺人者のところにのこのこ出かけていったことで、みずから自分の運命を封じてしまったわけです。かわいそうなスローン！　こう言っちゃなんですが、あの男はあまり頭がよくなかったんでしょうね」

＊

続いて起きたのは、迅速《じんそく》ながらも、苦痛に満ちた、実に面倒な出来事だった。警視はまことに遺憾ながらも、スイザの懺悔《ざんげ》話と、それが意味するところを、新聞記者に発表しないわけにはいかなかった。日曜の新聞は軽く触れただけだったが、月曜の紙面はそのニュースをけばけばしく大々的に報じた――月曜というのはブン屋にとってネタがどうしようもなく少ない曜日なのだ――こうして全ニューヨーク市民がただちに、これまでさんざん叩かれてきたギルバート・スローンは、自殺した殺人犯などではなく、狡猾《こうかつ》な（タブロイド紙は〝悪魔のような〟という形容詞を使っていた）真犯人に濡れ衣を着せられた無実の犠牲者にすぎないと、いまや警察はそう考えていると知ったのである。警察はさらに、かつてはひとりを殺しただけだったが、いまはその血に汚れた良心に、ふたりを殺した罪をおうことになった真犯人を継続して探している、と発表した。

ここで特に記しておくと、スローン夫人は遅まきながら栄光に輝いていた。夫人の大切な家名は、あらためてみがきなおされ、遅ればせながらも、新聞や警察や地方検事による公式の謝罪という名の暖かな陽光を浴びて、いっそうきらきらと光り輝いていた。スローン夫人は恩知らずなどでは決してなかった。このご婦人は、ネーシオ・スイザの話にたどりつく裏にエラリー・クイーンの聡明な手の働きがあったことをちゃんと感じ取っており、大喜びの新聞記者たちの前で情熱をほとばしらせ、口をきわめて誉めたたえ、この若者をさんざん照れさせた。サンプスンとペッパーとクイーン警視については……言わぬが花、というものだろう。サンプスンは、自分の白髪の数本は、検事人生におけるこの期間のせいにしており、警視はいつも、エラリーの〝論理〟と頑固さのせいで、もう少しで自分が墓にはいるところだった、と言ってきかなかった。

27……交換

十月二十六日の火曜日――すなわち、スローン夫人が偶然にも、スローン犯人説を根もとからへし折る一連の出来事のきっかけを作ってからぴったり一週間目のその日に、エラリー・クイーン君は騒々しい電話のベルに起こされた。かけてきたのは父親だった。どうやら、ニューヨークとロンドンの間で交換された電報の件で、緊迫した事態が持ちあがったらしい。ヴィクトリア&アルバート美術館側が、次第に険悪な姿勢をとり始めたと言う。

「一時間後に検事局のヘンリ・サンプスンの部屋で会議することになったぞ、エラリー」この朝の老人は、老けこんでぐったり疲れているようだった。「おまえも来たいだろうと思ってな」

「行きますよ」エラリーはそう言ってから、優しく付け加えた。「いつもの勇猛果敢《ゆうもうかかん》なあなたはどうしたんですか、警視殿?」

一時間後、エラリーが地方検事のオフィスに出向くと、ぴりぴりした一団がいた。警視は腹をたてて不機嫌そのもので、サンプスンはいらだち、ペッパーは黙りこんでいる――そして、玉座に坐るようにどっかと腰かけ、険しい老いた顔に頑固《がんこ》一徹《いってつ》な皺を刻んでいるのは、誰あろう、かの偉大なるジェイムズ・J・ノックス氏であった。

　誰もエラリーの挨拶に、ろくに応えようとしなかった。サンプスンが手をひと振りして、椅子を示すと、エラリーは期待に眼を輝かせながら、腰をおろした。

「ノックスさん」サンプスンは玉座の前をゆっくりと行ったり来たりしていた。「今朝、こうしてご足労願ったのは――」

「何かな?」ノックスは例のとおり、本心のうかがいしれない穏やかな声で答えた。

「いいですか、ノックスさん」サンプスンは別の方面から攻めることにしたらしい。「ご存じかもしれませんが、私はこれまで、この捜査に直接関わってきませんでした――ほかの公務で手がまわらなかったものですから。それで、助手であるペッパー検事補に、私の代理として、一切をまかせてきました。ペッパー検事補の有能さには重々敬意を払っているものですが、しかし、状況がここに至っては、私がじきじきに指揮を取らないわけにいかなくなりました」

「そうか」ノックスの言葉には、嘲笑する響きも、責める響きもなかった。ただ、自分を抑えて、相手の言葉をじっと待っているようだった。

「そうです」サンプスンは怒鳴らんばかりに言った。「そうなんです！　なぜ私がペッパー君の手から指揮権を取りあげることになったか、知りたいですか？」ノックスの椅子の真正面で立ち止まり、はったと睨みつけた。「なぜなら、ノックスさん。あなたの態度が深刻な国際問題を引き起こしつつあるからです！」

「私の態度が？」ノックスはおもしろがる顔になった。

サンプスンはすぐに返事をしなかった。自分の仕事机に歩み寄ると、小さめの白紙をひとまとめに留めた束を取りあげた――ウェスタンユニオン電報会社がメッセージを打電してきた細長い黄色いテープを、白い台紙に貼りつけたものだ。

「さて、ノックスさん」サンプスンは咽喉《のど》につかえた声を絞り出しながら続けた――自分の言葉と癇癪《かんしゃく》をコントロールしようと、涙ぐましい努力をしている。「たくさんの電報を順番に読んでさしあげましょう。一連の電報は、ここにいるクイーン警視と、ロンドンのヴィクトリア&アルバート美術館の館長によってやりとりされたものです。最後の二通は、どちらもこのふたりの紳士によるものではなく、先に私が申しあげたとおりに、非常にやっかいな国際的問題を引き起こす可能性がある電報です」

「それにしても」ノックスは薄い笑みを浮かべてつぶやいた。「なぜ私がこんなものに興味を持つと思われたのか、わからんな。しかし、私は市民の義務を大切に思っているのでね。どうぞ、続けてください」

クイーン警視の顔はひくひくと痙攣《けいれん》していた。なんとか自分を抑えて椅子に坐りなおした警視の普段青白い顔は、ノックスのネクタイと同じくらい真っ赤に染まっていた。

「一通目は」地方検事はぞんざいな口調で言った。「あなたの話を聞いた――そう、ハルキス犯人説が崩れ去った、あの直後にクイーン警視が美術館に送った電報です。内容はこうです」サンプスンは、束のいちばん上になっている電報を、やけに大声で読みあげた。

過去五年以内に（と、書かれていた）貴重なレオナルド・ダ・ヴィンチの絵は貴館から盗まれたか。

ノックスはため息をついた。サンプスンは、一瞬のためらいののちに続けた。「次は、しばらくして返ってきた、美術館からの返信です」二通目にはこうあった。

くだんの絵は五年前に盗まれた。元館員による盗難の疑惑あり。当館ではグレアムと名乗るが、本名はおそらくグリムショー。絵は行方不明。当方の諸事情により盗難の事実は伏せてある。貴殿の質問は、レオナルドの行方をご存じゆえのものと察する。大至急、連絡を乞う。極秘にて。

「間違いだ。何かの間違いだな」ノックスは愛想よく言った。
「そう思いますか、ノックスさん」サンプスンの顔は紫色だった。乱暴に二通目の電報をめくると、三通目を読みだした。
それはクイーン警視からの返信だった。

盗まれた絵がレオナルドではなく、弟子か同年代の画家によるもので、目録よりもずっと価値が低い可能性はあるか。

ヴィクトリア&アルバート美術館館長の返信。

前回の質問に返信乞う。絵はどこにあるのか。ただちに絵が返却されない場合、重大なる措置を検討する。レオナルド・ダ・ヴィンチの真贋《しんがん》については、我が国有数の高名な専門家に本物と鑑定される。発見時には二十万ポンドの価値がついた。

クイーン警視の返信。

時間の猶予が欲しい。我々は曖昧《あいまい》な立場にある。こちらは当方のため、貴館のため、不快な悪評や混乱を避けるべく努力している。鑑定における見解の相違から、我々が捜査中の絵は本物のレオナルドではないと思われる。

美術館の返信。

状況が理解できず。問題の絵が一五〇五年にヴェッキオ宮殿で壁画を描く計画が頓挫《とんざ》したのちにレオナルドが描いたとされる『軍旗の戦いの部分絵』と呼ばれる油彩画であれば、当館所蔵の絵である。貴国にて専門家の鑑定を受けたということは、絵の所在は明らかのはずだ。貴国の鑑定結果がどうであろうと、ただちに返還されることを要求する。当絵画は発見者の権利としてヴィクトリア&アルバート美術館に帰属するものであり、現在、貴国に存在するのは盗難の結果である。

クイーン警視の返信。

我々の立場はさらなる時間を要する。信頼願う。

ここでサンプスン地方検事は意味ありげに間をおいた。「さて、ノックスさん、いよいよ次が、我々全員の頭痛の種となった二通の電報のうち、最初のものです。これは、たったいま私が読みあげた電報に対する返信であり、スコットランドヤードのブルーム警視の署名がはいっています」
「たいへん興味深いな」ノックスは淡々と言った。
「ええ、そのとおりですよ、ノックスさん！」サンプスンは睨みつけると、震える声で朗読を再開した。スコットランドヤードからの電報はこうあった。

　ヴィクトリア＆アルバート美術館の一件は当方にゆだねられた。ニューヨーク市警の立場を明らかにしてほしい。

「私は願っています」サンプスンは息を詰まらせそうになりながら、小さな白い紙を振りまわした。「心から願っていますよ、ノックスさん、我々がどんな状況に直面しているのか、あなたも事態をのみこみつつあることを。次が、いまの電報に対するクイーン警視の返信です」

電報はこうあった。

　我々はレオナルドを入手していない。現時点での国際的圧力は絵の完全喪失という結果を招きかねない。当方の行動はすべて、美術館の利益を最優先としている。二週間の猶予を乞う。

ジェイムズ・ノックスはうなずいた。そして、椅子の肘かけを握りしめている警視を振り返ると、鷹揚《おうよう》に声をかけた。「すばらしい回答だ、警視。実に賢明。実にそつがない。うまくやってくれた」

返事はまったくなかった。エラリーは、おかしさがこみあげてきたものの、まじめくさった顔を保ち続けるだけの良識は持ち合わせていた。警視は大きく唾を飲みこんだ。サンプスンとペッパーは互いに辛辣《しんらつ》な冷たい視線をぶつけあったが、もちろん、その意図は相手に向けられたものではなかった。サンプスンは言葉を継いだが、ひどく咽喉をこわばらせているので、その言葉は聞き取りづらかった。「そして、これが最後の電報です。今朝、やはりブルーム警視から届きました」

今度の電報はこうあった。

二週間の猶予に美術館は同意した。それまで当方は行動を控える。幸運を祈る。

サンプスンが電報の束を机に放り返し、両手を腰に当てて、ぐっと胸をそらしてノックスに向きなおるまで、沈黙が支配した。「というわけです、ノックスさん。我々の手札は全部さらしました。後生ですから、いいかげん、よく考えてください！　少し、譲歩してくださいませんか――せめて、あなたが所持したままでかまいませんから、我々にその絵を見せて、公平な第三者の専門家に鑑定をさせていただきたい……」

「そんな無意味なことをするつもりはない」偉大なる男はあっさり答えた。「まったく必要ないことだ。うちの専門家が、あれはレオナルドではないという鑑定結果を出した。自信あってのことだろう――かなりの金《かね》を取っていったのだからな、この私から。ヴィクトリア&アルバート美術館づれに、何をびくびくしとるんだね、サンプスン君。ああいった施設はみんな、似たり寄ったりの小物だよ」

ついに堪忍袋の緒が切れた警視が、飛び上がるように立った。「大物も小物もあるか」老人はわめいた。「わしは永遠に地獄行きだ、ヘンリ、もしも見逃したりすれば、この――この……」そこで息が詰まってしまった。サンプスンは警視の腕をつかんで、部屋のすみに引きずっていった。そこで何やら早口に老人に囁いた。警視の顔から赤みがいくらかひいて、狡猾《こうかつ》な色に置きかわった。「失礼しました、ノックスさん」いかにも悔いているように言いながら、サンプスンと戻ってきた。「つい、癇癪を起こしてしまいまして。ここはひとつ男気を見せて、そのなんとかいう代物を美術館に返してやったらどうです？　損のことはこだわらないで。これが株ならその二倍の金額を損しても、まつげ一本動かしはしないでしょう」

ノックスの顔から笑みが消えた。「こだわらないで、だと？」大人物はのっそりと立ち上がった。「私が七十五万ドルを払った品物を返さなければならない理由が、この天の下のどこにあると言うんだね。答えろ、クイーン。答えたまえ！」

「でも、結局」ペッパーは、警視がまたもやかーっとなって嚙みつき返す前に、素早く先手を打った。「あなたの蒐集家《しゅうしゅうか》としての熱意の問題ではないはずですよ、ノックスさん、懇意《こんい》になさっている専門家が、あなたがお持ちの絵には美術品としての価値がほとんど無いに等しいと断言されたわけでしょう」

「しかもあなたは重罪を隠そうとしている」サンプスンが口をはさんだ。

「証明したまえ。やれるものなら、やるがいい」ノックスはいまや怒っていた。顎《あご》の輪郭《りんかく》が、ぎゅっとこわばっている。「私の買った絵は美術館から盗まれたものではない。そうだと言うなら証明するんだな！　あくまでごり押しするなら、諸君、きみたちはずたずたの絵の残骸を手に入れることになるぞ！」

「まああ」サンプスンが弱りきった声でなだめかけた時、エラリーが想像もつかないほど穏やかな声で訊ねた。「ところでノックスさん、あなたのおかかえの専門家とは誰ですか？」

ノックスは、はじかれたように振り返った。一瞬、眼をぱちくりさせたが、すぐに声をたてて笑いだした。「大きなお世話だよ、クイーン君。私が必要だと思う時に呼び出すさ。そっちがあまり騒ぎたてると、私はあの呪われた絵を持っていることも否定するようになるかもしれんよ！」

「わしならそんなことはしませんな」警視は言った。「そんなことは、わしならしない。偽証罪で訴えられたいんですか！」

サンプスンが机をどんと叩いた。「ノックスさん、あなたの態度のせいで、私も警察も深刻な苦境に立たされることになるんです。そういう子供っぽい態度をとり続けるつもりなら、私は本件を連邦検事局にゆだねざるを得ません。スコットランドヤードは冗談ごとにつきあう気はさらさらないでしょうし、我が国の連邦主席検事も同様です」

ノックスは帽子を取りあげると、足音高く、戸口に向かった。その広い背中には断固たる拒絶があった。

エラリーがのんびりと声をかけた。「ノックスさん、あなたは合衆国政府と英国政府の双方を相手に闘うおつもりですか」

ノックスは身体ごと振り返った。そして帽子のつばをぐっと引き下げた。「お若いの」いかめしく言った。「きみには想像つかんだろうが、七十五万ドルを支払ったもののためなら、私は相手が誰だろうと闘うぞ。ジム・ノックスにとってもはした金じゃない。政府となら前にも闘った――私が勝った！」

ばたん、とドアが閉まった。

「あなたも聖書を持っているんでしょうから、もっと頻繁《ひんぱん》に読むべきですね、ノックスさん」エラリーは、びりびりと震えているドアを見ながら、そっと言った。「〝主は強きものをはずかしめんと、弱きものを選ばれた……〟」

注意を向ける者はひとりもいなかった。地方検事が呻いた。「かえって前よりもひどい事態になったぞ。どうすりゃいいんだ」

警視は乱暴に口ひげをひっぱった。「もう、ぐだぐだ言っとる場合じゃない。いままでわしらは尻ごみしすぎとった。二日以内にノックスがそのいまいましい絵の具の染みを手放さないなら、連邦首席検事の手にまかせてしまえ。ノックスがお望みならスコットランドヤードとやりあわせればいい」

「強制的に絵を取りあげることになるか」サンプスンがぶすっとした口調で言う。

「その場合ですがね、紳士諸君、もしも」エラリーが意見をさしはさんだ。「もしも、ジェイムズ・J・ノックス氏が、氏にとって都合よく、絵を見つけることができなかったらどうするんですか?」

一同はその意見をよく噛んで、じっくり味わっていた。表情から察するに、それはかなり苦い味がしたようだった。サンプスンは肩をすくめた。「どうやら、きみはなんにでも答えを持っているようだね。それで、きみならこの筆舌に尽くしがたい最悪の難題をどう解決するつもりなんだ?」

エラリーは白い天井を見上げた。「ぼくなら――文字どおり、何もしませんね。これは無《レッセ》干渉《フェール》主義が正しいという、ひとつの場合ですよ。いまノックスを追いつめれば、ますます意固地にさせるだけです。あの男は根っからのやり手実業家なんだ、それでも少し時間を与えれば……わかりませんよ?」にこりとして立ち上がる。「すくなくとも、皆さんが美術館から与えられた二週間の猶予を、あの男にも与えてやるんですね。間違いなく、次はノックスの方から動いてくる」

一同は不承不承にうなずいた。

けれども、この矛盾だらけの事件において、またもエラリーは完全に見込み違いをしていたのである。というのも次の動きはまったく別の方向からやってきたのだ……しかも、その動きは事件を解決するどころか、よりいっそうややこしくするためだけのものにしか思えなかった。

28 ……要求

その打撃は木曜日、つまり、ジェイムズ・J・ノックスが、合衆国と大英帝国を相手どって闘うという意思をきっぱり表明してから二日後に襲いかかった。おかげで偉大なる実業家が売り言葉に買い言葉で吐いた大言壮語《たいげんそうご》が、のらりくらりにせよ、やる気満々にせよ、法廷というるつぼにおいて実現されることはついになくなった。というのも、木曜の朝に、エラリーが警察本部の父の部屋でぐずぐずしながら、恐ろしく不景気な顔で窓の外を眺めていると、しおれた電報配達人に身をやつした伝令の神《マーキユリー》が、血の気の多い闘志満々の男と、法と秩序の機関を、このうえなくしっかり結びつける伝言を運んできたからである。

電報はノックスの署名入りで、謎めいた情報を知らせてきた。

三十三丁目のウェスタンユニオン電報会社に留め置いた、私からの小包を私服刑事に受け取らせてほしい。わけあってこうするしか直接連絡をとる方法がない父子は顔を見合わせた。「こいつはご挨拶だな」警視はつぶやいた。「まさか、こんな方法でレオナルドをわしらに送り返すつもりだとは思わんだろう、エル？」

エラリーは眉を寄せていた。「まさか」いらだった口調で言った。「そんなはずないですよ。ぼくの記憶がたしかなら、そのレオナルドのサイズは百二十センチかける百八十センチでしょう。キャンバスを切って巻いたところで、〝小包〟には見えません。いや、これはほかの物です。すぐに手配することをおすすめしますよ、お父さん。ノックスの伝言はどうもぼくには――とにかく、意外としか思えない」

指定された電報局に刑事をひとり、おつかいにやると、ふたりはじりじりして待っていた。小一時間ほどで刑事は、宛て名のない、片すみにノックスの名が記されただけの、小さな包みをかかえて戻ってきた。老人はさっそく、包み紙を破って開けた。中には封筒入りの一通の手紙と、もう一枚、別の紙がはいっており、そちらはノックスから警視に宛てた伝言であるとわかった――いかにも小包らしく厚みを出すためにボール紙ではさんである。父子はまず、ノックスからの伝言を読んでみた――短く、そっけなく、端的だった。それはこうあった。

クイーン警視殿　同封したのは、今朝、普通郵便で私が受け取った匿名《とくめい》の手紙だ。おわかりだろうが、手紙の送り主が監視しているかもしれないので、届けるのにこんなまわりくどい手段をとらせていただいた。私はどうするべきだろうか？　我々が用意周到にうまく立ちまわれば、この男を捕えられるかもしれない。どうやら手紙の主は、私が数週間前、あなた

がたに絵の話をすっかり打ち明けたことを、まだ知らずにいるようだ。　J・J・K

ノックスの手紙は苦労して書いたらしい、手書き文字だった。

同封されている封筒の中身は、一枚の小さな白い紙だった。封筒はごく普通の安物で、そこいらの文房具屋で一セント出せば買える品だ。ノックスの住所がタイプで打ってある。消印を見ると、ミッドタウンの郵便局で昨夜、受けつけられたらしい。

中身の、ノックス宛《あて》の伝言をタイプした紙片にはおかしな点があった。一辺だけが、端から端までぎざぎざにけばだっているのだ――まるで、もともとの紙はこの二倍の大きさで、なんらかの理由で、雑に真ん中で裂いたように見える。

しかし、警視は紙自体をじっくり調べる手間をおしんで、老いた眼で食い入るように、タイプされた文言を読んでいった。

ジェイムズ・J・ノックス殿　貴殿からあるものを頂戴したい。四の五の言わずに渡してもらおう。貴殿が相手にしているのが何者かを理解してもらうのに、まずはこの紙の裏面を見てほしい――これは、数週間前の夜に、ハルキスが貴殿の目の前でグリムショーに書き与えた約束手形を半分に切った紙の裏に書いてあるとわかる……

エラリーは大声をあげた。警視は朗読をやめて、震える手で裏返した。まさか、そんなことが……あった——みみずがのたくったような手書きの大きな文字は、ゲオルグ・ハルキスの字に違いない。

「たしかにこいつは約束手形の半ぴらだ!」警視が怒鳴った。「おまえの顔についとる鼻と同じくらいはっきりしとる。何か理由があって真ん中で引き裂いたんだ——半分だけが送られてきたということになるが、こっちはハルキスの署名がはいっとる方だな。どういうことだ——」

「変ですね」エラリーはつぶやいた。「続けて、お父さん。手紙の続きは?」

警視は乾いたくちびるをなめると、もう一度、紙をひっくり返し、朗読を再開した。

警察に届け出るなどという馬鹿なまねは、よもやしないだろうね。貴殿は盗品のレオナルドを所有しているんだよ。警察に行けば、ごりっぱなジェイムズ・J・ノックス氏が、英国の美術館から盗まれた数百万ドルの価値がある絵画を隠し持っていることについての事情をいっさいがっさい告白しなければならないじゃないか。いやはや、お笑いだね! 私は貴殿から無理のない範囲で乳をしぼらせてもらうつもりだよ、ノックス殿。その第一回目の、言ってみれば乳の正しいしぼりかたについては、追って指示を出す。仮に、貴殿が闘う意思を見せたりすれば非常に残念なことになる。貴殿が盗品を所持していることを、私が警察に間違いなく伝えるよ。

手紙に署名はなかった。

「口のへらない奴だな」エラリーはぼそりと言った。

「ふん、どうやらわしの出番だな」警視は頭を振った。「誰か知らんが、この手紙を書いたのは、まったくずうずうしい奴だ。盗品の絵を所持していることをネタに、あのノックスをゆするとは！」警視はそっと手紙を机に置くと、嬉しそうに両手をごしごしこすり始めた。「なあ、エル、これでやっと、この悪党のしっぽをつかんだぞ！　とっつかまえてふんじばってやる。こいつはノックスが警察に接触できるわけがないとたかをくくっとるんだ、わしらがあのみっともない事件について何も知らないと思いこんどるわけだな。それで——」

エラリーは心ここにあらずといった様子でうなずいた。「そんなふうに見えますね」エラリーは妙な目つきでその紙片をじっと見ていた。「それでも、一応、ハルキスの筆跡かどうか、確かめておいた方がいいですよ。この手紙は——どんなに重要か、言葉では言いつくせません」

「重要だと！」老人は咽喉《のど》の奥で笑った。「おまえは大げさすぎるんじゃないかね？　トマス！　トマスはどこだ！」警視は戸口に駆け寄ると、待合室に控えている誰かに向かって、指をくいっと曲げて合図した。ヴェリー部長がずしんずしんと足音をたててはいってきた。「トマス、事件ファイルからあの匿名の手紙を持ってこい——スローンとグリムショーが兄弟だと暴露してきたやつだ。それから、ランバート女史を連れてこい。ハルキスの筆跡サンプルを持ってくるように言え——いくつか持っとるはずだ」

ヴェリーは立ち去り、ほどなくして、黒髪にうっすらと銀の筋がはいった、鋭い顔つきの若い女を連れてきた。そして、警視に小さな包みを手渡した。

「おはいり、ランバートさん、まあ、はいって」警視は声をかけた。「小さい仕事を頼みたい。ちょっとこの手紙を見て、少し前に、きみが調べた手紙と見比べてくれんか」

ユーナ・ランバートは黙って仕事に取りかかった。手紙の裏に書かれたハルキスの筆跡と、自分が持ってきたサンプルとを見比べる。そうしてから、度の強い拡大鏡で脅迫状をじっくりと検分し、ヴェリーが比較用に持ってきた、あの匿名の手紙と何度も比較した。一同は女史の判定を、固唾《かたず》をのんで待ち構えた。

ようやく、ユーナは両方の手紙を下に置いた。「こちらの新しい手紙の裏にある筆跡はハルキス氏のものです。そして手紙ですが、二通とも間違いなく同じタイプライターで打たれています、警視、おそらくは同一人物によって」

警視とエラリーはうなずいた。「とりあえず、これで裏づけされたわけだ」エラリーが言った。「兄弟であると密告した手紙を書いたのは、間違いなく犯人だということが」

「ほかに何かわかることはあるかね、ランバートさん」警視が訊いた。

「はい。最初の手紙と同様に、アンダーウッド社のデスクトップ型のタイプライターが使われています——同一の機器です。ですが、打った人の打ちぐせというものが、驚くほどありません。この二通をタイプした人物は、自分の特徴を残さないよう徹底的に用心していますね」

「我々が相手にしているのは実に頭のいい犯人なんですよ、ランバートさん」エラリーが淡々と言った。

「ええ、本当に。わたしたちがこういうものを判定する時には、いくつかのチェックポイントがあります——文字の幅、余白の取りかた、句読点の入れかた、特にどの文字に力をこめて打っているか、そんなようなことです。ところがこの手紙は、個人のそういったタイピングの癖が意図的に、しかも上手に消されています。ただし、どうしてもごまかすことのできないものがひとつあります。活字そのものの物理的な特徴です。タイプライターのひとつひとつの活字には、いわば、それぞれに個性があるんです。事実上、指紋と同様にはっきり特定できます。この二通の手紙が同じタイプライターで打たれたことは絶対に間違いありません。そして、たぶん同一人物が打ったものでしょう——こちらは保証できかねますが」

「きみの意見は尊重する」警視はにんまりした。「しかとうけたまわった。ありがとう、ランバートさん……トマス、脅迫状を鑑識に持っていって、ジミーに指紋をすみからすみまで調べさせろ。まあ、こやつほど頭が回れば、そんなものを残すへまはしないだろうがな」

ヴェリーは、さして間をおかず、脅迫状と否定的な結果を持って戻ってきた。紙の、新たにタイプされた側には、ひとつも指紋がついていなかったと言う。それでも、ゲオルグ・ハルキスがグリムショーに書いた約束手形には、指紋の専門家が間違いなくゲオルグ・ハルキスのものだと断定した指紋がひとつ、くっきりと残っていた。

「これで、この約束手形が本物だと証明する裏づけがふたつ取れたな、筆跡と指紋と」警視は満足げに言った。「というわけだ、エラリー、約束手形の裏に脅迫状をタイプしたのが誰だろうと、そいつがわしらの求める犯人だ——グリムショーを殺し、遺体から約束手形を奪い取った張本人だよ」

「すくなくとも」エラリーはつぶやいた。「これで、ギルバート・スローンが殺されたというぼくの推理が正しかったという証明にはなりましたね」

「そのとおりだな。この手紙を持って、サンプスンのオフィスに行くぞ」

　クイーン父子が出かけていくと、サンプスンとペッパーは地方検事局のオフィスに陰気に閉じこもっていた。警視は勝ち誇って、新たに届いた脅迫状を披露《ひろう》し、専門家たちの意見を伝えた。検事たちは、あっという間に明るい顔になり、早急な――そして、今度こそ正しい――解決が約束された予感に部屋の空気まで暖かくなった。

「ひとつ、たしかなのは」サンプスンは言った。「きみには、部下たちがこの件に一切タッチしないよう徹底してもらうってことだ、Q。きっと、この脅迫状を送ってきた奴から、次の脅迫状が届く。その時には、現場に誰かを置いておきたい。きみの〝十二使徒〟たちがノックスの巣のまわりをドタ靴で歩きまわっていたら、小鳥が怯えて逃げてしまうかもしれないからね」

「一理あるな、ヘンリ」警視はうなずいた。

「私ではどうです、検事？」ペッパーが勢いこんで志願した。

「いいな。まさにぴったりだ。きみが行って今後の展開を待て」地方検事は、実にいやな笑いを浮かべた。「一石二鳥だな、Q。脅迫状を書いた人間を捕えて――そして、ノックスの家にうちの手の者を配置しておけば、あのいまいましい絵も監視下におけるというわけだ！」

　エラリーはくすくす笑った。「サンプスンさん、握手しましょう。今後はぼくも自己防衛のために、バプティスタ（〈じゃじゃ馬ならし〉より）の抜け目ない世渡り術を身につけなくては。〝賢い者には、うんと親切にするぞ！〟というわけですよ」

29……収穫

たしかにサンプスン地方検事は抜け目ない人物であったが、検事がその抜け目ない頭脳の矛先を向けている謎の犯人もまた実に抜け目ないのだった。あれからまるまる一週間、何も起きなかった。匿名《とくめい》手紙の主は、誰も知らない天変地異の大いなる口にぱっくりとのみこまれて、姿を消してしまったかのようだ。毎日、ペッパー地方検事補はリヴァーサイド・ドライブに建つノックスの宮殿《パラッツオ》から報告をよこした。どれもこれも、殺人犯兼脅迫者からは、なんの接触もない——便りがあるどころか、生きているしるしもない、という報告ばかりである。きっと用心深い犯人は、罠の臭いを嗅ぎつけ、疑心暗鬼で様子をうかがっているのだろう、とサンプスンは考え、ペッパーにもそうはっぱをかけた。そんなわけで、ペッパーはできるかぎり身をひそめて監視を続けることになった。ペッパーはノックスと相談して——なんの進展もないのにノックスは妙に落ち着き払っていたが——できるだけの安全策をとることにした。すなわち、数日間、ノックスの邸内にとどまり、夜が来ても、一歩も外に出なかったのである。

ある日の午後、ペッパーは上司に電話をかけてきて、ジェイムズ・J・ノックス氏はいまだに、例のレオナルド——もしくは、レオナルドということになっている絵について、ずる賢く沈黙を守っている、と報告した。ノックスは質問に答えることも、自分から話すことも、がんとして拒絶している、と言うのだ。ペッパーはまた、ジョーン・ブレット嬢から目を離さないよう見張っている、と言った――まかせてください、目を離さず、しっかり監視していますからね、検事。サンプスンはやれやれ、と鼻を鳴らした。どうやらペッパー君にとって、この任務はつまらない時間ばかりではないらしい。

十一月五日の金曜の朝、休戦状態は一発の銃火でこっぱみじんに吹き飛んだ。朝いちばんの郵便が届くと、ノックスの屋敷は熱狂にわき返った。深謀遠慮《しんぼうえんりょ》の策略がついに実を結び、収穫を得たのである。ペッパーとノックスは、黒いエナメル革張りのノックスの仕事部屋で立ったまま、郵便配達人に届けられたばかりの一通の手紙を、いかにも得意満面といった面持ちで調べていた。大急ぎで相談すると、ペッパーは帽子をまぶかにかぶり、大切な文書を内ポケットの奥深くにしまいこむと、使用人が出入りする裏口から抜け出した。あらかじめ電話で呼んでおいたタクシーに飛びこみ、すさまじい勢いでセンター街に走らせた。そして、雄叫びと共に、上司の部屋に飛びこんでいった……

サンプスンはペッパーが持ってきた手紙をひねりまわした。その眼には人間狩りの熱い光がぎらぎらと燃え盛っている。ひとことも言わずに手紙とコートをひっつかむと、男ふたりは検事局を飛び出して警察本部に向かった。

エラリーは教会の侍祭《じさい》のように寝ずの番をしていた――滋養のある食べ物のかわりに爪を嚙む方を好む侍祭である。警視は警視で、自分の郵便物をもてあそんでいる……。ペッパーとサンプスンが飛びこんできた時、言葉はいらなかった。話はすでにわかっていた。クイーン父子は飛び上がるように立った。

「二通目の脅迫状だ」サンプスンはぜいぜいと息を切らしていた。「今朝の郵便で届きたてほやほやだよ！」

「例の半分に裂いた約束手形の残りの裏にタイプしてあります、警視！」ペッパーは叫んだ。

クイーン父子は額を寄せて、手紙を調べた。地方検事補が指摘したとおり、脅迫状はハルキスの約束手形を破った残り半分の裏にタイプされていた。警視が一通目の脅迫状を持ってきて、ぎざぎざの端と端をくっつけてみた——ぴたりと合った。

二通目の脅迫状は一通目同様に署名がなかった。文面はこうだった。

一度目の支払いだが、ノックスさん、きっかり$30,000で手を打とうじゃないか。現金払い、$100以下の札だけを受けつける。支払い方法は、できるだけ小さい包みにして、午後十時以降にタイムズスクエアのタイムズ・ビルディングのクロークに、レナード・D・ヴィンシーと名乗る者が来たら渡すように指示して、包みをあずけることだ。警察に接触してはいけないのを忘れないように。こちらは罠にかからないよう注意させてもらうよ、ノックスさん。

「我らが犯人氏はユーモアセンスがばつぐんですね」エラリーは言った。「なかなかおどけた文章だし、レオナルド・ダ・ヴィンチを英語風に読ませた名を使っているし。いや、陽気な紳士だな！」

「そいつが笑っていられるのもいまのうちだ、泣きべそかかせてくれる」サンプスンは唸った。「夜が明ける前にな」

「これこれ！」警視がくすくす笑った。「無駄口叩いとるひまはないぞ」そして内線のインカムに向かって吠えると、すぐに筆跡鑑定の専門家であるユーナ・ランバートのおなじみの姿と、警察本部の指紋鑑定主任のひょろりとした姿が、警視の机にのった手紙の上にかがみこみ、手紙から意図せずに漏れ出る情報を読み取ろうと熱心に調べていた。

ランバート嬢は慎重だった。「一通目の脅迫状とは違うタイプライターで打ったものです、警視。今度のはレミントン社のデスクトップ型で、印字の状態を見るかぎり、たぶん、新品同様ですね。タイプを打った人物については――」肩をすくめた。「いまここで断定するのは本意ではありませんが、表面上の特徴から見て、おそらくは以前の二通の手紙を書いたのと同一人物でしょう……ひとつおもしろい点がありますよ。$30,000 とタイプするところで、ミスしています。余裕のあるおどけた文章を書いているように見えますが、実はとても神経質になっていたんでしょうね」

「へえ？」エラリーはつぶやいた。そして、こともなげに手を振った。「ま、それはひとまずおいときましょう。同一人物であることの確認には、印字そのものによって、これを打ったのが同じ人間であると証明する必要はない。一通目の脅迫状がハルキスの約束手形の半分に、そして二通目の脅迫状が残り半分にタイプされていたという事実だけで十分に証明になりますよ、お父さん」

「指紋はあるか、ジミー？」警視はあまり期待していない口調で訊いた。

「ないね」指紋鑑定の専門家は答えた。

「そうか。なら、もういいぞ、ジミー。ありがとう、ランバートさん」

「おかけください、皆さん。どうぞ、坐って」エラリーは愉快そうに言いながら、自分の言葉に従って腰をおろした。「急ぐことはありませんよ。時間は夜までたっぷりある」子供のようにはしゃいでいたサンプスンとペッパーはおとなしく従った。「もうおわかりでしょうが、この新しい脅迫状にはいくつか、奇妙な点があります」

「なんだと？　わしには本物のように見えるぞ」警視が声をあげた。

「本物かどうかということを言ってるわけじゃないんです。ただ、我らが殺人犯兼恐喝者は数字に関して、いい趣味をしてるってことですよ。皆さんは、犯人が三万ドルを要求してきたことを不自然に思いませんか。こんな額を要求してくる脅迫事件にお目にかかったことがありますか？　一万、二万五千、五万、十万、といった額が普通ですよ」

「はっ！」サンプスンが言った。「そりゃ、へりくつってものだ。ぼくは別に奇妙だとは思わないな」

「そう言われても文句はありません。でも、それだけじゃない。ランバートさんが興味深い点を指摘していってくれた」エラリーは二通目の脅迫状を取りあげると、$30,000という数字を爪の先で、ぴんとはじいてみせた。「お気づきでしょうが」エラリーは、まわりに集まってきた一同に向かって言った。「この数字を打った時、犯人はタイプを打つ時に誰もがよくやるミスをしています。ランバートさんの意見では、これを打った人間は神経質になっていたということでした。表面的には、その説明が妥当と思われます」

「そりゃそうだろう」警視は言った。「それがどうした」

「このミスですが」エラリーは淡々と続けた。「詳しく言えば、このようにしてできたものです――タイプライターでドルのマークを打つためには、シフトキーを押さなければなりませんが、次に3の数字を打つには、シフトキーから指を上げる必要があります。数字は必ず活字の、文字の下段にありますからね。さて、目の前にある証拠から、この脅迫状をタイプした者は、3の数字を打つ時にシフトキーから完全に指を上げそこなったせいで、一度目に打った時にはきれいに印字できなかったために、バックスペースキーで一文字分、位置を戻してから、もう一度、3の数字を打ちなおしたのです。実に興味深い――たいへんに興味深い」

一同は数字をじっくりと見てみた。それは、次のようになっていた。

$ 30,000

「これのどこが興味深いんだ？」サンプスンは詰め寄った。「ぼくはかなりにぶいのかもしれんが、たったいま、きみが言ったこと以外にどんな意味があるのかさっぱりわからん——タイプした人間が打ち損じて、その部分を消さないで打ちなおしたってことだろう。ランバートさんの言っていた、犯人が慌てていたんだか神経質になっていたんだかでミスしたって結論は、理にかなっているじゃないか」

エラリーはにこりとして、肩をすくめた。「興味深い要素はですね、サンプスンさん、ミスそのものじゃないんです——まあ、それ自体もぼくの灰色の脳細胞をくすぐりますがね。ぼくが興味深いと言っているのは、この脅迫状を打ったレミントンのタイプライターは、標準型のキーボードではなかったという点です。さほど重要ではないかもしれませんが」

「標準型のキーボードではない？」サンプスンはまごついたように繰り返した。「それはまた、どうしてそんな結論に？」

エラリーはまた、肩をすくめた。

「なんにしろ」警視が割りこんだ。「この悪党めを、絶対に警戒させちゃいかん。今夜、タイムズ・ビルディングに、こやつが金を受け取りに現れたら、そこでご用だ」

サンプスンはいくらか不安そうにちらちらとエラリーを見ていたが、とうとう肩を揺すぶり——まるで眼には見えない重荷を振り払うかのようだった——うなずいた。「よくよく足元には気をつけろよ、Q。ノックスには、指示どおりに金《かね》をあずけるふりをさせないと。手はずはきみが全部、ととのえてくれるな？」

「まかせておけ」老人はにやりとした。「さて、この件についてノックスと打ち合わせるとするか。だが、ノックスの家にはいる時にはうんと用心せんとな。犯人が見張っとるかもしれん」

一同は警視のオフィスを出ると、覆面パトカーを出させて、アップタウンにあるノックスの大邸宅に向かい、脇道に面した使用人が使う裏口につけた。パトカーの運転手は用心に用心を重ねて、裏口に車をつける前に、まずは屋敷のあるブロックをぐるりと一周した。あたりに怪しい人影はなかったので、クイーン父子とサンプスンとペッパーは大急ぎで高い塀の門をくぐると、屋敷の裏手にそそくさとはいっていった。

ノックスはぴかぴかの仕事部屋で落ち着き払って、ジョーン・ブレットに口述していた。ジョーンはつんとすましており、特にペッパーに対して、けんもほろろだった。ノックスがジョーンを解放して、ジョーンが仕事部屋のすみにある自分の机に戻ると、サンプスン地方検事と、警視と、ペッパーと、ノックスとで、その夜の攻撃計画を練り始めた。

エラリーは、この秘密結社の密談に参加しなかった。口笛を吹きふき、部屋をうろついて、ジョーンが無言でタイプライターを叩いている机の方に、何気ないふうを装ってぶらぶらと近づいていった。何をタイプしているのだろう、という顔でジョーンの肩越しに覗きこみつつ、耳元で囁いた。「今後もそのまじめな女学生風の仮面をかぶっていてくれたまえよ。すばらしい化けっぷりだ。おかげで万事うまくいっている」「ほんと?」ジョーンはまったく頭を動かさずに囁き返した。エラリーは微笑むと、また身を起こして、のんびりと皆の方に戻っていった。

サンプスンは抜け目なく、ジェイムズ・ノックスと交渉しているところだった――場を掌握したサンプスンは実に手ごわい取引相手となるのだ。「ノックスさん、いまでは状況がひっくり返ったことに、もちろん気がついているでしょう。今夜からあなたは我々に大きな借りができることになりますよ。こちらは、あなたという一般市民を護衛する任務につくこととなったわけですが、あなたはその我々に報いるのに、例の絵を渡すのを拒否されるのですから……」

ノックスは急にばんざいするように両手をあげた。「わかった、諸君。降参《こうさん》する。もうたくさんだ。あのいまいましい絵には、ほとほとうんざりした。この恐喝騒ぎは本当に……あの呪われた絵なら、持っていって、煮るなり焼くなり好きにしたまえ」

「しかし、あなたはたしか、あの絵はヴィクトリア＆アルバート美術館から盗まれたものではないとおっしゃいませんでしたかな？」警視は何食わぬ顔で言った。内心ほっとしたとしても、まったくおくびにも出さなかった。

「いまもそれは変わらん！　あの絵は私のものだ。専門家に見せればいい――なんでも好きにするがいいさ。ただし、私の言うことが本当だとわかれば返してもらいたい」

「もちろんです」サンプスンは言った。

「あのう、検事」ペッパーが気をもむように口をはさんだ。「そんなことより、この脅迫者への対策をなんとかする方が先じゃありませんか。ひょっとすると、奴は――」

「きみの言うとおりだ、ペッパー」警視はすこぶる上機嫌で言った。「まずは警察官の本分をまっとうせんとな！　ちょっといいかね、ブレットさん」老人は部屋を突っ切ると、ジョーンの前に立った。ジョーンは、どんなご用でしょう、というように、にっこりしながら見上げた。

「すまんが、わしのために電報を一通、打ってもらえんか。ああ——待った。鉛筆はあるかな?」

ジョーンは言われたとおり、鉛筆と紙を差し出した。警視は素早く、何やら書きつけた。

「ふむ、これでよしと——この文をいますぐ打ってくれんか。重要なんだ」

ジョーンのタイプライターが、かたかたと音をたて始めた。そうして自分が打っている言葉を読みつつ、仮に心臓が飛び跳ねたとしても、ジョーンは眉ひとつ動かさなかった。その指の下からつむぎ出される文章はこんな具合だった。

ロンドン、スコットランドヤード、ブルーム警視御中　親展
レオナルドは、盗品と知らずに£150,000で買い取った、有名なアメリカ人蒐集家《しゅうしゅうか》の手元にある。問題の絵がヴィクトリア&アルバート美術館のものか疑問の余地はあるが、鑑定のために美術館に送り返すことは可能。ただし、当方にて解決を要する問題が数点あり。返還の正確な日付は二十四時間以内に知らせる。
リチャード・クイーン警視拝

その文を回し読みした全員が、これでいい、と納得してから――ノックスはちらりと見ただけだったが――警視は紙をジョーンに返し、ジョーンはすぐに電報局に電話でそれを伝えた。

警視はもう一度、その夜の具体的な計画の大筋について説明した。ノックスは、やれやれというようにうなずいた。客たちはコートを着た。けれどもエラリーだけは、コートを取ろうとしなかった。「おまえは来ないのか、エル？」

「ぼくはノックスさんのご厚意に甘えて、もう少しここに残らせてもらいますよ。お父さんはサンプスン検事とペッパー検事補と一緒に行ってください。すぐ、家に戻りますから」

「家だと？　わしは警察本部に戻るぞ」

「わかりました、それじゃ、ぼくもそっちに行きます」

皆は不思議そうにエラリーを見た。エラリーはのんきな顔でにこにこしている。ドアに向かってひらりと手を振られて、一度は無言で出ていった。

「さて、お若いの」ジェイムズ・ノックスは、皆がいなくなってからドアが閉まると、口を開いた。「何をたくらんでいるのか知らんが、ここにいたければ好きにするといい。計画では、私が自分で銀行に行って、三万ドルを引き出す芝居をすることになっているようだな。サンプスン君は、犯人が私たちを見張っていると考えているらしい」

「サンプスン検事は何ごとにも周到な人なんです」エラリーは微笑んだ。「いろいろと無理を聞いていただいて、ありがとうございます」

「なに、なんでもない」ノックスはそっけなく言うと、完全無欠の秘書のかがみらしく、見ざる聞かざる言わざるという顔でタイプライターを叩いているジョーンをちらりと見た。「ただし、ブレットさんを誘惑せんようにな。私の責任になる」ノックスは肩をすくめ、部屋を出ていった。

エラリーは十分間待った。ジョーンに話しかけることもなく、ジョーンもまた、忙しくキーを叩く手を一度も休めようとしなかった。エラリーはだらだらと時間を潰《つぶ》していた——実際、窓の外をぼんやり眺めているだけだった。やがて、ノックスのがっしりした長身の姿が、玄関先の張り出し屋根の下からのしのしと現れるのが見えた——ちょうど建物が直角に曲がったところの窓から見ていたので、屋敷正面の出来事はひとつ残らず目にはいるのだ——そしてノックスは、待たせていた大きな車の、ガラス戸で仕切られたうしろの座席に乗りこんだ。車はすべるように車路を出ていった。

たちまち、エラリーが生気を取り戻した。ジョーン・ブレット嬢も同様だった。タイプライターのキーから両手をおろすと、坐りなおし、いたずらっぽい笑みを浮かべて、期待のまなざしでエラリーを見つめてくる。

エラリーは足早にジョーンの机に近寄った。「まあっ!」ジョーンはふざけて、恐ろしそうに叫び、さっと身を引いた。「さっきノックスさんがほのめかしたことを、さっそく実行に移そうっていうんじゃないでしょうね、クイーンさん」

「こらこら」エラリーは言った。「訊いておきたいことがあるんだ、こうしてふたりきりになれたチャンスに」

「何かしら、わくわくしちゃう」ジョーンは囁いた。

「まったく、女性ってのはどうしてこう……いいかい、お嬢様《ミレディ》。この豪華絢爛《けんらん》たるお城に、使用人は何人いる？」

　ジョーンはがっかりした顔を作ってみせると、くちびるを突き出した。「ちょっとだんな様《マイロード》ったら、なあに、そのつまんない質問。貞操の危機と背徳のよろめきに胸震わせて待つレディにする質問なの、それが？　待って、いま考えるから」ジョーンは声を出さずに数え始めた。「はち。ええ、八人で間違いないわ。ノックスさんの屋敷はとても静かなの。お客様はほとんど来ないみたい」

「その使用人について、ちょっとでも知ってることはないかな？」

「ま、クイーンさんったら！　女の地獄耳をご存じないのかしら……どうぞ、お訊きになって」

「最近、雇われた使用人はいるかい」

「とんでもない。ここはとても格式ばったお屋敷でございますのよ、古きよき時代風《ドゥ・ボン・ヴィユ・タン》に。ノックスさんの使用人は全員、最低でも五、六年はここで働いているし、中には十五年くらいつかえている人もいるわ」

「ノックスは使用人を信用している？」

「それはもう絶対に」

「よろしい！《セ・ビヤン》」エラリーはぴしりと言った。「いいかい、お嬢さん。《マントナン・マドモワゼル・アトンデ》使用人たちの調査が《イル・フォ・コン・フェ・レグザメン・デ・》必要《セルヴィトゥール》だ——メイドも、下働きも、男も女も。《デ・ボンヌ・デ・ドメスティク・デ・アンプロワイエ》いますぐに！《トゥ・ドゥ・スイット》」

ジョーンは立ち上がると、膝を折ってちょこんとお辞儀をした。「かしこまりました、ムッシュウ。ほかにご注文《ヴォ・ソルドル》は？」

「ぼくは隣の部屋にはいってドアを閉めている――けれども」エラリーは早口に言った。「この部屋にはいってくる者が見えるだけの、細い隙間《すきま》は開けておくから、何か適当な口実でひとりひとり呼び出してくれ。うまく、ぼくの視界の範囲に誘い出して全員の顔をしっかり見られるように……運転手はノックスを乗せて出かけちまって呼び出せないが、さっき顔を見ておいたから大丈夫だ。運転手の名前は？」

「シュルツよ」

「この屋敷の運転手はひとりだけ？」

「ええ」

「結構だ。始めよう《コマンセ》！」

エラリーは素早く隣室にはいり、半開きにしたドアの細い隙間の前で待機した。ジョーンが呼び鈴を押すのが見えた。エラリーがまだ見たことのない、黒いタフタに身を包んだ中年婦人がはいってきた。ジョーンが質問をして、中年婦人はそれに答えて、出ていった。ジョーンはまた呼び鈴を押した。上品な黒いメイド服を来た若い女が三人、やってきた。すぐに、ひょろりと背の高い痩せた老執事、次につるりとした顔の気取った装いの小柄でずんぐりした男、染みひとつない伝統的な料理人の衣装を着こんでやたらと汗をかいているフランス人らしき大柄な紳士が、次から次に現れた。最後の男が出ていってからドアが閉まると、エラリーは隠れ場所から出てきた。

「上出来だ。中年の女性は誰？」

「ヒーリーさん。家政婦ね」

「メイドたちの名は？」

「グラント、バロウズ、ホチキス」

「執事は？」

「クラフト」

「澄まし顔の小男は？」

「ノックスさんの身のまわりのお世話をする従者のハリス」

「料理人は？」

「ブッサン、パリからの移民よ——アレクサンドル・ブッサン」

「それで全員か？　間違いないね？」

「運転手のシュルツ以外はね、ええ」

エラリーはうなずいた。「全員、ぼくは会ったことがないな、それなら……最初の脅迫状が届いた朝のことを覚えているかい」

「ええ、それはもう」

「そのあと、屋敷に足を踏み入れた人間は誰かな。つまり、この家の者を除いてだ」

「足を踏み入れた、というだけならそれはもう大勢いるけど、一階の応接室より奥にはいりこんできた人はひとりもいないわ。あのことがあってから、ノックスさんは誰とも会おうとしなくて――ほとんどの人が玄関先でクラフトに〝お留守です〟って、門前払いされてるのよ」

「なんでだろう」

ジョーンは肩をすくめた。「ノックスさんって、ああやって無頓着《むとんちゃく》で、ときどきは傍若無人《ぼうじゃくぶじん》にも見えるけれど、本当は最初の脅迫状が来てから、ずいぶん神経質になってると思うわ。わたし、ときどき思うもの、どうして私立探偵を雇わないのかしらって」

「そりゃ、りっぱな理由があるからだよ」エラリーは重々しく言った。「ノックス氏は、いやらしい警察となじみのある人間がこの屋敷の中にはいりこんでほしくない――もしくは、ほしくなかったのさ。レオナルドの本物だか偽物だかが、そのへんにあるわけだからね」

「あの人は誰も信用してないのよ。むかしからのお友達も、大勢の仕事関係の知り合いも、お得意さんも」

「マイルズ・ウッドラフはどうなんだ」エラリーは訊いた。「ノックスは、ハルキスの遺産の法律関係のなんだかんだをまかせるのに、あの弁護士を雇ったんじゃなかったか」

「ええ、そうよ。でも、ウッドラフさんがここに来たことはないわ。毎日、電話で連絡をとりあってるけど」

「こんなことがありえるのか?」エラリーはつぶやいた。「こんな幸運が――こんな奇跡的な、驚くべき幸運が」エラリーはジョーンの両手をぎゅっと握り、ジョーンは小さく叫び声をたてた。けれども、エラリーの心にあるのはどうやら、純粋な友情のみらしかった。ジョーンの華《きゃ》奢《しゃ》な手を、ほとんど失礼と言っていいほど無頓着に握って、エラリーは言った。「今日は本当に実りある朝だったよ、ジョーン・ブレットさん。大収穫の朝だ！」

＊

〝すぐに〟警視のオフィスに戻ると父親に約束したにもかかわらず、エラリーが警察本部にぶらぶらとやってきたのは、午後遅くだった。何やら満足そうに、にこにこしている。

幸い、警視は仕事に没頭していて、質問をしてくるひまがなかった。エラリーは結構な時間をぶらぶらと潰し、白昼夢にぼんやりとひたっていたが、老人がヴェリー部長刑事に向かって、その夜タイムズ・ビルディングで刑事たちが会合する手はずについて指示を与え始めると、急にしゃっきりした。

「たぶん」エラリーは口を開いた――老人は息子がいるのに初めて気づいて、びっくりしたようだった。「今夜は九時にリヴァーサイド・ドライブのノックスの屋敷で会合するのがいいと思いますよ」

「ノックスの屋敷でだと？　なんのためにだ」

「理由はいろいろあるんですがね。ともかく、お父さんご自慢の猟犬たちには、逮捕できる可能性のある場所を嗅ぎまわらせるのがいい。ただし、この計画の中心メンバーはノックスの屋敷で会合を開くべきです。どっちにしろ、タイムズ・ビルディングには十時まで行く必要がないでしょう」

警視は怒鳴りつけようとして、エラリーの眼に鋼鉄のような何かを見て、ぐっとこらえると、「ああ、よかろう！」とだけ言い、電話に向きなおり、サンプスンのオフィスにかけ始めた。

ヴェリー部長刑事がのっそりと出ていった。廊下で追いつくと、エラリーは勢いよく立ち上がると、山のごとき大男を追っていった。とたんに、エラリーの硬い腕をつかみ、とてもとても熱心に話しだした――まるで、なだめすかし、どうにかして説き伏せようという口調で。ヴェリー部長刑事のいつもは凍りついたように動かない無表情な顔に、いきなり表情が現れた――エラリーがなおも熱心に言いつのるにつれ、その表情はどんどん困惑の色に染まっていった。善良なる部長刑事はそわそわと、体重を片足から片足に何度も移しかえている。どうにも決断のできない泥沼の中でもがいているようだ。部長刑事はかぶりを振った。大きなくちびるを噛んだ。無精ひげでざらざらの顎《あご》をかいた。矛盾する心のいたばさみになって、辛そうな顔をしている。

エラリーの、口のうまい説得に逆らうことができずに、とうとう部長刑事は悲しげにため息をついて、唸り声を出した。「わかりましたよ、クイーンさん、だけど、もしもへたをうつことになれば、あたしはクビですな」そう言うと、まるで、職務という名の衣に頑固にくっついて離れようとしないシラミから逃げることができて心から嬉しいというように、そそくさと出ていった。

30 ……出題

一同は用心に用心を重ね、目立たぬようにふたりひと組になり、月のない闇夜に乗じてノックスの屋敷にこっそりと集まった。時計が九時を打つまでに――全員、裏通りに面した使用人の通用口から屋敷にはいりこみ――ノックスの仕事部屋に勢ぞろいしていた。クイーン父子、サンプスン地方検事、ペッパー、ジョーン・ブレット、そしてノックスその人である。分厚い黒いカーテンを引いているので、屋敷の外には、この部屋の明かりは髪の毛ひと筋ほどももれていない。全員が興奮を押し殺し、ぴりぴりしつつも、必死に自分を抑えている。

全員、と言っても、エラリーを除いての話だ。エラリーはこの場にふさわしい厳粛さと礼儀正しさを備えて振る舞っていたものの、自分はこの不吉な夜の結果がどうなろうとまったく――これっぽっちも！――不安に思っていない、とまわりに印象づけようとして、むやみにきばっていた。

あちらこちらで、神経をとがらせた声がする。「例の包みは用意できましたか、ノックスさん」警視の口ひげはだらりと垂れさがっていた。

ノックスは机の引き出しから、茶色い紙でくるんだ小さな包みを取り出した。「偽物だよ。紙幣の大きさに切りそろえた紙の束だ」声は淡々としているが、こわばった表情の下に緊張が見える。

「ああ、もう」霧のように沈黙が垂れこめたあと、地方検事が突然叫んだ。「ぐずぐずしていてもしょうがない。ノックスさん、あなたはもう出発した方がいい。我々はあとをつけます。現場はすでに警察の者で包囲していますから、犯人はもう逃げられな――」

「あえて言わせていただきますが」エラリーはのんきな声で言った。「今夜、タイムズ・ビルディングのクロークに行く必要はもう、全然ないですよ」

再びの劇的な瞬間――ちょうど何週間も前に、エラリーが大得意で鼻たかだかとハルキス犯人説をぶちあげた時とそっくりの、劇的な瞬間だ。仮にエラリーが、また失敗して笑われるかもしれないと不安に思っていたとしても、そんな色はちらとも顔に浮かんでいなかった。愉しそうに、にこにこしている様子はまるで、ずっと大騒ぎで進めてきた下準備も、タイムズスクエア界隈《かいわい》に警察の車が山ほど待機していることも、関係者一同が集結していることも、ただの愉快なお遊びでしかない、と思っているかのようだ。

警視が小さな身体をぐっと二十センチ近くも伸ばした。「どういう意味だ、エラリー。もうすっかり時間を無駄にしとる。それとも、これもまたおまえの頭でっかちな思いつきなのか」

エラリーの顔から微笑がすっと消えた。そして、自分のまわりに立って、困惑した推しはかるような眼を向けてくる一同を見つめた。エラリーの顔には、消えた微笑にとってかわって、鋭い何かが現れていた。「いいでしょう」エラリーは重々しく言った。「説明させていただきます。なぜ、我々がダウンタウンに行くことが無駄なのか――それどころか、馬鹿げていると言ってもいい――その理由がわかりますか」

「馬鹿げているだって！」地方検事は歯をむき出してわめいた。「なぜだね」

「なぜなら、サンプスンさん、まったくの徒労だからですよ。なぜなら、サンプスンさん、あなたが求める犯人はそこにいないからですよ。なぜなら、サンプスンさん、我々はみごとに罠にはめられたからですよ！」

ジョーン・ブレットが息をのんだ。ほかの者たちも息をのんだ。

「ノックスさん」エラリーは銀行家を振り返った。「執事を呼んでいただけませんか」

ノックスは言われたとおりにした。額には、岩のように皺が寄っている。ひょろりと痩せた老人がただちに現れた。「お呼びでございますか、だんな様」

けれども、鋭く答えたのはエラリーだった。「クラフト、きみはこの屋敷の警報装置を扱えるか」

「はい、扱えますが……」

「すぐに調べてくれ」

クラフトはためらったが、ノックスがぶっきらぼうに身振りでそうしろと命じたので出ていった。皆、無言で待っていると、執事が大慌てで戻ってきた。さっきまでの落ち着きぶりはどこへやらで、目玉が飛び出しそうになっている。「いじられています――動きません、だんな様！　ですが、昨日はたしかに正常に動いておりました！」

「なんだと！」ノックスが怒鳴った。

エラリーは涼しい声で言った。「やっぱりね。もう結構だよ、クラフト……ノックスさん、ぼくはあなたにも、疑り深いぼくの仲間にも、どこまでうまい具合に出し抜かれたのか、説明できると思っています。ねえ、ノックスさん、ぼくはあなたがお持ちの例の絵を、ちょっと調べてみた方がいいと思うんです」

ノックスの中で何かが動いたようだった。険しい灰色の眼に火花が散る。恐怖の色が浮かんだとたん、その恐怖に蹴とばされて瞬時に決断を下すと、ひとことも言わずにノックスは飛び出し、そのまま部屋から走り去った。エラリーがすぐに追いかけ、ほかの者もなだれのごとく、あとに続いた。

ノックスは二階の、広々として静かな部屋に駆けこんでいった――暗色のベルベットにおおわれた豪華な古い絵画が何枚も壁にかけられたノックスの個人ギャラリーだ……この時には、美しい芸術品に気をとられる者はひとりもいなかった。エラリーもまた、ノックスのすぐうしろにぴったりついて、ギャラリーのいちばん奥へと急いだ。ノックスは壁の一枚の羽目板の前で立ち止まり、木でできた渦巻き模様のひとつをいじくった。しっかりした一枚の壁に見えていたかなり大きな一部分が音もなく片側にすべって開くと、ぽっかりと黒いうつろが出現する。ノックスは手を差し入れ、ぎょっとした顔になり、慌てふためいて暗がりを覗きこんだ……「なくなっている！」叫んだノックスの顔は灰のような色になっていた。「盗まれた！」

「そのとおりです」エラリーは、わかりきったことだと言わんばかりだった。「実に鮮やかな策略ですよ、グリムショーの神出鬼没《しんしゅつきぼつ》の相棒にふさわしい、天才的なやり口だ」

読者への挑戦状

『ギリシャ棺の謎』の物語におけるこの時点で恒例《こうれい》の、読者諸氏の叡智《えいち》に対する挑戦状をはさむことができるのは、私にとって筆舌に尽くしがたい喜びである。

喜び、という言葉には説明が必要だろう。今回の謎は、私がこの手で解こうとしたうちで、もっとも複雑にからまりあった難問だ。この喜びは、わざわざ金《かね》を払って読んでくれる客の嘲笑に常にさらされる立場の人間にとっての喜び──正真正銘の喜びである。「こんなのが難問だって？　おいおい、あっさり解けるじゃないか！」──そんなすれっからしの客に向かってこう言えるのは、まさに喜びなのだ。「さあ、皆さん、どうぞ心ゆくまで解き明かしてみてください。きっと、まんまとだまされますよ！」

おや、私は自信過剰だろうか？　まあいい、賽《さい》は投げられた。さあ、容赦《ようしや》なき読者諸氏よ、すでにあなたがたはこの三位一体の謎──すなわち、アルバート・グリムショーを絞殺《こうさつ》し、ギルバート・スローンを射殺し、ジェイムズ・ノックスの絵画を盗んだのは、何者なのかという謎の──唯一の正解に至るために必要な事実をすべて手にしている。

ありったけの善意と、かぎりない謙虚の心をこめて、私から読者諸氏にこの言葉を贈ろう。

〝油断は禁物《ギャルド・ア・ヴ》。どうか皆さんが、知恵熱と頭痛に悩まれませんように！〟

エラリー・クイーン

31 ……終局

そして、エラリーは言った。「たしかですか、ノックスさん、絵が盗まれたというのは。あなたがこの羽目板の奥に、ご自身の手でしまったんですか」

銀行家の顔に血の色がゆっくりと戻ってきた。そして、やっとのことでうなずいた。「最後に見たのは一週間前だ。あれはここにあった。知っていた者は誰もいない。誰もだ。この羽目板の奥の隠し場所は大昔に作った」

「わしが知りたいのは」警視が言った。「なんでまた、こんな始末になったのかということだ。絵はいつ盗まれた？　泥棒はどうやって屋敷に忍びこんだ？　ノックスさんの言葉が本当なら、泥棒はどうやって絵のありかを知ったんだ」

「今夜、盗まれたはずはない――それはたしかだよ」地方検事はそっと言った。「なのに、なぜ今夜、警報装置は作動しなかったんだろう」

「でも、昨日は動いてたんでしょう、クラフトがそう言っていたんだから。その前の日も」ペッパーが口をはさんだ。

ノックスは肩をすくめた。エラリーは言った。「すべて説明がつきますよ。皆さん、ぼくと一緒にノックスさんの仕事部屋に戻ってください」

エラリーはひどく自信たっぷりで、一同は従順に無言で従った。

エナメル革張りの部屋に戻ったエラリーは、嬉しそうにやたらとはりきって仕事に取りかかった。手始めにドアを閉めるとペッパーに、そこで邪魔がはいらないように見張っていてほしいと頼んだ。それから、迷いのない足取りで、仕事部屋のとある壁の床近くに備えつけられた大きな鉄格子に向かっていった。しばらく、がちゃがちゃといじくって、ようやく鉄格子をはずすことに成功すると、床に置き、格子をはずした奥の穴に片手をつっこんだ。一同は鶴のように首を伸ばして覗きこんだ。中にあるのは、大きな電熱コイルがいくつもはまった電気ヒーターだった。まるでハープ奏者が弦をかき鳴らすように、エラリーはコイルの一本一本に素早く指を這わせていった。「これをごらんになってください」笑みを浮かべて言ったものの、一同がごらんになれるようなものは何もなかった。「八本あるコイルのうち七本は焼けるほど熱いですが、この一本だけは――」エラリーの指は最後のコイルの上でぴたりと止まっている。「――冷えきっています」もう一度、ぐっとかがみこむと、冷たいコイルのいちばん下にある装置らしきものを、鮮やかな手つきでいじりだした。あっという間に、見せかけのキャップをひねってはずすと、背の高い、ずっしりしたコイルを手に立ち上がった。「はずれた、ほら」愛想よく説明した。「うまい細工ですね、ノックスさん」そして、コイルをひっくり返した。底の金属には、かすかな線がはいっている。エラリーがぐっと力をこめてひねると、底がくるくると動きだし、仰天する一同の目の前で完全にはずれ、石綿で内張りされた空洞が見えた。エラリーはキャップを椅子に置くと、コイルを持ち上げ、力いっぱい振った。待ち構えていたもう一方の手に……空洞の中から巻いてある古い、染みだらけの、キャンバスが落ちてきた。

「なんだ、それは」警視がかすれた声を出した。

エラリーはひょいと手首を返し、巻いたキャンバスを投げ出すように空中でひと振りした。それはくるくると広がった。

絵画だ——戦場の中央で中世の戦士たちが、誇り高き豪奢《ごうしゃ》な一本の軍旗を荒々しく奪いあう一場面が、壮大に、活き活きと、豊かな油彩で描かれている。

「信じられないかもしれませんが」エラリーはノックスの机の上にキャンバスを大きく広げながら言った。「皆さんがいま、ごらんになっているものは、天才の手による百万ドルの価値がある絵です。平たく言えば、例の行方知れずのレオナルドですよ」

「違う！」誰かが鋭い声で叫び、エラリーがくるりと振り向くと、ジェイムズ・ノックスがほんの一メートルほど離れたところで身をこわばらせて立っており、くちびるを大理石のように真っ白にして、じっと絵を睨んでいる。

「そうですか？　ぼくはこの傑作《シエドウーブル》を見つけたんですよ、今日の午後——申し訳ありませんが、勝手にお宅のあちこちを覗かせていただいた時に。あなたはこれが盗まれたとおっしゃいましたね。では、泥棒が持っているはずのこの絵が、あなたご自身の仕事部屋に隠されていたということの事実を、どう説明されるつもりです？」

「〝違う〟と言ったら〝違う〟んだ」ノックスは自嘲《じちょう》気味に笑った。「きみは私が考えていたよりはるかに頭がよかったんだな。あなどって失礼した、クイーン君。それでも、きみは間違っているんだ。私が言ったことは本当だよ。レオナルドは盗まれた。ただ、私は隠せると思ったんだ、絵を二枚持っていた事実を――」

「二枚？」地方検事は息をのんだ。

「そうだ」ノックスはため息をついた。「うまくだましおおせると思った。いま、きみたちが見ているこれは、二枚目――大昔に手に入れたものだ。ロレンツォ・ディ・クレディか、その弟子が描いたものらしい。うちの出入りの専門家にもはっきりしたことは言えないそうだ――ともかく、レオナルドではない。ロレンツォはレオナルドを完璧にまねることができたが、ロレンツォの弟子たちも師匠の技法を受け継いだと考えていい。これは、フィレンツェで一五〇五年にヴェッキオ宮殿の大広間に壁画を描く計画がおじゃんになったあとに、レオナルドの原画を模写したものに違いない。そして――」

「美術の講釈はいらんのです、ノックスさん」警視は唸った。「我々が知りたいのは――」

「ということは、おたくの出入りの専門家は」エラリーが穏やかに言った。「壁画制作をレオナルドが投げ出したあと――たしか美術史のぼくの記憶じゃ、中央の群像部分を彩色した絵の具が、熱で溶け出して、どろどろに流れて、台無しになってしまったということでしたが――いま、ぼくらの前にあるこの絵は、壁画中央の群像部分をレオナルド自身が油彩で描いた原画を、同時代の別の画家が模写した、いわばコピーであると、そう言っているわけですね？」

「そうだ。ともかく、この二枚目の絵は、レオナルドの原画のきれっぱしほどの値打ちしかない。当然の話だがな。私が原画をハルキスから買った時には――ああ、買ったのは本物の方だ、それを私が承知していたことは認める——もうすでに、こっちの同時代のコピーを私は持っていたんだ。そのことを黙っていたのは……もし、どうしてもヴィクトリア&アルバート美術館にレオナルドを返さなければいけなくなったら、美術館には無価値なコピーを渡して、自分がハルキスから買ったのはそのコピーだと言い張るつもりだった——」

サンプスンの眼がぎらりと光った。「今回は大勢の証人が、こうして聞いていますからね、ノックスさん。原画《オリジナル》はどうしたんです?」

ノックスは頑強《がんきょう》に言った。「だから、盗まれたと言っているだろう。本物のレオナルドは、私がこの手でギャラリーの羽目板の奥にしまったんだ。いや、曲解せんでくれ——泥棒はコピーがあったことに気づいてもいなかったはずだ、それは間違いない。そこにあるコピーは、ヒーターの偽の電熱コイルに、私がずっと前から隠しておいたものだ。泥棒が盗んでいったのは、本物の方なんだ! どうやって盗んだか知らんが、ともかく本物が盗まれたのは間違いない。たしかに私は卑怯だった、美術館にコピーをつかませて、本物をこっそり手元に残そうとしたやり口は汚かった、それは認める、だが——」

地方検事はエラリーと警視とペッパーを部屋の片すみにひっぱっていくと、額を集めてぼそぼそと相談を始めた。エラリーは重々しい顔で耳を傾けていたが、何やら一同を安心させることを言ったようで、やがて、そろってノックスの方に引き返してきた。当のノックスは、机の上に広げられた色鮮やかなキャンバスの前で、ひとりしょんぼりと立っている。そしてジョーン・ブレットは、エナメル革張りの壁に寄りかかり、大きく眼を見開いたまま動くこともできず、荒い息をついて胸を波打たせていた。

「ええと、ノックスさん」エラリーは言った。「どうも些細な意見の食い違いがあるようです。地方検事とクイーン警視は――こういう状況ですから、ご理解いただきたいのですが――これがレオナルドの原画ではなく、ただの模写であるという、あなたのなんの保証もない言葉を、額面どおりに受け入れることはできないと言っています。ここにいる我々は誰も、美術品を鑑定する資格を持っていませんので、ここはやはり、専門家の意見が必要だと思います。よろしいでしょうか――？」

ノックスがのろのろとうなずくのも待たずに、エラリーはさっさと電話機に近づき、ある番号を呼び出して、電話の向こうの誰かとふたこと、みこと話すと、受話器を置いた。「トビー・ジョーンズを呼びました、おそらく、東部でいちばん有名な美術評論家です、ノックスさん。ご存じですか」

「面識はある」ノックスはそっけなく答えた。

「すぐに来てくれるそうです、ノックスさん。それまでは、皆さん、辛抱して、おとなしく待ちましょうよ」

＊

トビー・ジョーンズはずんぐりした小柄な老人で、知性にきらめく眼をし、非の打ちどころのないりゅうとした身なりで、自信に満ちた落ち着き払った物腰をしていた。案内してきたクラフトがすぐに下がらせられると、ジョーンズ老とは顔見知りであるエラリーが、一同に紹介した。ジョンズはノックスと会えて特に嬉しそうにしていた。そしてその場に立ったまま、誰かが状況を説明してくれるのをじっと待ちながら、机の上の絵に鋭い眼を向けている。

エラリーは、解決すべき問題をさっさと始末にかかった。「ことは深刻なんですよ、ジョーンズさん」静かに語りだした。「申し訳ありませんが、今夜、この部屋の中で起きることは、絶対に、すべて他言無用でお願いしたいのです」ジョーンズは、そういう願いなら聞き慣れている、と言わんばかりにあっさりうなずいた。「ありがとうございます」エラリーは絵に向かって顎《あご》をしゃくった。「あの絵を描いた画家を特定できますか、ジョーンズさん」

一同が固唾《かたず》をのんで見守る中、専門家はにっこり微笑んで、紐でつないだ片眼鏡をはめると、机に歩み寄った。キャンバスを床におろして、広げてたいらにならし、じっくりと検分を始めた。次にエラリーとペッパーに、それを空中にかかげ持つように指示し、自分は数個のランプの弱い光を重ねて、強い光を絵に当てた。誰も何も言わなかった。ジョーンズは無言で仕事をしていた。ぽっちゃりと肉づきのいい小さな顔の表情は変わらなかった。ジョーンズは恐ろしく注意深く、それこそ一寸刻みに絵を調べていき、特に、軍旗にもっとも近い一団の人々の顔に、やけに興味を持っているようだった……

三十分ほどそうして仕事をしたあと、ジョーンズはよしよしというようにうなずいて、エラリーとペッパーには、キャンバスをまた机の上に戻させた。ノックスは呪詛に似たため息をそっともらした。その視線は専門家の顔を、じっと睨んでいる。

「この作品にはおもしろい逸話《いつわ》があります」ジョーンズがようやく言った。「その話には、これから私が申しあげることと密接な関係があるわけですが」一同はジョーンズのひとことひとことに耳を澄ましている。「我々、業界の人間はずっとむかしから知っていることです」ジョーンズは続けた。「実際、もう何百年も前からの常識なんですが、このテーマを描いた作品は二枚存在します、どこからどう見てもそっくりで、たったひとつの違い以外はまったく同じという絵が……」

誰かが息を吐きながら、小声で何やらつぶやいた。

「たったひとつの違いがあるだけで、まったく同じです。一枚はレオナルド自身が描いたと言われています。ピエロ・ソデリーニが、この巨匠をついに説き伏せてフィレンツェに呼び寄せ、領主の宮殿の新しい大会議室、五百人大広間の壁の一枚を、戦場を描いた壁画で飾るように依頼した時、レオナルドは題材として、一四四〇年にアンギアーリの橋のたもとで、フィレンツェ共和国の将軍たちがニッコロ・ピッキーニを破った戦《いくさ》を選びました。これのカルトーネは——カルトーネ、とは壁画のもととなる絵を原寸大で紙に描いた下絵をさす専門用語ですが——壁画制作の前にレオナルドが描いた下絵《カルトーネ》は〝アンギアーリの戦い〟と呼ばれました。ところで余談ですが、この壁画計画は巨匠同士の競作でもありまして、実は同時期に、ミケランジェロも会議室の反対側の壁に、ピサとフィレンツェ共和国の戦（カッシーナの戦い）を題材にした壁画を描いていたんですよ。それはともかく、ノックスさんはご存じでしょうが、レオナルドはこの壁画を完成できなかったのです。軍旗をめぐる戦の部分絵が描かれたところで、計画は中止になりました。壁画に焼きつけ処理をほどこしたところ、絵の具が流れて色がまざりあい、壁面はぼろぼろにはがれ落ち、絵が文字どおり崩壊してしまったのです。

レオナルドは壁画をあきらめてフィレンツェを去りました。せっかくの労作が台無しになったことに失望した巨匠ですが、芸術家としていわば矜持《きょうじ》を保つために、下絵をもとに油彩画を生み出したと言われています。ともかく、この油彩画が存在するという噂はむかしからあったわけですが、数年前に、ロンドンのヴィクトリア&アルバート美術館の現地派遣調査員がイタリアのどこかで見つけたのです」

一同はしいんと黙りこんでいたが、ジョーンズはそんなことにはまるきり無頓着《むとんちゃく》だった。

「さて」声にうんと熱をこめて続けた。「この下絵は、有名なところでは若いラファエロや、フラ・バルトロメオをはじめ、さまざまな同時代の画家によって模写されました。しかし、下絵そのものは、模写の手本としての役目を終えると、切り刻まれてしまったらしいのです。下絵は行方知れずとなり、君主の館の大会議室の壁は一五六〇年にヴァザーリのフレスコ画におおわれました。というわけですから、下絵の――いわば――レオナルド自身の手による模写の発見は、美術界において、それはもう天地を揺るがす大発見だったわけです。ここから、話は妙な具合に進んでいきます。

つい先ほど、この主題を描いた二枚の絵は何もかもがすっかり同じで、一点だけが異なると、私は申しあげました。一枚は、かなりむかしに発見され、展示されていた絵です。長いこと、それを描いた作者は特定されなかったのですが、六年前にヴィクトリア&アルバート美術館による二枚目の発見で大きく話は変わりました。それまで、この絵は論争の種でした。専門家は長年、もともとあった一枚目がレオナルドのものかどうか特定できませんでした。むしろ、ロレンツォ・ディ・クレディか弟子のひとりによる模写だと信じられていたくらいです。美術界における論争の例にもれず、これもまた、嘲りあい、罵りあい、中傷しあい、という醜い争いの繰り返しでしたが、六年前の美術館の発見により、きれいに決着がつきました。

実は、古い記録がいくつか存在したのですよ。記録には、まったく同じに見える二枚の油彩画について書かれていました。一枚はレオナルド本人の作品で、もう一枚は模写であると——模写した画家の名ははっきりしていませんが。ともかく、この二枚は唯一の点以外はまったく同じであるというのです。軍旗をすぐそばで取り囲む人物の肌色の濃さがわずかに違っていることだけが異なると。記録では、レオナルドの方が肌の色が濃いと伝わっています——かなり微妙な差らしいですよ。二枚の絵を並べて見比べることで、やっと間違いなくレオナルドかどうか判定できる、と記録にはっきり書かれていますからね。そういうわけで——」

「おもしろい」エラリーはつぶやいた。「ノックスさん、あなたはご存じでしたか」

「もちろん。ハルキスも知っていたことだ」ノックスは爪先からかかとに何度も体重を移して身体を揺すっていた。「さっきも言ったとおり、私はその絵を最初から持っていた。ハルキスにもう一枚を売りつけられてから、二枚を突き合わせて、どちらがレオナルドか確かめるのは簡単だった。そして——」ノックスは顔をしかめた。「——レオナルドの方が消えた」

「は?」ジョーンズはきょとんとした。が、すぐにこやかな顔に戻った。「ああ、私には関係ない話ですな。ともかく、派遣調査員の見つけた絵が間違いなく本物のレオナルドであるという鑑定結果が出るまで、二枚とも美術館が保管していました。ところが、模写の方が急に消えてしまったのです。噂によれば、とあるアメリカの大富豪の蒐集家《しゅうしゅうか》が、模写であるとはっきりわかったのにもかかわらず、法外な値で買い取ったとか」ジョーンズは意味ありげな眼でノックスをちらりと見たが、誰も何も言わなかった。

ジョーンズはこぢんまりとした両肩をぐっと張った。「そんなわけですから、美術館のレオナルドが長い間、人目に触れずにいると、もはやそれ一枚だけでは、たしかに本物であると断定することはたいへん難しい――いえ、不可能と言っていいでしょう。片方だけでは、どうしても……」

「で、いまそこにある、この絵はどうなんです、ジョーンズさん」エラリーは訊いた。

「これは」ジョーンズは肩をすくめた。「その二枚のどちらかというのは間違いありませんが、片方だけではどちらかまでは……」そこでぴしゃりとおでこを叩いた。「おやおや、私は何を言っているんだ！　もちろん、これは模写に違いありませんよ。本物は海の向こうのヴィクトリア&アルバート美術館にあるんですから」

「あ、そう、そう。そりゃそうですよね」エラリーは急いで言った。「それにしても、そんなに似ているんなら、ジョーンズさん、どうして片方は百万ドルもして、もう一方はたかだか数千ドルの価値しかないんですか」

「何をおっしゃるんです！」専門家は悲鳴のような声をあげた。「まったく――なんと申しましょうか——実に、初歩の初歩、子供のようなご質問ですよ。本物のシェラトン（一七五一—一八〇六　英国の家具作家）と現代に作られたレプリカの違いがわかりませんか？　レオナルドは巨匠です。模写の画家は、いいところロレンツォの一弟子にすぎず、伝わる話によれば、レオナルドの完成させた傑作を、ただ写したにすぎません。値打ちの差は、天才の傑作《シエドウーブル》か、初心者のまったくの模造品かの差ですよ。レオナルドの筆づかいが、そっくりそのまま再現されたからといって、それがなんです？　あなただって、ご自分の署名がまるで写真のように偽造されたとしても、本物と同じとは認めないでしょう、クイーンさん」

ジョーンズは小柄な老体を激しく揺すって、身振り手振りをまじえて、ほとんど逆上していた。エラリーは礼儀正しく慇懃《いんぎん》に、ジョーンズを戸口に向かって追いたてた。専門家がいくぶん冷静さを回復し、部屋を出ていったとたん、一同は生気を取り戻した。

「芸術！　レオナルド！」警視は心底いまいましそうに吐き捨てた。「むしろ前よりややこしいことになったぞ、おい。探偵稼業なんぞ、役にたたんな」そしてお手上げというように、両手を高くあげた。

「いや、そう悲観することもないんじゃないか」地方検事は考え考え言った。「すくなくとも、ジョーンズの話はノックスさんの説明を裏づけてくれた。まあ、どっちが本物なのかは、あいかわらずわからないままだが。それでも、これまで一枚しかないと信じてきた絵が、二枚存在すると知ったのは、我々の成果だよ。そこで——今後の仕事は、もう一枚の絵を盗んだ泥棒を探すことだな」

「私にはわからないんですが」ペッパーは言った。「どうして美術館は二枚目の絵があることについて、何も発表しなかったんでしょうか。そもそも――」

「ペッパーさん」エラリーがやれやれというように言った。「美術館はもともと、本物の原画を持っていたんですよ。模写したコピーなんか、美術館にとっちゃいわば贋作《がんさく》だ、そんなもの眼中にないでしょう……そうです、サンプスンさん、あなたの言うとおりだ。我々の探している男は、もう一枚の絵を盗み、ノックスさんに脅迫状を書き、約束手形を便箋《びんせん》として使った事実からわかるとおりスローンに罪をかぶせて殺した、グリムショーの相棒であり、グリムショーを殺した罪をゲオルグ・ハルキスにかぶせようとした人物です」

「実にすばらしいまとめだ」サンプスンが皮肉たっぷりに言った。「さて、きみはいま、我々がすでに知っていることをすべてまとめてくれたが、そろそろ、我々の知らないことを教えてくれないかな――つまり、その人物の正体を！」

エラリーはため息をついた。「サンプスンさん、サンプスンさん、あなたはいつもぼくのすぐうしろにぴったり張りついて、どうにかしてあらを探して、ぼくを貶《おとし》めようとしていますがね……あなたは本当に、その人物の名前を知りたいんですか？」

サンプスンは眼をむき、警視はがぜん興味を持ったようだった。「ぼくが本当に知りたいかって！」地方検事は叫んだ。「いや、まったく気のきいた質問じゃないか……もちろん知りたいとも」その眼が鋭くなり、不意に検事は口をつぐんだ。「なあ、エラリー君」サンプスンは静かに言った。「本当はきみは知らないんだろう？」

「ほう」ノックスは言った。「そいつはいったい誰なんだ、クイーン君」

エラリーは微笑んだ。「あなたが訊いてくださって嬉しいですよ、ノックスさん。その答えには、あなたもこれまで、さまざまな書物の中で出合ってこられたでしょう、なんといっても、大勢の著名な紳士が――ラ・フォンテーヌも、テレンチウスも、コールリッジも、キケロも、ユウェナリスも、ディオゲネスも――いろいろな形で繰り返し、言ってきた言葉ですからね。それは、デルフィのアポロンの神殿に刻まれた碑文《ひぶん》で、タレス（ギリシャ七賢人のひとり）か、キロン（七賢人のひとり）か、ピタゴラスか、ソロン（七賢人のひとり）が言ったとされる言葉です。ラテン語ではこうです。Ne quid nimis《ネイ・クイド・ニミス》（何ごとも度を過ごさぬように、という意味）。英語ではこう訳されています。〝なんじ自身を知れ《ノウ・ザイセルフ》〟と。ジェイムズ・J・ノックスさん」エラリーはこのうえなく優しい声で言った。「あなたを逮捕します！」

32　……エラリー方式《エラリアーナ》

驚いただろうか？　サンプスン地方検事は、ちっとも驚いちゃいない、という顔をしていた。さらに、この慌ただしい夜の間じゅう、自分は最初からノックスが怪しいと思っていた、と言い張った。そのくせ、いますぐ種明かしをしてほしい、と検事がじりじりしているのは明らかだった。なぜ？　どうやって？　その顔は不安を隠しきれずにいる。証拠は……たしかな証拠はあるんだろうな？　頭脳をフル回転させて、検察側の裁判の進めかたを整理してみて、検事は……今後、なんとしても叩き割らなければならない頑強《がんきょう》な木の実があると気づき、げんなりした。

警視は無言だった。安堵したように見えるが、何を考えているかさっぱりわからない息子の横顔に、ちらちらと視線を走らせている。暴露のショック、ノックスの身体が急な病におそわれたように崩れ落ちたものの奇跡的に見せた回復、ジョーン・ブレットの信じられないという恐怖に満ちたあえぎ……

エラリーは特に勝利の凱歌《がいか》をあげるでもなく、あっさりと場を支配していた。クイーン警視が本部から応援を呼び、ジェイムズ・J・ノックスがおとなしく連行されていく間、ロバのように頑固に首を横に振り続け、説明を拒んだ。いいえ、今夜は何も言うつもりはありません。明日の朝になれば……ええ、きっと明日の朝なら。

そして土曜の朝、すなわち十一月六日が来ると、このややこしくこんがらがった芝居の役者が集合した。実はエラリーが、今回の集まりにおいて、ただ単に警察関係者ばかりにではなく、ハルキス＝グリムショー＝スローン事件でさまざまな形で傷つけられた人々に——そしてもちろん、話を聞かせろと騒ぎたてる記者諸君にも説明すると言ってきかなかったのである。その土曜の朝、新聞各紙は偉大なる人物の逮捕をど派手な見出しで大々的に報じていた。大統領の側近からニューヨーク市長にご下問があったという噂もたっていた——おそらくそれは本当だった。というのも、市長は午前中いっぱい、あちこちに電話をかけまくって説明を要求し続けていたからである。そうやって説明を求めたものの、警察委員長は市長以上に何も知らず、サンプスン地方検事などはとうとう逆上し始め、クイーン警視は老いた頭を振って公的な機関向けの回答の「待ってほしい」を繰り返すばかりだった。ノックス邸のヒーターの電熱コイルから発見された絵画は、裁判当日まで地方検事局にペッパーの責任において管理されることとなった。スコットランドヤードに対しては、くだんの絵画は来たるべき裁判の証拠として必要だが、陪審員がジェイムズ・J・ノックス氏の運命に評決を下したらすぐに、厳重な梱包をほどこして丁重に美術館に返還すると伝えられた。

エラリーがぜひとも話を聞かせたいと主張する〝批評家予備軍〟は、人数がふくれあがりすぎて、とても全員はクイーン警視の部屋に入れられなかった。そんなわけで、厳選された記者の一団と、クイーン父子と、サンプスンと、ペッパーと、クローニンと、スローン夫人と、ジョーン・ブレットと、アラン・チェイニーと、ヴリーランド夫妻と、ネーシオ・スイザと、ウッドラフと――そして、やけに遠慮がちに警察委員長と、首席警視補に続いて、襟《えり》の内側をしきりに指でこすっているひどく不安そうな紳士がはいってきたが、彼は市長にもっとも信頼されている側近であると判明した――この一団が、警察本部で会合を開くために用意された大きな部屋に集まった。どうやら、エラリーがこの場の議長をつとめるらしい――型破りもいいところのやりかたをされ、サンプスンはいらだち、市長代理の側近氏は冷ややかで、警察委員長はすっかりおかんむりだった。

けれどもエラリーはまったく動じる気配がなかった。この部屋には演壇があり、エラリーはその上にのると――じっと見つめてくる、ひとクラスの生徒に話をしようとしている校長先生のようだ（しかも、背後には黒板まである！）――しゃんとまっすぐに立ち、威厳たっぷりに、みがいたばかりの鼻眼鏡《パンスネ》をきらめかせた。部屋のうしろではクローニン地方検事補がサンプスンに囁いている。「おいおい、ヘンリ、なんとしてもうまくいってくれないとまずいぞ。ノックスはスプリンガーンの弁護士事務所丸ごと、おかかえにしたそうだ、連中がどんな汚い手で泥仕合に持ちこんでくるか、考えるだけでぞっとする！」サンプスンは何も言わなかった。そもそも、言うことがなかった。

エラリーは淡々と、事件の内部事情に通じていない面々のために、ここまでのすべての事実と、ここに至るまでの分析と推理を簡潔な言葉で伝え、ざっとあらましを述べた。脅迫状が届くようになってから起きたあれやこれやの出来事を説明し終わると、いったん休んで乾いたくちびるをうるおした。深く息を吸いこむと、いよいよ、みずからの新たなる推理の核心に突き進んでいった。

「唯一、脅迫状を送ることのできた人物とは」エラリーは言った。「先ほど、ぼくが指摘したとおり、ジェイムズ・ノックスが盗品の絵画を隠し持っていることを知っていた人物にほかなりません。不幸中の幸いで、ジェイムズ・ノックスが盗品の絵画を所持していた事実は、おおやけには秘密にされていました。さて、この事実を、捜査チーム――つまり、我々ですが――捜査チーム以外で、知っていたのは誰でしょう？　ふたりの人物が知っていました。そう、ふたりだけです。ひとりはグリムショーの相棒で、いま説明したとおり、先だっての推理によってグリムショーとスローンを殺害した犯人だと証明された男です。この男は、グリムショーの相棒であるおかげで、ノックスが問題の絵画を持っていることを知っていました。そもそもグリムショー自身が、この相棒、そう、この相棒だけが今回の事件のいきさつを背景ごとすべて知っている、と認めています。そして、ふたりのうち、残るひとりはもちろん、ノックス本人です。これは当時、我々の誰ひとりとして考えることのなかった盲点なのです。

よろしいでしょうか。さて、脅迫状が、半分に破いた約束手形の裏にタイプされていた事実から、その送り主はグリムショーとスローンを殺した犯人であると――つまり、グリムショーの相棒ですね――間違いなく証明されたわけです。なぜなら、グリムショーの死体から奪われた約束手形を持っていることができたのは、殺人者だけなのですから。いいですか、このことは覚えておいてくださいよ。これは推理を組み立てていくにあたって、重要な材料なのです。

考察を進めます。タイプされた脅迫状そのものを調べた結果、何が見つかったでしょう? 一通目の脅迫状はアンダーウッドのタイプライターで打たれていました。ちなみにこれは、スローンがグリムショーの兄弟であることを暴露する匿名《とくめい》の手紙を打ったのと同一のタイプライターです。二通目の脅迫状は、レミントンのタイプライターが使われていました。この二通目には、非常に目をひく手がかりがありました。タイプを打った人物が$30,000と書こうとして、数字列の中の3の文字を打つ時に、タイプミスをしていたのです。このミスから、3の数字キーの上段に、一般的なキーボードとは違う文字が配置されていたことが明らかになりました。実際に、この脅迫状に$30,000という数字列がどう打たれていたのか、図に書いてみましょう。

その方が皆さんにも伝わりやすいと思います」

エラリーはくるりと向きを変えると、黒板に手早く、チョークで次のような記号を書いた。

「さあ、よく見てください」エラリーは振り返りながら言った。「手紙の主のタイプミスというのは、つまり、$記号を打ったあとに、シフトキーから完全に指を上げきらなかったことです。結果、次のキーを打つ時に――つまり、3の数字ですね――キーの位置が完全に戻りきらず、中途半端にキーの上段と下段の文字が半分ずつ欠けて印字されてしまったのです。もちろん、手紙の主はバックスペースキーを押して、ひと文字分、紙をうしろにずらし、3の数字を打ちなおしたわけですが、そのことは別に重要ではありません。重要なのは最初の、3のキー

を打ちそこねて、上下に半欠けずつ印字された方の記号です。ところでこの、よくやってしまうタイプミス――つまり、シフトキーから完全に指を上げずにキーの下段の文字を打つと、どうなるでしょう？　答えは簡単です。下段の文字が印字されるはずの場所は、空白になる。空白の少し上には上段の文字の下半分が、空白の少し下には下段の文字の上半分が印字される。いま、ぼくが黒板にざっと書いた図をごらんのとおりというわけです。ここまで、はっきりおわかりでしょうか」

　一同がいっせいに首を縦に振ってうなずいた。

「すばらしい。では、標準のキーボードにおける数字の3を打つキーについて、ちょっと考えてみましょう」エラリーは続けた。「当然ですが、ぼくが言っているのは標準のアメリカ製タイプライターのことですよ。さあ、問題のキーはどうなっているでしょう。下段は数字の3、そして上段にはナンバーを表す記号があります。書いてみましょうか」エラリーは再び、黒板に向きなおると、チョークで〝#〟という記号を書いた。「答えは簡単でしたね」また、皆の方に向きなおった。「ですが、二通目の脅迫状のタイプミスを見ると、すくなくとも3のキーに関しては、標準のキーボードではないことが示されています。バックスペースキーで戻ってもう一度打ちなおされた3の上には、本来であれば、上半分が切れた〝#〟の下半分が残っているはずなのに、ここにあるのは――黒板をごらんのとおり――まったく違う図形です！　全然、似ても似つかない、へんてこな記号で――左側にくるっと巻いた輪があり、その輪から曲線がくんにゃりと右に向かって伸びています」

エラリーは聴衆の心を、あたかも鎖でつないだかのように、しっかとつかんでいた。そして、身を乗り出した。「ということは、さっきぼくが申しあげたとおり、二通目の脅迫状を打ったレミントン社のタイプライターは、3のキーに、普通ならナンバーを示すこの記号が――」エラリーは黒板の〝#〟に向かって、顎《あご》をしゃくった。「――あるはずの場所に、奇妙な図形がある、ということが明らかです。さらに、この輪と曲線が組み合わさった記号は、何かの記号の下半分だけであることも、これまた明らかです。では、この記号の上半分は？　全体はどんな形をしているでしょう？」言葉を切って、ぐっと背を伸ばす。「ちょっと考えてみてくれませんか。黒板の3の数字の上にチョークで書いた、そのマークをよく見てください」

エラリーは待った。一同はじっと目を凝らしている。が、誰も答えようとしない。「簡単な問題ですよ」エラリーは、ついに言った。「皆さんの中でひとりも――特に新聞記者諸君――ぴんときていないとは驚きだな。ぼくには断言できますよ、問答無用で――輪と曲線を組み合わせたこの記号は、タイプライターに使うことを想定しうる、この世で唯一の記号の下半分であると――それは筆記体の大文字のLの、縦の線に横棒を付け加えた形に似た記号であると……言いかえれば、その記号とは英国の通貨単位、ポンドを示す記号£です！」

驚嘆と納得のざわめきが起きた。「よろしいですか。我々が探さなければならないのはただひとつ。レミントンのタイプライター――これはご存じ、アメリカ製ですが――3のキーの上段の活字が英国ポンドの記号になっている、というものです。アメリカのレミントンのタイプライターの特定のキーに見慣れない記号がはいっている、その数学的確率を考えてみてください——何百万分の一という確率になるはずですよ。言いかえれば、特定のキーにその記号がまぎれこんでいるタイプライターを見つけさえすれば、これこそが二通目の脅迫状を打つのに使ったタイプライターであると、数学的にも論理的にも断言して問題ないと言えましょう」
エラリーは大きく手を振った。「さっきから前口上が長いぞとお思いでしょうが、このあとに続く話を理解していただくためには、どうしても必要な説明なのです。どうか、よく耳を澄まして聞いてください。実は、まだスローンが自殺したと考えられていたころの、第一の脅迫状が届く前のある日、ジェイムズ・ノックスと話をしていた時に、ぼくはノックスが、キーを一本だけ特別に取り替えた新しいタイプライターを一台、所有していることを発見したのです。ちょうどぼくが訪問していた時に、ノックスがブレットさんに、新しいタイプライターの代金を支払う小切手を用意するように言ったので、偶然、知りました。その時、ノックスは〝取り替えた一本のキー〟の代金を忘れないように、念を押していたのです。さらにぼくはこの時ブレットさんから、使っているタイプライターがレミントンであることを聞いていました——ブレットさんがそう言ったのです。屋敷にある唯一のタイプライターであることも知りました。古いタイプライターは慈善団体に寄付するよう、ぼくの目の前でノックスがブレットさんに指示していたんです。それと、ブレットさんはぼくのために続き番号の覚え書きを作ってくれていたんですが、途中でタイプするのをやめて、せっかく打った紙を捨てて、こう叫びました。〝ナンバーの記号は手で、書き入れなくちゃいけなかったのに〟。いま、強調して言った部分はもちろん、ぼくがわざとそうしただけですよ。その時には、特に意味のあることだと思いませんでしたが、ノックスの持っているレミントンの、しかも屋敷の中にそれ一台しかないタイプライターには、〝ナンバー〟を示す記号がないことと――そうでなければ、なぜブレットさんがわざわざ〝ナンバー〟と書き入れる必要があるでしょうか？――このタイプライターはキーが一本、取り替えられていたことを、ぼくはもとから知っていたわけです。では、新しいタイプライターのキーが一本取り替えられていて、〝#〟の記号がないということは、どう考えても、それは論理的に〝#〟の下段に3の数字があるキーが交換されたに違いありません！　まったく初歩的な論理だ。あとはもうひとつだけ、さらなる事実を発見できさえすれば論拠は完璧です。仮に、交換されたキーというのが、数字の3で、本来は〝#〟の記号がはいるべき部分に英国ポンドを表す記号があるキーだとしたら、このレミントンのタイプライターこそが、二通目の脅迫状をタイプするのに使われたものだ、と自信を持って断言できます。もちろんこれを確かめるのは簡単で、二通目の脅迫状が届いたあとに、問題のタイプライターのキーボードを覗きこむだけですみました。ええ、記号はありましたよ、その場所に。実を言えば、サンプスン地方検事も、ペッパー地方検事補も、クイーン警視も、見る目さえあれば別にタイプライターの現物を見なくても、そういう記号があることがわかったはずなのです。というのも、クイーン警視がノックスの仕事部屋でスコットランドヤード宛《あて》の電報の原稿を書いた時、その中の一文に、〝£150000〟という数字が含まれていたんですが、ブレットさんが警視の鉛筆で書いた電報文をタイプライターで清書した時に、なんとなんと！　〝ポンド〟と文字を打たずに、大文字のLの縦線に横棒を加えた記号を打ったのです！　ですから、仮にぼくがそのタイプライターの現物を見たことがなくても、ブレットさんがその電報を打つ時にポンドのマークを打てたという事実、これを、すでにぼくが持ち合わせているその他の事実と組み合わせれば、必然の推理が導き出されるんです。……この証拠は、どんな推理による証拠にも負けないくらい数学的に確実に、厳然と目の前に存在していました。二通目の脅迫状を打つのに使ったタイプライターは、ジェイムズ・J・ノックス氏の私物だったのです」

最前列に居並ぶ新聞記者たちが取り続けるメモは、『不思議の国のアリス』なみの驚くべき物語としてふくれあがっていった。荒い息づかいと鉛筆がこすれる音のほかは何も聞こえない。エラリーは警察本部の規則も、世間一般の礼儀作法も大胆に無視して、たばこを靴底で踏みにじった。「というわけで《エ・ビヤン》」愛想よく言った。「事件はかなり進展しました《ヌ・フソン・デ・プログレ》。いいですか、ノックスは一通目の脅迫状を受け取ってからはひとりも、そう、いかなる人間も、臨時とはいえ顧問弁護士のウッドラフ氏さえも、屋敷に入れていない。それはつまり、二通目の脅迫状をノックスのタイプライターで打つことができた人物が、ノックス自身か、ブレットさんか、ノックス邸の使用人かにかぎられるという意味です。しかも、どちらの手紙も、半分に切った約束手形の裏に書かれていた――この約束手形は殺人犯しか手に入れられなかったのだから――ぼくがいまあげた人々のうちのひとりが殺人犯であるということになります」

エラリーが突然、論理をはしょったので、部屋の後方でかすかな動きが起きた――実際にそれは、リチャード・クイーン警視がうずくまっている椅子から起きた、と記しておくべきだろう――とはいえ、それはほかの誰にも気づかれなかったのだが、この、意図的な批判めいた動きを見たエラリーのくちびるには苦笑が浮かんだ。「では、消去法といきましょうか」エラリーは急いで続けた。「最後のグループからやっつけましょう。脅迫状を書いたのが使用人のひとりだった可能性はあるでしょうか。いいえ。なぜなら最初の捜査がハルキス邸でおこなわれていた時期、その場にノックスの使用人はひとりも居合わせていません――地方検事の部下のひとりが、ハルキス邸の人の出入りを正確に記録しているのでたしかです――ということは、ノックスの使用人は誰ひとり、ハルキスに、さらにはスローンに濡れ衣を着せるための、偽の手がかりを残すことはできなかった。この、偽の手がかりを残すという行動は、今回の殺人犯であるという、最重要な条件のひとつであります」

またもや、部屋の後方でいらだったような動きがあったので、エラリーもまた、間髪をいれずに、説明の先を急いだ。「では、ブレットさんだったのでしょうか――申し訳ありませんね、ブレットさん」エラリーは詫びるような笑みを浮かべた。「あなたまで、推理のまないたにのせるまねをして。しかし、論理というものは騎士道精神を重んじてくれないので……いいえ、ブレットさんでもありえません。なぜなら、たしかにブレットさんは、偽の手がかりが仕込まれた当時、ハルキス邸にいましたが、今回の殺人犯はグリムショーの相棒でなければならない、という別の必須条件を満たしていないのです。ところで、そんなことを想像するだにおぞましい、という感情論を抜きにして、なぜブレットさんがグリムショーの相棒ではない、ということがわかるのでしょうか。答えは実に単純です」そこで言葉を切って、ジョーンの眼を探して、その瞳の奥に安堵するものを見いだして、エラリーは急いで続けた。「ブレットさんはぼくに告白してくださいました。長きにわたり、そして現在もそうですが、ブレットさんはヴィクトリア&アルバート美術館所属の探偵なのです」次にエラリーが言おうとした言葉は、興奮した叫び声の大波にのみこまれてしまった。一瞬、この会合は爆発してしまうように思われた。けれども、エラリーが校長先生よろしく黒板を叩くと、がやがやというざわめきは静まっていった。そして、エラリーはサンプスンとペッパーと父親を見ないようにして先を続けた。三人とも、非難と怒りの入り交じった表情でエラリーを睨んでいる。「さっき言いかけたとおり、ブレットさんはヴィクトリア&アルバート美術館から秘密の調査をまかされた探偵で、そもそもハルキス邸には、盗まれたレオナルドを追跡するという、ただそれだけの目的ではいりこんだのだと、ぼくに告白してくれたのです。ところで、ブレットさんがそれをぼくに打ち明けたのは、スローンが自殺に見せかけて殺されたあとで、一通目の脅迫状が届く前でした。この時、ブレットさんはぼくに蒸気船の切符の綴《つづ》りを見せました——英国に帰国する便の切符を、もうすでに買っていたのです。なぜでしょうか。なぜなら、ブレットさんは目的の絵画の行方をすっかり見失ったと思い、もはや自分の手におえないのだから、いつまでもぐずぐず関わっていても戦力にはなれないと判断したからです。では、アメリカを出る足を確保したという事実は、何を意味するでしょう?　答えは明々白々、ブレットさんがその時、問題の絵がどこにあるか知らなかったということですよ——さもなければニューヨークに滞在し続けたはずだ。ロンドンに帰ろうという意思そのものが、ブレットさんが絵のありかを知らなかったことの証明になっています。ところで、我々が求める殺人犯の、いちばんの特徴はなんでしたか?　絵のありかを――正確に言えば、ノックスが絵を所有していたと知っていたことです！　言いかえれば、ブレットさんは殺人犯ではありえないのだから、二通目の脅迫状を書くことはできなかったことになる――書くことができなかった、という点においては、一通目の脅迫状についても同様です。どちらも、同一人物によって書かれたものなのですからね。

さて。ブレットさんと使用人が容疑者から除外されるなら、二通目の脅迫状を書いた人物、すなわち、グリムショーの相棒であり殺人犯でもある人物として残るのは、ノックス本人だけです。

この答えは条件に合うでしょうか？　ノックスは殺人犯のあらゆる特徴を満たしています。まず、ハルキスに濡れ衣を着せる偽の手がかりが仕込まれた時、ノックスはハルキスの屋敷にいました。ちょっと本筋からそれますが、なぜノックスはわざわざおもてに出てきて、自分こそが三人目の人物だったと告白することで、せっかく作った偽の手がかりを粉砕してしまったのでしょう――三人目の男などいなかったと見せかけるためにさんざん苦心したはずなのに。それには、りっぱな理由があります。ノックスの目の前で、ブレットさんがティーカップの矛盾の話をして、第三の男がいたという説をふっとばしてしまっていたのですよ……だから、もう失うものがないのなら、むしろ、いかにも捜査の手助けをしに来ました、という顔をしてみせた方が得るものは大きいと踏んだのです――見せかけの無実にいっそう信憑性《しんぴょうせい》を持たせようと、大きく勝負に出たわけですよ。それだけじゃない、ノックスという人物像はハルキス＝グリムショー＝スローン事件の犯人像の鋳型《いがた》に、隙間《すきま》なくぴったりはまります。ノックスは、グリムショーに同行して〈ホテル・ベネディクト〉に行くことができました。この時に、スローンとグリムショーが兄弟であるという秘密を知ることも、さらには、その知識をもとに、スローンをおとしいれる匿名の脅迫状を我々に送りつけることもできたのです。殺人犯であれば、ハルキスの棺から抜き取った遺言書を手に入れているはずで、隣家の地下室でそれを燃やして燃えかすを置いてくることも、合鍵をスローンのたばこ加湿容器の壺にこっそり隠しておくこともできた。最後に、殺人犯であればグリムショーの懐中時計を手に入れて、〈ハルキス画廊〉でふたり目の犠牲者を殺したあと、スローンに見つからないように金庫に懐中時計をこっそり仕込んでおくこともできたのです。

では、なぜ、脅迫状を自分宛に書き、自分の絵が盗まれたという嘘をでっちあげたのでしょうか。それにも、すばらしい理由があるのです。スローンの自殺説がおおやけに否定されてしまい、警察があいかわらず、スローン殺しの犯人を探し続けていると知っていたからですよ。それに、レオナルドの絵を返すように圧力をかけられていました——脅迫状を自分に宛てて書くことによって、まるで殺人犯がいまだに野放しで、それが何者であれ、すくなくとも確実にノックスではない誰かが脅迫状を書いたと見せかけようとしたのです——もちろん、脅迫状から自分のタイプライターが追跡されて足がつくと思い至っていれば、書いたりしなかったでしょうが。

さて、自分自身から絵を盗んでみせるにあたって、ノックスは、この架空の人物が絵を盗むために警察を屋敷から遠ざけようと別の場所におびき出したかのような、小細工まで弄《ろう》しました。前もって自分の屋敷の警報装置を壊しておき、我々がタイムズ・ビルディングからなんの収穫もなしに戻ってきた時に警報装置が壊されている事実が、警察が無駄足を踏まされた時間に絵を盗まれた証拠になると期待していたのは疑いもありません。実に頭のいい計画だ。絵が盗まれてしまえば美術館に返す義務はなくなりますし、その後はずっとひそかに隠し持てる」

エラリーは部屋のうしろの方に向かって微笑みかけた。「尊敬すべき地方検事殿が憤懣《ふんまん》と不安で歯嚙みしておいでなのが見えますね。親愛なるサンプスン検事、ノックス氏の弁護団とのすったもんだが心配でいまからやきもきしているんでしょう、よくわかりますよ。まず間違いなく、弁護する法曹界《ほうそうかい》の大家連は、ノックス自身が普段タイプする文章のサンプルを提出して、検察側がノックスの書いたものだと主張する脅迫状二通の文面とは癖が違うことを見せつけようとするでしょう。ですが、心配ご無用。どんな陪審員だって、ノックスが故意に普段のタイピングの癖を変えるだろうと——行間、句読点、キーを打つ指の圧力、などなど——自分以外の何者かがタイプしたという偽装を確実にするため、そのくらいの細工はするのが当然だと考えますよ……

さらに、絵画そのものについてですが、ふたつの可能性があります。ひとつは、本人が主張するとおり、ノックスが二枚とも持っていたという場合。もしくは、一枚だけ——ハルキスから買った方の一枚しか持っていなかった場合です。もし、一枚しか持っていなかったのであれば、盗まれたというノックスの言葉は嘘だったことになります。なぜなら、絵を盗まれたとノックスが主張したあとで、ぼくは絵を一枚、ノックスの家の中で発見しているからです。ぼくがそれを見つけたことを知ったとたん、ノックスは慌てて二枚の絵にまつわる歴史を利用して、もともと自分は絵を二枚持っていたのだと、そして、ぼくらが発見した方の絵は単なる模写で、本物の方は謎の怪盗に盗まれてしまったのだと信じさせようとしました。こんな手段に出たことで、ノックスは大事な絵を犠牲にしなければならなかったのは事実ですが、それでも自分の身だけは助かることができる——すくなくとも、ノックスはそう考えたわけです。

一方で、仮にノックスが本当に、もともと二枚の絵を所有していたのなら、ぼくが見つけた絵はレオナルドの原画か模写のどちらかのはずですが、ノックスが隠したであろうもう一枚が見つかるまではこの世の誰にも見分けがつけられません。とりあえず、本物かどうかは別として、いま、一枚は地方検事の手元にあり、もう一枚はノックスが——ずっと二枚持っていたとすればの話ですよ——いまだに持っているはずですが、ノックスにしてみれば、この絵を出してみせるわけにはいかない。もうすでに、あの絵は外部の人間に盗まれたと、言ってしまっていますからね。ですからサンプスン検事、残る一枚を、ノックスの家の中、もしくはノックスが隠したと証明できるほかの場所で発見できれば、彼に対する起訴はむしろいまより、水ももらさぬ確実なものとなります」

サンプスンの細い顔に浮かぶ表情を見るに、どうやら、エラリーの言葉に反論したそうだった。明らかに、ざるなみの水のもれかただと思っているのは間違いない。しかし、エラリーはサンプスンが腹の中にいだく思いを口に出させようとしなかった。すかさず先を続けた。「要約すると」エラリーは言った。「この殺人犯は三つの大きな条件を満たさねばならないことになります。ひとつ。犯人はハルキスとスローンに濡れ衣を着せるための偽の手がかりを仕込むことが可能だった。ふたつ。犯人は脅迫状の書き手でなければならない。三つ。犯人は二通目の脅迫状をタイプするために、ノックスの屋敷にいた人間でなければならない。この三つの条件を満たすのは、ノックスの使用人たちと、ブレットさんと、ノックスだけです。ですが、使用人たちは、さっきぼくが説明したとおり、ひとつ目の条件で除外されます。ブレットさんも、やはりぼくが説明したように、ふたつ目の条件で除外される。残ったのはノックスだけで、そして、この三つの条件に完璧に当てはまる人物であるからして、ノックスこそが殺人犯にほかならないのです」

＊

リチャード・クイーン警視は、おおやけの場における息子の輝かしい勝利の陽光を誇らかに浴びているようには、とても見えなかった。このような場につきものの、質問や、賞賛や、議論や、新聞記者たちからの野次やまぜっ返しが片づくと――数人の記者が首をひねっていたのが目についた――気づけばいつしか、クイーン父子は神聖なる絶対不可侵の壁に囲まれた警視の部屋にふたりきりになっており、老人はここまでぐっとこらえていた感情を盛大に爆発させ、エラリーは父親の不機嫌の爆風をもろに正面から浴びることとなった。

ここでぜひとも記しておかねばならないが、エラリー自身は、得意の絶頂にある若獅子といった風情ではまったくなかったのである。それどころか、痩せた頬は緊張でこわばり長い皺が刻まれ、眼は疲れ、熱を帯びていた。つまらなそうにすぱすぱとたばこを立て続けに吸い、父親の視線を避けている。

老人は遠慮会釈なしに、文句をぶちまけていた。「まったく」警視は怒鳴った。「おまえが血を分けたせがれでなければ、ここから蹴り出しとるところだ。さっき一階でおまえがやってみせた、あんな中身のない、すかすかでからっぽもいいところの馬鹿げた主張を、わしはいままで一度も聞いたことがない――」警視は身震いした。「エラリー、よく覚えておけ。こいつはたいへんな問題になるぞ。わしはおまえを信用しとったのに、この――ええい、おまえにはがっかりした！　サンプスンも――そうとも、ヘンリだって馬鹿じゃない。わしはさっきの会議室から出ていくヘンリの様子を見とったが、自分の検事人生でも最悪に手ごわい法廷闘争に直面するはめになったとほぞをかんどるのがまるわかりだった。おまえの主張は法廷では通用せんぞ、エラリー。まったく通らんぞ。証拠と呼べる証拠がない。それに動機はどうした。動機がまったくないだろうが！　おまえはそれについてひとことも言わなかったな。なぜノックスがグリムショーを殺す必要がある？　ああ、お得意のいまいましい論理《ロジック》とやらを使って、数学的にだかなんだか知らんが、ノックスが犯人だという答えを出すのはおまえの勝手だ――しかし、動機は！　陪審員が求めるのは動機だ、論理じゃない」いまや警視は着ているベストに盛大に唾をまき散らしていた。「この代償は高くつくぞ。刑務所にぶちこまれたノックスは東部でもゆびおりの腕利き弁護士を集めるだろう――おまえの美しい論拠とやらは、弁護士団にふくろだたきにされて、あっという間にスイスチーズのように穴だらけにされる。いや、スイスチーズどころかぼこぼこに穴が――」

その瞬間、やっとエラリーが身動きした。この長い長い糾弾の大演説のさなか、エラリーはじっと我慢強く坐ったまま、時にはまるで警視が自分の思っていることを代弁してくれたとでもいうようにうなずきながら、別に歓迎しているわけではないが、しかたのないことだと謹聴しているようだった。ところが、まるで急に何か、警告のスイッチがはいったかのように、ぴんと背筋を伸ばして姿勢をあらためた。「スイスチーズどころかぼこぼこに穴？　どういう意味です？」

「はっ！」警視は叫んだ。「やっと食いついたか！　おまえの父親がまぬけだと思っとったのか？　ヘンリ・サンプスンはもしかすると気がつかなかったかもしれんがな、わしは気づいたぞ、そして、もしおまえが気づいとらんのなら、馬鹿もいいところだ！」警視はエラリーの膝を叩いた。「よく聞け、エラリー・シャーロック・ホームズ・クイーン。おまえは、ノックスの使用人は誰ひとりとして、偽の手がかりが仕込まれた期間にハルキス邸に足を踏み入れたことがない、ゆえに、ノックスの使用人は誰ひとりとして殺人犯である可能性はない、と容疑者から除外したな」

「で？」エラリーはのろのろと言った。

「で、だ。それはいい。すばらしい。事実そうだろう。わしもまったく同じ考えだ。しかしな、わしの大事な大事な、ぼんくら息子や」老人は苦々しげに言った。「おまえは十分につっこんで考えなかった。使用人が殺人犯である可能性を排除したのはいい。しかし、本物の殺人犯は屋敷の外にいて、使用人がそいつの共犯者である可能性を、なぜ排除しなかった。よく考えてみろ！」

　エラリーは返事をしなかった。ため息をついて、聞き流していた。警視は自分の回転椅子にどすんと腰をおろすと、不機嫌に鼻を鳴らした。「まったくこんな、どうしようもない馬鹿な見落としをするとは……よりにもよっておまえが！　呆れたぞ、エラリー。今度の事件で、おまえの脳はぐずぐずになったのか。使用人のひとりが殺人犯に雇われて、ノックスのタイプライターを使って二通目の脅迫状を打った可能性もあるだろうが。真犯人は屋敷の外でのうのうとしとるって寸法だ！　わしはそれが真相だと言っとるわけじゃない。しかし、ノックスの弁護士がそこを突いてくるってことに、わしの財布を賭けてもいい。そうなれば、ノックス以外の全員を除外したおまえの推理はどうなる？　馬鹿馬鹿しい！　おまえの論理なんぞ、屁のつっぱりにもならん」

　エラリーは殊勝《しゅしょう》にうなずいた。「すばらしいですよ、お父さん、本当にすばらしい。ぼくは願っていますが——いまのところ、ほかの誰もその点に気づいていないでしょう、きっと」

「ふん」警視はぶつくさと言った。「ヘンリはまだ気づいとらんな、でなければ、とっくにここに怒鳴りこんできて、頭がふっとぶほどわめき散らしとる。まあ、それだけは一応、慰めだ……それはともかく、エル。その様子じゃ、おまえ、さっきわしが指摘した穴のことは、先刻承知だったんだな？　ならどうして、いまからでもその穴をふさごうとしない——手遅れになって、わしとヘンリのクビが飛ぶ前に」

「なぜ、穴をふさごうとしないのかとお訊ねですか」エラリーは肩をすくめ、両腕を頭よりもずっと上に向かって突き上げ、伸びをした。「――あーあ、疲れたな！……なぜなのか言いましょうか、苦労人のご先祖様。単純な理由ですよ――ふさぐ気がないからです」

警視は頭を振った。「おまえ、頭がおかしくなりかけとるな」父親はつぶやいた。「どういう意味だ――穴をふさぐつもりがないって。それが理由だと？ いいだろう――百歩ゆずって、犯人はノックスだとしようじゃないか。だが、論拠はどうなる、論拠は！ もっとこう、武器として使えそうな、がっちりした論拠をよこさんか。おまえが自分は正しいと自信を持っとるなら、わしは最後の最後までとことんおまえの味方をするよ。それはわかっとるだろう」

「そりゃもう、しっかりわかっています」エラリーはにやりとした。「父親というのは、本当にありがたいものですね。この世でほかにありがたいものはもうひとつしかない。母親というものだ……お父さん、悪いんですが、いまのぼくはもう、これ以上まじめな話はできません。でも、これだけは言っておきますよ。まあ、信頼できる筋の話とは言えないので、話半分に聞いてくれてかまいませんが……このややこしい、いまわしい事件における最大のクライマックスは、これから起きるんですよ！」

33……開眼

父と子の間に深刻なひびがはいったのは、このころだった。警視の心情は察してあまりある。ほとんどの時間、だんまりを決めこんでいるエラリーがわずかに身じろぎしただけで、心労という重荷で船べりすれすれまで沈みかけてあっぷあっぷしていた警視の心はついにたまりかね、沈没寸前の胸の内から飛び出し、原始人さながらに歯をむき出して、何時間もわめき散らした。何かがいけないことだけは、警視も感じていたのだが、今度ばかりは、いつも正確無比のその細い指でさえ、これといった理由を指し示すことができず、警視は本性をあらわに八つ当たりしていた。怒鳴り、がなりたて、そうして八つ当たりされる部下たちは生きた心地もしなかったが、実は警視の苛烈な怒りの矛先は本来、息子のうなだれた頭に向けられたものだった。

何度か、警視はオフィスを出ていこうとした。そのたびに、がばっとエラリーは生気を取り戻し、回を追うごとにいっそういらだちの火花が激しく散るひと悶着《もんちゃく》が起きた。

「だめだ、行かないで。いてください、ここに。お願いだから」

一度、ついに堪忍袋の緒が切れて、警視は息子を振り切って出ていってしまった。すると、電話機の前でうずくまっていたエラリーは、獲物を狙う猟犬のように張りつめ、不安と緊張のあまり血がにじむほどくちびるを噛みしめた。警視の決意は長続きしなかった。真っ赤な顔でぶつぶつ言いながら引き返してくると、息子が続けるわけのわからない苦行に再びつきあい始めた。とたんにエラリーの顔は明るくなり、電話機の前で坐りなおすと、緊張を解いて、持てる能力のすべてを、待って待って待ち続けるという超人的な仕事に惜しみなく注ぐことができて、満足そうだった……

単調に、一定の間をおいて、電話はかかってきた。誰から、どんな電話がかかってきているのか、警視にはさっぱりわからなかった。しかし、ベルが鳴るたびに、エラリーはまるで死刑執行の猶予を知らせる電話に飛びつく死刑囚のように、受話器をひっつかんだ。そして、がっかりしていた。深刻な顔で聴き入り、うなずくと、ふたことみこと、あたりさわりのない言葉をかけて、また受話器を戻すのだった。

一度、警視はヴェリー部長刑事に電話をかけた。すると、なんと心から信頼している部長刑事が、前日の夕方から本部にまったく連絡を入れていないと判明したのである。部長刑事がどこにいるのか誰も知らない。細君も、夫が欠勤している理由を説明できない。実にゆゆしき事態だ。老人の鼻がふくらみ、顎《あご》がぐっと食いしばられた。部長刑事に災難がふりかかる前兆だ。しかし警視は、これまでの経験で学んでいたので、とやかく言わずに黙っていた。もしかすると、エラリーは自分を信用してもらえなかったことで、父親にわだかまりがあったからか、とここに至っても説明しようとしなかった。午後になると警視は、ハルキス＝グリムショー＝スローン事件とは無関係の用事で、部下たちと連絡をとることとなった。すると、こはいかに、部下の一部が、しかもよりによって、警視がとりわけ信頼している選りすぐりの部下たちが

――ヘイグストロームも、ピゴットも、ジョンソンも――説明のつかない謎の失踪を遂げていることが判明したのである。

エラリーが静かに声をかけた。「ヴェリーやほかのみんなは、重要な任務で外に出ています。ぼくの命令です」ついに、父親が苦悩する姿を見ていられなくなったのだろう。

「おまえの命令だと！」警視の言葉はほとんど声にならなかった。心は真っ赤な憤怒の霧におおわれていた。「おまえは誰かを追っているんだな」ようやく、それだけ言った。

エラリーはうなずいた。その眼はずっと電話機を見つめたままだ。

一時間ごと、半時間ごとに、謎の報告が電話でエラリーに届き続けた。警視はこみあげてくるいらだちを力強い手でやっと押さえつけて――いますぐ癇癪《かんしやく》玉が破裂する危機はとりあえず過ぎ去っていた――がむしゃらに日常の業務の海を泳ぎまわった。一日がひどく長かった。エラリーは昼食を部屋に運ばせた。父子が無言でもくもくと食べる間、エラリーの手は電話のそばから離れようとしなかった。

＊

夕食も、父子は警視のオフィスで食べた――食欲がないふたりの食事は、ふさぎこんだまま、機械的にひたすら顎を動かす作業だった。照明のスイッチに触れることすら、ふたりとも思いつかなかった。影がひしひしと色濃く押し寄せてくると、いいかげん嫌気がさした警視は、ついに仕事を放り出した。そのままふたりはただ坐りこんでいた。

そこでやっと、かたくなに閉じていた心の奥でいつしか見失っていたなつかしい愛情を、エラリーは再び思い出したのだ。父子の間を輝かしい何かが光のごとく走り抜けて、ついに、エラリーは語りだした。まるで長い長い時間をかけて冷静に実験を積みあげた思考の末の結果を話すように、エラリーは要領よく確信に満ちた口調で語っていった。息子の話が進むにつれ、警視の中に最後までくすぶっていた不機嫌の名残は消えていき、それと入れ替わりに、犯罪に慣れっこのこの古強者《ふるつわもの》がめったに浮かべることのない驚愕の表情が、老顔の深い皺の下から現れてきた。警視はぶつぶつとつぶやき続けた。「信じられん。ありえん。どうしてそんなことが?」

エラリーの語る説明がいよいよ結論に達すると、警視の眼に、すまなかった、という色がちらりと浮かんだ。が、それもほんの一瞬にすぎなかった。眼がぎらりと光ったかと思うと、その瞬間から、警視もまた、生き物を観察するように、じっと電話機を見つめだした。

終業時刻が来ると、警視は秘書を呼びつけ謎の指示を与えた。秘書は去った。十五分とたたないうちに、警察本部の廊下という廊下で、こんな噂が飛びかうようになった。曰く、クイーン警視は、今日はもう退庁した――実のところ、自宅に帰って、来たるジェイムズ・J・ノックスの弁護団との闘いに備えて英気を養っている、と。

しかし、クイーン警視はまだ真っ暗なオフィスで坐りこみ、エラリーと共に電話機のそばでじっと待ち続けていた。この電話はいま、私用回線で警察本部の中央交換台に直結されている。外では、路肩に停めた一台の警察の車の中で、エンジンをかけっぱなしにしたまま、昼からずっとふたりの男が待機している。

このふたりもまた、灰色の石造りの建物のずっと上で、鍵のかかった扉と暗がりの奥のふたりの男が待機している。りの男と同じく、鉄の忍耐で待ち続けているのだった。

＊

待ちこがれた電話がついにかかってきたのは、真夜中過ぎだった。

あたかも獲物に飛びかかるがごとく、たわめにたわめた筋肉を一気に解き放ち、クイーン父子は行動に移った。電話は悲鳴のようにけたたましく鳴っている。エラリーが受話器をひっつかみ、送話口に向かって怒鳴った。「どうだ?」

男のがらがら声が返事をした。

「いま行く!」エラリーは叫んで、受話器をがちゃんと置いた。「ノックスの家です、お父さん!」

ふたりは警視のオフィスを飛び出し、コートの袖《そで》にじたばたと腕を通しながら廊下を走った。階段をおり、待っていた車に飛び乗ったエラリーの、力強い声が指示を叫んだとたん、車もまた一気に行動を開始した……黒い鼻づらを北に向け、甲高くサイレンの絶叫をあたり一面に響かせ、アップタウンめがけて夜闇のとばりを引き裂いていく。

しかし、エラリーの指示で車が行きつく先は、リヴァーサイド・ドライブにそびえるジェイムズ・ノックスの大邸宅ではなかった。車は角を折れ、五十四丁目通りにはいっていく——教会とハルキス邸の並ぶ通りだ。サイレンは数ブロック手前で沈黙していた。車が丸いゴムの足を忍ばせ、暗い通りにはいり、音もたてずに路肩で停まると、エラリーと警視は素早く飛び下りた。一瞬のためらいもなく、ハルキス邸の隣に建つノックスの空き家の、地下室に続く入り口をひたひたと包む闇の中に飛びこんでいく……

ふたりは幽霊のように音もたてずに進んでいった。すると、崩れかけた階段の下の暗がりから、ヴェリー部長刑事の巨大な肩がぬっとせりあがった。懐中電灯の光がクイーン父子をなで、一瞬で消えた。部長刑事が囁いた。「中です。素早くやらないと。隙間《すきま》なく包囲してます。逃げられっこありません。急いでください、警視！」

いまや冷静さを取り戻した警視は落ち着き払ってうなずいた。ヴェリーがそっと、地下室に続くドアを押し開ける。地下室の入り口で部長刑事が立ち止まると、どこからともなく別の男が出現した。クイーン父子が無言で、男の手から懐中電灯をそれぞれ受け取った。警視の指示で、ヴェリーもエラリーも懐中電灯をハンカチでくるんで光を弱めた。それがすむと、三人の男は人気《ひとけ》のない地下室に足音を忍ばせてもぐっていった。明らかに部長刑事はこの地下室を歩き慣れている様子で、先頭に立った。ハンカチ越しの弱々しい懐中電灯の光は、ほんの気休め程度に暗がりを照らしている。一同は古代の戦士が襲撃に向かうがごとく、床の上をすべるように進み、例の巨大な暖房用ボイラーのそばを通り過ぎて、階段をのぼっていった。階段のてっぺんでヴェリーはもう一度、立ち止まった。そこに詰めていた男とふたことみこと言葉を交わすと、部長刑事は無言で手招きし、自分は先に立って、階段口から屋敷の一階玄関ホールの暗闇に足を踏み入れた。

忍び足で廊下を進んでいった一同は、突然、ぴたりと無言で立ち止まった。前方の、明らかに扉らしきものの上下の隙間からかすかな光がもれている。

エラリーがそっとヴェリー部長刑事の腕に触れた。ヴェリーが、さっと大きな頭を振り向ける。エラリーがひとことふたこと囁いた。暗がりの中でヴェリーがやれやれと苦笑する気配がしたかと思うと、その手がコートのポケットにはいり、次に現れた時には拳銃をつかんでいた。

ここでヴェリーは、懐中電灯の光をちらりとある一点に向けた――とたんにそこから黒い影がぞろぞろと現れ、用心深く近寄ってきた。ヴェリーと男のひとりが言葉を交わした声で、ピゴット刑事とわかる。すべての出入り口が封鎖されたらしい……一行は部長刑事に従い、あのかすかな光に向かってにじりよっていった。やがて、皆は、立ち止まって息を殺した。ヴェリーが大きく息を吸いこみ、ピゴットともうひとりの部下を――ひょろりとした体格からジョンソンと知れた――身振りだけで傍《かたわ》らに招き寄せてから、大声で怒鳴った。「それっ！」三人の刑事は、ヴェリーの鋼鉄の肩を真ん中に威勢よくぶち当たり、マッチの軸木よろしくこっぱみじんにドアをふっとばし、その向こうの部屋になだれこんだ。エラリーと警視も、間髪をいれずに飛びこんでいく。一同が素早く部屋じゅうに散開し、懐中電灯をくるんでいたハンカチをむしり取ると、こうこうと明るく輝く光が四方八方から室内を照らし出した。すべての光線が、何ものかをとらえたその極小の刹那《せつな》、凍りついたひとつの人影を――追い求めてきた獲物を――家具のない埃だらけの部屋の中心で床に広げた二枚のそっくりな絵を小さな懐中電灯の光で念入りに見比べていた人物を、光の檻に閉じこめた……

瞬間、部屋にあったのは沈黙だった。が、まるで沈黙など一度も存在しなかったかのように、唐突に呪縛は解けた。覆面の人物の胸からもれる、唸るような、嘆くような、息が詰まるような、けだものの叫び。不意に、その姿は豹のようにひらめき、電光石火、白い手がコートのポケットに飛びこんだかと思うと、青光りするオートマチック拳銃が出現した。そのとたん、秘密の地獄絵図が繰り広げられた。

地獄絵図は、その黒い影が戸口にひしめく人波の中から魔法のような正確さでエラリー・クイーンひとりを選び出し、鋭く光る猫の眼でその長身をとらえた瞬間に始まった。あっと思うまもなく、指がオートマチックの引き金の上で引き絞られると同時に、警察のリボルバーがいっせいに咆哮《ほうこう》する。ヴェリー部長刑事が、憤怒で顔を鋼《はがね》のように蒼白にし、特急列車のごとく飛び出し、黒い影に体当たりした……黒い影は、張り子《パピエマシエ》でできた人形のように、グロテスクな姿で床に崩れ落ちる。

エラリー・クイーンは、かすかな驚きの呻き声をもらし、大きく眼を見開いて、父親のすくんだ足元に崩れ落ちた。

＊

十分後、懐中電灯の光の束は、ほんの少し前の狂乱ぶりとはうってかわって静まり返った現場を照らし出していた。埃まみれの床に重ね敷かれた刑事たちのコートの上で、ぐったりと横たわるエラリーの身体にかぶさって、ダンカン・フロスト医師のがっしりした姿がかがみこんでいる。クイーン警視は、空に浮かぶ雲のように白く、陶器のように冷たく、硬く、いまにも壊れそうな顔で、医者のそばに立って頭越しに、血の気のないエラリーの顔からかたときも視線をはずさなかった。誰も、ひとことも言わなかった。部屋の中央の床で、人とは思えないほどねじくれた姿で転がる、エラリーの襲撃者を取り囲む男たちさえも。

フロスト医師が頭を振り向けた。「へたな射撃だな。なに、すぐ回復します。肩をちょっとかすっただけです。ほら、もう気がついた」

警視が、ふうっと深く息を吐き出した。エラリーのまぶたが震えて、開き、一瞬、痛みを感じた表情が眼に浮かぶと、片手が伸ばされ、左肩を探った。包帯が手に触れた。警視がエラリーの傍らにへたりこんだ。「エラリーや、おまえ――大丈夫か、気分は悪くないか」

エラリーは、どうにか微笑してみせた。ぶるりと身震いし、何本もの優しい手に助けられ、ようやっと立ち上がった。「ふう！」エラリーは顔をしかめた。「やあ、先生。いつ、いらしたんです？」

あたりを見回したエラリーの視線は、大勢で固まりあって黙りこくった刑事たちの上で、ひたと動かなくなった。よろめきながらそちらに歩きだすと、ヴェリー部長刑事が道をあけ、子供じみた詫びの言葉をぼそぼそと言った。エラリーは右手をヴェリーの肩にのせて、ぐっと寄りかかり、床の上の人物を見下ろした。エラリーの眼に、勝利の色はなかった。ただ、懐中電灯の光と、埃と、陰鬱な顔の男たちと、灰色がかった黒い影を内包した、はてしない憂鬱があるばかりだった。

「死んだのか？」くちびるをなめて、エラリーは言った。

「どてっぱらに四発、命中しています」ヴェリーが、がらがら声で答えた。「これ以上ないってくらい、死んでますよ」

エラリーはうなずいた。視線が動いていき、埃の中に誰かが放り出したままひっそりと転がっている、古い二枚のキャンバスの上で止まる。「とりあえず」歪んだ笑みを浮かべて口を開いたエラリーの眼はまったく笑っていなかった。「そっちは取り返せたな」そして再び、死んだ男を見下ろした。「きみは運が悪かったね、ミスター。とても運が悪かった。ナポレオンと同じだよ、すべての戦いに勝ち続けたのに、きみは最後の戦いで負けた」

死んでうつろに見開いた眼をしばらくじっと覗きこんでいたが、身震いして振り返ったエラリーは、警視がすぐそこにいることに気づいた。小柄な老人は、げっそりとやつれた顔で、気が気でないように息子を見守っている。

エラリーは弱々しく微笑んだ。「それじゃ、お父さん、もう、あのかわいそうなノックスさんを釈放してもいいですよ。あの人は進んでいけにえ役を買っててくれたんです。そして、りっぱに役目を果たして、目的を達成してくれた……お父さんの求めていた犯人は、ほら、そこの床で埃の上に転がって、もう何もできません。その男こそ、事件のすべてを仕切っていた一匹狼――脅迫者であり、泥棒であり、殺人者であり……」

一同はそろって死んだ男を見下ろした。床の上で、まるで眼が見えるかのように、うつろな眼で一同を睨み返している男——すさまじい顔に大胆不敵な、邪悪な冷笑をくっきりと刻んだ男。その死んだ男は——ペッパー地方検事補だった。

34　……核心

「むろんだとも、チェイニー君」エラリーは言った。「きみに、まともな説明をしてあげちゃいけないって法はこの世のどこにもない——きみはもちろん、それに——」ここで呼び鈴が鳴り、エラリーが言葉を切ると、ジューナが玄関に走っていった。居間の戸口に、ジョーン・ブレット嬢が現れた。

ジョーン・ブレット嬢はアラン・チェイニー君が来ているのを見て、そしてアラン・チェイニー君はジョーン・ブレット嬢を見て、びっくりしていた。アランは立ち上がると、クイーン家ご自慢のウィンザーチェア（数本の細い柱のある背部は高く、脚は末広がりに開き、座板にくぼみがある。十八世紀以来英米で広く用いられている木製の椅子）の、年季がはいった胡桃《くるみ》材の背をがっちり握った。ジョーンは、突然、何か身体を支えるものが必要になったように、自分のふとももをつかんだ。

これで——と、包帯で左肩をぐるぐる巻きにされて横になっていたソファから起き上がりつつ、エラリー・クイーン君は感じ入っていた——これで、大団円というものだ……当の本人はといえば、少しばかり血色は悪いものの数週間ぶりに晴れやかな表情をしている。エラリーと同時に、三人の男も立ち上がった——妙に恐縮している父親と、昨夜の恐ろしい驚愕からいまださめやらぬ風情の地方検事と、短い間とはいえ勾留されていたにもかかわらず、いくらか顔色は悪いが気丈にいつもと変わらない様子の大富豪、ジェイムズ・J・ノックス御大《おんたい》である——紳士たちは深く頭を下げて礼儀正しく出迎えたのだが、戸口の若いご婦人は笑顔を返すどころではなかった。凍りつき椅子にすがって立ちつくす青年と同じく、ジョーンもまた、催眠術をかけられたかのように茫然と立っている。

ふとジョーンの青い眼がゆるやかにさまよいだし、やがて、エラリーの微笑んでいる眼を探し当てた。「あの、わたしの思い違いでなければ……あなたがわたしを——」

エラリーはジョーンのそばに近寄ると、我が物顔で娘の腕を取り、深い椅子に案内していった。ジョーンは、気まり悪そうにもじもじしながら椅子に沈みこんだ。「あなたの勘違いでなければ——ぼくがあなたを……なんですか、ブレットさん?」

ジョーンはエラリーの左肩に気づいた。「まあ、おけがを!」

「その言葉に対しては」エラリーは言った。「輝かしい英雄の月並みな台詞でお答えしましょう。〝なんでもありません。ただのかすり傷です〟。きみも坐りたまえ、チェイニー君!」

チェイニー君は坐った。

「おいおい!」サンプスンが待ちきれずに言った。「ほかの連中は知らんが、ぼ、く、には説明の義務があるぞ、エラリー君」

エラリーは、どうにかソファに戻ると、片手でやっとこさ、たばこに火をつけた。「さて、落ち着きましたね」エラリーはジェイムズ・ノックスと眼が合うと、ふたりだけの内緒の冗談があるように、微笑みを交わした。「説明ですか……もちろんですよ」

エラリーは話し始めた。そして、このあと三十分間、まるでポップコーンがはじける音のように、エラリーの言葉が小気味よく響く間じゅう、アランもジョーンも、固く手を組んだまま、互いを見ようともせず、同じ姿勢でじっと坐っていた。

「四番目の解答は――あ、解答は四つありましたよね」エラリーは語りだした。「まず、ハルキス犯人説。ぼくがペッパーにいいように引きずりまわされた、例のやつです。それから、スローン犯人説。こいつは、ペッパーとぼくが互いにつの突き合わせて、にっちもさっちもいかなくなったやつですね。ぼくは一度も、スローンが犯人だと信じなかったものの、スイザの証言が出てくるまで、疑念を裏づけることができなかった。そして、ノックス犯人説。これで今度はぼくの方がペッパーを引きずりまわしてやりました――ご承知のとおり、ここまで、ペッパーとぼくは引き分けです。最後がペッパー犯人説。これが正しい解答で――四番目の、そして、最後の解答です。皆さんは驚かれましたけどね、実際には明るく輝くお天道様のように明快そのものですよ。気の毒なペッパーは、もう二度とお天道様をおがめないわけですが……」

エラリーはしばらく、口をつぐんだ。「見かけは、信頼のおけるりっぱな青年で、地方検事補ともあろう者が、深謀遠慮《しんぼうえんりょ》をはりめぐらし、大胆不敵に平然と、いくつもの連続した犯罪すべてをやってのけた首謀者だったと明らかになるとは、いったいなぜ、どうして、そんなことをしでかしたのかわからないかぎり、困惑するばかりと言えましょう。しかしペッパー氏は、我が古なじみの容赦《ようしゃ》ない相棒こと〝論理《ロジック》〟、つまりギリシャ人の言う〝万物を統《す》べるロゴス〟を、もてあそんだつもりが実はもてあそばれて、結果、多くの策謀家と同様に破滅することになったのだと、ぼくは信じます」

エラリーは指先でたばこを叩き、ジューナ少年がちりひとつなく掃除した敷物に、好き放題に灰をまき散らした。「白状すると、ぼくは事件の中心が、ノックス氏のリヴァーサイド・ドライブにある広大な屋敷に移るまで――つまり、脅迫状や、絵画の盗難などですが――それらの事件が起きるまでは、犯人の目星はまったくついていなかった。言いかえれば、もしもペッパーがスローン殺しでやめてさえいれば、うまうまと逃げおおせていたってことです。しかし、ほかのもっとつまらない事件と同じように、犯人はみずからの貪欲《どんよく》さのいけにえになってしまった。そして自分の指で編んだ網の中に、結局、自分がかかってしまったのです。

さて、とどのつまり、ノックスさんのリヴァーサイド・ドライブにある方の屋敷で起きた一連の出来事が、なんといっても大事なわけですからね、ここから始めるとしましょうか。昨日の午前中にぼくが、今回の殺人犯の資格たる主な条件をいくつかあげたのを覚えていますね。いま一度、その条件を繰り返させていただきましょう。ひとつ、犯人はハルキスとスローンの双方に濡れ衣を着せるために偽の手がかりを仕込めなければならない。ふたつ、犯人は脅迫状を書いた者でなければならない。三つ、犯人は二通目の脅迫状をタイプするために、ノックスの屋敷にいた人間でなければならない」

エラリーは微笑した。「さて、この最後の条件ですが、実は、昨日の午前中にぼくがさんざんもったいをつけて広げた説明は、誤解への誘導でした——のちに明らかにしますが、理由があって、わざとそうしたのです。目ざとい我がおやじ殿は、ぼくが警察本部でちょっとしたかわいい嘘の説明を披露《ひろう》したあと、ふたりきりになってから、ぼくの説明の〝間違っていた〟ところをぴたりと指摘してくれましたが。さて、実はあの説明においてぼくは、〝ノックス邸にいた人間〟という言葉が〝ノックス家の人々〟を意味するように誘導しました。むろん、〝ノックス邸にいた人間〟という言葉は、もっと幅広い意味を持ちます。〝ノックス邸にいた人間〟という言葉は、〝ノックス家の家族や使用人〟であるなしに関係なく、誰でもいい。言いかえれば、二通目の脅迫状をタイプで打った者は、必ずしもノックス邸で常日頃生活している人間である必要はない。単にノックスの屋敷に足を踏み入れる機会があった、まったくのよそ者でもかまわないんです。このことはよく覚えておいてください。

というわけで、まずはこの命題から取りあげることにしましょう——すなわち〝二通目の脅迫状は、さまざまな状況から考えて、それが書かれた時に屋敷の中にいた人物によってタイプされた。タイプしたその人物こそが、殺人犯である〟という命題です。しかし、我が聡明なるおやじ殿は、それもまた必ずしも真実ではない、と指摘してくれました。脅迫状をタイプしたのが、殺人犯の共犯者である可能性もあるじゃないかと。殺人者がノックス邸から離れた場所でのうのうとしている間に、雇われた共犯者がタイプしたかもしれないだろう、と。もちろん、それは殺人者がノックス邸にまともな方法で出入りできない立場だったことを意味します。さもなければ、自分自身でタイプしたでしょうからね……。父の質問は実に鋭く、的を射たものです――ぼくは昨日の朝、その点に触れることを避けました。なぜなら、ペッパーを罠にかける、というぼくの目的にそぐわなかったからです。

よろしいですか！　もし我々が現時点で、〝殺人犯がノックス邸の内部に共犯者を持つことが不可能だった〟と証明できれば、それはすなわち、二通目の脅迫状をタイプしたのは殺人犯本人であり、その時にノックスさんの仕事部屋の中にいたことを意味するのですよ。

ところで、この事件において共犯者は存在しないと証明するために、我々はまず、ノックスさん自身が潔白であることを証明しなければなりません。そうでなければ、この推理の難問を解くことができないからです」

エラリーはふーっとたばこの煙を吐いた。「ノックスさんの潔白は、簡単に立証できます。あれ、意外ですか？　それが、実は馬鹿馬鹿しいほど明らかなことでしてね。この世で三人だけが――ノックスさんと、ブレットさんと、このぼくが――持ち合わせている事実によって立証されます。当然、ペッパーは――おわかりでしょうが――このたったひとつの肝心かなめの事実を知らなかったために、連戦に継ぐ連戦の、丁々発止の計略合戦において、初めて足を踏みはずす誤算をおかすはめになったのです。

その事実とは、つまりこうです。ギルバート・スローンが世間ではまだ殺人犯だと考えられていた時期に、ノックスさんは自分からすすんで――ここ、重要ですよ――ブレットさんも同席している場で、ぼくにある情報を話してくれました。すなわち、ノックスさんとグリムショーがハルキスを訪ねていった夜、ハルキスは千ドルをこちらから――つまりノックスさんからですが——借りてグリムショーに、恐喝のいわば前払い金として渡したのです。紙幣をグリムショーが受け取り、折りたたんで、自分の懐中時計のケースの裏にしまい、そのまま時計の中に入れっぱなしにしてハルキス邸を出ていったのを、ノックスさんが目撃しています。話を聞いてすぐに、ぼくはノックスさんを連れて警察本部に出向き、問題のその紙幣が時計の中にそのままあるのを見つけました——まったく同じ紙幣です。なぜ、わかるかというと、ぼくはすぐにその紙幣が、ノックスさんの言ったとおりの日に、銀行から払い出された紙幣と同一のものであることを確認したからです。さて、この千ドル紙幣をたどっていくとノックスさんのものだったことが明らかになるというまさにその事実、そして、それをノックスさんは誰よりもよく知っていたということは、つまり、もしもノックスさんがグリムショーを殺したのなら、持てる権力のすべてを行使してでも、ノックスさんはこの紙幣が警察の手に落ちることを防ごうとしたはずだ、ということを意味するのですよ。まあ、実際にノックスさんがグリムショーを絞め殺したのであれば、その場でグリムショーの懐中時計から紙幣を抜き取るのは簡単だったでしょうがね。ノックスさんは、グリムショーが時計を身につけているのも、それをしまっている正確な場所も知っていたわけですから。たとえノックスさんが殺人犯とはそこそこの関係でしかなかったとしても——つまり共犯者としてですが——懐中時計のケースから紙幣を抜き取っておこうとするはずです。なぜなら、その懐中時計は結構な期間、殺人犯の手元にあったのですから。

　なのにその紙幣は、ぼくらが警察本部で懐中時計のケースを確かめた時、まだはいっていたのです！　さて、ノックスさんが殺人犯だったのなら、なぜ、いましがたぼくが言ったように、紙幣を抜き取っておかなかったのでしょうか。そもそも、紙幣を抜き取る云々はさておき、なぜ、ノックスさんは自分の意思でぼくにその紙幣が時計の中にあることを話したのでしょうか――その時のぼくは、ほかの法の番人のお歴々同様に、そんな紙幣が存在するなどと、夢にも思っていなかったというのに。ね、もうおわかりでしょう。ノックスさんのこの行動そのものが、殺人犯、もしくは共犯者だとするとまったく矛盾するものなので、ぼくとしてはもう、〝なるほど、誰が犯人だとしても、ジェイムズ・ノックス氏であることは絶対にないんだな〟と考えざるを得なかったわけですよ」

「この僥倖《ぎょうこう》は神に感謝せんとな」ノックスはかすれた声で言った。

「ところで、考えてみてください」エラリーは続けた。「この結論は当時のぼくにとってたいした意味を持たない、消極的な発見にすぎませんでしたが、ここからいったいどういう事実が導き出されるでしょうか。まず、例の脅迫状を書くことができたのは、殺人犯本人、あるいは、仮に存在したのなら共犯者、そのどちらかだけでしたね――脅迫状はそれぞれ、約束手形を半分に切った裏にタイプされていたのですから。さて、ノックスさんは殺人犯でも共犯者でもないのですから、昨日、ぼくが英国ポンドの記号によって指摘したとおりに、たとえ脅迫状がノックスさんのものに違いないタイプライターで打たれていても、ノックスさんに脅迫状を書くことができなかったのは明白です。ということは――ここが驚くべきところですが――二通目の脅迫状をタイプした人物は、ノックスさんのタイプライターをわざと使ったのです！　しかし、なんの目的で？　そうやって、3の数字をタイプミスしてポンドの記号の手がかりを残すことで――いま考えれば、もちろんわざと残された手がかりであるのは明らかです――そうすることで、ノックスさんのタイプライターにつながる手がかりを残し、あたかもノックスさんが脅迫状を書いたように、すなわち殺人犯に見せかけるためだったのです。つまり、これもまた濡れ衣のための偽装――三度目の偽装というわけですよ。最初のふたつの偽装では、ゲオルグ・ハルキスとギルバート・スローンに濡れ衣を着せようとして失敗したのです」

エラリーは眉を寄せて、考えこんだ。「では、ここからさらに絞りこんで精密な推理の段階にはいっていきますよ。いいですか！　本物の犯人がジェイムズ・ノックス氏に連続殺人と窃盗の容疑をかぶせようとした、それはすなわち、警察がジェイムズ・ノックス犯人説を受け入れるだろうと、犯人が考えていたということです！　警察がジェイムズ・ノックス犯人説を受け入れるはずはない、と承知のうえで、犯人がノックスさんに罪を着せようとしたとすれば、まさに愚の骨頂と言うほかない。というわけで、本物の殺人犯は千ドル札のいわくをまったく知らなかったことになります。知っていたなら、ノックスさんに罪を着せようとするはずがない。さて、この時点において、ひとりの人物は容疑者から数学的に除外されることになります。その人物が、ヴィクトリア&アルバート美術館から信任を受けた私立探偵であるという事実があるとはいえ――もちろん、この事実は、一応は無実であろうと考える根拠にはなり得ますが、確実に容疑者からはずすには十分な条件ではありません。そんな事実とは関係なしに、こちらの若く美しいレディが、おや、どんどん顔が赤くなってきましたよ――ブレットさんは、ノックスさんがぼくに千ドル札の話をされた場に居合わせたのですから、もし、ブレットさんが殺人犯、あるいはその共犯者だったとすれば、ノックスさんに濡れ衣を着せようとしたり、あるいはそうするのを黙って見ていたりするはずがないのです」

ジョーンは背筋をこわばらせて、ぴんとまっすぐに坐っていたが、弱々しく微笑むと、全身の力を抜いて椅子に沈みこんだ。アラン・チェイニーは眼をぱちくりさせた。かと思えば、足元の敷物を、まるで若き骨董商が吟味する価値のある貴重な織物サンプルであるかのごとく、しげしげと見つめている。

「というわけで――さっきから〝というわけで〟ばかり言っていますがね」エラリーは続けた。「二通目の手紙をタイプすることができた面々のうち、ぼくはノックスさんとブレットさんのふたりを、殺人者としても、共犯者としても、完全に容疑からはずしました。

さて、残るノックス一家の正式なメンバー――すなわち、使用人たちですが――この中に殺人犯自身がいる可能性はあるでしょうか？　否《いな》、であります。なぜなら、ノックス家の使用人は誰ひとりとして、ハルキス邸においてハルキスとスローンに不利な証拠を仕込むことが、物理的にできなかったからです――ハルキス邸を訪れた人々の名はすべて克明に記録が取られていますが、そのどこにもノックス家の使用人の名はなかった。ところで、ノックス家の使用人が、単にノックスさんのタイプライターに近づくことができるからという理由で、外部の殺人犯に利用されただけの共犯者だった可能性はあるでしょうか」

エラリーは微笑した。「いや、ありません。ぼくは証明できますよ。例のタイプライターが、ノックスさんに濡れ衣を着せるために使われたという事実は、最初からそれを殺人犯が使う気でいたことを示しています。なぜなら、ノックスさんに不利になるように犯人が残した唯一の物的証拠は、二通目の脅迫状がノックスさん所有のタイプライターで打たれたと発見されることだったからです。これこそが罪をなすりつける計略のきもだったわけですよ（たとえ、犯人がノックスさんをおとしいれるために、あらかじめこれという方法を知らなかったとしても、すくなくとも、あのタイプライターになんらかの特徴を探して、それを利用するつもりだったはずだ、と心に留め置いてください）。ところで、ノックスさんのタイプライターを使って罪をかぶせるなら、脅迫状を二通ともそれで打つ方が、犯人にとって有利だったはずです。にもかかわらず、それで打たれたのは二通目だけだった――一通目はノックス邸の外にある、アンダーウッドのタイプライターで打ったものです。ノックス邸の中にあるタイプライターは、ノックスさんのレミントン一台だけですからね……というわけで、殺人犯が一通目の脅迫状をタイプするのに、ノックスさんのレミントンを使わなかったのであれば、それはすなわち、犯人が一通目をタイプするためにノックスさんのレミントンに近づく手段がなかったことを示しています。しかし、ノックス家の使用人なら誰でも、一通目の脅迫状を打つためにノックスさんのタイプライターに近づくことができました――使用人は全員、以前からノックスさんに奉公している、そもそも、五年以上あの屋敷にいる者ばかりですからね。というわけで、ノックスさんの使用人は誰ひとりとして、共犯者でありえない。さもなければ、犯人は共犯者を使って、一通目の脅迫状をノックスさんのタイプライターで打たせたはずです。

しかし、いまの話でノックスさんとブレットさんと使用人全員が、犯人でも共犯者でもないと、除外されてしまいました！　二通目の脅迫状がノックスさんの屋敷の中でタイプされたのに、なぜそんなことがありえるのでしょうか」

　エラリーはたばこを暖炉の火の中に投げ入れた。「現時点で我々は、脅迫状を書いた人物が、二通目をタイプで打った時にはなんらかの手段を講じてノックスさんの仕事部屋の中にはいりこみ、一通目を打った時にはノックスさんの仕事部屋の、あるいは屋敷の中にいなかったと知っています――そうでなければ、犯人は一通目もノックスさんのタイプで打ったはずですからね。さらに我々は、一通目の脅迫状が届いたあとに、ノックスさんの屋敷の中にはいった外部の人間は誰もいないと知っています――つまり、犯人ひとりを除いてはです。さて、一通目の脅迫状は屋敷の外で誰でも書けましたが、二通目はただひとりの人間しかタイプできませんでした――それは、二通目の脅迫状が届く前に、屋敷にはいることができた唯一の人物です。そして、ここで別のポイントがくっきりと明確になってきます。ぼくはずっと自問し続けてきました――そもそも、一通目の脅迫状はなんのために必要だったのか？　あれはやたらと饒舌《じょうぜつ》なだけで、中身はほとんどないようなものでした。脅迫者というものはたいてい、最初の脅迫状で、がつんと目的の一撃を食らわせるものです――ながながと愉快な、ちょいと気のきいた、文通まがいのお便りをよこすものじゃない。一通目であらかじめ、私は脅迫者です、という立場を確立しておいてから、おもむろに二通目で、金銭を要求してくるなんてやりかたはない。なぜそんなことをしたのか、という謎は心理的に完全な説明がつきます。すなわち、一通目の手紙は殺人犯にとってどうしても必要だったのです。それにはなんらかの目的があったのです。どんな目的が？　そりゃ、ノックスさんの屋敷にはいりこむ手段を作るために決まっています！　では、なぜノックスさんの屋敷にはいる手段が欲しかったのでしょうか。ノックスさんのタイプライターを使って二通目の脅迫状を打つためです！　何もかも辻褄が合うのですよ……

では、一通目の脅迫状が届くのと、二通目の脅迫状が届く間に、ノックスさんの屋敷にはいりこむことができた唯一の人物は、誰だったでしょう？　そうしてたどりついた答えは、あまりに途方もなく、信じがたい、考えるだに馬鹿馬鹿しいことに思えたものですが、それでも、この人物が我々の同僚であり、仲間の捜査官であるという事実に、目をつぶることはできませんでした――端的に言えば、二通目の脅迫状が届くのを待つという名目で（いまにして思えば、それは彼自身が言いだしたことでしたね）、ノックスさんの屋敷に数日間滞在した、ペッパー地方検事補だったのです！

実に頭がいい！　まったく悪魔のように狡猾《こうかつ》な奴だ。

この解答に対する最初のぼくの反応は自然なものでした――ええそうですよ、信じることができませんでしたよ。そんな馬鹿なこと、どう考えてもありえないじゃないですか。しかし、この予想外の新事実が――そもそもぼくがペッパーを容疑者として見たのはその時が初めてだったんですが――どれほど驚くべき答えであろうと、そのとたんに」エラリーは言葉を続けた。「事件のすべてが明白になったのです。推理から導き出された結論を、単に想像力が受けつけないというだけの理由で容疑者の――いや、もはや容疑者どころか、犯人に違いない者の名を除外することは、ぼくにはできませんでした。まずは確かめなければ。そんなわけで、事件の最初から全体を見なおして、それぞれの事実、条件に、果たしてペッパーが実際にどのように当てはまるものか、検証していきました。

さて、ペッパー自身はグリムショーの死体を見た時に、これは自分が弁護したことがある男だ、と身元確認をみずからしています。犯人であるなら、当然、こうして先手を打っておくのが賢い。死体の身元確認をする機会があったのに口をつぐんでいて、のちのち自分とグリムショーとの間に関係があったことがばれた場合、まずいことになります。とりあえず、証拠としてのこの事実は、ごく小さな指標にすぎず、決定打とはとても言えませんが、それでも、意味深長なことには違いありません。ふたりの関係は、すくなくとも五年前には弁護士と顧客という関係で始まっていたのでしょう。グリムショーはヴィクトリア&アルバート美術館から絵を盗み出したあとにペッパーを訪ねてきて、未払いのまま絵をハルキスにあずけておくが、自分が服役している間、目を光らせておいてほしい、と頼みこんだのでしょうね。当然、グリムショーは釈放されるとすぐ、ハルキスのもとに集金に出向きます。その後に続くすべての出来事、すべての場面の舞台裏で、最初から最後まで素顔を隠し続けていた謎の男は、ペッパーに違いありません。グリムショーとペッパーの間のつながりについては、もしかすると、ペッパーのかつてのパートナーであるジョーダン弁護士が、明らかにしてくれるかもしれません。おそらく、ジョーダン氏はまったく潔白な人物と思われますが」

「ジョーダンなら我々がいま調べているがね」サンプスンが言った。「評判のいい、りっぱな弁護士だよ」

「でしょうね」エラリーはおもしろくもなさそうに言った。「あのペッパーが悪党とおおっぴらに手を組むわけがない――あのペッパーですよ、そんなことするわけがない……それでも確証は欲しいですね。ところで、ペッパーがグリムショーを絞殺《こうさつ》した犯人であると考えると、いったいどういう動機が浮かんでくるでしょうか……？

問題の金曜の夜に、グリムショーとノックスさんとハルキスが会って、グリムショーが持参人払いの約束手形を受け取ったあと、ノックスさんはグリムショーと一緒に家を出て帰られましたが、グリムショーだけは家の前を動かず、その場に居残っていました。なぜか。ひょっとすると、共犯者と落ち合うつもりだったのかもしれない――グリムショー自身の口から〝相棒がひとり〟いるという言葉が出た以上、的はずれな結論ではないはずです。ということはその時、ペッパーは近場で待っていたのでしょう。ふたりで暗がりに身をひそめると、グリムショーはペッパーに、たったいまの家の中での一部始終を話したに違いありません。ここでペッパーは、はたと気づきます。もはやグリムショーは必要ない。それどころか、この男の存在は自分にとって危険であり、むしろ排除してしまった方が戦利品を山分けせずにすむじゃないか――というわけで、相棒を殺そうと決意したに違いありません。約束手形がさらなる動機の上乗せになったんでしょう。あれは持参人払いでしたし、覚えておいででしょうが、その時はまだハルキスが存命でしたから、約束手形を持っていさえすれば五十万ドルが転がりこんでくるはずでした。そればかりか、このあとにはジェイムズ・J・ノックス氏という別口のカモも控えている。ペッパーはグリムショーをハルキス邸の隣にあるノックスさん所有の空き家の地下室にはいる入り口の暗がりか、地下室の中で殺したに違いありません。あらかじめ合鍵は用意してあったのでしょうね。ともかく、地下室にグリムショーの死体を隠してから、その死体を探って、例の約束手形と、（いずれ、偽の手がかりとして使えるかもしれないと考えたのか）グリムショーの懐中時計と、前の晩にスローンがグリムショーに街を出ていく手切れ金のつもりで渡した五千ドルを奪い取ります。グリムショーを絞殺した時、死体を始末する方法について、ある程度の計画はたてていたでしょう。ひょっとすると、あの地下室に永久に放置するつもりだったかもしれない。ところが、殺人の翌朝、まったく思いがけずにハルキスが死んでしまうと、ペッパーは即座に、願ってもない機会だ、グリムショーの死体をハルキスの棺ごと埋めることができる、と気づいたに違いありません。ここでペッパーはさらなる幸運に恵まれます。ハルキスの埋葬の当日、なんとウッドラフ弁護士の方から地方検事局に応援を請う電話をかけてきたのです。それでペッパーはみずから志願して――あなたがそう言っていましたよね、サンプスンさん、ほら、ペッパーがブレットさんに興味を持ちすぎるとたしなめた時に――遺言書探し役を買ってでたわけですよ。どうです、ここにもまたひとつ、ペッパー氏を示す心理的な指標があるじゃないですか。

さて、こうして堂々と大手を振ってハルキス邸に出入りすることができるようになったペッパーはあらためて、物事が何もかも都合よく簡単に進められることになると知ります。葬儀がすんだ水曜の夜、ペッパーは、古いトランクに詰めて隠しておいたグリムショーの死体を、ノックスさんの空き家の地下室からひっぱり出し、真っ暗な内庭を通り抜けて、さらに暗い墓地に運びこむと、墓をおおう土を掘り返し、土から現れた扉を持ち上げて、中に飛びこみ、ハルキスの棺を開け——鋼《はがね》の箱にはいった遺言書を発見したのです。おそらくこの時点まで、ペッパーも遺言書がどこに消えたのか知らなかったでしょう。これはいずれ別の悲運な人物、すなわちスローンをゆするのに使えそうなので——なんたってスローンは、遺言書を盗む動機を持ち、なおかつ、埋葬式の前に棺の中に隠すことが可能だった唯一の人間ですからね——ペッパーはゆすりのネタにするつもりで猫ばばしたに違いありません。さて、ペッパーは、グリムショーの死体を棺に押しこみ、ふたを閉めなおし、墓所の外に出て扉を閉じ、浅い穴を土で埋めなおしてから、この仕事に使った道具と、遺言書と、鋼の箱を持って、墓地を出ていきました。実は、ここにもペッパー犯人説を裏づける証拠と呼ぶべき、小さな指標があるのです。というのも、ペッパー自身がぼくらに言ったことですが、まさにこの夜に——水曜の深夜ですが——ブレットさんが書斎の中で怪しげにうろついているのを目撃した、と証言しています。これはすなわち、ペッパー自身もまた、その日の深夜に起きていたことをみずから認めたことになります。ならばペッパーは、ブレットさんが書斎を出ていったあとに、墓をあばいて死体を隠すというおぞましい所業をやってのけたと考えるのは、さほど強引なこじつけとは言えないでしょう。

ここで例の、ヴリーランド夫人がその夜にスローンが墓地にはいっていくのを目撃したという、あの話が生きてくるのですよ。スローンはペッパーが屋敷の中で怪しい動きをしていることに気づいたに違いありません。あとをつけ、ペッパーのすることを何もかも見届けて——死体を埋めるところから、遺言書を猫ばばするところまで——そして、ペッパーが人殺しであることを知ってしまったのです……ただし、その時は暗がりの中のことで、誰の死体であるかまでは、見えなかったと思いますが」

ジョーンは身震いした。「あんな——あんな好青年が。信じられないわ」

エラリーは重々しく言った。「あなたにとっては、厳しい教訓になっただろうね、ブレットさん。いいかな、うわっつらに惑わされずに、自分の眼でたしかだと……あれ、どこまで話しましたっけ。そうだ！　いいですか、ペッパーはこれで完璧に安全だと安心します。死体は埋めた、これを探そうと考える理由は誰にもない。ところが、その翌日にぼくが、遺言書は棺の中に隠された可能性がある、墓を発掘してみたらどうだろう、などと言いだしたものですから、ペッパーは慌てて、素早く考えたに違いありません。もはや殺人の露見を防ぐには、もう一度、墓にはいって死体を運び出すしかない。しかしそうなると、あらためて死体の始末を一から全部やりなおさなければならない。どう考えても危険だ。いや待てよ、うまくやれば、殺人が発見されてしまうことを、むしろ有利に活用できないこともないぞ。というわけでペッパーは、ハルキス邸にいる間に、故人に——つまりハルキスにですが——殺人犯の濡れ衣を着せるための偽の手がかりを仕込みます。ペッパーは、ぼくが推理してみせた思考法の見本をすでに目にしていたので、ぼくを手玉に取ることにしました——あからさまな手がかりはあえて残さず、ぼくなら気づくだろうという、ごくさりげないかすかな手がかりを、たくみに仕込んだわけです。ペッパーがハルキスを〝殺人犯〟として選んだ理由はおそらくふたつです。第一に、ハルキス犯人説は、いかにもぼくが喜んで飛びつきそうな、想像力をかきたてられる説であること。第二に、ハルキスはすでに死んでいるので、ペッパーが仕込んだ偽の手がかりをもとに何を言おうが、死人に口なしで反論できないこと。さらに、この説が完璧なところは――もし、うまくこの説が受け入れられれば、生きている人間は誰も損害をこうむらずにすむってことですよ。ええ、ペッパーは別に、殺し慣れて人の命を奪うことをなんとも思わない殺人鬼じゃなかったんです。

さて、最初にぼくが指摘したことですが、ペッパーがハルキスに不利な偽の手がかりを仕込むには、ノックスさんが、盗品の絵を所持しているために問題の夜の〝第三の男〟は実は自分なのだと認めることができず、沈黙を守らざるを得ないという事情を知っていなければなりません――ハルキスに不利な手がかりの一部は〝問題の夜にハルキス邸でおこなわれた会談の場には、ふたりの人間しか居合わせなかった〟と見せかけることが必要条件でしたね。しかしペッパーが、例の絵をノックスさんが持っているという事実を知っていたのなら、これまでにぼくが何度も説明した理屈で、ペッパーがグリムショーの相棒だったことになる。ならば、グリムショーを何人もの客が訪ねていったあの夜に、グリムショーのホテルの部屋に同行した、覆面の謎の人物は、ペッパーだったということになります。

ブレットさんが偶然にも、ティーカップの矛盾を指摘することで、ハルキス犯人説を泡のようにはじけさせてしまった時、ペッパーはほぞをかんだに違いありません。が、自分の計画ミスのせいではない、とみずからを慰めたでしょう——そもそも、ペッパーがいじくる前のティーカップの状態を誰かが見覚えている可能性は、ゼロではなかったんですから。その一方で、まったく想定外にも、ノックスさんがみずから進んで、自分が第三の男であると名乗り出た時、ペッパーは計画がすっかりおじゃんになってしまったこと、さらに、ティーカップの手がかりは見つけてもらうために残された偽の証拠であることが、ぼくにばれたと悟ります。というわけで、ぼくの知ったことはすべてもともと知っているという理想的な立場にいたペッパーは——ぼくが鼻たかだかと、さもわかったふうに熱弁をふるっていた、ひとことで言えば、まさにこのぼくらしさをみっともなくさらしている間、さぞや心の奥でせせら笑っていたことでしょう！——唯一無二の立場にあることを最大限に利用して、ぼくの披露した迷推理を裏づける偽の証拠を付け加えようと、瞬時に決断したのです。ハルキスが死んだことで、せっかく猫ばばした約束手形が文字どおり紙くずになったことを、ペッパーは知っています。ほかにどんな収入源が残っているか？ 盗品の絵画を所持していることをネタにノックスさんをゆするわけにいきません。なぜなら、ノックスさんが警察に告白した時点でペッパーは、先手を打たれたも同然だからです。たしかに、ノックスさんはその絵はただのコピーで、原画に比べれば無価値に等しいと答えましたが、ペッパーはその言葉を信じないことにしました。ノックスさんはきっと自分の身を守ろうとしているだけだろうと——実際、そうでしたね、ノックスさん。ペッパーはさすがでした、あなたが嘘をついているに違いないと推測したのです」

ノックスは唸り声をもらした。あまりのことに、言葉が出ないらしい。

「なんにしろ」エラリーはあっけらかんと続けた。「ペッパーに残された唯一の、臨時収入の道といえばあとは、ノックスさんからレオナルドを盗むことだけになってしまったわけです。ペッパーは、ノックスさんが持っているのは、模写でなく本物のレオナルドに違いない、と確信していました。盗み出すために、まず邪魔者を排除しなければなりません。警察官が殺人犯を探すために、そこらじゅうにうようよしていましたからね。

ここでスローンの出番となります。なぜペッパーはスローンを第二の木偶《でく》として選んだのでしょうか。いまなら、この疑問に答えるのに十分な事実と推論を我々は手にしています。実際、ぼくは少し前にそのことについて少し触れたことがありますよね、お父さん——あの夜のことを覚えていますか?」老人は黙ってうなずいた。「もしスローンが、墓地でこそこそしているペッパーを見かけて、この男こそグリムショーを殺害した犯人だと気づいたのであれば、スローンはペッパーの罪を知っていたということになります。それでは逆に、どうしてペッパーは自分の罪がスローンにばれていることを知ったのでしょうか。いいですか、スローンはペッパーが棺から遺言書を取り出す現場を見ていた。仮に、その場で実際に見ていなかったとしても、のちに棺が発掘されて、開かれた時に遺言書も鋼の箱も消えていた事実から、ペッパーが盗んだと推測できます。ところで、スローンはこの遺言書を破棄《はき》したかった。なら、間違いなくペッパーに会いにいき、殺人をおかしたことを責め、黙っていてやるから、口止め料として遺言書をよこせと要求したでしょうね。ペッパーは、みずからの身の安全がおびやかされるはめになったと気づき、スローンと取り引きしたに違いありません。ただし破棄するのではなく、スローンがペッパーの罪を他言しない保証として、遺言書は自分の手元に残すと言いくるめて。そうしながらペッパーは心ひそかに、殺人者であることを知られた唯一の生き証人のスローンは始末しなければならない、と計画を練り始めます。

かくしてペッパーはスローンの〝自殺〟を工作しながら、あたかもスローンがグリムショーを殺した犯人であるような演出をしました。うまい具合にスローンはどの動機にもぴったり条件が合います。さらにペッパーは、地下室に遺言書の燃えかすを残し、スローンの部屋に地下室の合鍵を隠し、グリムショーの懐中時計をスローンの壁の金庫に入れ、こうやって手がかりをばらまき、いけにえに導く道しるべを点々と残していったのです。ああ、ついでにお父さん、リッターですが、ノックスさんの空き家でボイラーの遺言書の燃えかすを〝見落とし〟ちゃいなかったんですよ。リッターが探した時、燃えかすはそこになかったんです！　ペッパーは遺言書を燃やし、ハルキスの筆跡でアルバート・グリムショーの名が書かれている部分だけは慎重に残して、灰と燃え残りを、リッターの捜索が終わったあとでボイラーの中に仕込んだのです……スローンの銃がスローンを殺害する凶器として使われたのは、ペッパーがハルキス邸のスローンの部屋でたばこ入れの壺に合鍵を入れた時に、くすねてきたからに違いありません。

そう、ペッパーはスローンの口を封じるために、是が非でも殺さなければならなかった。と同時に、警察がこんな疑問を抱くことも承知していました――〝なぜ、スローンは自殺したのか〟。その疑問に対するもっともらしい理由は、次々に手がかりが発見されて自分が逮捕されそうだとスローンが知ったこと、にすればいい。ここではたとペッパーは考えます。スローンがなぜ自分は逮捕されそうだと知ったのか、どう説明すれば警察を納得させられる？　そうだ、スローンは誰かから警告を受けた、ということにすればいいじゃないか。というのが皆さん、おそらくペッパーの一連の考えですよ。では、スローンが警告を受けた、と見せかける嘘の手がかりは、どのように残せばいい？　ああ、なんだ、簡単じゃないか！　かくして、我々はスローンが〝自殺〟した夜にハルキス邸から発信された謎の電話という証拠にぶつかることになったのです。

覚えていますか——警察の意図をスローンに密告した者がいる、と我々が信じるきっかけになった根拠を。そしてペッパーが、遺言書の燃え残りが本物であることを確かめると言ってウッドラフに面会を取りつける電話を、我々の目の前でかけ始めたことも覚えておいででしょうか。あの時、ペッパーは電話をかけて、少し待ってからすぐに受話器を置き、話し中だったと言いましたね。そのあと、もう一度かけてから、今度はウッドラフの使用人と実際に話していますす。そう、一度目の電話をかけた時、実はペッパーは〈ハルキス画廊〉の番号をダイヤルしていたのですよ！　その電話をかけた記録がのちに警察の手で突き止められれば、しめたものです。スローンが受話器を取ると、ペッパーはひとことも言わずに電話を切りました。スローンはさぞめんくらったでしょう。それでも、〝ハルキス邸から〈画廊〉に電話が一本かけられた〟という事実を作るにはこれで十分だ。しかも、我々の目の前でこの小細工をやってのけたところが、腹がたつほど頭がいい。あそこの電話機はダイヤル直通式ですからね、いちいち交換手に電話番号を口頭で伝えずにすむので、それが可能でした。これもまたペッパーの有罪を裏づける、小さな心理的証拠です。スローンに警告の電話を入れる動機を持っている人間は誰も、自分が電話をかけたと認めていないのですから。

ペッパーは、すぐにウッドラフをつかまえて遺言書の真贋《しんがん》をはっきりさせてくると言って、ハルキス邸を出ていきます。が、ウッドラフの法律事務所に行く前に、まず〈ハルキス画廊〉に立ち寄り――ペッパーを中に入れたのはおそらくスローンでしょう――スローンを殺し、自殺に見せかけるため、ちょいちょいと小細工したわけです。この時、ドアを閉めたのが原因で、スローン自殺説がこっぱみじんになってしまうわけですが、行動そのものはペッパーのミスとは言えないでしょう。まさか弾丸がスローンの頭を貫通して、開いたドアの外に飛んでいったとは、さすがのペッパーも知るよしはなかったでしょうしね。スローンの死体は頭を弾丸が飛び出た側を下にして、つっぷしていました。仮にペッパーがスローンの死体に触れたにしても、必要最小限にしか触っていないはずです。おまけに、弾丸がオフィスの外で何かに当たる音もしなかった。壁にかけられた分厚い絨毯にめりこんだからです。そういったさまざまな状況が重なり、運命の犠牲者ペッパーは、現場を立ち去る時にごく自然な行動をとります――殺人者なら本能的にやってしまうことを。そう、ドアを閉めたのです。かくて、ペッパーははからずも自分の手で、自分の計画をくつがえしてしまったのですよ。

スローン犯人説は二週間近くも世間に受け入れられていました――すなわち、万事休すと悟った殺人犯のスローンは、もはやこれまでと覚悟し、みずから命を絶ったのだと信じられていたのです。さて、ペッパーは、これで邪魔者は消えたのだから、いよいよノックスさんから絵を盗み出す頃合いだと考えます。ペッパーにしてみれば、警察は〝殺人犯〟を解決済みの事件簿に放りこんで安心しているわけだから、今回、絵を盗むにあたって、わざわざノックスさんを殺人犯にしたてる必要はない、ただ美術館に返却したくないがためにノックスさんが自分の絵を盗んだと見せかけるだけでいい、という腹づもりだったのでしょう。ところが、いまさらという時になってスイザがのこのこ現れて、スローン自殺説を台無しにする証言をし、しかもその事実が公表されてしまったので警察が殺人犯探しを継続することを、ペッパーは知ります。ならいっそのこと、ノックス氏に自分の絵画を盗む偽装犯だけでなく、グリムショーとスローン殺しの犯人にもなってもらえばいいじゃないか？　計画がうまくいかなかったのは――ペッパーの過失ではありませんがね――ペッパーが、ノックスさんには殺人犯になりうる論理的な可能性があると信じる理由が十二分にあると思いこんでいたせいなのです。もしもノックスさんがぼくに千ドル札の話でご自分の身の潔白を証明してくださっていなければ、ペッパーの計画はまんまと――動機についてうまく説明をつけるのはやっかいそうですが――成功していたはずです。ところで、この千ドル札の一件を聞いた当時、その話を父に報告する理由は全然ありませんでした――聞いたタイミングが、ちょうどスローン犯人説が信じられていた時だったからです。というわけで、ペッパーはご機嫌に、殺人と窃盗の罪をノックスさんに着せる計画に取りかかりました。ぼくがついに奴を追いつめたことにも気づかずに――まあ、その時のぼくはまだ、犯人がペッパーだとは知らなかったんですが。それでも二通目の脅迫状で、ノックスさんをおとしいれる細工を見た瞬間、ノックスさんが無実だと知っていたぼくは、二通目の脅迫状が濡れ衣を着せるための罠であり、さっき説明した理由によって、ペッパーこそが犯人であると推理したのです」

「おい、エル」警視が初めて口を開いて、唸り声を出した。「何か飲め。声が嗄れてきとるぞ。肩はどうだ」

「まあまあですね……さて、これで皆さんもわかったでしょう、なぜ二通目の脅迫状がハルキス邸の外で書かれなければならなかったのか。その疑問に対する答えそのものが、ペッパーが犯人であると指し示していることも。ペッパーは、絵の隠し場所を突き止め、さらに、二通目の内容の脅迫状を書くだけの十分な時間、ノックスさんの屋敷の中に合法的にはいりこむ方法がなかった。しかし、一通目の脅迫状を送りつけたおかげで、捜査官として屋敷の中に配置されることになったのです。覚えていますか、サンプスンさん、それだってペッパー自身が申し出たことですよ。これまた、ほんのささやかとはいえ、ペッパー有罪説に重みを増す論拠と言えなくもありません。

二通目の脅迫状をノックスさんのタイプライターで打つことは、ペッパーの計画における、最後から二番目の段階でした。もちろん最終段階は、絵画を盗むことですよ。屋敷に配置されている間に、ペッパーは絵を探しまくります。当然、絵が二枚存在するなどと知るよしもありません。ペッパーはノックスさんのコレクションを陳列したギャラリーの壁にずれる羽目板を発見し、絵を盗み、屋敷の外に持ち出し、ノックスさんの五十四丁目の空き家に隠します――

実に巧妙な隠し場所です！　そして、二通目の脅迫状を送る作業に取りかかります。ペッパーの頭の中では、計画はすでに完了していました――残る仕事は、サンプスンさんの片腕たる法の番人としてゆうゆうと座して待ち、ぼくがあの〝£〟のしるしの意味に気づかなかった場合には口を出して、ノックスさんが脅迫状の書き手である、というふうに誘導し、罪をかぶせるだけです。ほとぼりが冷めたあかつきには、たいして穿鑿《せんさく》好きでない蒐集家《しゅうしゅうか》や故売屋に売りつけて絵画を金に換《か》えればおしまい、というわけです」

「警報装置のことはどうなんだ」ジェイムズ・ノックスがご下問になった。「あれはどういうつもりだったんだ」

「ああ、あれですか！　それはですね、ペッパーは絵を盗んで」エラリーは答えた。「脅迫状を書いてから、警報装置をいじったんです。あの男の計画では、我々がタイムズ・ビルディングの会合に出かけて、手ぶらで戻ってくることになっていました。それで我々がだまされたと気づき、脅迫状の目的は泥棒が絵画を盗む間、屋敷から自分たちをおびき出す餌だったのだ、と考えるはずだったのですよ。警報装置がいじられているのは、泥棒がはいったまぎれもない証拠、というわけです。ノックスさん、もしも我々が、あなたに罪があると判断すれば、〝見ろ！　ノックスは自分で自分の警報装置をいじって、今夜、外から泥棒が屋敷にはいって絵を盗んでいったと警察に思わせようとしたんだ〟と言うはずだったんですよ。実にややこしい計画でした。うんと集中して頭を絞って、ようやく全貌《ぜんぼう》が理解できる。まあ、それこそが、ペッパーの思考回路がいかに鋭く巧妙なものだったかを示しているとも言えますけどね」

「これで全部はっきりしたな、うん」唐突に地方検事が言った。サンプスンはエラリーの説明の道筋を猟犬のように忠実に追っていたのである。「しかし、ぼくが知りたいのは、二枚の絵の件だ――なぜきみがノックスさんを逮捕させたのか――そのあたりのことだが」

ここで初めてノックスのいかつい顔に満面の笑みが広がった。エラリーも声をたてて笑った。

「ノックスさんが意外と〝茶目っ気〟のある人だってことは、もう前々からなんとなくわかっていたじゃないですか。で、今回はノックスさんに、その持ち前の茶目っ気を存分に発揮していただいた――というのがあなたの質問への答えですよ、サンプスンさん。まあ、二枚のまったく同じ、正真正銘、本物の古い絵画が、微妙な肌の色の差以外、見分けがつかないというくだらない〝伝説〟のことは、皆さんにお話ししておくべきだったかもしれませんが――正真正銘、嘘八百のお芝居です。二通目の脅迫状が届いた日の午後、推理によって、ぼくはすべてを知りました――ペッパーの計略も、その罪も、目的も。しかし、ぼくは微妙な立場にありましてね。その場ですぐに告発、逮捕したとしても、あの男を有罪にできる証拠はかけらも持ち合わせていません。おまけに、貴重な絵画はあいかわらずペッパーの手中に落ちたままで、どこにあるかわからないときている。ここでいきなり、へたにペッパーの罪をあばいてしまえば、絵はおそらく永久に見つからない。レオナルドが正当な持ち主であるヴィクトリア＆アルバート美術館に返されるのを見届けるのはぼくの義務です。一方で、もしもペッパーを罠にはめて、盗まれたレオナルドを持っている現場を押さえることさえできれば、絵を持っていることがそのまま奴の有罪の証拠となり、さらには、絵を無事に取り返すこともできるのです！」

「まさか、あの肌の色の色合いがどうのこうのという薀蓄《うんちく》は、全部、作り話だったってのかい」サンプスンが詰め寄った。

「そうですよ、サンプスンさん——これはちょっとした計略、ぼくがでっちあげた脚本です。ペッパーだってぼくをはめたんですからね、今度はこっちがはめてやったんです。ぼくはノックスさんに何もかも打ち明けました——誰が、どのように、ノックスさんに濡れ衣を着せようとしているのか。するとノックスさんはぼくに、ハルキスから本物の絵を買い取った時に複製を作らせていたことを告白してくださったのです。もし、警察からの圧力が強くなれば、自分がハルキスから買ったのはこの絵だといつわって、複製の方を美術館に返すつもりだったと。もちろん、専門家がひと目見れば、なんの価値もないコピーだとばれますが——でも、ノックスさんの言い分が嘘だと証明することはできませんから、堂々と罪をまぬがれたでしょうね。ところで、ノックスさんはヒーターの偽の電熱コイルの中にコピーを、羽目板の奥に本物を隠していたのですが、ペッパーが盗んでいったのは本物の方でした。しかしぼくは、この話を聞いて、ひとつ計画を思いつきました——小さな真実と大きな作り話を利用した計画です」

エラリーの眼には、その時のことを思い出して光が躍っていた。「ぼくはノックスさんに、あなたを逮捕することにした、と告げました——あくまでもペッパーの利益になるように——ノックスさんを告発し、不利な証拠や状況をいくらでも用意する。とにかく、ノックスさんをおとしいれようとした計画が完全に成功したと、ペッパーに信じさせるためなら、どんなことでもやるつもりだ、と。ここでなんとノックスさんが、そりゃもう最高の反応をしてくれたんですよ。ノックスさんはね、自分をはめようとしたペッパーにちょいと復讐したくてたまらなかった。それに、美術館にただのコピーをつかませて、本物の絵をだまし取ろうとした悪だくみを後悔して、つぐないたいと思われた。それで、ぼくのためにいけにえ役を引き受けることに同意してくださったのです。ぼくらはトビー・ジョーンズを呼び出しました――いま話しているのは全部、金曜の午後のことですよ――そして皆で額を突き合わせ、これなら必ずペッパーがひっかかると自信を持って言える作り話をひとつでっちあげました。そうそう、この話しあいは全部、録音機《ディクタフォン》に記録しました。ぼくらが共謀して作り話をこさえ、あれこれ計画を練っている会話がそっくりそのまま録音されています。これは万が一、ペッパーを罠にかけるのに失敗した場合の保険で……ノックスさんは本当に逮捕されたわけではなく、単に、真犯人をつかまえる計略の一環で協力しただけだ、という物的証拠を残すためです。

さて、専門家がさももっともらしく、有名な歴史上の実際の出来事やら、同時代のイタリアの著名な画家の名前やらをちりばめ、二枚の絵画における〝微妙な違い〟の〝伝説〟をとくとくと語るのを聞いた時のペッパーの気持ちを、まあ想像してみてください――もちろん、この〝伝説〟はでたらめですよ。あの部分絵を描いた古い油彩画はただ一枚しか存在しません――レオナルド本人による原画のみです。伝説なんてありゃしない。〝同時代〟の複製もない――ノックスさんがお持ちの模写とは、現代ニューヨークで作らせた、本物とは月もすっぽんもいいところの、少しでも美術をかじった者ならすぐに贋作《がんさく》とわかるがらくたです。ぼくが今回、奴の裏をかくささやかな計画に提供した材料は、いまお話ししたので全部ですよ……さて、ペッパーはジョーンズの口から権威たっぷりに、専門家の自分でさえ、レオナルドともう一枚の〝同時代〟の模写を見分ける唯一の方法は、実際に並べて見比べるしかない、と聞かされます！　ペッパーは、まさにぼくが奴に考えてほしかったとおりに考えたに違いありません——〝なるほど、いま、自分の持っている絵が本物か模写かを直接知る方法はないのか。ノックスの言葉は信用できない。となると、是が非でも二枚を突き合わせてみなければなるまい——できるだけ早くに。いま、ここにある絵は、まもなく検事が証拠品として押収する。ぐずぐずしていると手の届かないところにいってしまう〟。二枚を比べてどちらが本物のレオナルドかわかれば、複製の方を保管庫へ戻そう、というわけです。たとえ絵をすりかえても、ペッパーの身に危険はおよびません——なぜなら、専門家本人さえも、二枚を並べてみなければ、〝違いがわからない〟と認めたのですから！

　まさに天才的なひらめきだ」エラリーはつぶやいた。「ぼくは自分で自分を誉めてやりたい。あれ——拍手してくれないんですか、誰も？……もちろん、もしもぼくらの相手が美術に通じた、たとえば美術の専門家や、画家や、たとえ素人でも愛好家だったとしたら、ぼくはジョーンズにあんな馬鹿げた作り話をさせる、危険な賭けはしませんでしたよ。でもペッパーが美術に関しては、ずぶの素人だと、ぼくは知っていましたからね。こっちの作り話をうのみにしない理由はない。なんたって、ほかの状況はすべて本物らしいのですから——ノックスさんが逮捕、勾留され、新聞という新聞が派手に書きたて、スコットランドヤードから通告までされている——いや、まさに非の打ちどころがないじゃないですか！　それに、サンプスンさん、あなたも、そしてお父さん、あなたも、あれがほら話だと気づくわけがないのはわかっていました。おふたりの人間狩りの能力の偉大さは、心から尊敬していますが、芸術についてはどちらも、そこのジューナと同じでとんと、うとくていらっしゃいますからね。ただひとり、ぼくが恐れる理由があったのは、ブレットさんです――なのであらかじめ、ぼくはその日の午後に、計画のあらましをざっと説明しておきました。その結果、ノックスさんが〝逮捕〟された時、ブレットさんはいかにもそれらしく、恐れおののく芝居をしてくれたというわけです。ところで、ここでひとつ、ぼくの手柄を誉めたたえたい気分ですね――ぼくの演技力ですよ。どうです、なかなかの役者だったでしょう?」エラリーはにやりとした。「ぼくの才能はさっぱり認めてもらえないようですね……ま、なんにしろ、ためしたところで失うものは何もない、自分の得になるだけだ、と思ったペッパーは、ほんの五分間でいいから二枚の絵を並べて見比べたい、という欲に勝てなかったのです……まさにこっちの予想どおりですよ。

ぼくがノックスさんをご自宅で糾弾していた時には、もうヴェリー部長刑事に命じてペッパーのアパートメントやオフィスを捜索させていました――断っておきますが、部長は父を裏切ると思うだけで、あの巨体の全身の骨が音をたてて震えるほど父に忠実な人で、今回、ぼくの無理難題につきあってしぶしぶ腰をあげてくれはしましたが、ぼくの命令を優先したのは、決して部長の本意ではなかったのです。ぼくが部長にそんな無茶をさせたのは、ペッパーが絵をこの二カ所のどちらかに隠している、万にひとつの可能性があったからです。当然といえば当然ですが、どちらにもありませんでしたけどね。それでも、万全を期して確かめなければならなかった。金曜の夜、ぼくは地方検事局にその絵を運ぶ役がペッパーにあてがわれるようにはからいました。これでペッパーは好きな時に絵を持ち出す機会を得たわけです。その夜と昨日の昼間は、まあ当然でしょうが、ペッパーはおとなしくしていました。あとはもう皆さんもご存じのとおり、ペッパーは検事局の保管庫から絵を持ち出し、ノックスさんの空き家の隠し場所に行きました。そこで奴が二枚の絵を――本物と、無価値なコピーの両方を持っているところを現行犯で押さえたわけです。もちろん、ヴェリー部長と部下たちは一日じゅう、猟犬のようにペッパーを追跡していました。彼らから、ぼくはペッパーの動向について、逐一《ちくいち》、報告を受け続けていたんです。奴がレオナルドをどこに隠したのか、知りませんでしたからね。ペッパーがぼくの心臓を狙って撃ったという事実は――」エラリーは肩を優しく叩いた。「――まあ、後世の人類にとって幸いにも、かすり傷ですんだわけですが、ともかく、奴がぼくを撃ったという事実は、あの苦悶に満ちた発見の瞬間、ペッパーがついに、形勢逆転でぼくに出し抜かれたのを悟った末の、自白と言えるでしょう。

これにて一件落着、と、こう思う次第であります」

一同はため息をつき、ほっと身じろぎした。ジューナが、まるで前もって打ち合わせていたかのように、さっとお茶道具を持って現れる。続く歓談の間、しばらく事件は忘れさられた――このお喋りにジョーン・ブレット嬢とアラン・チェイニー君がひとことも参加しなかったことは、特筆しておくべきだろう――やがて、サンプスンが言った。「ひとつ説明してもらいたいことがあるんだがね、エラリー君。きみは、脅迫状に関するさまざまな出来事を分析するうえで、共犯者のいる可能性について、手間ひまかけて解説してくれた。いや、すばらしかったよ！　しかし――」サンプスンはいかにも検事らしい仕種で、勝ち誇ったように人差し指をびしっと宙に突き出した。「――もともとのきみの分析はどうだった？　脅迫状を書いた者であるいちばんの条件は、ハルキスに不利な手がかりをハルキス邸で仕込むことが可能だった者、すなわち殺人犯に違いない、ときみ自身が言ったのを覚えているかい」

「言いましたね」エラリーは記憶を振り返っているように、またたいた。

「だが、きみは手がかりを仕込んだのが殺人犯の共犯者である可能性について、何も言わなかったぞ！　なぜ、共犯者がいたという可能性をあっさり捨てて、殺人犯だと決めつけることができたんだ」

「まあ、そう興奮しないで、サンプスンさん。説明と言っても、自明の理なんですが。グリムショー本人が、自分にはひとりしか相棒がいないと言っていました――よね？　我々は、その他もろもろの条件から、この相棒がグリムショー殺しの犯人であると証明しました――よね？　相棒がグリムショーを殺した犯人ってことはですよ、その罪をほかの人間に――最初はハルキスにでしたが、なすりつける動機をいちばん持っていたのがこいつってことでしょう。だからぼくは、偽の手がかりを仕込んだのは殺人犯だ、と言ったんですよ。なぜ、共犯者の仕業であるという論理的な可能性がないのか。理由は単純です。殺人犯はグリムショーを殺すことで、あえて、共犯者を始末しているからですよ。せっかく共犯者の口を封じておいて、すぐまた、偽の手がかりを残すために、別の共犯者を探すでしょうか？　不利な証拠を仕込んだ計画者が、いけにえとしてハルキスを選んだのは、まったくの思いつきでした。言いかえれば、〝真犯人としてもっともらしい〟身代わりなら誰でもよかった。なら、いちばん手ごろな身代わりを選びますよ。せっかく共犯者をひとり始末したのに、またひとり共犯者を作るはめになった、なんて頭の悪いやりかたじゃ手ごろもへちまもない。だから、ぼくはこの狡猾な犯人の頭のよさを信頼して、偽の手がかりを仕込んだのは犯人自身だと主張し続けたわけです」

「わかった、わかった」サンプスンは両手をあげて降参《こうさん》のポーズをとった。

「ヴリーランド夫人はどうなんだ、エラリー」警視が好奇心を見せた。「わしは、あの女とスローンは恋仲だと思っとったんだがな。それなのに、あの夜、スローンが墓地にいるのを見たとわしらに密告したのは、変じゃないかね」

エラリーは新しいたばこをひらひらと振った。「枝葉末節ですね。スローンの奥さんが夫を尾行して〈ホテル・ベネディクト〉に行った時の話の様子からでも、スローンとヴリーランド夫人が、愛人関係にあったことはたしかですよ。まあ、お父さんもすぐにわかることでしょうが、スローンは〈ハルキス画廊〉の権利を相続する唯一の方法は、自分の妻を経由することだ、と気づいたとたん愛人を捨てて、それからはひたすら妻の機嫌をとることに必死だったんじゃないですか。だからヴリーランド夫人は、ええと、つまり――袖《そで》にされた愛人としては――当然、スローンにできるかぎりのいやがらせをしてやろうと考えたんですよ」

アラン・チェイニーが急に息を吹き返した。やぶからぼうに――あいかわらず、ジョーンの眼をかたくなに避けながら――訊ねてきた。「あのウォーディスって医者はどうなんです、クイーンさん。あいつはいまどこに？　なんで逃げたんだ？　この事件に関わってるとすれば、どこに関わってるんだろう」

ジョーン・ブレットは自分の両手をしげしげと見つめている。

「思うに」エラリーは肩をすくめた。「ブレットさんがその質問に答えられるんじゃないかな。ぼくは前々から怪しいと思っていたんだけどね。……ええと、ブレットさん？」

ジョーンは顔をあげて、とても愛くるしく微笑んだ――あいかわらず、アランの方を見ようとはしなかったが。「ウォーディス先生はわたしの協力者でした。本当ですのよ！　あの人はスコットランドヤードで一、二を争う腕利きの捜査官です」

どうやらこれはアラン・チェイニー君にとって、すばらしいニュースのようだった。空咳《からぜき》をして、驚きをごまかすと、前よりもいっそう熱心な眼で敷物を調べ始めた。「そうなの」ジョーンはあいかわらず愛らしく微笑みながら続けた。「あなたにはあの人のことを何もお話ししませんでしたね、クイーンさん。あの人に止められていたんです。ウォーディスさんが姿を消したのは、当局の目と干渉に邪魔されずに、レオナルドの行方を追うためでした――こんなことに巻きこまれて、うんざりしてらっしゃいましたけれど」

「ということは、あなたが手引きして、ウォーディス先生をハルキス邸に入れたわけですね」エラリーは訊ねた。

「ええ。この件はもう、わたしの力ではどうにもならないと悟って、美術館にそう報告すると、美術館はスコットランドヤードに協力を求めました。それまでヤードは盗難事件のことを知らなかったんです――美術館はこの事件について、おもてざたにしないよう、必死でしたから。ウォーディスさんは実際に医師免許をお持ちで、これまでにもさまざまな事件で、医師に変装して活躍されたかたです」

「ウォーディスさんはあの夜、〈ホテル・ベネディクト〉のグリムショーを訪ねていったんですね?」地方検事は訊ねた。

「ええ、もちろん。あの夜、わたしは自分でグリムショーを尾行することができませんでしたから。ウォーディスさんにそう伝えると、わたしのかわりに尾行してくれて、グリムショーが覆面の男と合流するのを目撃して……」

「ペッパーだな、むろん」エラリーがつぶやいた。

「……ホテルのロビーでぶらぶらしていたら、グリムショーと例の覆面男ことペッパーが、エレベーター《リフト》に乗りこんでいったそうです。それから、スローンが、次にスローンの奥様、そしてオデル――最後にウォーディスさんも上階にあがっていきましたが、グリムショーの部屋にはいらないで、監視していたそうです。そのまま、最初の覆面男を除いた全員が出ていくまで見張っていました。でも、こんなことを皆さんにお話しするには、当然、身元を明かさなければなりませんし、それは避けたいことでしたから……結局、成果のないまま、ウォーディスさんはハルキスさんの屋敷に戻られました。次の晩、グリムショーとノックスさんが、訪ねてこられた時――そのころはまだ、いらしたのがノックスさんだとは知りませんでしたが――ウォーディスさんは運悪くヴリーランド夫人と外出していました。あの奥さんと親密になろうとしていたのは、ええと、ええと――なんて言えばいいかしら――〝刑事の勘〟で、何かを引き出せると考えたからなんです！」

「で、あいつはいまどこにいるのかなあ？」アラン・チェイニーはまるで絨毯の模様に向かって語りかけるように、いかにも無関心そうな口調で言った。

「たぶん」ジョーンは紫煙のたちこめる空気に向かって言った。「ウォーディスさんなら、いまごろは国に帰る途中の海の上じゃないかしら」

「ああ」アランは、このうえなく満足のいく答えを聞けたというように、声をもらした。

＊

ノックスとサンプスンが帰ってしまうと、警視はほっとため息をつき、父親らしい仕種でジョーンの手を取り、アランの肩を叩くと、用があると言って、出ていってしまった――察するに、飢えた新聞記者の大群と向き合ったり、それよりは愉しい用事と言えなくもない、グリムショー＝スローン＝ペッパー事件というジグザグ道をいなずまのスピードであっちこっちに振りまわされ続けて精神を消耗した雲の上のお偉方たちと面会したりしにいったのだろう。

客人たちと取り残されると、エラリーは急に、傷ついた肩の包帯を熱心に気にし始めた。まったく紳士らしさのない、もてなし役というものである。ジョーンとアランは、とうとう腰をあげて、ぎこちなく別れの挨拶をしようとした。

「おや！　まさか、もう帰るんですか、おふたりさん？」エラリーはやっと愛想よく声をあげ、ソファからずるずると這うようにおりて、能天気に笑ってみせた。ジョーンの象牙細工のような鼻孔はかすかに震えており、アランの方はこの一時間というものすっかり没頭していた絨毯の複雑な模様を片方の爪先でなぞることに夢中になっている。「うん！　まだ帰らないでほしいな。ちょっと待って。特にブレットさん、あなたがきっと興味を持つ物があるんだ」

謎めいた言葉を残し、エラリーは急いで居間を出ていった。エラリーがいない間、残されたふたりは、ひとことも交わさなかった。ふたりとも、まるで絶交中の幼児のように突っ立ったまま、こっそりと互いの様子をうかがっている。エラリーが右腕の下に、巻いて筒にした大きなキャンバスをかかえて寝室から出てくると、ふたり同時にため息をついた。

「これが」エラリーはおごそかにジョーンに言った。「すべてのごたごたを引き起こした元凶の代物だ。こちらとしてはもう、さんざん気の毒な目にあわされたレオナルドを証拠品として必要としていない――ペッパーは死んで、裁判の必要がなくなった……」

「まさか――あなた、まさか、それをわたしに――」ジョーンがゆっくりと口を開いた。アラン・チェイニーはきょとんとしている。

「そのとおり。ロンドンに帰るんでしょう？　だから、せめてぼくからのはなむけとして、当然あなたが手にするはずの栄誉を差しあげたいんだ、ブレット副官――レオナルドをあなた自身の手で美術館に持ち帰る特権を」

「まあ！」薔薇《ばら》色のくちびるがかすかに震えながら、たまごの形に開いた。が、たいして感動しているようではなかった。巻いたキャンバスを受け取ると、右手から左手に、そしてまた右手にと、まるでそれをどう扱えばいいのか当惑しているように、持ちかえている——こんな古ぼけた絵の具の染みをめぐって、三人の男が命を落としてしまった。

エラリーはサイドボードに歩いていくと、一本の瓶を取り出した。古めかしい褐色の瓶は、実に魅力的にきらめき、ちらちらと揺れる光を放っている。エラリーが小声でジューナに何か囁くと、値《あたい》千金の端役《はやく》俳優はきびきびと台所にはいっていき、まもなく、サイフォンや炭酸水やそのほか、酒好きの芸術のために必要な道具をたずさえて戻ってきた。「スコッチ&ソーダはいかがです、ブレットさん」エラリーが陽気に声をかけた。

「まあ、いただけません!」

「それじゃ、軽くカクテルでも?」

「本当にご親切には感謝しますけれど、わたしはお酒をたしなみませんの、クイーンさん」さっきまでの当惑した様子は、すでに別の表情に切りかわっていた。ブレット嬢は最初に出会ったころの、冷ややかな、つんとすました顔に戻ってしまい、男のにぶい目にはとんと、そこに論理的な理由があるように見えないのだった。

アラン・チェイニーは、むさぼるように酒瓶をじっと見ていた。エラリーは勝手に、グラスや酒の道具を忙しくいじっている。ほどなく、背の高いグラスの中に威勢よく泡がはじける琥珀色の液体が満たされた。エラリーは、いかにも酒というものをよく知っている酒好きが同好の士にすすめるように、アランに向かって差し出した。

「最高にいけるやつだよ」エラリーは囁いた。「きみがこういうものにめっぽう目がないってことはよく知ってる……ええっ、どうしたんだ、きみ――?」エラリーは驚きの声をやっと押し出した。

なぜならアラン・チェイニー君が、ジョーン・ブレット嬢の分別ある厳しい眼に見据えられ――そう、あの自他共に認めるりっぱな飲んだくれの、アラン・チェイニー君がである――なんと、この絶妙に調合された香気あふれる飲み物を、事実、断ったのだ!「いや」雄々しくも意気地を見せて、アランはかすれそうになる声を絞り出した。「いや、ありがとう、クイーンさん。ぼくはもうそいつはやめたんだ。なんと言われようと、誘惑にはのらない」

暖かな光が一条、ジョーン・ブレット嬢の顔に射しこんだように見えた。陳腐《ちんぷ》な語彙《ごい》のセンスの持ち主なら〝ジョーンは光り輝いていた〟とでも言うことだろう。実際のところ、ジョーンの身体を包んでいた氷のベールが魔法のごとくたちまち溶け去ったかと思うと、またもや論理的な理由もなしに、ジョーンは頬を赤らめ、うつむいて床を見つめ、もじもじと爪先で床をこすり始めたのである。百万ドルの価値があるというレオナルドは、その腕の下からずり落ち、まるで安物のカレンダーのように、完全に存在を忘れられていた。

「あれ!」エラリーは声をあげた。「だけど、ぼくはてっきり――まあ、それはともかく!」釈然としなかったが、どうにか失望を払いのけ、エラリーは気を取りなおした。「いやあ、ブレットさん。こりゃまるで古くさい三文芝居じゃないですか。主人公がいきなり酒断ちして――三幕目のどたんばで心を入れ替えるなんて。あ、そうそう、ぼくの聞いた話じゃ、チェイニー君は今後、莫大なものにふくれあがったお母さんの財産を管理する役を引き受けることに同意したって――ねえ、チェイニー君？」アランは息もつけずにうなずいた。「それに、法律的なごたごたがすっかり片づけば、〈ハルキス画廊〉の経営もまかされることになるんだろう」

エラリーはとりとめなく喋り続けた。やがて、ぴたりと口をつぐんだ。なぜなら、客人のどちらも、まったく話を聞いていないことに気づいたからだ。ジョーンはアランに対し、どうにかなってしまいそうな胸の高鳴りを覚えたようだった。理解が――と呼ぶべきかどうかはわからないが、何ものかが――ふたりの眼と眼をへだてる空間の隙間《すきま》を埋めるように橋をかけたかと思うと、ジョーンがまた、ぽっと頰を赤らめ、エラリーを振り返った。当のエラリーは途方に暮れて、ふたりを眺めている。「あの、わたし」ジョーンが口を開いた。「もうロンドンには戻らないと思いますの。あなたには本当に――本当にいろいろ、よくしていただいて……」

そしてエラリーは、ふたりが出ていってドアが閉まったあと、床に転がったキャンバスを――ジョーン・ブレット嬢のやわらかな腕の下からすべり落ちてしまっていたのである――しげしげと見つめて、ため息をつくと、年端もいかないうちからすでに絶対禁酒主義の片鱗《へんりん》を見せ始めているジューナ少年のいささか非難がましい視線を浴びながら、手ずからこしらえた特製のスコッチ&ソーダをひとりですっかり、まるまる飲み干してしまった……そのほっそりした顔に広がった、牛のようにのんびりと満足げな表情から察するに、まんざら不愉快な儀式というわけでもなさそうだった。

解説

辻　真先

　ぼくは決して海外ミステリに強い男ではない。ミステリ作家の看板をあげている者としてお恥ずかしい次第だけれど、事実なのだ。でもそんなぼくですら、エラリー・クイーンの存在は別格であった。

　正直にいえば、ぼくが最初に呆然とさせられたのは、クイーンには違いないが彼（正しくは彼ら）の別名義バーナビー・ロスの作品を通読したときであった。いわずと知れたドルリー・レーン四部作である。すべてを読了したあと、そしてクイーンとロスの公開論争という大芝居のエピソードまで知ったあと、ぼくはこの作家の目ざましい稚気《ちき》と、謎に捧げる熱気にあてられて、しばらく現実の世界にもどれなかった。まだ日本が戦争に負けて間のないころで、ぼくは中学四年（そのころの旧制中学は五年制であった）くらいと記憶している。

　ませガキだったぼくは、小学生のころからミステリに馴染んでいたので、機会さえあれば大人ものだろうと子供ものだろうと、貪《むさぼ》るように読んでいた。だから少しはミステリのお約束を知っており、子供ながらに犯人当てを試み作者と智恵比べをした気分になっていた。そんなぼくが、ロスの四部作を読んだのである。出会い頭に横面を張り倒された印象であった。

それは幼いぼくに壮絶な感動をもたらしてくれた。単なる謎解きではない。はるかに高いレベルでの作者と読者の「知」の格闘であることを知らされた。ああ、推理作家とは自作に、これほどまでのエネルギーをついやす人種なのか!

ぼくより一世代若いミステリ作家のみなさんに話を聞くと、ホームズと少年探偵団の二大シリーズに触発されて、この道へ迷いこんだ?人が多いようだ。軍国日本の世に生まれたぼくは、もう少しよけいな年をとっていたが、ホームズの秀作短編や「妖犬」(『バスカヴィル家の犬』はこの邦題だった)、乱歩の『少年倶楽部』連載シリーズは、空襲開始の前に読むことができた。当局の指示で、少年探偵団ものの第四作に二十面相が顔を出せなかったのは残念だが。ホームズより怪盗ルパンの方に多く接する機会があったのも、原産国がイギリスとフランスの違いがあったせいなのか。

そして敗戦である。戦時中の情報統制が解かれて、ミステリは怒濤の勢いでわれわれの机上に押し寄せた。その中にドルリー・レーン探偵の四冊があったわけだ。そのときの印象があまりに強かったからだろう、つづいて読み始めたクイーンの国名シリーズは、必ずしも百パーセントぼくを圧倒するものではなかった。むしろ地味な印象さえ受けた。おなじころ識者のミステリ評論を生かじりしたのも、影響していそうだ。

謎解き小説の醍醐味は、終盤の名探偵独演の面白さに尽き、それまでの間は読者を少々退屈させてもやむを得ない。——そんな文章を覚えている。

そうか、じゃあ途中がダレても仕方がないんだ。ろくすっぽ名作に触れてもいないのに、そう独り合点した。

今ごろ幼い日々の無知を晒しても手遅れだが、解説役を仰せつけられ新訳のクイーンを読めることになり、あらためて恥ずかしくなった。

途中でダレるって？　とんでもない！

縦横無尽に張りめぐらされた伏線の網を、そうとは気づかれぬよう物語の谷と山にひそませて、読者を翻弄する手際。

……と書き始めてもう一度あわてた。これはミステリ、しかも堂々と「読者への挑戦状」という知的決闘宣言を用意したクイーンの作品である。論理で追い込む本格の粋を、こんな幼稚な初体験レベルのぼくが、どう「解説」するというのだ。

せっかく盛り上がったミステリ読みの陶酔に、水をかけるのが関の山というのでは、そんな解説なぞない方がマシといえるだろう。

いくらぼくだって、ミステリの解説に書いていいことと悪いことの区別くらいつく。犯人の名前を大音声で告げ、トリックのエッセンスを暴露しようものなら、ぼくは即座に日本推理作家協会と本格ミステリ作家クラブから放逐されてしまう。

率直にいってミステリの解説はやりにくい。傑作の傑作たる所以《ゆえん》、ここがいちばん面白いところです、キモなんです。さあみなさん、ぼくの解説に注目してください！

——というわけにはゆかないのだ、絶対に。

肝心かなめをワープして、どうすりゃ解説の格好がつくのかね。

あのころの失敗を繰り返してはならない。それはまあ、わかっている。だから書誌学じみて勿体をつけ、「エラリー・クイーンは、フレデリック・ダネイとマンフレッド・ベニントン・リーの従兄弟同士が合作したときのペンネームである。『ギリシャ棺の謎』が書かれたのは、一九三二年。クイーンを代表する国名シリーズの第四作にあたり、同年には『エジプト十字架の謎』も上梓されている。なおおなじ三二年には、ロス名義の『Xの悲劇』『Yの悲劇』も書かれていて、クイーンの生涯でもっとも実り多い一年であったといえるだろう」と書き連ねるのは簡単だが、ネット時代の今、その程度の知識なら誰だってパソコンから得ることができる。

……まあ、同年に辻という日本の推理作家が生まれたことまでは、調べられないだろうが。

ミステリからも書誌学からもアプローチ無用とあれば、のこる手は……さて、どうするか。

ここでぼくは、もうひとつの自分の看板を思い出した。シナリオである。ぼくはミステリ作家のつもりでいるが、もしかしたら読者は、辻の小説よりアニメシナリオの方に馴染んでいるのかもしれない。

ミステリ、それも本格長編は堅牢な構成が必須な点が、シナリオと共通している。ピースとピースを組み合わせて、三次元的なモニュメントを形作らねばならないからだ。してみれば、ミステリの解説にドラマツルギーを援用する方法がありそうだ。

安直な思いつきだが、早速やってみることにした。暫時おつきあいくださるだろうか。

ドラマ（ぼくは専らアニメだが）なら、開幕早々まず客の注意をひかねばならない。ずらりと並んだチャンネルのどれを選択しても、原則タダであってみれば、客につづけて見たいと思わせるのはただもう面白いか退屈か、その一点にかかっている。テレビやマンガの業界ではこれを「ツカミ」というのだが、『ギリシャ棺』のツカミはどうか。

美術商ハルキスの葬儀にはじまって、書き直されたばかりで誰の目にも触れていない遺言書が、不可能状況のもとで消失する発端の謎。それを気をもたせることもなく、エラリーがさらりと解いてのける。この名探偵の颯爽ぶりがロジックを主人公とした本格ミステリであることを、強烈に読者に訴求するのだ。

キャラクター描写も鮮やかで、警視をはじめとする捜査陣、召使のジューナ少年にいたるまで過不足のない描写で、読者にそれぞれの魅力をアッピールしている。捜査される側ももちろんで、唯一花のある娘役といい「偉大な」とまで形容される大立者といい、鮮やかに読者を惑乱させる大役を演じている。これがアニメなら、とっておきの声優を繰り出して演技術を披露させるところだ。テレビのミステリドラマが、配役を見ただけで誰が真犯人なのか見当がつくお粗末さと対極にあるといっていい。

ことに『ギリシャ棺』では、エラリーが大学を出て間がないという設定で、未熟な若さを露呈するひと幕がある。この場面は再読しても三読しても、スリルがある。ミステリとして鮮やかな急旋回であり、ここまで主役を追い詰めるなんて、考え抜かれた作者コンビの力業だ。勝手な推測だけれど、この精密な練り込みは合作ならではの功績かもしれない。エラリーの推理談義には、赤緑色覚異常（どちらも灰色がかって見える）に関する誤解がまじっているけれど、作品全体の価値に決定的影響はないことを付言しておこう。

シナリオ作法ではとかくクライマックスの盛り上げに筆をついやすことが多いが、実際にドラマの興趣を決定するのは、それ以前の準備――クライシスがいかに強烈に設定できたかによる。『ギリシャ棺』がミステリの古典になり得たのは、真犯人を追い詰める山場の形の見事さと、それを十二分に心得た作者の演出力とがあったからだ。だから「開眼」の章で、彼らはあえて最後まで、真犯人の名を記さなかったに違いない。

そしてそいつの正体が明らかになるや否や、エラリーのいう「大団円」に向かって、物語は一挙になだれ込むのである。

ミステリでありながら、いやだからこそというべきか――『ギリシャ棺の謎』はドラマとしても、稀に見る首尾整った長編となっている。そこで繰り返しになるが、拙い解説のラストにもう一度嘆かせていただこう。

この傑作が、ぼくとおない年――八十二年も前に書かれていたなんて!

検印
廃止

訳者紹介　1968年生まれ。1990年東京外国語大学卒。英米文学翻訳家。訳書に，ソーヤー『老人たちの生活と推理』，マゴーン『騙し絵の檻』，ウォーターズ『半身』『荊の城』，ヴィエッツ『死ぬまでお買物』，クイーン『ローマ帽子の謎』など。

ギリシャ棺の謎

2014年7月31日　初版

著　者　エラリー・クイーン

訳　者　中《なか》村《むら》有《ゆ》希《き》

発行所　(株)　東京創元社
代表者　長谷川晋一

162-0814/東京都新宿区新小川町1-5
電　話　03・3268・8231-営業部
03・3268・8204-編集部
URL　http://www.tsogen.co.jp
振　替　00160―9―1565
暁印刷・本間製本

乱丁・落丁本は，ご面倒ですが小社までご送付ください。送料小社負担にてお取替えいたします。

ISBN978-4-488-10439-9　C0197

〈読者への挑戦状〉をかかげた
巨匠クイーン初期の輝かしき名作群

〈国名シリーズ〉

エラリー・クイーン◎中村有希 訳

創元推理文庫

ローマ帽子の謎 ＊解説＝有栖川有栖

劇場で起きた弁護士殺しに挑むクイーン父子

フランス白粉の謎 ＊解説＝芦辺 拓

デパートのウィンドウで見つかった死体の謎

オランダ靴の謎 ＊解説＝法月綸太郎

病院内の連続殺人を解明する純粋論理の冴え

カーの真髄が味わえる傑作長編

THE CROOKED HINGE◆John Dickson Carr

曲がった蝶番

新訳

ジョン・ディクスン・カー

三角和代 訳　創元推理文庫

◆

ケント州マリンフォード村に一大事件が勃発した。
25年ぶりにアメリカからイギリスへ帰国し、
爵位と地所を継いだファーンリー卿。
しかし彼は偽者であって、
自分こそが正当な相続人である、
そう主張する男が現れたのだ。
アメリカへ渡る際、タイタニック号の沈没の夜に
ふたりは入れ替わったのだと言う。
やがて、決定的な証拠で事が決しようとした矢先、
不可解極まりない事件が発生した！
奇怪な自動人形の怪、二転三転する事件の様相、
そして待ち受ける瞠目の大トリック。
フェル博士登場の逸品、新訳版。